太平天國

野蠻人之神

施益堅——著
林敏雅——譯

GOTT DER BARBAREN

STEPHAN THOME

獻給我的父母

目次

導讀：施益堅的太平天國

李弘祺（國立清華大學榮休講座教授）

施益堅（Stephan Thome）博士是德國出名的小說家，已經出版了五本小說，其中三部曾經被著名的德國圖書獎提名並入圍，可見他在小說著作上的成就。這本書使用小說的方式來描述十九世紀中葉，非常複雜的中國內政及外交的演變：集中在太平天國、第二次鴉片戰爭以及這些歷史演變的重要人物：從洪秀全（以及洪仁玕）到曾國藩到英國外交代表額爾金（James Bruce, 8th Earl of Elgin；全名中譯為「第八代額爾金伯爵，同時也是第十二代金卡爾丁伯爵」，頁六三）等等，都是我們耳熟能詳的歷史人物。因此它可以歸類為「歷史小說」，而重要性就不僅止於文學，更在於作者所要演繹的歷史的本質和解釋。讀這本「小說」的人除了可以欣賞文字魔力的引人遐想之外，更能從它看到人類歷史的繽紛多彩。這本書在這兩點上都有出色的表現。再因為它所觸及的「事件」和人物是我們大部分人所非常熟悉的，因此自然地會引起中譯本的讀者們的感動。他們可以經過認同，反思和印證書中的故事，產生一種情感的過濾和昇華。

本書從太平天國講起，到英法聯軍簽訂合約為止。作者借用一個虛構的人物（菲利普）來交錯編織書中的情節。這個虛構的人是一個不很老實的基督徒：他喜歡浪跡天涯，不尊崇傳統，借用傳教士的身分，遠走中國，結果見證了太平天國的動亂，中英間的第二次鴉片戰爭。當然，這個人的所見所言就是作者的觀點和聲音。

作者借用的是歷史的想像，透過文字的精彩來表達他對這一段中國歷史的看法。

首先，施益堅是一個研究中國思想的學者，擁有柏林自由大學的哲學博士學位。他熟悉中國的歷史和文化；這點在書中到處可見。我敢說華人對十九世紀中國史的瞭解如果僅限於大學的程度，那麼他們很可能還比不上施博士，因為十九世紀的中外關係的歷史記載不只限於中文圖書，許多紀錄還存在於英、法、德，乃至於俄國的資料當中。因此一位能具備宏觀視野的歷史學者一定要能參考中外史料。施益堅在中文之外，還能參考上述語言所記錄的史料，因此他所掌握的視野遠遠勝過即使專門研究這一段歷史的中國史學家。這本「歷史小說」一定可以在研究這段歷史的眾多作品中占有一席之地。

太平天國的歷史定位在清朝滅亡以前當然是負面的，因此說不上有什麼合乎我們現代人所說的歷史敘述或客觀瞭解。清朝滅亡後，我們才進入一個可用批判眼光來探究它的時代。二十世紀大部分中國人對於太平天國的定位受孫中山先生的看法所左右，大多認為它是一場民族革命，要推翻滿清外族的統治。雖然這樣的解釋在國民黨當政期間，沒有得到大力的鼓吹，但是基本上到抗戰前夕，一般受過教育的人對它抱持的是相對正面的印象。

第一個對太平天國做出有系統研究的無疑是簡又文。[1] 他的著作奠定了太平天國史的學術地位。他更是孫中山的看法最好的詮釋人。因為他曾經在耶魯大學與芮瑪麗（Mary C. Wright）及史景遷（Jonathan D. Spence）交流論學，並在那裡出版得獎的《太平天國革命運動史》（*The Taiping Revolutionary Movement, 1973*），因此對西方學者如何透過中國人的眼光來看待太平天國有相當的影響，即使他的史學（基本上反對所謂的「農民革命」或「階級革命」說）缺乏一貫性也缺乏系統性。羅爾綱比簡年輕一些，對太平天國的研究也做出重要貢獻。他主張太平天國是一場「貧農革命」，反映了中共官式的立場；整體來說，他還是採取正面的、屬於民族主義的態度來處理太平天國的歷史。總的來說，中共對太平天國的態度顯得較為正面。

我認為國民黨的態度模稜兩可，主要就是因為如果過分地强調民族革命的色彩，那就會很難客觀解釋曾國藩的角色。為什麼這麼說呢？這是因為蔣介石要利用曾國藩的思想來充實中國民族思想的內容。蔣介石認為曾國藩的「名教」思想比太平天國的基督教信仰更容易被中國人接受，於是國民黨的太平天國歷史變成了曾國藩（和湘軍）平定動亂，保護中國歷史文化的鬥爭。尤有進者，國民黨在台灣更需要用曾國藩的思想來提倡中國人的傳統價值，因此不能過分提倡太平天國批判或反對中國文化的主張。

西方人對太平天國史的興趣則主要是在於洪秀全和洪仁玕的基督教信仰；即使到今天，也還有很多西方學者逃不離從宗教的本質來探討太平天國的束縛。二〇〇七年出版的《太平天國：叛亂與對皇朝的褻瀆》（*Thomas H. Reilly: The Taiping Heavenly Kingdom: Rebellion and the Blasphemy of Empire*）也還對於太平天國的政治思想如何受到《希伯來聖經》（通常稱為《舊約聖經》）「十誡」影響的研究，而二〇一六年出版的《太平天國的神學，基督教在中國的地方化》（*Carl S. Kilcourse: Taiping Theology: The Localization of Christianity in China, 1843-64*）更直接討論基督教思想的中國化問題。在他們看來，太平天國的政治乃至於神學思想基本上還是能從基督教的觀點處理。不過，總體來說，自從施友忠（參考注1）和簡又文的書相繼出版之後，西方（特別是美國）學術界對太平天國的寫作從此可以擷取前此比較少人看到的中文資料，開拓了新頁。史景遷於一九九六年出版的《上帝的中國兒子》（*God's Chinese Son, The Taiping Heavenly Kingdom of Hong Xiuquan*，按：此書中譯本，譯為《太平天國》）可以說是一錘定音之作。它

1 當然，蕭一山、鄧嗣禹等人也都有相當的貢獻。施友忠（Vincent Y. C. Shih）用英文寫的有關太平天國意識形態的書也有重要的影響力。

的重要性除了有系統地使用不少英國國會圖書館的外交檔案之外，更成功地對太平天國史做出全面性的解釋。

史景遷的中心課題就是想要瞭解洪秀全為什麼會變成這麼一個動亂的領袖：他的思想、他的歷史背景，還有他令人著迷的毅力。史景遷指出這些東西不幸卻加增了中國的混亂和明顯的沉淪，而西方人因為宗教緣故，不知不覺地捲進了這個他們完全不瞭解的紛爭。難怪史景遷會把英國最受尊敬的外交官額爾欽說成「不對的人」（the wrong man）。西方的宗教和東方人對太平天國的錯誤——或至少是誇張的——瞭解，也造成了一種不可原諒的歷史錯誤。

史景遷文采出色，因此能用詩意的文字化解一般歷史敘述的乏味，使得太平天國的研究在西方又產生新一輪的興趣。施益堅所推崇的裴士鋒（Stephen R. Platt）就是一個例子。他寫的《天國之秋》（*The Autumn of the Heavenly Kingdom*, 2012）將太平天國所帶來的動亂和影響寫得非常徹底，可算是一種新的「戰史」。不過更重要的是他對於洪秀全的基督教信仰有了比較持平或寬容的認可，甚至於認為西方記者把太平天國的基督教過分渲染醜化，致使洪仁玕近代化的憧憬沒有實現的機會。之所以如此，有兩點：一個是西方記者集中在上海，聽到的主要來自官方說法，因此產生「太平軍是一群燒殺擄掠、無惡不作的野蠻人」想法。其次是十九世紀中葉的基督教還是保持排斥非信徒的傳統，只要有絲毫與正統教義偏離的想法就被視為異端。在裴士鋒看來，這兩者都造成後人對太平天國極大的誤會。

施益堅對基督教的立場是開放的，他認同英國傳教士會的說法，主張拜上帝會的教義不外是所謂的「亞流派」（Arianism）的想法（頁二二〇—二二二）。因此他和裴士鋒一樣，明顯對太平天國的宗教觀有相當的同情，這就好像近年來西方基督教會不再隨便指摘在中國產生的靈恩教會是異端一樣，兩人對於過往基督教會鄙視太平天國的態度並不認同。更進一步來說，施益堅也不認為西方人對太平天國的

「拜上帝會」有真正的興趣。他們不支持洪秀全，一言以蔽之，就是經濟的利害關係。施益堅在小說中（頁二八六）借用額爾金的話說出英國攻打北京，並放棄支持太平天國的主要原因是經濟和貿易的考慮。額爾金作為英國的貴族，擔負重要的外交任務（他的弟弟當時也帶兵在北京），他的考量當然是英國國家的長遠利益。

在施益堅的眼光中，額爾金伯爵雖然對中國文化缺乏認識，但卻是一個值得尊敬的英國紳士（雖然系出蘇格蘭）。施益堅把他描寫成一個懷疑亞羅號船上並沒有真的懸掛英國國旗，並且為英國出兵感到羞恥的人（參看頁六五）。他也不再提額爾金縱容士兵進入圓明園搶劫的這個說法。最後這點現今一般認為是法國官方的決定。有的史家更根據王闓運、李慈銘的記載，指出其實中國人比法國人還早進去破壞，因為咸豐皇帝逃亡之後，守衛人員散逃，於是附近的窮旗人就進去擄掠。法國軍隊還是在獲得長官許可後才跟隨進去，已經比難民晚了一步。無論如何，法國人放火，畢竟不是光彩的事。施益堅也提到，即便西方人也對法國軍隊的行為做出激烈的批判。

施益堅技巧地引述了額爾金的父親在希臘的醜事來襯托圓明園的破壞（參看頁七三—七四）。額爾金的父親就是早年把雅典眾神廟的大理石浮雕拆下並運回英國的人。這些大理石雕刻品占有大英博物館非常重要的地位，去參觀的人絕對不會錯過它們，但也是現代英國人感到心理上非常矛盾或曖昧的「收藏」，而希臘政府積極追討希望可以要回去的寶藏。所以拜倫對他父親的指責自然地在額爾金心中不斷地激引他作為一個文明人的深沉反思，在夢中迴響。當他想起雨果的指摘，內心不禁有萬分複雜或羞慚的思緒（頁四五一—四五三）。

施益堅在書中幾度透過反省的語氣來探討十九世紀的「進步」觀念（參看頁七一）。本來小說裡面並不適合討論這類思想的問題，但是額爾金不是一般人，他生活的世界不是世俗賺錢糊口的世界，他要的是文化藝術的熏陶，嚮往的是一種克服或超越物質的境界。在他看來，這才是所謂的進步。所以他會說出這樣的話：「不要將進步理解成軍事力量的增加。當一個國家能不再只是斤斤計較物質的條件時，國家才會强大」（頁三四〇）。用黑格爾的話來說，中國缺乏那種追求心靈自由的「精神理念」（頁九〇）。

相對於額爾金來說，曾國藩也是一位非常重要的人物。施益堅對曾國藩也採取了同情的瞭解，寫出一個中國傳統讀書人看待非中國宗教的態度和方法。施益堅對中國思想史有非常深入的研究。例如他在描繪曾國藩說明為什麼要討伐太平天國的時候，引用了孟子的惻隱之心（頁一七六—一七八）。施益堅也對王夫之的思想有相當的認識。他屢次提到這位曾國藩的鄉親，用以說明曾國藩所發揚的華夷之辯：華夏文化很自然地必須要消滅蠻夷粵匪，因為它是發自內心的惻隱。

一般華人對於曾國藩的認識如我在上述所說的，主要是受到國民黨的影響。毛澤東基本上也對曾國藩抱著正面的形象。兩個近代中國的領袖都一樣認同曾國藩在〈討粵匪檄〉中提出「名教」的觀念。名教觀念其實與曾國藩對現代世界的瞭解是互為表裡的。在這本小説所處理的年代中，曾國藩是把西方國家當作是中國名教的敵人，而極力反對。施益堅説法是對的。這是「中學為體，西學為用」以前的中國；就是曾國藩不太喜歡的李鴻章在這個時候也對近代武器和科技只有粗淺的興趣，更説不上對西方文明的精神基礎有皮毛的瞭解。再過幾年，他們（加上稍後的張之洞）就要做出更進一步的反省，並開始推動同治中興。要曾國藩不從名教的基礎來思考拜上帝教，這是何等的困難！相比於黑格爾和額爾金，這些中國讀書人就真的注定要像「薛西弗斯的世界精神」一般，不斷地回到原點（頁一〇一，並參考頁九〇—九四）？施益堅生動地描繪駐扎在極樂寺的額爾金如何中夜夢醒，深度反思中國人不能理解西方進步觀念的心理做了一種對位式的剖析。

我已經寫得夠多了。就此打止。讓我在結束之前，就這本書作為「歷史小說」的意義和重要性發表我個人的看法。首先應該說，這是一本不斷讓人深思的歷史小說。裡面的人物透過作者的想像可說是栩栩如生（例如曾國藩背部的皮癬，額爾金的優柔寡斷，羅孝全的投機），不斷地把我們帶進他們的世界，讓我們瞭解超過一個半世紀前的中國如何在尋找或者不尋找一個合乎歷史邏輯的發展途徑——一個在中國人想像的世界裡是合乎理性（是的，這是黑格爾也常常說的一個字，參看頁一三八，二六三，二六五）的制度或目標。

在歷史小說的畫布上面，不是每一點，每一畫，或每一個細節都必須正確地畫出來襯托那所要呈現的現象。小說家要的是他對整體的瞭解，是要引導人們活進去小說的世界，產生一種心靈的昇華。讀者自然不會强求每一個細節都和歷史記載完全吻合。可以說，歷史小說是要用文學的手法將一個故事鋪排出來，好超越一般史學家光靠堆積史料的枯燥記述。

許多歷史小說因為需要而杜撰人物，但是歷史人物就必須與歷史的真實相符合。這是歷史小說的基本原則。如果杜撰的人物或事情只是作為表達他自己的思想或道德信念，不能產生真實發生的現實感，那麼這一定會成為失敗的作品。嚴格的專業歷史家對這一類的小說當然會嗤之以鼻。簡單地說，一部成功的歷史小說應該盡力遵守歷史專業研究的成果，而用文學的方式和筆調來演繹他對歷史的感受，從而提出他的解釋。所以《三國演義》是典型的歷史小說，《水滸傳》近似，而充滿虛構的人物和想像的情節。至於《西遊記》和《紅樓夢》就不是歷史小說，雖然四部小說都反映了作者對人生的命運或冒險患難的想像。相同的，《雙城記》一般也說是歷史小說，但是它充滿了虛構的情節和人物；比起《戰爭與和平》，那麼後者就更接近我們可以想像的歷史小說。兩者都處理大時代的動亂，但是狄更斯（Charles Dickens）對於歷史事實和哲學的興趣就不如他對小說的文學性的關心。托爾斯泰（Leo Tolstoy）的文學素養當然不亞於狄更斯，而他對歷史的本質與意義則顯然勝過狄更斯。

施益堅這本《野蠻人之神》非常合乎歷史小說的理想。我相信他的文字造詣一定是卓越的，讀中譯本都可感受得到。更重要的是作者盡量地忠實於歷史背景，用它來闡述一個複雜的時局，並透過重要而出名的中西人物來點出人與人之間因為文明的阻隔而難以溝通的困窘，也刻畫人與責任的需求（甚至於命運）之間的神祕而弔詭的關係。

作者的細膩非常值得欽佩，而譯者的功力也十分稱職。我相信西方人已經從這本書更進一步地瞭解了其實拜上帝教的信徒，乃至於他們的領袖們，對西方的宗教和文化是用心在揣摩甚至於憧憬的，其實值得西方人反思和同情。相同地，中文的讀者們應該透過這本忠實可靠的翻譯來進一步把太平天國以及第二次鴉片戰爭放在一個更為廣闊的視野裡，以期更中肯地，更理性地審視歷史的複雜與多元，知道文化是需要不斷改造，重新發明的過程。這樣才能把十九世紀西方人所憧憬的進步放在理性的視野裡。

——壬寅年夏初，於紐約華萍澤瀑布

序曲、無名氏之見

沒有人知道他們的來歷，有人叫他們長毛賊，有人稱他們是拜上帝會信徒，然而他們為什麼不薙髮，拜的又是什麼樣的上帝？據說剛開始他們是在廣西省紫荊山一帶偏遠地區出沒，那裡的人窮得只吃得起黑米，住的是不避風雨的簡陋屋子。他們是遷居到此地的客家農民，為世居此地的人所鄙夷。有位同僚說他們是來南方的食土客，伺機準備妖言惑眾。他們當中有一個科舉落榜的考生，落第考生在我們這裡不計其數。據說那人落第三次，之後就瘋了。實情真是如此？我自己也曾落第一次，我清楚偉大夢想破滅的心情。懸梁刺股苦讀，終究徒勞無功？

不少人認為這和洋鬼子有關。說到洋鬼子，也無人知曉他們究竟何方妖魔。他們遠渡重洋而來，定居沿岸，視海岸為己有，販賣鴉片，向朝廷提出通商要求，並且以武力威脅。老天不喜他們的存在，然而大不幸，朝廷的威盛大不如前。長久以來吾人在疆界和蠻夷征戰，但敵人從未曾擁有如此火力強大的槍砲。洋鬼子在南方海域占領了一海島，以便走私更多的鴉片並且禮拜他們所謂的上帝，也就是天上的統治者。據說長毛信奉的是同一個上帝。傳言他們的首領第三次落第時，洋鬼子給他一本書讓他著了魔。他生了重病回到家鄉的小村子，他臥床發起高燒，夢見上帝召喚他到天上，給了他一把劍，命令他除妖魔。事情就是從此而起。一場夢碎，另一場旋即開啟。從那時起他自稱是上帝的兒子，認為像我這樣留辮子且為滿洲皇帝效忠的人都是妖魔。

外邦人的出現摧毀了天下秩序？與此同時叛亂分子亦有了自己的首都，那是過去明朝皇帝的宮廷所在，如今稱為天京。年少時我讚嘆其錯落有致的庭園和繁華街道，顧盼秦淮河畔的花舟。如今如此重要的城被攻占，這意味什麼？貧困、目不識丁的鄉下農夫如何能占領一個比他們的鄉省還大的地區？他們稱其首領為天王，他們始終讓我感到驚訝。衙門裡的同僚咒罵他們時，我心裡暗想，我們在北方的皇帝是來自長城外的滿洲人，不也是外邦人。然後我思慮，讓漢人自己來統治是否更好。以前我未曾如此想過，為何現在有如此的想法？《史記》曰：「天道無親，常與善人。」

有些時日我甚至不認識自己。我的巡撫就如其他許多高官一樣腐敗，有時我期盼有人來掃蕩這些貪官汙吏。雖然我寧可坐在書房裡安靜讀書，我仍夢想有一道洪流來洗滌這些汙穢。君子須讀聖賢書，祭拜祖先，教養子女孝順謙卑。我盡力實踐，然而我心仍舊不寧，為何也？我心中的怒氣究竟從何來？

三百年前的名臣海瑞，憂心朝政，上奏疏進諫當朝皇帝，指責皇上頹廢日久朝綱不振。他寫道：百姓人人痛恨，個個叫罵，他們不滿殿下久矣。在呈上奏摺之前，他已經為自己準備好棺材。他被捕下獄，之所以沒有被處決，乃因為皇帝不久之後駕崩，當他聽到這消息並沒有歡呼慶幸，而是悲痛大哭。大赦出獄之後海瑞步步高升，官拜御史，但是最終仍舊貧困，死後家人甚至辦不起體面的喪事。眾人說他古怪荒唐，而我視他為模範。總之經常也有人認為我荒唐，因為我未讓女兒綁小腳，而是教她讀書寫字。換作是海瑞他會如何做？據說叛軍不久即將進攻，我城也必然得迎戰。他們會拯救我們還是毀滅我們？我的孩子仰頭望我，不知我心中的困惑。禍哉！我們活在絕望和惡兆的時代，無人可倖免。

一、香港

上海，一八六〇年夏天

那時我是幸福之人，有一個心愛的女人，雙手仍健全。這是我到了上海之後，有了很多時間思考才意識到的。六月即將過去，我躺在屋子裡，屋頂的橫梁在炎熱下呻吟。附近的港口傳來人聲嘈雜，很多人想在叛軍攻來之前離開上海。聽人說，船家一張船票要到十銀元，而且只是把人送到河對岸，接下來的毫無保證，得自求多福。越來越多難民如巨浪般從長江流域洶湧而至，戰爭驅使他們不得不往前。如果路途上我沒有遭遇到這場災禍，不得不臥床九個月，我早就到達長江下游太平天國的首都南京了。非也？也許我會遇到更大的災難，使我不只犧牲左手？

幸好我慣用右手。除了間隔時間的發燒，我無事可做。收留我的詹金斯牧師和他的妻子瑪莉安（Mary Ann）是倫敦傳道會（London Missionary Society）的人，他們在房間裡放了幾張紙，說是要給我寫信用。可是我能寫給誰？

偶爾我會和伊莉莎白說話，但是也只有在夜裡，當我失眠，記憶取代了夢境的時候。我回憶從我的旅程開始以來發生的一切。我們每個人都有一條界線，守住了才不致變成另一個人。而在差點喪命的那一天之前，我早已經越過那條界線還渾然不知。在國內革命失敗之後，我原本打算到美國展開新的生活，但是事與願違，新的生活——現在我不再確定它是否存在。我們踏上追尋的道路，卻不知它通往何處。我路經鹿特丹和新加坡來到香港，在香港有段短暫的時間我很快樂，之後我漸漸深入這個飽受戰爭蹂躪的國家。在鄱陽湖上遇到一個槍法比我快狠的盜賊，任阿隆佐．波特（Alonzo Potter）也救不了我的手。

現在我失去了一切，沒有什麼好後悔的，但下一步該如何走我也不知道。

只有一隻手，還能協助推翻滿清皇帝嗎？

沒有人知道叛軍何時而且會以多強大兵力抵達上海。直到幾個星期之前他們還被困在南京，而現在他們的軍隊已經遍布長江流域，造成各大城市的恐慌。就如那時拿破崙派遣到義大利的軍隊，他們總是從敵人的腹背襲擊，河流和山川也擋不住進攻。根據《北華捷報》（*North China Herald*）的報導，太平軍已經占領了蘇州，我也親眼看到杭州上方的煙柱。那是從南方來的貧窮農民和燒炭工人所發動的叛亂，他們相信追隨的是上帝的兒子，他們稱的天王正是我最要好朋友的族兄。那封邀請我到南京的信我藏在長袍的口袋裡，雖然浸了水破爛不堪，但是上面的印仍然可辨。唯一的問題是以我這樣四肢不全的身軀是否還有勇氣上路，穿過威脅全中國的巨流洪水逆流而上。

我叫菲利普·約翰·紐坎普（Philipp Johann Neukamp）。布蘭登堡地區一個木匠家的長子。可是自從一年前離開巴塞爾崇真會（Basler Missionsgesellschaft）之後，成了無業遊民。那之後發生的事我從未告訴任何人，為了清楚交代事情的來龍去脈我必須稍作補充。一八四八年發生的事件[1]我假設眾所週知：我在當中扮演的角色雖然無足輕重，但是事後我還是不得不遠走他鄉避避風頭。我原本打算在荷蘭籌足錢便搭船前往全世界唯一不是由貴族而是由自由人士統治的國家。靠雙手賺錢我一點也不陌生。在穀倉、人滿為患的宿舍裡過夜，甚至露宿我都不在意。我有兩個天賦，在我人生中讓我獲益匪淺，尤其是到了中國之後：我的外語天才以及健壯的體格。在鹿特丹港口我不怕沒有苦工可做，才幾個月之後我的荷蘭語已經足以讓我找到更好的活兒。Jong & Söhne 是一家專門裝潢船隻內部的工廠，他們雇用了我。可是我想遠渡重洋到美國所須要的費用仍然是遙不可及的目標。然後我遇到了一個人，他只一句話就徹底改變了我的人生方向。這或許是我第三個天賦，在對的時間點遇到對的人。我在德國學徒漫遊時期，遇到羅伯特．布魯姆（Robert Blum），雖然我只上了六年的學，他帶著我參加了席勒之友的聚會。布魯姆讓我可以坐在萊比錫劇院的最高層樓座觀看《唐．卡洛斯》（*Don Carlos*）。之後他對我說了一句話，那是我之前只隱約感覺得到，但是不甚了了的真相：君主制是對人民的大逆（Monarchie ist Hochverrat am Volk）。至今如果可以我仍舊恨不得前往維也納，手刃温迪斯格雷茨（Windisch-Grätz）那老傢伙，一刀刺進他枯萎的心臟。但這又是另一個話題了。

總之我在鹿特丹遇到了郭士立（Karl Gützlaff）。

那是一八四九年底，一個温和多雨的冬天。去上工的途中，我看到一張演說的布告，一個德國傳教士要報告他在中國的經歷，下工之後我實在沒什麼事好做。當時郭士立正在歐洲各地奔走演講為他的福漢會（Chinesischen Verein）籌集資金，他所到之處，演講廳裡總是擠滿人。在鹿特丹的聖勞倫斯大教堂也不例外。他做中國漁夫的打扮，敘述舊約裡的一個先知，而且是用德語和荷蘭語，夾雜許多陌生的字眼，我聽得心醉神迷。他說到土地貧窮和腐敗的朝廷官員，那些人很像我所知道的警察和檢查員，他還說到父母強迫自己的孩子上街乞討以免餓死，然而路有餓死骨仍然常發生。他的演說聽眾總是聽得入神，演說完之後人人虔誠地爭相把錢投入捐獻箱。那感覺就像幾年前唐．卡洛斯一樣。我沒有錢，於是我問演說的人，除了捐錢我還能做些什麼。我自己也不知道當時腦子裡在想什麼。郭士立心裡早有主意。「你的身體夠健康強壯？」他一邊打量我，一邊問。

我毫不遲疑地點頭。

1 譯注：1848 革命，亦稱民族之春，1848 年歐洲各國爆發一系列武裝革命，波及甚廣及至幾乎全歐洲。這一系列革命大多失敗告終，儘管如此，仍造成各國君主及貴族體制動盪，並間接導致德國統一及義大利統一運動。

「信仰虔誠？」

我點頭。

「到中國來，」他說。「我們需要像你這樣的人。」他留了一道很寬的八字鬍，面帶迷人的微笑。他的建議實在瘋狂，讓我不由得再一次點頭。

福漢會不屬於任何教會，這正合我意。它的資金是靠捐款，要不就是郭士立本人，要不就是他走訪過的城市之後幾乎都會成立的支援會。他描述困境與安慰、同情與希望的精采絕倫演說無人能比。他所到之處，聽他演說的聽眾立刻看到一個等待救贖而且救贖正接近的世界。後來將伊莉莎白送到香港的柏林在華婦女傳道會（Berliner Frauen-Missionsverein）也是要歸功郭士立。同樣的荷蘭弟兄傳道會也是多虧了他，我是以聲明盡快出發前往遠東為目標加入的第十五個成員。在這之前我在鹿特丹也參加了一個郭士立年輕時參加過的學院。他的美言加上一份修潤過的履歷，他們讓我加入了，費用由福漢會負擔。學歷不足不是問題，在傳道會的圈子他們並不重視是否上過大學，我的同學中有幾人不只正確拼寫拉丁文連拼寫自己的母語都備感吃力。接下來幾個月我沒有學到關於中國的任何事物，甚至連語言課都沒有，課程只包括《聖經》研究、講道及基督教歷史。起初我感覺自己像寄生蟲，幾乎像騙子。我是傳教士？那些教師很嚴格，但是在信仰問題上態度開明，只強調與令人厭惡的「教皇至上論（Papismus）[2]」劃清界線。隨著時間推移，事情越來越合我意。學校宿舍裡乾淨的床單，是我在家時從來沒有過的。偶爾我接到父母親來信，他們欣喜逆子終於走回正路。而我告訴自己，萬不得已我也可以從中國到美國去，當福漢會通知我渡海的旅費已經籌齊，那感覺就像一八四八年春天那段神奇的日子。巴黎來的消息讓我們相信世界將永遠改變。

其實我不習慣洩露太多自己的事。我從阿隆佐．波特那裡學到一個男人歷練越多越該沉默。每天早上詹金斯牧師出門之後，房子裡就會變得很安靜。這房子是一長排相似房舍中的一棟，多節彎曲的懸鈴木、桑樹還有修剪過的籬笆包圍著院子。據說上海英國人的社區就像聖約翰伍德區（St. John's Wood），那應該是倫敦的郊區，我沒去過倫敦。在我的家鄉，房屋鱗次櫛比，金匠、桶匠和木匠的工坊上面有低矮的房間。火始終是可怕的威脅，但是要是能免受祝融之災，就很可能終老在出生的屋子裡（萬一發生火災，那當然更不用說了）。要不是童年的一個事件，讓我從此產生了一個信念：我的人生注定要奉獻給偉大的事業，也許我永遠也不會離開家鄉。十歲的時候我得了痲疹，我永遠不會忘記那天早晨我醒來，世界一片黑暗，秋天已經來了，我聽到屋子裡的腳步聲，我揉揉眼睛。我妹妹走到床邊問我，身體是不是好了。我要她打開百葉窗，她回答我窗戶是開著的。我再次揉了揉而且眨了眨眼睛。我可以感覺到露易絲就在身邊，而且聞到她剛喝了熱牛奶的氣味。甚至可以感覺到她的眼光正對著我的臉，可是我什麼也看不見，就連閃爍的光點也看不到。一片漆黑。

這兒是你的牛奶，她對我說。

我是從耶穌讓一個失明的人重見光明的故事上知道「失明」這個詞的。除此之外地方上有一個老人，他需要老婆牽著才能走出門。但是失明的小孩子我從來沒有聽過。第三天大夫來看我，他說他沒辦法解釋，但是他已經看過兩次這樣的事，兩次都是得了痲疹的男孩。他建議用醋熱敷眼睛，完全的休息，眼睛有可能就會恢復了。阿諾德（Arnold）牧師也來看我而且他似乎有他的解釋，他低聲向我父母說明。他要我躺在床上，雙手緊握放在被子上然後祈禱。他的語氣明明就是在說，我該為自己的不幸負責任。整個冬天我躺在床

2 譯註：天主教會教義之一，指教皇因作為基督之代表及教會之牧師，於教會事務上擁有完全且至高無上的權威。

上，雙手冰涼，每天數小時的祈禱，心中藏著難以形容的恐懼。為了避免任何人打擾我，他們把我的床搬到洗衣間旁邊的房間。只有給我送吃的東西時，我的弟妹才允許進來。有時候我白天睡著，晚上醒來聽見的只有屋子裡的寂靜。因為我臥床太久，聖誕節的時候父母帶著我進教堂，我竟然在教堂昏倒了。那之後對我的管制才逐步放寬。治療其實沒有任何效果，醫生也已經束手無策。當雪開始融化時，我父親決定是該接受無可避免的現實的時候了，而且至少將能做的做到最好。在工坊裡有些活他閉著眼睛都能做，瞎子為什麼不行？差不多這個時期我也停止了禱告。我把所有記得的罪過都已經告解完，但是並沒發現有哪一個罪過需要受這樣的懲罰。我對弟妹偶爾粗魯，在學校有時成績太差，有一次從廚房儲藏室偷了一塊蛋糕。我的朋友在外面嬉戲玩耍的時候，為什麼我卻眼睛瞎了躺在床上？

最後一次禱告我祈求：讓我重見光明，那麼我才會繼續禱告。

我向來就有叛逆的傾向。作為家中的長子，我應該做弟妹的榜樣，可是我不適合這樣的角色。但是我是個好學生，所以校長還說過我也許可以去上波茨坦的師範學院，如今我錯過了那麼多課，而且反抗的傾向越來越强烈。我父親餐桌禱告時我鬆開雙手，我母親讀《聖經》給我聽時，我全力以赴想其他的事。在工坊裡我學會用觸摸來區分木材的種類以及使用簡單的工具。但是如果有人捉弄我，我便會憤怒發狂，此時需要兩個成年男人才能制服我。彷彿是周圍的黑暗讓我內在的黑暗面顯露出來。地方上不少人認為我著了魔。

後來就在復活節來臨前，我突然感覺看到了一片亮光，而且就在工坊窗戶的位置。我眼睛閉上，亮光就消失，而當我看著另一堵牆壁，什麼也看不到。接下來幾天那感覺越來越清晰，對比也越來越明顯。我害怕這一切是錯覺的恐懼和當初失明的惶恐一樣强烈，但是那不是錯覺。世界慢慢從黑暗中浮現，到了復活節——確確實實是復活節那天——世界恢復原來的樣子，如同充滿形狀和色彩的大海。如今我還在夢想有一天早上醒來雙手俱全。然而即使這樣的喜悅能成真，也比不上童年那時曾滿足我的歡喜。當時我張開手臂在野地上奔跑。整個地方都在談論這件事。有人還在我面前伸出手指問我有幾根。後來阿諾德牧師在傳道時也提到我，說那是五旬節的奇蹟。

一切似乎恢復平常，然而其實沒那麼簡單。內心的不安困住我，我同時感覺目空一切但又焦慮，腦子有怪誕的想法而且被噩夢折磨，夢中世界突然變黑暗。我坐不住，想奔跑。有時在奔跑中我閉上眼睛，然後跌倒，但是內心感到不可思議的輕鬆。我在學校的學習成績越來越差，再也沒有人建議我以後可以從事教師的工作，這正合我意。我不相信所有要我服從的人，包括老師還有聲稱上帝會寬恕我的牧師。祂玩弄了我，不是嗎？我離開學校回到父親的工坊，但是不久我就感到受限。

當學徒的第三年，我決定啓程開始我木匠的學徒漫遊。

那正是各地開始騷動不安的時期，我甚至在布蘭登堡地區都聽說了。就在那時候我到了圖林根及萊比錫，在那裡的老劇院（Alten Theater）我做了一季的舞臺道具工人而且第一次聽到羅伯特．布魯姆這個名字。在哥勒斯（Gohlis）舉行的盛大席勒節上我親耳聽到他的演說，一個體型強壯，聲音低沉的萊茵州人，一看就知道他是胃口很好的人。他說到自由是人類尊嚴的最高體現，他的每一句話都能引起高呼，以致演說不斷被打斷。據我後來了解，他雖然家庭背景卑微，但是他如同天生站在講臺上的演說家。我想都不敢想會在私人場合見到他，更不要說和他成為志同道合的朋友，然而偏偏事情就是這麼發生了。秋天的一個傍晚，我看到他走進劇院。離開場還有一個多小時。他並沒有穿晚禮服，而是穿著一件老舊棕色的大衣。我猶豫了一下，然後鼓起勇氣跟蹤他。

我從來未曾從劇院的大門進去過，現在我站在空蕩蕩的入口大廳。不見布魯姆的人影。我充滿敬畏地欣賞拱形的天花板還有牆壁上的油畫，當售票亭裡一盞燈點亮起時，我正要離開。起初我不敢相信我的眼睛：羅伯特．布魯姆，這位大名鼎鼎的自由鬥士脫下他的大衣，並且從口袋裡拿出一本書，一邊看書一邊等待第一批觀眾。當他看見我時，我原本預期會受到譴責，但是他只是嘆了一口氣說唐卡洛斯還剩很多票。我坦白說我沒有錢買票，他點頭接受。我補充說我是劇院工坊的工人，他招手要我過去說話。從來沒有人像他那樣關心地問我話：我打哪裡來、是什麼原因讓我來萊比錫、我是否喜歡閱讀。這些年來我內心一直期望著在某個地方有件大事等著我去奉獻生命。一個小時之後，我坐在黑暗的劇場表演廳裡，此時我心裡已經很確定。萊比錫劇院可以容納一千三百個觀眾，由煤氣燈照亮的舞臺賦予活動特殊的魔力。我緊張到幾乎不敢呼吸，但是當波薩侯爵（Marquis de Posa）說出他那著名的句子[3]，我興奮地跳起來。再次見到羅伯特．布魯爾時我擁抱他。接下來幾個月，大事漸漸成型而且深深吸引我們，我們幾乎天天碰頭，不是在劇院的集會就是在他李斯特街的家中。他讓我讀《黑森快報》，而且為我解釋波蘭人為爭取自由所進行的奮鬥，他對此特別的欽佩。他說我失明之後的暴躁表達的並非憤怒而是恐懼。我問他如何知道，他表示他當初的情況就是如此。沒錯，他也得過痲疹，而且也失明臥床半年，同樣也突然重見光明而不知道這事是如何發生的。從此以後他成了我的兄長，但是當他前往法蘭克福以及最後去維也納時，我都無法和他同行，我們兩個都手頭拮据，此外局勢開始反轉。不久我探訪家人之後，匆匆趕到柏林，在那裡我第一次聞到火藥味，而且發現在危險時刻我一點也不感到害怕。當子彈呼嘯而過，我鎮定自若，有時甚至感到崇高，幾乎令人陶醉的感覺襲來。我們正在為正義而奮戰。三月十九日，我親眼看到群眾強迫君王在宮殿廣場前公開向犧牲的革命烈士致敬。「脫帽！」群眾有人大喊，瞧，君王竟然乖乖聽話！沒有不可能的事，羅伯特在法蘭克福的演說被印成傳單，在德國各地散發。而我直到今天仍然不明白，為什麼局勢在不久之後完全反轉。比山中的天氣變化還快速，統治者露出他們的真面目。當我聽到維也納發生的事件時，人已經在往荷蘭的路上。我的左肩裡還留著金屬碎片。羅伯特．布魯姆被處決的消息，如一刀插進我的胸膛。德國沒有成立共和，而是繼續小國並立，宮廷中傀儡充斥，精神上卑躬屈膝。我一點也不想和這些扯上關係。如今回首當初，我感到驚訝，兩年的政治鬥爭徹底改變了我。初到萊比錫我不過是個毛頭小子，到達鹿特丹時我身上帶著剛結痂的疤痕，一臉落腮鬍，而且堅信我的未來在遙遠的美國，我那時還不到二十歲。

萬萬沒想到我在一八五〇年夏天出發到中國。雖然我的訓練幾乎還沒開始，我對這個國家還一無所知，但似乎沒有人在乎。郭士立寫了一封信鼓勵我，信中沒有提到太多神學，而是暢談最近大家所謂的社會問題。這正是我想要的，幫助一個國家擺脫落後。為了學習新語言，我必須在新加坡一個有很多中國移民的貿易處停留一陣子。在這之前我在海上度過了九十八天。自從西奈半島上有鐵路經過，前往亞洲的人立刻都走所謂的陸路路線。我搭乘 P&O 帆船繞過好望角。我的床鋪寬兩英尺，比我的身長還短，所以我既無法伸展，且只要改變姿勢一定撞到東西。有人跟我說，在遇到風浪大的時候，這樣被夾住動彈不得是最安全的。而我們真的好幾次遇到壞天氣，不得不在港口停靠好幾天好整修損壞的帆。如果我想洗澡，就一大清早走到甲板上，皮膚黝黑的水手不在乎是把水倒木板上或坐二等艙的「歐洲大爺」身上。只有頭等艙的旅客有資格每週洗一次澡。我們越往東方前進，氣溫越是攀升。有一次廚房失火，燒毀了兩天的糧食。正要進入加勒比海港時一場暴風雨讓我們措手不及，在風雨中我第一次聽到有人喊「man overboard」（有人落水）！喝醉酒旅客間的爭吵以及關於頭等艙的流言蜚語稀鬆平常。船上有幾位年輕的英國女士，她們想到印度嫁個殖民地方官或士官，也受到船上男性乘客——大部分就是殖民地方官或士官——

3 譯註：「請給予思想自由！」（” Geben Sie Gedankenfreiheit! “）

的熱烈追求。乘務員為了阻止打架也常常忙得不可開交，而我藉由旁觀這一切來提高我的英語程度。有一天一位來自肯特郡年紀稍長的女士高燒後過世，眾人激烈爭論是否要關閉交誼廳的賭桌一個晚上。

最後賭桌照常開。我每天都學到新的東西。抵達新加坡的時候，我體重比出發前輕了七公斤。很長一段時間夜裡我老覺得躺的床彷彿在海上漂浮，這感覺後來才消失。然而不必再夾在木頭床柱之間，我仍然很享受。

我在原本的英華學院找到了落腳處，而且開始在一個面頰凹陷姓顏的中國人那裡上課。據說他已經培訓過很多傳教士。可是後來證明，接下來幾個月我學到的是一種方言，至今我還不知道是中國哪個地方的方言。到了香港之後我才對郭士立將很多的語言和方言概稱為中文有了概念；在新加坡我首先認識到的是熱帶氣候的特色，沒有四季的區別，只有雨季和旱季之分，而且高溫維持不變。蚊子覬覦我的血。夜裡也一刻不得安寧，到處是蟲鳴、怪叫和聒噪聲。港口位於離一個海灣幾百碼處，那海灣因為島嶼將其與海洋隔開所以看起來像個湖。往內地幾哩的地方是叢林的開端。當地人警告我，每年有幾百人死於虎口，但是我只親眼看過一隻，而且是綁在一根木桿上被扛到總督府的死老虎。那兒每一隻死老虎他們會付五十銀元。

顏老師對我的進步感到滿意，我自己也自認不差。我用小楷毛筆學著寫漢字，我發現這出奇的讓我感到心滿意足，縱使我的字像初學字的孩童塗鴉。我最開始寫的三個字是我的新名字：菲利普。發音和我原來的名字有些相似，剛開始聽起來很彆扭，我忍不住大笑，但是隨著時間慢慢我就習慣了，而且我也試著在學堂之後和當地的居民接觸。

中國人居住區的那些黃色屋子很好看，可是那裡的人很窮，我跟他們打招呼，他們還會驚嚇不已。我在英國人的地盤遭受很多鄙夷的眼光，因為我不著自己家鄉人的衣服，而是穿起中國人的長袍馬褂。

我也是後來到香港時才了解：抹去「他們」和「我們」之間的界線在西方白人眼中是嚴重的罪行，而且視保衛這條界線為最重要的任務。在家鄉時我知道封建特權和那些享有這權力人的狂妄自大。在這裡則是那些嘴裡嚼著菸草種植藍靛的人，他們要不就坐在轎子上要不就手拿拐杖，杖打所有擋路的人。身穿筆挺西裝的旅客坐在倫敦大飯店的迴廊上，喝著杜松子酒和波特酒，看著攤販在他們面前把貨攤開來。有一次我目睹三個少年叫賣一條他們捕捉到的蛇。那條巨蛇足足有十英尺長，蛇皮油亮黝黑。一番討價還價之後，一個英國人花了一銀元買下了那條蛇，但是他要求他們得把蛇殺了並且把皮剝下來，否則他無法把蛇帶上船。那些小伙子先把蛇淹死在桶子裡，然後當場把皮剝了下來。飯店的客人觀賞這一幕，一半覺得看好戲，一半覺得噁心。在街上白人臉上總是帶著倦容，至於原因我只能猜測。堅持自己的優越感顯然是枯燥的工作——我決定不給自己添這種麻煩。

我喜歡在陌生國度的生活，一切都很新奇。我在港口附近的沼澤地看到懶洋洋伏在水中的鱷魚，而且我每天吃一顆鳳梨。這種水果到處都長，幾乎不要錢。市場裡飄著八角、茴香、肉荳蔻的香料味。可以看到像田鼠那麼大的蟑螂，巷弄裡擁擠嘈雜，但是大家都和睦共處。我時常連坐著都是滿頭大汗。八月當我收到郭士立催促我到香港的信時，我並不高興。我不想再次提早中斷課程，我又拖了幾個星期的時間才搭上一艘名為馬德拉斯（Madras）的商船。因為前一個星期另一艘船沒開，所以馬德拉斯號上人滿為患，很多人沒有位子。我得到船醫艙房裡的一個鋪位，那艙房緊鄰機輪。我忍受了四個晚上的噪音，最後不得已在甲板上的小艇之間找到一個容身的地方，在這裡我看到從未見過的美麗星空。一個禮拜之後我抵達香港。

那是一八五一年十一月九日，羅伯特·布魯姆過世三年的祭日。

那島看起來沒什麼特色。崎嶇的岩石矗立在水中，頂峰消失在霧中。還未進入港口我已經開始想念新加坡蔥鬱的綠色海灣了。從海上望去，香港荒蕪如一座監獄島，唯一的城市以英國女王的名字維多利亞命名，除了兩座教堂塔樓和幾棟商行之外沒有什麼建築。這個殖民地才存在十年，它是很多人稱之為鴉片戰爭的戰利品。沒想到那也非最後一次的開戰。這島叫香港我覺得很奇怪，就我現在能看到的，這島最美的就這名字，其他沒什麼可觀的。

沒有人到碼頭來接我。香港這裡沒有電報。我只寫了一封信通知他們我的到來，現在我失落地在苦力、路人、看熱鬧的人群中等待。空氣中瀰漫海藻和鹽的腐臭味。我看到的所有中國人，額頭剃光，腦後梳了一根長及大腿的辮子。灰色的海面上吹著涼風，無所事事的等了兩個小時之後，我在一家便宜的旅館找到了一個可以暫時落腳的房間。郭士立的死我是第二天才打聽到的，據說是水腫。他的福漢會，也就是我要為之工作的機構並沒有固定的地址，它的維持完全是靠郭士立馬不停蹄的活動，而且不久我就發現，沒有任何傳教組織想要挽救它所面臨的分崩解體。在家鄉以中國救世主姿態行走的郭士立，在這裡只是被視為老奸巨猾的大騙子。他在旅途中創立了無數教會，替每個沒有跑走的當地人施洗，往往就是上兩天的課改信教的人，連耶穌和以賽亞都分不清。倫敦傳道會的理雅各牧師那些人稱這位我追隨到中國的人是「史上最大的騙子」。

所以說我擱淺在這兒了，中國海岸前的一個蕞爾小島，我丟了事，人生地不熟。寄回去的郵件需要兩個月，所以暫時不用期待新的指示。至少我的錢還夠一年，克服了剛開始的震驚之後，我把一切看作是冒險。和新加坡比，維多利亞只算是個夾在高聳岩石和大海之間的小村莊。那些商行還有聖約翰大教堂的塔樓讓這地方具有歐洲特色，但是每個街角都有鴉片窟，妓院就和停靠在港口的船一樣多。此地大約有五百個歐洲人生活在幾萬個當地人當中，當地人散居在島上各處。有一些是漁夫或工匠，但是大部分人還是女傭和苦力、妓女和廚子、走私販和强盜。天天都有搶劫發生，我來到這個島不到一個禮拜就親眼目睹一大群的海盜頭髮綁在一起被拖到刑場。眼光陰沉的錫克人擔任衙差的職務，從世界各地來的水手從船上下來，非官方語言是英語、葡萄牙語和印度斯坦語混成一團的難懂語言，也就是所謂的廣東英語或洋涇濱（pidgin）。後者是「生意」這個詞語音扭曲所產生的形式，而這說清了整體目的的重點。藉由在路上閒逛同時豎起耳朵聽，我在幾個禮拜之內就學會這種語言了。「Wanatchee catchee extra dolla, you go chop-chop.」（你想多拿一塊錢，就走快點！）白人對著轎夫叫喊讓他們加快腳程。在妓院散發的傳單上面印的是福音書的簡易版「Papa-joss lovee allo man」（上帝爸爸愛世人），Joss 是上帝，Joss-House（上帝—房子）可能是廟或是教堂。傳教士或牧師就是 joss-men（上帝—人），我原本應該從事的叫做 joss-pidgin（上帝—生意）。在此期間我能做的只有禮拜天去聯合教會做禮拜。除了報紙之外，聽布道是學習正確英文的最好方法。做彌撒的只有白人紳士，沒有中國人，幾乎沒有女士——來維多利亞的男人女人比例十比一不到，包括妓女在內。商人家庭大部分住在澳門，位在珠江三角洲的另外一邊，那裡乾淨而且安全多了。我們這裡沒人敢出門不帶武器，教堂裡禱告完之後眾人坐下時你可以聽到此起彼落槍管敲到教堂長凳的聲音。我也開始到當鋪打聽槍的價格。

三月時我在聯合教會前遇到一個神色憂鬱名叫韓山明（Hamberg）的瑞典人，他告訴我巴塞爾崇真會正著急要找工作人員。他自己已經在內地傳教好幾年，但是因為健康的問題還有他臉上顯露出的肺癆，現在正準備要返鄉。兩個崇真會弟兄的屍體不久前被沖到西營盤灣，位置大概就在後來伊莉莎白服務的育嬰堂所蓋的地方。死亡的情況還不清楚，韓山明承諾要把我的申請書帶回歐洲，並且為我說一些好話。我和郭士立的關係——如我之前已經說過的——他只是疲憊的點頭表示他知道。

春天季節過後，夏天來了。天氣越熱，早晨我越早起床，練習漢字然後沿著碼頭散步。大陸尖端一個叫九龍的地方，離小島非常近，以至將海港入口分成兩個航道。每次我看著海岸從薄霧籠罩中顯現，我就會很想知道那裡的居民如何過生活。下午我就會到倫敦傳道會的圖書館，那裡有一些報紙還有一本英德辭典，我讀了所有有關那個陌生國度的文章。中國比羅馬還古老，而且土地廣闊如一片大陸。統治王朝將土地擴張到中亞以及印度的邊界，其境內有數十個民族共存。令我驚訝的是，在遠方北京的皇帝竟然不是中國人。他屬於來自遠北地區的游牧民族，兩百多年前這個民族征服了帝國。正式的名稱是滿族，報紙上誤寫成韃靼人（Tataren），聲稱其統治殘酷而且腐敗，造成這個國家陷入貧困。他們要求所有中國人卑躬屈膝薙髮結辮，表示臣服。也就是我到處看到的中國人樣子。在我踏上中國的土地之前，我已經開始痛恨本地的菁英，就如同當初我痛恨家鄉的那些貴族。只是我能做什麼？我的錢快用完了，我已經開始考慮是不是要用剩下的錢買張船票到美國，就在這時候出乎意料，從巴塞爾寄來的信到了。儘管有所保留，他們接受了我的申請。一位名為約瑟翰斯（Josenhans）的總督察在信上告訴我，鑑於我的背景他們先給我見習機會，他指的背景若不是我的短期培訓就是我和郭士立的關係。總之，我可以暫時得到這個職位，直到他們有更好的人選，這正合我意。我也同樣高興我工作的地方在大陸的一個小村莊。我在傲慢的英國人和醉酒的水手中待得也夠久了，而且我渴望認識那個至今我只在腦子裡旅行過的國家。

我搭渡船到九龍，走了幾英里的路，搭上第二艘渡船橫渡一個淺海灣，又繼續走了一段路才到達我的目的地。同福是一個貧窮的小村，只有五十戶人家，四周是稻田和漫長沒有森林的山脈。河流蜿蜒曲折流過，多雨但是土地上只覆蓋了一層薄薄的沙土，幾乎寸草不生。在家鄉即使在革命前的饑荒年代我也沒遇到如此的貧苦荒涼。這裡的三百多個村民是我從未聽說過的客家人，直到巴塞爾的來信指示我把工作專注在他們身上。總督察約瑟翰斯寫道，他就算從沒到過中國也知道，客家人在社會中處邊陲地位尤其容易接受福音。我在新加坡學了一種沒人聽得懂的方言，現在我又發現後來學會的幾句破廣東話也派不上用場，客家人有他們自己的語言。為了溝通我必須用棍子在地上寫字，然後期待對方能看得懂。那裡沒有教堂只有一本聚會時一手傳過一手的《聖經》。每個人要不是親吻《聖經》就是把它放在額頭上一下。主持聚會的是一個沒有牙齒面色黝黑的老人，大家叫他老羅，他懷疑地打量我，好像我來是要損毀他的權威一樣，就某種意義上來說，確實如此。

我在春天開始工作，正好是雨季，河流氾濫成災。儘管每年有三次收成，一次大麥，兩次稻米，人們住的房屋讓人想到的是豬圈。房子通常就一個房間除了家人住在裡面，還有雞豬也進進出出。牆是磚造的，地面是踩平的泥土。在第一季的報告中我寫到同福的居民確確實實生活在底層。我分配到一間散發馬鈴薯霉味的小屋，但至少沒有像其他地方一樣到處是動物糞便。年輕人幫助我用碾碎的貝殼、大麻油和石子製成灰泥，我用來補牆壁的破洞。除此之外我用竹子做了一張床，並且把帶來的蚊帳撐起來。家中唯一沒有實際用途的用品是：一張裝在琥珀相框裡的羅伯特·布魯姆的畫像。那是我母親在我離開鹿特丹之前寄來給我的。有一天每個德國城市都將會有以他命名的廣場，知道誰為他們的自由而犧牲的自由公民會在那裡相遇，而我或許也會回去。

在那之前我在同福還有很多事要做。客家語沒有字典，所以我走過村莊，幫人幹活，而且只要手上拿到東西就問人怎麼說。有時候村民來找我希望我給他們有酬勞的活幹，當他們知道我除了茶之外沒有什麼可以給的，他們又會失望地離開。我同樣也讓巴塞爾的中央總部失望。約瑟翰斯回覆了我的第一季報告，我對地理風土的描述雖然非常有啓發性，但是他對受洗的異教徒的人數更有興趣。我在從維多利亞回來的路上讀他的信，我每兩個禮拜必須到那裡採買並且拿郵件。約瑟翰斯的要求讓我不由得大笑。他希望有更多人受洗改信教，教會能蓬勃發展，但是不懂那些人的語言我要如何傳道？

首先我禁止他們亂摸《聖經》，我請老羅把掛在脖子上的護身符拿下來。他給我的回答是，那可以保佑他健康，我的上帝辦不到，因為祂是從海洋的另一邊過來的。這些比手畫腳進行的辯論，我在報告中稱之為神學指導。我用茶或熱誠的話語敷衍那些來求助的人，稱之為和個別教友的修行時間。只要是遇到沒有誇張轉頭當作沒看到我的人，我就當他是教友。除此之外，我盡力而為。在田裡很需要人手，馱畜太少。有時候我讓他們把犁套在我身上，直到我累到兩腿發軟撐不住。經常有屋頂要修，所以我會從香港帶回工具。居民很感謝我，要是有更多時間也許同福有機會成立名副其實的教會。為什麼事情生變，我稍後再交代。現在我想先說說，我第一次是如何聽到那些年在內陸所發生的巨大動盪。

那是我到達之後的幾個禮拜。為了獲得村民的信任，我盡可能的適應村子裡的生活。我不穿西服，而是穿上鄉下老夫子的長衫，腳上穿的是布鞋。記錄的時候我以兩種方式記下日期，以我們的方式，還有中國人的農曆，他們的新年從春節開始算。一八五三年，咸豐三年四月末是我們的五月到六月的交接。

午後居民從田裡回來，我正坐在屋子裡作我的筆記，這時突然鞭砲聲打破寂靜。我驚訝地聽到在爆炸聲中夾著歡呼聲。我在香港每個節日都會聽到這種吵鬧聲，可是這幾天我並沒有注意到有人在準備什麼，也沒聽說有婚禮。我走出家門，看到整村的人都聚集在老羅家門前，青煙冉冉上升，我心裡有不祥之感。巴塞爾來的指示很明確：異教徒的儀式必須嚴格禁止，在每一期的《新教異教信使》中大大讚揚那些阻止當地人去廟裡或拜神像的傳教士。在鹿特丹時我學到在中國的耶穌會士曾經犯下重大過失，因為他們允許朝廷舉行某些儀式，但是另一方面，郭士立曾說過你不可能立即廢除所有的外國習俗，我覺得他的說法合理。如果我禁止他們做幾百年來已經習慣做的事，他們要如何信任我？異教信使上的報導最後的結局大多是傳教士被石頭砸走，而他們抱怨當地人頑固不化。這麼一來又贏得了什麼？

我慢慢接近聚集的人群，他們從老羅的屋子抬出我一尊沒見過的雕像，看起來像孩童用黏土捏出來的，表面塗了紅色而且固定在木板上。村民一注意到我，立刻團團包圍住我，七嘴八舌爭相說話。我聽懂了南京已經被占領，雖然不了解來龍去脈。整個村子歡欣鼓舞。老羅請大家喝高粱。我問誰以及為什麼占領南京，我現在已經記不清當時得到的回答以及什麼是後來我才知道的。正如火如荼席捲整個中國的起義在幾年前爆發，現在因為占領南京達到了目前的高潮。他們告訴我他們的領導人是客家人，老羅家族中就有幾個人跟著他們的軍隊打仗，可是就像我聽到的一切，非常瘋狂不可思議。南京以其歷史悠久以及堅不可摧的城牆而聞名。來自南方的貧窮客家人竟然能征服這座城市而且將其改名為天京？老羅激動不已，一再指著雕像同時比劃十字，似乎是要告訴我叛軍是基督徒。

那尊雕像的胸前寫著天王兩個字。

有人給了我一杯高粱，我喝了，接著又是一杯。我的喉嚨灼熱，周圍開始旋轉，突然間我不由得想起我失明後又重見光明的光景：儘管害怕我可能又會什麼也看不見然後在奔跑中跌倒，我還是不得不跑，繼續不停地跑。我一邊跑一邊大喊，讓我瞎眼！再一次讓我瞎眼！我閉上眼睛繼續跑，接著跌倒了。我掙扎站起來，繼續跑，再次跌倒。籠罩了我幾個月的黑暗不肯放過我，但是我感到的不光是只有恐懼，為何跌倒令我感到如此的輕鬆？為何我在那一刻感到生氣勃勃，堅强而且幾乎是堅不可摧？當我在同福看到天王的雕像時那感覺又回來了，是何原故？難道在中國有什麼大事在等著我？後來我才找到答案，或者至少相信是在我再次屈服於誘惑並踏上前往南京的路之後。我知道有風險，但是我不惜代價也要走這一遭——當時我萬萬沒想到代價會有多高。

洪仁玕

在官祿㘵村大家都叫他小洪，他從小就與族兄一起上學堂，準備科舉考試。但是大家的希望都落在年長的身上，沒有人寄望小洪能幫家族擺脫貧困，他只是人人喜歡的伴讀，幾乎沒有人注意他，有時他也感到氣憤——直到族兄第三次落榜從廣州返鄉。族兄不在的時候，小洪常去村子的廟裡拜拜及等待。他年紀還小不能參加考試，但是他與其他人都知道事情的嚴重，三次落第很可能一切夢想成空。

十八天之後，洪秀全回到家鄉，不是步行，而是是租轎子讓人抬回來的。他像得了重病臥床不起，家人圍在床側，他用微弱的聲音為自己的失敗請求寬恕。然後閉上雙眼，等待一死。接下來的幾個禮拜他有時靜靜躺在床上，有時舉止瘋狂，讓父母家人驚慌失措不得不奪門而出。只有洪仁玕始終留在他身旁，寫下聽到和見到的一切。隨著時間，慢慢呈現一幅輪廓清楚的圖像：他的族兄手持利劍力戰地獄的閻羅妖。在他身旁還有一人吆喝助陣，他稱之為兄長。戰鬥完之後，他再次沉睡，他的手臂上會出現新的傷口。一天早晨，門梁上方出現陌生筆跡寫的字句：

手握乾坤殺伐權，斬邪留正解民懸。
眼通西北江山外，聲振東南日月邊。

洪秀全大病四十天之後，醒來時鬍鬚變灰，聲音和之前大不相同，而且目光銳利。他出門，孩童一見便逃之夭夭。村裡很多人認為他受狐狸精魅惑。只有洪仁玕認為必定還有其他原因。他在古書中尋找閻羅幻化動物欺敵的故事，可是他一旦問族兄，也總得不到回答。多年過去，他仍然沒有得到事情發生的真相。田地需耕作，才能養家活口。除了他之外沒有人想去碰觸舊傷。有一天他還是無意中發現書架上一本未讀的書。族兄告訴他那是洋鬼子在廣州送他的，但是寫書的是中國南方人。封面上印著勸世良言。洪仁玕把書帶回家，他在書中讀到蛇妖如何騙人吃禁果；讀到一場大洪水如何沖走膜拜神像與妖魔的人；讀到愛世人的天上上帝以及祂如何因為人類的誤入歧途而大怒，祂讓人類必須費九牛二虎之力耕田，就如官祿㘵的客家人一樣。書中所敘述的有些很熟悉，有些前所未聞。木匠魯班、大慈大悲觀音菩薩、送子的金花娘娘、黃帝、北帝和媽祖，書上說，他們全是無法力的木雕像。

因此他向神明許的願一點用也沒有？

起初他的族兄不想聽他的話。他仍舊想雪恥，通過科舉。可是洪仁玕已不是昔日聽話的同伴。七年來他尋找解答，現在他深信自己已經找到了。他們一起細讀那本書與昔日的札記，洪秀全第一次敘述了那四十天的經歷。

他坐著金轎被抬到天上。有一長鬚老人迎接他，並稱他是自己的親生兒子，老人給了他一把寶劍，要他下凡斬妖除魔。他們越是長談，一切越是清楚。他們認清自己的任務，立刻毫不遲疑地進村廟搗毀神壇。洪秀全還請人鑄造了一把寶劍，連家裡的祖先牌位也砸毀。七年來他感到羞恥，現在他走到村子廣場大喊他是至高無上上帝的兒子。村民對他投擲石頭。洪仁玕被兄長毒打到半死，當他又可以走路的時候，族兄已經不見，沒有人願意說出他的去處。有一段時間他認為村民已經殺了洪秀全。當拜上帝會信徒在紫荊山起義並且稱他們的頭領為天王的消息傳到村裡，他立刻動身，但是路已不通。皇帝已經派兵四處追捕那些客家人。他只得不停地在各地流浪。他在上海遇到了英國的傳教士，與他們一起研讀《聖經》，直到叛軍有一天占領了南京，而他失去了安全庇護。他九死一生逃到香港，而且在一些洋人當中找到棲身處，那些洋人不久也以弟兄相稱。他學習了他們的語言並且受洗，但是那些洋人教他的讓他十分困惑。上帝有一個或者兩個兒子？他傳道同時暗暗夢想著用武器而不是用語言戰鬥。他不滿的情緒一天一天滋長，他不敢相信他內心其實早已知道的：姓洪的注定要推翻皇帝。他告訴自己，我們是大洪水，沖走一切老舊陳腐。我們需要的只是膽量。

他暫時停留在香港，結交朋友，等待有足夠的勇氣。

二、秦國的大洪水

上海，一八六〇年夏

在同福那一天之後又過了七年。我已經走遍長江南岸的省分，但是中國對我而言仍舊是個謎。有些人聲稱中國有兩個，南北各據一方。而事實上就算在一個省裡也可能有天壤之別。我的故鄉德國分裂成無數的小公國，但是很多人腦海中存有團結建立一個民族共和國的想法。相比之下，中國已經是個存在了幾百年的帝國，然而卻無人相信有一個所謂的中華民族的存在。普通百姓覺得自己對家庭、宗族或村莊有責任義務。每個人有自己的土地公和灶神，而且每個縣說自己的方言。德國的存在只是一個想法，不是現實，而中國則相反，我不知道究竟哪個比較奇怪。我與我的好朋友洪仁玕洪哥就此討論了許多。他把倫敦傳道會圖書館的每本書都讀完了，他得到以下的結論：民族國家的建立是透過鐵軌和道路，報紙、電報和郵政。然而中國是建立在腐敗官員對人民的壓迫之上。他總結說，首先我們必須推翻皇帝並且趕走滿洲人，才能成為一個民族而且獲得自由的生活。洪哥來自南方一個貧窮的村莊，是一個不折不扣的革命者。如果我們有膽量，我們就可以自己決定一切，他說。

在我第一次聽到叛亂的消息之後，過了兩年我遇到了洪哥。那時我的客家話已經很流利，可以和同福的居民交談沒問題，可是我們溝通得越好，彼此的了解卻越少。這裡談不上是一個教會生活。我們所謂的做禮拜——我在向巴塞爾的報告中也是稱作做禮拜——在這裡只是輕鬆的聚會，天氣好就在外面舉行，下雨的話就在我的屋子裡。村民來來去去，啃啃瓜子，聊聊天，光屁股的小孩就在腳邊玩耍。在布道學校的時候我就是個差勁的講道者，激勵感動人心的布道演說我不擅長。我相信的上帝，可以讓小孩子失明，然後如果他們停止禱告，祂又可以讓他們重見光明。同福的村民最愛聽的是洪水、巴比倫被毀或奇蹟般療癒的故事。羅德的妻子變成鹽柱的故事也深受歡迎。老羅坐在我面前，有時他會插嘴，就好像我說的原則上沒錯但是忘了重點。有一次說到創世記的故事，他站了起來，表情嚴肅的提供證據證明上帝先創造了男人，然後從他的肋骨再創造出女人。因此所有男人都比女人少一根肋骨。大家立刻跳起來，互相摸了摸，結論那是真的。一片歡呼聲。有人拍拍我的肩膀，然後走到村子裡去告訴其他人這個發現。在這之前不久，督導約瑟翰斯在信上問，中國人是否也很難理解「和神相似的」與「和神等同的」之間的區別。他猜測這是一個語言學的問題。

最難挨的是夜晚。即使在夏天，太陽也是在六七點就下山了。之後萬籟俱寂，除了村子池塘裡的蛙鳴聲。同福入睡了。我一邊繼續學習我的語言，一邊打蚊子。就這樣我從二十四歲，二十五歲到了二十六歲。我童年的無盡夜晚又回來了，但是那是另一種的寂寞孤獨。如果我買的燈油不夠，那稍晚的時刻我只能入夢，在夢境中我生活在他方而且不孤單。

關於叛亂剛開始我獲得的消息不多。老羅說的聽起來像是在吹牛皮。而其他居民也一無所知。在造訪維多利亞的期間，我偶爾會看到一些零散的報紙文章，主要還是傳聞。但是有一天《北華捷報》證實南京已經淪陷。根據該報導，叛亂分子建立了一個新王朝，稱之為太平天國。他們的目標是要征服整個中國，報紙上僅做了這樣的報導而且維持了很長一段時間。那些年裡記者的注意力大多放在所謂廣州問題上，這城市位在珠江岸，離這裡大約一日的路程。在致使香港成為英國殖民地的鴉片戰爭爆發之前，這裡是鴉片買賣的中心，外國商人想再次在此重振旗鼓。但是廣東總督不允許，他聲稱人民非常厭惡外國人，他無法保證他們的人身安全。我們每個到內陸的人確實都必須有心理準備會受暴力攻擊。我在到同福的路上就多次被年輕人跟蹤，而且對我丟石頭罵我洋鬼子。

隨著時間衝突升高。香港的白人敦促同樣虛榮且不了解世界的總督寶寧爵士採取更嚴厲的手段。越來越多英國士兵湧入內地，和當地民兵正面衝突，死傷慘重。最後局勢緊張到巴塞爾總部允許我到維多利亞找住處，在緊急狀況下我可以有個落腳的地方撤退。我立刻在一個叫「西營盤」（Sai Ying Pun）的營區租了兩個陰暗的房間，那裡除了我以外只住了本地人。每次到那裡我都覺得周圍的小巷裡人越來越多，可是過了一段時間我才意識到幾乎所有鄰居都說客家話。老羅說的是真的：叛亂領袖是客家人。所有客家人因此受到懲罰。朝廷的軍隊燒毀了他們的村莊，殺了男人，綁架女人，倖存者逃到了香港。整個大家族擠進了西營盤裡瀰漫排泄物和垃圾臭味的簡陋營房。英國人稱這個區域垃圾灣，這裡很少有印度警察會誤入。

有一天我竟然就在那裡遇到了伊莉莎白。

在維多利亞，你若看到外國女人要不是坐在轎子裡就是有僕人陪同在海傍道（Praya）散步。她們始終被好奇的中國人包圍，他們想一窺藏在陽傘和面紗後面的外國女人。一位白人婦女可是一樁大事，那天我聽到背後有人大聲呼叫，於是在我的門前停住。那是一八五五年的春天。那天下午就像平常一樣我在倫敦傳道會的圖書館待了一下午，第二天我就必須回同福。我轉過頭，心理準備好各種情況，但是絕對沒有料到下一刻看到的這一幕，小巷子裡一排夾道歡迎的行列，一個年輕的外國女人在當中前進，而且是一個人！她沒有撐陽傘，而是提著滿滿的兩桶水。嚴格來說，她不是在走路，而是不堪負重跌跌撞撞勉強前進。

我不假思索衝向前，用英語對那女人打招呼，接過她手中的兩個水桶。她的幾縷頭髮掛在汗溼的臉上。她蒼白的皮膚洩露她住香港不久。當她用德語感謝我時，我驚訝得差點絆倒。我已經好多年沒聽過我的母語了。因為桶子裡的水是滿的，而且我們被看熱鬧的人包圍，我必須先盡可能小心看路同時打發圍觀的人走開。即使如此我還是得知她叫伊莉莎白，她是柏林在華婦女傳道會（Berliner Frauen-Missionsvereins）派來香港的。我怎麼可能不相信命運呢？她和我一樣追隨同一個男人的號召，同行的還有兩名姊妹。其中一個在船上死了，另一個在抵達後不久也過世了。原本她們應該是一起接管我聽說的新成立的女子收養院，但是現在只剩伊莉莎白自己一個人負責。那是在兩層樓的營房裡，我們在幾分鐘之後就到達了。我汗流浹背，而且還說不出話。我很想立刻邀她一起去散步，好知道關於她的一切。但是她似乎沒有太多時間。「多謝！」她對我說，同時想要接手兩個水桶。

「有多少個？」我問，「我的意思是指小孩，孤兒。」

「八個。」

「只有女孩？」

她點頭。

「都是遭父母遺棄的？」

「就是孤兒，有人發現送來的。」在殖民地稱為籃嬰（Basket Babys），這樣的棄嬰很多，幾乎都是女孩。

「妳如何自己一個人照顧她們？」

「還有兩個當地的奶媽幫忙，」她簡短回答。同時正面打量我身上的奇怪裝束：不再乾淨的長衫還有中國布鞋。我已經好幾個星期沒刮鬍子沒好好梳頭，外表看起來就是那個在同福隱居的我。

「我住在內地的一個村莊裡。」我解釋道，可是她沒有追問，只是想拿走我提在手中的水桶，她不允許我把水桶提進屋子。男人止步，這附近謠言已經夠多了。很多中國人相信我們這些傳教士會把小孩的眼睛做成可以長生的藥丸。「再次感謝。」她最後再次面帶微笑說，然後關上門。

像我這年紀的男人已經有些歷練，可說到女人我一點經驗也沒有。在萊比錫的時候我愛慕過羅伯特．布魯姆圈子裡的一兩個女演員。現在我回到同福，夜裡獨自輕喚伊莉莎白的名字。那相遇如此短暫，以至於一個禮拜之後，我已經不太記得她的臉。蒼白的嘴唇及白皙的皮膚，但是眼睛是綠色還是棕色？根據巴塞爾的規定，傳教士必須至少服務滿五年之後才能結婚，而且總部會先審查新娘並且批准才行。我的服務時間只有一半，可是我遇到的難道不是一個在全中國唯一可以成為我伴侶的女人嗎？我該允許一項條款來決定我的未來嗎？關於她如何想的我不知道——一個女人獨自來亞洲，當然有她自己的想法——但是第一次邂逅之後我已經決定，要不就我們結婚，要不就我必須辭職然後遠走到美國去尋找我的幸福。

同福的居民注意到我只用一半心力完成我的任務。我一回來，就尋找下一次出門的藉口，而且幾乎是欣喜當前的各種情況助我一臂之力。最初，對客家人的迫害僅限於叛亂爆發的鄰近省分。但是到了夏天措施擴大了。越來越多年輕男人逃到香港，接著是他們的家人。老羅也走了之後，同福就沒有我可以照顧的教會了。我寫信到巴塞爾，告訴他們最好是到維多利亞重新建立教會，可是缺少我們可以聚會的地方。大家散居在小島各處，只有飢餓時才會來敲我的門。我暫時承擔了一些倫敦傳道會的小任務。其餘時間我都站在房間的窗前，看著巷子裡的喧囂。伊莉莎白每天至少必須去提水一次。如果她沒來，我就會到收養院看看她是不是需要什麼幫助。那口井在四分之一英里外，也可以付錢請苦力去，但是她沒有錢。那些女孩睡在通風不良的房間裡，不斷生病，所以我買了藥，而且假裝我有多餘的藥。伊莉莎白當然知道我別有用心，但是我不在乎。「你不會因為我而惹麻煩吧？」有一天晚上我給她帶來一小瓶奎寧時，她這麼問。這藥可以用來治腹瀉和發燒，雖然不如鴉片溶液那麼有效，但她不想和鴉片沾上任何關係。

「給孩子的。」我說，擺了手要她不要想太多。約瑟翰斯可能不會的同意，但是我覺得錢最恰當就是放在最需要的地方。「妳才給自己找麻煩。」我補充說，因為她雖然接下我的小包裹，但是呆站在門口動也不動。她身上穿著白棉布的簡單連衣裙，看起來像個筋疲力盡的女僕。「我的意思是妳做太多事了。」

「給孩子的。謝謝。」點了頭之後她馬上要進屋，這時她想起什麼事。「你會中文不是嗎？」她問。「bobbely 或類似的發音，那是什麼意思？奶媽一直在說。」

「噪音、麻煩、紛爭，所有惹人煩的事。」

「廣東話？」

「洋涇濱。」我說。

她臉上露出尷尬的微笑。「我連我聽不懂的是什麼語言都不知道。」

現在我已經對她有更多的了解。她的家庭來自波希米亞，可她是在柏林伯利恆教堂附近長大，在那裡從小開始她就聽說了到異國傳教的傳教士故事。巴塞爾崇真會絕對不可能想到把未婚女子送到中國。儘管這是能讓大門不出的婦女改信教的唯一機會。沒有女人就沒有家庭，沒有家庭，就沒有教會——簡單的演算。柏林在華婦女傳道會是第一個勇於實驗的組織，兩位姊妹不幸過世之後，只剩伊莉莎白是這個實驗的唯一希望。他們幾乎沒給她什麼培訓。她英語說得不錯，但是不會本地的方言。有時房東出現，大聲對她說話顯然是要錢。一個鞋匠和他的妻子正從柏林趕來，他們要來當寄養父母接管這收養院，在他們到達之前，我還有很多機會贏得伊莉莎白的感激。

「有一首很有名的詩，開頭是這樣的，」我說。把詩句和諺語從一種語言翻譯成另一種語言是我在同福的寂寞夜晚的消遣之一。「Top-side allo tree no catchee bobbely. 妳聽過嗎？」

她不耐煩的聳聳肩，看來她還有很多活兒要幹。屋子前面的小巷飄著海傍道賣的海鮮乾貨的味道。

「樹梢一片沉寂（歌德著名的詩）。」我翻譯給她聽。

她愣了一下，才大笑。她手遮著嘴巴，臉頰變紅。短暫的幾秒她看來不再疲憊，而是無憂無慮而且快活。然後她對我道了晚安，我回到我的住處，腦子裡滿是下次有機會我要念給她聽的詩句。

停留在新加坡的時間不算，第二次鴉片戰爭爆發時，我在中國已經住了五年了。同樣的香港的白人大爺要求在廣州問題上必須改弦易轍，才能讓中國人變得理智，而一八五六年的秋天正是個絕佳的時機，朝廷的士兵强行上了一艘停在廣州港口的船，那艘船名義上是一個中國人的，但是船上飄的是英國的旗子，因為船是登記在香港。船的名稱是亞羅號。在珠江三角洲此類走私鴉片或偷來貨物的船有幾千艘，掛上外國國旗只是為了嚇阻中國當局檢查，但是這次亞羅號沒成功。清朝士兵沒收了船上的貨物並且逮捕了船員。如果他們沒把桅杆上的英國國旗也卸了下來，事件應該就沒有後續了。然而在這點上英國人是開不得玩笑的。事情如果關係到他們所謂的國家聲望時，懷疑會變成赤裸裸的仇恨，然而何時不是關係國家聲望呢？我在維多利亞親眼看過一次：一個英國紳士毆打兩個中國人，他們只是坐在公共長椅上，看他走近只挪了位子坐到旁邊。那張長椅足夠坐四五個人，可是對白人而言把他的長椅和當地人分享，是件丟臉的事。基本上以任何形式和他們往來已經損害了他的榮譽，所以他只能狠狠地打他們，直到手杖折斷。然後憤憤地走開。中國人留在原地看著自己的傷口。他們之前並沒有反抗，只是用手護著自己的頭。

亞羅號事件之後，憤怒在粗野的辱罵中宣洩。英國的各報紙上如此報導描述：褻瀆我們引以為傲的旗幟，侮辱女王！一大群野人汙穢我們國家的尊嚴。但是如果仔細讀這些報導，就會產生疑問。英國的船隻只要停靠港口之後就會收起旗幟，在事件中，清朝士兵如何去拿下旗幟？他們不肯承認亞羅號是賊船，而整個事件不過是個藉口，他們只是想藉此迫使廣州開港，讓外國人做鴉片生意，英國人故意激起外交的爭端。事件發生後，一名叫巴夏禮的年輕領事立刻到了現場，要求釋放船員並立即再升旗。結果起了衝突發生鬥毆，所以領事現在也覺得尊嚴受損，要求道歉。官府拒絕道歉，於是英國派了一艘砲艇沿珠江而上。兩廣總督不受威脅而是關閉了稅局，致使香港和內地之間的貨物運輸耽擱。在尊嚴的問題上雙方都不肯讓步。十月底第一批砲彈飛到廣州，總督的回應是每殺一個外國人可領三十銀圓的賞金。傳教會緊急召回他們的工作人員，要他們從內地回到殖民領地，但是連那兒都可以看到懸賞謀殺我們的布告。在英國人的住宅裡，僕人到了晚上都會被關起來。有辦法的人就會把妻兒帶到澳門。伊莉莎白當然不肯棄她那些女孩於不顧，再說她太忙著她的活兒，無暇去關心那些事件。我突然帶著一支雙管彈槍出現在收養院，她覺得太誇張了，但是我不為所動。十二月時有人在一家有名的烘焙店的麵包中下了砷，劑量高到大部分人咬第一口就吐出來了。當我告訴她這件事時，她回答我：「我的女孩都是喝米粥和稀釋的牛奶。」有時候她表現得無所懼，事實上並非如此，是我到後來才發覺的。

「三十銀圓可是個大數目。」我說

「這我知道。我們的乳母一個月才領三銀圓。」

「世界上有比妳的奶媽更危險的人，妳看不懂布告，但是到處都貼了。所以妳得小心，天黑之後千萬要留在屋子裡……」

「不能像平常一樣到城裡散步？」

「……而且，當有朋友過來看看是不是一切還好時，請不要翻白眼。」

她一邊點頭一邊翻白眼。「你是說像這個樣子嗎？」

要是當時我更有經驗些，就會明白我的來訪並不是真的打擾到她，不是她裝出來要我認為的樣子。我身上的中式服飾和濃密的落腮鬍大概符合她從小對傳教士在異國傳教的浪漫想像。此外我們身處在這可怕的事件當中卻出奇的自由。沒有家庭的義務責任，我們不屬於英國社會，而且和我們的雇主相距如此遙遠，我們只能自己做所有的決定。自從我得到約瑟翰斯的允許從同福撤回，已經有半年的時間沒踏足內地了。他沒有批准我在維多利亞建立宣教處，而是希望我盡快回到村子繼續工作，在此之前我應該和我的教會以書信保持聯繫。由於缺少郵政服務，只有少數老人還住在同福，那些人從不屬於教會，所以他的指示毫無意義。在香港設傳教所才是當務之急。這期間已經有成千上萬的客家人來到香港。當我聽到美國浸信會要關閉他們的設施，而且正在尋找接手的人，我就採取行動了。在維多利亞郊外的一棟房子和一個小教堂，位在城市後面的一座小山的半山腰。面對的是整個海灣的風景，房租一個月才六銀元。我立刻簽了合約，然後開始動手整修破舊的建築物。要是讓約瑟翰斯知道，他一定會大怒。但是我相信我已經找到建立教會的理想地點了。而且不僅如此，收養院的新看護者一到，伊莉莎白就不得不搬離收養院。從傳教所到她幹活的地方不是太遠，況且這房子夠兩個人住。

接下來幾個月我白天在傳教所工作，然後就下山到收養院看看是不是一切都沒問題。剩下的空閒時間不多，我就待在倫敦傳道會。它的圖書館是個狹小的房間，裡頭藏書不到兩百本，可是我希望到那裡能碰到一個我最近常聽到人，傳道會的工作人員，尤其是理雅各牧師對他讚譽有加。當他在下市場的教堂傳教時，通常是座無虛席——他用客家話傳教。他也是客家人，而且他還是占領南京的叛軍首領的族弟。叛軍部隊現在控制的區域範圍大過英國和法國國土面積加起來。然而報紙上記者的報導視此為令人厭惡或稀奇之事。他們嘲笑首領華麗的頭銜還有自認理解他們教義的人。叛軍在軍事行動上的成功卻沒有人解釋。至於在倫敦傳道會的工作人員中，有一個人和天王一起從小長大，我們大部分人並不知道。

第一次見面就讓我十分驚訝，他長得普通不引人注目：比我年紀大，孩子氣圓潤的臉，沒有鬍子沒有皺紋，聲音柔和宜人，既沒有薙髮也沒有結辮。但是他有著中國學者的端莊拘謹舉止。我和他攀談時，他著實嚇了一跳，因為他還沒遇過會說客家話的外國人。他自己英語流利，他正協助理雅各牧師研讀一些他將來打算譯成英文的古文。

「與牧師相處很難吧？」我自我介紹完之後問道。「在傳教所大家都說他非常嚴格。」

「他像對待一隻昂貴的純種狗般的對待我。」洪哥說，聲音中帶著中國人很少有的諷刺語氣。「他常常稱讚且輕輕拍打我。」他的眼神似乎在補充說明：但總是以居高臨下的姿態。

之後不久，我們就經常見面。剛開始只要我詢問有關叛亂的事，他的回答總是有些遲疑。可是當我告訴他自己家鄉的經驗之後，他漸漸更坦誠。他是我遇到的中國人裡第一個不認為自己的國家是世界上唯一文明的人，他想了解有關歐洲的一切。什麼是共和，什麼是議會。除了英國之外是否還有其他君主立憲王朝，為什麼我們有精良的武器，大學如何運作等等。許多問題超出我能力範圍，但是他也很喜歡聽街壘戰的故事或是古早的革命歌曲。他最喜歡的是赫維格（Herweghs）的《召喚》（*Aufruf*）。我們一起將其翻譯成中文：「拔出土裡的十字架！／一切都該成刀劍／天上的神會諒解／對抗市會與暴君！／刀劍有其司祭／希望我們就是司祭！」

慢慢地我了解他們起義的經過。三次落榜，族兄生的一場怪病，他的幻想以及他們意識的共同發展。每當洪哥察覺我對他說的有所懷疑，他沒有想要說服我，而是換話題，譬如自從白銀全流入鴉片買賣之後，納稅負擔一直重壓中國農民身上，他似乎非常清楚哪些問題正困擾我。他視財產為萬惡之源，並夢想農民共同耕種的農民社會。但是首先要做的是必須推翻滿族王朝，那是進步的敵人。他也相信這一定會發生。我問他何時，他俯身像是要告訴我一個祕密般，小聲對我說：「我們倆都將活著見證一切。」

他臉上露出期待的恬靜笑容。那背後藏有多少決心，我是後來一點一滴發現的。

透過洪哥我認識了倫敦傳道會的其他人員，托馬斯·雷利（Thomas Reilly）和他的妻子莎拉，他們已經住在香港超過十年。五月收養院的新院長到達，伊莉莎白就搬進了雷利家在皇后大道上的寬敞房屋。我放棄了西營盤的兩間房搬到山上的傳教所，這裡炎炎的夏天夜晚微風徐徐。隨著時間我們週末就會在那裡碰面，通常是五個人。托馬斯和莎拉，伊莉莎白和我，還有洪哥，他從來不帶妻子來。即使是星期天在香港佑寧堂（Union Church），我也沒見過她。當我們問他為什麼，他回答總是：事情就是這樣。他不太願意提私人的事，儘管在其他方面他非常平易近人。在下市場講道完之後，總是有很多人圍著他。後來我注意到很多人問他是因為尋求藥方。我問他，才得知原來他早年流落他鄉時曾經行醫。我請教他是否有治頭痛的良方。

「你有頭痛的毛病？」他問我。

我搖頭。悶熱的夏天，伊莉莎白深受發燒和頭痛的折磨。我去找她，她常常病得無法招待我。她躺在關上窗簾的房間裡，有時頭痛到無法張開眼睛。她拒絕服用鴉片，這裡又可以看出她個性的頑固。

「頭痛很容易醫治。」洪哥說。「可是有些人就是會怕，尤其是外國人。」

「藥很苦嗎？」我問道。

「其實不苦。」他大笑像是順便開個玩笑。

「你見過她，」我說，「她不像一般女人。」

「我還以為是你。」像他這樣和外國人說話的中國人不多。親暱，平起平坐，偶爾用微笑掩飾那骨子裡的自命不凡。他從幼致力研習古文經典，但是突然有一天他覺得這些一文不值。從此以後他的好奇心就像海綿一樣無止盡地吸收一切新知，而且也許他暗地裡認為自己比他的上司理雅各牧師聰明，理雅各在香港的傳教士中算學問淵博的。總之洪哥十分自豪。當我們小聚時，他經常成為焦點，他也以展現他的許多才華讓我們印象深刻為樂。

「所以說你也是位大夫，」有一天晚上莎拉說，一邊搖頭。雖然蚊子很多我們還是坐在屋外。一陣微風吹拂過太平山山頂。「你又是從哪兒學到的呢？」

「上海，」他回答。「跟一個收留我的大夫學的，我教他古詩，他教我他的絕活。」

「中醫，」托馬斯說。「藥草之類的。」

洪哥搖搖頭說：「針灸。」

「你的意思是說打針注射？」

「針灸，」伊莉莎白這時插話，讓洪仁玕沒法繼續說。「在西營盤有一個大夫，他用針刺醫治病人。我們的一個奶媽因為奶水不夠去看那個大夫，那些針可以治各種疑難雜症。」

「用針如何醫治各種疑難雜症？」

當洪仁玕解釋那些我聽不懂的經絡、氣還有其他東西時，我觀察伊莉莎白。整個晚上她參與了談話，但是卻一再的閉上眼睛或眼神空洞。現在她察覺到我的目光，對我微微點頭，隨即看著洪仁玕從袋子裡拿出一個鋪襯著絨布的小盒子。「長的就是這個樣子。」他說，而且用兩根手指捏起一根細細的針。那根針一頭是尖的另一頭稍微扁平。

「這是做什麼用的？」我問。

「我說過了，用它扎在皮膚上重要的穴道以讓血氣暢通。頭痛，主要是針耳朵和腳趾。」

「耳朵和腳趾？你該不會是打算把針扎進我……」我脫口而出，還好及時住口。「我的意思是該不會在我家，這裡可不是醫院。而且為什麼要扎這些地方呢？」當我瞄到伊莉莎白非難的眼神，我搖了搖頭，手一揮不再說什麼。

「通常都有效。」洪哥一邊說一邊把針放回小盒子。「而且一點危險也沒有，我能說的就這麼多。」

「會疼嗎？」她問。

「剛開始會有點兒，沒有想像的疼。」

「你可以幫我醫治嗎？現在可以嗎？」

我的朋友疑惑的看著我。我能說什麼？伊莉莎白的父親是校長，她和五個哥哥一同長大，她學會怎麼捍衛自己。在來中國的船上，她頭髮長了頭蝨，她沒有像其他人用除頭蝨的梳子每日梳三次頭，而是寧可把自己的頭髮剪掉。之後和她同行的姐妹再也不肯同她一起露臉。最近幾個月我讓收養院不能沒有我，而且我相信伊莉莎白對我不是只有感激之情，可是除了鼓足勇氣以及……「終歸那是她的耳朵。」我說，裝出一副不在意的樣子。

洪哥認為病人必須躺下來接受醫治。於是我們進了屋子。我收拾了大餐桌，拿了一條毯子鋪上。伊莉莎白脫下鞋子。「妳知道妳在做什麼嗎？」我問。

「你聽到你朋友說的，中國人這麼做已經幾個世紀了。你不信任他嗎？」她問。她小心地躺下，撫平裙子。蚊子圍繞在油燈周圍，燈光把洪仁玕的長影投映在牆上。他慢慢地有些裝模作樣地靠近桌子，然後捲起袖子。我真的很想阻止他，可是當他下第一針的時候，我只是緊閉嘴唇。他指尖壓著伊莉莎白的耳朵，接著輕輕地把針扎進同一個點，然後他放開手，那根針停留在那裡，末端微微顫動了一下。「你應該阻止的。」托馬斯在我耳邊小聲說。

「要如何阻止？」

「這裡是你家。」

「疼嗎？」我小聲地問。伊莉莎白用幾乎看不出來的搖頭示意。

「別動，」洪仁玕說。「別說話。」

眼前的景象陰森恐怖。伊莉莎白躺在桌子上，像死人一樣。洪仁玕身穿寬大的長袍繞著她扎針。在耳朵上、在額頭上、在她的腳趾間。她所有緊張的表情似乎慢慢退卻。但是對我而言，她看起來像在遭受酷刑。過了幾分鐘之後，洪哥說我們必須到外面去，讓病人安靜不受打擾。「你們去吧，」我回答。「我待在這裡。」他們三個一走出去，我便走到桌旁。伊莉莎白的表情近乎虔誠。油燈的光影投射在她臉上猶如浮雕，她的胸口規律起伏，似乎是睡著了。儘管如此，我不忍心看。「有效嗎？」我低聲問。

她輕聲嘟噥回答，隱約聽起來像是說有效。

我不假思索握住她的手。我的心狂跳，她依舊文風不動，甚至她温暖纖細的手指也沒動。我聽到外面其他人輕聲說話的聲音。「我們結婚吧。」我說。

她深呼吸。

「妳聽到我說的話嗎？」

「你是認真的嗎？」她問。「現在？我頭上扎著針。」

「現在，而且天長地久。」

「我現在看起來一定像仙人掌，如果你知道那是什麼。」

「從一開始我就覺得妳身上長刺了。」

她的臉上掠過一絲笑意，但是她仍舊閉著眼睛，而且不再說話。過了一刻鐘之後，洪哥回到屋裡，他看了看針的位置，在某些部位他稍微轉了一下針頭，才熟練地把針拔出來。他要伊莉莎白再躺一會兒。他並沒有問她覺得如何，他似乎很清楚。他很快收拾好行裝，向我示意該走了。我放開手，送他到屋外，托馬斯和莎拉站在露臺邊等著，那裡有一條通往山谷的狹窄小徑。他們惱怒的眼神讓我意識到他們正要離開，他們打算把伊莉莎白留在這裡。「有效嗎？」托馬斯問。

「似乎有效，但是她必須休息。」

「我們必須走了。」

「走吧，我可以收拾另一個房間給她。」

從他的表情可以看出來，他對我和洪哥有所譴責，但這時候我一點也不在乎。我迅速和三人道別，然後回到屋內。伊莉莎白看上去像變了一個人，她坐在桌緣，晃著腿。「全不見了。」她說。

「是的，托馬斯很不高興妳留下來。」

「我是說頭疼，全不見了。就這麼消失了。」她睜大眼睛環顧四周，彷彿在找這奇蹟的解釋。「你的朋友是個魔法師，」她說。「一點也不疼。」

「妳還沒回答我的問題。」

她深呼吸了一口氣。「你並沒有問問題，你只是說了你想要的。」

「妳想要的又是什麼？」

「和我一樣信仰上帝的男人。」她手一揮阻止我想回她的話。「我了解你不是每次對你的中央總部說實話。他們離這裡太遙遠，不知道這裡的狀況。沒有你有一些女孩根本活不過冬天。菲利普．約翰，我非常感激你，但是如果你的信念沒有我的堅定，我不會嫁給你。」她聲音中透露的悲傷，並沒有減輕我的失望。我沒有為自己辯護，我把杯子收回架子上，把桌子上的毯子拿下來。「妳可以睡我的床，我睡地上。」我說。

「如果你認為我今晚會留在這裡過夜，那你就大錯特錯了。」

「已經很晚了，其他人都走了。如果妳一個人想走，那就太瘋狂了……」

「當然是你陪我走，你不是有槍嗎？」

我們走進城的路上，蒼白的滿月高掛在海灣上空。越是往山下，越是無風。我知道要改變她的心意並非易事，但是我也不願意就此放棄。「妳讀過中文的《聖經》嗎？」我問。

「我想我不可能有讀懂的一天。」

「聽起來和我們熟悉的有些不同。聖靈稱為聖風（Heiliger Wind），使徒傳稱為使徒行傳。我讀到的爺火華，中文三個字代表的分別是祖父、火和中國。就如同我們的中文名字：當我們聽到的時候，一開始會覺得陌生，至少對我而言是如此。」

「我沒有中文名字。」

「當然有，」我說。「只是奶媽說的時候，妳聽不出來而已，妳也不知道她們心裡想什麼，她們信什麼？理雅各牧師經常提到一個人，那人每個禮拜天來香港佑寧堂，他最喜歡聽的是大洪水的故事。他總是說，那些是可憐的罪人，而他從未有過罪行，如果牧師回答他，所有的人都是罪人，他就會搖頭說，他是中國人所謂的君子，一個品德高尚的人，這樣的人不會犯罪。」

「有人必須向他解釋。」

「他們所謂的罪不分宗罪或平常的罪行。他也許真的從未犯過罪。儘管如此他是一個罪人，只是，如何教導他？我想，教養那些女孩不會有這樣的問題。可是用什麼語言呢？德語嗎？我想知道她們將來會如何？」

「奶媽和她們說廣東話。」

「她們也許會告訴她們慈悲為懷的觀音或玉皇大帝的故事。」有些地方，路變得十分陡峭，我伸手讓伊莉莎白扶著，但是一旦可以自己走，她馬上鬆手。我很想當著她的面說，收養院的主要目的不是要拯救女孩讓她們免於餓死。事關傳教。要讓男性華人信教，除非允許他們以基督徒身分結婚。但是誰肯嫁基督徒呢？沒有人會願意把女兒嫁給一個不祭拜祖先的男人。唯一的解決辦法就是我們傳教士自己撫養未來的妻子。收養院的目的就在此。

一個小時之後我們到達皇后大道的房子。一樓仍有燈光。「我希望我們下次再繼續我們的談話。」我說，而且帶著求和的口氣。

她點點頭。「也許你可以聊聊你的信仰。總之我不會嫁給中國人的，菲利浦先生！如果你見到洪哥代我謝謝他。我從未有過頭疼這麼快好的。」

我在花園的門口看著她進去，而且等到聽到門鎖的聲音。我希望伊莉莎白能理解我長期來的不適，這不適隨著時間的流逝越趨嚴重。我無法解釋。在街上看到白人大爺如何對待當地人，我感到羞恥。如果我不是白人大爺，我又是什麼？有一次我問洪哥，我們是否有可能調換立場，他的表情讓人看不透，他說：你在開玩笑。漸漸我才了解，他暗地裡也對外國人懷有仇恨。儘管他非常欽佩我們帶到中國的許多想法。

來過我傳教所那晚不久後，他開始蓄髮，最後他薙髮結辮時，我已經知道他的計畫。他已經談論了許多次，每當我問他為何不願等到內地局勢穩定之後，他每次回答：只要我們獲勝，局勢就會穩定下來。現在他心意已決。偽裝成商人進入叛軍首都是甘冒性命危險的舉動。當理雅各牧師發現時怒不可遏，但是洪哥早已經離開。他把妻子和兩個孩子留在維多利亞。托馬斯和我都十分擔心，然而我們還是佩服他的決心。他的所言所行都是認真的。

幾個禮拜過去，沒有任何他的消息。七月初的一天，那天氣溫超過華氏一百度。牧師、托馬斯．雷利還有我去散步。我們剛參加完在佑寧堂的聚會，儘管天氣炎熱，我們還是想伸伸腿。中午的豔陽當空，地上幾乎沒有我們的影子。苦力在鴨巴甸街的屋簷下打盹。我們爬得越高，眼下的城市越顯得壯麗輝煌。新建的總督府在陽光下閃耀。維多利亞沿著海灣和山丘漸漸繁榮，填海造地不斷為更多新的商行創造空間，然而城市的擴張卻跟不上難民湧入的腳步。根據報紙上的報導，在廣州每天有幾千據信是叛亂分子的人被處決。每天！看到這些報導，我都會懷疑是否能再聽到洪哥的消息。

我們在花園圍牆的陰影下停下腳步，稍稍喘口氣。一艘船從西北方所謂的硫磺海峽通過，正駛進港口。起初我以為那是來自孟買的郵輪，但是當它頂風緩行我才看清那是一艘裝備蒸汽引擎的巨大三桅船。這種船很少來到香港，如果有那就是來自歐洲或美國。我正要指給我的同伴看時，白色的煙霧正從砲口冒出，接著禮砲的回聲在海灣上迴盪。

「是香儂號。」牧師也已經注意到這盛大的場面。空氣震盪，海軍部很快回應了。「香儂號，」他嚴肅地重複道。「女王陛下的特使正踏上中國的土地。」

「大不列顛的。」托馬斯不動聲色的表示。

砲聲消失之後，寂靜籠罩海灣。特使的到來已經多次宣布。整個春天英國人和中國人為了沿珠江河口的碉堡而戰，雙方勢均力敵，英國有精良的大砲，中國人則靠人多，而倫敦政府完全有理由對情勢的發展發愁。總督寶寧爵士及領事巴夏禮無權對一個國家宣戰，嚴格來說他們並未宣戰，而是直接開火。總之似乎缺少作戰計畫。現在救星來了，他就是額爾金伯爵（Lord Elgin），他受到熱烈歡迎，因為他領導了一支由五千人組成的軍隊前來。根據他的說法，倫敦雖然不高興，但仍舊下決心給中國人一個教訓，在鴉片商多年來的呼籲之後。

「你知道那人的出身？」我問。那天風平浪靜，大砲的煙霧緩慢消散。香儂號的甲板上士兵列隊站立。

「他出身有名望的家族。」牧師凝視著那船艦猶如凝視一個惡兆。「額爾金及金卡丁伯爵世家（Earl of Elgin and Kincardine），那是蘇格蘭最古老的貴族，他是羅伯特布魯斯（Robert the Bruce）[4]的嫡裔。他的父親曾是奧斯曼樸特（Hohe Pforte）的大使，本該和蘇丹結盟對抗拿破崙，但是這未能讓他發揮長才。他後來為了製作古典藝術珍品的石膏模型到了雅典。然而不知什麼原因，他最後運回很多大理石，自此之後帕特農神廟有一半在倫敦。但是這並沒有為這位高貴的勳爵帶來好處，正好相反，據說家族財務狀況陷入困境。」

「那兒子呢？」托馬斯問。

「是經驗豐富的外交官，已經在海外履職很長的時間。牙買加、加拿大。我們的總督正擔心將來說話不再有分量。你們聽見了嗎？」聖約翰大教堂的鐘聲響起向這位偉大的人致敬，牧師伸出一根手指。「古老中國的喪鐘。無論他打什麼主意，到目前為止的小規模衝突只是序幕，這怪物來此沒有和平談判的意圖。」

幾天來在殖民地只有一個話題，每個人都想看到這位新來的人。但是事與願違，和額爾金伯爵的船同時，印度發生叛亂的消息也到達，平息叛亂是最緊迫的事。才一到，特使便不得不帶著他的艦隊前往加爾各答了。他在香港停留的時間足夠讓人懷疑他是否真是商人期待已久的復仇天使。在唯一一次的演說中，他並沒有好戰的口吻。接下來的幾個禮拜，雖然報紙讚揚他是印度的救世主，但當他九月返回時，他並沒有採取任何行動，使在皇家殖民地的同胞愛戴他。他大部分時間都待在船上，或到澳門及一些海上不知名的小島旅行。

4 譯註：蘇格蘭國王，羅伯特一世（Robert the Bruce）

整個維多利亞以歡迎他為名的舞會再次取消。勳爵贏得難以相處的名聲。那些見過他的人形容他傲慢而且沉默寡言：據說他最喜歡給妻子寫長信。他毫不掩飾他對鴉片走私的厭惡。對中國人卑鄙態度的憤怒他並未表現出來。除此之外，只要有機會他總強調應該與法國合作採取行動。然而在聖誕節前不久，當商人對他的態度感到絕望時，額爾金伯爵突然下令攻占廣州。他們從河上轟炸這座城市，無數平民百姓喪生。白人大爺雖然歡呼雀躍，但是把大部分功勞歸給領事巴夏禮，他是大力主張戰事的人。因此額爾金伯爵在「展示武力」之後，前往北方與皇帝談判和平條約時才將巴夏禮留在廣州？這是《中國郵報》（*China Mail*）代替維多利亞商人所提的問題，然而同樣也沒得到答案。

一八五七年跨一八五八年的冬季，香港上下沒有人知道發生了什麼事。

我那時非常忙碌，自從洪仁玕走了之後，禮拜天到下市場做禮拜的客家人比以前少了，當中很多人尋路來我山上的傳教所。因為口耳相傳，來我這裡的人都有粥喝。督察約瑟翰斯對我的擅自作主提出抗議，並要求一旦情勢允許我回到內陸就立刻關閉宣傳所。但是這是不可能的。對廣州的轟炸不可能使民眾對我這個外國人敞開心胸。城市四處一直發生小規模的衝突，因此我留在維多利亞，想辦法如何贏得伊莉莎白的心。自從新的院長夫婦到達之後，她晚上已經不必幹活。而且天氣轉涼之後，她的身體健康狀況也好轉了。我感覺到她喜歡到我的傳教所來，可是我沒有再次向她求婚，也沒有重拾那之後的話題。我該對她說什麼？與其苦思我的信仰，我認為更重要的不如幫助飢餓的人填飽肚子來減少我身邊的痛苦。因為我不想欺騙伊莉莎白，所以最好就是暫時避免這個話題。我們時間還很多，不是嗎？

洪哥已經離開半年了。一天早晨我站在小教堂前面，那裡是通往山谷的小路路口。冬天濃霧籠罩海灣，也籠罩著我腳下的城市。我感覺彷彿有人在喊我的名字，可是過了一會兒我才認出是托馬斯．雷利，他匆匆忙忙爬上斜坡，而且對我揮舞雙手。我吃驚地迎向他。「我沒想到你會這麼早。」

「事情……真的發生了。」到我面前時，他已是滿頭大汗。雖然說他是來自丹地（Dundee）的蘇格蘭人，但是深色的頭髮讓他看起來像個南歐人。「信來了！」他喘著氣，意味深長地點頭。「他的信。」

我感覺到我的心跳加快。昨天在同一地點我看到從把郵件從上海運來的 P&O 輪船進港。

「洪仁玕的信？」我問。「他到達南京了？」

「太不可思議了，你得立刻跟我走。」

「你沒把信帶來？」

「有人正在謄寫翻譯，在下面的傳教所。」

「告訴我，他辦到了嗎？」

「老弟，你根本不知道，發生奇蹟了，跟我來吧！」

我們匆匆忙忙下山，路上我聽著托馬斯斷斷續續的敘述，我也越來越興奮。洪哥不僅達了目的地，還立刻晉升到叛軍領導階層。總之托馬斯說話和走路的速度相當，換句話，他一邊跑一邊結結巴巴地說。當我們到了荷李活道時，我和半小時之前知道的差不多。

所有的人員擠在傳教所最大的房間裡。一位弟兄坐在桌前寫字，理雅各牧師雙臂交叉站在他背後看著他寫。每個人都激動不已，甚至連廚娘都從門口探頭進來看。我看到桌上的信封時簡直不敢相信。信封的大小像一張獎狀，而且是——黃色的！人人知道，這樣的信封只有中國皇帝傳他的聖諭時才准用。洪哥又用了一個信封作為偽裝。信本身是寫在三塊方形上好的絲綢上，我認得好友的筆跡。在路上托馬斯說，洪哥現在的官位相當總理。政府元首，聽起來很瘋狂，但裡面那信封上手掌大的封印說明此事不假。

理雅各牧師和我目光相交。「我差點就在打開信封前戴上白手套。」他指著桌子說。他已經知道信的內容，他的中文很好，不需要等翻譯。他是房間裡唯一一個沉定自若的人。

那個謄寫英文翻譯的人叫做阿奇博爾德．哈奇森（Archibald Hutchison）。幾分鐘之後，他向後靠，動動緊繃的手指。大家竊竊私語。牧師故意很緩慢地拿起紙張，他瀏覽了一下然後搖頭。「朗讀一下，」他說。「但是切記不要因為褻瀆殿下受起訴。」

詹姆斯．理雅各牧師是當時在中國最受景仰的傳教士。《聖經》他可以倒背如流，不管是英文還是拉丁文，而且他精通這兩種語言。有時他會說他說的拉丁文沒有蘇格蘭腔，這是他自我調侃可及的程度。他很年輕就開始學中文，說的方面仍然有些吃力，但是閱讀程度比我們任何人好。有人問他祕訣，他總是用拉丁文回答 Nulla dies sine linea（每日一行，力行不輟）。他和很多傳教士一樣相信在〈以賽亞書〉中已經預言中國人會改信基督教。上面寫著「看哪，這些從遠方來；這些從北方來、從西方來；這些從秦國來。」牧師深信不疑秦國指的就是中國。但是如果有人問那為什麼他的教會這麼小，他就會聳聳肩含糊地說：中國人很難懂。他最想要的無非是只給拉丁文和他一樣好的中國人施洗。當阿奇博爾德朗讀信時，我帶著滿足的心情看著牧師臉上的不悅。華麗的頭銜點綴信箋，同時也證明洪哥在叛軍中的高位。他在維多利亞時不過是個普普通通的天主教國外傳教團的助手，現在他從遙遠的南京寫信來，自稱為太平天國的干王，理雅各牧師像咬到爛蘋果般露出嫌惡的表情。

洪仁玕

天京至尊護法

九門御林開朝精忠軍師

頂天扶朝綱干王

眾弟兄均安，

能給你們寫此信，甚喜。自與你們分別後，我日日寄望漫長旅途後能給你們捎信，時機終至。我已抵天京！礙於官府規定我不得不蓋上我的官璽，請見諒。骨子裡我依舊是多年來的我，生死不渝：我是你們的朋友及弟兄洪哥。

至天京路途險惡，我喬扮商販，混跡廣州北上商販中。沿途士兵埋伏，表面稱是保護客旅，實為趁火打劫。我幾次親眼目睹襲擊，幾次僥倖逃脫。上帝保佑，護我過梅嶺關入江西，搭上往東北方的舟船。不久——如此說，似我只走了一小段路程，事實上我走破了三雙鞋，腳底起了泡——我抵達了交戰區的邊緣，我假裝加入官兵的行列，因為我想伺機投奔我的弟兄。

諸好友，這軍隊的紀律真是令人難以置信！一群烏合之眾，龍蛇混雜，幾個月來士兵苦等他們的軍餉，拿不到就從百姓身上搜刮作為補償。他們成天抽鴉片趁機打家劫舍，殺人放火，強姦婦女，無人查辦。然而一旦遇上叛軍就棄械逃之夭夭。我親眼目睹一切，然我想趁機倒戈的希望一而再落空。逃亡的軍隊拖著我一同逃，直到我的弟兄不在我的視野內，我才得以脫身。我獨自一人避開戰區繞了遠路往西行，抵達長江中游。幾週我走過荒無人煙的地區，那曾經是中國最富庶之地。而今房屋只殘留地基，田地上曾經豐收的莊稼殘餘已枯萎。在湖北我遇到一名逃兵，他正在尋找人合夥做生意。他想將洞庭湖一帶的茶賣到天京。因為他人脈廣，我成了他的夥伴。他動身去買新茶時，我就待在一名員外的家中，我們相談甚歡，於是他想聘請我教導他的兒子，我不得不推辭掉，但是我利用我的醫術治好了員外的背痛，如此幾週過去了。當我聽到天京被圍攻的消息，我已等不及我的夥伴回來。幸好員外為人慷慨解囊相助，贈了我盤纏。

我想，我該長話短說。你們看到這封信便知道我尚在人間。在安徽省我終於遇到我族兄的偵察隊，最初他們不相信我，但是我拿出我縫在長袍夾層中的家譜給他們看，他們終於相信。他們護送我到了天京，到了這兒我見著了我從小就認識的族兄天王，他的驚喜不下於我。這一幕彷彿夢想成真。當前我們確實面對非常艱鉅的任務，因此從第一天起我便全心全意投入工作。新中國之戰進入關鍵階段。皇帝與他的狗腿子聲稱他們負有天命，但是他們以為那是有權壓榨百姓。唯有將他們驅除，我的同胞才能自由呼吸，願意接受新的信仰。我從未曾如此堅信，基督教中國要不是成為我們勝利的果實，就什麼也不是。我們還需要其他的激勵嗎？

眾弟兄，我了解你們的疑惑。你們是傳教士，許多我們的宗教在你們眼中帶有褻瀆的色彩。這令人驚異嗎？你們從小開始讀《聖經》，每個村子都有教堂。相反的在信仰上我們猶如幼童，因此到我們這兒來當我們的老師吧！或者留在原處，在那兒貢獻你們的力量，向你們的政府說明，我們的目標與你們的一致！皇帝絕不會與他們鄙視的蠻夷為友。他違背諾言的次數不夠多嗎？你們遠渡重洋而來，為的就是催生一個基督教王國。在天京我們已經立下基石，正如啟示錄中所寫的：「坐寶座的說：看哪我將一切都更新了！」你們不想親眼目睹新國度的誕生嗎？

弟兄們，原諒我贅言，此時我還有其他要事須料理。我祈禱你們一切平安，並且很快能收到回音。

儘管到此地的旅程艱險，我仍懇請你們來。代我問候大家，尤其是我尊敬的老師理雅各博士，及我來自普魯士的好友菲利普。

我多希望，我的眾好友，你們能見到這兒發生的一切！

願主耶穌的恩典與你們同在！

你們的弟兄
洪仁玕

三、大沽口（白河口）

震怒號
一八五八年五月，直隸灣

多艘船艦停在此處等待戰爭開打。就在中國的某處。濃霧籠罩水面，猶如一堵灰牆，西風吹過但是吹不動這堵牆。一個禮拜大約有兩次濃霧會稍微消散，露出平坦的海岸，岸上景象猶如創世紀中第三天的世界。既看不到城市，也看不到樹木或是灌木叢。在堡壘的城牆外亦無人居住的蹤跡。克倫威爾（Cromwell）時代的大砲立在城垛上，在一次偵察航行中他透過望遠鏡看到如螞蟻般匆忙走動的形體，而且揮動手臂作勢驅趕他們離開。那是中國皇帝的士兵，英國的外敵，他對這些士兵卻感受不到敵意，而是——什麼？他們已經在白河口定錨三個禮拜了，仍無法預測這場鬧劇何時會結束。他們等待的戰爭遲遲未到。

詹姆斯．布魯斯（James Bruce），第八代額爾金伯爵，同時也是第十二代金卡爾丁伯爵，英國王室特使，他現在站在震怒號（Furious）船尾的甲板上，將沙粒從日漸稀疏的頭髮中抖落。若要說在這不毛之地有什麼過剩，那就是沙子。從內陸數百里的沙漠吹來，粗暴地落在喉嚨裡，使眼睛發炎，再加上等待的無聊平添船上的怨氣。今日濃霧籠罩，額爾金伯爵不由得想起他在加拿大曾經經歷過的雪盲。在塵粒的虛無中他連停泊在半英里外的果敢號（Audacieuse）的主桅杆都看不見。偶爾可以聽到槍砲聲，那是士兵們在向海鷗射擊以消磨時間。斯萊尼號（Slaney）停泊得非常近，可以清清楚楚聽到艦橋上吼出的命令。三天前憤怒號（Pique）如海市蜃樓般從白色面紗中顯現出來。這事大家在晚餐時仍在討論。除此之外美國與俄國使節的船也停泊在某處。然而在這個淺海灣水不夠深，所以他們所有船艦被迫停泊在離海岸九英里的海域上漂浮，這使中國人以為敵人畏懼他們老舊的海岸防禦。

「那些可笑的堡壘，」他自言自語，透過望遠鏡觀看，但是什麼也看不見。那時在牙買加，他的第一任妻子過世後，他養成了自言自語的習慣，只要弗雷德里克不在，船上也就沒有可談話的對象。法國使節邀請今晚聚會，期待出現有趣的話題。在震怒號上，他私人祕書的古怪觀點充其量提供了知性的消遣。額爾金伯爵嘆了一口氣將望遠鏡放下，他在考慮是否該帶馬多克斯參加今晚在果敢號上的餐會。這對這年輕人來說是一種榮耀，況且看他先是不讓人察覺，再看他試著掩蓋不懂法文的窘態也是件有趣的事。

「中國的淺水區。」根據上次測量的是二十五呎，但是今天上午奧斯本船長突然聲稱水會在一週之內上升，足以讓震怒號越過河口的沙洲。然而果敢號吃水很深所以辦不到，這立刻引發討論，在船上該如何重新安排住處好接待法國代表——彷彿他們已經不僅越過沙洲，而是也拋下堡壘，正在前往北京的途中！「強迫無所作為的毒害。」當額爾金伯爵仰頭看著桅杆和索具時，他在新加坡見過的吸鴉片上癮者的瘦弱身體浮現腦海中。眼前岸上這個腐朽帝國不正是現實與一廂情願有可能混淆的警告例子？。早上他甚至不覺得有必要問奧斯本他自信的依據從何來。海平面有可能僅僅因為英國期望而突然上升嗎？

此刻是早上十一點。額爾金伯爵做完早操之後，獨自早餐，只有船艙服侍的僕人一旁陪伴。之後他寫信給妻子。那是以信件形式的記事，代替了在家時晚間的閒談，而且對他而言已經成為在這不可測的大海中唯一的錨。一年已經過去，協議至今還未達成。皇帝恐怕還不知道敵人的艦隊已經在海岸前集結。這表明了什麼樣的結論？顯然北京沒有作出任何的決定，而是在使用拖延戰術，互相推諉責任。拖延至所有人目的達成，換言之忘記了必須作的決定。你要如何對一個處在戰爭中仍渾然不自知的國家發動戰爭？嚴格來說，中國甚至不認為自己是眾多國家之一，而一切都屬於中國的天下，這個道理馬多克斯向他解釋過。因此他額爾金伯爵必須教導中國人，天比他們至今認為的還要寬闊，尤其是在西方。但是他需要有人接受信息並將其傳達給皇帝。而另一方面他是天子，不是統治者之一，而是天下至尊，他大概也不渴望此類信息。

額爾金伯爵去年四月出發，一艘商船載著他通過直布羅陀海峽到達亞歷山大港。天氣晴朗風平浪靜，有足夠的消遣可以抵消他的鄉愁。如果上岸，他享受總督和帕夏的熱情款待，在一次盛宴中——如果他沒記錯是在開羅——他終於意識到他身為英國外交官雖為進步服務，但是他仍暗自對古老的威嚴自信滿懷敬畏，甚至是對東方的版本，雖頹廢且殘酷，但同等威嚴，甚至有過之而無不及。瑪麗路易莎（Mary Louisa）隨後寫道，旅行顯然對他有益——她的意思是：遠離布魯姆霍爾（Broomhall）及他混亂的財務狀況。他特別喜歡尼羅河三角洲，甚至那兒的駱駝與驢子看起來都比其他任何地方有活力。他們乘坐火車穿越沙漠，在亞丁（Aden）登上 P & O 公司的蒸汽船，而在印度洋上的某處開始了那幽暗的預感，至今他還無法用文字描述。那預感在夜裡轉變成突如其來的呼吸急促，他只想到了《哈姆雷特》中的句子：這不是好事，也不會有好結果。（It is not, nor it cannot come to good.）一個幾週來周圍除了水別無一物的男人如何堅定不移？他有生以來第一次覺得自己老了。船艙的桌子上擺著藍皮書，上面記錄了無能外交官在中國製造的災難。在英格蘭歷史上未曾有為了微不足道的理由而發動的戰爭；亞羅船事件不僅令他惱怒，而且令他十分反感。寶寧總督與巴夏禮領事似乎既不知道他們的權限也不懂外交形式。寶寧爵士將一封信轉交到倫敦，上面是他告知巴夏禮亞羅號的註冊已經過期並且指示他對中方隱藏這一細節！很明顯，英國國旗並非由中國人拆下，而是船長為了掩蓋自己不法的行為所做的障眼法。但是如帕默斯頓勳爵（Lord Palmerston）所說的：不要罵落井的小孩，把他救出來。首相不願對一個有功勞的總督見死不救，只因為他招惹了幾個未開化的人。因此那些在廣州和香港無責任心的人得到他們想要的：一場戰爭。

香港，他痛苦地想著。那是帝國的闌尾。歷來未曾有體面的人在那兒任職過，據說寶寧具有所有天賦，但健全的理智除外。在他過於狂熱的領事發動戰爭的同時，他還有足夠的時間翻譯匈牙利語的詩歌或者發明沒有人需要的字母，他也認為自己的抒情詩是傑作應該公諸於世。**在基督的十字架上我喜悅／矗立於時間的殘骸……**[5]另一方面，巴夏禮領事在中國長大，而且是在一個不可靠的德國傳教士庇護下，所以幾乎不能視作英國人。若是情況不同，額爾金伯爵會很高興有機會在遠東好好整頓一番。可是他始終無法擺脫受牽制的感覺。所有人都知道怎麼回事，只是沒有人說出來。他乘坐的船從錫蘭到婆羅洲，藏在甲板下的一千五百箱鴉片散發臭味。他對自己必須與之談判簽署協議的國家一無所知。倫敦也沒有人知道，中國究竟是什麼樣的國家？

天下萬物……有關此事的一切臭氣沖天！

六月初他們在新加坡登陸，為的是等香儂號（Shannon）。他下榻的地方在壯麗海灣上高二百呎處，他每天清晨都可望著海灣。紅色屋頂的房舍隱藏在古樹之間，使這一部分的城市別具巨大觀賞庭園的特色。另一部分從他的宅邸看不見，那裡有六萬名中國人居住，令他驚訝的是，他發現整個新加坡沒有一個白人懂他們的語言。和他交談的同胞向他保證，中國人囤積武器，一找到機會就會屠殺所有歐洲人。如果他表示懷疑，立刻會招來憤怒的目光。他們要他知道自己太天真了，但是他會學到教訓。沒有比中國人更狡猾惡毒的人，暴力是他們唯一理解的語言，他幾乎天天聽人如此說。

香儂號沒有出現，最後來的是一艘帶來印度壞消息的商船。當地軍團發動叛變。他們謀殺英國軍官，在坎普爾（Kanpur）屠殺婦女和兒童。一萬五千名叛亂分子圍困勒克瑙（Lucknow）。他毫不猶豫，率領所有部隊轉移航向香港，短暫停留以動員更多士兵，然後親自帶兵前往加爾各答。他無私的舉動為他帶來讚譽，但是他心裡知道自己將付出的代價。在中國人眼中，他肯定是畏懼踏上他們的領土，要讓他們認清是誤會，他只能使用暴力。他在給瑪麗路易莎的信上寫道，迫於形勢他不得不採取他認為是錯誤的原則，以取得一個可能令他良心不安的結果。關於將鴉片貿易合理化的計畫，英國在國內並沒有告知盟友法國。

他在加爾各答接受的歡呼聲只短暫減輕了他的擔憂。他被安置在總督的宮殿中，身邊有三百名穿白色制服的僕人，他們不必等他開口表達願望，凡事已經備妥。坎寧勳爵非常忙碌，因此只有晚上才有時間陪他，從坎普爾不斷傳來有關英國婦女與兒童悲慘遭遇的恐怖故事。有人說到集體強姦，說到被切下的四肢和胸部——他不記得他曾經在餐桌聽過這樣的話題。但是比這些毛骨悚然的細節更令他更震驚的，是那些人想要傳播這些細節的慾望。這似乎暗地裡勾起統治者公開談論割乳及幻想如何對叛徒展開報復的興趣。他們滿頭大汗，臉頰漲紅要求對「黑鬼」進行無情的鎮壓。「黑鬼」這是他最近在牙買加才聽到的字眼。他在亞洲待的時間越長，越不了解周圍發生的事，對於他的同胞，也許也對於自己。和總督的宮殿相比，白金漢宮像個兵房。白天他在遮蔭的陽臺消磨時間，喝杜松子酒，不讀書。除了制服更引他注意的是所有僕人看上去都一樣，他們的毫無特色令他困惑。他們既非看著他也非移開視線。臉上沒有任何笑容，也沒有一絲其他的情感。是的，他們彷彿連呼吸都非風扇下舒適涼爽的同樣空氣。你該如何對待此種不存在的存在？他心裡想。一隻狗如果聽話你可以拍打牠，如果吠叫你可以踢牠，可是這些皮膚黝黑穿制服的僕人，二者皆非。酒杯出現在你面前，酒杯一空，立刻又不見了。他努力想給妻子描述這些印象，不經意想

5：In the cross of Christ I glory / Towering o'er the wrecks of time ......

到一個句子。這些僕人的存在以及他們主子的態度，兩者在一起違反了所有人都是上帝孩子的假設。這樣的想法，大概憂鬱和杜松子酒各參半，而且連他自己都不明白。在家時「鄰人」這個詞可以用在礦工和廚房女傭身上，因為你知道他們從何處來，如何歡度聖誕節。可是此處……每個晚上客人大肆談論，那些胸前掛著勳章的紳士表示他們準備好要親手割下那些叛亂分子的生殖器。而從一個牧師的口中他聽到，憐憫那些野獸是對山上寶訓的嘲笑。

額爾金伯爵喝著杜松子酒觀察那些穿制服的僕人，隨著時間他越來越覺得他們可怕。他們互相在交談什麼？這裡有沒有本地報紙，若是有，他們是否對曾將叛亂分子綁在大砲砲口前讓他們炸得粉身碎骨的尼爾上校（Colonel Neill）表示欽佩？五週之後他再度登船，繼續他未完的任務。在船上他一讀《荒村》總是眼睛溼透。

遙遠的地帶，沉悶的場景／半個凸面世界闖入其間……

九月中他回到香港，因為上岸那些好戰的商人會不斷來催促他，於是他留在船上，有幾天的時間躲到澳門，那裡至少有美麗的公園，除此之外就是做他當前也被迫做的事：等待、寫信、用戰爭威脅中國人以及期待更好的天氣。額爾金又一次將望遠鏡放在眼前，看著那面看不透的霧牆，然後再次放下。在南方有一次連續下了六十個小時的雨。倫敦來的指示太含糊，用一句話就可以總結：他應該做他認為正確的事。他必須讓那些好戰的同胞相信，他心中只有王室的榮耀，他的想法和他們一致，致力使王室的聲望一如英國鴉片商人的財富一樣增長。弗雷德里克是他唯一信任的人，可是他經常在其他地方任職。船上有馬多克斯——他此刻正站在他身後十呎的地方，等著他察覺。他的祕書並不好戰，然而代表一種特有的麻煩。他是一個飽讀詩書的年輕人，他的出身背景卻無法讓他利用才華飛黃騰達。一個蘇塞克斯來的藥劑師的兒子，在慕尼黑讀過大學！總之在中國生活了十年之後，馬多克斯成了中國人。他現在大概能夠在通往船上餐室的階梯旁不出聲靜靜站上幾個小時。可是讓他有資格成為亞洲人的不是他的沉默順從而是隱藏在其後的固執。在他接受私人祕書一職時——之前他一直在維多利亞的法院擔任翻譯——他堅持只有帶著他當地的助理才能完成使命。而他額爾金伯爵接受了這個條件。沒錯，他們現在在白河口，而且船上有一個貨真價實的中國人！一位姓王的先生，薙髮長辮，幸好他很少離開他和馬多克斯共用的船艙！馬多克斯在船長餐室用完餐離開時就會順便把食物帶回去給他的助手。我很想知道，女王如果知道她的船上發生的事會說什麼。船上其他水手都覺得這太好笑了。

十分鐘之後額爾金伯爵受夠了。「搞什麼鬼，馬多克斯，」他大喊，但沒洩露要消遣他的喜悅。「我知道你站在我後面，拜託你開口！」

「我不想打擾您，大人。」

「多謝，對此我很感激。容我請問，還有何貴事？」

「剛剛似乎有一則新的消息到達。大人。」

「書信？」

「他們派人親自前來，大人，事實上是有兩位使節請求上船。」

「他們有對應的授權書？」

在寂靜中額爾金伯爵轉過頭，他絕對不能錯過他的祕書每次精采的受折磨表情。馬多克斯沒有回答，而是遲疑朝他移了兩步。就連他這種惹人厭的多慮都像本地人，還有他的打扮，一件棕色布料的樸素長袍，額爾金伯爵之所以沒有禁止他，只是因為如果他這麼做，船上餐室就會少了茶餘飯後的笑料。讓黷武的人保持心情愉快是很重要的事，而馬多克斯可笑的裝束對此有很大的幫助。在某種程度上，中國的命運取決於他那身棕色的破布，可是你必須對嘲諷有敏銳的鑑賞力才懂得讚賞。

「關於授權書，大人，閣下還記得我們幾天前的談話嗎？」

額爾金伯爵點點頭，並且招手要他的祕書進前幾步。他實在找不到理由，這時候找點樂子。「馬多克斯，告訴我：你究竟有沒有制服？」

「大人，我不明白？」

「一套制服。你瞧……」他伸出右臂，他差點就抓住他的肩膀。如同他在家時，如果想給自己的孩子父親的忠告時會做的。然而這記憶讓他又垂下手臂，而且片刻間他差點發脾氣。他有五個孩子在家等著他，他再回家時最小的兩個大概不認得他了。為了擺脫這想法，他指著籠罩河口的濃霧，彷彿那是通往冥府的入口。帆具中的木頭和繩索嘎吱作響。「如果我們過幾天上岸進行談判，如果我們前往北京，而且希望能見到皇帝，或者至少是會晤他最高級的官員，您要穿什麼，馬多克斯？穿著那套裝束，我恐怕連帶您上果敢號共進晚餐都不成。」

「我有一套西裝，大人。」

「正是。你可以告訴我，是在何處訂做的嗎？」

「在慕尼黑，大人。」

「在慕尼黑？我親愛的馬多克斯，你可以說運氣很好，我弟弟再過幾天就到了，他會從上海帶一個裁縫師來。這整個事件比原先計畫地拖延了更長的時間。而且在這種氣候下……你看看我的制服。我們得利用等待的時間，使你成為一個體面的英國皇家代表。您意下如何？」

「我恐怕不太明白大人的意思。」

「那我說明白些：我的弟弟、我以及你，馬多克斯，我們在此地是少數。相對於那些商人和軍隊，我們不相信我們能以最強硬的方式達成我們任務的最佳結果。我們並不打算要中國人屈服，只因為我們辦得到。我們不是要懲一儆百。即使我們不了解他們，我們仍舊尊重他們習俗和傳統。至於我們難以尊重的部分，那就忽略。譬如你告訴過我的，女人裹小腳以及一些其他的。」

這次馬多克斯只是點頭，未表達他贊同。額爾金伯爵有片刻也不確定自己如此說用意何在。「相反地，我們打算做的是為兩國之間的和平合作奠定基礎。為互惠互利進行貿易，藉由與我們的交流改變中國的社會，這是我們的使命。遺憾的是關於互相的概念並不特別受重視，我記得我們談過關於授權的事，馬多克斯。在中國，無人可以代替天子說話，否則便是我們所稱的褻瀆。好吧，這我們必須接受，可是隨之而來的是什麼？我們該回頭去告訴我們的同胞們，如當初馬戛爾尼伯爵不得不對他們說的話？不，時代已經改變了，馬多克斯。只因為中國人未認清我們目標的價值，就放棄我們自己的目標，那太懦弱了。畢竟一個國家不能簡單拒絕歷史的進程。環顧四周，有四億人，大部分一貧如洗。幫助他們是我們基督徒的責任，縱使我們必須不顧他們宣稱的意願而採取行動。總有一天他們會感激我們。而且只有到那時我們的任務才算成功。我希望我們仍能親身經歷。您比我更有可能見證。」

接著是一陣令人不安的寂靜。額爾金伯爵察覺到自己不僅抓住他祕書的肩膀，並且還將他拉近，彷佛他想將馬多克斯壓在胸前。他眼中含著淚水，已經很長一段時間他沒有如此清楚地看清自己的任務、如此清晰地感覺到情況不堪，這是一個崇高的使命——然而他該如何達成呢？傲慢無法阻擋恩菲爾德步槍，這是廣州悲慘大屠殺的教訓，這總有一天會傳到北京。之後一切取決於皇帝是否具有必要的理智，或是固執如那些至今一直要他們等待謁見的滿清官員。為了挽救此任務，中國人的腦袋必須改變，而所有的軍事行動都是為了實現此一目標。所以是用兵多寡的問題，沒有暴力無法達成目的。可是長江流域已經開始發生暴動，北京政府已經被逼到無路可退，此時的局勢不利審慎思考。該給皇帝更充裕的時間？只需要再些許耐心就能拯救任務？換言之，他必須控制自己，同時也控制他那些好戰士官的高傲？一個又一個的問題。如果對中國人多少了解些，一切就會簡單許多，然而他們一無所知。

「在廣州我們別無選擇，對吧？」幾分鐘的思考之後迫使他問這個問題。額爾金伯爵提出問題時直視著祕書的臉。馬多克斯英俊、高大而且削瘦，他嘴角的表情洩露他覺得自己能勝任更高的職務。然後他是否有相當的才能又是另一個問題。

「也許並非如此，大人。」他有些為難地回答。

「你有不同的看法？」

「大人，兩位使者想和大人您談話……」

「讓他們等著，馬多克斯，中國人很有耐心，這你比誰都清楚。」此屬歷史範圍的問題，他寧可相信馬多克斯了解。當真如此，中國人有一天也會了解。

「是不是至少該讓他們上船，大人？」

「我還沒決定是否該讓他們上船。馬多克斯，或者你有不同的意見嗎？現在正是你該說真心話的時候了，我必須知道你的想法。」他在香港等了三個月，他嘗試書面聯繫，卻得不到滿意的回覆。中國人始終玩同樣的遊戲，不入正題而是在外交禮節上做文章。兩廣總督葉名琛是個惡名昭彰的屠夫，不斷聲明他的好意，指出他受限制，皇帝不願批准的他也無法保證。去年十二月額爾金伯爵沿珠江而上到了廣州，在葉總督仍然無視最後通牒之後，於聖誕節攻占這城市的命令也下達了。法國使節稱這單方面的決定為「屠殺慘案」（Un carnage mèlancolique）。守軍用落後的抬槍回敬，彷彿只是想對英軍發出訊號，告知所在地。如同一八四一年，復仇女神號（Nemesis）在幾個鐘頭內擊潰敵人的艦隊。問題是中國人是否從過去學到教訓。馬多克斯聲稱中國人比任何民族都更崇尚傳統，然而僅是崇尚傳統永遠也無法超越傳統。變化是歷史的本質。當葛羅男爵（Baron Gros）和他在元旦上岸時，下雪和燒焦的廢墟形成悲慘的景象。一百萬居民，一個倫敦一半大小的城市。灰燼吹過小巷，除了總督衙門和幾座廟宇，看不出公眾場所。相反的，到處發出惡臭。遍地橫屍，如果有人搬動屍體，有些還會動。在這樣的地方如何約束士兵？他們等待了幾個星期前進的命令，現在他們消失在巷弄間尋找獵物。他在給瑪麗路易莎的信上寫道，「掠奪」這是最近來自印度的重要字眼，聽起來像是一個調皮小孩的無害惡作劇。

「這些小惡棍再次掠奪了……」額爾金伯爵一想到這，就很想往船舷欄杆外吐口水到混濁的水中。為什麼偏偏要派他去打這場不光彩的戰爭？

馬多克斯保持沉默。或者他之前已經回答過了？

順帶一提，葉總督是額爾金伯爵有史以來打過交道的最胖、最狡猾的中國人，他在砲彈落下時並沒有逃走。在被捕時他沒有一絲驚訝的表情，只是問他們是否立即或者稍後處決他。一個彬彬有禮的人，甚至與首相帕默斯頓所稱的怪物毫無相似之處。據說，他處決了數以萬計的叛亂分子，而且要求割下耳朵作為證據。每天都有大箱子送到他的官邸——難以想像，但是姑且嘗試：他早上一進門首先便問，耳朵是否送到了？和這種人打交道必須行走在外交與額爾金伯爵也無以名狀之物的狹窄界線上。他的祕書很幸運，他似乎不須考慮在這種情況下如何保持人性。

「我們今天就到此為止，馬多克斯。」片刻間他掩蓋不住聲音中的疲憊，然後又恢復神態，保持了英國皇家特使應有的姿態。「你去請那兩名清朝官員上船，領他們到艙房，但是什麼都不必奉上，他們必須知道他們只是短暫的停留。然後回你的艙房告訴王先生，讓他將你的西裝準備好。果敢號上的晚餐八點開始。不，你什麼都不用說……」他補充說，因為馬多克斯想要拒絕他將他的助理視為侍者使喚。他們兩個人夜夜準備寫作一本書，一本向世界解釋中國本質的書。「你不必感謝我，馬多克斯。將來我很可能派你去執行某些機密任務。

「你會這個國家的語言，也了解這個國家。我還有一些任務要交給你，但是關於政治，你仍須多學習。葛羅男爵是個經驗豐富的人，抓住機會，多聽聽他說的。」

「是的，大人。」

「如果我沒記錯，除了翻譯你還有其他才能。」

「非常感激大人，你為人非常慷慨大方。」

額爾金伯爵點點頭。自己為人的確是大方。「那你可以走了。」

半個小時之後，他才走進艙室，對情況立刻一目了然。兩個滿清官員坐在桌旁，馬多克斯要不就是忽略了他的指示，或是他們要求水喝。他們的表情表明是後者，這兩人表情和外表極為相似很難區分，像一個模子印出來的。他們極力保持冷靜，但是掩不住內心的恐懼，他們黑色的眼睛凝視著他。從他在廣州到手的中國電報中得知那些韃靼人稱他為「恐怖的蠻夷」。這兩個人腦海裡的所有場景大概都以在震怒號上痛苦的死亡為告終。其中一個脫下帽子，緊張地拿在手中扭轉。另一個坐在椅子上，彷彿在讓人畫肖像。關於面孔除此之外別無可說，他們反正就是中國人。

馬多克斯退下之後，額爾金伯爵站在船舷欄杆旁，內心正在為這次的會面做準備。他不喜歡扮演令人恐懼的禽獸這類角色。可是現在他知道這對他要辦的事有利，因此他用後腳跟重重地將艙房的門踢上。馬多克斯原本在做筆記也嚇了一大跳。奧斯本船長雙臂交叉，面帶微笑站在窗子旁。「那是什麼？」額爾金伯爵伸出手指指著桌上兩張上面有朱紅筆跡的黃色絲綢。根據馬多克斯的說法，這是皇帝才有的特權。

「諭旨，大人。」他的祕書表現出平常在正式場合時的殷勤，他想從座位站起來。

「坐下，馬多克斯。請他們其中一個將諭旨交給我。」

「遵命，大人。」

他翻譯了他的指示之後，兩名滿清官員從座位站了起來，其中一個兩手拿起了那兩張絲綢，先是高舉過頭，然後深深一鞠躬呈上來。額爾金伯爵怒視著他，心裡希望最終能見到穿褲子、腳上穿像樣鞋子的當地人。像這樣執行公務時穿著女性化的男人，你要如何與之交流？他拿起了皇帝諭旨，看了一眼，接著在手上揉成一團。

「大人，根據皇帝聖諭……」

「皇帝，好了，好了。」他示意要馬多克斯停下來，然後站到桌子前。他瞥見的那些漢字對他產生了某種作用，使他很難保持自己的角色。根據馬多克斯的說法，漢字數量多到沒有人知道確切的數目，也沒有人能夠掌握全部。總之有好幾萬字，其起源也隱藏在神話背後。設計出這樣的書寫系統，儘管不便利，無法否認這民族具有某種天才。這些字有點過於豐富，而同時予人嚴峻的感覺。不但證明想像力也證明紀律。而且必須花很多年的時間來學習，因此也標誌著菁英階級的特權。

身為一個古老蘇格蘭貴族頭銜的持有者，他對此無可非議。問題是，為何這樣一個國家會處在如此悲慘的境地？是菁英失敗了，抑或是整個文明已經過時了？此文明還有救嗎？其價值該以其過去規模或今日的痛苦來衡量？終究沒有人知道，帝國是否能在英國艦隊的攻擊下倖免於難，況且對像他這樣的人而言置一個古老文明於死地也絕非小事。一個國家是否因為自認自己的遺產不可超越便有權拒絕改變？這問題至少如他的祖國要求將進步裝在鴉片箱裡送到世界的另一端，同樣令人置疑。他最近思考過，若希臘文明持續存在今天會是什麼樣子？今天的狀態會比他父親從帕德嫩神殿運回倫敦的大理石雕飾更好嗎？假設希臘文明倖存了，但是並沒有讓第二個品達（Pinda，古希臘抒情詩人）或柏拉圖出現，而是滿足於解釋古文，這文明將在崇拜過去中僵化而成為化石。然而其價值——以其曾經達到的高峰來衡量——並未降低，至少在那些關心品達頌歌的人的眼裡沒有。此外，奇怪的是，儘管一切，他偶爾仍然會想起父親的想法。冰冷如他家鄉海岸上的峭壁……他的思想貧瘠，他的心堅硬，拜倫曾經如此形容過他，但這又是另一個故事了。他的父親想要保護雅典衛城免於坍塌毀壞，為此不僅是他的財務狀況連他的健康和名聲都毀了。這對羅伯特布魯斯的後裔而言犧牲不小。那他呢？他是否已經準備好為中國的進步付出類似的代價？

「大人？」

馬多克斯作聲讓他聽見，額爾金伯爵從沉思回到現實。船艙裡充滿緊張的沉默。他又自言自語了？他不確定地瞧了奧斯本一眼，他仍像先前一樣站在窗邊，顯然將沉默視為賽局的一部分。由此可見剛剛什麼也沒發生。

「皇帝的聖諭。」他拿著文件在兩名滿清官員面前搖晃。「正是我們等待了幾個月的。看來這兩位大人是為了和我們談判達成協議而來。您知道事關開放更多的通商港口，如果可能，也包括一個內陸的港口。以及派駐大使，以便將來以外交方式解決衝突。包括傳教士在內英國公民在中國領土上自由活動的權利。我手上的文件顯示，兩位先生是中國代表團，我們正在談判這些問題。換言之，兩位大人被授權簽署協議，爾後提交給皇帝批准，就如同我是英國政府的代理人。馬多克斯，你要不要翻譯一下？」

有短暫時刻奧斯本壓抑的笑聲是唯一的聲響。然後船隨波浪微微起伏，橫梁偶爾發出嘎吱聲。震怒號並非如香儂號那樣雄偉的軍艦，但是這兩名滿清官員似乎是未曾見過更好的船。他們坐在座位上，交換眼神。額爾金伯爵故意不提惱人的賠款問題，不只是因為目前的情況，他說什麼都無關緊要，而是他自己也很難說出口。現在他站在這裡訓斥兩名滿清官員，他們的罪行在於他們和他之前訓斥的人一樣無知。當其中一名站起來時，額爾金伯爵很驚訝他眼睛竟然直視著他。那人似乎等了一會兒，想確定他是否不准說話，然後他才開口。他的手勢不多，聲音裡不帶感情。他說話的神情，像是知道理智與法律都站在他那一方的人。如果認真聽，可以聽出他教訓人的口氣，這讓額爾金伯爵感到惱怒。馬多克斯不斷點頭，應該只是表示他聽懂話的內容。等那中國人說完之後，他再次清了清嗓子，然後開始翻譯。「譚總督表示，他們帶來的……」

「總督，這表示他代表的是省而不是整個帝國，是這樣嗎？」

「大人，這位大人是直隸省的總督，也是京城所在的省分。在他旁邊的是欽天司倉暨鹽運總督，他是皇帝的親戚。據我了解這兩位使節是韃靼人中極高層的……」

「你的評估稍後再說，馬多克斯，請你先翻譯！」

「是的，總督向您保證，北京朝廷對於友好的解決方案非常感興趣，然而仍有一項協議，雙方必須遵守。在廢黜廣州的葉總督之後，立即……」

額爾金伯爵立刻舉手。「抱歉，馬多克斯我必須再次打斷你的話。可是為何是廢黜？兩位大人知道我們逮捕了葉總督嗎？知道他現在正在英軍的控制下前往印度嗎？」否則沒有人知道該怎麼處置他，在加爾各答至少他不會帶來任何禍害。

「大人，我……稍候。」馬多克斯汗流浹背，他轉身詢問了那兩名中國人。這次那位欽天司倉暨鹽運總督站起來，說了半分鐘的話，然後輪到馬多克斯。「大人，葉總督看來是在被捕之前不久被罷黜。皇帝追溯既往將他罷黜，所以半年之前他已經不再是兩廣總督。顯然皇帝不滿意他和敵……和我英方的談判風格。」

「我希望我的理解沒錯，馬多克斯。他自己不知道他已經不是總督了。他當然不會知道，終究罷黜的時間點是半年前，可是總之是在將來，對吧？這段不必翻譯，你繼續。這一派胡言對我們的談判有何意義？」

「是的，皇帝又任命了新的總督接替，他目前……或不久將前往廣州，以便和我們……」

「這也就是為何他們要求我們也前往廣州，是嗎？因為協議中規定，蠻夷必須遠離京城，如此一來可以當作他們不存在。馬多克斯，這和他們在上海敷衍我們的蠢話如出一轍。這老調我們已經聽了好幾個月了。」

「大人，根據中國人的看法這是關於貿易的問題，負責的人是廣州在地的總督。」

「我已經去過廣州了馬多克斯，我不僅去過那裡，我還下令占領那座城市。自一月開始廣州由英國和法國管理。有關當地的一切貿易問題，嚴格來說，我就是最高權力。我懷疑我們的貴客還不知情。請轉告他們，皇帝想派什麼人到廣州都行，我是不會到廣州去的。談判要不就在北方，要不就根本別談。」

馬多克斯翻譯了他所說的。接著總督再次架勢十足地站起來，他說的話——即使是中文——在額爾金伯爵聽來覺得是對他尊嚴的侵犯。難道就這麼沒完沒了？英國方面詢問、要求、敦促，而中國人不斷荒唐敷衍，唯一目的就是避免進入正題。他們的舉止就像拿手遮住臉的小孩，以為這樣別人就看不見他。他們不回答問題，欺騙自己問題不存在。在他們的總督被捕之後，他們就罷黜他，另派一個新總督，彷彿這樣的策略能將行動主權拿回去。如此脫離現實的固執真是丟人！

「大人，總督强調，皇帝非常感激自葉總督罷黜以來，英方所提供的協助，以度過……」

「夠了，馬多克斯，我不想再聽這些。告訴兩位大人：我已經確認中方正在拒絕我們每項作為主權國家與之平等交流的權利。因此我們將中止外交努力，並採取軍事行動。結果將是幾週後英國接管北京。這不是我們的目的，可是現在顯然是使對方屈服的必要手段。我個人非常遺憾，事情會走到這一步。責任完全在皇帝內閣手上。翻譯我的話，然後送兩位大人出去。」說完他把皺巴巴的信往桌上丟，然後轉身。窗前是一片灰色的濃霧，使他失去時空感。沒有日升日落，夜裡也沒有亮光，他離自己目標的遙遠距離，如同第一天。或許皇帝一直以來就生活在這麼一個沒有輪廓的宇宙中，只有朝廷中的儀式賦予這宇宙結構的假象。整個帝國在無止境地面對歷史當中僵化了。即使尊重也無濟於事。屍體就算塗上防腐劑也不可能再活起來。

「大人？」

「不用多說，馬多克斯，帶他們出去！」那三人離開槍室之後，奧斯本船長從餐具櫃裡拿出一瓶蘭姆酒和兩個酒杯，各倒滿半杯，遞給額爾金一杯。「您已經盡全力了，大人。」

「是的，將軍。不是嗎？」

「大人，和這些高傲的半野蠻人您無法談判，他們太頑固了。」

他拿起杯子，沒有回答。說實話，他雖然尊重奧斯本，但是並不喜歡他。他是非常有經驗的海軍上將，但是他稱中國人半野蠻人，是典型的例子，像他和巴夏禮領事這樣的人使帝國陷入當前的窘境。如果他額爾金伯爵無法控制，中國會發生像在印度一樣沒有人想要的麻煩。原本想來進行貿易，突然發現自己扮演的是侵略者的角色。他思考得越久，就越能理解中國人最讓他憎惡的地方：他們的頑固不允許他仁慈，因此不僅是對中國人，同時對自己的同胞他也無法好好上一課。他一口氣喝完杯裡的酒，把杯子放桌子上。「將軍，你保證很快就能克服沙洲？」

「最遲下個禮拜，大人。」

「士兵們都準備好了？」

「已經等不及要向中國佬展現他們的實力了。」

「航道裡那些木樁怎麼辦？」

「鷓鴣號會先行開道，大人。」

「好吧，晚上我再和葛羅男爵商量，你與西摩爾將軍聯絡，一旦艦隊到齊，我們就出動。」

「大人，這原本不是我的責任，但可允許我表示一下意見嗎？」

「我知道，將軍，依我們軍隊的兵力不足以占領北京。別擔心，我沒有這個打算。若是讓恐懼取代理智，雖說不是件好事，但是顯然在中國別無他法。我們必須更接近首都，才能使他們重視首都失守的威脅。河口的那些碉堡不是問題，我推測的對吧？」

奧斯本啜了一口酒，然後搖搖頭。「我們海軍有句話，用軍艦攻打碉堡是傻瓜。可是今天這情況……頂多一個早上的時間就夠了，大人。中國人的砲彈太重了，無法追上移動的目標。」

「好吧，那就讓我們開始這場可惡的戰爭。對方已經乞求夠久了。」額爾金伯爵在門口再次轉身。蘭姆酒並沒有安定他的神經，而是增加了他的怒氣。他需要有一個能讓他發洩的人。「馬多克斯回來時，告訴他我在我的船艙等他。」

四、極樂寺

在獵人號上
一八五八年五月，直隸灣

戰鬥從五月二十日十點八分開始。一支由二十一艘船組成的艦隊集結在中國海岸前準備開戰。十五艘英國與四艘法國砲艇，以及兩艘旗艦果敢號和震怒號。額爾金伯爵在日出後，讓出在震怒號的位子，在馬多克斯的陪同下登上獵人號，他現在正從前甲板上觀看西摩爾將軍如何施令升起信號旗。之後不久，鸕鶿號從隊伍中出發並且加快速度。甲板中間濃煙冉冉升空，兩天來都是蔚藍的晴空。風遽然轉了向，驅走濃霧，猶如帷幕升起，戰場已經準備好了。昨天額爾金伯爵參與了勘察之行，他從望遠鏡看到碉堡城牆上的忙碌情況，他們用沉重的繩索來回移動大砲，士兵們拿著燃燒火把站在後面，隨時準備點燃引信的末端。他不時聽到從瞭望臺上對下面士兵的喊叫聲，也許是咒罵。就如他們之前擔心的，過去幾週中國人並沒有閒置，而是用席子把要塞的槍眼蓋住，加强了河中的障礙。河道中放置了綁在一起的木樁交織而成的巨大障礙物。兩岸的大砲瞄準迫使進攻者必須停滯的地方。

鸕鶿號全速前進。

聯軍總共大約有一千八百名士兵，根據將軍們的看法，足以攻打要塞，要塞的臺階式城牆讓人想起一塊巨大的塔狀蛋糕。城牆看起來氣勢磅礴，但是往內陸像馬蹄一樣有開口，因為原本碉堡是設計來防禦海盜，他們自然是從水上進攻。而英法聯軍的計畫——其實是英軍的計畫，法軍在經歷幾次沒完沒了的交涉之後終於同意——希望利用這一點。鸕鶿號將突破河中障礙物，向上游挺進，直到離開加農砲的射程，然後停靠並放置榴彈砲好從靠陸地的一側進行砲擊。

接下來火箭號與霰彈號出發，那是兩艘輕便吃水淺的護衛艦，一旦鸕鶿號到達關鍵的位置，他們就進入加農砲射程的範圍。即使水位低，它們仍然可以停在河流中，從那裡向兩岸開火，這時其他的戰艦就可以從正面發動攻擊。以這樣的方式能夠逼迫防衛者龐大無法輕易移動的加農砲朝不同方向的盡可能多的目標開火。

額爾金伯爵將他的望遠鏡對著果敢號的甲板，弗雷德里克站在葛羅男爵旁邊他們正朝著岸邊看。他弟弟三天前抵達，從上海帶來郵件，但是卻沒帶裁縫師來。他們共同決定對皇帝下最後的通牒，但是仍舊沒有得到回應。一位俄羅斯駐北京的聯絡官報告：天子生病，沒有任何官員敢向他稟告令人擔憂的蠻夷已經抵達沿海。糧食稻米緊缺，但是那些官員互推責任就如丟燙手山芋。換言之，對方沒有人可以支持他額爾金伯爵避免進一步的流血犧牲。他再把望遠鏡對著岸上，他看見瞭望臺上飄揚的旗幟。那些士兵知道他們即將面臨的什麼嗎？

鸕鶿號離那些障礙物大約還有三海里。

他整夜未眠。凌晨兩點半他走上甲板，聽到周圍船上的歌聲。那些士兵若非期待戰爭就是唱歌壯膽。那些船隻在繁星點點的黑夜顯現出輪廓，除了他似乎沒有人察覺到大海開始閃爍神祕的光彩。水面下金光閃閃，彷彿海底藏著黃金。他曾經在牙買加見過一次同樣的現象，但是未曾在離赤道如此北的地方。亮光在黑潮上翩翩起舞，他突然想起艾爾瑪（Elma），她二十二歲時在金斯敦（Kingston）過世。抵達的時候（更確切地說，是離海岸三海里的海難）行李全毀，而她臨產在即還發燒，之後便未再康復。這名從英格蘭聘請來的護士在到達後第三天就過世了。牙買加是他首次擔任總督一職。他未及時在上議院占得一個席位且在玩惠斯特紙牌的漫長賽局中間進行一些政治活動，他父親任性非為的行動迫使他流放於外交工作，而且短期內沒希望回國。完成中國這裡的任務，他必須立刻前往日本，此刻他對日本的認識，僅止於知道這國家存在，而且是在海洋遙遠的某處。

沉悶的砲聲隆隆使他思緒中斷。他將望遠鏡放在眼前，他看到要塞上方有三個地方冒出濃煙。地方已經開火，但是依據他所能看到的，那些砲彈飛過鸕鶿號的桅杆，但是未造成任何損害。奧斯本是對的，中國人沒有料到敵人會在退潮時進攻。差別在沙洲之內大約十到十二呎。當鸕鶿號號撞上第一道障礙物，船身猛然豎起，木樁朝兩邊飛走，下一刻火箭號及霰彈號開火了。現在不再是零散的槍砲聲，空中不斷傳來轟隆聲，彷彿暴風雨將至。最先的砲彈擊碎要塞城牆上的巨石塊。額爾金伯爵認為他聽到船上的歡呼聲。他一轉頭，看到馬多克斯和王先生張大嘴巴看著這轟動的場面。

他決定是該用早餐的時候了。

「馬多克斯，你觀察一切，隨後向我報告。」他一邊說，一邊將手上的雙筒望遠鏡交給他的祕書，然後走向獵人號為他準備的艙房。桌子上只有在海上航行一個月之後寥寥無幾的剩餘食物。醃牛肉、燕麥粥以及乾癟的蘋果。他沒什麼胃口，只是把所有東西塞嘴裡，然後喝下一杯波特酒落肚。之後他不動聲色地坐在椅子上，一直到馬多克斯進來向他報告，一切完全按照計畫進行順利。只有霰彈號因為引擎受損，著火了將近一個鐘頭，但是確實的損失尚不得而知。「法國人不意外。」額爾金伯爵聽到自己說。

「大人，船長想知道，您打算何時上岸？」

「我要上岸做什麼，馬多克斯？負責談判的朝廷代表來了嗎？如果沒有，負責戰爭事務的是西摩爾和奧斯本。我是外交使節。」

「大人，您是全權代表，而且那會……」

「你告訴我，還有比這些愚蠢的韃靼人更笨的種族嗎？」他再也無法自制，把空酒杯往地上一扔。

馬多克斯曾經試著向他解釋韃靼人和中國人的區別，但是實在太複雜了，再說這無關緊要。韃靼人來自長城的另一邊，他們征服了帝國，而且現在如漢人一樣統治帝國。只是他們暗地裡鄙視漢人，反之亦然。但是無論如何，兩者都很愚蠢。

「大人……」

「什麼事，馬多克斯？」酒杯竟然沒有破損。「我們已經和這些空腦袋談判半年多了！什麼樣談判？我們寫信，但是沒有受到回覆。我們下最後通牒，沒有人在乎。我們攻占了廣州，可是皇帝派了一個新總督，彷彿什麼也沒發生！你聽到他們對美國使節說了什麼：我們大可以轟炸要塞，那裡反正就只有中國人防守。彷彿滿清官員一切都不在乎。他們真的什麼都不在乎嗎？不，完全不是這回事。與其要讓洋人進神聖的京城，他們寧可自刎。可是你知道嗎，馬多克斯，現在他們必須自刎了，所有人一起，因為我們要進軍北京了。如果有必要，我們還要燒毀整個城市，這整個可惡的城市！」

「大人……」

「還想說什麼，馬多克斯?!我不是告訴過你了，你要觀察一切，再來向我報告嗎？拜託現在就到你的工作崗位上！」

「我能否先……？」

「立刻就去！」

他一個人獨處了一會兒之後，感覺好多了。他在櫥櫃裡發現了半瓶的杜松子酒。外面肆虐的戰爭風暴逐漸平息，中午過後已經聽不見砲聲隆隆。號角聲宣告戰鬥已經結束。他當然必須上岸，那畢竟是他的使命，儘管他無法操控。他從盒子裡拿出他的薊花騎士勳章（Knight-of- the-Thistle-Orden），那是女王因他在加拿大的表現授予的勳章，他把綠色的絲帶抹平。配戴星章的制服看起來不再那麼破舊。但是他對弗雷德里克沒能在上海找到能幹的裁縫感到遺憾。他們稍後會派一個來，如果有必要甚至從加爾各答派人。無論如何坎寧勳爵還欠他一個人情。

兩點半，他登上小艇，命人划船上岸。

要塞上方黑煙籠罩。霰彈號船身傾斜靠在沙洲上，布滿穿孔的船帆，碎裂的桅杆，昭示了故事的結局。除此之外在攻克要塞時引爆了一座彈藥庫，九個法國人死亡，數人受重傷。額爾金伯爵跟隨一位軍官登上第一座瞭望臺時，硫磺和肉燒焦的味道撲鼻而來。中國人的屍首散布在棕色的泥土地上。奧斯本和西摩爾站在上面抽著雪茄，並且報告說英國人沒有什麼損失。「大人，全是鸕鷀號上士兵的功勞。」西摩爾將軍指著在一英里外在河灣處的一艘船。這周圍的土地只有黏土和汙泥，當中散布一些在陽光下閃閃發亮的較小鹽磐。對岸有一座廟宇的細長塔樓，顯示有聚落，可能是大沽。「我們不會告訴印度人，可是康格里夫火箭砲的確是威力强大，只要幾次命中，瘋狂大逃亡就上場了。大人您抽菸嗎？」

「稍候，將軍。這些屍體如何處理？」

「中國人就燒了。法國人他們的神父會準備葬禮。今天下午就舉行，大人，恐怕天氣會變熱。」

「我猜我必須參加葬禮，對吧？」

西摩爾吸了一口菸，轉頭看了一眼，然後繼續說。一片灰燼飄落在他濃密的鬍鬚上。「大人，那是一個天主教的神父。」

「了解，當然。」

他們沉默了片刻。額爾金伯爵觀看一個沒穿制服的年輕人，他正在拖地上兩具中國人的屍體。幾公尺之外還有一個男人正彎腰，頭上蓋著毯子，毯子底下露出照相機的三腳架。沒有人注意這兩個人在做什麼。那年輕人放下那兩具屍體，然後開始根據攝影師的指示，擺好屍體的位置，然後再去拖來另一具屍體。「先生們，那兩個人是什麼人？他們在做什麼？」

奧斯本順著他指的方向看去。「喔，兩個義大利人，大人，據我所知他們搭乘法國人的船，他們也去了克里米亞半島，他們的名字我忘了。」

「他們究竟拿那些屍體在做什麼？」

「老實說，大人，中國人死的比我們想像的少，大部分看到第一批子彈飛來，都像土耳其人一樣逃走了。您看看四周，頂多就百來個，我猜我們的義大利朋友，想設法讓場面看起來更壯烈些。」

「這兩個得立即……馬多克斯！」

「大人，您的祕書恐怕沒跟著上岸。」這次說話的是西摩爾，而且聽起來像他強忍住笑。

「將軍，立刻派個人過去命令他們不要騷擾死者。在我的戰場不准這麼做。」

西摩爾緩緩轉過頭。就特使是否有權要求戰場上的尊嚴而且對皇家海軍將軍發號施令的問題，兩人以眼光進行決戰。這背後還有舊帳。在亞羅船事件之後，巴夏禮和寶寧利用西摩爾發動了這場戰爭。除此之外他相當不滿額爾金伯爵在他船上升起英國國旗；他認為這是軍隊最高階軍官的特權，他不願和一個文職官員分享。「立刻去辦！將軍，一刻也不許拖延！」

「當然，大人，我這就去辦。」西摩爾又堅持了兩秒，然後親自走向那兩個義大利人。額爾金伯爵這一天第一次有獲勝的感覺。奧斯本在他旁邊始終保持沉默。士兵開始搭帳篷準備飯菜。第一批偵察隊蜂擁而出。有士兵收起牆上中國軍隊的旗幟，並且當作紀念品分發。畢竟這次他們不必像在廣州一樣對婦女小孩開槍。

「如果你有話，就說出來吧！奧斯本。」

「大人，我們應該盡快派先鋒部隊向上游挺進。到大運河大約五十英里，在那裡我們有機會切斷對首都的糧食供應，可以增加對清廷的壓力，大人。」

「很好，你決定派哪些船隻合適。我弟弟會同行然後向我報告。除非自我防衛，我不想要進一步的戰鬥。」他看著兩個義大利人收拾他們的工具，然後動身回獵人號上。他寫信給葛羅男爵感謝法國的支持，而且告知美國和俄國大使戰爭的結果，並且承諾會讓他們知道一切後續的情況。

一天之後三艘船出發去偵察白河。額爾金伯爵曾與弟弟商議，決定暫時先不前往北京，而是等待對方面對眼前的戰敗如何反應。弗雷德里克會先設法找到離京城夠近的地方駐紮，好營造威脅感，然而絕對不能導致皇帝過度恐慌。至於倫敦方面，重要的是此時便為協議之後鋪好路。額爾金伯爵在給外交大臣的信中提到，要塞失守後，對方再也無法繼續拖延協議，因此他預見到由誰來擔任英國駐華大使這一艱難任務的問題。毫無疑問，這一職務對外交技巧和判斷能力有最高的要求，根據他慎重審慎的考慮，他的弟弟弗雷德里克·布魯斯是最佳的人選。至今為止他任務的成功大部分要歸功於弟弟的協助，但是要長期確保取得的成就將會更加困難。他寫道：

> 迫於情勢，換言之，礙於缺乏與我等級相當的談判夥伴，有時我不得不將談判的任務交付給布魯斯先生，他在進行協議時總是痛苦地意識到一項事實：和他打交道的人做決策時未曾以理智為基礎，而是始終出於恐懼。他們的無知不僅是對正在討論的事實，並且包括對自身從協議中獲得的利益。因此他們顯然不理會理性的商議而只接受威脅。尤其是在派遣常駐大使的問題上更是如此，因此我認為最為重要的是，我們不應該視而不見對方在這一點上注定讓步，至少是短期內產生的結果。在我們看來派遣使節全權進行主權國家的外交事務處理實屬理所當然，然而現實上在中國政府眼中這無非是一場革命，它違背千年傳統以來若干最受尊崇的原則。在新的外交關係確立之前，強迫中國人違背傳統，無可避免將招

致扭曲拒絕，雖然我十分確信雙方會因此互惠互利。然而為和平解決雙方之衝突，唯有任命具特殊才能之大使。我衷心期望閣下不會認為我放肆，如果我重申布魯斯先生是我認識人中最具此能力之人。英國政府可預期通過任用他獲得無可估量的收益——若任用不適人選造成英國之國家損失亦注定無可估量。

您最忠誠的僕人，額爾金伯爵

一個禮拜之後，三艘船中的第一艘船終於返回。弗雷德里克在天津找到了一個過去皇帝避暑的古老行宮，他認為是作為他駐守和談判的理想地方。離北京大約七十英里，由於靠近大運河，有足夠的稻米、穀物和鹽供軍隊所需。信上還附了一張潦草手繪的河道草圖。額爾金伯爵決定只讓吃水過深的船留在被摧毀的堡壘附近，其他所有的船都移到天津。雖然根據弗雷德里克的描述河岸居民平和，但是他們還是決定夜裡出發。如果沒有意外發生，他們在第二天早上就能抵達目的地。

當九點左右艦隊起錨的時候，額爾金伯爵回到震怒號上並與馬多克斯站在後甲板上。月光在河面上閃爍，從未有過西方的外交官在自己的旗幟下溯白河而上；即使馬戛爾尼伯爵和阿美士德勳爵也必須改搭當地的舢舨，如同那些必須向皇帝進貢的屬國官員。額爾金伯爵胸中不禁燃起一股驕傲之情。目光所及這塊土地上無人居住，而且平坦遼闊如他們留在身後的大海。五英里之後，第一個村落出現，但是似乎沒有人注意到沿著河蜿蜒而行的船隊。有兩個人在船頭測量水深，並向駕駛臺的方向打手勢。偶爾的嘎吱聲顯示震怒號的船底有多靠近河床。那是一個溫暖無風的夜晚，溫柔地預告即將到來的夏天。額爾金伯爵真希望手上有一杯香檳來慶祝這一刻。「馬多克斯，告訴我，這幾天北京的情況如何？」他問。

他的祕書在他旁邊已經站了半小時，臉上的表情彷彿害怕被敵人的子彈打中。「皇帝對要塞發生的情況如何反應？不必認真，你不會知道，你大可猜測。現在只有我們倆人。我有時感覺你寧可保留自己的專業知識，而不願提供為我們的使命貢獻。」

「大人，對此我必須……」

「好了，你記住，等完成談判之後會有新的職位需要人。新的使館需要職員，而且必須是行事有分寸的人。巴夏禮領事以及像他這樣的人造成的傷害已經夠多了。」

馬多克斯深呼吸了一口氣。「大人，最可能的狀況是朝廷中大臣之間的權力鬥爭。當中會有些人寧死也不願屈服我們的要求，有些人可能願意做某種程度的妥協。但是不管哪一派都不會有任何一個人對我們真正有好意。在他們眼中我們是蠻夷，這點我們必須清楚。」

「我們要禁止他們用這個詞，馬多克斯。我們不能規定任何人對我們的看法。但是在正式文件中如此稱呼我們是萬萬不能接受的。」

「大人，您說的完全正確。關於這個用詞的來源必須說明的是……」

「把它寫進你的書裡。誰可能會是願意讓步的人？」

「恭親王，大人。他是皇帝同父異母的兄弟。而且據說在某個範疇裡屬於思想進步的人。」

「進步？對抽象概念的偏好，你是在幕尼黑學的，對吧？你喜歡引述的那人叫什麼？那位提出世界精神（Weltgeist）的人？」

「黑格爾，大人。」

「黑格爾。我記得我有一次和阿爾伯特親王交談。他在年輕時還聽過他的演講。在波昂，我如果沒有記錯。」

「大人，很抱歉，那是施勒格爾教授[6]。」

「啊，好吧，馬多克斯，對名字你的記性真的很好。」要和他的祕書輕鬆對話相對困難，因為他總是在最無關緊要的地方特別認真。「縱馬馳騁的世界精神，總之是非常創新的形容，你知道我的家庭和那位馳騁的世界精神淵源匪淺嗎？在一八〇三年我父親成了拿破崙個人的階下囚。那是關於埃及發生的事件，你一定記得。我不確定我是不是與你的黑格爾先生一樣欽佩那位大人物。」

「大人，我提到黑格爾是基於原則。視世界歷史為自由意識的進步。」當馬多克斯急著說出他那些概念時，彷彿一隻討主人注意的可卡犬。「我以為這對您而言是相當獨創的想法，大人，恕小的斗膽這麼說。」

額爾金伯爵無趣地點頭。黑格爾、施勒格爾。如果現在他獨自思考，也許更能享受眼前的這一刻。他的父親在法國被囚禁了三年之久，才返回英國。結果發現妻子在這期間有了情人。離婚造成的醜聞比希臘大理石的事件還轟動。

「相當獨創，是沒錯，可是你能看出這個國家裡有人有這樣的想法嗎？有任何一個中國人表現出意識的自由？在你的對話中曾經出現過這個詞嗎？」

「恐怕沒有，大人。」

「那你所謂的進步在何處？只有知道要往何處去，才會有進步可言。在我看來，在中國甚至沒有未來這個概念。」

「大人，在皇帝的大臣中，有一些希望英國能幫助他們對抗長江流域的叛賊。他們在其他問題上必然會迎合我方。」

「叛賊是中國內政的問題，馬多克斯，我們的立場是中立的。」

「恕我直言，大人，但是……」馬多克斯的手緊抓著船舷欄杆，彷彿在反駁上司之前，他必須先找到支撐。「在達成協議之後我們要保持中立的立場是不可能的。」

額爾金伯爵不快地將眼光從夜景轉移開，他看著他的祕書。「馬多克斯，我請你發表你對中方的看法就是希望你說點我不知道的。我不需要聽你發表關於我方立場的演說。你在慕尼黑學會所謂的原則，這裡有一個原則你必須知道：內戰不關我們的事。」

「大人，請恕我再次直言。假設韃靼人對我們的要求讓步。如果他們允許內陸港口通商貿易，而事實上那些港口是在那些叛軍的手上……」

「馬多克斯，我們要的是漢口，這港口不是叛軍控制的。」

「目前不是，但是通往那裡的路是。韃靼人將爭辯說，唯有我們對叛軍採取行動，我們才能行使協議保證賦予我們的權利。」

「我們會拒絕這樣的說法。」

「然而，這是正確的，大人。」

「馬多克斯，你想說什麼？不要協議？我們此行目的是什麼？我們到目前為止所採的每一步策略都是以讓韃靼人簽署協議為目標。我們從來不曾離目標如此近過，而你在做什麼？你想要說服我，更好的是……該死，馬多克斯，什麼是更好的？」

「大人，合約的本質即是將簽訂合約的夥伴制約在一起。」

「不要再說教了！漢口將開放貿易，我們的船會以中立的立場通過叛軍的領域。這有什麼問題？」

「韃靼人會派船護送我們溯長江而上，他們會說根據協議他們有義務保護他們的合約

6 譯注：指 August Wilhelm Schlegel（1767-1845），德國詩人、翻譯家，亦是譯介莎士比亞到德國的重要譯者。

夥伴。」

「他們知道我們不需要這保護。」

「他們如此做不是因為我們需要，而是他們想讓叛軍誤以為我們是敵人艦隊的一部分。叛軍怎麼會知道事實不是這樣？他們將對我們的船開火，而且一旦他們如此做，為了確保進行協議上允諾的貿易通商，我們勢必得反擊。您問我目前北京的情況。我相信一些大臣正在説服皇帝相信協議的好處，因為有助於讓我們也捲入衝突。」

額爾金伯爵把兩手放在船舷欄杆上，他真希望現在是自己一個人。他在香港時聽説過不少關於叛軍的事，一些傳教士對他們寄予厚望。但是他對於傳教士持懷疑的態度，儘管他是個對上帝虔誠的人，從未錯過禮拜天的彌撒。在牙買加他們唯一做的就是煽動過去的奴隸反抗莊園的主人。而在中國這些叛亂分子迄今為止似乎只做到摧毀國家。總之他們控制了當地絲綢的大部分生產，而且只要清廷太軟弱無法平息叛亂，為了英國利益與之打交道在所難免，儘管中立一詞必得做更靈活的解釋。「告訴我，馬多克斯你對叛軍已經做了深入的研究，對嗎？」

「是的，大人，我斗膽承認。」

「你的印象如何？他們是如香港傳教士要我相信的好基督徒嗎？他們真的是這個國家迫切需要而迄今還無法決定的進步的化身嗎？」

「大人，現在要回答還言之過早。」

「有可能。總而言之，我沒有打算在中國停留超過非必要的時間。你説的關於協議後果的話，我不愛聽。但是迴避令人不安的事實絕非明智之舉。我被派遣來這裡的目的就是談判簽署協議。所以我一定會這麼做。而我絕對不會和叛軍簽署協定。但是我還是可以與他們談談，不是嗎？讓他們相信我們的和平意圖。若是我們有了漢口，我們的船無論如何需要一個長江上的站，好裝載煤炭。等簽訂協議之後我們順道訪南京，你覺得如何？」

「大人，我以為您必須前往日本。」

額爾金伯爵意識到自己正打算自願延長使命，這全是責任心使然。而且他還發現自己採取行動十分誘人。帕默斯頓勳爵畢竟知道他派到亞洲的是個勇於行動的人。「一步一步來，」他說。「中國重要多了。」

「大人，北京會認為我們派代表團到南京是違反我們的中立原則。」

「不是去南京，是去漢口，馬多克斯。在派商船到那兒去之前，我們當然得先探勘那條河。我們只是經過南京。也許就在傍晚時分，我們總是得停靠。我們可以借此機會詢問煤炭的問題，並且表明我們和平的態度。你意下如何？」

「大人，這是一個大膽的計畫。」

「你說的像似你牙疼。你看到我外套上這勳章了嗎？薊花騎士勳章，只有十六名成員。女王授予我……你知道她是我大兒子維克多·亞歷山大（Victor Alexander）的教母嗎？」

「大人，這我不知道。何其榮耀。」

「無論如何，殿下授予我這個勳章，因為我有能力在艱難的情況下果決地採取行動。我不多談細節免得你覺得無聊。在布魯姆霍爾我的妻子迄今還收藏蒙特婁（Montreal）暴民對我投擲的一些石頭。鋪路石，足以擊碎頭骨的重石。你明白嗎？挑阻力最小的路走不是我的性格。所以只要這煩人的事解決了，我們就立刻動身前往南京。我們不會允許長毛賊讓我們脫離目標。」

「是的，大人。」

「現在我建議，你去找奧斯本的船務員，讓他給我送來一杯香檳。你知道我並不介意你如此坦率地表達意見，但是對我們的任務你缺乏歷史意義的概念。我們做的不僅僅只是談判簽署協議，而是為東西方歷史開啓了新的一章。中國從一個高高在上的帝國，將成為衆多國家之一。這看來似乎是衰退，事實上正好相反，這個國家具有巨大的潛力，我們禁止它繼續頹廢。如你所願，我們是航行水上的世界精神。你覺得如何？」他溫和地拍了拍馬多克斯的肩膀，他無意僅僅因為祕書的恐懼敗壞這時的興致。「你看不見我們正在寫歷史，因為你認為這不可能。這對你而言太膽大了。」

「大人，我……」

「謝謝，到此為止。去派人送香檳來。」

「遵命，大人。」

「接下來幾天，做好準備。也許我派你去完成任務時，你就會茅塞頓開。別讓我失望。」他右手一揮示意馬多克斯離開。

四周的景色幾乎沒有變化，距河流稍遠的一方多了一點山陵起伏，多處幽暗的寺廟寶塔聳立入天。先是十幾艘，然後是上百艘的小型中國帆船停靠在河岸邊，但是額爾金伯爵沒看到船上有任何人，也未見任何燈火。他一手拿著香檳，另一隻手掌握四億人的靈魂——縱使只是象徵上——，在黑暗中行進，那是多麼莊嚴的感覺。老實說，他是喜歡世界精神的隱喻的。最近他在《威斯敏斯特評論》中讀到赫伯特・史賓塞（Herbert Spencer）的一篇文章，當中過於强調進步原則的技術：將其視為過程，每一次改變是導致進一步更多改變的原因，所以這過程沒有目標，只是導致「事情越趨於複雜」。這不僅抽象，而且令人恐懼。除此之外忽略了世上有些具有理性和眼光願為進步效力的人。歷史不單是發生，而且是被創造出來的，但最好不是由那些隨英格蘭腳步的自私列强。拿破崙三世之所以加入聯軍，是因為他想成為所有天主教徒（包括遠東天主教傳教士）的庇護人。狡猾的蘇俄人覬覦更多的領地，美國人雖然渴望在世界政治舞臺上大顯身手，但是暫時還不願意拿白色背心去換真正要角的骯髒袍服。換句話說，聯軍雖然共同行動，但是他認為馬多克斯所提的使命是英國的。世界精神升的是英國國旗。

額爾金伯爵自己去拿了第二杯香檳。

清晨，他回到他的船艙，睡了幾個小時。當他再上到甲板上時，太陽已經當空。他一手平遮在眼睛上，他花了片刻時間看清將他從睡夢中吵醒的噪音來源。眼前的景象讓他屏住呼吸：這裡的河面和里奇蒙（Richmond）附近的泰晤士河差不多寬，兩岸人滿為患，有人站在河中的中國帆船上，有人從屋子的窗戶往外看，有人爬到樹上和屋頂上，他們驚訝地張大嘴巴。成千上萬衣衫襤褸的黑髮中國人，打手勢大笑，懷裡抱著孩子，指著經過他們村莊的一長列巨大艦隊。水手站在甲板上往岸上扔餅乾和小銅板取樂。歡樂熱鬧的氣氛中絲毫沒有敵意，完全正如弗雷德里克所報告的。額爾金伯爵認出地平線上一座更大城市的輪廓。

「早安，大人。」奧斯本船長臉上帶著愉悅的表情迎面而來。「無比壯觀的景象，您認為呢？」

「早安，將軍，的確。」額爾金伯爵往旁邊挪了一步，閃入主桅杆旁邊的狹窄陰影底中。天氣炎熱，這是他在亞洲的第二個夏天了，他只求這也是他在這的最後一個夏天。「那些人知道我們為何在這裡嗎？他們知道我們是誰嗎？」

「大人，我只肯定他們從未見過輪船。」

「沒有敵對的行為，投擲石頭或此類的行動？」

「什麼事也沒有，大人，半個小時之前，一艘法國護衛艦擱淺。當地人立刻從四處跑來用繩索幫忙拉曳。」

「將軍，正如你所言，相當不尋常。你看到朝廷的官兵了嗎？」

「若他們不是偽裝成農夫，那就是沒有。我推斷所有的軍隊都集結在首都附近了。」

「西邊那城市是天津嗎？」

「大人，應該是偏北，西北邊。這河流蜿蜒曲折，以致您的方位稍有偏差。根據布魯斯先生的草圖，那應該是天津，但是我們將在城牆外停泊。」奧斯本指向在麥田中突起的一座閃亮小山。當他們靠近時，額爾金伯爵才看出那是鹽和穀物堆積成的金字塔，可能是各省每年必須繳納給北京的稅收。陸地上和水上聚集的人群越來越多，震怒號在眾多中國帆船當中開闢出道路，那些帆船多到彷彿覆蓋整個河面。沿著河岸，只要稍微高一點的地方，人們站成三四排。額爾金伯爵四處找他的祕書，但是他的祕書忠於自己，為了他那本沒有人期待的書，因而錯過了這一刻。

兩點他們抵達目的地。

弗雷德里克再次完成出色的工作，找到符合所有要求的駐地。直接靠近岸邊，方便卸下船上的貨物，同時四周鄰近的山丘提供保護，而且從山丘上可以遠眺天津的城牆。英法代表團駐紮的宮殿，據馬多克斯說名為「極樂寺」，這行宮是十八世紀著名的皇帝為了與嬪妃作樂而建造的。很可能就是額爾金伯爵嫌太硬的那一張方床上。但總比一樓的那些軍官要好多了，他們不得不把門拆下來湊合著用。他從窗口可以看到一個寬廣的內院，院子掛了許多蓆子遮陽。在其後方定錨的船隻形成了一道防護牆。聯軍在兩天之內已經鞏固好自己的陣地，但是他仍然派遣弗雷德里克到南方組織更多的軍隊。敵人就在幾英里外，額爾金伯爵和眾將軍商議之後決定，他們需要五千人的軍力才能抗敵生存。希望在平息印度叛亂之後，坎寧勳爵會回報他去年夏天的支援而派兵相挺。在援兵抵達之前，他們雖然採取了所有的預防措施，然而處境仍舊相當困難。

溫度計不斷上升。軍官用木條在院子裡搭了保齡球球道，還用了宮殿裡到處都是的陶製胸像裝飾。中國僕役忙著到處送冷飲，不知從哪送來的一箱一箱底下鋪著木屑的冰塊。額爾金伯爵把禮拜天的彌撒訂在七點。不久之後，熱氣如鉛般沉重地壓在宮殿上。外頭當地的小販叫賣他們的小玩意，裡頭士兵蜷伏在陰影下。每次他給瑪麗路易莎寫信，信紙就會黏在他潮溼的手上。可寫的也不多。他們得再次等待了。

一個禮拜之後，下一個中國代表團抵達。額爾金伯爵派馬多克斯出去迎接，之後決定不接見前來的兩名官員。一來他們的權限不夠大，二來他想傳達強者的訊息並且保持莫測高深讓對方無法預料。

他堅守紀律用以對抗無所事事的日子。每天做操與讀書，日落之前滴酒不沾。晚上他端著一杯杜松子酒站在窗邊，看著河岸，聽著院子裡的士兵敘述他們的冒險故事。有些人已經找到方法對付人在異國的孤獨。迄今為止他自己幾乎沒見過什麼中國女人，頂多是在廚房幫忙的女僕，有一次是看到幾個教會醫院的護士。她們小眼角向上的眼睛讓他反感，纏足女人走路的模樣沒有絲毫女性的優雅。夜深之後院子裡的閒聊越來越不堪入耳，額爾金伯爵關上窗子，讀起米爾頓（Milton）。

一個禮拜又過去，謠言四起有一高級代表團正在前往天津的路上。士兵們報告沿著通往大運河的路上有行動，安置了守衛而且清除了障礙物。每天早上的簡報馬多克斯都會向額爾金伯爵報告時事。最近他的祕書不再穿棕色的長袍，而是穿上還算體面的麻料西裝。他似乎想利用弗雷德里克缺席的機會，提高自己在代表團中的地位。幾天前額爾金伯爵抱怨宮殿中鏡子的品質不佳，馬多克斯不久之後弄來一面沉重的古銅鏡，那鏡子會讓人看來顯得比自己想像的胖一點，但是用來早晨梳洗綽綽有餘。「馬多克斯，今天早上你有什麼要報告的嗎？」每次他的祕書低著頭進來時，他就會用問題招呼他。一如往常，今天也是準時十點。

「大人，早安。希望您昨晚睡得好。」

「尚可，我的腳偶爾會懸掛在床緣外。」他的確睡得不安穩，但並非因為身高讓他得抱怨床太短。

「大人，也許我可以找到一條長凳放床尾。」

「不要麻煩了，馬多克斯，我們不用太舒適，這裡是在敵國領土上的軍事基地。是否有據說已經上路的代表團的消息？」

「大人，我擅自看了一些情報。」從他臉上的表情看來，馬多克斯似乎對結果很滿意。不是擅於識人者也看得出來，他迫不及待今天就能接受之前額爾金伯爵允諾的重大任務。「顯然大人您的堅持得到回報了。如果我的情報正確，以下兩位大臣已經在前來此處的路上：一位是……」

「馬多克斯，告訴我你會騎馬嗎？」額爾金伯爵心血來潮打斷他的話。「我沒見過你騎馬。」

「大人，我自認是個有經驗的騎士。」

「太好了，小馬在這裡應該更容易找，而且也比轎子不惹人注意。不是嗎？」

「沒錯，大人，我可以請問……」

「馬多克斯，兩位大臣是何人？」

「這個。」他的祕書清了清嗓子，並且壓抑了自己的好奇。「大人，正如我之前所說的，這消息仍需要最終的證實。據說前來此處的兩位大臣是桂良和花沙納。」

「你如何記得住所有這些名字？」早上起床之後額爾金伯爵心情愉快，比以往更有信心他的任務即將有所突破，他打算捉弄一下他的祕書。

「大人，我只是盡本分做事。」馬多克斯這句話聽起來近乎譴責。「桂良是大學士也是皇帝最親近的顧問之一，花沙納大人是吏部尚書，總管所有文職官員的任命拔擢。大人，根據屬下評估，除了皇帝之外，朝廷裡幾乎沒有更高的官位了。大人是否還記得我曾經提過的思想進步的恭親王？桂良大人是他的岳父。」

「你的意思是說，我們終於找到談判夥伴了？」

「是的，大人，所有跡象顯示確實如此。」

「如果消息正確。王先生是否幫了你的忙？他人呢？」

「王先生已經在城裡找到落腳的地方。是的，大人，有一些問題中國人比我們的人更能問出答案來。」

「幹得好，馬多克斯。」額爾金心裡想，你無法想像「我們的」在馬多克斯的想像所表達的範圍。「現在的問題是，我們是否該等待那兩位大人抵達，或者試著去探聽他們究竟帶著哪些指示到此。你認為呢？」

「我認為在談判中，掌握對方更多情報的一方總是占上風的。大人您自己曾經說過。」

「看來我說了一些明智的話，不是嗎？馬多克斯。」額爾金伯爵愉快地點頭，然後站起來。他走到窗前，院子裡軍官們歪歪斜斜坐在椅子上，也許皇帝也曾經坐過那些椅子。這種環境所帶來的誘惑確實很難抗拒。昨天夜裡他躺在床上睡不著，想起在加爾各答的停留。兩三杯杜松子酒下肚之後，他很想知道在那些僕人僵硬冷漠的表情後面是否躲著真實的人。當時他只是放棄下一杯酒，走回自己的房間，但是那衝動還在。此刻額爾金伯爵雙臂交疊同時打量他的祕書。「馬多克斯，我可以信賴你嗎？」

「當然，大人，你儘管吩咐，我已經竭盡所能。」

「好，除了你之外我不知道我還能找誰。我希望不要給人有錯誤的印象，但是我想我終究需要一個婢女。你是否能幫我找一個來？當然是不能張揚。」馬多克斯此刻臉上的表情變化，讓他想起保齡球球道上那些陶製胸像的命運。有一刻，額爾金伯爵不得不強忍著不讓自己大笑。當然他的祕書必須去調查中國代表團，但是看到馬多克斯無法掩飾自己的驚愕讓他想暫且不把這玩笑說開。

「一個……大人，我不太明白您的意思。」

「你當然明白。我是大英帝國的特使，我已經在海上一個月了。該死，馬多克斯，我們在船上生活一年了！你看看我，我身上制服的鈕扣需要有人縫補。我們私底下說，我厭倦了士兵為伴。整天與男人為伍。我不要僕役。給我找一個中國婢女！」

「大人，您的意思是找一個女人？這在這個國家……」

「我們繞了半個世界，不是為了不去碰這個國家的習俗。這我們在家鄉也能辦到。一個新的時代開始，據我所知這個國家有女人！」

「大人，我該到何處……我想……？我可以為您縫鈕扣。」

「如果你覺得為難，可以派王先生去。你總不會想對我說，一個有四億人口的國家沒有婢女。」

突然短暫的沉默。額爾金伯爵原以為像他祕書這樣的人應該做出更有男子氣概的反應，而馬多克斯沒有如他期待的反應令他尷尬。他們沒有一起因為這惡作劇大笑，他突然得擔心在馬多克斯眼中自暴其短。他祕書就站在自己面前，像個拿到珍貴禮物，打開時卻毀壞了禮物的男孩。「我對你完全信任。」額爾金伯爵說，像是以此結束對話。「關於中國代表團的文件你可以留下來給我。」他的好心情突然消失。沒有人知道談判還會拖延多久。未來外交關係的基本問題背後還隱藏眾多細節，要澄清這些細節可能需要數週甚至數月的時間。稅率、稅收、貨幣問題，然後可恥的鴉片貿易。廣州的局勢、最後還有溯長江而上與那些自稱是基督徒的長毛叛軍交涉，之後——日本！一切從頭開始，很可能又是充滿敵意的人民以及對世界一無所知、罪無可赦的政府。黑格爾——施勒格爾可否想過如薛西弗斯的世界精神？今年返鄉是不可能了，明年也無法保證，片刻間他突然覺得自己的餘生被流放了。

他此時四十七歲，已經近十四個月沒看到妻子。最小的女兒正牙牙學語，長子正在學騎馬，而他卻不在身邊。他是第八代額爾金伯爵，同時是第十一代金卡丁伯爵，大英帝國派往中國的特使，牙買加與加拿大的前總督以及薊花騎士勳章。他真的有必要向他的祕書說明他有權要個婢女？

洪秀全

他住在金龍宮已經六年，他正在研讀包含所有真理的書。他的宮女將每一頁抄寫在巨大的絲綢上，他從一頁走到下一頁，一頁一頁研讀並且請求天父的指點。摩西走入雲中，爬上山並且在山上待了四十天四十夜。主面對面與摩西交談。他特別喜歡這一段，他想起站在上帝面前莊嚴的感覺。可是為何後來又說：你不能看見我的臉，見過我的臉的不能存活？難道他不是人。摩西帶領同胞離開的國家以至比多[7]究竟在何處？帶領同胞前去的應許之地迦南又是何處？自從妖魔不斷威脅小天堂以來，他不斷自問該將上帝託付給他的人民帶往何處？

宮殿裡的窗戶都遮蓋住了，日光干擾思考，但是最令他困擾的是在書中沒有提到他的升天。金鬍鬚長及胸部的天父曾坐在寶座上迎接他。他為地上與在三十三重天誤入歧途膜拜神像而不追隨其創造者的人們哭泣。天父在一首為他送別的詩中寫道，切勿學他們，而詩中所提到的隻字未出現在這本充滿奇怪名字的書中。被賣到以至比多會替人解夢的人名叫若瑟夫。異國人在異國。天王一生見過兩個異國人；一個在廣州給了他那本如真理之鑰的書。另一人後來同他一起研讀了那本包含一切真理的書。那本書在海洋彼岸寫成，並且飄洋過海到了他手上，以供他對同胞解說。可是為此他需要異國人的協助嗎？或者他們終究只是會將他出賣的弟兄？據說不久前他們在北方打敗蛇妖的大軍並且簽訂了合約。他是否該與那些與魔鬼簽約的人打交道？

他再次下跪請求天父的指示。以至比多的統治者夢見了七頭肥牛和七頭瘦牛，那異國人為他解釋當中的隱喻。現在帷幕後面天已破曉，不久干王將來晉見。船隻溯長江而上，被視為蛇妖的戰艦，但是事實上他們是來自海洋彼岸的弟兄。英國人，書中也沒有任何文字提到。是天父派使者來指示他該往何處去？有人送來宮裡洋人的一封信，信中的內容令他相當困惑，徹夜難以入睡。天上的使者會用如此霸道的語氣而且只是想要煤炭？他們其實是妖魔派來找他的幫手？他困惑地準備了答案並且寫下問題，好測試可疑的來客。

在另一個夢中統治者夢見一根麥子長出七根飽滿茁壯的穗子，然後又長了七根乾癟的穗子，東風一吹全枯萎了。七根飽滿茁壯的穗子吞噬了七根乾癟枯萎的穗子，作為人民的衣食父母，他知道這意味什麼。他們已經在小天堂生活了六年，此時敵人從東方挺進，他們必須離開這裡——只是該往何處去？

包含所有真理的書中出現如羅馬、耶路撒冷這些地方，如天父所命令的，帝國從那兒統治天下所有的地方，可是誰能告訴他，這些地方在何處？以至比多統治者提到的那個有聖靈住在他裡頭的人，究竟在何處？

若瑟夫站在統治者以至比多國王面前時，年紀三十。然後他離開了王，行遍全國各地。

7 譯注：埃及。

五、戴玻璃眼珠的陌生人

香港—廣州—梅嶺關
一八五九年 夏／秋

離開香港的那個夏天，我並非鰥夫，但我卻感覺自己是。我愛的女人已經走了，死於高燒、腹瀉和身體虛弱。三月時我們將她葬在西營盤的新墓地。去年已經簽訂的《天津條約》，允許外國人在中國各地自由行動，很多人懷疑中國人會守信用。我並未收到巴塞爾允許我去南京的許可，因此我只有兩條路可走：要不就得靠一己之力，要不就永遠放棄這個計畫。自從收到洪哥的信已經過了很長一段時間。總之我覺得自己根本不適合傳教的志業。有一段時間我內心糾結，直到六月的一個清晨，在我三十歲生日前夕，我收拾了必要的行囊，買了一張到黃浦的郵輪船票。我在墓園度過了在維多利亞的最後幾個小時，而且寫了一封信給托馬斯．雷利，感謝他和莎拉為伊莉莎白所做的一切。我沒有告訴他我從巴塞爾傳教所的經費中自行拿了旅費。他遲早會知道，但願他理解。

我上船時，如鉛般沉重的熱氣籠罩海灣。我從甲板上回望的城市已經不再是我八年前踏上的那個貧窮的前哨基地，如今商行白色的外牆雄偉矗立。當香港漸漸從地平線消失，我感覺終於放下肩上的重擔。我決定冒險，而且已經準備好接受眼前危險但又誘人的挑戰。洪哥有一次曾說過，有些事值得犧牲，任何代價在所不惜，你只須確定那是你真心想要的。我想為我所信仰之事奉獻，我不知道除了南京之外能到何處尋覓。我不在乎總督察約瑟翰斯作何感想，伊莉莎白的墓地托馬斯和莎拉會看顧。當船往珠江上游航行時，我躺在一個悶不通風的船艙裡，唯一想到最適合描述我眼前心境的一句話：我自由了。

第二天早晨，我們到達了黃浦港口，此地離廣州十二英里，英國和法國的大型戰艦、帆船以及大型貿易公司的三桅船停泊在此處。我轉搭開往廣州的船，河岸慢慢靠近，左邊河南島從晨霧中顯現，右邊則是爭戰不休已久，該或不該開放的城市的輪廓。自從盟軍占領以來，也已經在他們的管轄之下，但是據報紙稱他們不得安寧。站在甲板上我看到一艘英國戰艦，愛麗兒號，如一頭母獸在水面上休憩，周圍圍繞著無數船首翹高船身彩繪眼睛的舢舨。婦女划著狹窄的獨木舟靠近想提供各種服務，從洗衣到賣淫應有盡有。工匠在船屋上幹活，小販載著他們的貨物在紛亂之中穿梭——此處猶如水上的市集，遠方我可以看到廣州紅色的城牆，如一個環坐落在櫛比鱗差的屋海當中，那些屋頂彷彿融合成單一的盾牌，在陽光下發出金屬般的光芒。中國南方的最大城市擁擠不堪，我感覺到此地的炎熱比香港更令人窒息。

一上岸，一大群乞丐就圍住我。從河上看這城市很雄偉，可是在擁擠的巷弄裡生病的人自生自滅無人理會，飢餓的孩童拉扯我的衣角。他們的臉和他們住的地方的汙泥顏色相同。到處是刺鼻的屎尿味，我不得不一手掩鼻，一手把包袱壓在胸前，費力地往前進。房屋的牆壁上貼著海報，要大家把所有西方野蠻人的眼珠挖出來，在每個角落我看到充滿敵意的眼光。我幾乎看不到盟軍占領者的蹤跡，這比我想像的還令我苦惱。

在汗水淋漓中我到達一間古老的寺廟，那是印度士兵自己弄到的。大鬍子的男人，頭上綁著白色頭巾，像在維多利亞一樣他們擔任警察的任務，被當地人稱作「黑鬼」。我花了少許的錢，他們給了我一個陰暗的側翼房間，我湊合著收拾成我暫時住所。附近遍布英軍轟炸的痕跡：成排房屋之間的缺口、燒毀的廢墟、瓦礫。沒有寬闊的街道或暢行無阻的地方，只有用墊子遮天的小巷，在這底下積聚了熱氣和百姓的敵意。雖然我隨身攜帶我的手槍，但是接下來幾天每次上街我都覺得是在考驗自己的勇氣。早上我跟著那些錫克教士兵去巡邏，晚上我躺在一張臨時用稻草堆成的床上，傾聽四周陰森恐怖的寂靜。偶爾會有槍砲聲。我太遲才意識到我身後所有的橋已斷。巴塞爾總部早就對我的擅作主張不高興，在伊莉莎白死後不久他們派了新的工作人員來監督我。兩名來自巴登的年輕人，虔誠而且認真，完全是約瑟翰斯欣賞的人。關於中國他們只知道中國是異教徒的避風港，而由於缺乏語言知識他們無法在抵達之日便發表第一次街頭布道。我原本希望將他們送到澳門一段時間以便他們學習中文，可惜不能如願。他們得到的指示是留在我身邊，而總部的命令對他們而言猶如十誡。當我告訴托馬斯．雷利關於他們的事，他臉上露出一絲微笑。「有上進心的新同事。」我聽不出他口氣是認真的還是在開玩笑。

「他們兩個建議我將心力投注在客家人身上。」我惱怒地說。「因為他們在社會中身處邊緣地位，對福音特別容易接受。」那是雨季快結束時的一個禮拜天晚上，我們坐在倫敦傳道會的辦公室裡，違反紀律在我們的紅茶中加了少量的蘭姆酒。「我第一個念頭是：他們能在這裡撐多久？更緊迫的問題其實是：我可以忍受和他們在一起多久？」

「你其實已經可以要求回家鄉放幾個月的假。」

「沒錯，」我回答，「可是如果現在走，我就再也不會回來。」

托馬斯明白我的意思，他什麼也沒說。過去的幾個禮拜他一再暗示我，也許暫時離開香港一段時間對我會有好處。而他認為我考慮接受洪哥的邀請到南京太瘋狂了。據說那座城市已經被成千上萬的朝廷軍隊包圍。「如果我們早知道額爾金伯爵將前往南京，我們至少可以捎一封信給洪哥。也許他以為我們未收到他的信。」我說。

「我們是傳教士，老兄，女王的特使不可能替我們送信的。再說伯爵閣下並未在南京下船，他受夠中國，等不及要返鄉了。」

額爾金伯爵離開已經三個禮拜了。他是否成功完成他的任務，到現在還一直有爭議。《天津條約》

滿足了英國最重要的要求，但是對於條約不是在北京簽訂，很多人仍認為是個錯誤，這錯誤會造成中國更加頑固。據說額爾金伯爵甚至口頭承諾他的政府暫時還不會行使派大使進駐北京的權利。太多顧慮，缺乏魄力，在維多利亞很多人如此批評。談判結束之後，特使拜訪了日本，接著從上海啓程探索長江，然而關於拜會叛軍的詳情不明。據說一開始叛軍認為震怒號是敵軍戰艦，於是開砲射擊，一彈擊中額爾金伯爵船艙的牆壁，差一點就擊中他的腦袋。代表團拒絕天王書面的邀請共同抵抗蛇妖，而且把沿岸叛軍的砲臺擊毀——嚴厲的報復是應該的。我們傳教士所期待的和解並沒有發生，自稱中立的英國與北京結盟，雖然最高當局尚未證實。

「你認為皇帝會批准《天津條約》嗎？」我問，因為托馬斯沉思不語。外面正雷雨交加。

「如果額爾金伯爵相信了才怪。如果你想知道我的想法我可以告訴你，他之所以走得這麼急，因為他知道自己談判所得只是一張毫無價值的文件。他唯一的希望是倫敦上當。」

「托馬斯，我們其中一個必須到南京去！」

「那太危險了。」

「如果要達成和解必須有人去說服英國人，叛軍並非有奇怪頭銜且嗜血的野蠻人。」

「或者他們真的是。」他痛苦的回答。「你我都讀了那封信，你的印象如何？」理雅各牧師一如既往認真的寫了案卷，而且規定他所有的工作人員必讀。上面所列的指控從妻妾成群到蹂躪百姓，然而缺乏證據。

「現在戰爭橫行，」我說。「關於另一方殘酷暴行的案卷沒有人寫。牧師很不高興，是因為洪哥不能再協助他翻譯。因此他看不清現狀。」

「我們的朋友又怎麼說呢？他在這裡多年來是個模範生。但是他真的相信他的族兄是上帝的兒子？

滿洲人是必須消滅的妖魔鬼怪？如果真是如此，他又為何要阻止他的軍隊如此做呢？如果不是，為何他去了南京而不是留在這裡？」

「他無法一次改變一切，你也讀了那封信，事情才開始。」

「是的，我讀了。坐寶座的說：看哪，我將一切都更新了。啓示錄預言中指的是何人我知道。問題是洪哥認為那人是誰？是他的族兄還是他自己？」

我沒有回答，我只是飲盡杯中的茶。像我們這樣的對話天天在倫敦傳教站可以聽到。所有的傳教士都竭盡全力為自己的缺乏行動辯護，而叛軍殘酷無人道的傳言則是大家喜歡借題發揮的好藉口。事實上我們對他們感到不滿，他們的成功更顯示出我們的失敗。他們作戰的軍隊數以十萬計，而理雅各牧師每年為其舉行洗禮的華人人數少於他家的僱員，誰為改變這個國家做得更多？革命可不是《聖經》研習班。

「若是你真的想到南京，」過了一會兒之後托馬斯說，「你需要有個人護送。我知道你在家鄉已經經歷了很多，但是千萬不要企圖說服自己可以一路清白。你必須帶一個能夠毫不猶豫扣扳機的人。」他的良心不允許他鼓勵我上路，縱使他暗地裡希望我有這個勇氣。他一言不發站起，伸手拿那空的杯子。

當我回到我的處所，光線從窗子透進來。兩年前我租了這房子是因為希望有一天和伊莉莎白同住，可是現在卻和兩個弟兄同住，他們用笨拙的中文對付每個來此的訪客。想要有一碗湯的人，就必須先說出十誡。說錯一個，就只能喝到半碗。來我們這裡的客家人越來越少。除此之外，他們遲早會察覺帳簿中的假帳而到巴塞爾告發我，只是時間的問題而已。我何不就動身了？我已經夢想了這麼久，沒有其他的方法可以證明這條路是否值得。羅伯特・布魯姆曾經說過，證明不會不勞而獲，你必須自己掙得。

到達廣州已經踏出第一步，我立刻開始下一步：尋找同行的夥伴。在珠江沿岸有許多外國水手喜歡聚集的鴉片窩。可是第一個禮拜，在那裡我只遇到了一些不是想找妓女就是想找人打架的醉漢。我四處打聽，聽說北邊城牆附近也賣鴉片，希望在那裡我能找到符合我期待的人。我想像的是一個獨來獨往的人，雖然什麼都不怕但是對陌生地方懷有敬意，行事謹慎，而且更重要的是可靠——中國沿海眾多的投機分子中有這樣的人嗎？

我夜夜出門。白天感覺廣州的小巷裡擠滿人，可是在黑暗中似乎冷冷清清空無一人。儘管如此我還是一再被睡在地上的形體給絆個踉蹌，有的形體有動，有的則不會。肥滋滋的老鼠匆匆四處遊蕩。我走的那條街以珠江邊古老的荷蘭碉堡命名為弗利街而且通往新領事巴夏禮的官邸。當我想經過入口時，兩名警衛從拱門走出擋住我的路。「什麼人？」一個嚴厲的聲音問。

「朋友，」我回答，同時目光注視著那閃亮的金屬槍管。我晚上遇到士兵的時候，都會進行同樣的對話。

「向前，朋友，報上通關暗號！」

「英格蘭。」

「通過，朋友，一切安好。」那兩個人退回陰暗處，而我繼續前進。城北的房屋面對面蓋得非常靠近，我彷彿穿過一條隧道，伸手不見五指。在窗簾後面傳出低語聲，有時是哭聲或是啜泣。之前一天，我打聽到一家妓院，入口處的兩個大紅燈籠我立刻認出來。門前有一些本地人閒蕩，他們剃髮的額頭在黑暗中閃著猶如青銅般的光澤。我的出現立刻讓他們的閒談中斷。「我可以進去嗎？」我用粵語問。我把左輪手槍綁在長袍下面的腰帶上，不讓人瞧見。那些人以藐視的眼光看著我，什麼也沒說。「我要找一個人，」我補充說，「一個英國人。」

他們帶敵意的沉默我很了解。不管我們是賣鴉片或是傳福音都不重要。他們就是厭惡我們的存在。

他們看我們的高鼻子，就如同我們看他們的辮子，我們認為他們卑躬狡猾，他們認為我們霸道貪婪，而且在他們內心深處就是不明白我們究竟到中國來想幹什麼。為何我們不待在自己家鄉，不要來找他們麻煩？

「我知道他在這兒，」我說，同時雙臂交疊。這是一場頑強較勁。那些人商量了一會兒之後終於同意我只帶來麻煩並非危險。當其中一個走進屋子，我一言不發跟著他進去。

裡頭比我想像要大。油燈發出昏暗的微光，空氣中瀰漫著鴉片的煙霧，桌子上籠罩懶散的寂靜。裡面的客人像打盹的動物凝視著我。我跟隨的那個男人同一個女人說話，如果我沒聽錯，她說這裡沒有英國人，只有一個獨眼的美國人。她頭髮高高盤起，身穿華麗的絲綢衣裳坐在門邊的一張高腳椅上，掌握房子裡的動靜。那男人想回頭找我。「我在這兒等，」我已經搶先到他跟前，並且找了一張空桌子坐下來。水蒸氣從櫃檯上兩個很大的水壺冒出，一個年輕的女僕清洗茶具然後放到架子上。這兒沒有客人抽鴉片，那似乎是在屋子後面布簾子隔開的部分。辛辣加淡甜，一點點新鮮木柴的和異國情調的藥草味從那兒飄過來。有人說抽鴉片帶來的幸福感覺與其說是所有慾望的滿足，不如說是所有慾望緩慢消散以致完全的不在意。在傳教士眼中這東西是魔鬼之物，專門製造給據說是天生冷漠的亞洲人，這也就是為何鴉片的無所不在並非外國商人的錯，而是當地的消費者。我們當中很多人在從香港運送鴉片到內地的同一條船上分發《聖經》，這是人們寧可忽略的尷尬事實之一。

幾分鐘之後那老闆娘從椅子站起來，朝我的方向小碎步走來。頭髮由五彩的玉製髮簪固定。她手腕上戴了好幾個手環，在她坐下之前，從長衫抽出一把畫著花卉圖案的扇子。她擦了白粉的臉在昏暗的燈光下微微泛黃。「You joss man?」她問並且在空中畫了一個歪斜的十字。

我沒有問她為什麼會這麼認為，而是用粵語告訴她我在等一個熟人。「English man no comee

here.」儘管我聽得懂她的語言，她還是繼續她的洋涇浜。

「也有可能是美國人。他們來這兒嗎？」

「美——國——人，」她慢條斯理地說。「only one-piece eye hab got. He look-see so fashion.」她用一隻手遮著左眼，同時大笑，那聲音讓我起雞皮疙瘩。她整排牙齒在黑色的斷牙之間滿是很寬的空隙。在我面前的突然是一個老嫗。「Devil comee often time（惡魔常來），」她說。

「Devil？他自己一個人來？」

「No goodee man, no flend hab got.」

「他的真正名字叫什麼？」

「No sabee. Devil no talkee.」

「帶我去見他，」我堅決地說。她的描述聽起來很神祕，但是我很高興他是美國人。

「Joss man no wantchee chai? Wantchee girley?」

我搖搖頭站起來。那女人把扇子藏進長衫的摺子裡，長嘆了一口氣也跟著站起來。「Joss man allo thing no wantchee, me pidgin what-fashion can do, ah?」

「帶我去見他。」

「Numba one thing, Dollaa!」她說，尾音拉得很長，同時伸出手來。我給了她幾個銅板，她又伸出另一隻手。「You joss man, me pidgin woman. Must catchee life same-same.」

我滿足她對金錢的貪婪之後，她小碎步走到櫃檯旁給了那年輕的女人指示。她始終站在桌旁或是椅背附近，我想起來，伊莉莎白每次說到中國女人綁小腳就會氣憤地哭泣。到了布簾旁，女人停住然後示意我自己往前走。「我在哪兒可以找到他？」我問。

「Joss man go look-see.」

下一刻我已經在布簾的另一邊。在薄毯隔開的一個個小隔間中間有一條狹長的走道。小隔間的上方似乎是敞開的，總之薄薄的煙霧冉冉上升聚集在屋頂下。寂靜中伴隨著輕輕的打呼聲、咳嗽聲還有耳語聲，在走道的盡頭燭光搖曳，而且鴉片的氣味强烈到令我感到頭暈。我猶豫地向前走了數步。很多布簾是打開的，只有最後一塊布簾是拉上的。這告訴我那個神祕的美國人必定是在裡頭。一個只有一隻眼睛沒有任何朋友人稱惡魔的美國人。我站在他的隔間前面豎起耳朵傾聽動靜，安靜無聲。

「哈囉？」我低聲說，但是那寂靜密封得猶如裡面的人屏住呼吸。我輕輕拉開布簾。在一張矮桌上有一根已經燒了一半的蠟燭，在那後面可以隱約看到一張中國式床的輪廓，大約膝蓋高的木製框架但沒有床墊。有個人側躺在上面，他的腳擱在一張圓凳上。「哈囉？」我再次低聲說。那沉睡的人前面還有另一張凳子，我拿開那張凳子。那人的手臂遮住了臉，他的手碰到一個托盤，我認出來托盤上放了一支菸斗和一個紅漆盒子。他的帽子就放在旁邊，那是一頂黑色大禮帽，頂部用油布加固，總之在燭光下看起來是這樣。

既然我已經花了那麼大力氣到了這裡，我決定在這裡等那美國人醒來。我心跳慢慢平緩下來。那頂大禮帽讓我想起來，我父親也有一頂類似的，我曾經對那頂帽子有一種奇怪的迷戀。小時候，我有一次爬到椅子上，把帽子從衣帽架上拿下來，戴在自己頭上。通常我沒有膽子那麼做，但是那天下午為了讓生病躺在床上的妹妹露易絲高興，當我戴著父親的帽子走進房間時，她震驚地看著我。為了不讓帽子滑到鼻子上，我用一條布纏在額頭上。露易絲當時七、八歲，我大她三歲。我失明的事是在這不久之前的事。我扮演魔術師，故意誇張地假裝從帽子裡變出各種東西，就為讓她大笑。我做到了，她不停地笑直到她目光突然凍結看著門。父親一言不發，示意要我跟他走。「我知道你是為了她做的。」他說，同時從我手上拿走帽子放回原來的地方。我點點頭，儘管我知道我這麼做是因為好奇心。整個下午我等著他來敲門，可是什麼也沒發生。甚至晚餐之後也沒事。半年之後露易絲過世了，我父親傷心欲絕，哭到不能自已。就從這一天起我再也不懼怕他。他繼續戴他那頂大禮帽，直到他過世，但是那時我已經住在鹿特丹，等待到中國的船。如果有人問我原因，我的回答是：為了將福音傳給異教徒。沒有人懷疑，所有人都欽佩我的勇氣以及為此善事的投入。伊莉莎白是第一個對我說，我不是傳教士也許連基督徒都不是的人。她認為，我有欺騙人的天分，也許我也想相信自己。

床上那個人在睡夢中抽搐。在這鴉片窩裡一片寂靜，為了打發時間我伸手拿起那頂帽子。它比我父親的那頂還破舊，也許是未曾長時間放在架子讓它休息，而是跟著那美國人環遊世界的緣故。我的手指輕輕撫摸油布。我在國外生活多年而沒有鄉愁，這比我信仰不夠堅定更令伊莉莎白對我不信任。當時我無法解釋為什麼，可是現在我轉動手中的帽子，想像它主人的冒險，我才意識到我想要看看更多的世界。如果有危險……更好，不是嗎？多年來我很努力卻沒有找到真正的使命，我自問還要蹉跎多少歲月。在我繼續思考之前，我的眼光落在那把左輪手槍上。那把槍原本一定是在帽子下，那是一把新型的槍，有個圓形的扳機。那美國人的指尖碰觸手柄，槍管比他張開的手長，我雖然自己也帶槍，可是我還是無法抗拒。我屏住呼吸，往旁邊彎身。凳子發出輕微的嘎吱聲，讓我停下來。然後我一隻手撐在膝蓋上，另一隻手小心翼翼的伸出去。那美國人用過他的槍幾次？他為何得到惡魔的綽號？下一刻我手腕被扣住了，猶如一個看不見的陷阱突然關上。

我驚愕地發現是那人的手抓住我的手腕。他的呼吸如之前一般沉穩，但是當我要抽手時，他抓得更緊。幾秒鐘過去，他緊抓住我的事實只告訴我那陌生人醒了。當我再次嘗試掙脫，他抓手的力道大到讓我大聲呻吟。「我不會拿那把槍。」我勉强擠出這一句話。他坐了起來，手並沒有鬆開。在他伸出的手臂上面顯現一張布滿疤痕的臉，那表情只能用邪惡形容。一隻玻璃眼睛在深色頭髮下閃著銳利的光。嘴角露出譏諷順口吐了口唾沫，然後推開我的手，像要把我的手扔地上似的。

我在香港看過無數的搶匪、走私者還有海盜。他們來自世界各個角落，殺人猶如我們寫信一樣地理所當然，但是他們的殘酷還是有些目光短淺。他們像動物一樣出於本能和被驅策來採取行動。眼前的獨眼龍盯著我看片刻，猶如直視著我的靈魂，這人不一樣，我瞬間知道我已經找到我要的。「抱歉，我偷偷摸摸進來。」我揉揉我的手腕說道。「我叫菲利普・約翰・紐坎普，我有個請求。」

回答是尖銳的口哨聲。從客室有腳步聲接近，一個穿藍長袍的中國人送來新鮮的茶，之前我沒有注意到，他還攜帶了一條捲起來的毯子，美國人拿了那條毯子然後扔床上，他的樣子就像我不存在，儘管如此我還是開始說明我的來意，而且相信他如同我認真對待他一樣會注意傾聽。他破爛大衣的下襬已經脫線，他看起來很潦倒，可是他的動作表現出謹慎和耐心。喝完茶之後，他把毯子攤開，把手槍放在身旁然後就像之前一樣用帽子蓋住。「……當然我會付錢。」我最後說。他打著哈欠，翻身側躺，背朝著我。一分鐘之後，我聽到他均勻的打呼聲。

這就是我第一次和阿隆佐・波特（Alonzo Potter）見面的經過。當我離開時，我心裡想，我再一次在適當的時機，遇到對的人。可是當我今天回想起他，最先想到的是他在幾個禮拜之後砍斷我的手，而且一眼都沒眨。而且我也自問，為何如此快就能確認他是我需要的人，事實上他也急著要陪我到南京好去算一條舊帳，卻能在一開始一副毫無興趣的樣子。我到今天仍舊不清楚是哪一條舊帳。當我隔天晚上再到那鴉片館時，他不在那兒，接下來的晚上也不見蹤影。我在城裡遊蕩了好幾天，到處詢問一個獨眼的美國人，恍如在尋找一個幽靈。在河邊的小酒館或是海港的碼頭上，每個人都搖頭。而鴉片館的老闆娘也稱說：「devil comee no more.」我已經在廣州停留了一個月，該走了。可是我更投入要找到那獨眼龍。每個早晨我很早起床，當在城裡走動時，總有一個奇怪的感覺，感覺有人在跟蹤我。有一次我想到港頭的當鋪打聽，外國人會在那裡變賣最後的家當以求一張到麻六甲或錫蘭的船票。我經過藥舖街。那些店鋪專賣一些中藥，主要是浸泡的根莖、果實和磨成粉的獸角。撐開的稻草蓆遮住日晒，底下的味道强烈到令我感到噁心。我停下來想喘口氣，這時我看到那男孩。我與其他在廣州的外鄉人一樣，總是動不動就有一大群小孩跟在後面。只要我一轉身，他們就會尖叫四散跑開，可是那男孩不一樣，他站在兩棟房子的縫隙間，樣子彷彿認得我，看起來大概七八歲左右。他沒有伸手乞討，而是朝我走來，雖然樣子靦腆但是不害怕，他用手背抹去從鼻子流出的鼻涕。

「我能幫你什麼忙嗎？」我用粵語問。

他用手勢回答我，意思應該是：跟我來。他立刻匆匆離開，不時回頭確定我是否跟上，然後繼續快跑，我幾乎跟不上。他要引我去見什麼人，我大概已經猜到了。我們經過一座廟宇，那裡人群更擁擠，十分鐘之後我們到達一個關閉的市場大廳。我們越往裡頭走，光線越暗，越是陰涼。微弱的光來自蠟燭或油燈，微光在水灘中反射，而且照亮一張張冷漠的臉。我眼睛所見，攤子上沒賣任何東西，這地方更像一個緊急避難所，總之我聽到四處的耳語聲。有些地方通道狹窄到我不得不側身才能通過。那男孩身手像貓一樣敏捷，快速往前竄。當我終於看不見他時，那個有一顆玻璃眼珠的陌生人就在我眼前，他躺在一張木床上，那張床類似鴉片館的木床。這次他沒睡，而是精神奕奕地看著我。那隻玻璃眼睛閃爍光芒，彷彿裡面所有散射到這裡的光都集中在這隻眼睛。「你這傢伙很棘手。」他的聲音聽起來心情不錯。他手示意他床前的一張空木凳，我滿身大汗坐下來。

「那男孩跟蹤我幾天了？」我問，但是他沒回答，反而是問：「要喝茶嗎？」一個年輕女子端了兩碗綠茶出現。從屋頂的裂縫透入幾道陽光，我的眼睛漸漸適應這裡的幽暗。附近還有其他人，我感覺到他們好奇的眼光。我對他說：「也許你現在可以告訴我貴姓大名了。」

他低頭嘲諷地躬了身。「阿隆佐．波特，幸會。」

我回答：「我的提議不變，三十銀圓我立刻付，然後如果在半年內到得了南京再三十銀圓。」

「天京，是嗎？加入叛亂。」

「除此之外，我當然會負責運輸和食宿的費用。」

「為什麼所有的牧師都對長毛如此感興趣？」

「我不是牧師，我有我的理由。」雖然我已經準備好向他說明，但是此刻感覺他想試探我，而且如果他認為我太輕率，就不會答應。他臉上的累累疤痕告訴我他經歷過九死一生的險境還有他學到的教訓。幾分鐘之後，我意識到他早已經下定決心走這一趟，對於酬勞他沒有和我討價還價，對我要去南京的動機他也不感興趣。他只想詳細討論路線。陸路有兩條路線，西邊那一條穿過湖南省，東邊那一條穿過江西。聽說湖南人比廣州人更憎恨洋人，所以我們決定走東邊這一條。我們想盡可能坐船走河道，但是那將南方和中國核心地帶分離的山脈我們只能徒步穿越。在地圖上那山脈就像翹起來的八字鬍，中間就是梅嶺關。如同我的朋友洪哥越過梅嶺關，我們並不知道另一邊等待著的是什麼。《天津條約》簽署已經一年，可是最近傳言皇帝拒絕批准該條約，果真如此，下一場戰爭不久就會開打。我們越早出發越好。第一個階段我們將乘坐從廣州出發每個小時一班的廉價渡輪，等越過梅嶺關之後自己買一艘船，渡過鄱陽湖進入長江。我問他是否會開船，他以高傲的微笑回答我。至於他為什麼甘冒生命危險去叛軍首都，我沒有問。我很慶幸終於找到同伴。我告訴自己，沿途有的是時間可以了解他的一切，譬如，他的玻璃眼珠是怎麼來的。一個小時之後，那男孩再次把我帶到外頭。當我站在陽光下感到目眩汗流浹背時，突然不由自主地開始顫抖，熱氣籠罩整個城市，我一時之間無法邁開腳步。彷彿那時我已經知道，這趟旅程要花的代價遠比剛才我對同伴承諾的要高。惡魔常來（Devil comee often time），我腦海裡閃過這個念頭。

開始一切都如計畫進行。在八月初的炎熱天我們登上了渡輪。船停泊在城牆前一個叫白鵝潭的廣闊水面上，整個夏天水面籠罩在乳白色的霧氣下，尤其是清晨當太陽如蒼白的星辰升起，岸邊喧擾忙亂開始的時候。我們的一點行李被塞到甲板下，和一些裝米和蔬菜的袋子，以及裝活魚的大桶子和裝死魚的網子放在一起。大部分的乘客是商販，他們在廣州採買新鮮的貨物，然後到周圍地帶販賣。

大約六點半，船長發出啓航的信號。出發前幾天，我大略估算了一下，這趟逆流而上的航程每天大約可以走十五到二十里。我們首先會到一個叫三水的地方，來自廣西的西河，來自北方的北江與珠江在此匯合。我的地圖是手繪的，不會告訴我們必須逆流航行的水流強度。波特輕蔑地看了一眼，然後不屑地稱那是「擦屁股的紙」。他只有一個有蓋的舊指南針。儘管我們搭的船客滿，但是接下來三天，波特旁邊的位置始終是空的。他的步槍槍管從他未曾離手的麻布袋露出來，左輪手槍他則是放在皮套裡藏在他未曾脫下的大衣底下。他有時拿出他的菸斗，把一小塊棕色的東西捏碎加到他稱為「麻煙」的菸草裡。不久他就陷入沉默，原本以為沿途能多認識他的希望落空。Devil no talkee（惡魔不說話），鴉片館的那女人是這麼說的。

我們經北江越過洪哥長大的省分。北江兩岸竹林密布，偶爾我會看到細長淺色樹幹的樹木，很像家鄉的樺樹。我似乎是在他離開維多利亞之後才開始更了解他。他心中對我們這些洋人的怨恨，特別是他稱為老師的人。皈依基督教後，他多年苦讀所學的傳統知識變得一文不值，也許對此他並不感到可惜，但我們沒有意識到他犧牲所具之意義必定令他惱怒。從前每天晚上他將辮子綁在屋頂的橫梁上，一旦頭垂到胸前立刻會醒來。對他香港的新朋友而言，這僅是錯誤的洞見，天上恩典的幸福作用，他應該心存感激——首先是對上帝，再來是那些不遺餘力將福音帶到中國的人。可是接受我們的信仰對一個中國人而言究竟有何意義，我們並不清楚，儘管我們知道很多信教者遭家人趕出家門，或者甚至受人身攻擊。如今我越是思考，越是對我多年的職業感到懷疑。

四天之後，丘陵地勢更加起伏。村莊坐落在山谷中，當霧氣消散之後，稻田在陽光下像一面巨大的鏡子閃閃發亮。一開始我在手札中記下景色的每個細節，但是隨著時間流逝我變得懶散而且沉迷於夢幻。為了讓自己保持清醒，我傾聽其他乘客的談話，因為夾雜許多的方言，所以很難聽懂。有一次兩個和尚和我對話，我趁機問，他們是否聽說過在長江流域發生的叛亂，他們點頭。我繼續問他們是否能告訴我什麼。他們回答我，叛軍每占領一座城市首先會殺光滿洲人，然後摧毀寺廟，最後將和尚叱責一番。他們很遺憾，當中已經有數百人喪生，然而他們也承認從未親眼目睹過此類事件。類似的謠言我在維多利亞已經聽夠多。交談後，他們閉著眼睛，數著手上的一串紅色念珠口中喃喃誦經，身體隨之前後搖擺。

阿隆佐・波特像一尊雕像坐在他的位置上。

第七天我們到達韶關市，我們打算在這裡離開北江進入一條在我地圖上沒有標示名字的支流，港口的人稱之為鎮江，但是在出發前我們被困了兩天，因為颱風肆虐全國。樹木在狂風暴雨中如草折腰，傾盆大雨使河水氾濫。當我們繼續旅程時，船每天航行幾乎不到十里。好幾次不得不靠住宿岸邊的苦力拉船，他們身上只有腰間的纏腰帶和額頭上繫的汗帶。他們拉住船上船員扔給他們的繩索，一開始拉扯，那力道似乎要將他們瘦弱的軀體撕裂。他們得到的工資不過幾文銅錢，船長像撒雞飼料般把銅板扔到岸上。我心想，這一切革命後就會改變，我們拭目以待，洪哥曾經如此允諾。

又過了四天我們到達南雄，這裡所有的旅客都上了岸，讓位給那些將從梅嶺關往南去的旅客。挑夫接管行李，他們已經在港口稱重並且丈量了我們的東西，在水上這麼長的時間，我很期待能走一段路。離最高點亦即當地人稱的梅關有十八里，到另一邊登上我們的下一艘船，還有三十里路。我們的挑夫是兩個骨瘦如柴穿著紮腳燈籠褲的傢伙。薙髮，眼神狡猾。第二天早晨他們來住宿處接我們時，拿著一根長度減半的竹竿和不同的繩索。太陽幾乎還沒升起，村莊已經很熱鬧。攤販和挑夫大聲討價還價，小吃攤賣吃的，小孩子賣茶葉蛋和包子。

我們的行李很快打點好可以上路，只有裝槍的麻袋阿隆佐．波特不肯鬆手。當一個挑夫伸手去拿時，阿隆佐．波特狠狠往那挑夫的胸前一推。「You takee dat-piece luggage, you catchee dead, bugger!（你拿那行李，找死，混蛋！）」

「我們現在在內陸。我認為他們兩個聽不懂洋涇浜英語。」我以安撫的語氣用粵語說。

「這他聽得懂，」波特咆哮，然後開始移動。

無止境的人潮從城裡湧出，走向聳立在地平線上的蔥鬱山牆。很多挑夫赤裸上身，行進時有人還大聲唱著歌，配合自己腳步的節奏。里程碑上標記著到梅關的距離。梅領同時也是和鄰省的交界。草地上籠罩一片薄霧，不久我們遇到在山腳下過夜，現在往南雄去的第一批旅客。大家互相打招呼，交換山頂上通關的新消息。令我擔憂的是我聽到士兵檢查所有通行的人，而且沒有一點顧忌。因為波特和我都沒有正式的證件，所以我在維多利亞買了兩張英文翻譯的《天津條約》，上面蓋上倫敦傳道會的印章。中國士兵肯定看不懂，不過他們是否放行是另一個問題。

臨近中午，路開始爬升，霧氣往山坡下飄，最後消散。楓樹的樹枝伸向高處，我一仰頭就可以看到老鷹在我們上方盤旋。波特大部分時間都沉默地走在我旁邊。到了半山腰他才自己開口。「一個藏匿武器的地方，」他說。「我們需要一個看起來連數到三都不會的人。」

我點頭，環顧四周。路的右邊展開一塊空地，從那裡有臺階往上通到一座小寺廟。大家停下來休息填飽肚子。一個肥胖的官員命令他的轎夫給他搧風納涼。我們等他又上了轎子。然後波特指著兩個裝著香菇和魚乾的大竹籃。我輕輕拍了坐在籃子前面的兩個中國人，他們嚇了一跳，我問他們是否可幫個忙。「我有貴重物品，不能讓梅關的士兵搜到，他們對洋人搜查特別嚴格。」

最初，他們搖頭，可是當我從口袋裡掏出一串銅錢時，他們同意了。不就之後我們藏好了武器，除非徹底翻找才能發現。接下來的一段路，我跟著我們的挑夫，波特則跟著武器。人群越來越密集，顯然我們離山上的關卡不遠了。士兵苛刻命令所有人排隊前進，如果有人沒有立刻遵行，他們立刻拳打腳踢。旅客收起嬉鬧轉為沉默。又過了一個鐘頭我們才到達梅關磚砌的大門，門猶如楔子卡在兩片陡峭的山坡之間，守衛手持長矛站在上面，面露凶狠。他們强迫我前面那個人將籃子裡的貨倒在地上，香料流到潮溼的地板上，那些穿著靴子的士兵用腳踩了踩，什麼也沒發現，接著將那絕望的人往前一推。輪到我的時候，他們開始嘲笑。「洋鬼子，」在我耳邊咬牙切齒地說。那個檢查我的士兵，腰間繫了一條腰帶，好幾把匕首垂掛在腰帶上。他徹底地搜了挑夫的行李，可是我們的證件他幾乎看都不看一眼，然後頭一擺示意要我滾。當我努力行進到山崖邊，我的心一震：白雲悠悠，蒼穹下山峰山谷相連。我認出村莊還有遠處一座大城市的輪廓。微風吹拂過山坡，竹子隨風搖曳。自從離開香港以來初次有了秋天的涼意。一瞬間我覺得自己彷彿已經到了目的地。我看到一張長凳坐下，伸展雙腿。我真希望伊莉莎白此時在我身邊和我分享這一刻。三年來，她從未曾離開過香港，現在她長眠在西營盤的公墓，離孤兒院不遠，而那裡的女孩已經漸漸忘了她。

她自己可能會說，這一切值得。

波特在我身旁坐下的時候，已經又帶著他的武器。而且他還買了一碗米酒，而令驚訝的是他竟然請我喝。「昨天你不在的時候，」我說，然後啜了一口酒，「我無意間聽到兩個人的閒談，他們在聊北方的情勢，據說額爾金伯爵的弟弟要到北京修改《天津條約》，可是顯然雙方對路線有爭議。據他們說，在白河口發生了衝突，已經是六月的事。據說死了四百個英國人，我們當時應該會得知，不是嗎？」

「不一定，」我的夥伴低聲說，碗裡的酒一飲而盡，然後拿出他的菸斗。「眾所皆知約翰牛（John Bull）[8]是傻瓜，四百個多或少……」

「果真如此，整個協議失效，洋人不准離開條約港口。戰爭將再次爆發，對我們而言會很危險。」

「怕了嗎？」

「剛剛他們放我們通行了，」我說，並且盡量表現出自信。那兩個人的談話我是在麵店偷聽到的，波特那時已經出門，到岸邊的花船找樂子去了。我們每到一個城市，他總是能憑著直覺找到地方滿足自己對鴉片和女人的慾望。但是這絕對不是吸引他到南京的原因。在那裡這些東西都是禁止的。我沒有抓住機會問他為什麼要陪我到南京，我只是看著他將大麻弄碎塞進菸斗，點燃菸斗，然後深深吸了一口。在我還沒有失去一隻手之前，我已經有預感我們的命運以一種我寧可不深究的方式連結在一起。如今我有充分的理由寧願我們未曾相遇，然而老實說，我沒有。我相信，或者該說我甚至希望，我們有一天能再相見。在我們經歷了一切之後，我對他多少有些了解，如果他真的是要到南京算舊帳，沒有人阻止得了他，即使是戰爭也無法阻擋他。如果我再見到他，我知道我該怎麼做。

天王洪秀全致西洋番兄弟詔書，一八五八年十一月於南京

翻譯及釋義：中文祕書羅伯特．泰勒．馬多克斯

洪秀全，是神親生之子，耶穌基督之弟，禾—乃[9]師，太平天國統領天王，為真主擇定摧毀妖魔者，此致西洋番弟詔書。

朕甚喜，番兄弟尋得小天堂的道路，不辭千里迢迢而來。儘管爾等之信函顯見爾等對朕統治之無知。若爾等願意遵從太平天國之律法，朕仍歡迎爾等。

朕身為神之子及天兄之弟，朕乃萬國之主，受上帝之託使人民擺脫妖魔。自太平天國揭竿而起，神指引吾等道路，帶領吾等得勝。

於下文朕將闡明爾等當前須知要項：

一、爾問戰勝妖魔之後太平天國是否與英格蘭通商。朕答：太平天國樂與世界諸國通商，唯有損人身之物例外。

二、爾問太平天國之律法。朕曰：十誡。

三、爾問吾等軍隊人數。朕曰：無數，萬國之民及天父之子皆為太平天國之士兵。孰能盡數，孰能抗之？

四、爾問朕之目標。朕曰：上帝命朕擊敗妖魔，領萬國抵達真理。

8 譯注：英國的擬人化形象，用來嘲諷英國人，如山姆大叔指美國人

9 注：洪秀全在此似乎將其名的第一個字分解成「禾」及「乃」。所表達之意涵不明。「禾」為穀物，可能意味天王為其人民之養育者。「乃」為連詞，無確切意義。

* 洪秀全用「朕」自稱，那是在中國唯有皇帝可用的代詞。

五、爾問太平天國天王可娶妻之數。朕曰：男女之合天定，在天之允當。

六、爾問予買食鴉片及酒之刑罰。朕曰：食鴉片菸草及醉酒淫亂者遵上帝旨意斬首。

七、爾問可否在吾地購煤炭。朕曰：萬物乃上帝所造，包括煤炭，然而我們儲藏的煤炭我們自己需要。

西洋番兄弟知悉！爾等雖不熟悉太平天國之道。然爾等敬拜天父已久，知其聖言。故允朕在回覆問題後，亦有數問。朕勤讀含一切真理之書（亦即《聖經》）之後，朕仍不明以下幾點：

一、上帝身長有多少？

二、上帝是否有鬍子？若有，何種顏色？多長？

三、上帝是否會哭？

四、祂的妻子天母，即是生下天兄耶穌的女人？

五、上帝除了天兄耶穌以及其弟秀全之外，是否還有其他兒子？

六、上帝是否會作詩，需要多少時間？

七、天兄耶穌有多少妻子和兒女？

八、上帝目前有多少孫子？

九、天堂有多少個？相同的高度抑或是有差異？

十、西洋番兄弟視不信上帝國家的人民為人抑或是妖魔？

十一、當天兄說他要摧毀神殿並且在三天內重建，其意為何？

十二、爾等是否認為遵守上帝誡命可獲永生？抑或期望依自己行為所招致，在不順從情況下獲得永生？

十三、爾等是否知道舊約中之妖魔與朕所稱之蛇妖相同？

十四、爾等是否認真欲打敗妖魔，抑或欲助其對抗上帝及天兄弟？

十五、爾等如何能作為天父使者來到此地，然卻談論如煤炭一類世俗之物？全知造物者難道未交付爾等其他予朕之訊息？

天王印璽

六、有三寸金蓮的女人

布魯姆霍爾（Broomhall），一八五九年秋
額爾金伯爵在蘇格蘭鄧弗姆林的家族莊園

看來狂風暴雨將至。烏雲從海岸飄來，風撼動樹木，繽紛的樹葉猶如鳥群在空中盤旋。房子前面的巨大橡樹已經光禿，後花園裡栽種了紫杉、落葉松、松樹及深色冷杉，除此之外還有幾株如往常幾乎不結果的蘋果樹。以前他從來沒有注意到家鄉的草地有多綠，即使在這樣的秋天黃昏裡。從圖書室的窗邊他的目光延伸到花園盡頭，落在那兒生長茂密的灌木叢上。那之後便是森林。他沒看見孩子的身影只聽到他們在房子附近的聲音。他們用舊木板建造了一個要塞，模擬白河口的戰役。維克多亞歷山大指揮這次的攻擊，其他年紀小的必須扮演敵方士兵，非死即逃，就是要像中國人的樣子。雖然壁爐裡烈火熊熊，額爾金伯爵仍舊感到溼冷從所有的裂縫鑽入房子裡。在寒冷的季節布魯姆霍爾是個荒涼多地方。為了節省開銷，只有五、六個房間有供暖，看得出來傭人們挨凍，很多人著涼了，他也是。

「兩年，」他喃喃自語，同時掏出手帕。他人生中的兩年。

他的長子命令開火。

事實上他感覺自然似乎在他身上作用了三倍的時間。頭上一圈頭髮已發白，而且眼睛比以前深陷。至少身著制服時仍稱得上英姿煥發，此時似乎有無形的重量壓在身上。站在鏡子前他不得不提醒自己記得挺胸，在和別人談話時要注意不可眼神渙散，陷入思索——思索什麼呢？他受英雄般地歡迎，剛開始他也享受這般不尋常的關注，但是此刻他回頭看，他感到羞恥，甚至有些日子裡令他作嘔。「開啓中國

門戶之人」，《泰晤士報》寫道。他獲得倫敦榮譽市民的頭銜，當選格拉斯哥大學校長，而且在無休止的一長串晚間聚會中暢談他的經歷，直到連他自己也不知道真實事件在哪結束，而他只是為了娛樂聽眾，開始杜撰不完全虛假的事件。六月帕默斯頓延攬他入內閣，以酬謝他的功勞，他的成就顯然並非太卓越，僅僅足夠用以獲得郵政大臣的職務。此後他大部分的時間都待在布魯姆霍爾，清理他的債務，這些債務並未因他在亞洲取得的成就而減少。仍舊是只要看一眼帳簿，便足以令最幸福的男人沮喪。兩年來他時時渴望回到瑪麗路易莎和孩子們身邊，可是現在他沒有好好享受這時光，卻躲到圖書室裡。事實上，他認為一切皆徒然。

「停火！」維克多亞歷山大大喊。

四個禮拜前他就已經知道了發生的事件。中國人沒有為批准條約做準備，而是加强修築了白河口的要塞，然後伏擊了他弟弟帶領的代表團。六月底，當他在倫敦和同桌用餐的人聊一些與世界脫節的滿洲人的逸聞趣事時，有八十九名英國士兵在中國喪命了！除此之外有三百四十五名受傷，十二艘皇家海軍的戰艦中有六艘沉船或作廢。他千辛萬苦議定的《天津條約》完全無效，中國人的欺騙是在急著討報復，帕默斯頓再次派兵前往是遲早的事。根本談不上開啓了中國。

「該死，」他喃喃地說，同時把手放進有襯裡的大衣口袋裡。桌子上擺著最新出刊的《布萊克伍德愛丁堡雜誌》，裡面刊登了奧斯本將軍的文章。他看了之後心情相當激動，不得不中斷站起來走到窗邊，他的呼吸在窗玻璃上留下一片朦朧霧氣。作為軍人奧斯本完全只在軍事上找這一場災難的原因。軍隊規模太小、缺乏法軍的支援、對當地情勢不熟悉而且沒有一張可用地圖的總司令——一張也沒有！除此之外時間緊促，因為批准條約最遲在簽訂之後一年必須完成，英國人向來遵守協議。中國海軍日益增强的戰鬥力，奧斯本將軍只能以中國祕密借助俄國傭兵支持來解釋，其餘的他總結一切皆歸咎於亞洲種族的天性狡猾。

額爾金伯爵搖著頭轉身離開窗戶邊，回到座位。奧斯本雖然引述他寫給外交部的信件，當中他提到談判中最棘手的點，即派遣常駐大使，而在條約條文確實規定了英國有權在北京設立使館，然而文章中沒提到。雙方角力到最後，年邁的桂良含淚跪求他在這點上讓步。馬多克斯曾經警告過他，皇帝絕地不可能允許洋人在北京定居。額爾金伯爵不聽他的話，一心遵從倫敦的指示。而今為時已晚，不幸事件已經發生，八十九名英國年輕人死了。面對如此汙辱，只有讓像他這樣好苦思冥想的人才會想在自己身上找錯誤。不幸的是他得出的兩個結論聽起來似乎都合理卻互相牴觸。根據第一個結論他表現得太强硬把滿洲人逼入困境。想像一下外國派遣船艦溯泰晤士河而上，在鄰近倫敦的地方，譬如說格林威治或達特福德（Dartford），找了一座城堡駐紮，而且提出要求……有一次他在談話中不由得說出了自己的假想，但是沒有人願意聽，而在最近發生的事件之後他也不想再說了。他口頭答應了老桂良，英國不會派遣大使常駐北京，但是他堅持英國必須有這樣的權利。中國人如何不會將此視為惡意的欺騙？

第二個結論是他太好商量了。在上海和維多利亞大家已經達成共識：他絕不可放棄攻入北京。越是顧慮越是助長頑抗，難道他不知道？為何他未在條約中用粗體字寫明鴉片貿易的合法性，卻將其隱藏在所附的關稅協議叢林當中？好吧，他原本希望完全避開這個惱人的主題，但是情況不允許。首先靠走私賺了太多錢的美國人無法堅持自己崇高的原則已經讓步，再來是在上海的滿清官員與叛亂分子作戰需要生銀並滿足英國的賠償要求。因此他們斷然決定違反自己的律法，而對違禁品徵收稅款，實際上也就是將其合法化了。皇帝很可能未仔細檢查逐項關稅，或者正好相反了？因此才發生白河的事件？

馬多克斯會如何說？他從前的祕書現在已經是弗雷德里克在上海的得力助手，也已經成為一名外交官。他在信裡表現出對自己先見之明的滿意，不是在他的用字，而是在字裡行間隱約透露出。這已經導致額爾金伯爵幾乎面對每一封新的信都感到焦慮。回想起來在天津的那段日子讓他覺得虛幻。生活在中國皇帝曾經住過的宮殿，無事可做、炎熱、等待中國代表團的緊張氣氛——似乎有許多微小的因素妨礙了他的知覺，而且不僅僅是妨礙了他一個人的。那個關於婢女的輕浮玩笑，他祕書最遲應該在額爾金伯爵傳喚他，請他接待皇帝派來的專員時就該識破了。我相信您的外交技巧，他當時如此說，他記得一清二楚。那是那年最熱的一天，軍官坐在用草蓆遮頂的院子裡喝著杜松子酒。每隔兩個小時，一個中國僕役就會將新鮮的冰塊放進房間中央的瓷盤中，冰在盤中融化，卻未帶來一絲的涼意。這麼熱的天，他們是從哪兒弄來的冰塊，額爾金伯爵不知道，而且他也不在乎。

還要多久，他自問。

這宮殿圓柱擎頂，牆壁上點綴張牙舞爪的龍虎，畫中蓮花滿池。在神龕裡有一尊佛像手指擺出神祕的手勢。他派人遮住了一些令人厭惡的畫作，儘管如此他還是睡不好，常做怪夢。有關南方新軍隊的消息他還未收到弗雷德里克的信，目前通訊停滯遲緩。白河在封閉數週之後，現今成千上萬的運米船隻堵塞在河上。電報線路既無且大運河無法通行。同時當地居民人心思變。傳言因為有毒的食物他們將商人逐出宮門外。天熱不僅使人變得懶散而且易怒。士兵用清理步槍來消磨時間。

「還要多久？」微弱的回聲從牆壁傳回，他回憶起那些父親說過的有關君士坦丁堡的故事。塞利姆三世的宮廷（Der Hof Selim III）的故事兒時他百聽不厭。帕夏（Pashas），尖塔與金色房間，後宮一詞充滿的神祕。他父親的第一任妻子一定是個活潑熱情的人，她在蘇丹面前彈奏鋼琴並且還教導後宮佳麗跳蘇格蘭土風舞。為了參加一個女士不准參加的晚會，她裝扮成男士。他們當時至少有六十個僕人，那個時代英國大使須先支付執行任務的費用，事後上繳帳單由財務大臣嚴格核查。他該如何知道土耳其蘇丹期望得到什麼樣的禮物？望遠鏡、音樂盒、步槍，僅頭兩個禮拜就已經花費了七千英鎊。小時他沒有注意到他父親並非沉浸在甜美的回憶中，而是在講述他為家庭帶來不幸的開端。在遙遠的異鄉，第七代額爾金伯爵開始違反醫生的建議大量服用汞來治療他神經緊張的疾病。種種因素以奇特的方式聯繫加總作用，最終導致每個看到他的人都非常驚駭。

遙遠的異鄉，額爾金伯爵心裡想著。天已經黑了，也許夜已深。在房間裡已經不再聽得到院子裡有聲音。有一段時間他不知道是真的聽到有敲門聲還是在做夢。他的錶停了。他不確定地伸手去拿床邊的油燈，但是直到敲門聲再次響起他才起床查看。馬多克斯站在門口，手上拿著一根蠟燭，樣子像快喘不過去，他的神情緊張目光閃爍。

「該死，馬多克斯，你知道現在幾點了嗎？」額爾金伯爵把門進一步打開。走廊上一片漆黑，走廊的另一頭是葛羅男爵的房間，他通常都是早早就入睡了。

「大人抱歉，打擾您了。」

「現在幾點？」

「大人，我不清楚，也許是午夜。」

「所以呢？」

「大人，是關於您交代給我的任務。」

他不耐煩地對他的祕書點了點頭。「我還沒有時間讀你的案卷。我們明天早上再說。目前我們還不清楚中國代表團在哪兒。」

「大人，不是這任務。」馬多克斯猶豫了片刻，然後目光突然凝視著門邊的一個點。額爾金伯爵屏住了呼吸。外面傳來兩名衛兵簡短交談，互通報告的聲音。就在下一刻他的祕書從黑暗的走廊中拉出一個女人。一個身上裹著深色綢緞的中國女人，他抓著她的上臂，彷彿如果沒抓好，她立刻會跌倒似的。

她的眼中露出無聲的驚慌，全身顫抖像隻飽受驚嚇的兔子。

「馬多克斯，你搞什麼鬼？我……」

「大人，您要的婢女。」

「我的……什麼？」

「閣下，吩咐過我的，不是嗎？」

他們沉默地對看。額爾金伯爵不喜歡在與祕書說話時必須抬頭看著他。此外短暫的停頓使他有機會察覺到事實上他並沒有表面上的生氣或者驚訝。只是他惱怒自己竟不解馬多克斯的舉動。他真的把他開的玩笑當真，或者只是為了報復他其他時候的諷刺？他不再多想，決定先成為謙謙君子。那可憐的女人萬分恐懼，以至於當他看著她時，她不敢把目光移開，黑色的眼眸回盯著他。看得出來，她哭過。她高盤髮髻，她的皮膚比他在南方看到的白皙。「多謝，馬多克斯，我沒想到你如此快就找到人了。」

「是的，起初她的家人有些……」

「明天你再來向我報告。」他打斷他的話，抓住那中國女人的手臂然後將她拉進房間。她站立不穩，發出驚呼。一陣酸味撲鼻，幾乎可以說是有些刺鼻。他另一隻手關上門。一個小時之前他叫人送來的香檳現在正擺在瓷盤的兩塊冰塊中間。他確定了那女人站穩了才放開手。

「歡迎大駕光臨。」他盡可能用溫柔的語氣說，他知道除了他說話的語氣那女人什麼也聽不懂。如所有東方人，她的年齡令人難估計。她身上穿著兩件式套裝，寬鬆的褲子以及圓錐型剪裁的絲綢外套，看不出衣服底下女人的曲線。她手上戴著玉鐲，耳朵上銀耳環發出微微叮噹響。接著他眼光落在她的鞋子上，這是他第一次親眼看到傳說中的三寸金蓮。據說女孩在年紀很小的時候便開始用長布纏足，致使腳骨慢慢變形。腳趾彎屈成長萎縮，最後是殘廢的小腳。他眼前的女人穿著一雙小巧的娃娃鞋，一時之間完全吸引住他的眼光。站立時她搖搖擺擺彷彿一個醉酒的芭蕾舞女伶。他伸出手，她抓住他的手，讓他牽引她走到他用皮草覆蓋的木架旁，那是他用來充當置物架用的。然後他又走回到房間中央，打開香檳。

「別擔心，您沒有必要害怕我。」他笑著說。他用冰水洗了杯子，倒了一杯香檳給她。她聞了一下，臉變了色。「這是法國香檳，但是中國的海搖晃得太厲害了。抱歉我無法用更好的招待，敬您，女士！」他只有一個酒杯，只好拿著酒瓶喝。

那女人長得並不好看。基本上在他眼中她根本不是女人，而是一隻誤入他房間的異國動物。他思索著在給瑪麗路易莎的信中如何形容她，但是他發現想像她的回答要容易多了：可憐的東西！她遲疑地啜了一口，她很可能不知自己身在何處。無論如何對她自身以外世界一無所知。她是否知道有一個叫英格蘭的國家和一個叫倫敦的城市，那兒的女王正焦急地等待來自亞洲的消息？用她的腳走十步就如同他在蘇格蘭高地爬山一樣費力。她兩手緊握著酒杯，她可能是個妓女。馬多克斯在想什麼！她慢慢不再顫抖，也許是因為他的令人安心的口氣或者酒精。據他所知，中國女人不喝酒。

「您恐怕聽不懂我說的，但是基於禮節的要求我至少要自我介紹。」他把一隻手放在胸前，示意鞠躬。「在下詹姆斯．布魯斯，額爾金既金卡丁伯爵。很榮幸，我倆在此地相遇，難稱為理所當然。」他猶豫了片刻，那女人當然沒回答。「女士，您是一個玩笑的受害者，為此我向您道歉。我的祕書讓我想起我父親的名言：一個人除了才華之外還需要一些不容易定義的特質，那些特質對性格而言就如同壓艙器之於船隻。這也就是馬多克斯缺乏的，我還是留在象徵比喻，這也就是為何他很難導航。儘管如此我還是得為這個玩笑負責。希望您寬容。」他再次鞠躬，很快又喝了一口。他察覺到有個陌生人的存在帶來有趣的消遣，但是一切還是取決於他如何決定兩人相處的方式——他能使用的僅有對他的客人沒有任何意義的言語，這當然是一種不尋常的交際形式。那女人坐在木架上，身邊堆滿了文件和書籍。他的目光再次落到她的小腳上。小小的綠色尖頭錦緞鞋，大小輕易可以容下他的拳頭。

不知為何，他決定談論他的父親。

「我並未因為剛剛提到他，所以才心血來潮，」他說。「而是因為您，女士，您現在坐在我的郵件當中猶如美麗的裝飾。這讓我想起了一個有趣的小故事。一八四〇年，一位名叫羅蘭・希爾 (Rowland Hill) 的紳士創造了一項至今仍然不可思議的天才發明。那發明在很短的時間內變得理所當然。我們已經忘記在一八四〇年之前沒有通用的郵政傳遞系統。寄信是上級社會的特權，此外此系統的效率也很低，因為價格是根據信件的重量和距離來計算，費用是送達郵件時支付。理所當然所有信件必須在收信人眼前稱重。想像一下這是多麻煩的事，尤其是在鄉下地方！郵差帶著秤以及一套不同重量的砝碼旅行。如今回顧還是很難理解，這樣的系統竟然能維持那麼長的時間。容我暫且離題：我相信在貴國大家也會在回顧歷史時充滿驚訝，我對中國的郵政一無所知，但是對於行政事務我不得不提出一些改革的建議。您還要香檳嗎？」他暫停，然後手拿瓶子伸給她。他逕自在床上坐下來，那女人沒有反應，於是他又把香檳放下，接著解開靴子。他感覺酒精的作用比平常要強烈。他覺得全身發熱。

「我說到哪兒了？啊，一八四〇年，別擔心我馬上會說到我父親。我們暫時繼續談談希爾先生。他只是費心以特定數量郵件為例，仔細計算了從倫敦到愛丁堡一封信實際所需的花費。令人驚訝的計算結果，一封信只要一便士的三十六分之一。當時收取的費用比一先令多一點。在某些激進的圈子裡會有人說這是剝削。我告訴您事實是什麼，思考遲鈍。人的天性。人們已經習慣特定的現實，而從未考慮去質疑其合理性。直到希爾先生建議，所有的信件必須先付郵費，而且不論距離，開始收取一便士的統一費用。一個人的明智想法，普羅大眾一視同仁的便士郵件誕生了。說他徹底改變了我家鄉的社交生活毫不誇張。今天我們知道了，可是您知道希爾先生當時的遭遇嗎？他受到讚揚，大家為自己的腦袋遲鈍感到羞恥？遠非如此。我現在就來談談我父親。他是在希爾先生新發明一年之後去世的，但是他聽說這發明了。」額爾金伯爵直起身來，他驚訝竟然會如此費力，他脫掉制服外套。他對自己想說什麼或許有些模糊。那女人一動也不動地坐在她的位子上，像一座雕像。汗水從他額頭經過上半身滑落。可惜宮殿裡沒有布風扇，僅有非常差的衛生設備。剛才他聞到的氣味，可能是他自己本人的。

「我父親很生氣，」他喘著氣說。「不僅如此，他個人感到受侮辱。他是蘇格蘭尊貴貴族如何能只做值一便士價錢的買賣？他最後寄到倫敦的信件——當然內容還是那些令人不快有關大理石像的事件——仍舊是由私人的信差送達。不是便士郵件，我父親絕不接受，那有傷他的驕傲。我想我提到這故事是想說明，理智並非總是能獲得該得的認可。或許您是中國人對此不陌生。我父親的方式也許就像個滿清官員。」

額爾金伯爵沒有躺回床上，而是站起來在房間裡漫無目的地走動，他身上的衣服越少，汗流得越多，但是赤腳走路感覺很舒服。大理石地板，當然。如果世上有什麼東西左右他的命運，那就非大理石莫屬了。此外他的思考失序，他突然有個奇怪的念頭，很想脫光身上的衣物。「您大概不知道拜倫勳爵是何人。您當然不知道。在貴國有像廣州葉總督一樣的怪物，您也許知道這一號人物。對吧？葉名琛？不知道，也許我發音不準。」他走到她面前停住。她臉上的恐懼大概不是因為廣州的屠夫，而是面前舌頭不靈活大聲對著她說話的可怕洋番。「抱歉，我不是要嚇您。就是有這位總督這等的大規模屠殺者，但是整個中國帝國是否知道像拜倫勳爵這樣的偽君子？女士，請相信我，我很懷疑。我只舉這麼一個例子，墨爾本夫人，她無法擺脫和他曖昧關係，因此酗酒變胖，她的丈夫可是相當有修養的墨爾本勳爵啊！女王迄今提到他都仍是眼中含淚。她非常喜歡他，幾乎太過了。好吧。」他迷惘地停下來，看著那女人。

他注意到她的眼睛是斜的，眼角向上揚起，而扁平的鼻子幾乎沒從臉上突出，而是以一種奇特的方式位在臉中間。她幾乎不動，有一會兒他不確定她是否還有呼吸。他自己呼吸困難，他的身體沉重。他如流放的人在船上生活已經超過一年，他是拜倫勳爵詛咒的褻瀆雅典衛城罪人的兒子，而基本上他這一輩子生活在流放中。誰也躲不過命運的安排。順便一提，在與墨爾本夫人的曖昧關係之前拜倫已經與她的婆婆同床共眠過。「儘管如此他仍舊詛咒我們。」他說。「不只是我父親，還有我與我的兄弟，我們一家人。我在本世紀最有名的詩人的詛咒下長大。您要不要聽聽他的詩？**首先是做此事人首當其衝，我的詛咒點燃他及所有他的種：無智慧之火的火星，所有兒子愚蠢如父親。**」他氣喘吁吁，幾乎無法以正確的節奏說出字句。有什麼理由，讓他想到這些？除了他在世界錯誤的一端發胖變老，而死去的拜倫卻獲得衆人宗教般的崇拜？為何拿每個無恥行徑來提高自己的聲名是詩人的特權？

「基本上那是我父親咎由自取。」他喝了一大口，然後像個小孩用手臂擦了嘴。那女人的臉頰微微泛紅。他必須仔細瞧才看得出來她胸部的起伏，但瞪大眼睛，她看起來是嚇呆了。他緩緩走向她，把手放在她鼻子下面感覺她的呼吸。他用指尖輕輕點了其中一隻小鞋子。酒精會對不習慣喝酒的人產生麻醉的作用？無論如何她似乎只是啜了一小口，其餘的還在酒杯裡冒著氣泡。「他是世上最醜的人。」他低聲說。「小時候他為我說故事，我說服自己喜歡聽他的故事。也許我是真的喜歡聽，但是我厭惡坐在他的大腿上，我幾乎無法留神他說的。因為，您瞧，他……」他最後一次停頓。他從來未對妻子說過這些。「他沒有……鼻子。在他臉的中央有一個醜陋的黑洞。周圍長了一些毛髮，有時候甚至流血。那一定是他吞了大量汞的後遺症，他的鼻子因此萎縮了。他的第一任妻子因此離開他。我的母親，他的第二任妻子，是唯一不在意的人。我承認，我不能理解。」他挺直身子，脫下襯衫，然後走到馬多克斯替他弄來的鏡子前面。夜風從窗戶吹進來，撫摸著他赤裸的肌膚。她比醜聞纏身的丈夫年輕二十四歲，他的母親認為他是個悲劇英雄，為他生了八個孩子，八個！最後一個孩子誕生時他已經六十五歲，不僅已經沒有鼻子，而且臉部癱瘓。他嘗試說話時，一開口便口齒不清。唯獨他的生殖力顯然未受影響。

「幾年前我在布魯姆霍爾發現一些信件。」他不再是對那中國女人說話，而是對著鏡中的男人。他是個混合體，一個好色殘廢男人和一個崇拜米爾頓的天真浪漫女子所生之子。她是否注意到在《失樂園》中惡魔是當中最有趣的角色？「根據那些信件，他第一任妻子縱使反感仍然提出她願意留下來，只要他今後放棄……您了解的，這是她的條件，畢竟她已經為他生了五個孩子，但是他完全不理會。他放縱無度。我的生日和他同一天，我母親始終寧願視為預兆，她相信我天生注定要繼承他的頭銜，即使他在第一次婚姻還有一個年紀比我大的兒子。」當他不再說話，房間裡除了盤裡冰裂的聲音，沒有半點聲響。當他接近她時，她絲毫不改姿勢。長子死後，他父親的確把頭銜都傳給了他，連帶布魯姆霍爾、沒有收益的礦場、沒落的港口以及所有的債務。他的名字將永遠與毀滅人類最重要的文化遺址連結在一起。就算不是他父親，土耳其人也會毀滅了那聖殿，這無人在意，看拜倫的例子便知。他什麼也無法改變。有一次弗雷德里克開了一個惡意的玩笑說：充其量你可以試著犯一個更大的罪行。

那女人沒睡，她看著他。

他將空瓶子放在地上。床邊的油燈發出的光閃爍不定，但是要等到明天早晨才會有人來添燈油。從小開始就有人教導她忍受痛苦，他想，真是難以想像、永無止境的痛苦。她知道她這輩子無法逃脫，而且儘管存在所有差異，她對命運的理解必定與他的相似。他輕柔地伸出一隻手，然後又縮回。再一次伸出，從她手中拿過酒杯一飲而盡。他很早之前已經學到教訓：沒有任何人可以逃脫。他一邊凝視著她的臉一邊跪下，同時伸手抓她的右腳……。

再次的敲門聲驚醒額爾金伯爵。他一定是睡著了，至少在醒來時，他感覺掛在嘴角的口水絲斷開。壁爐上的時鐘指著十一點四十五分。他手上還握著《布萊克伍德愛丁堡雜誌》（*Blackwood's Edinburgh Magazine*）翻開那一頁正是奧斯本引用他的話：非常遺憾如果恐懼取代理智的作用，然而中國皇帝顯然唯有如此才能在其行動中表現出理性。他急忙擦了擦嘴，然後大喊：「進來！」

亨利端了一杯茶和信件進來。總共有五封，其中三封額爾金伯爵先放一旁，因為信裡是一如往常的壞消息。第四封是外交部來的電報，他凝視著信件片刻，心裡考慮著該如何對妻子開口。瑪麗路易莎已經察覺到他從中國回來之後人變了。他當時在加拿大取得的成就除了在白廳（Whitehall）[10]沒有人感興趣。但是他很滿意；現在廣受公眾的讚譽，他卻自問自己做錯了什麼。馬多克斯是否能告訴他？第五封就是馬多克斯寫來的信，從折損的四角可以看出這信歷經遙遠的路途。

他打開電報瀏覽了內容。緊急事件……情勢需要果決的行動……在倫敦磋商……請求即刻的回應……羅素（Russell）的簽名。比預期的簡潔，他們顯然想先聽聽他的意見。外面的院子裡戰役正在進行，要塞屬於英格蘭，而維克多亞歷山大正在對愚蠢的中國人解釋他們的錯誤。他十歲開始讀報紙，問問題。中國人是否像我們一樣，還是更像印度人？昨天晚餐的時候他想知道。

印度人？他不明白這問題的意義。印度人是什麼樣子？

他兒子的回答是，統統該槍斃。

他嘆了一口氣，將馬多克斯的信塞進口袋，然後離開圖書室。一個僕人在畫廊裡清畫框的灰塵，並告知他額爾金夫人正在沙龍裡忙著。在那兒他看到她與兩個女僕包圍在幾十個用木頭或紙板做成的小盒子當中，地板上堆著他從亞洲帶回來的紀念品。他在日本收到無數禮物。三十件絲綢長袍，漆器餐具、琉璃和瓷器、銀質的小雕像、兩個木製的菸斗架、茶具還有其他很多東西。這景象讓他進門時停下腳步。

這些東西在布魯姆霍爾沒有用處，除了可以省下這一年買聖誕禮物的錢。此外在江戶的停留屬於他這次任務最美的回憶。在最短的時間內他和日本人達成協議。不需施壓，更不要說武力。日本人不僅守紀律、誠實甚至有幽默感。之所以會有如此多的禮物，有人告訴他，是因為幕府將軍以為額爾金伯爵與金卡丁伯爵是不同的兩個人，他不想厚此薄彼。

「麻煩大人您關上門，」他的妻子雙手插腰說。「在布魯姆霍爾風大。」從她閃亮的目光，他看得出她對手上這份任務的喜悅。她出身帝國富有的家庭之一，她小時曾是女王的玩伴，但是他從未聽她抱怨過加諸於他們身上幾近平民的限制。他身邊的這個女人是他一生的幸福。

「抱歉，親愛的。」他輕輕關上門，然後比了一個手勢表示：繼續不要受打擾。自歸來之後，有時他會感覺他是自己家的入侵者，同時有股衝動想抓住瑪麗路易莎的手求她原諒他所做的一切。

「貝蒂、瑞秋，」這時候她喊著，「那隻鶴在哪兒？」

「那隻鶴妳也要收起來嗎？」他在這兒幫不上忙，但是他想多待一會兒，所以他拿著鉤子捅著壁爐。外面烏雲密布，他感到脖子僵硬，但是他仍然不確定剛剛在藏書室是否睡著了。一切都是只是一場噩夢？

「你用得著它？」她問。

「那是所有禮物中最有價值的。純銀的。」

「非常純。」她的目光挑釁，然後注意力轉向女僕從沙發椅後面拉出並抬上桌子的怪物。那銀鶴高十八英寸，重若干磅，正要振翅高飛。有人向他解釋這是幸運的象徵。這是

10譯注：英國政府中樞所在地。

以日本天皇之名送他的禮物，而他是後來到上海才知道，在他離開江戶時，天皇已經駕崩好幾個禮拜了。多怪異的消息。在談判中人們好幾次提到他，並且在用餐時舉杯祝他身體安康——那是日本人熱情採用的習俗。如今回顧他甚至不確定，談判對手是否已經知道天皇已駕崩。在解決繼任者問題之前對天皇的死保密顯然是很平常的事。一個令人驚奇的民族。女王如果有如此謹慎的朝臣該會多高興！

總之，他對日本有美好的記憶，他喜歡那隻鶴。「我想將鶴擺在藏書室裡。」他說。

「你認為它會讀書？」

他笑著用手指撫摸那雕像。「妳看這羽毛的雕刻有多精美細緻。在日本的手工藝品絕不比英國的遜色。我甚至要說，更勝於我們的。」

「你喜歡日本，因為它異於中國。」

「天差地別。」

「你背後拿著什麼？」

「什麼？」他驚訝地看了手中的紙一眼，不知該說什麼。他究竟為何將電報帶來沙龍？「喔，沒什麼，只是……」他尷尬地來回揮動手上的紙條。有些時候，就算只是評論天氣，他都會覺得自己像騙子。

「電報？」她驚覺地問。

「看來我必須到倫敦一趟，就兩三天。妳知道的，那些令人討厭的中國事務。」

「那些和你無關的事。」

「剛才我讀了奧斯本將軍的報告，妳知道，他們根本不打算遵守條約。那只是緩兵之計。他們欺騙了我。」

「現在已經有大使，也就是你弟弟，你對他完全信任。」

「沒錯，或者說的更準確些，他們有一個中國不願接受的大使。如果帕默斯頓決定在此用軍事力量……」最新的《泰晤士報》要求給他們一個教訓，他們通常寫有關中國的文章就是首相想讀的。

「貝蒂、瑞秋麻煩去看能不能找到麥金泰爾（McIntyre）小姐，我們需要更多箱子。」兩個女僕離開沙龍。桌上的鶴，翅膀已經用紙包裹好，樣子彷彿是驚訝有人在它即將起飛的那一刻想束縛它。瑪麗路易莎含淚走向他。「你不是要告訴我……不，你不是要，對吧？」

「親愛的，他們想聽聽我的意見。在英格蘭只要是有關中國的事務，我是最高權威。相信我，沒有人比我更清楚這件事的諷刺意味。但是如果我不想將這舞臺讓給寶寧爵士……妳明白嗎？」這位前任的香港總督至今為了被召回仍耿耿於懷，因此以保持沉默來懲罰英國公眾。但是現在只要有人先想到要徵求他的意見，情況就會立刻改變。

「你想讓給？」他妻子走近他，在咫尺之遙停住。她在家很少戴首飾更顯她的自然美。最近他常有在她面前跪下的衝動，就如向她求婚那時。她眼中短暫的震驚，喜悅，輕輕點頭，幾乎只是眼睛的運轉。她輕輕哭泣，儘管如此她雙腳站立在地板上，或許比他還穩固。「詹姆斯告訴我，是政府想聽你的意見，還是你急著想去發表你的高見？」

「稍等，親愛的，稍等。我原本是因為另一件事到這兒來的。妳對維克多亞歷山大說了哪些關於印度的事？」

「我對他說了……我能對他說什麼？」他的妻子似乎不知道他指的是什麼。所以她走近一步，從他手裡拿起電報，她的手指瞬間輕掠過他的手指。

「昨天傍晚他說所有印度人都該槍斃。」

「那像我會說的話？」

「不，但是他怎會如此說？」

她的眼睛迅速瀏覽了電報內容，然而他感到自己受到更嚴厲的觀察。「你兒子很聰明，而且非常以你為傲。他每天讀報紙，就是希望看到關於父親的消息。」

「上面寫著……」

「例如。你在加爾各答聽到他們的猖獗而且在給我的信上提過。你是否還記得？」

「我們必須和他談一談，讓他明白，他不可說這樣的話。過去兩年這國家到底發生了什麼事？有時我幾乎不認識它了。」

「兩年是很長的時間。」她摺好電報，然後還給他。「相信我，在布魯姆霍爾時間並沒有過得更快。」

「瑪麗路易莎，親愛的！我已經回到這兒了。」

「他們不只是想聽你的意見，對吧？」

「或許，」他回答。「如果《泰晤士報》說的是真的，帕默斯頓這次想派遣更多的士兵前往。這會讓情況更糟。而且如果他們問我……」他將電報揉成一團往地上一扔，然後將妻子擁進懷裡。

「我明白了。」她任自己的眼淚流下。片刻間她看起來如此美麗，以至於他不知如何回應。「你何時要離開？」她問。

「明天或後天。」

「我是說去中國。詹姆斯。」她掙脫擁抱，走向門口。

「這我不知道，真的。妳要去哪兒？」

「我去叫孩子進來。下雨了。」

「妳以為我願意嗎？」他問。「在船上無盡的幾個月，中國的汙穢和苦難。與我們談判的那些頑固不明的官員還有……」

「當然不是，」她打斷丈夫的話。「你怎會願意呢？」她面帶微笑站在門口，但是他還沒來得及意會她的表情，她已經走了。他在最近的一張沙發椅頹然坐下。女人難道不是世上最令人困惑、最奇妙的生物嗎？他聽到瑪麗路易莎打開通往院子的門呼喚孩子。不久之後在大廳響起了歡樂的聲音，他們脫下外套，換了鞋子，這是今天早上他第一次感到舒適。壁爐裡的火發出劈劈啪啪的響聲。包裹一半的鶴擺在桌上，凍結在離開地面但仍未飛起的短暫片刻。

他緩緩抽出口袋裡馬多克斯的信。在中國的兩年有一半的時間他無所事事，儘管如此許多的印象浮現在記憶中，他不得不花力氣回想正確的先後次序。從日本返回之後，他與奧斯本以及一小隊代表團由上海溯長江而上。直接和叛軍談判絕不可能，此行的目的只在於探勘中途流域一些可能作為貿易站的港口。他們行經南京時受到砲火攻擊，後來證明是誤會一場。一枚砲彈擊毀他的船艙，兩天之後他收到書面道歉，內容保證已經找到罪魁禍首，且當下斬首。

在中國，不管你是與誰打交道，所有人都擅長砍頭，其他的就不怎麼在行了。

他們在城牆之外停泊了三天。為了表明他的和平意圖，他讓奧斯本起草了一封信，信中問及叛軍的目標以及他們是否願意提供河上汽船所需的煤炭。代表團中有幾位成員上了岸，他寧可留在船上，避免有官方拜訪的色彩。他與奧斯本一同回覆自封天王那人派人送到震怒號上的那些信，並以奧斯本之名回傳。他從來未曾如此困惑，甚至連從來不掩飾對叛軍同情的馬多克斯也只能揉眼睛：對番弟表達友善之意的華麗言詞、宣揚他們粗俗的神學、詢問上帝鬍鬚有多長的怪異問題……晚上他們在槍室邊搖頭邊思索如何回信。他們稱之為他們的教會會議。那些叛軍是一群瘋子，但是對他們採取軍事行動是不可能；當初不行，白河口之役之後就更不用說了。難道還要幫卑鄙狡詐的皇帝對付其敵人？不，為這場災難報仇，英格蘭必須對將來可能合作的唯一對手開戰：皇帝以及他愚蠢的滿清官員。非常棘手的任務，比上次還棘手。中國人必須受到懲罰，必須有所領悟，一切會危及未來友好關係的事必須避免。猶如走鋼索，他心裡想，同時看著壁爐上的大理石塊。他沒有對妻子撒謊，他真的不願意，但是羅伯特布魯斯的後代不能逃避責任。他心意已決，彎腰拿起剪刀，拆開馬多克斯的信。大家對他的讚譽過早，有些評斷最好還是留給歷史。我們還是遵照我們知道的，他想：像他這樣有才幹的人不適合郵政大臣的職位。

皇家海軍將軍暨震怒號艦長奧斯本回覆天王洪秀全

——一八五八年十一月十二日交付——

兩天前，十分榮幸接到您的來信。此間我有足夠時間熟悉其內容。在我回答之前我必須強調，英國方面極度不滿稱謂「番」或「番兄弟，」將來將停止回應以如此傲慢姿態之通信。英國非不文明或二等國家。以上述降低我國威信之稱謂，僅會造成再次敵對行動，我方相信中方對此後果之懼怕甚於我方。

根據您在信開端自稱為上帝之子及萬國之統治者，我僅聲明並無共同之信仰。對我們而言最重要的是《聖經》中所揭示之內容，因此我們不認為您現今針對皇帝之暴動是執行上帝之任務。儘管我們對《聖經》有不同之解釋，我必須感謝您對我們問題之詳盡回覆！隨信附上我們對您所提問題之答覆，建議您詳讀。您將看出您的宗教觀與我們的宗教觀有所不同。然而必須強調人易犯錯，因此我們必須再次懇請您細讀上帝意旨之啟示。我們深信，了解《聖經》對您的神學大有裨益。

以下是我們對您提出問題之回覆：

關於問題一及二：神不是人，當然也沒有高矮或其他身體之特徵。《約翰福音》第一章第十八節道：「從來沒人看見神。」《約翰福音》第四章第二十四節明顯道出「神是個靈，」同書第五章第三十七節最後我們讀到「你們從來沒有聽見他的聲音，也沒有看見他的形像。」如何能說神有鬍鬚或此類之物？

關於問題三：神不哭，神是安慰者。《啟示錄》第二十一章第四節寫道：「神要擦去他們一切的眼淚。」然而耶穌哭過一次，就在喚醒拉撒路之前不久，儘管原因未明。或許是猶太人的鐵石心腸使得耶穌流淚。「耶穌哭了。」見《約翰福音》第十一章第三十五節。

關於問題四：神是靈，因此沒有妻子。在《路加福音》第一章第三十五節，天使對耶穌的母親瑪利亞道：「聖靈要臨到你身上，至高者的能力要庇蔭你，因此所要生的勝者必稱為神的兒子。」這個女人後來和一名叫約瑟夫的以色列人結婚，為他生兒育女。但是除了特定的羅馬迷信，人們不稱她為「天母」。

關於問題五：神除了耶穌之外，再無他子。

關於問題六：神無所不能，即使在最短時間內亦能作詩，然而依照《聖經》，時間無法精確計量。

關於問題七：文獻未明示，耶穌在世上是否娶妻。升天之後祂是靈，與神合一。《啟示錄》第十九章第七節中所暗示「羔羊婚娶的時候到了，新婦也自己預備好了。」——應當以象徵意義看待，比喻信徒與耶穌同在。

關於問題八：神有多少孫兒，我們的回答源自問題五、七之回答，瑪利亞與約瑟夫其他子女通常不稱為神的孫子。

關於問題九：縱使《聖經》上未明示，但我們相信，只有一個天堂。《哥林多後書》第十二章第二節「被提到第三層天去」需要以比喻最高幸福來理解，而非暗示有多重天存在。

關於問題十：地上的眾多國家不識真理，但仍受神所愛。我們在《馬太福音》第五章第四十五節讀到「因為他叫日頭照好人，也照歹人。」而且在《彼得後書》第三章第九節提到「不願有一人沉淪，乃願人人都悔改。」總之那些了解真理之光的國家其任務乃是向其他國家指明救贖之道。為此我們已準備就緒。

關於問題十一：在《約翰福音》第二章第十九節中耶穌道：「你們拆毀這殿，我三日內要再建立起來。」此句隱喻他即將到來的死亡以及三日後身體復活。我們想指出您引用不正確。

關於問題十二：我們希望獲得永生，而且相信唯有藉由神的恩典與憐憫，才能得永生。

關於問題十三：創世紀故事中的蛇並非北京的皇帝或韃靼人。

關於問題十四：世俗帝國的興起與殞落取決於神意。若如大英帝國建立於公義上，便會繁榮昌盛。若扎根在罪惡中，便會滅亡。依此原則我們不妄加預測您與帝國政府當前衝突之結局。

關於問題十五：我們不確定該如何回答。儘管我們堅信我們對中國的影響具基督教精神，然而從狹義上而言，我們並不認為自己是主的使者，也沒有理由放棄追求世俗的目的。關於煤炭，此乃促進實現上述目的之手段（此與我們的船運作方式有關），且對我們表現友好的一方沒有理由拒絕。我們認為自由貿易有利於國際和平，因此神甚喜。如您所願，這是我們的信息。

致上崇高敬意，皇家海軍奧斯本將軍

七、鄱陽湖上的霧

贛江行

一八五九年九月／十月

最後我們在贛州這個城市買了一艘船。越過梅嶺關之後我們又走了兩天，然後搭上一艘小船往東航行了四天才抵達贛州。那城市的房子多是堅固的雙層石屋子，城市四周有高高的城牆圍繞。這城市與所在的縣同名，同時也是個古老的貿易中心，坐落在贛江拐彎處，寧靜的渠道交織其中，婦女在溝渠邊洗衣，孩童戲水——是我至今見過最美的中國城市。周圍是翠綠的山丘。在城牆內有許多帶美麗涼亭的庭園及多座寺廟。九月初天氣宜人，不再悶熱而且還不冷。我的同伴宣布他將花數日的時間尋找適合的船，我完全不反對。當他走遍港口附近時，我更新了我的旅行札記，並且計畫下一階段的旅程。根據我的地圖，贛江注入鄱陽湖，那是該省北部的一大片水域，長江由西向東流穿。若是我們沒有遇到任何障礙，應該一到兩個星期便可到達鄱陽湖，且四到六個禮拜內到達南京。總之在這兩地之間的某處就是戰線，但是贛州沒有人可以確切告訴我在何處。

停留從原本的數日變成一整個禮拜。阿隆佐．波特找到一艘船，但是聲稱為符合我們的目的必須進行改造。那是一艘中國式帆船，三十英尺長，有一根主桅杆及一根副桅杆，還有兩根槳。在主桅杆後面，是船身最寬的部分，有十二英尺寬，船艙位於此處，在改建前要進去只能彎腰。波特花了四天時間將甲板木條取出，然後固定在船身底部。原本在甲板下的儲藏空間消失，而增加了船艙的空間。剛開始我認為改建是多此一舉，但是當我們搬進船艙，我很慶幸我們可以在船艙中直立。從一大扇窗戶我們可以看清前方，還有窗簾可以擋住外面的好奇眼光，而後甲板下的空間完全足夠容納我們的行李。我的夥伴同樣對改造的結果感到滿意。我感覺他大半輩子人生一定是在船上度過的，總之從第一天起他就以船長之姿要求有權為船命名。我認為這樣的小船命名為「海洋復仇者」太浮誇，這船恐怕永遠也到不了大海，但是他堅持。也許那是他的幽默。

九月八日早晨我們出發了。

我們只先招募了三名助手。其中兩個是兄弟或者堂兄弟，兩個長得像雙胞胎，甚至連牙損壞的方式都一模一樣。和他們說話時，我就叫他們阿公和阿伯。他們不會說廣東話也不會說北方的漢語，而且似乎智能不足。在船上粗重的活就由他們負責，他們幹得也很起勁。如果贛江的水流不足（航行剛開始時常遇到這種情況），他們就會拿起船槳一邊大聲唱歌以保持節奏，雖然走音他們也沒法唱得更好。他們受我們的廚子兼總管監督，他姓劉，外表狡猾，我叫他六六，因為他不會寫字，他的口音我幾乎聽不懂，所以我不知道他真正的名字。波特叫他 Sixty-six，而且用洋涇浜跟他溝通。他之前在別的船上學到的足夠應付我們船上的日常生活。

群山已經在我們身後。因為梅嶺關是南方珠江和中部長江之間的分水嶺，所以我們的旅程繼續往下游前進。我們順利通過了江西，那是中國最貧窮的省分之一。只要我們停船，半裸的孩童及沒有牙齒的老人便會蜂擁而至向我們乞討，我狠不下心，所以驅趕他們的任務就由波特來完成。在找糧食時，好幾次有人來兜售狗肉。

寬廣的贛江緩緩流動，沿岸盡是針葉林，河水顏色黃濁，當中有一些小島，我們夜裡可以停泊。蘆葦叢是各種水鳥的棲息地，波特有時獵雉雞有時獵野鴨添加菜色。否則平常只有魚、飯及蔬菜。六六是釣魚好手，而且廚藝也好，他的爐子就在船尾的破蓆頂蓋下面，那也是他晚上睡覺的地方。阿公和阿伯在後甲板上過夜，下雨時他們就躲到下面的儲藏間裡。和波特共用船艙是船上生活最難的一部分。我的夥伴要不是從來不睡，就是他的睡眠不是普通人所謂的睡眠，總之他似乎無時無刻不在注意觀察四周的動靜。因為他的玻璃眼睛太大，眼瞼無法完全覆蓋，他躺在我身旁就像一隻正在等待獵物的鱷魚。白天他坐在甲板上打盹，但只要聽到一點聲響，他就會立刻醒來。更確切地說，他在聽到風吹草動之前就已經醒來，我觀察了無數次，不會弄錯。動物叫聲、遠方的砲聲或者河水聲有變化——他睜開眼睛，不久之後我也會聽到。有一次在望安附近他突然大喊：「Sixty-six, chow-chow water!」我驚訝地張望四周，航行平穩，但是不久之後我們陷入了劇烈的激流中。若是我在夜裡抓下巴，他的鼾聲會突然中止，彷彿他之前只是假裝睡著。同時他似乎比旅途剛開始時更健談。吃完飯後，他經常躺在船艙的另一側，一邊抽菸，一邊看著煙霧從敞開的門飄散，同時六六用來當作魚餌的玉黍螺腐臭味飄進來，一整桶的玉黍螺就在爐灶旁邊。「我獵過海獺，」有一天晚上波特突然心血來潮喃喃說，「那時我還很年輕。」若是他在抽他的大麻，通常我不清楚他在同我說話或自言自語。

「海獺？」我問。那是我們從贛州出發後第四天。我們正在河流的彎道上。我感覺到湍流拉扯錨索。不同於南方，這裡夜裡沒有蟬鳴，而是大自然的沉寂，沉寂到有人和我說話，我每次都覺鬆了一口氣。

「可是為時已晚，」他繼續說，「那時只剩在南太平洋還有一些。如同神的最後災禍，我們被放逐在那些小島上。當動物都死了，我們就坐在毛皮上，酗酒好幾個月。三個或四個人，直到發生衝突，然後剩兩個人。人少了，工資增加了。」他吃力地撐起身體，頭往窗外一伸吐了一口痰。他破洞的蓆子上沾著菸屑和剩飯，蓆子底下的匕首露出來，那把匕首他用來清指甲也用來殺鳥。他也常常突然失去談話的興致。「大家稱我們為獨行俠，」他一邊說，一邊側身。我還沒來得及問他當時究竟幾歲，他已經開始打呼了。

我熄了油燈免得招來蚊子。

白天船艙裡只有我一個人。波特在外面執行船長的職責。如果我們隨波漂流，船身足夠安穩，我就能記些札記。自旅途以來，我收不到有關叛軍行徑的可靠消息。確定的只有南京被圍攻。在南京城外還有叛軍軍隊，他們占領零星的小地方。這不是一場戰線分明的傳統戰爭，而是不斷地擺盪。我曾聽說，有些地方先是被一方占領，然後又被另一方奪去，最後又被第一方占領。農民留了滿清規定的辮子，叛軍來時就藏在帽子下，如果皇帝的軍隊回來就把辮子再露出來。民兵像牆頭草，看局勢兩邊倒。土匪強盜藉著混亂達到他們的目的。戰爭持續的時間越長就越殘酷。我們的旅程也就一天比一天危險。有一次我看到一大片塵雲和我們往同一個方向移動：一支由數千人組成的軍隊。之後不久，六六聲稱再四天我們就抵達省會南昌。周圍地形幾乎沒有變化，通過平坦的土地經過稻田。第二天早晨我們眼前出現一個小集鎮的輪廓。也許那兒有人可以告訴我，是否有可能繞過南昌到達鄱陽湖。只要不確定我們的旅行是否違反法令，我寧可繞過大城市。

沿岸一排簡單的木屋向前延伸。四處炊煙裊裊，如同每個中國村鎮，這兒也散發白菜葉的腐臭味還有糞便尿騷味。碼頭下海鷗啄著堆積如山的垃圾，由此判斷湖應該不遠了。停好船之後六六到市場去，他的兩個助手留守船上。這一天天氣晴朗，一些撐篙船在水上搖晃，一如往常我沒有看到女人，只看到幾個在玩耍的小孩。「你不覺得有蹊蹺？」波特問。他在我旁邊站著，不像平常那樣一馬當先。我注意到當地人雖然盯著我們看，但是我們並不像平常那樣引人注目。似乎有什麼更重要或更具威脅性的事情迷惑住他們。「他們移動的速度比平常快。」他說。

「此話怎講？」

「你的左輪手槍上膛了嗎？」

我點頭。「我們是否該留在船上？」

「他們都已經看見我們了，」他反對。「我們去瞧瞧吧。」

自我們離開岸邊的房子，一路身後一直有人竊竊私語。波特把裝著槍的麻袋背在肩上，左輪手槍他藏在大衣的口袋裡。一小段路之後我們抵達人滿為患的市場，但是我們的出現，自然有人讓出一條小道來讓我們前進。怪異而緊張的沉默籠罩此地。居民三三兩兩站在一起，但不是開心閒聊，而是低聲討論商量。然後小巷通到一個空曠的地方，下一刻我們發現大家努力克制激動的原因。

三具男人的屍體並排在塵土中。背朝上，雙手反綁在背上，身首異處，兩個士兵還有兩個年紀較大的男人站在斷頭前面，從那兩個男人身上的繡花長袍看得出來他們是官員，他們很鎮定，雖然很可能剛行刑完畢；地上的血泊看起來很新鮮。「瞧那頭髮，我是說死人的。」波特輕聲說。

我看著地上的斷頭，明白他的意思。不是韃靼人的辮子而是散開的長髮。腫脹的臉可見處決前受了虐待。那兩人是叛軍。據我所知他們控制的區域在距此東北方數百英里以外。但是我還沒來得及想清楚那三個人為何會入侵敵人的地盤，波特已經拉著我的袖子。那些士兵已經注意到我們，而且顯然正在商量是否該逮捕我們。「Chop, chop,」他說，一隻手伸進口袋握住武器。「我們走吧。」

「回船上？」我嘶啞地問。

「慢慢來，假裝我們本來就要走了。」當中有一個士兵走向前一步，拔出劍刺入最近的一具屍體，而視線始終未曾從我們身上移開。他做了一個鄙夷的鬼臉，但是沒有人追上我們。在回到河邊的路上，我好幾次回頭看，波特警告我不要這麼做。幸好六六已經上船將採買好的東西都打點好了。我們立刻開船離開了那城市。接下來幾個小時，我的腦子裡浮現一連串的問題：南京已經淪陷，叛軍已經潰散逃亡？或者其實是突圍成功了，他們已經深入南方？無論答案為何，對我們而言，叛軍出現表示我們的處境更危險了。六六打聽了路線，得知無法繞過南昌。所有其他入鄱陽湖的通道均已封鎖，也許還有更多的叛亂分子在這地區四處遊蕩。我們在城牆內停留了一夜，我無法入睡，而波特處在我無法把握的狀態。但是第二天早上的情況顯示我們很幸運。不見士兵的蹤影，通過稅關時他們只想知道我們船上是否有走私品。兩個洋人在船上他們並不在乎。

我們毫無阻礙地繼續我們的行程。河面越來越寬，水流越來越緩。兩天之後河岸在霧氣中消失，六六認為我們已經抵達鄱陽湖。從我的地圖上看，湖面看來與從廣州向香港和澳門延伸的珠江三角洲一樣寬。之前叛軍曾經控制過鄱陽湖，但是幾年前鄰省新成立了一支軍隊，將叛軍逼退。曾國藩將軍是這支軍隊的總司令，洪哥曾經告訴我，曾國藩曾是北京翰林學士。我的朋友對他及其軍隊的憎恨更甚於對京城裡的蛇妖，他相信太平軍將會戰勝他那些幫凶。可是曾國藩的湘軍卻是另一種類型，紀律嚴明，經驗豐富，無畏無懼。他們目前控制了湖四周的區域，所以我們通過湖區立刻進入戰區——移動非常緩慢。這個季節濃霧籠罩湖面，容易迷失方向。波特整天站在船首，凝視著這道既不靠近也不落在我們身後的白牆。有時在茫茫大霧中突然出現一條船，船夫會互相大聲疾呼指示和警告。風漸轉弱，再也不見急流。船夫走音的歌聲停止，因為他們兩個在休息，我們沒有方向地漂流。如同在南方，秋天帶來無處不在的溼氣使衣服發霉木頭腐朽。有一支槳斷了，但幸好找到代替品。阿公和阿伯雖然很高興他們可以繼續以擔心物資做藉口找機會休息，但是波特的心情變陰鬱。晚上我們在一個小島停泊時，他罵道：「該死，我們船上人手太少！我們需要四個人，兩個不夠。那兩個跟一個差不多。」他坐在他的蓆子上，將搓碎像乾小米的棕色碎屑放進菸斗。

「到了長江急流會拉我們，」我說，「到時我們不必再多人力划槳，你何時變得如此著急？」

他對我輕蔑地吭了一聲之後點燃他的菸斗，他抽了一口。浪拍打船壁，彷彿附近有更大的船隻經過。

「你抽的究竟是什麼東西？」我問。

「麻煙。」

「這是你這麼叫，可是究竟是什麼？」

「麻煙。」

「沒有別的名字？」

「船上有個傢伙叫它草。」

「那是什麼做的？」

「麻煙做的，先生。」他閉上眼睛片刻，表情放鬆了。

「在加工成這棕色東西之前，它一定是別的東西吧，」我追問，因為我想找人聊天。並非緩慢的進展讓我憂心，而是湖本身讓我感到緊張。當我側耳傾聽，我認為自己聽到遙遠的尖叫聲，可能是水鳥、水中的動物或者垂死的人的叫聲，在水面上如幽靈般迴盪。偶爾有轟隆聲，我不確定是打雷或者砲火聲。

「之前是大麻，」波特說。

「所以說是大麻，它有什麼作用？」

「你不再懼怕死亡。」說完他又抽了一口，緩緩從嘴裡吐出煙，煙在他臉上彷彿漣漪散開。在油燈的亮光下，他的面容彷彿將瓦解。我再次想起那三個被處決的叛軍，他們與身體分離的斷頭以及僵硬的表情。鄱陽湖離海岸幾百英里，但是藉由長江與大海相連，水位隨漲潮退潮變化。白天時鳥兒在我們桅杆上方發出尖銳刺耳的叫聲，夜裡我感覺這湖與戰爭本身一樣危險，隨時可能席捲我們。波特雖然不承認，但是我可以感覺到升高的緊張氣氛。也許關於麻煙的作用他說的沒錯，或許他需要那東西，夜裡才能睡得好。

隔天早上在我們出發前，船上起了爭執。因為濃霧，六六認為繼續航行太危險。這並非不合理，湖上能見度幾乎不到二十碼，但是我不願意一整天留在原地，而波特快快不樂地嘟噥，認為能見度差不可能是問題。「Chop, chop!」他盛氣凌人地斥喝廚子，舉手威脅。近乎奇蹟，半小時之後起風，霧也散了。我們迅速起錨，但是這湖再次展現它反覆無常的一面。我們才剛開航，濃霧再次籠罩而且吞噬所有的聲響。沉寂令我覺得陰森，但是最令我擔心的是波特突然看起來非常激動，他站在甲板上舉槍彷彿瞄準一個看不見的攻擊者。「怎麼回事？」我站在他旁邊問。在這段時間我已經知道他的直覺可靠。

「不能相信那中國佬。」一個雙眼健全的人可能會閉起左眼，用右眼瞄準，而他必須頭往側面傾斜好利用左眼。

「我一手為他掛保證，」我說。

當時我對他的回答沒留意，但是後來我再想起時，我懷疑，波特是否能看到未來。「隨便你，你那一隻手會作廢。」這就是他說的話。他再次瞄準虛空。「我們靠岸太近了。」

「因為那些沙洲，」我說。

下一刻船遽然轉向，就像被撞上一樣。我驚訝地踉蹌跌至一旁，趕緊環顧四周。一陣狂風席捲了主桅杆，主桅杆的帆沒張好，現在猶如麻袋脹起。波特大發雷霆，槍瞄準兩個正急忙開始拉繩索的船夫。突然間，敵對的氣氛高漲。阿公和阿伯對著波特的方向做鬼臉，但是非常小心避免太靠近他。在我們面前霧突然散開，我們第一次看清陡峭岩石的景色，宛如隔開湖的一面牆。「我剛剛說什麼，」波特怒吼，「我說離岸太近了，該死的中國流氓！」

「我和六六談談，」我安撫他說。廚子正準備做午飯，我問他是否信任那兩個船夫。他的回答是肯定，但是他補充他對他們不熟，原先他僱用的人落入官軍手中，被迫充軍。阿公和阿伯他才僱用了幾個禮拜。「兩個都有點懶惰，但不是壞人。」之後他指著船首說：「包德更危險。」我注意到灶旁的祭壇上北帝神像前的銅板比昨天多了一些。

「湖上有危險？」我問。

六六聳聳肩道：「危險時期。」

接下來的半個小時船上持續緊繃的沉默。天上儘管烏雲密布，水面仍然波光粼粼，當我四顧尋找障礙物，四周景物便變模糊。阿公和阿伯竊竊私語。所有的中國人都認為洋人非常富有，我們的船夫很可能也犯此錯誤。誰曉得他們暗地裡打什麼主意？船頭再次傳來尖叫聲，我立刻往前走。由於船艙和船身幾乎一樣寬，我要不就爬過側面的狹窄木板，要不就爬過船艙頂。我選擇木板這條路，滑了一跤，差點掉入水中。阿公和阿伯背靠著船舷站著。像兩隻受到驚嚇的猴子對著舉槍站在他們面前的阿隆佐·波特氣噗噗地嘶叫，波特正輪流瞄準他們兩人。「再出聲，我打爛你們的頭！」他威脅說。

「發生什麼事了？」我心跳加快走近他們三人。六六也爬過船艙頂跟在我背後。「他們在打暗號。奸詐的無賴！」

「什麼暗號？給誰打？」

「當然是他們的同黨。」說完，他輕蔑地吐口水。「我說，讓他們落水，最好是現在。」

「等等！」我向前一步，走入火線。六六開始罵船夫，他們也不甘示弱回嗆，同時手指這兒指那兒，我一個字也聽不懂。那呼叫確實聽起來像暗號，像在向湖另一邊的船夫發信號。波特垂下槍管正好可對準嫌疑人的胸口，而且手指扣在扳機上。

「那是因為……」六六對著我說，但是他說得太快。

「因為什麼？」我問。

「因為岩石。」

「岩石？」

「因為看不見，霧太濃了。」

我花了一點時間才了解他的意思。「是回聲，」我對波特說。「他們大聲呼喊，然後等岩石的回聲，那是他們在霧中定位的方法。」

「該死的謊言，」他回答道。

「告訴他們，要他們再做一次。」我指示六六。

波特必須先垂下槍管，然後阿公和阿伯用雙手圍住嘴，呼叫出和剛剛一樣的叫聲。岩石的回聲幾乎立刻傳回，顯然我們離岸非常近。「只要視野沒變好……」我說。但是波特的表情表明他根本不相信那兩個中國人。他勉强讓兩個船夫站在船舷旁邊。一個叫，一個聽，他們似乎清楚自己在做什麼。總之我暫時放心了。

「沒事了？」六六問。「半個小時後吃飯？」

「搞不清狀況，他們就死定了，」波特低吼。

「也許讓他們自己來，」我建議。「我們可以從船艙裡看著他們。」這次我爬過船艙頂，波特戰戰兢兢走過木板。我正要從船尾爬下梯子，這時船夫的叫聲回應的不是回聲，而是從霧中傳來的同樣叫聲。然後是船另一頭的叫聲。

兩秒鐘之後我聽到一聲槍響。

我不再爬而是跳下梯子。我環顧四周。波特靠在船舷上，起初我以為他中槍了；但他側身探出水面上，好避開船艙往前面開火。「你的武器！」他大喊。六六躲在他當幹活臺子的木板下面。我衝進船艙，撲地抽出我的左輪手槍。我爬到窗邊。兩艘顏色鮮豔的帆船非常靠近我們的船，足夠讓人員强行登上我們的船。但剛剛開槍的是波特。一個船夫已經橫躺在甲板上，我認不出是哪一個。下一刻，從白茫茫霧中跳出兩個人，他們手中握著劍，他們搜索的眼光恰好穿過窗子落在我身上。我還沒來得及反應，我的夥伴已經進到船艙裡，他立刻蹲下，並朝著玻璃窗開了槍，玻璃碎片四散。當我再次抬頭看時，甲板上已經躺了三個人。波特沒有檢查那三個人，他跪著重新上彈藥。「你為何不開槍？」他問。

「我想我們已經把他們趕走了。」我沒有多考慮就說出口，但是事實如此。兩艘陌生的船已經離開。我們的主帆已經破爛不堪。整艘船搖搖晃晃，濃霧籠罩，我們看不見桅杆的頂端。波特用槍托清除窗框上玻璃碎片，然後傾聽四周動靜。甲板上三具屍體，有一具在低吟。我們走到外面，我才認出是阿公。兩名强盜躺在血泊中，一動不動。他們身上穿著寬鬆的褲子，如岸邊的漁夫，但是沒有外袍上衣，兩人都是胸部中彈。波特用腳踢了踢，然後示意要我一起跟著他抓住屍體。「你打算做什麼？」我問。

「拋進水裡。」

「就這樣？」

他帶著鄙夷的冷笑各在兩人上方畫了十字。我該如何是好？我們無法靠岸埋葬他們，我們更不可能將他們留在船上。波特抓住手臂，我抓住腿，他們瘦骨嶙峋的軀體沒有什麼重量。解決了之後，我指著阿公。「他呢？」

「他自己跑來送死。」

那船夫躺在甲板上奄奄一息，他開口想說什麼，但是吐出的是令人難理解的嘟噥。這時我才注意到他的雙胞胎已經不在船上。他們真的和强盜串通好了？「我們如何處置他？」

「去六六那兒，問他是否有繃帶。破布之類的。」

當我從木板踏上船尾，突然感到一陣噁心。那不是我的第一次槍戰，但是我意識到，我不必害怕有性命危險的地方，距離這兒最近的起碼幾百英里。走了幾步我停了下來，我聽到船頭有東西落水的聲響，立刻明白波特怎麼可能會救一個可能的叛徒。也許根本也救不了了。我繼續走去問六六，他是否受傷。他搖搖頭，問道：「那兩個呢？」

我沒回答，而是從壞掉的窗子往前面看。波特站在船舷旁，盯著水中的一點看。總之，主帆是必定要修理了，而且沒有足夠的人手我們無法順大河而下航行。三個人無論如何太少，我們已經考慮過僱用更多的幫手。我心不在焉走進船艙，拿起我的札記本，用蠟紙包好塞進長袍下。「我們到九江靠岸，」我走回去對六六說道。「離那兒有多遠？」

他抬起手臂指著我們之前看到岩石的地方。有一刻他看著我，彷彿心裡有重要的話，但是有口難言。船壁上靠著一根竹子和馬毛做的簡單釣竿。「我不會死？」他終於說出口。

我一隻手搭在他肩膀上片刻，同時點了點頭。

暫時先由我和波特來划槳。六六指的方向是西北西，根據他的判斷我們必須趕緊行動，因為長江就在前面，一旦我們進入長江急流，就會束手無策，無可奈何任由水流帶走。我趕緊爬上梯子，想要呼叫波特，但是來不及。船首的右側突然從霧中出現一道棕色的牆。岩石，這是我第一個念頭。也許是因為船旋轉而偏右向岸靠。那堵牆很快靠近。有點怪異，當我往水面看，發覺我們的船幾乎沒有動。「見鬼了！」我聽見波特大喊，接著我明白了，高聳在我們旁邊的不是岩壁，我們並未向它靠近。有物體正接近我們——另一艘船的船身。

接下來衝撞的力道之大，讓我從梯子跌落。木頭碎裂。我們的船即將傾覆。我手四處抓，終於抓住船壁上的一個掛勾，接著是下一場災難。鍋子裡的油一定是濺到六六身上的衣服了。從爐灶伸出火舌，我們廚子的袍子立刻著火。現在火焰包圍住他全身。他驚慌失措地揮著手臂，我大吼要他跳船。但是他只是在原地全身不停扭動。船身現在已經傾斜，食物在船板上滾動，燃燒的油只差毫髮就燒到我了。我絕望地找可以撲滅火焰的東西，廚房板子下面的毯子！六六不斷嚎叫，船首槍戰正在進行。「跳船！」我聽到波特大吼。我爬行抓到了毯子到一角，跳起用毯子擋住身體，然後衝撞著火的廚子。他落水時，水面嘶嘶響。我再次失去平衡，我四周爐灶火光熊熊。「波特？」我大喊，但是沒有回應，這時一顆子彈穿透船艙門旁到牆壁。我想找可以丟進水裡讓六六抓住的東西，但是什麼也沒找到。我伸手抓回從我手中滑落的手槍。我費力地站起來，不管目標便開槍。我聽到船頭的叫聲和命令的吼聲。但是我沒有立刻跳船，而是又開了兩槍，接著一股突來的衝擊奪走我手中的槍。

起初我沒有感覺到痛。我只感覺到劇烈的熱，我不假思索地摸我長袍下的小包裹。當我想要拿出那小包裹時，我看到我的左手受傷。一顆子彈打中了我的手掌，撕裂了一塊肉。白色的軟骨露出來，大拇指搖搖欲墜。「跳船啊，該死！」波特的聲音從水中傳來。我看不見他，但是我察覺到船艙旁邊有動靜。下一顆子彈打進船壁，我看都沒看，越過船舷。我將左手臂緊靠在身體上，用其他肢體拚命游。遠離船，是我腦子裡唯一的念頭。這時我才感覺到痛，受傷的手劇痛如焚。我再次聽到兩聲槍響，然後才看到我眼前波特的臉。「槍呢？」他問。他將武器綁在上半身，只有槍管露出水面。

「我中槍了。」

我沒聽懂他的回答。他抓住我長袍的衣領將我拉近他，讓我翻身仰躺，手臂環繞我的胸部，我倒退著被拖離船隻，船很快在濃霧中消失。「六六，」我喘著氣說。

「閉嘴。」波特也呼吸困難。

「我們必須……他……」

「我叫你閉嘴！」

我們是往岸的方向或是往湖中移動，我無法辨識。偶爾遠處傳來勝利歡呼的聲音。我試著打腿幫波特，但是我身體全部的力氣慢慢流失，我開始劇烈顫抖。沒有其他船出現在我們旁邊，湖面一片死寂。連水鳥都不見蹤影。過了十或二十分鐘之後，波特出聲咒罵，我轉頭。一道垂直的灰色岩壁矗立在我們後面。我想我看到高高的岩壁頂端由樹冠形成的綠頂，但是要到達那兒似乎不可能。「我們……現在該怎麼辦？」我問。

「如果不想我淹死你，你最好閉嘴。」

我受傷的手越來越痛，我感覺到脈動，以及水沖著敞開的傷口令人作嘔的感覺。我很清楚我的拇指是保不住了——或不清楚，但是我知道。而且我全身冰冷，感覺快吐了。當我們接近岩壁時，我聽到浪拍打石頭發出的空洞浪聲。一道陰影籠罩湖面，之後不久波特站起來，因為他腳踩到地了。

在我們面前的岩壁中間開了一道楔形的裂縫。至於有多深我看不到，洞裡長了太多灌木叢，而在這一刻重要的只有上岸。波特折斷擋住我們去路的樹枝，鳥兒振翅飛起，我聞到潮溼岩石和泥土的味道。直到有足夠的空間，我才倒地，閉上眼睛。我感覺我的夥伴在檢查我的傷口。「沒辦法，」他判斷。短暫的撕扯，不痛，但是我想嘔吐的感覺更強烈了。我將頭側一邊，吐在泥濘的土地上，然後波特繼續將我拖到一塊更平坦的岩石塊上。「你扯掉了……我的拇指，」我說。他沒回答，而是抽出一把刀，從他上衣割下一塊布然後擰乾。他的帽子已經不見了，頭髮溼答答黏在頭上，那顆人工眼珠顯得格外大。包紮我的手且將大衣捲好塞我頭底下時，他面無表情。然後他站起來，拿起他的槍。「你等著。」

一轉眼他已經不見了。

我透過樹枝縫隙看到泛白的天空。烏鴉在那兒飛，或是海鷗？有時我感覺彷彿漂浮在水中，有時又感覺身體下面大的岩石，彷彿自己的身體有一噸重。我處在睡夢與昏厥之間，但是沒有完全失去意識。偶爾我的左手會不自主地反射抽動。我想知道自己是否會死，得到的結論是我的命取決於波特。有一次我聽到伊莉莎白的笑聲，我用全身力氣想留住笑聲，但是下一刻我看到六六全身著火。一個船夫躺在甲板上，我想起來溫暖的細雨，但是我再也記不得是在那兒下的雨。伊莉莎白冰涼的手放在我的額頭上，或者是我在幻想？她的唇碰觸我的臉頰？我一定是短暫失去了意識，因為當有聲響靠近時，我驚醒了，彷彿從遙遠的地方回到眼前。看到是波特舉著槍威脅兩個中國人走在前面，我鬆了一口氣。他們身上穿著一模一樣的藍色長袍，看到我時突然停住。我的夥伴搖著槍管命令他們將我扶起。「這兒有路？」我費盡力氣問。

「階梯。」他回答。

「階梯？」

我們花了幾分鐘才到達階梯。階梯位在峽谷盡頭，鑿在山崖中，簡單竹子做的扶手。此處幾階，他處幾階，當中是一條狹窄、泥濘的小路，我以及扶我的人，只能側身前進。我將手臂搭在他們肩膀上，他們似乎不知道該如何抓我才好。汗從刮得光滑的額頭滴落。我們一小步一小步地走上峽谷，峽谷就像分開山崖的露天樓梯間。花了很長的時間我們才抵達一個石門，門後是一座氣派的宅第。我想是一座廟宇。我目光落在人工池塘和修剪過的花草，聽到鑼聲還有某處有人彈奏中國弦樂器。此時我已經虛弱到幾乎無法行走，即使有兩個人攙扶我。我的雙腳拖地。我聽到四周驚慌的竊竊私語，然後我們走進一個有床的白色房間。我的左手臂已經麻痹，我只感覺得到傷口，血流如注。他們齊力將我抬上床。波特下了簡短的命令，我雖然閉著眼睛，但是知道他是配合舉槍的動作。有人替我換上乾淨的衣服，如絲綢般涼爽柔軟。我聽到當中有女人的聲音。盛著茶的溫熱茶碗碰觸我的嘴唇。有那麼一刻我以為我已經死了，而且上了天堂，可是痛卻依然在。有人將深色布簾放下，光線變得微弱，房間裡的聲音消失了。

然後一片漆黑。

接下來幾日，發燒、疼痛交織著噩夢。光線從紙窗透進來，光影在白色的牆上跳躍。我不斷流汗，渴望有人來幫我換衣服或額頭上溼布所帶來難得的片刻緩和。波特後來告訴我，他花了三天時間才弄到塞進我嘴裡的鴉片丸。服完之後，有幾個小時我的痛苦會減輕，而且可以說話。但是我的整體狀況繼續惡化。換紗布時，可以看到一個腫脹、像燒焦的球莖，而且發出惡臭。我四根手指一根也無法動。

有時我希望他們不要照顧我，讓我自己發燒作夢。我想寫信回家，雖然已經一年多沒寫了，我牢牢抓住這個願望，如同一個溺水的人抓住水中的一根木條。有時我呼叫波特，要他必須寫下我說的話。他點頭，然後再次給我塞了一顆藥丸。那次的偷襲在我腦海中一再發生，六六在船上尖叫，有時是我自己著火雙手拍打跌落入湖中。每次當我在幻夢中大喊大叫，出現在眼前的若不是一張帶明媚眼眸的友善中國姑娘的臉，就是波特那顆深刻打量我的玻璃眼珠。如果他以自己的方式抽鴉片，房間裡便瀰漫淡甜苦澀的味道。夜裡他就睡在門旁的稻草蓆上。我不知道又過了幾天。一個禮拜或兩個禮拜。然後是那天早晨，進房間的人比平常多。大多穿著僕人的便衣，他們都是輪流給我餵食、換衣、幫我處理私密事務的僕人。受傷期間最令我難堪的情況是我常常無法及時如廁，有人必須幫我，否則來得太遲就得清理善後。這天早晨便是這種情況。清洗完之後，他們讓我換了方向躺，受傷的左手朝房間而不是朝牆壁，這使我驚訝。波特帶了一個年紀稍大的人進屋子，我第一次見到這人。他下巴的鬍子長及胸，但是頭全禿。他走近之前，先瞧了我的夥伴一眼，徵求他的同意。波特將槍放在肩膀上，來回擺頭，看著所有人。「大夫，」他朝我的方向低聲道，「總之他自稱是大夫。」

我感覺到屋裡的恐懼不安氣氛。兩位年輕姑娘站在一旁竊竊私語。大夫說了些什麼，我沒聽懂。他小心翼翼移開繃帶，然後吃了一驚。嗆鼻的惡臭讓我想起死動物。我撇過頭，看見那兩位姑娘握著彼此的手，其中之一是那位有對漂亮眼眸的姑娘。「是壞疽嗎？」我問波特，但是他沒有回答。

「你需要更多的鴉片，」他只回答道。

「告訴我，是……」

「你需要鴉片，但是已經沒有藥丸了。藥丸很難弄到。」他走到門外拉了一張桌子進來。這房間裡除了窗之外，還有兩張雅緻的烏木椅，可是這張桌子看來像剛拼造好的。波特將它放置在我頭的旁邊示意那兩位姑娘走近。她們拿來鴉片煙管還有必要的工具。「我……不抽鴉片，」我喃喃道。

「你得抽。」

「告訴我，是壞疽。」

「先抽。」

痛苦和恐懼的顫抖傳遍我全身。那大夫呆立在我身旁，似乎在等待命令，但是波特只是將他推到一旁，好騰出位置給那兩位姑娘。當她們將小團塊穿到針上放在燃燒的蠟燭上時，當中一位姑娘流下淚來。從她們手的動作可以看出來她們對準備煙管已經很熟練。那些團塊開始劈啪作響，然後她們將其放在陶球的細孔上。一切準備就緒之後，她們幫我翻身側躺。有兩個僕人在開啓的門邊閃閃躲躲，彷彿巴不得立刻逃走。

我貪婪地抽著菸斗。那煙味道比聞起來要酸澀，一道看不見的布幕落下，每抽一口，就越靠近。房間裡的人變成幻影無聲地流動，只有波特站在我床前看著我。他或許有足夠的經驗能看出一個人正進入最恍惚的狀態。我的身體似乎越來越輕，疼痛減輕了，但是仍然非常劇烈。一陣噁心襲來，我側過頭，波特立刻示意兩位姑娘將菸斗放我嘴上。我又抽了兩三口，然後我躺在床上，感覺他們再次讓我仰躺。我夥伴的臉出現在我上方。「沒有人有足夠的膽量，」他說，「所以我來。」

「好，可是你要做什麼？」

在我四周大家開始忙碌。兩位姑娘哭了，波特踢了某人一腳，讓他走開。下一刻兩個中國人壓住我的腿。另一個人抓住我的左手臂。我感到慌張，我想反抗，但是已經被綁住。那位有漂亮眼眸的姑娘站在我後面抱著我的頭。「我有一次經驗，」波特說，「多年以前的事。」

「那人還活著？」我的聲音聽起來如此有力，讓我更害怕。我沒想到自己如此清醒，我的心狂跳。

「我們等了太久。」

他們將我受傷的手壓在桌子上，在手肘的地方用繩索固定。我現在明白這桌子是做啥用的，不是用來抽鴉片。波特的目光正在找尋下手的正確位置。「等等！」我大喊。

「我們越早動手……」

我閉上眼睛，當我再次張開眼睛，看見他手裡拿著一把鋸子。那位握住我下巴的姑娘輕輕啜泣。預先對疼痛的恐懼，讓我彷彿已經感覺到劇痛。話不斷從我嘴裡湧出，我不知如何停止，我不在意自己說什麼，只是嘟噥不已同時眼睛盯著馬上將刨我的肉的鋸條。波特點頭，但是不是針對我。他已經找到位置而且眼睛盯好位置。「好了？」他問。

「給我些東西……再給我一刻……神啊！」

「咬住這個。」他推了另外那位姑娘一把。她塞了一根像木勺的圓棍子在我的兩排牙齒之間。我腦子有東西爆炸，迷幻藥的作用突然消失。額頭上滲出汗水，肌肉和肌腱繃緊，我以為自己會害怕到窒息。波特空著的那隻手壓住我的手臂，然後我第一次感覺到皮膚上冰冷的金屬。我曾幫過父親裁切木頭幾千次，我太熟悉鋸條放樹枝上的那一刻。最後一次調整校正位置。我使出全力咬緊牙關，阿隆佐・波特往地上吐了口口水。

然後他開始鋸。

少女黃淑華日記

咸豐九年九月初六

昨夜我吐了無數次。彷彿我的身體想嘔出我日間所見的可怕景象；才一上床，我不得不再下床。這噩夢會不會無止無盡？我的家人至今無消無息。我父母在何處？小寶是否還活著？我日日問自己同樣的問題，只要遇到人我便不停拭去臉上的淚，試著露出笑容。人人都說我三生有幸，如果不是王縣令收留我在這兒，給我活幹，我今天下場會如何？我甚至找到一個姊妹淘，雖然我們非親非故，但是大家叫我們三妹四妹，我們現在也以此相稱。四妹是我唯一可以訴說不幸的人，其他所有人只會說：若是妳當初落在長毛手中，後果會如何？只有她了解我不是為自己哭，而是為我的親人。昨天夜裡她每次都跟著我起來，幫我挽住頭髮。我看見的她也全看見了。但是她比我堅強，如果沒有她我在這兒一定撐不下去。

我始終緊閉著眼睛，我試著往別處想，但是沒有用。那鋸子可怕的嘎吱聲！我必須抓住那人的下巴，以免他頭左右甩動時木棍從嘴裡滑出來。有一次我沒注意，那獨眼龍便踢我。一旦我想起……

今天四妹和我給病人換傷藥，順便給他灌點湯，可是他不停尖叫。他的同夥似乎不在乎，他坐在地上，大腿上放著一根長長奇怪的東西，只是抽著菸斗。每次看他一眼，我就起雞皮疙瘩。施管家已經捎信去給王縣令，問他該如何處置這兩名闖入者。據說長毛就是受洋鬼子的煽動才鬧事的。他們是始作俑者，我因為他們的緣故流離失所，現在才會躺在房間裡聽著外頭吹過湖面的風聲。四妹只要聽見我哭，就會握住我的手。

早在那兩名洋人來之前，我就很想逃離這兒了。除了四妹沒有人對我好，甚至連府裡的小孩都因為我的腳欺負我。四妹出身貧苦，女孩子都得下田。我不一樣，至少在爹因為得罪腐敗的巡撫丟差事之前。可是他卻不允許我綁小腳，我記憶猶新，娘叱責他，她認為如此一來絕對找不到要我的男人。一個有一雙醜陋的腳而且還會讀書寫字的姑娘，會嫁不出去！

但是爹怎說？妳的字寫得比我好，他如此說是要鼓勵我更加勤奮。在長毛到之前，他是否至少收拾了一些書？

幾天前縣令出發去縣裡。大家都說，他是去河對岸參見曾國藩將軍，據說他們是好友。曾將軍是打敗長毛的最後希望。他的軍隊將長毛趕出了鄱陽湖一帶，而且包圍了南京。但是長毛仍舊一如過去在長江流域其他地區肆虐。我們的房子是否還在？那個種了木蘭，寶寶夏天抓螢火蟲的院子是否也還在？有時夜裡我醒著躺在床上，突然會聽到他在叫我：姑姑，快來幫我，牠們飛好高！我嚇得一身汗，我以為他死了。也許我哭過的人，早已經死了，我就讓淚奔流，直到我的大限也來到。

四妹在叫我，我必須停筆。因為管家看我們不順眼，就派我們照顧洋鬼子。沒有人相信他會活下來。稍早我發覺自己竟然希望他快死。我自己吃了一驚，我已經忘了爹教我的？仁這個字代表的是人性和同情，這個字在《論語》中出現過一百零九次，我們一起數過。我對一個在生死掙扎的人少了同情？或者我的心因恐懼已經麻木？即使我愛的人都已死去，我必須努力成為好人，才能對爹有所交代。

老天有眼！老天有眼！

八、崑崙山蟒蛇精投胎轉世

安徽省，一八五九年／一八六〇年冬
曾國藩將軍本營

在夢中，將軍沿著蜿蜒曲折的小道登上山，那狹窄的小道是在裸露的岩石中開鑿而成，而且陡削得令他氣喘吁吁。眼前景物他覺得眼熟，彷彿他已經來過一次，他走進籠罩山峰的茫茫白霧中。他滿頭大汗，然而沒有隨從可以幫他提劍。除了他的腳步聲，四面寂靜。他為何到此地，光禿的山坡和深不可測的峽谷景色讓他想起什麼？儘管他頭暈目眩，他並未停下來喘息。往前走，他對自己說，繼續往前，直到他意識到對他說話的是祖父的聲音。一個消瘦的老人，有很深的眼袋，是他諄諄教誨曾國藩四條家訓。他正在奔往祖父的路上？夢中見到往生者，他知道，他常做這樣的夢。四周的風景如郭熙的畫，從岩石細縫中長出的瘦竹迎風搖曳。不久之後他到達了山頂並回顧四周，心裡一驚，來時路已經不復存在。霧從山谷升起吞噬了岩石、花草樹木，鳥獸以及其他景物，他搖搖欲墜站在巔峰，他了悟自己不是在作夢，而是已亡，正在九泉路上。

他如釋重負，全身舒坦。

然後便醒來了。

溼冷滲進帳篷裡來，森林的地面散發出松針和泥土的氣味，最後一塊煤塊在火盆的餘燼覆蓋下閃爍，無力抵抗嚴冬。由於背痛，他昨天讓人準備了竹床，因此比平常多睡了一會兒。外頭天光漸藍，第一陣鳥鳴聲劃破夜的寂靜，士兵們還在暫時搭建的營帳裡未醒，間或可聽到鼾聲。他眨眼，試著辨識黑暗帳篷中的物件輪廓，放書的箱子、文房四寶，但是每次眼睛一使力，他就會感覺到模糊的疼痛。他一天洗兩次眼睛，因為黃大夫告訴他，目屬肝，需要水滋養。保暖同樣重要，但是他在這積雪的山區過冬，這兒的風從地面鑽入掀起帳篷。有些日子，他的手指痛到連筆都無法握，雙腿發麻，再加上不尋常的食物導致便祕。將軍嘆了一口氣坐起來。為了保護眼睛，他甚至不再下圍棋。

他小心翼翼脫下他的夜衣，摸索著穿過黑暗。入秋以來他的軍隊就一直在長江以北的山區移動而沒有與敵人對峙。但是現在他們來到較平坦的區域，再過四、五天他們將抵達長江，如果沒有進攻，他們將歇息一陣子。

當將軍穿上襯裡的長袍，他一驚，緊閉雙唇。因為皮膚結痂剝落，白天他的背奇癢無比。夜裡時常無法入睡，或以有失威嚴的姿態如蜷縮小孩般入睡。他的官袍上繡著金雉，那是二品文官的標幟，但相應的木刻官防為他贏得的不是尊重而是懷疑的目光。無論走到那兒，他不得不奉承那些官員，如果能為他的士兵募得一些米糧，可謂運氣好。最近因為缺乏朝廷的支援迫使他也販賣官名，沒多少利可圖且腐化墮落。曾國藩年輕時參加科舉通過會試，現在他和貪圖虛榮的富商周旋又是為哪樁？為了不讓他的士兵餓死。如果裝備得當，他的軍隊是唯一可以擊敗長毛的軍隊。

王夫之在兩百年前論述，蠻夷與我們之別在於我們有仁心。將軍真希望天已亮，他可以把書取出。昔日他到處在家鄉的林中漫遊，為的是尋找續夢庵：石船山腳下王夫之曾退隱的地方。沒有人知道確切的地點，但是有一天他終會找到並且立碑紀念這位聖賢，縱使還要幾年的時間！關於他的軍隊是否該留在長江北岸或渡到南岸，問卦的結果得出解卦和師卦，這引起參謀們激烈討論。眾人皆同意安慶是關鍵，但是他欲先確保河對岸，從那兒指揮戰役，他手下那些沒耐性的年輕人不懂。他下圍棋，知道不該直接攻擊對手，而是一步一步讓對手失去主導權。阻斷一條路徑，並且開另一條路徑來引導對手，沉著開闢好戰場。將軍已整裝完備站在床前，他從帳篷的縫隙看見破曉的淡藍天光。一旦對手掉入陷阱，就可一網打盡。

當他走出營帳時，站在入口的衛兵嚇了一跳。他邊走，邊隨手從樹上扯下幾片葉子。一箭之遙便是松樹林，他到那兒解手。殘雪在晨曦中閃閃發亮。冬天的山區憂傷寧靜彷彿在睡夢中，他心想。在林邊他蹲下來，享受即將如釋重負的輕鬆感。下方的營地裡士兵們正爬出帳篷，用粗魯的湖南話交談，由共同殺戮建立起的情誼，弟兄之間說話口氣也變得粗暴。每月初一照例祭拜武聖關公，通常只有軍官參加，但今天將軍想例外。清朝的前途取決於他的軍隊。官方的軍隊是一支缺乏紀律徹底腐化的軍隊，士兵抽鴉片又嫖妓。如果有徵召他們就花幾個銅板讓貧苦的農民去頂替。沒有人會發現，因為軍官也做同樣的事。將軍厭惡地憋氣使力擠壓。湘軍則相反，上層的統兵官必須認識他們的下屬，而且對待他們如親屬，而往往他們也屬同一家族。抽鴉片或偷竊人民的人斬首。他可曾祈求成為將軍？片刻他沉溺在想像中，如王夫之歸隱山林專心著書立說。然後他一邊咒罵一邊站起來將樹葉丟棄。又是一無所獲，已經第五天了。

當他回到營帳時，他的幕僚手裡拿著信封站在入口。「大人，您睡得可好？」陳鼐新剃的額頭湼亮，即使在一個冰冷的清晨。將軍伸出手，沒有回答。天亮了，霧氣從地底升起，聚集在山谷上並向東南飄移。兩封信來自他的手下鮑超和多隆阿。「何時到的？」他問。

「昨夜子時。」

「你為何滿身大汗，有何壞消息嗎？」

「騎兵送信花了五天的時間。」這意味在東方戰場和他的軍隊之間有敵軍。

「還有其他消息嗎？」

「剛才有一信使來，」陳鼐説道。「是湖口的王縣令派來的。他因公事正在附近，想要來拜見大人。」

「王縣令是老朋友，他不是來拜見我，而是來拜訪我。」

「大人午後有時間接見他嗎？」

「有朋自遠方來不亦樂乎，」他引用《論語》。「見王縣令我再忙都抽得出時間。此外，今天的祭典在我帳篷外舉行，所有士兵都得參加，留意要造個小平臺，否則士兵們聽不見我的訓示。」

「小的斗膽問大人為何所有士兵都得參加？」

「因為有必要，大家還在為彭兒的事抱屈？」

「閒言閒語，有些人說……」

「我知道他們說什麼。去把一切準備好。」

將軍回到帳篷裡，打開信件，感覺到五臟六腑一陣顫動，轉機究竟何時才會出現？長毛恐嚇人民，破壞祖先牌位及寺廟，但是他們的軍隊卻越來越强大。據說他們有位得到香港洋番支持的新總司令，此外對手不團結也幫了他們。皇帝非要是滿人重新奪回舊首都不可，所以他不信任最有才幹的將軍而信任那些他認為對他忠心不二的將軍。官軍包圍南京的圈子距離之遠不像要圍攻那城市，而只是從安全距離觀察。因此曾國藩只是帶著他木刻的關防遊走安徽，等待下一場戰役。然而對於事情進展他並無法掌控，主導權暫時還掌握在對手手中。

將軍嘆了一口氣坐在桌前，記下他回信的要點。他想到安慶，若是他雄心勃勃的計畫可行，在那兒情勢將逆轉，但是資源缺乏，使結局難以預料。是時候該更衣了，他穿上官服，將下巴的帽帶繫好。在腦海裡將要對士兵說的話又複習了一遍。他們當中很多人自湖南戰役以來就追隨他了。他們為了保衛家鄉趕走了長毛賊，為了報酬他們繼續往東，挨餓受凍，只拿到一半的軍餉。廚子稱為「千層鍋」的菜餚，士兵稱之為「地獄鍋」，因為越是一層一層的豆腐和青菜往下吃，看起來就越恐怖。難怪紀律出問題。一個名叫彭兒的年輕小伙子因為路上偷雞被處決了，自從那之後，更多人在抱怨。有人還看見死者的鬼魂夜裡潛進營地，讓人不得安寧。將軍一手捋鬍鬚，猶如讓繩子從他手指滑過。他太嚴厲了？昨夜的夢是要警告他？像他處於高位的人必須細心留意老天的預兆。

陳鼐進來告訴他一切準備就緒。

他的營帳位在營地邊緣一個避風的凹地上。在營帳入口的前方地面往一條小溪的方向傾斜，在另一側陡峭上升。當將軍步出營帳時，三千名士兵急切的目光迎接他。他們全副武裝站在樹叢之間。從山坡上吹下來的風有助於他的聲音傳得更遠到達人頭已成灰濛濛一片的地方。手拿鑼的士兵站在平臺兩側，武聖關公神像前面香火已點燃。將軍就位後，寒風使他眼中噙淚。

「眾士兵早！」他大聲呼喊，三千嗓子的回應立刻迴盪。剛開始只是倉促集結的團練，現在他的軍隊由兩萬多名經過作戰考驗的士兵組成。不能責怪皇帝對這支軍隊疑慮重重。「如往常一般，」他大聲說道，「初一十五我們祭獻並且三拜武聖關帝。」他拿起香轉身對著神像，他長袍的下襬上還沾著運送神像時殘餘的木屑。將軍雙手舉到額頭前：「祈求武聖關帝庇佑軍隊，保佑我們旗開得勝！賜我們神威武力！」

所有人鞠躬一拜，停頓不動片刻。只有飄揚三角旗的拍打聲打破清晨的寧靜。「祈求主公削弱那些逆天行道敵人之力！」

所有人再次鞠躬一拜。

「祈求主公保佑無辜人民免受遍野戰禍蹂躪！」將軍將香柱插入祭壇上裝沙的碗中。才說了幾句話，他嗓子已沙啞。氣氛越來越凝重，大家都想知道，總司令為何召集全軍，又有死刑要執行？天際有幾片雲飄向大河的方向。

「湘軍的弟兄！」他大聲說。「七年來，我們討伐長毛賊，這些時日我們經歷數百場的戰役，埋葬了數千名弟兄。我們攻下的城市，得而復失。我們穿越了一省又一省，而敵人仍舊堅守在南京城牆之後。眾人欲知何時才能返回故里，與家人重逢。相信我，我清楚每個人所做的犧牲。我也知道，你們很多人不滿。彭兒人緣好，他發誓他偷雞是為了給弟兄加菜，讓大家能再次吃個飽。我們誰不渴望享受一頓豐盛道地香辣的家鄉菜？彭兒是個優秀的同袍，勇敢的戰士。但是：若是我們為百姓而戰就不能偷竊百姓的東西。要保護他們，就得取得他們的信任。我們是百姓的軍隊，偷竊百姓東西的人沒有資格與我們在一起。」他停頓下來，彷彿在等待抗議。在他面前的碗裡擺著祭品，他聞到平臺新砍木柴的味道。「你們當中有人知道王夫之這名字。」他繼續說道，「他是我們家鄉出身至今最偉大的讀書人。和大家一樣都是湖南人，兩百年前他曾寫道夷華之別在於仁。他指的是對百姓的仁心。」他提到王夫之是臨時起意而且危險的做法。王夫之的著作只有少數版本，由仰慕者互相流傳，因為王夫之所謂的蠻夷指的不是遠渡重洋來買鴉片的洋人，而是滿人。他曾效力的王朝就是被滿人推翻的。將軍一時差點脱口而出：王夫之指的是阻礙我們軍隊得到足夠銀兩的人。然後他又回過神繼續說：「王夫之根據的是《孟子》一書。書中有一個你們大家都知道的故事。很短，只有簡單兩句：『今人乍見孺子將入於井，皆有怵惕惻隱之心。』孟子想告訴我們什麼？他寫道：那人『非所以內交於孺子之父母也，非所以要譽於鄉黨朋友也，非惡其聲而然也。』那人奮不顧身往前衝救孩子求的不是其父母之感激，其鄰里之讚譽，而是出於理所當然。見到將落井的孩童，激起他惻隱之心，而他內心知道他該做之事，因此他義無反顧。」

沒有人竊竊私語？當將軍抬頭看，他只見副官臉上流露會心的微笑。「你們當中有人可能注意到了孟子並未說那人真的救了孩子，書上只寫道『皆有怵惕惻隱之心』。他強調的是心。就在危急之際因為小孩，那人動了惻隱之心，不是因為自己！孟子稱之為惻隱之心，這正是王夫之認為我們與蠻夷之別的仁心。如飢渴這是人類天性之一，我們所行的一切善皆源於此。然而故事的結尾延伸一個問題：若一個人沒有惻隱之心，對一個孩童的命運無動於衷呢？答案只有三個字：非人也。沒有仁心的不是人！」最後幾個字將軍揚起聲音，好讓之後的寂靜更震撼人。鳥兒在樹梢鳴叫。從前演說時，他可以感覺到士兵面對讀書人的懷疑態度，但是七年之後，他知道他該如何做，他不再是讀書人，他再也無法享受書房的寂靜，沉浸在研究經文的要義中。他的要務是殺戮。

「湘軍的將兵們！」他繼續說。「我們就是那人，正如我首先說的故事中的那個人。我們有仁心，不是為一個孩童的生死命運，而是所有百姓的命運。那些無法對抗每天性命威脅的老弱婦孺。我們皆有仁心，我們不會試圖壓抑。我們不問眼前有何危險或者報酬等著我們——我們採取行動。我們的處境艱難，因為我們的孩子被長毛賊包圍，他們想將孩子推入井中。戰爭四處肆虐，因此我們不是往前衝而是按照計畫共同行動。人人盡職盡責，兵官指揮，士兵服從。將我們團結在一起的便是孟子所說的我們與敵人的區別：我們有仁心，他們沒有。我們保護百姓，長毛賊搶掠百姓。我們幫助百姓，長毛賊燒毀田地。當我們順天道行事時，他們燒毀家譜，而且祭祀蠻夷之神。我們愛百姓，而他們憎恨百姓，因此我們目光投向安慶和南京，所有長毛賊防禦固守的地方。我們說：非人也。」喃喃的同意聲四起，但是將軍希望更有力的反應，他激動地舉起手大喊：「告訴我！他們是人還是禽獸？」

「禽獸，」他聽到將領的回答，其餘是風中的耳語。

「我聽不清你們說什麼！」他大喊。「他們是人還是禽獸？」

「非人也，」現在聲音響亮些了。「所有人，再大聲些！我們的敵人如何？」「非人也！」洪亮的呼喊聲迴盪著。鳥兒從樹上飛起。

「再大聲些！我們和同類作戰還是……？」

「非人也！」激憤和決心的浪濤衝擊他。士兵握緊拳頭高舉武器。

「所以我們要殲滅他們？」他大聲疾呼道。「非人也！」

「我們要將他們大卸八塊！」

「非人也！」

「無人能倖免！」

「非人也！」

「多謝，弟兄們！」將軍嘶啞地喊道。「多謝你們，千萬別忘記：愛民等同於仇敵。我們的征戰恐怕仍要耗費時日，但是最終我們會拆毀長毛狗的城牆，掃蕩躲在後面的叛賊，我們要破門而入，殺他個片甲不留！你們準備好了嗎？」

呼聲雷動，他們高舉大刀和長矛，揮動旗幟。據說在南京所謂天王曾帶領追隨者到山上的一尊神像前，然後讓他們瘋狂地赤手搗毀神像，然後吃掉神像，那是一尊木頭雕刻鬍鬚用馬毛做的神像！當將軍離開平臺時，將領包圍他，但是他揮手示意他們離開，躲回自己的營帳。他的視線模糊了，背上的汗使癬癢得更厲害。他筋疲力竭坐在椅子上。

非人也，他閉上眼睛心裡自問，自己是否還是人。

在他出生的前一天，他的曾祖父夢見一條巨蟒在天上飛舞，最後留在自家的屋頂上。第二天家裡添了男丁，大家都認為這夢是徵兆。唐朝大將軍郭子儀出生前，他的祖先不是也夢見蛇從天而降？六歲時母親帶他坐小船，至今他還記憶猶新：他將一隻手懸在船緣，母親突然大叫，她看見船邊有一條水蛇，她驚慌失措使船搖晃，他探頭想看那條蛇，結果一頭栽進水裡。幸好河中有一根漂浮的樹枝，他攀在樹枝上才不致淹死。之後他母親一輩子都相信那條蛇變成樹枝救了他的命。這便是第二個徵兆。最後是他的皮癬。年輕剛在京城當官時他注意到自己的皮膚越來越乾燥且掉皮屑，先是肩膀，然後是整個背部，他束手無策，不管是喝藥或飲食都無法減輕難以忍受的瘙癢。他四處求醫，最後遇到一個大夫，他看診之後只是搖頭：沒辦法。他，曾國藩是崑崙山蟒蛇精千年一次投胎轉世。他背上令他難堪的不是皮癬，而是殘餘的老蛇皮。

將軍坐在椅子上深呼吸。他相信蛇精轉世之說？他的祖父一直警告他勿信算命仙，而且教導他所有的善皆來自自己的內心並且要他開始奉行四條家訓：早起、勤掃庭院、祭祖、善待親鄰。現在他自己是一家之長，他試圖以相同的方式教養他的弟弟與兒子。他之所以經常夢見高山，源於自己位居高位。湘軍不斷發展壯大，他的權力也跟著水漲船高，但是爬得越高，跌落谷底的危險越大。每當他因為背發癢夜裡睡不著覺，他就以此警告自己更加步步為營。

當陳鼐進入營帳時，將軍命令他將祭壇的祭品分發給士兵。「那隻煮熟的雞給彭兒的營隊。」他說。

他的朋友酉時到來。午後的陽光使營帳內變暖，現在又轉涼了。將軍讓人送來添了新煤炭的火爐。王縣令喜好品茗，因此給將軍帶了一盒裝在木盒中的茶，木盒上還有朝廷貢茶廠的封印。出了他的轄區他未穿著正式官服，身著樸素棉布長袍和黑帽，樣子如一般讀書人。

將軍感激地收下禮物，並請客人入座。他們互相寒暄，詢問家人近況。王縣令居住在鄱陽湖匯入長江處附近。他府邸位在長江南岸的山崖上，只要他帶軍隊行進繞過附近，將軍一定去暫住。在庭院裡有個涼亭，他總是花很多時間在涼亭裡品茶，望著遠望欣賞湖上風光。「一路舟車勞頓了，」他說。「大駕光臨，有何見教？」

「你的老友出門巡視，想看看災情。舉目所見四處相同的景象：燒毀的廟宇、破碎的神像、撕毀的家譜。我們能否期待將長毛賊永遠逐出此地？」

將軍抑鬱地搖頭。「唯有我們拿下安慶並且控制長江流域，這區域才可能安全。目前我們時常遷徙，猶如四處流浪。靠賣官位勉强求温飽，可是國內因戰爭人口越來越少，也越來越難找到買主。」

縣令意會地點點頭，翻捲起長袍的袖子，然後端起茶杯。他曾到全國各地赴任，這問題他比誰都清楚。「順帶一提，我們抵達時，都沒看到那高個兒，」他說。「他不再是你的幕僚了？」

「對一個雄心勃勃的人來說，我的營帳太小。」他一時掩飾住與自己門生李鴻章反目的悲痛。「我的若干決定他不贊同，他認為我要將六個營移到河對岸是錯誤的一步。你也知道的，他自視甚高，順從從未是他的强項。」

「偏偏這個時候，」縣令嘆息道。「南京周圍正是山雨欲來。據説長毛有了一個新總司令。」

「我也聽説了，在香港受過洋番的訓練。」

「他們遲早會設法突破包圍，如果他們得逞，一切就取決於湘軍了。誰來寫早該上的奏疏？」

「我的幕僚中仍舊人才濟濟。」

「難道沒辦法讓這年輕人醒悟？他真是可造之材啊！」

「他目前人在上海。能為他做的我都做了。」炭爐裡嘶嘶作響。多年前李鴻章的父親請他收兒子於門下，這兒子除了難管教及自負甚高，擁有所有天賦。他不僅比其他人至少高一個頭，且記憶力過人又寫一手好字，但是傲慢阻礙了他的道路。

將軍一想到這裡，心中壓抑的怒氣爆發。「若是他不如此心高氣傲就好了。此地正亟須徵召新的軍隊。安徽人吃麵也吃米，派遣他們到任何地方無需同時發送食糧。可是誰可勝任？李鴻章是安徽人！」

「他為何人在上海？」

「他開始認為戰爭致勝關鍵不在士兵而在武器。因此他與所有人一樣對番妖的船隻和大砲感興趣。」

「他必須學會臥薪嘗膽，」縣令再次引用他最喜愛的典故。他面色紅潤如孩童，但是認識的人都知道他行事的堅決果斷。在長年與長毛的作戰中，他始終是湘軍的重要支援者。「談到番妖，」他這時說，同時背往後依靠，彷彿想仔細觀察對方的反應，「在我的府邸就有兩個逗留。已經好一陣子了。」

「在你府裡？」將軍吃驚地問。「怎麼會有番妖到湖口？條約對他們無效，他們只能留在沿岸。」

「我的管家信上寫道，他們在湖上遭到襲擊，總之他們是這麼說的。其中一個手受傷，另一個鋸斷同夥的手，就只用一把舊木鋸。」

「你還未見到他們？」

「我剛出門。他們突然出現在大門口，手裡拿著武器，信上是這麼寫的。全府現在騷動不安。但是我在年節前趕不回去，沒有人知道該如何是好。」

將軍禁不住直搖頭。在京城裡有個俄國領事館，以及兩三個教堂，可是他自己從未親眼見過洋鬼子。聽說他們孔武有力，臉上長滿紅毛，穿的衣服堅硬如地毯。沿岸四處都是他們的蹤跡。很多人說，上海不再是中國城市。

「老實說，」縣令繼續說，「你老友來此就是想問你是否可出個主意：我是否該命令手下，乾脆……」他大拇指在咽喉前比了一個手勢。

「難。你可知他們想往何處去？」

「他們從南方渡過湖而來，大概是想前往南京或上海，其中之一。」

「他們與長毛狼狽為奸？」

「他們不全都是和長毛狼狽為奸？」

「真是一團糟！」為了讓自己先平靜下來，將軍端起茶杯，掀起茶蓋，深深吸了一口氣。那正是家鄉春天的氣味，當河水漲起，幾乎溢出河床的時節。七年來他帶領湘軍東征西討，他問自己何時能返鄉再見家人。何時，真有那一天？「今早我不由得想起王夫之來，」他輕聲說。「或許是因為鄉愁。他回到湖南窮到不得不去店裡乞討舊帳簿，用背面寫文章，他可是明末最偉大的學者。他主張蠻夷與我們的差別在於他們無仁心。你知道他說的蠻夷指的是何人嗎？」

縣令彎身往前壓低聲音。

「你該將全副心力投注在你的任務中，這比其他任何事都重要。」

「他指的是滿人。」

「那時的滿人。若是今日他定會組織一支軍隊與長毛決一死戰。」

「那又能如何？」將軍回答。「才滅了一場火，下一場火又在其他地方竄起。朝廷內部部署軍隊，猶如沒經驗的圍棋棋手布局：這兒一個棋子，那兒一個棋子，只因畏懼對手可能在某處擴大勢力範圍。行動沒有計畫。」

「你還偶爾與人對弈嗎？」

「最後一次是在你那兒的時候。我弟弟不是我的對手，而且自從……」他想勉强露出笑容，卻裝不出來。他在縣令府邸和弟弟國華見了最後一面，之後不久便是慘烈的三河之戰。「他從小就急躁，其他弟弟也都一樣。我理應好好教化他們，但是在戰事連連，如何可行？我甚至連自己的兒子都無法教養。」

他擦拭臉，彷彿灰燼飛進眼中。一如往常在營帳入口前想求見的人正等待接見，可是他突然萬分沮喪，不想接見任何人。他示意幕僚封閉入口，然後指著桌旁的雕刻精美的檀木盒子。「我已經很久沒下來，」

他說。

縣令立刻明白他的意思。「老友之意是今天我有機會贏？」

「我讓你四子如何？」

「六子。」

「陳鼒，拿棋盤來！」將軍聲音之大，讓大家都嚇了一跳。他的悲傷立刻化為期待的喜悅。歷來便是如此：他可以沒有菸、酒、妻妾陪伴，但是幕僚才將裝棋子的小碗送上，他已經迫不及待伸手抓棋子急於下第一子。當他看見縣令猶豫，他皺了皺眉。「讓你六子，」他重複說道。

「你的老友不得不重提那兩個洋鬼子。我該如何處置他們？」

「就兩個，」他手一揮。「在你還沒親眼看到他們之前，不必下命令。也許可以讓他們繼續上路。譬如說，花點銀子。」

「如果不成呢？」

「如果不成……」他不耐煩地指尖摩擦著珠母貝。據說日本的圍棋大師在對弈之間還能站起去花園賞花或者作詩，然而對他而言棋盤就如磁石。在他眼中，長江流域的景觀就在棋盤上。長江從湖北往東北流，先經過安慶，再流向七年來已經落入長毛手中的舊帝國首都。如果上天注定他曾國藩會贏得戰役，那戰場必是沿著如一條蛇蜿蜒通過中國心臟地帶的長江。「如果不成，」他喃喃地說，「那還有其他方法與道路，最後終會引領我們到達目的地。開棋吧！」

陳鼒讓人點亮蠟燭和油燈。將軍下令為縣令及他的手下準備營帳。他們會對弈到吃晚飯，然後繼續一直到深夜。一如往常，將軍剛開始的布局似無章法，彷彿他不知道自己在做什麼。人云圍棋大忌是急於求勝，而事實上忌在過早表現出來。如同在戰爭中，只有在對手失去主控權時，才允許他知道與何人打交道。他一定要知道最近是誰在南京操縱大局，那個狗天王的神祕族人是何許人也，他究竟有何打算？這一天他第一次感到皮癬癢減輕了些。也許昨夜的夢並非要警告他，而是要激勵他。既然無退路，那就必須更果敢堅決往前。武器與蠻夷之神最終都救不了敵人。崑崙山投胎轉世成人的蟒蛇精憤怒地張開大嘴……

九、縣令歸來

鄱陽湖府邸
一八六〇年冬／春

花幾個禮拜的時間，我總算撿回了一條命。外頭已經由秋天轉入多雨寒冷冬天，在屋裡我臥床時而冷顫時而發汗，大部分的時間我不知道自己究竟身處何處。我可能是鬼門關裡走了一遭，總之後來波特說，他沒想到我竟然能活下來。有時在我面前彷彿展開一條通往空無世界的通道，我漫步其中但是到達不了任何地方。我不停地走，但是只要我想躺下來，想放棄，我就會聽見伊莉莎白的聲音，她激勵我繼續往前。我的左手臂在手肘下三英寸以下已經被截掉。只要我伸展殘肢，就會感覺到那隻看不見、無法抓任何東西的手，然而劇烈的疼痛使我仍舊真實感覺它的存在。那疼痛深入被截斷的骨頭，直到指尖，那痛令我一刻也忘不了失去的手。我的夥伴告訴我，因為鋸子太鈍，他花了十五分鐘才完成。

這世界再次呈現清晰輪廓已經是一月了。

在特別冷的日子，他們會給我送來一個火盆，到了夜裡牆上便映著紅光。白天我聽見鳥鳴和孩童嬉戲的聲音，他們模糊的輪廓在紙窗外推擠。他們將手圈在眼睛四周，以為這樣就能看進來。附近應該有寺廟，偶爾可聽到響亮的鑼聲，點香的味道甚至飄到我床邊，或許只是我的夥伴抽鴉片的味道。我的狀況一好轉，他立即搬到我們住的樓閣的另一個房間，這樓閣是一位地方縣令府邸的一部分。那兩位給我送吃的姑娘告訴我，縣令姓王而且是位受人景仰的秀才。我從床上可看見的那幾幅書法是他寫的，我過些時日才會見到他。最初只有一位姓施的管家會進房間來探視，他冷眼打量我，問我是否已經有足夠氣力可繼續上路。

但這是不可能的。我費力才能走到擱在木屏風後面的尿壺，之後我已經渾身是汗。我坐在床上寫我的札記，而且很少寫超過半頁。我必須感謝波特，至少我保住了札記。札記經過湖水浸泡，若不是他一張一張晾乾，很可能已經都發霉了。其他的一切我全失去了。在最黑暗的時刻我的感覺就如同那時伊莉莎白死後。為什麼？我感到愁悶。其他時候我又對自己的命運感到驚訝，彷彿那不是我的。我怎麼會變成一個在中國省內某個地方艱難度日的廢物？

三餐是我唯一的消遣。兩位姑娘自稱三妹與四妹，雖然兩個看起來一點也不像。一位有張圓臉以及南方人黝黑的膚色，另一位非常漂亮，有張瓜子臉，明亮的大眼，如歐洲女人白皙的皮膚。她們送來的菜餚很辛辣，只要我不小心咬到一塊紅辣椒，她們會驚訝地看著我眼中湧出的眼淚。她們簡單回答我的問題，不作多餘的逗留。我聽見她們在房外又竊竊私語了一會兒，然後是她們離開的腳步聲。之後伴隨我度日的空虛又回來了。我很想知道過去幾個月中國的局勢。北方又開戰了？叛軍能否抵擋圍攻？我能抵達那城市的希望微乎其微，可是我又能如何？每想到這裡，我那無形的手便握緊拳頭，彷彿要顯現我的決心，而事實上那正是我欠缺的。也許那是我正在恢復生存意志的第一個跡象。

要是疼痛太劇烈我便服一顆鴉片丸，想著伊莉莎白。鴉片使我陷入恍惚，我突然想起有一次我們一同跑去老羅的茅屋，位在快活谷。那時應該是春天，總之我記得溫暖的細雨，當地人稱為梅雨，因為是梅花盛開的雨季。那時老羅已經在香港大概住了一年，我沒有活可以給他幹，他便在倫敦傳道會打雜。洪哥喜歡他，在他離開維多利亞之前，拜託我去看看他，他的身體每況愈下，越來越瘦。一八五八年的春天他又得了痢疾。我和伊莉莎白說了這件事，我很驚訝她竟然請求下次要和我一同前去。我很想知道，你都做些什麼，」她說。我們走越過摩理臣山的那條路。為了方便進入山後的賽馬場，山頂被夷平。而且從遠處可以見到那些荒廢、部分雜草叢生的別墅，那是不知情的外國人在此地建造的。快活谷因蚊子多以及地底的有害瘴氣惡名昭彰。這也是它名字的由來，我猜是英國式的幽默。那天下午的雨細如絲，我沒打傘，幾乎沒注意到我的長袍越來越沉重。「所以那個人是你之前在內陸的教友？」

「在我到達那兒之前，他算是牧師。」

「所以說是基督徒。」

「對，算是。」

「你這樣說，感覺你其實認為不是。」

我沒有回答，我扶她越過幾塊路上的石塊。這幾天我來看過老羅數次，我知道他時日不多了。日子越近，他妻子越是表現出敵意。那時我們這些傳教士正想辦法爭取當地信徒能埋葬在西營盤的公墓中，而不是城外的瘴癘沼澤地，但是遭到白人仕紳的抵制。伊莉莎白和我沿著山谷南緣的一條小路走。附近有一些簡陋的茅屋，而且瀰漫沼澤裡腐爛野狗屍體的臭味。「在那兒，」我指著一間特別破舊不堪的住處說。那屋頂看起來如同各種材料都扔在一起，木條、樹枝、稻草蓆等等。雨天雨水會從隙縫滲入，裡頭是燃燒溼泥煤的氣味。

「裡頭住人？」伊莉莎白不可置信地問。

我敲了門，過了一會兒老羅的妻子才出現，而且立刻又轉身離開。灶上有個鐵壺正燒開，大概是根據和尚開的藥方在煮藥。之前在同福老羅的妻子就從未表現出如丈夫一樣的熱誠。現在她看都不看我們一眼，任我們將布簾拉開，老羅躺在那兒費力地呼吸。伊莉莎白用手掩住鼻子。那老人躺在一張草蓆上，看起來像死人。臉上布滿膿包，上面長了蒼蠅。他將目光轉向我，但似乎沒認出我。他瘦弱的身體在破洞的被子下顫抖。「沒有大夫能來看病嗎？」伊莉莎白問。

「為時已晚，」我回答。中國人視所有疾病為神，必須以好聽的名字來安撫。所以痢疾長膿皰就稱為天花。老羅是教會的成員，所以也接受了疫苗接種。方法是將病人的乾燥皮膚磨成粉吹進人的鼻子裡——身體太虛弱的人，這方法無法控制疾病發作，而是如我們眼前所見的結果。老羅的妻子認為這是遭天譴。

「她在那兒煮什麼？」伊莉莎白輕聲問道。

「中藥。」我拿起草蓆旁邊的一碗涼茶，與伊莉莎白合力設法讓臨終的病人喝了幾口。伊莉莎白好奇地指著他脖子上戴的護身符。「妳可以把它取下來，」我說。「在同福我已經好幾次要他取下，但是他說那可以保佑他不生病。也許現在他的看法有所不同了。」

「你說他之前是教會牧師。」

「他是村子裡年紀最大的，有兩個兒子加入叛軍，因此村民都很尊敬他。」

「那些人現在在哪兒？」

「四處逃竄，散居在島上和大陸，很多已經死了。」

「他沒有《聖經》？」

「就算有，他也看不懂。」

「你當然也沒帶來。」

我聽到老羅的妻子在外頭和人說話的聲音。也許我不該帶伊莉莎白一同來這兒，但是我想讓她知道我工作的艱難。中國人相信上帝就如同他們所信仰家神與灶神一般，只要透過祈願使神明大發慈悲，很難說他們事實上也只是想要我們大發慈悲。經常發生的狀況是，我們所謂的信教結果是互相欺騙：他們知道該如何做好讓我們假裝他們是我們的教友。「或者有？」伊莉莎白見我沒有反應於是問。

我搖搖頭，但是她帶了她的《聖經》來了。她以德語朗讀了醫治痲瘋病和與稅吏一同吃飯的故事。「康健的人用不著醫生，有病的人才用得著。我來不是召義人乃是召罪人。」然後她停住，握住老羅的手。在幽暗中他的臉上彷彿掠過一抹微笑，他短暫張開眼睛，驚訝地看著眼前一名陌生女子握著他的手。外頭熱帶雨落下彷彿空氣中的耳語。臨終病人嚥下最後一口氣，那口氣不比先前的深長，他只是停止了呼吸。

伊莉莎白和我看著對方。「你能為他祈禱？」她低聲問。「用他的語言？」

我照做了，然後我站起來，想告知老羅的妻子。屋前已經有兩名和尚等著，令我驚訝的是已經有十幾個鄰居也到了。當有信徒過世時，往往會發生與其家人的爭執，有時為了如何埋葬逝者更是衝突劇烈。當我對老羅的妻子致哀時，她惡言相向，要我消失。她哭天搶地趴地上，一半是悲傷，一半是想讓其他人對付我。我趕緊回到屋內。「我們得走了。」

伊莉莎白還跪在屍體前祈禱，沒有立刻回答。「他何時會被接走？」她最後問。

「我們去通知倫敦傳道會。現在我們必須走了。外頭有很多人。」

「什麼樣的人？」

「站靠近我，讓我來說話。」我匆忙幫她穿上大衣，領著她走出屋外。現在在山谷通往上頭的泥濘小路上已經站了大約二十人。個個揮動著拳頭。他們全是客家人，至少我看到幾個女人，而且都沒綁小腳。「我們要走了，」我用客家語說。「傍晚教會的弟兄會過來……」接著責難的浪潮向我們襲來，有人想扯伊莉莎白的頭髮，有人吐我口水。洋鬼子算是我們聽到最客氣的辱罵。「他們打算如何？」伊莉莎白問。

「只要我們保持冷靜，他們不會怎麼樣的。」

「我是指遺體。」

「帶去最近的寺廟。」

「我們必須阻止。」當她轉身想回頭時，我們已經離開人群一小段路。我暗喜同一時間兩顆石頭飛來，讓她覺醒不再執迷不悟。轉一個彎之後，已經可以看見賽馬場，但是一直到摩里臣山剷平的小山丘地時我們才敢停下來喘息。烏雲籠罩海灣，伊莉莎白拿出一條手帕擦拭眼睛。「那時你問我是否願意成為你的妻子，」她開口說，「而我說我只能嫁虔誠的基督徒……我以為我們已經有默契而且你會全力以赴。而現在我覺得你想將我拉到你那一方。」

「是妳要跟來的。」

「去看你教會的牧師，到……」她不知如何繼續，然後吸了吸鼻子。

「同福。」

「那是什麼樣的教會？」

「當妳聽到這個詞，想到的是大家穿著禮拜日穿的衣服，魚貫走入一間漂亮的小教堂。每個人都帶著聖歌本，管風琴彈奏音樂。在同福大家一邊嗑瓜子，一隻耳朵聽我用破客家語講述《聖經》中的故事。有的人打瞌睡，有的人站起來看孩子。他們在家裡都有神壇。我們希望他們像我們一樣，可是我們根本不了解我們對他們做什麼樣的要求。」

「要他們接受恩典。」

「為此放棄他們曾經相信的一切。要他們拋棄家人、觸犯法條、在自己村子裡讓人憎惡。老羅的妻子……順便一提，我至今還不知道她的名字，總之她是他妻子。我們打算處理遺體的方式，對她而言是褻瀆。她寧願死，也不會答應。」我心灰意冷地指著延伸在大海和群山之間一條狹長海角上的城市。「沿著海岸還有福州、廈門、寧波和上海。各處散居零星的基督教。其餘的是中國，有四億靈魂。」夜幕降臨，我知道我不能再遲疑不決。南京是我可以擺脫每天早晨起床伴隨麻木感覺的唯一地方。「妳不喜歡妳眼前所見的，但是這就是現實，我們心懷好意而讓家庭破裂。我們以為我們給他們的，值得他們犧牲一切，但是我們不必做出犧牲。我們可以以基督徒的方式葬老羅，但是無法在我們的墓園裡。」我說。

「這會改變。」

「很多事會改變，但是很可能不是透過我們。現在我們必須繼續趕路，我沒帶燈籠。」

在香港天黑得很快，皇后大道是唯一有路燈的街道。我們抵達時，煤氣路燈已經都點上了。我們在托馬斯和莎拉的房子前道別，然後我上山回到我的傳教站。雨變小，我聽到周圍的蟋蟀聲和蛙聲，我下定決心當晚就寫信到巴塞爾。若約瑟翰斯總督察不核准這趟旅程，我就辭去職務，靠自己的力量上路。除非伊莉莎白改變心意……

我最後一次舊疾復發是在過年期間。我汗流浹背躺在床上，只有在早晨微微清醒知道姑娘餵我喝茶或湯，接著一整天便陷入迷亂幻想的狀態。到處有人開槍——應該是府邸迎新送舊的炮竹聲——陌生人要毆打我，我想反抗，卻沒有手。我的求救聲沒人理會，我孤單一個人在生死難卜的敵人世界裡。

兩週後我的燒開始退，兩位姑娘竭盡全力讓我重新起床，每天早晨她們給我喝人參雞湯加蛋，中午有飯有肉，中間她們其中一位會來看看給我添茶或帶些水果來。我很感激她們的細心照料。她們一走，我已經迫不及待她們再來，然而我真正渴望的是能早日下床。幾個月來，太陽只不過是紙後的蒼白斑點，我希望有朝一日肌膚能感受陽光的溫暖，看見天空，其他的一切自然接踵而來。穿越戰場到南京絕無可能，香港也回不去了。我元氣漸漸恢復時，心思開始轉向上海，那裡住了很多洋人，他們有可能收留我們，也許甚至有溯長江更安全的路線。但是在這之前我們需要錢。兩位姑娘說主人還在旅途中，但是很快就會返家。而我的夥伴有信心他會給我們所需的一切。有一天我告訴他我的打算之後，他說：「我們要多少他就會給多少。重要的是讓我們滾，他等不及了。」

「此話怎說，你見過縣令？」我驚訝地問，同時從床上坐起。「我以為他不在。」

「過年的時候他在這兒。我聽不懂他說的，他也聽不懂我說，總之我的印象是我們在這裡不受歡迎。」波特如平常還是坐在地上，把玩他的菸斗。「府邸的守衛隨身帶長矛和長劍。」

「也許你身上的武器令他們生畏。」

「他們可能不知道我已經沒有子彈了。而且哪兒也弄不到。」

我注意到他換了新衣，外套還是一樣，但是褲子上是一件新的皮革護套，很像那種須從背後繫緊的女人內衣。我問他是否去了九江，他搖搖頭。「我們在東岸被洗劫，若不是那可惡的船夫出賣我們，我們早就到了目的地，我們所在的山崖底下就是長江。」他用拇指朝背後指。「九江在此地的西方，那地方在你的長毛朋友來過之後已經變成廢墟。」

「外面我聽到的城市叫什麼名字？」

「你聽到的是湖邊的港口，最近的偏僻鄉鎮叫湖口之類的。」

「你在那兒買了你的皮長襪？讓我想到一本書……」

「你在呼喚妻子的時候，我時間太多。」他打斷我的話，同時用指尖壓緊菸草。「伊莉莎白，是吧？」

「這不關你的事。」

「得了香港熱病？」

「不要再提……她也不是我的妻子。」我很高興他在這兒——我發現無聊比痛苦更令人難忍受——

但是我不想和他談論伊莉莎白。於是我問他來自美國哪個地區。

「錯誤的地區，」他如往常岔開話題。

「為何到中國來？」

「因為在海岸追捕一個逃脫的奴隸，他突然消失得無影無蹤，也許早就上了捕鯨船，或者逃到歐洲去了。」

「你其實什麼事都幹得出來吧？奴隸獵手！」

「掠奪人靈魂的牧師這麼說。」他點燃他的菸斗，然後深深吸了一口。在我漫長療傷期間我們之間發展出哥兒們的信任關係。我斷了手還活下來，似乎讓波特不得不另眼相看。以他的方式而言波特是個誠實的人。

「所以你也決定逃離了？到中國？」我問。

「海獺已經全死光了，我錯失了加州的機會。我突然聽說鴉片是新的黃金。船從賽勒姆和紐約出發。」

「你可別見怪，當我們在廣州相遇時，你看起來可不像發了大財的人。」

「賺了又損失了。說來話長，有人擋了我的路。」

「那人現在在南京？」

「聽著，我們倆加起來，有三隻眼睛，三隻手，在中國足夠了。少吃點鴉片，開始行動，在有人察覺我的槍沒子彈之前，我們必須盡快離開這裡。」說完他站起來，走了出去，沒把那長話說出來。我看著這幾個月來門框剪裁出的同一個世界片面。冬天已經過去，院子裡越來越明亮，我突然感覺到那隻看不見的手抽搐。幾天後我第一次離開房間。

那是個晴朗的早晨，三妹獨自一人給我送來早飯。她是兩人中較沉默的那一個，她站在床邊等候時一語不發。我問她是不是當地人或是從別的省分過來的，她只是搖了搖頭。我追問她是否來自江蘇，希望了解過去幾個月來南京發生的事。她用悲傷的眼神看著我好一會兒，但是還是沒回答我。我對截肢時的記憶模糊，但是我想像是她抱著我的頭。她身上某些東西讓我對她感到興趣。她的皮膚白皙不可能在鄉下長大，但是她腳正常沒綁小腳，而且舉止優雅，這在中國很少見。此外她非常年輕，可以說還是個女孩。也許是由於我突然感覺的拘束，吃完早飯後，我說我想起身到外面去。吹進來的微風散發春天的氣息，我等不及了。她一言不發將木椅拉到外頭。自從失去了手我未流過淚，但是當我靠著三妹扶持以不穩的腳步走向門口，我再也忍不住。我的右手感覺到三妹柔軟的肩膀，陽光從敞開的門照進來，猶如想迎接我。最後我終於走到門檻，感覺自己在飛翔。這府邸居高臨下位在湖與天中間，在我眼前一座寶塔矗立在晨光中，在其後方的土地陡降至水面，一時之間我不知該朝何處看。不習慣的光線刺痛我的眼睛。四周流水潺潺蟲鳴鳥叫，梅樹成蔭，一陣微風吹散粉紅色的花瓣。扶著我的姑娘輕柔地引導我坐到椅子上。至今為止阻隔我與世界的那扇門上寫著「梅花亭」，這棟建築周圍圍繞一圈狹長的露臺。三妹用手絹擦拭我的眼睛和臉頰，她很少如此細心，但是當我轉頭時發現她也在流淚。我們遠望的長江下游地區就是所謂的江南，在戰爭之前是中國富庶的地區之一，現在卻是戰火最烈的地方。我問她是否從那兒來的，她仍舊只是搖頭。我想抓住她的手安慰她時，她驚嚇退縮，我立刻放手，接著露臺前的灌木叢中傳來壓抑住的咯咯笑聲。三個小男孩嬉皮笑臉從躲藏的地方爬出來。雖然天氣晴朗，他們身上穿著鋪棉絮的綢緞外套，他們用手指指著我大聲喊著什麼，聽起來像「洋鬼子」。他們的舉止像富有人家寵壞了的小孩，他們下個欺負的目標顯然是三妹。他們嚷著「大腳蠻婆」，如果我沒聽錯。她氣憤地拿起石頭扔向那幾個頑童，他們大笑跑開。當我再次回頭看，三妹已經不見人影。

從遠處看，那些湖上的船似乎靜止不動。

從那天起，我天天離開我的房間。起初我只坐在露臺上，後來我越來越想走動，於是在府邸周圍散步。府邸中有一氣勢宏偉的雙層樓飛檐主厝，窗戶之多，讓我數到迷糊。我一直未見到主人，那對姊妹說他正在南昌拜訪總督，但是兩天後，府裡起了一陣喧囂忙亂。僕人們匆忙來往奔走各房舍之間，傍晚時分，院子裡燈火通明。是縣令回來了，隔天早晨三妹確認道。我問是否可以見他，她只是聳了聳肩。自從發生孩童那事件之後，她看起來很不安，而且幾乎再也不開口。要不是我嚇著她，便是有人告誡她不可對洋鬼子太友善。

總之我並未久等主人的接見，一個僕役來通報王縣令午後會來見我。我請他們在露臺上多放一張椅子。我坐在那兒興奮等待初次和中國官員會面。另一個僕役端來芬芳的茶，隨後出現的是施總管，他用指尖將茶杯調整好，將那張空椅往後拉，並且拾起地上的一片葉子，然後招呼也不打就離開了。但是最終從主厝過來的縣令，與脾氣不好的管家正好相反，他從遠處就開始揮手，散發著神氣與滑頭的友善，雖然心裡不願意我還是對他產生好感。他身著藍色長袍，胸前有刺繡圖案，腰帶上繫著平常的配件，一把扇子、筷子以及一個裝印信的小袋子。我才站起來想回應他的中式招呼，立刻想到我少了一隻手。「好好，我已經聽說了，」縣令一邊說，一邊指著我的傷，但是他指的是別的事。「我已經聽說你會說中文，是嗎？」

「我正努力學，」我回答。

他搖頭，轉向在露臺臺階前站住的隨從。四個武裝的年輕人，剛剃得光亮的額頭，面無表情。「會說中文的洋鬼子。竟然有這種事。」那些人盡責盡職地以驚訝的表情回應。而我大膽指出洋鬼子不是我樂意聽到的貶抑詞。「非常失禮，對吧？」縣令大聲說道。「請務必包涵，我從未見過……嗯……」

「洋人？」

「對，從未見過一個真正的洋人。那隻手怎麼回事？」

「受傷了。」

「真是不幸，幸好你又醒來了。過年的時候他們說你還在昏迷中。來我們喝茶！」他才一坐下，當中一個手下已經飛快上前，為我們倒茶。縣令喝著茶，眼光始終盯著我看。「最近在廣州及上海，到處有一些……洋人。無人知道他們從何處來，何時會離開。」

「我非常感謝您的盛情款待。真是……」

「你不是還有一位夥伴？」他打斷我的話問。「另一位獨眼，你獨臂。所有洋人都是這般模樣？」

「我們在半途遭打劫，」我回答。「我的夥伴和我。」

「也真不幸！」他指著水面說道。「到處是强盜，整個湖泊都是。從南方被趕出來，如今他們到了此處。」

「是否也有可能是朝廷士兵？」

他似乎覺得這推測有趣，但是他打量我時間越長，我越覺得不舒服。「你不了解中國，」他毫不客氣地斷言。「那是海盜或是長毛賊。士兵不會做這種事。請品嘗你的茶！請喝！」他招手要手下過來給我添茶，雖然我一口也還沒品嘗。「我推測你是在前往上海的途中？」

我點頭。

「上路前，你必須到廟裡拜拜。觀音也許會保佑你。在中國要拜你自己的神恐怕有困難，不是嗎？祂們對這裡不熟悉，這是個危險的國家。」

「您是否能告訴我北方的情況？」我問道，以此轉變話題。「聽說去年白河河口發生了戰鬥，是真的嗎？」

「沒錯，」他自豪地回答。「我們將英國洋鬼……好吧，你知道我要說什麼。我們徹底打敗他們。」

「您認為，接下來局勢會有什麼樣的發展？」

「他們會回來，我們會再次擊敗他們，」他說。我還沒來得及追問他為何如此有自信，他已經突然站起，示意要我跟隨他。「來吧，我們去走走，我要讓你見識一下。」

我吃力地跟著他走到院子的下方部分。由於狹窄的小路及階梯，我至今未走到這一帶。現在我們經過幾塊岩石，走到一自然的廊臺，從這裡有廣闊的視野可以遠眺水面，無數的船隻航行其上，彷彿沿著一條由西到東看不見的線航行。長江，我心裡想著，但是沒有時間對眼前的景象深思。王縣令走向一座涼亭，他招手要我過去。我一在他對面坐定，茶已經送到我們面前。「這兒是一位名人最喜歡的地方，」他自豪地說。「我幾次榮幸能接待他。從他身上你可以學習如何對付挫折。湖口前的長江是他遭受最大恥辱之地。幾年前他在那兒遭受伏擊，整支艦隊幾乎全軍覆沒。他顏面盡失到想以死謝罪。是他的屬下將他從水裡救上來，他上奏章給皇上，要求嚴懲。你看到牆上那些字了嗎？我猜想你看不懂。」

我轉移目光，花了一些時間認出裝飾物之間的書法。幾行刻在牆上的簡短句子，字還上了紅漆。我念道：「宏其度，則行有不得，反求諸己。」

王縣令微微欠身行禮。「你能讀懂，真是了不起。這是一位了解自己不足的大師題的字。去年他與他弟弟最後一次在此相聚，不久之後其弟在三河之役中陣亡，那是他們共度的最後一日。」

在另一個段落，我讀到求知進取，至死不渝？「那位大師的姓名是？」我問。我得知那人正是湘軍統帥曾國藩將軍，洪哥不共戴天的死敵。

「你聽說過他？」縣令驚訝地問。「你確定你不是中國人？在西方省分，有一些和你長得一樣奇怪的人。」

「請您告訴我，他如何從一個書生變成將軍的？」

「形勢所逼。」縣令悲傷地搖搖頭。「曾將軍返鄉為死去的母親守喪期間，初次接到聖諭要他組織軍隊對抗長毛賊。他曾有懷疑？天天。覺得自己無法勝任？絕對如此。試圖逃避？從未有過！他領軍打了四年仗，然後他父親逝世，他再次回老家守孝。朝廷的命令再次下來，沒有他不成。因此他再次帶孝出征。他對我說：我只知道一件事，我們必須打敗長毛，因為這是天意。他當時就是坐在你現在坐的位子。」

「儘管如此，您說他差點丟了性命。」

縣令動作優雅地掀起長袍的袖子，伸手拿起茶杯。「長毛放火燒自己的船，然後讓著火的船駛進他的艦隊。整個湖猶如火海。他想自盡，因為名譽掃地。」他打量我。「你下圍棋嗎？」

我不懂他的意思，我搖搖頭。

「曾將軍只要有空閒就下。對弈讓他恢復元氣。你瞧，棋士必須如思者般行動謹慎，但是如行者般思考無畏懼這便是他與眾不同之處。」他如豆的嚴厲目光咄咄逼人。此刻我面對一個毫不猶豫會砍下洪哥首級的人，感覺十分詭異。他若是知道我與洪哥的聯繫，我的人頭也不保。他繼續說：「我知道在南方很多人支持長毛，但是這兒不一樣。這兒有很多人見識過長毛的凶狠。」

「您也是？」我問得過急。

他回答：「和其他人一樣。三年前我到了安徽，我必須到沿岸辦事，於是想趁機了解國內的情況。一位老朋友住在一個叫祁門的地方，是一個茶商。我多次拜訪過他，路很熟，於是要大部分的手下先回家，然後我去看他。」縣令停下來喝了一口茶。突然，他看起來不再像先前那樣興高采烈。「我到達之前數週，長毛賊大勝，並且消滅了整支軍隊。如爛醉般他們往西轉移。落入他們手中的年輕人全被迫加入。至於婦女發生了什麼事……好吧，人盡皆知。但是當他們前進的消息傳到祁門時，要逃已經為時已晚。那地方有堅固的城牆，然而百姓仍舊立即陷入恐慌。許多婦女投井，把井都堵塞了。有的懸梁自盡、有的跳河或者拿菜刀自刎。父母在自盡之前，先掐死睡夢中的孩子。我的朋友是鰥夫，兒女都在外地，所以他倖免了這人倫慘劇。我們一同隱藏了家中神壇以及那些可能在狂熱中激起盜賊憤怒的東西。我丟棄官服，把印信埋在城外。甚至來時坐的轎子，我都命令轎夫燒了。接下來的是等待，我們坐在屋子裡喝茶，祁門就是以茶聞名。有人告訴過我，甚至英國鬼子也喜歡喝。在你故鄉沒有茶，不是嗎？」他搖搖頭看著直挺挺站在涼庭外的手下。「沒有茶的國家，難怪都到我們這兒來了。」

「三天之後，發生什麼事了？」我問。

「你對我的故事感興趣？好吧，我很高興，但是起初沒發生什麼大事。只有一先鋒部隊到了。十幾個頭髮骯髒的男人，從方言可以聽出來是南方來的。所有人身上穿著黃色及紅色綢緞長袍，頭上綁布巾，手上戴了首飾。像打扮過的猴子。他們宣布他們的首領幾天內會抵達。他們命令居民在門上綁上黃色的三角旗，上面寫上『順』。除此之外他們還宣讀一長串即刻禁止的東西：鴉片與酒，當然還有菸草。還有不准再到廟裡拜拜，女人也不准再裹小腳。他們的樣子彷彿這兒一切屬於他們。當他們撤離時他們在城門上留下他們的旗幟。我恨不得拿他們自己的耳朵餵他們，可是我又能如何？如今所有門上都掛了三角旗而且答應順從。有人抽了最後的鴉片，把酒喝光。有人寧可把一切倒掉。那女人呢？我猜你們洋人覺得裹小腳可憎。你喜歡大腳的女人，就像給你送飯的那丫頭，我沒說錯吧？有人告訴我，你喜歡那丫頭。」他不懷好意地看著我，但是看我沒答話，他繼續說他的故事。「無論如何，一旦裹腳，要解開就沒那麼容易了。你要知道，那非常痛。有些女人嘗試了，沒人受得了。如此又過了幾天，我與友人及時在房間安置了一個藏身之處。在櫃子後面，總之足以躲過草率的搜查。我們可不願束手就擒。」

「您不相信那些告示？」

「你會相信一條向你保證不吠的狗？他們是畜生，所以必須如此看待他們。當然沒多久他們就露出真面目了。全軍不久便出現了，第一支部隊出現前嘈雜聲已經驚天動地。此地容不下所有士兵，因此他們只是行軍通過，而非駐紮。那些廣西來的猴子繼續前進，隨後是三頂轎子，據說裡頭坐的是將軍，但是我們看不見。居民跪在塵土中以表順從，我站在路邊看著這熱鬧場面，盜賊的門面裝飾越來越怪誕。那些人的頭髮不再那麼長，但是綁了獸牙當裝飾。他們身上配戴護身符，皮膚上烙印了標誌。他們驅趕著牛豬穿過村莊，大腳的婦女拖著鍋子，甚至還有孩童一同。我看見收執石斧的男人。有的已經喝醉，有一個將熊皮披在頭上跳舞。」他搖頭，暫停片刻。「這就是太平叛軍的模樣，當然也有穿制服的試圖維持秩序的。我承認有段時間我希望這胡鬧如煙消霧散。此外，恕我直言，你看起來十分疲倦。那獨眼的人為何斷了你的手？如果你要，我們可以料理他，湖很大。」他冷漠地看著我。

「我傷口發炎，他救了我的命。只要一痊癒，我們立刻一同上路。」我回答。

「隨你的意。」

「後來發生了什麼事？」

「在祁門？好，當中一個盜匪口渴了要喝茶。當地居民匆忙中在外頭擺了桌子，上面還擺滿了果子、包子以及各種吃的，所有他們能拿出來的都拿出來給那些土匪了，可是才午後東西都已經吃光了。那土匪走到其中一張桌子前，同桌子後面的老太太要茶喝。老太太說她得先再去拿水。那土匪要她立刻去。她奉命想趕緊去，可是……你瞧，我們中國人相信人性本善，人必須常存善心，才能保有善。但是那些土匪心中毫無善念，這便是難處。你若是不相信我，聽好。那老太太卑躬屈膝地對那土匪說，沒有水她沒法為他泡茶，她急忙小步往家裡去，也許是她的小腳，我不知道。那土匪上前兩步，抓住她的肩膀。『我們不是命令不准裹小腳嗎？』他大吼。當他拔劍對著老太太吼時，突然所有人目光都投向他。她家中有人衝向前求饒，可是對禽獸求饒有何用。『我們不是禁止了嗎？』他大吼。他一隻手將老太太提到桌子上。一腳踢開上前想阻止的親戚。其他土匪立刻圍過來也拔出了劍。突然一切進展太快了。」

「他殺了老太太，」我脫口而出。我感到喉嚨乾燥，但是無力伸手拿起杯子。

「非也。」縣令搖搖頭。「他削斷她的腳。」

「他削斷她的……」

「對。第一刀用力過猛，不只腳連桌子都粉碎了。老太太哭號落地，但是那人又是一刀……我不知道自己是這一刻看見或是之後得知的。頓時陷入一片混亂，居民們逃回家中，我的朋友拉著我跑，我們找到藏身的地方，看不見外面發生的事，只從外面傳來的叫喊混亂聲推斷。大家都在逃命，土匪踏破家家的大門，我們的門也遭殃了，但是，我們僥倖逃過一劫。那些瘋狂嗜血的土匪，他們不用找，只是一路見人就砍。你該知道，山中村落建的房子都簡陋狹窄，無需搜查。」說完他沉默不語片刻，眼睛凝視著桌子。我額頭冒汗。之前我在維多利亞聽說了很多傳言，路上我遇見和尚，可是這是我第一次和一個親身體驗過的人談話。「多久時間……」我不得不清清嗓子，然後從頭開始。「這持續了多久時間？」

「沒有太久。他們只是行軍經過，並不想停留。後來我聽說在其他村莊也是差不多，但不是所有的村子。有的村子遭殃，有的村子什麼事也沒。如同野狗，有時亂咬有時只是吠叫。總之等到外頭再沒有聲響，我們離開躲藏的地方，天還是亮的，至於我們目睹的情景，我就不說了。」他似乎是剛下了決定如此說。「這故事恐怕無助於你傷勢的康復。我剛想你也是同情土匪的人。也許你會指責我說謊。」

「我相信您。」我向他保證。

「很好。我不認識你奇怪的信仰，也不想知道。你會說，那些土匪誤解或者故意竄改，或許如此。然而那幫殺人不眨眼的土匪是從你們手中接受那信仰的。我當然不是指你個人，你只剩一隻手。你打算何時離開？」他問道，而且不再掩飾他想盡快擺脱我的事實。他的目光表明他會不擇手段。

「我已經說過，非常感激您的盛情款待，」我驚訝地說。「遺憾我……」

「獨眼人必須走，他嚇壞我的妻妾和孩子，而且時間緊迫。你瞧，過去幾年那些土匪一直在撤退。他們只占據了長江沿岸的少數城市。但是聽說他們有了新的司令。」

「新的司令？」

「聽說是他們自稱天王的首領的親戚。自從他出現之後，他們再次出擊了。他們很可能今年春天大膽突破重圍。你瞧，」他手臂指向東方，也就是大多數船隻航去的方向，「他們會從那兒，溯江而上。你和你的夥伴不宜久留，太危險了。如果喜歡那個有醜陋大腳的丫頭你可以帶走。我得知她的一些身世，我不喜歡。有興趣？一個字，她就是你的。」

我搖頭，感到惱怒。「我們要如何從這兒到上海？」

「如果你不想翻山越嶺，就得繞路。從長江南岸到杭州，從那兒搭船到上海。」

「很不幸我們的財物已經被洗劫一空。」

「我很樂意派遣手下護送你們二位。在那幫匪徒回來之前，我無論如何必須將一些東西送到安全的地方。」說完他起身，我想跟著起身，他搖了搖手。「你坐這兒欣賞美景。曾國藩將軍總是說，這兒給他寧靜與信心。等護送隊伍準備就緒，我會派人通知你。萬一你想要那丫頭，告訴總管一聲。否則請記住一事：將軍最終將贏得這場戰爭，長毛無法與他道德本性的力量對抗。你明白嗎？如果不明白，只要相信就行了。」他不等我回答，鞠躬行禮告辭。他的隨從跟著他走上階梯。

曾國藩字諭紀澤兒　咸豐十年四月初九日

字諭紀澤兒：

接爾前月二十六日稟，甚喜。知爾近日大有長進，慰甚。切記努力不可稍有鬆懈！余已細讀爾文，並加若干眉批，一併寄回。

總之爾詩筆遠勝於文筆。然留心姿勢，勿犯余昔日所犯之錯：筆須執於管頂，使字自然流暢躍於紙上。手腕宜鬆，磨墨宜少水。近日爾之墨色不甚光澤，若作字墨色黯淡，讀者讀之如見貧血者面容，且文意在入人心之前已枯萎。

字字宜有生氣！依我所見，爾字姿於草書尤相宜，以後專習真草，篆隸置之可也。每日摹帖二百字於油紙，直至爾自覺與古人範本逼肖。余少時習作字太遲，遺憾至今。留心用筆及結體，間隔須均勻，好令目光流暢。

余已久無暇作詩，但每晚讀詩。讀詩尤重先以高聲朗誦，以昌其氣；繼以密詠恬吟，以玩其味。此二者謂之聲調，古人文章，亦講究聲調以求結構盡善。吟詩時如春風拂拂然若與喉舌相習，溫潤圓柔，所謂琅琅上口，猶如含珠吐玉般。唯善讀之，文字始能發散芳香。假以時日，爾文風自然成熟。爾年紀尚輕，宜立志三十歲前定規模！

至於讀書余欲再次提醒朱子教人讀書之法：虛心涵泳。此乃其讀書之法之精髓。爾讀書記性平常，此不足慮，勤毅更為重要。讀書不必貪多，然虛心熟記所讀。若有不明之處，標識重讀。虛心涵泳。通曉文章意為浸潤文義之中，如乾涸之地受雨滋潤。其非即現，土地須先軟化。書如十三經宜每日讀之，直至思緒如鮮花盛開。「虛心」亦意味爾應讀漢、唐、宋之注疏，須致力於本文之原義。無需匆促，然每日為之！若是爾心涵泳，不必求記，自略記得矣。

讀余所鈔十八家詩，當中所獲足令爾久思。不妨將胸中所見及爾之疑問寄來，余盡所能回答。爾所需之書，凡家中所無者，可開一單來，余當一一購得寄回。

余領軍正往安徽祁門。盼余等能阻長毛入長江之路。圍攻安慶首防敵人從後背進攻。軍隊應始終以東道主之位，以主控今日局勢。我軍將圍剿安慶城，絕糧迫使敵人投降，來年便能掌控長江，二三年內攻下南京。為父乃掌大權的將軍，然為學儒仍嫌不足。余之大願乃爾有不同之命運，不求名利，每日讀書，成余因戰事而未竟之志！余竭盡全力，力保湘安。然克敵之終勝余此生或不得見。

寄回銀五十兩，為爾先生束脩。另四叔生日，余先寄燕窩一匣，秋羅一匹，容日後續寄壽屏，余眼疾不敢多寫。甲五婚禮，余寄銀五十兩，袍褂料兩匹，爾即妥交。付二篇文章予汝，切細讀之。以余門生李鴻章為例，哀也，恃才傲物。余書至上海，不知其是否能聽吾言。管子云：斗斛滿則人概之，人滿則天概之。

滌生手諭
安徽省桃樹鋪

十、如虎添翼

曾國藩將軍，祁門大營
一八六〇年春／夏

四月中旬湘軍抵達祁門。這秀麗寧靜的小鎮當地居民以種茶營生，在士兵到達時小鎮陷入恐慌。三千名陌生人突然在城牆前紮營，當地居民感到身陷包圍。地方官跪求曾國藩另覓地點，這地方已遭受叛軍洗劫，但是從軍事角度這地方符合所有要求。沿河有足夠飲用水源而且有足夠的空間供營隊建立第一道防禦圈。而第二道也將建築在圍繞此地的山丘上，那是一片猶如往四方翻滾的綠海。將軍與隨行人員對這地方進行了數日的勘查，最後作出了決定。他的幕僚找到了一棟明朝時代用木頭和磚瓦建造的房子，裡頭有數個庭院及兩棟寬敞的側翼。一棟作為曾國藩私人的起居，另一棟裡有雙樓大廳，名為恩惠堂，可用來舉行祭祀儀式。書房將設在二樓的房間，以前是女眷住的地方。所有部屬陸續到達，僕役安置了家具，整理了書籍，展開了地圖。將軍喜歡古雪松木的味道以及從寬大窗子望出去的景色。冬天終於過去了，春山嫵媚如含笑，他心裡閃過這念頭。

最初數日他拜訪了當地望族，分贈了卷軸和屏風，稱讚當地的茶，掃除疑慮。他稱丈量城牆純是常規。為了防止商場上的高利貸他的參謀訂定糧食價格。縣令的民兵必須交出武器，而且在衙門入口還立了一告示牌，請居民有任何請求可直接向軍隊投訴。這樣做同時也昭告天下，此地由我們做主。

溫和的氣候對他的身體有益，牛皮癬不再那麼癢，睡得也較安穩。他已經有一段時間沒能如此刻一般專心辦公，可是這時一則改變一切的消息傳來：敵人突破南京的重圍，已經向長江流域下游擴張！江南大營的將領如初學乍練的新手被騙得團團轉。剛開始是一整營長毛叛軍逃出包圍，而且襲擊了杭州，而那些半吊子沒有一個探究叛軍背地裡打什麼樣的算盤，沒人想到這是虛招。為了保住杭州，官軍立即派出兩支部隊前往，完全未考慮到這很可能遭叛軍的算計。綠營軍隊一分散，敵人立刻從四面八方蜂擁而至，等到圍攻部隊的兵力明顯減弱，他們才毫不留情地出擊。將軍氣沖沖地在書房裡踱步，他忖度朝廷會如何反應。如果皇帝依舊採他短視的路線，他會派湘軍往東阻止長毛。如此一來，傾全力對付安慶以贏得對長江流域最終掌控的計畫就落空了。他該如何是好？他急切地研讀地圖與數字列，直到他眼前模糊不清為止。他最後的決定很可能讓他的項上人頭不保，但是一切考慮清楚之後，他召集了下次的簡報會議，此事絕不允許像移軍至祁門一樣發生爭執。

「諸位早！」他說道，同時看著一張張神色緊張的面孔。這一天天氣晴朗，二十多個將官擠在他的書桌前，他們心裡有數即將有重大決定。「我不打算長篇大論，」他開始說道。「我們再次看到缺乏紀律直接導致毀滅。綠營軍隊被擊潰了，其將領全數陣亡，南京已經突圍。現在朝廷的存亡就繫在我們身上了。老天要我們打贏這一場仗，我們會得勝。當然是以我們的手段策略，明白嗎？」他稍作暫停讓其他人能夠呼應。他一舉起手，大家又安靜下來。

「最遲月底，來自京城傳遞急信的信差就會抵達。皇上會命令我們的軍隊立即往東行進好阻止叛賊在長江流域的進擊。盡一切可能拯救帝國最重要的城市及最肥沃的土地是天子的責任，不是嗎？」這次他的屬下遲疑地點頭，將軍露出微笑。「你們當中應該有人還記得，六年前我們也處於非常相似的情況。長毛占領了武昌，我們將他們從武昌驅逐，那是我們第一次的重大勝利，可是也付出了相當大的代價。當時我們必須增補軍隊，訓練新兵並且協助重建城市，因此我向朝廷請求讓我們休養生息，但是被拒絕了。我們必須立刻出兵，予以敵人致命的痛擊，否則我們剛建立的新艦隊是做啥用的？」記憶歷歷在目，他額頭上開始冒汗。他繼續說道：「你們當中就算那時不在場的人也應該知道結局，我們奉聖旨行事，卻中了長毛的圈套。在鄱陽湖整支艦隊被毀，軍隊幾乎全軍覆沒，我們再次失去所有從敵人手中拿下的區域。六年過去，我曾國藩學到教訓：真正的强者知道自己的底線。」他拿起杯子，為了讓眾人看到他的手並沒有顫抖，他高舉了一下杯子然後才喝。「我知道並非所有人贊成移陣到山區，但是現在甚至連我們的好友李鴻章都改變了主意。或者他只是厭惡了上海的油膩菜餚？」眾人大笑。由於過去幾天的混亂，他的門生李鴻章即將歸來的謠言幾乎消失了。將軍點點頭，似乎是想鼓舞大夥兒的愉悅氣氛。「我倒要看看他有何計畫，」他說。「我們的計畫不變，首先我們必須確保我們在此的陣地，藉此也就確保了東南通往安慶的通道。祁門的城牆是我們對付流浪狗很好的屏障。有人怕狗嗎？」

「不怕，即使是長了長毛，」有人大聲說道。笑聲再次響起。剛剛將軍宣布抗旨一事似乎無人擔心。

「沒錯，」他滿意地說。「我們必須捍衛周圍的地區。若讓敵人將他們的大砲推至唯一的山丘上，這城市就淪陷了。這兒的城牆長一千二百八十三丈，其中三分之一是多餘沒有必要的。足夠用來建造十座守衛崗哨。我們從西門開始拆，明天一大早縣令還未醒之前就動工。華營和順營分成數小隊，並分配每隊負責一段及崗哨的位置。因為我們沒有足夠的驢子，所以輪班進行。每三天一天進行修築工作，其他兩天守衛與演練交替進行。明白了嗎？」

「那其餘的四個營呢？」

將軍表情嚴肅地看著他的軍官。「你們當中有人會不滿意這一點，老實說我自己也不滿意。但是很遺憾我們時機緊迫。四個營必須刻不容緩開拔。我知道，」他針對蔓延開來的嘟囔聲說道：「我們正鋌而走險，但別無選擇，朝廷會想知道為什麼我們不管長江流域。答案是：湘軍在安慶不能少一兵一卒。」若一個局外人聽到可能會對如此坦白的談話感到驚訝，但在這房間內的人都是他親自審查挑選的。他的弟弟國荃已經前往安慶準備展開行動。只要長毛還在其他地方作亂，他們就必須乘機，除此之外只求朝廷不起疑心認為這是想與朝廷抗衡。將軍總結道：「圍棋有條古老規則：棄子爭先。在祁門我們目前暫時沒有危險。議事到此結束。」

眾人默默收拾他們的文件離開。那是清晨，平常那些愛看熱鬧的人又到了司令部外的廣場上。老婦人賣糕餅和茶葉蛋，大家口耳相傳小道消息。將軍站在窗前，看著外頭的熙攘。祁門沒有危險，這話說得太滿了，要不然他還能如何說？不能引起地方恐慌，市場上還有足夠的買賣貨物，晚上他在街上和居民聊天時，幾乎忘了戰爭。前不久他和一個老人聊了半個時辰，那老人的家人是茶商，他已經鄉試落榜了不下二十一次。禿頭，幾乎沒有牙齒了，住在儲藏室之間的小房間，他說他明年想再試一次。他勤奮苦讀，同時祈求文昌君，讓他終有一天能中舉。他床前有破洞的屏風上寫著蘇東坡的名言：「治生不求富，讀書不求官。」

接下來的日子將軍每天早晨出門巡視。夏天將至，天氣漸乾熱漸，城裡謠言滿天。早晨他騎馬若穿過北門，回程時便聽到有人說敵人正從北方接近。若他走東門，便會聽到有人說，有一支軍隊正從黃山一帶逼近，而且拖的時間越長，規模越强大。司令部前的箱子裡投訴的信件多到每天必須清空兩次。有人建議將軍用枸杞泥敷可以治他的癬疾。做裁縫的郭老闆通報，他有三個未嫁的女兒，其中一個一口好牙。然後，五月底，到了天氣最熱的時候，李鴻章果真從上海返回了。他突然現身，到處吹噓將軍給他寄了一幅上面題有「松柏常青」的卷軸。他看了淚流滿面，於是即刻收拾細軟趕回來。但是他不得不承認將軍至今未接見他，儘管他設法求見了。

將軍不接見訪客。每當他巡視新的崗哨回來，案上已經有堆積如山的公文等著他批示，等他批完已經入夜。之後他清醒躺在床上，感覺背上的癬疾如水分在絲綢上蔓延開來。他在燭光下讀王夫之對司馬光的《資治通鑑》所作的議論。書中論述到古代的政治制度適合當時的社會。今日治世則以今日適合之制，沒有一成不變的制度法令和治國之道，「事隨勢遷而法必變」。每當他抬頭看，總以為感覺到地在震動，彷彿千軍萬馬正接近。黎明清涼的藍光在窗外閃爍，他感覺如此無力以至將書本放下。他仔細傾聽，那震動似乎來自自己的內心。王夫之還有一著作《噩夢》，其中提到他認為明的滅亡源於明朝對傳統的盲目堅持。下一刻，將軍全身顫抖，他閉上雙眼，只見敵人越過山嶺猛攻而來，一萬，兩萬，三萬士兵，個個閃著嗜血的目光。就如那時在大湖之上，他們朝他飛奔而來，穿過如同他夢中所見的濃霧。他牙齒打顫，無能為力。有誰能阻止了他們？他們的軍隊勢不可擋猶如其上帝的憤怒。不將普天之下一切化為廢墟，他們不會善罷甘休。想要戰勝他們，就得不擇手段。

不久之後，預期從京城來的信抵達。信中提到綠營的倖存者撤退到海岸，曾國藩的軍隊且收留他們，並且先奪回蘇州。根據第二封信所述，西洋蠻夷正前往北方，從香港來的大型艦隊不久將進攻白河口，如同兩年前一樣。看來朝廷似乎正在考慮短期內調動湘軍前往對付西方蠻夷！曾國藩立刻命令幕僚草擬回絕要求的信。他每天早晨要看草擬的文稿，而且一而再再而三地修改。可是身邊有太多瑣事令他分心。祁門縣令不斷投書向他抱怨，新的崗哨破壞了風水，擾亂祖先的安寧。城外對面的山丘上住著山神（Waldgeist）……

「等等！」將軍從幕僚送來的文件案牘中抬起頭，同時指著窗外說道：「那山上住了一位山神？」

「已經好幾代了，」陳鼐說。「一個昔日的七品官。」

「他親自抱怨了？」

他的幕僚不動聲色地搖了搖頭。「昨天夜裡有兩隻畸形豬出生，根據縣令的看法是因為我們激怒了山神。他是直系的後裔。首先，他對拆城牆這事非常憤怒，而今……」

「有人看過那兩隻小豬嗎？我是說我們的人。」

「兩隻豬立刻被屠宰了。」

「當然。縣令難道沒有比妨礙我們的工事更重要的事可做？」

「顯然是沒有。在幕僚中有人建議捐贈一個紀念本地所有考生的榮譽榜，當中有他的兩個遠親，也許這樣一來便能安撫他。」

「我看我最好是上奏朝廷，稟告皇上我們無法對抗長毛，因為我們得照顧山神與豬。還有其他事嗎？」

陳鼐戒慎彎身走近一步，把一張紙放在將軍面前。上面是一首教導自我防衛的歌謠，準備發給附近農民的。內容必須簡單明瞭，讓人一聽便能記住。第一行寫著固守安和之歌，將軍一筆塗掉，重新寫上「保衛鄉土歌」。歌謠如下：

農民必須保家鄉，兵法能使其受益，仔細聽來齊跟唱。
一步一步學手藝，先削竹尖後插地，敵人惡足痛難抑。

槍枝武器是寶藏，衛國保鄉齊心力。
先來說說鳥銃槍，本事誇張令人驚。
只是切勿玩火藥，否則痛傷爾面頰。
使用子彈精計量，彈盡援絕難救急。

若要砲彈能高飛，槍管火藥必須足。
管道須堅固結實，寬三寸堅如硬石。
築於牢固木材上，四顆螺絲再擰緊。
強大槍栓來撞擊，加速彈砲往前飛。

所有子彈盡發射，敵續纏鬥不屈饒。
拿起斧鋤或釘耙，總算砍斷其項頸。
無須多生同情心，惡敵妄想傷我軍。
其惡行是爾絕境，碎屍敵入送地獄。

將軍懷疑地看著他的幕僚。「實在不是什麼傑作，」他評論道。「還有，三寸是指槍還是大砲？」

「一種鳥銃，據兵火部的人說，需要兩個人一起操作，但是好處是好移動，若是有好鐵兩寸就足夠了。可是不知這兒能否找得到好鐵？」

「能否找得到火藥？能否有足夠的硝石嗎？農民是否有螺釘？」

「大人認為我們該放棄用火槍？」

「在寫詩之前，你們應該先弄清楚農民有什麼可以用！還有別的事嗎？」

「李鴻章拜託我交給大人一文卷。」

「不死心。」將軍無奈地接下文卷並且展開。他的門生已經在司令部偷偷摸摸遊走了好幾天，和其他幕僚高談他好高騖遠的籌錢計畫。他想設法徵收國內的貿易稅！可以想像這樣的計畫會引起什麼樣的群臣激動：一支自己徵稅的中國軍隊。

「此外他還請託我問大人何時可接見他？」

「沒空，」將軍說道並放下文卷，命令他的幕僚退下。接著又有人敲門，他忍不住嘆了一口氣。午後他想逃離指揮部半個時辰，與萬年考生志老爺子喝杯茶。幾週來這是他唯一的消遣，再說老爺子能提供他地方上的小道消息。「進來！」他無奈地大喊，同時閉上疼痛的眼睛。

門猛然開了，將軍每次都被那幾乎撞門框的龐大身軀驚嚇到。他還沒回過神，他的門生已經兩大步踏入房間，雙膝一跪，舉雙手如拜菩薩一般。「大人！」他叫道。「門生李鴻章跪求恩師寬恕，求恩師仁慈！從今以後不肖門生願竭盡所能重獲您的信任！」他一邊說，同時作勢磕頭。將軍怒不可抑，伸手拿起桌上的硯石。

「竭盡所能？」他大吼，「立刻給我滾出去！」

「請大人聽我說！」他的門生對自己的演出十分入戲，淚水已經快奪眶而出。「事關王朝的未來，大人，您一定要聽我說！」

走廊傳來激動的竊竊私語。隔壁書房的幕僚紛紛走過來，他們不想錯過好戲。將軍把手垂下，轉身對著窗口。看著雲霧繚繞的山丘他心情稍好。昨夜他夢見兒子，希望很快可以接到家裡的好消息。二兒子正在為長沙的鄉試作準備。而且他發現再怎麼說，其實他心底還是高興見到自己的門生。「起來，把門關上。」他嚴厲地命令道。李鴻章仍舊行完叩頭的大禮，但是他一坐上訪客的座椅，似乎是一臉得意。再沒有第二個李鴻章。他的高顴骨已經暗示他的性格，然而真相，如每個男人，必須看眼睛。他的門生目光鋒銳。即使他如眼前一樣謙恭面帶微笑，他的目光閃著拋光金屬的堅硬光澤。

「誠（Aufrichtigkeit），」將軍一邊說，一邊手指在桌上寫下這字。「多年來我試著教導你這字的含義：言行合一。你爹一定會說，我是個失敗的老師。」他的學生想立刻反駁，但是將軍手一揮示意他別開口。「我們經常說到我們的出身造就了我們，田裡的苦活，平衡了書房裡苦讀，幹活教會我們保持謙虛。我應該讓你到鄉下種田的，而且至少兩年。」

「我們不是已經……」

「不要插嘴！你的祖父四十年未離開家鄉，就是想全心全意教導自己的兒子，我祖父也是如此。你爹總是說，他並非兄弟中最有天賦的，但是他勤奮，所以最後還是高中進士。」

「與恩師同年登科。」李鴻章臉上表情不再有悔恨之意。在他藍袍上的補子上繡著象徵六品武官的彪。

「紀律能行穩致遠。」將軍用責備的語氣說。「最近我與你的老友陳鼐談到培養人才的三法：甄別、教誨、監督——你認為何者最重要？」

「恩師指何種人才？」

「不要反問，回答！」

「受甄別者須學習；受教誨者須聆聽；受監督者須服從。端看為師者認為何者適合他。」

「若是學生不配合，為師者又能奈何？」

「有些學生不了解自己的才能，需要教誨……」

「所以說，教誨。對吧？前提是學生必須願意聆聽。接受教誨，縱使可能不是那學生最擅長的？」

「那就更是需要。」

雖然將軍看穿他算計好的語調，仍舊鬆了一口氣。現在重要的就是要看李鴻章是否能臥薪嘗膽，或者一如往常只是作作樣子。「你不在此地的期間，」將軍一邊倒茶一邊說。「帝國裡發生了不少事。我原本希望你可以隨時報告最新的情況。現在上海的情勢如何？西洋蠻夷是否如眾人口中的蠻橫無禮？」

「大人，黃浦沿岸不斷地蓋新房舍，建設道路、碼頭以及橋。他們居住在那兒，彷彿一切皆是屬於他們的。」

「已經到了這種地步了。我想多知道些。」

「他們在城市郊外賭賽馬。那是他們最喜歡的消遣，觀看賽馬時他們的舉止幼稚如孩童一般。那是他們的本性，凡事都變成競賽。那些駿馬來自阿拉伯地區。西洋蠻夷到四處掠奪最好的。」

「看來他們家鄉什麼也沒有。他們的財富來自剽竊。」

「來自貿易。他們尊敬商賈就如同我們尊敬讀書人。」

「他們讀書嗎？」

「只讀一本。那本書分兩個部分，舊約和新約。他們天天讀，每七天便聚會一次共讀。各種條文對他們而言非常神聖。」

將軍不解地搖頭。「據說那恐怖的蠻夷又回來了，他想再次攻擊白河口，是真的嗎？」

「我離開的時候，他應該到達了。據說這次的艦隊比兩年前規模更大。他想要懲罰我們違反《天津條約》。蠻夷是貪婪沒錯，但是不能說他們沒有原則。他們在上海成立了一個稅局，徵收海上貿易稅並將其上繳給皇帝——給我們的皇帝！他們說那是他們的條約義務。」

「從這兒你就可以看出來他們有多狡猾。他們先送錢給天子，然後再要回來。根據另一份條約，我們欠他們。若是條約內容對他們有利，條約對他們而言便非常神聖。你想接近他們，錯了。你被矇騙了。」

「大人，恕我直言……」

「什麼都不用說了。」他已經聽說過那個海關稅局。很多人驚訝於其運作成果，而非為洋鬼子最近竟然成立自己的機構這事而感到擔憂。下一步會如何？讓他們舉行自己的科舉決定誰能做官？「我很失望，你竟然佩服他們的狡猾和武力。老虎凶猛，我們該欽佩，還是遠離？蠻夷沒有原則，他們只是利用原則。你先是被他們騙了，現在你用那半生不熟的謀劃鼓動我的幕僚。你交給陳鼐的報告裡究竟寫了什麼？」

「解決我們最緊迫問題的建議。我們缺錢。」

「你最緊迫的問題是你的驕傲自滿。因為你認為軍隊的統帥作出了錯誤的決定，所以辭退了職務。我寬宏大量寫信到上海給你，你現在做什麼？不請自來衝進我的書房，告訴我該怎麼做。你這是怎麼回事？」

「大人，這報告只是一個建議……」

「不要跟我唱反調！」將軍大吼，幾乎跳了起來抓住他學生的衣領。「你若是再打斷我的話，我就叫人將你趕出城去，聽清楚了嗎？在我允許說話之前，不准開口。」他心狂跳，背上的癬疼得彷彿整個背裂開。這個莽撞的小子就不能醒悟嗎？難道沒有辦法馴服他？「我現在告訴你一個故事，」他喘著氣說。「你知道這個故事，但是我還是要你乖乖給我聽好，不准出聲。這是你最後的機會。如果你不把握，我會快馬到你父親墳前謝罪，我沒把你教好。」

片刻的沉默。他的學生雙唇緊閉，不敢反駁。將軍捋了一下鬍子，好集中思緒。他開始說道：「故事發生在春秋時代末期，吳越兩國爭霸天下多年。吳王夫差和他的死敵越王句踐交戰。句踐在戰爭中殺了夫差的父王，兒子決心復仇。在接下來的大戰中句踐被俘虜並被押送往吳國，他被迫伺候吳王夫差。晚上他睡在薪柴上，食不充飢，幹最低下的活。他毫無怨言，忍辱負重，而且不僅如此。當吳王生病時，他自請嘗糞，以糞便味道診斷病情，他給吳王開了最好的藥方，夫差很快就復原。三年過去，曾經勢力强大的越王句踐夜夜睡薪柴上，卑躬屈膝伺候他的死敵毫無怨言。隨著時間夫差放下戒心相信句踐已經成為盟友，於是三年後他放了句踐。句踐回到越國，他命令人將床移出宮殿，依舊每夜睡薪柴上，並在床上懸掛一膽袋，每晚舔膽汁，為的就是不忘當初做奴隸所受的苦。他勵精圖治在國內進行一系列改革。他的幕僚之一獻計將美人西施送給吳王夫差，作為釋放句踐的謝禮。如此又過了十年，句踐夜夜臥薪嘗膽，不忘當初所受的侮辱。同時他的大敵與貌美如花的西施荒淫作樂，無心國政。之後經過多年的艱苦奮鬥，句踐再次向敵人宣戰。他統領一支强大的軍隊，前往吳國圍攻吳國首都。城內糧食耗盡，吳王夫差被迫求和，然而句踐拒絕，於是夫差自盡。句踐拿下首都占領了吳國。夫差所有的幕僚被處決，吳國就此滅亡。越國則比昔日更加强大。」將軍直視他門生的眼睛，有時李鴻章炯炯有神的目光讓將軍不寒而慄。「也許你有興趣寫一篇文章？關於為何必須克服驕傲，壓制並同時滋養自己的仇恨，直到有機會反擊。不管花再長的時間在所不惜。」

「我可以說話了嗎？」李鴻章的語氣並非感動而是不耐煩。

「聽我說完。我知道你和我們所有人一樣做出犧牲。長毛來的時候，你背著你娘逃到山上。我們有共同的目標，但是由我曾國藩決定如何達到。若是你願意，可以復職做你的文書。但在這之前，我要看你的文章。」將軍伸手拿茶杯。「現在你可以說話了。」

「文章門生已經寫好了。」

「那就拿給我看。」

「已經在大人桌上。與其談論臥薪嘗膽，重點是在句踐後來的改革。那些措施使越國能夠打敗吳國。您的門生僅自將句踐的名字代換成大人的名字。」

「少荃，你真的不可救藥。」曾國藩不小心脱口而出他門生的字。

「句踐死後六代他的國家也滅亡了，因為鄰國進行了更徹底的改革。」李鴻章在椅子身體前彎，彷彿坐不住了。「大人，若是對我們有幫助，我不只願意嘗膽，狗天王的糞我也能吃。恩師失去了弟弟，我家的房舍也毀了。我們的犧牲可使我們更接近勝利了？沒有，因為我們缺錢。別的地方已經在徵收這種稅，我們也需要，現在時機到了。據説大人將出任兩江總督，這是真的嗎？」

「你怎麼知道的？」將軍驚訝地説。

「終於！」

「那是傳言！」而且是非常棘手的謠言。幾天前他接到一封穆順寫的信。根據那封信朝廷對綠營被擊潰的反應不同於預期的。總督這等高的官職通常是保留給旗人的。將軍想知道這升等的背後究竟有何用意。是對他的信任，還是再次想將他的軍隊納入皇帝官僚的嚴密監控下？多年來他寄望得到這個職位，但是關鍵問題是：皇上是真的信任他，或者只是想將飽受戰爭蹂躪的省分留給他，讓他以後為此擔罪？朝廷根本不是要提拔他，而是要悄悄地削去他的權力？

「六年前，」李鴻章説道，「武昌之役得勝後，朝廷也曾經任命老師為總督，不是嗎？」

「不是。任命是在我為家母守喪期間，皇上知道我不能接受，那是在考驗我。」

「可是這一次……」

「聽好，你不懂朝廷看著我的每一步，有多不信任。我是漢人，而且我有軍隊。」

「湘軍多年來幹髒手的活，而朝廷將圍攻南京的大功留給綠營，但是他們全線失敗！現在輪到我們上陣，我們必須做得更好。南部海岸的所有貨物運經江西。就算只有少數幾個稅局也能帶來巨大的收入。」

將軍的身體往前傾，他的聲音變得急迫。「我剛拒絕聖旨，派兵支援海岸。我們現在若是開始徵自己的稅，皇上會命令我回京城，然後在菜市口斬首示眾。稍安勿躁，少荃！膽識與愚昧經常只有一步之遙。」

「從遲疑到全盤皆輸也是。在最重要的戰區，朝廷已經無兵可用。西方蠻夷來犯時，北方需要八旗軍。朝廷如何會將唯一一個還能與長毛對抗的統帥革職？我們可以做我們想做的。大人，我們很free。」

「我們很什麼？」

「Free。」他的門生發出類似門嘎吱作響的聲音。「我在上海從蠻夷那兒學了幾個詞，意思是……」

將軍惱怒地打斷他的話。「我已經準備好，再給你最後一次機會。讓我看到你已經學到教訓。我偶爾會去拜訪指揮部附近的一位老人，他還在為鄉試苦讀，他已經落榜了二十一次，若有朝一日就算中舉，也得不到官職。他也知道自己年紀太大，然而他還是繼續苦讀。我自問，也許他才是比我們所有人都了不起的讀書人。」

「既使他屢考不中……」

「他每天天未亮就起床，坦白說，他讓我想起了我父親。他考了十七次最後才中秀才。他缺了良師。」

他們注視著對方，將軍面帶微笑，當他的門生意會到自己該做什麼時，表情轉為惱怒。「您認真的？」他不客氣地直接問。

「他就住這附近，可以叫陳鼐帶你去看。」

「為此我帶著如虎添翼的建議從上海回來。」

「你究竟想不想復職負責起草文書？這職務如往常一樣在共進早飯之後開始。私人授業必須在這之前結束。」

他的學生站起來，撫平他的長袍。他的頭幾乎撞到屋頂的橫梁。「我能否將報告要回來？」「也許我找機會瀏覽一下。這期間，你要不寫一篇關於句踐復國的故事，要不就寫最近軍官正在探討的有關王夫之對華夷之辨在於仁心的論點。你自己決定。」他的門生轉身正要離開，將軍再次將他叫回來。「在上海有沒有聽說那個新到南京的人？他是何人？從何處來？」

「狗天王的一個族弟，名叫洪仁玕，聽說在香港和洋鬼子住在一起好幾年。」

「我跟你說過了。他們不只貪婪殘暴，他們的天性與我們不同，近朱者赤，近墨者黑，與他們在一起久了就會跟他們一樣。你認為自古就行天道的人會沒有差別？」

「當然有差別。」李鴻章點頭說道，他高大的身軀占滿整個門框。「我也很想知道，他們遵循的是什麼樣的道路？我們不知道，但是我們看見他們的方向。他們已經開了五個通商口岸，不久之後還有更多。他們在我們眼前建造城市，貿易並致富。我們沒能將他們趕走，因為不幸還有一個差別。無須讀王夫之的文章即可看出，只要走一趟上海就夠了：他們擁有砲艇，而我們負擔不起。」

傳教雜誌及紀事

二八五號——新系列，二　一八六〇年八月二日

倫敦傳教會傳教紀要

此篇從上海傳來的報告是關於令人尊敬的愛德文．詹金斯（Edvin Jenkins）牧師五月十七日時在當地傳教站以「以西方教會歷史為背景探討太平叛軍的神學基礎」為題所做的演講。

在倫敦傳教會已經服務十五年的牧師愛德文．詹金斯，最近在倫敦傳教會座無虛席的會議廳再次展現他驚人的博學多聞。聽眾聚精會神聽他有關令中國朝廷頭痛的神祕叛亂運動的宗教觀念，最近此運動在中國沿岸如火如荼展開。

牧師在開場時宣布他擁有一些由叛亂者所撰寫的文件，足以用來闡明他們的信仰觀念，以及回答仍存有爭議的問題，即他們是否為基督徒。這當然非簡單的任務，除了對上述的文件詳細分析之外，還須對上帝之言在西方如何發展做出若干闡釋，換句話說猶如對先人必須經歷從天啟到教會教義，進而使我們能夠向世人傳播救世主福音的這一條道路作評估。在場的人期待著牧師開講，寂靜中的緊張氣氛表明聽眾準備好跟隨講者通過這艱難的領域。

為了了解太平叛軍的神學，我們不得不回到西元四世紀，我們的牧師如此開頭。當時在尼西亞議會（Konzil von Nicäa）和君士坦丁堡議會（Konstantinopel）之間所謂亞流教派爭議（Arianische Streit）造成破壞基督教團結的威脅。當時至少有十八條不同的信條被提出，討論，重新被拒絕，最後達成的共識才是我們今天所熟悉的所謂「三位一體」：聖父、聖子和聖靈合一。另一方面，依據亞歷山大長老亞流（Arius）命名的亞流教派認為只有聖父是上帝。作為聖子的耶穌以及人只是本質上相似而非相同。換句話說，正是因為對三位一體缺乏理解，才使得亞流教派走上異端歧路。牧師認為他們依據的是如Origines和特土良（Tertullian）這些權威，而且若是誰想為他們的偏離正道說公道話，必須承認他們在希臘多神教的文化中盡力守住基督教學說中的一神論核心。他們卻沒看見三位一體（Trinität）並非意味一神論的瓦解，而是它的一種形式：三者合一（Dreieinigkeit）。

你們跟得上我說的嗎？牧師以他獨一無二的方式問聽眾，也獲得大家激勵的呼喊，這也證實——很高興包含四位在地人——聽眾確實聚精會神的聽他演講。接下來他證明他不僅熟悉西方的教會歷史，而且也對東方的精神世界有著深入的了解。他向聽眾展示了一份叛軍在南京印刷廠印製的宣傳小冊子。當中上帝的名字根據當地習慣比其他文字高出數格以示尊敬。更確切的說是五格，牧師之所以解釋，不是為了吹毛求疵，而是因為耶穌的名字只高出了三格。他從發現中所得出的大膽結論，他立刻透過文字引言來論證：叛亂分子代表的是亞流派的一種形式，當中唯有天上的聖父被尊為上帝，而他的兒子是最高等的創造物。牧師認為儘管如此這錯誤的教義比起在中國已經盛行千年的所有異教盲目信仰包含更多的真理。

他要我們切勿失之偏頗，那些叛亂分子才剛剛接觸我們的宗教。他們了解我們只有一個上帝。在儒家思想的背景下，兒子和父親不可能平起平坐，而是服從父親，這是理所當然的。孝道是所有東方文明的基本信條。牧師認為還有一個從所述中得出的更重要的見解：叛亂分子視他們的領袖，也就是所謂的天王，為上帝的兒子以及耶穌的兄弟，這在在表示他們眼中並非將他視為上帝崇拜。在同一份宣傳小冊中，天王的名字只高出兩格，因為他是弟弟排在哥哥之下。牧師認為，這仍舊是狂妄，但是指控叛軍褻瀆上帝是錯誤的。

太平叛軍是否為基督徒，講者在結束前又回到這個主要的問題，並以果斷的肯定來回答。正如他們的追隨者需要由精通《聖經》的傳教士教導，他們的教義也須要糾正。但是我們不應該要求異教國家的孩子在十幾年的時間就能夠比我們祖先花了四百年的時間更了解福音。講者最後開了個玩笑，完美展現自己謙卑性格。他說，他太太每天提醒他自己的不完美，而且不斷地協助他改善。「所以讓我們仿效她。」這一晚聽眾充滿感激與希望，令我們欽佩的詹金斯夫人無法在場聆聽她丈夫精采的演講是唯一的遺憾。在共同的禱告之後，牧師讓信徒們在離去時深信，基督教信仰的曙光在中國才剛剛開始。

十一、海上之城

上海，一八六〇年夏天

此刻我正在我開始敘述的地方：上海。炎熱令人難以忍受，夏天這裡的蚊子比香港還多。打開狹小閣樓的百葉窗，我所看到的不是天空而是白色薄霧。夜裡吹拂的清涼微風帶著桉樹和茉莉花的香氣，白天英國租界罩著沉重的寂靜。大部分的家庭都已經逃離。叛軍從南京突圍而出，他們的軍隊正湧向長江流域下游，再過不久他們就會到達上海。《北華捷報》試圖以列出誰將捍衛這個城市來激勵大家的信心，然而如此一來只是洩露了還駐留在此地的士兵所剩無幾。上百名海軍聚集在蘇州河上的橋邊，我從窗口就能看得到，另一百名站在賽馬場旁，還有一些較小的單位在一些廟宇的前面。城外有四百名法軍巡邏，二十五人一隊各守衛北門與西門，所有其他軍隊必須在北方與皇帝的軍隊作戰。據說叛軍有數十萬人。由一名身經百戰的將軍帶領，他們稱他為忠王。其實我應該感到恐懼，但是在最後一段旅程之後，我太虛弱，除了沮喪沒有其他感覺。在我們逃離戰爭時，波特與我，我們差點就與他撞個正著。

王縣令信守了諾言：他為我們準備好了轎子與轎夫，加上八個帶武器的侍衛確保我們的安全。他們說的是一種我聽不懂的方言，我們別無選擇只能信任，但他們也沒讓我們失望。不管到哪裡都已經安排好落腳的地方，準備的文件讓我們經過每個檢查哨站暢行無阻。我們聽說叛軍前進的消息時，要回頭為時已晚。在海岸附近我們已經捲入洪流之中，成千上萬的人在逃亡，大部分的人步行，對婦女而言，這意味她們得纏足背負小孩及行李，筋疲力竭、染病以及全身骯髒。只有極少數的人有驢子或像城裡的單輪手推車，我只有兩次看到有人坐在轎子上。路旁堆著屍體，田野光禿禿，但還是有人在地上爬在塵土中找可以吃的東西。我該慶幸自己虛弱無力精神恍惚。然而仍舊的是在村裡漸強、在空曠的田野上漸弱的飢餓孩童的哭喊聲跟著我入夢。我從未見過如此的悲慘世界。

在穿越杭州灣的船上，我遇到一對老夫婦。因為已經被圍攻，我們不得不繞過這城市我們沿著海灣南岸到一個港口，那裡有渡輪到北方。碼頭上擠滿了逃難的人，要不是有護送我們的人大力協助，我們大概永遠也上不了船。人們互相踐踏致死。我看到用女兒換船位的父親，還有緊貼船側最後被船員毆打直到落入水中、在我眼前淹死的人。最後超重的船啓航，船上到處可以聽到啜泣聲。地平線上升起的煙柱述說著杭州城的命運。

那對夫婦立刻吸引了我的注意。他們沉默地蹲在一起，冷漠的看著周遭發生的一切。女人一站起來便踩著裹著的小腳搖搖晃晃，儘管船很安穩。為何我的目光會離不開他們我自己也說不上來。從那個男人與人的談話中，我得知他來自沿海地區，而且是二十戶人家的家族族長，家族靠飼養牛致富，然而最終生活在戰爭的恐懼中，而且盡全力準備好戰鬥。他們和其他的家族建立起一支民兵，囤積了補給品，可是當叛軍最後接近，面對其壓倒性的優勢，他們無能為力。他們沒有拿起武器抵抗，而是各家各戶在門上貼了「順」字。牲畜被沒收，但最初人都沒事。新的主人任命那人當監督，他必須負責交付一定數量的米糧，他履行了他的職責數週。晚上他就到牛廄裡修復被毀的祖先牌位。接下來發生的事，他嘆了口長氣總結說：「直到我沒法繼續。」他是否希望他的失蹤不會有人注意？他想要去求救？在我偷聽的對話中他沒說。叛軍一發現他失蹤了，就抓走了他的五個兒子當人質，然後要他的老婆去把丈夫找回來。若是他沒有在一個月內回去，他的所有孩子都要殺頭。若是她及時帶他回家，必須死的只有他一個。她就這樣邁著她纏住的小腳去親戚家找回丈夫。現在他們只剩四天的時間，他對坐在旁邊的人說，感謝老天爺讓他們擠上這班船，能及時趕回去救孩子。他的妻子沉默地點頭。她小小的鞋子血跡斑斑。

敲門聲叫醒了我。已經近中午，房間裡瀰漫疾病和汗水的臭酸味。我在床上坐起，我聽到關閉的百葉窗後面傳來憂鬱的風琴聲。在我下船前，我派人先到上海找一個教會，並且告訴他們有一個受傷的傳教士弟兄來到上海。就這樣我住進了詹金斯牧師家，他是倫敦傳教會在這個城市的負責人。一個沉默寡言四十來歲的人，博學多聞，沒有幽默感。與他的妻子瑪莉安截然不同。在我回應之後，她此刻正走進我的房間。她放下茶盤，打開百葉窗。灑進的陽光讓她紅熱的臉頰泛著光彩。「有重要消息，」她宣布道，「可是你先告訴我，你覺得身體狀況如何，好多了嗎？」

我如平常一樣以聳肩回答。反覆發燒，只要鴉片的效用過了，我那隻看不見的手就痛。我滿頭大汗的拉好身上的睡衣，那是屋主人借我的。我端起茶杯。「想像一下，」她大聲說，「額爾金伯爵真的來了！他的船已經在黃浦江上，他們只等著漲潮。」

「果真。誰說的？」

「萊夫人（Mrs Lay）今天早上來訪。」

「所以傳言是假的。」

「喔，不。」瑪莉安一天會進來好幾次，給我送飲料和帶來最新的消息。通常她的皮膚蒼白，近乎似蠟，可是今天她因為興奮而泛紅。「葛羅男爵與他確實遭遇海難。據萊夫人說，在錫蘭，他們獲救了，但是被拘留了兩個禮拜。那艘沉船名為馬拉巴爾（Malabar）。你知道那名字的意思嗎？」

我漠不關心地搖了搖頭。瑪莉安染了肺病，常常臥床不起，但是對所有在中國發生的事，總是很投入。「馬拉巴爾，」她喃喃自語。「你認為額爾金伯爵來此地想做什麼？」

「什麼也不想，他是要到北方去，目的是修改條約。他不在乎上海。」

距白河口的慘敗已經一年多，英國人的報復漸漸成形。《捷報》從五月起就一直猜測軍隊的人數，但是在最近的事件發生之後，很多人希望額爾金伯爵不是去懲罰北京的韃靼人，而是保衛上海。他到來的延誤引起許多謠言，從船難到在印度建立龐大的軍隊以征服全中國。就如同維多利亞：沒有人知道發生了什麼事，但是人人想發表意見，寫信到報社，如果被刊印出來，即時是最扭曲的猜測也會被視為經過驗證的真相。叛軍從南京突圍而出前的四週，還有人說，他們快投降了。

瑪莉安把椅子挪到床邊。她屬於這城市裡少數不希望額爾金伯爵到來的人。她同情那些叛亂分子。「牧師寫信給他們，」她說，「我是說叛軍。他正在考慮是否該組代表團前往蘇州或南京。」

「何時？」我驚訝地問。

「他們必須先回應且邀請他，否則很危險。下星期所有的傳道會將開會。喔，我真希望自己可以去南京。」

「他寫信給什麼人？」

「寫給一位將軍……我也不清楚，他們稱他為忠王。你認識他？」

「洪仁玕是我唯一認識的人。他們要開什麼樣的會議？」

「牧師說現在是最後的機會。英國對叛亂分子的敵意與日俱增。沒有人希望見到這裡發生的奇蹟！」她抓住我受傷的手，我忍著不讓她看見我的痛。「我必須要學中文，」她小聲說，「我一定要打扮成男人，然後去傳道。去年我到中國城市區，到處有人擠在我們四周，盯著我的腳看。喔，實在是太刺激了！」

當她俯身要擦拭我汗溼的額頭時，我聞到一股淡淡的波爾圖紅酒的味道。瑪莉安喝它來對抗腹瀉，那是所有在上海的外國人都會得的。她用奎寧對抗寒顫，情況如果惡化，她就就像我一樣服用鴉片。

「外面很危險，」我說，因為不知道還能說什麼。

「我可以帶槍。」她神情認真地看著我一會兒，然後害羞地笑了。她是詹金斯的第二任妻子，年紀只有他的一半。有時他會帶她到廈門，好讓她休養。除此之外他履行他認為的基督徒職責，而讓瑪莉安聽天由命。「為何只有男人可以鋌而走險？」

「那是比妳想像要小得多的特權，」我說，同時舉起我的殘臂。她漫不經心的拿起床頭桌上的英文《聖經》，隨手翻閱。從樓下傳來兩個女傭的聲音。「誰曉得有多少信件在船難中丟失，萊夫人說，他們找來了潛水夫——好像是從可倫坡來的——可是他們只找到了幾箱錢和鴉片。下禮拜就會登在《捷報》上了。」

「最遲兩個禮拜後，新的信件就會到了。」

「自從你來這兒，你根本沒寫過任何信，除了你的日記。」她指著我的本子，眼光始終沒離開我身上。我不再對她吐露祕密讓她受傷。她渴望聽故事，那些可以滋養她對叛亂分子狂熱幻想的故事。可是我該告訴她什麼——縣令告訴我的那些？還是我在渡船上遇到的那一對夫婦？自從到達上海我對周遭感到出奇的冷漠。

唯一一個我覺得患難與共的人，一如往常的方式，無情地告別離去，從此以後沒有任何消息。對波特那樣的人，這座城市提供了無數的可能性。也許他再也不需要我就能完成他的目標了。瑪莉安把《聖經》放回去。「你的札記裡寫了什麼？」她問。

「不多，路上的筆記。妳可以再給我一些妳的藥丸嗎？」

「你為何不寫關於叛亂分子的事？」

「要我寫什麼？」

「寫你朋友告訴你的。那是個奇蹟。沒有人告訴他們有關上帝的事，但是他們還是在灌木叢中聽到祂的聲音了。」她熱烈的眼光凝視著我。「你必須去見布魯斯大使，告訴他你知道的一切，萊夫人說，大使是個虔誠的人。」

「只要我沒到南京，我什麼也不知道。」

「喔，我若是你，我一分鐘也不會遲疑。」她再次拿起床頭桌上的布巾擦拭我的額頭。「不久前，牧師在傳道的時候說，韃靼人就像先知以賽亞被派去嚴懲的頑固百姓：使他們的耳朵發沉，眼睛昏迷，上帝說，如此他們無法用耳朵去聽，無法用眼睛去看，也無法用心去理解。」她自己自顧自的說，同時用布巾輕輕擦拭我。「你有沒有聽說那個在海邊出生的小孩？他有三隻手，所以中國人把他淹死，因為他們認為他是魔鬼。」

「你不可以相信《捷報》上所有的新聞，有些人以提供報紙假消息為樂。」

「這國家很糟，但是我們會改變它，不是嗎？〈以賽亞〉裡不是寫著：我就說：主啊，這到幾時為止呢？你知道上帝怎麼說：直到城邑荒涼，無人居住，房間空閒無人，地土極其荒涼。上帝要將人遷到遠方，讓土地非常荒涼。你明白嗎？那全是祂的旨意！而且就算剩下十分之一的人，他們還是會被消滅，——所以說這個國家——如被砍下的橡樹，只剩樹樁。」她的臉十分靠近我。一縷紅褐色的頭髮散開，從她戴的兜帽下露出來。「這樹樁將會是神聖的種子——也就是那些叛亂分子，不是嗎？只有他們會存活，其他的必須投入火中。」

「瑪莉安……」

「喔，真希望我能到廟裡去傳道，有時候牧師遭人辱罵，你知道嗎，滿清的官員來嘲笑他，他每次都保持鎮定，祝福他們並且為他們可憐的靈魂祈禱。」

「瑪莉安，我……」

「我要將他們的眼睛挖出來，他們可以把我扔進監獄裡，我會對囚犯傳教。他們可以鞭打或綑綁我。

我不在乎。聽著，你必須教我中文。我一定要學！」

「我想，我需要休息一下。」

「好，好，當然。」她微笑停下來。在她的衣服下緊束的胸部上下起伏。站起來時她緊閉雙眼，彷彿暈眩。幾個星期前她早晨吐了血，夜裡我醒著躺在床上，聽到隔壁房間牧師安慰發燒的妻子。也許旁人還看不出，但是她懷孕了。她把鬆散露出的頭髮塞回兜帽下。有一刻我以為她會彎身親吻我。她離開了。

七月天氣越來越熱，城市中露天的水道水蒸發，留下發臭的爛泥，害蟲和疾病在此滋生。晚上牧師會談論上海中國人居住的區域，所謂的中國城，已經擁擠到所有的接縫爆裂，雖然每天有上百艘的船離開。很多已經超載，以至有沉入褐色黃浦江洪流中的危險。英法租界已經封鎖。所有人都已經感覺到逼近的危險。唯一一個似乎沒有預計叛軍即將來襲的是額爾金伯爵。令居民感到驚慌的是他在短暫停留之後，立即登船前往北方去加入聯軍。越來越多家庭逃亡到寧波與廈門，貿易停擺，街上的寂靜變得如悶熱一樣的沉重。令人感覺世界就像一棟紙牌屋，只要一陣風吹來就可能倒塌。

傍晚在額爾金伯爵離去之後，我許久以來第一次出門散步。黃昏時刻，天還沒完全暗，我踏上英國人稱為教堂大街的荒涼大街。桑樹的葉子輕輕搖動，我想起我在湖口停留的那段時間，還有我第一次走出房間時的興奮感覺。想起三妹的淚水。她現在過得好嗎？縣令究竟得知了什麼關於她家庭的事，令他如此不悅？人聲和歌聲從一些窗戶傳出，但是大部分的房子看起來已荒廢。在大街的盡頭士兵正在架設路障，在這後面蘇州河標示了到美國人住宅區的界線。我像個老頭緩慢而且小心翼翼行走。一群鳥落在傳教教堂的屋頂上，對香港的懷念突然襲來。自從我在詹金斯家住下，對伊莉莎白最後幾天的記憶又回來了，但是我感覺自己太虛弱。儘管發高燒她到最後仍舊保持意識清醒，有時甚至是快活的。我幫她弄來的鴉片藥劑，她擱置一邊，她說她寧可睜著眼睛走。如果發高燒，她就服用奎寧，每當我發誓我不准她走，她便露出微笑。托馬斯和莎拉給了我一把鑰匙，讓我能隨時來看她。我對她說，只要她好起來我們就去美國，這裡的氣候不適合她。

她的頭靠在白色的枕頭上。我的那些女孩呢？她問。

在美國也有需要妳的小孩。

不像在這裡。

我們會有自己的小孩，我說，妳只須讓步嫁給我。我像個瘋子沿著上海的教堂大街走，自言自語當時我們的對話。自從到達這兒之後我每天寫日記，好整理我的思緒。但是其實我不善於做如此詳盡的說明。重要的決定我總是出於衝動，之後，只要感覺正確，就會堅持下去。此刻我只感到些許的自憐和希望獨處。我仍然難以相信一切事情竟然偏偏發生在我身上。當那些士兵開始注意我，我連忙回頭，走回詹金斯家。直到最後我仍抱著一絲希望，期盼伊莉莎白答應嫁給我。可是她忠於自己，而現在已經沒有差別了，她已經死了，而我是個殘廢。

我腳都還沒踏上門前的階梯，瑪莉安已經為我開門了。「你回來了，」她大叫，彷彿我離開了幾個小時。「猜猜看，誰來看你了！」

我脫下牧師借給我的大衣。單手做這件事是有點困難，我真希望沒有人看著我。「誰會來看我？」我一邊脫下大衣，一邊問。

「來，你自己瞧。」

我跟著她進入房間，唯一的一盞燈發出幽暗的燈光，過了一會兒我才認出在桌子後面站起來的那個人。托馬斯．雷利遲疑的走向我，彷彿過去的幾個月如一條溝壑在我們之間出現。他看了一眼我受傷的手臂，然後握了握我完好的那一隻手，並且說：「詹金斯太太非常好心請我進來這裡。」我看到他眼中的震驚，可是他看起來似乎一樣也老了一些。

「看來你已經可以出門散步了。在維多利亞時你通常覺得太熱不適合。」這時他收起笑容，然後指著我的傷。「有多糟？」

「我還活著，」我說。「很高興見到你。」

「我們是從詹金斯牧師那兒得知你在這兒。我們一直很擔心你。」

「路上沒法寫信。」

「當然。坐吧，還有茶。」

「我再去拿，」瑪莉安說然後走開讓我們獨處。托馬斯和我坐到桌旁。牆上掛著裝裱的《聖經》經文與蘇格蘭風景的銅版畫。一段時間我們都在等待對方先開口。房間角落的寫字櫃上放了一張才起頭的信。

「是什麼風把你吹到上海？」我問。我仍舊太驚訝無法由衷高興，倒不如說是感覺遭突襲的震驚。

「在得知你到了這的同時我收到了一張會議邀請函。你一定也聽說了。幾乎所有在中國的傳教教會都會派代表參加，香港的倫敦傳道會就是派我來參加。」

「詹金斯牧師試圖要與叛亂分子聯繫？」

「到目前為止沒有成果，現在的局勢比前幾年還混亂。我們知道蘇州已經被占領，甚至某種程度上未流血，除了清軍的不幸之外。聽說杭州猶如地獄，沒有人知道接下來會發生什麼。若果叛亂分子放過上海，往東推進便沒有意義。布魯斯大使似乎決心捍衛這座城市，可是他要如何捍衛？若是如英國在北方和皇帝開打，但同時在南方與他的敵人作戰，別說那有多可笑。但目前似乎沒有人在乎。」

「洪哥有沒有再聯繫？」

托馬斯搖搖頭。「沒有與我們聯繫。」

「與誰聯繫了？」

「我們是不是該先談談關於你的事？你最近如何？你怎麼受傷的？詹金斯牧師說是一場意外。」

「托馬斯，他與誰聯繫了？」

我的老友對著端茶走進來的瑪莉安點頭微笑。「你知道他的妻子以及一個哥哥還留在香港，」他說。「他哥哥為理雅各牧師工作，順便一提牧師要我祝你早日康復。」

「謝謝。他妻子呢？」

「住在西營盤。她不常露臉。倫敦傳道會為了表示支援每個月給她七銀圓。坦白說我們是希望洪哥的追隨者繼續對我們忠誠。幾個月前突然聽說他的妻子收到南京來的錢，一大筆錢，據說是五千銀圓。」

「五千銀圓！」我脫口而出。

「你看過他的信，那麼多頭銜。他有錢，可想而知，但是顯然他也有管道發配他的錢。他未再給我們寫信，他是否得知你上路，我們不知道。他的哥哥堅稱他無法偷渡信件進南京，但是我不相信。我們感覺他的人不再需要我們已經有一段時間了。一切變得冷淡了。我們不得不停止支持他的妻子。」

「為何他不接她到南京？」

「若是她落到官兵手中，必死無疑。除此之外，有謠言……」他說，同時瞥了一眼坐在桌子另一頭正睜大眼睛聽我們說話的女主人。「有人說，南京的王也採用了北京宮廷的一些習俗。」

「納妾。」

瑪莉安嘆了一口氣，但是什麼也沒說。

「沒有人知道真相，我們必須設法聯繫，自己了解情況。」

「有什麼計畫嗎？」我問。

「會議就是要討論此事，我也有機會可以好好打聽。我與女王的特使搭同一艘船來。榮幸之至不是嗎？」托馬斯自嘲大笑，可是我感覺他並不高興。「若是我想要，現在已經與他北上。他船上的牧師生病，已經在廈門下船了。」

「他是個什麼樣的人？」我問。「那位高貴的額爾金伯爵。」

「不知道。」

「你沒與他交談？」

「每晚都有。他表面很隨和會問很多問題，但是同時又不可親近，不相信任何人。他第一次來香港的時候我見過他，但是他現在已經不一樣了。他常常自言自語。晚上大家坐在槍室聊天，他突然開始喃喃自語，他自己沒注意到，過了一會兒他的目光改變，似乎慢慢回神，之後又能搭話了。他說，這次他要貫徹到底。不管他是什麼意思。」

有一會兒，我只聽到廚房裡鍋子碰撞的聲音，女僕正在準備晚餐。「那他的弟弟呢？」我問。

「堅持組自衛軍來捍衛這個城市的想法。幾百個人對抗一支龐大的軍隊！唯一一個了解情況的是一名叫馬多克斯的祕書。我認識他的時候他還在維多利亞的法庭當翻譯。我原先還希望額爾金伯爵帶著他弟弟北上，而那個祕書留下來做決定。遺憾的是事實相反，顯然額爾金伯爵不想放棄馬多克斯。」托馬斯停下來，然後轉頭。「詹金斯夫人，恐怕讓您感到無聊。請您諒解，我們太久沒見面了。」

「沒有希望了嗎？」她問，而不去理會托馬斯的話。「難道沒有人了解，我們眼前發生的奇蹟？」

「若真的在我們眼前發生，事情就簡單多了，但是我們會找到解決之道。只是，若是叛亂分子不回應您先生的信，我們的機會就受到限制。我們需要類似授權書的文件，至少是邀請函。」

「我們不是早就已經有了嗎？」她雙手握著坐在桌旁，她並沒解釋她話的意思。她額頭上掛著汗珠，她的眼神迷離像在夢遊。

「我們盡力而為，」托馬斯說，然後椅子往後一挪。「我必須告辭了。有人告誡我，天黑之後就不要到街上走動。」

「我想我無法參加會議對吧？」我問。

「我不知道，你要如何參加。哪個會的代表？」

我揮了揮手。「你會向我報告。」

「詹金斯夫人，非常感謝您的茶！請向您先生轉達我的問候。他經常在外這麼久嗎？」

「每天都如此。希望您很快會再來，雷利弟兄！」

「我一定會的。」

外面這時已經完全天黑了。街的盡頭有火堆燃燒，四周圍坐著士兵。聲音迴盪，那些士兵正在輪流講故事打發時間。有時在夜裡我會聽到他們輕聲歌唱。「你住哪兒？」陪著托馬斯走出門時我問。

「住傳道會的會館。就在教會旁。」

「你真的認為我們需要授權書才能阻止在上海的一場災難？因為這是上海將要面對的。」

「若是需要，我們就會設法弄到。聽著，我會讓你知道最新的發展，我能做的就這麼多了。在詹金斯這兒，無論如何你有消息的源頭。他的妻子怎麼了？生病了嗎？」

「生病、孤獨，我猜測是懷孕了。這裡的氣候對她的肺有害，只是時間的問題，她遲早……」

「詹金斯不想送她到安全的地方嗎？」

「你去問他。我很少看到他。他已經在這兒埋葬過一個女人。」

托馬斯點點頭，然後閉上眼睛一會兒。他的落腮鬍已經冒出幾根白鬍鬚。「莎拉死了。」他低聲急切的說，像一句他自己也無法理解的句子

「她死……什麼時候的事？」

「去年冬天，霍亂。」他試著微笑，但這讓他的痛苦更加明顯。

「現在她就躺在伊莉莎白正對面。接著的一排，她們倆會很歡喜，對吧？」

我用一隻手緊緊抱住他。「那小孩呢？」

「他們在蘇格蘭丹地我姊姊那兒。」

「你呢？你不想也……？我的意思是，至少一兩年。」

「到時候再說。我現在明白你那時說的：一方面你想離開，另一方面又不能。我若是走了，就像拋下她獨自一人在這兒。」有一會兒他失神，然後又恢復過來。「而且已經快十二年了，我們並沒有太多成果，但是不知何故香港已經變成了家鄉。孩子過得很好，可以當蘇格蘭人長大。」他握了握我的手，仔細看著我的臉。「我覺得你變了。」

「你期望什麼，我現在是個殘廢。」

「你盜用了巴塞爾的錢，是真的嗎？」

「我給伊莉莎白的孩子買了藥，如果那也算盜用。」

「你旅行的費用呢？」

「我認為那值得嘗試。我們兩個都這麼認為，不是嗎？我知道我不是個好的傳教士。要是我真的完全按照總部要求的那樣去做，那我會變得更糟。」

「隨你，」他說，似乎覺得這話題尷尬。

「順便一提，你的接班者正在大肆擴張。他們買了高街北方的地，打算蓋傳教會館、教堂、女子學校，他們在維多利亞有一些計畫。」

「之前一直有人告訴我：趕快離開香港，那島屬於倫敦傳道會。他們有派人參加會議嗎？」

「他們不想與叛亂分子有任何關係。」托馬斯再次和我握手。「有新的消息，我會再來看你。你好好休息。」然後他離開，我回到屋裡。餐桌已經準備好，可是我不餓，我上樓回到我的房間，打開窗戶望出去。外灘的百貨商店上閃耀著無數火影。四處傳來命令聲，還有警衛犬的緊張吠叫聲。我突然覺得很想抽菸斗。我的目光掠過住宅區的房子，那些房子有細心整理過的前院和修剪過的籬笆。我心裡想著，這就是我們在上海、廈門、寧波、福州的生活方式。住與家鄉同樣的房子，吃同樣的食物，穿同樣的衣服，用同樣的思考方式。我不知道是什麼困擾我，我就是覺得虛假。沒有人召喚我們。因為我們不了解我們此時生活的國家，我們就試著用我們的想法來改變它。我們認為我們擁有真理而且準備好要分享，可是實際上我們如在施捨。我們帶來的進步讓我們致富，而其他所有人成了我們的奴僕。我小心的關上窗戶，再次感到血液在我看不見的手中流動。木桌上那本打開的札記本，上面是我旅程的紀錄，包括在維多利亞那段時間。幾個月來，我竭盡所能要好起來。可是我仍舊是個殘廢，而且也變了一個人。見了托馬斯之後我第一次能夠承認而且不心痛。那個充滿自信來到新加坡的年輕冒險家已經不再。那個同福來的為懷疑所困的傳教士再也沒有人需要。羅伯特．布魯姆曾經說過：上帝委託我們，將世界創造成祂想要的樣子。當時我很喜歡這想法，而如今聽起來像虔誠的箴言。戰爭讓人付出代價，我已經付出我的代價，我不要再聽人告訴我該如何做，無論如何不是那些只從講壇上對發生的事件發表評論的人。如果那些傳教士認為他們可以操控叛亂分子，那就是他們太無知。在中國發生的事大過我們，甚至大過我們預料的。它沒有等待獲得任何授權。誰想要幫助叛亂分子取得成功，就必須為他們服務，而不是給他們明智的建議。追根究柢，唯一的問題是：你是否願意？

樓下飯廳裡很吵。瑪莉安想做飯前禱告，可是女僕一如往常喋喋不休。我合上札記。蘇州離這兒不遠。若是忠王已經占領此城，那一定有可能從那裡到南京去。所以說？我至今所承受的勞累困頓，難道應該因為畏懼功虧一簣？不，我不怕，我準備好了。

少女黃淑華日記

咸豐十年三月十五日

現在該怎麼辦？我該何去何從？戰爭四起，我已無家可歸，也沒飯吃。我在湖口經常去買豆腐的店老闆馬大叔也同情我，允許我在貨架之間睡了兩夜，再長就不行了。他的收入勉強可以養家活口，怎麼還有餘力養活一個陌生人？上天不憐憫我？起初我以為是孩子或是討厭的管家說了我壞話，管家從第一天起就想要我走——別以為妳會讀書寫字就不必幹活——，可是情況更糟，或者更好？我仍然不敢相信縣令對我說的話。可是他堅稱他的消息來源可靠。那兩個洋人才離開，他就把我趕出來了。他們允許四妹幫我打包了幾個包子與一件夜裡可以蓋的被子，只此而已。我頭一次看到堅強的四妹哭。我自己驚嚇到完全沒有感覺。

若是妳想思緒清楚，那就坐下來寫下妳的想法，爹是這樣教我的。如果如傳言他真的住在南京和長毛在一起，其他人一定也在那兒。娘、哥哥、嫂子還有……我幾乎不敢寫下來：小寶。我爹怎麼能為那些毀滅一切的人效勞？我還記得那時他丟了巡撫那兒的差事時，娘如何責罵他。他為何不妥協一回，忍下自己的意見？他只是搖頭，提到清官海瑞。他說研讀經典的人以天下蒼生為己任。他告發了巡撫貪瀆。他該慶幸只是被撤職，而不是像海瑞一樣遭受酷刑。當時我以他為榮，可是從那之後發生了什麼事？

昨天我到廟裡求觀音菩薩保佑。到處有人在談論婦女落入士兵手裡的下場，所以我把頭髮剪掉，馬大叔給了我一件他的舊衣服。從前我喜歡木蘭代父從軍的故事，現在我自己也必須女扮男裝以求保命。

也許我可以乘船順流而下。無論發生了什麼事，我一定要知道家人的生死。每次四妹和我問那獨臂洋人關於他的妻子和小孩的事時，他總是說他沒有家人，但是他的目光同時變得迷惘。他到上海了嗎？他是否也想到長毛那兒？起初我很不喜歡他，但是此時我很高興他倖免於難。也許這意味我確實獲得了新希望。

姑姑有最漂亮的頭髮，以前小寶在看我梳頭髮的時候常這麼說。如今我看起來像個陌生人，但是為了有一天和家人重逢，任何的犧牲都值得。這是我唯一的願望（以及願老天爺保佑善良的四妹）。

保佑我，觀音菩薩大慈大悲！求求您，保佑我！

十二、千魂之江

上海，一八六〇年夏天

詹金斯牧師的努力適時取得了成果。七月三十一日在召開外國傳教會會議時，他展示了忠王寫的一封信，邀請傳教士到蘇州會談。信中寫道，讓我們談談在太平天國中傳教之事宜。他們立刻任命了四位代表盡快動身前往，儘管布魯斯大使嚴厲拒絕了這趟旅程並拒絕給予軍事護送。據說他也收到忠王的信，但是認為連只拆信都有傷他職位的尊嚴！而且還特地派了一個騎兵信使送回信件並通知發信者，遺憾信無法傳達給他。托馬斯．雷利告訴我這件事時，怒氣寫在臉上。

「無非是個笑話，」我說。

「那該會很有趣，不幸的是整件事越來越瘋狂。帶領數萬士兵的將軍即將抵達上海，寫了一封信給我們的大使，而他竟然不肯看信！基於國家的尊嚴，他的兄長天天與皇帝及他的手下信件往來，顯然不會損害我們的尊嚴。」

「忠王作何反應？」

「信使無法送達，不得不回頭。信現在原封不動放置在領事館的檔案中。在歡迎會上我問了大使，他是否對信的內容不感興趣。他認為這是外交原則的問題。在他眼中叛亂分子是野蠻人，女王的特使不屑與那些人有瓜葛。沒什麼好說的。忠王想告知他什麼，無人知悉。如果我們的人到了蘇州，他們會想辦法打聽清楚。希望不會太遲。」

我們在一次定期的散步中談到這些。托馬斯又來詹金斯家看了我兩次，之後我已經恢復健康，可以在他的陪同下離開家。那天下午我們沿著外灘往南走。沿著河岸是大型的洋行——怡和洋行（Jardine Matheson & Co.）、仁記洋行（Gibb Livingston & Co.）、裕記洋行（Dirom Gray & Co.）——船隻在水面搖擺，碼頭上到處是等著幹活的苦力。有的睡在堆積的箱子的陰影下。籠罩港口的不是熱鬧繁忙而是死寂。前一天瑪莉安把最新的《捷報》送到我房間，根據報導北方的盟軍有近兩萬名。毫無疑問，他們將旗開得勝。唯一的猜測是王朝是否會就此滅亡。如果是，會有多快。在上海做短暫停留時額爾金伯爵曾説過，他們不希望有第二個印度，但是總比每兩年發動一次戰爭好。理雅各牧師當年在香港所聽到的古老中國喪鐘一天敲得比一天響。

我覺得自己的腳力可以，便提議一起到中國城區走走。我們經過海關，穿過標誌法國租界線的運河。半個小時之後我們到了另一個世界。這城市的中國區剛開始被難民占領，然後又被所有還能走動的人拋棄。留下的是面頰消瘦、全身是傷的人，他們躺在光禿的地面上行乞。所有的店家都關門了。窗口前掛的木籠子裡關的是死去的觀賞鳥。運河裡滿是屍體，發出惡臭。新的難民從內陸湧來，我試著想像那裡的景象。比這裡還糟？通往河的城市出口猶如堵塞的瓶頸，那裡有人手裡揮著鈔票，有人大聲呼喚親人，不顧一切的把行李扔過城牆。目前渡過黃浦江到對岸的價錢是二十銀圓。一個小時之後我們返回到法國區，警衛隊對我們投以責難的眼光，他們們還得阻止想跟著我們擠過欄杆的人。他們只允許白皮膚的人通過。「一方面我感到害怕，」托馬斯説道，這時我們再次被午後的懶散寧靜包圍，這寧靜突然令人感覺悲傷和虛假，「另一方面，我又渴望有那麼一天我們的膚色不再對我們有幫助。長此下去太殘忍了。」

「僅僅渴望，那樣的一天不會到來。」

「告訴我，你在路上究竟聽到哪些有關叛亂分子的消息？」

「還能有什麼，」我説。「朝廷官員指責叛亂分子殘酷，雖然他們自己也好不到哪去。他們只是害怕失去權力。更大的問題是，那些可以從推翻清廷獲益的人不希望事情發生。所有人都認為，叛亂分子是我們的幫凶，他們推翻滿清，好讓我們漁翁得利。沒有人問他們的真正目標，因為所有人認為那是洋人的鬼東西。」

他疑惑的看著我。「然後呢？」

「你認為洪哥為什麼不再寫信？中國人已經受夠必須聽命我們這些洋人。」

「我們該怎麼辦，回家？丟下那些被戳瞎眼然後送去乞討的小孩不管？你認為那些遭遺棄的女孩也受夠了我們的幫助？」

「我並不懷疑我們的企圖，我們來到此地是為了行善。」

「那就去做！」

「可是正因為是我們去做而壞了事。無論我到哪，當地人討厭我，就算沒當我是敵人。」

「因為他們認為你和叛亂分子是一夥的。」

「或者他們恨叛亂分子，因為他們可能與我們同夥。」

托馬斯搖頭。「我知道我不公正，但是若是伊莉莎白會怎麼說？」

「沒錯，是不公正。」

「她會怎麼說？」

「托馬斯，你的國家發動戰爭，讓我們得以進駐香港。現在它開啓的戰爭好讓我們能進入整個帝國。而事實上事關鴉片。每個人都知道我們只是這場骯髒遊戲的一部分。他們需要拿我們當藉口。伊莉莎白會說她常說的話：如果我們不要想在當中致富，我們的奉獻會更可信。」

「傳教士管不了政治，總之我們發不了財。我們只是盡力讓情況變好，而且不是為了我們自己。你寧願回家嗎？我可以理解，可是……」

「我想去南京。」

「還沒改變心意？」他看著我，像是不相信我的話。「叛亂分子也在發動戰爭，只是不再有人知道他們有何目的。」

「這國家已經墮落到不是救幾個孤兒救夠了。一切必須改變，而且必須是中國人自己來。」

「你何時成了中國人了？」

我們已經來到英國區的通道，那裡衛兵身上的制服看來剛漿洗過。他們的刺刀在陽光底下閃耀，洋行和銀行前的旗幟威武飄揚。我忘不掉在湖口時縣令告訴我的話，但是革命賭的就是一個美好的未來。根據我自己的經驗，輸掉是有可能的，但是開始必須敢於冒險。「若是我能幫得上忙，我很樂意去做。我不會告訴他們該如何做，而是做他們要我做的事。不用英國的砲彈保護我。」我說。

「以你現在的狀況，用一隻手。」

「沒錯，」我說。「用我還有的一切。」我們默默轉進傳道路。這裡的房屋坐落在寬敞、鬱鬱蔥蔥的花園中。商店的入口有遮篷遮陰。沒有垂死人的呻吟聲，鳥鳴聲處處可聞。如果遠方傳來槍聲，行人會暫時停下，然後繼續走。當我們經過一家德國帆船製造商的商店時，我打破沉默，說道：「你必須想辦法讓詹金斯帶我去蘇州。」

「我必須，是這樣嗎？」

「我求你，看在我們是朋友的份上。」

「如果我告訴你，我們已經有一個人在南京了呢？」

「你們已經有一個……」我驚訝地停了下來。「傳教士？誰？」

「我們有一個人，也許不能這樣說。以利亞撒．羅伯茲（Eliazar Robards），我猜你應該聽過他這個人。」

我當然聽過，但是這令我更加驚訝。「我以為他已經逃到美國去了。」

「美國浸信會的一個人告訴我的。羅伯茲要不就是未曾離開中國，或者他又回來了。我不清楚他住南京多久了。」

我們彼此對看，聳了聳肩。以利亞撒．傑雷米亞．羅伯茲是一個從波士頓來的傳教士，多年前已經被傳道會解雇。原因不明，據說是因為挪用了大筆的錢，但是應該還有其他的原因。眾所皆知，羅伯茲在他祖國是奴隸制度的激進反對者，他在中國找到了對抗所謂「苦力販賣（coolie trade）」的新活動領域。貧窮的農民被船運送到西班牙美洲的銀礦，如果他們僥倖沒在船上死去，做苦工也會做到死。有些人是自願上船，有些是被騙上船，有些根本就是被綁架。廣州是這殘酷買賣的中心。據說羅伯茲的教會，事實上是一個利用各種方式阻止人口販賣的民兵組織，而且屢次與奴隸船隻的經營者發生激烈衝突，有人喪生。據說有一天羅伯茲為了躲避敵人逃回美國。

「你認為呢？」我問，因為托馬斯一直看著我。

「那位美國的弟兄說，他收到羅伯茲的信。信中他自稱是叛軍政府的對外代表。」

「眾所皆知，他向來誇張。」

「能夠從南京私傳信件的人一定靠關係。」

「我明白了。」除了對抗販賣人口這件事，關於羅伯茲還有一件有趣的事：他是在中國唯一一個認識天王本人的洋人。大約十年前洪秀全找到他，由他指導研讀《聖經》，甚至有人聲稱羅伯茲為洪秀全施洗。「你認為，這是洪哥不再寫信的原因嗎？」我問。「他一直以來在我面前否認羅伯茲給他族兄施洗。

他的教會是由持武器的流浪漢組成。他們落腳在廣州周圍的山區，屢次突襲運送奴隸的船隻。」

「我曾經聽說，那些人口販賣商懸賞要他的人頭。他從未被抓到過，現在在戰亂中他到了南京。在香港大多數人認為他是一個狂熱者，瘋狂而且危險。」

「說服詹金斯帶我去蘇州。」我說，然後我們繼續走。

接下來幾天，我那隻看不見的手脈動得更劇烈。氣溫上升，街上空氣如液態的氣體閃爍，儘管如此我還是天天去散步好恢復體力。城裡謠言滿天飛，據說中國商人雇用了一個叫華德（Ward）的投機冒險者，動員次僱傭兵來對付叛亂分子。聽說報酬之高，讓許多正規士兵成群結隊叛變，然後加入僱傭兵的行列。不久，招募新成員的傳單證明了謠言是真的。我終於知道我的旅途同伴被什麼吸引走了。除此之外我在想以利亞撒．羅伯茲是否是波特非得到南京不可的原因。他們兩人是否曾在廣州交手過，譬如，在運奴隸的船附近？若是如此，他們當然不會是朋友。

八月初傳教士出發前往蘇州。因為我面對巴塞爾總部行為不端已經傳開來了，詹金斯牧師不願讓我跟，但是托馬斯用我和洪仁玕的交情也許對任務有幫助說服了他，他最後允許我以非正式的成員身分加入。從蘇州河啓航途經不同的直流和湖泊，路程大約八十英里。詹金斯牧師向一位富有的絲綢商人租借了一艘配有四名船夫的帆船。除了他和我之外，上船的還有一位沉默寡言的瓦萊州人（Walliser）名叫格里菲斯．約翰（Griffith John）、一名衛理公會的代表，他有個好聽的名字英諾森先生（Mr. Innocent）以及一個法國人勞先生，戴著細金邊眼鏡，只懂一點英語，經常一人獨處。在啓航前牧師禱告祈求上帝的幫助。之後他就專心與同事們討論如何才能幫助叛亂分子正確了解三位一體。船上有一個配置竹家具的船艙，草簾營造船艙的朦朧舒適氣氛。英國租界地區的房屋很快已經在我們身後。船航行經過廢棄的海關，陸地上籠罩夏季的安靜。儘管我感覺彷佛已經過了好幾年，我仍然經常想起在海洋復仇者號上的航行。關於那些洋人僱傭兵的最後消息據說他們已經占領松江市，不久將進攻南京。似乎有可能將來有一天我和波特站在對立的立場。總之，我堅信我們會再相遇。我們的故事還沒結束。

因為沒有人理會我，我獨自留在甲板上寫我的札記。上禮拜天，我第一次去教堂聽傳道，那是在牧師暗示若我不上教堂他無法再收留我之後。如同在維多利亞，男士坐一側，女士坐在另一側的布簾後面。所有人拿著扇子扇風，本地人交頭接耳竊竊私語，只要詹金斯一改口用他不完美的中文演說，他們就開始咯咯笑。他講道的內容是關於保羅，但是牧師直指南京的起義者，那些人如以弗所（Ephesus）的人民接受了預備的洗禮，而且正等待傾聽全福音。在中國的基督徒現在所處的情況就如同當時教徒在使徒時代時一樣。儘管如此，仍舊有一線真理的曙光傳到南京百姓那兒。「現在任務在我們身上，我們必須幫助他們正確了解上帝的榮耀，」詹金斯大呼。大家低聲表示贊同。擔任風琴手的教友在手腕上綁了手帕，以防汗水滴落在琴鍵上。

我稍晚回到教會街時，家裡的女僕正在外面洗衣晾衣服。所有的百葉窗都關上了。我很快地上樓，換了上衣然後去敲臥室的門。沒有聲音。我一開門，汙濁的空氣迎面撲鼻。瑪莉安躺在床上，她的頭髮緊貼在頭上使她眼睛看起來更大。「是我，」我說，因為她盯著我看，但是好像認不出我。天氣越悶熱，她身體越糟。「要我去給妳拿杯水來嗎？」

她的回答聽起來像說阿門還是廈門，我沒聽懂，我一步走進房間。「妳要喝水嗎？」我又問了一次。

「她以為，我說的是丹麥語。」

「什麼人認為？」除了床之外，房間裡只有一個黑色的衣櫃和兩張椅子。我拉了其中一張坐下。

「一個在廈門的法國女人。安妮，她的名字叫安妮。」她露出了笑容，她一定是服用了鴉片，而且大概不知道自己在說什麼。「聽起來和我的名字差不多，安妮。安——中文的意思是和平，對不對？」她的嘴角還黏著口水。她的臉上和脖子上布滿蚊子叮的紅腫。床頭櫃上擺著藥盒和《聖經》。

「那個安妮認為妳說丹麥語？她認為所有在奧克尼群島的人都說丹麥語。」瑪莉安嘎啦嘎啦的笑接著說：「想像一下，她真的那麼認為。」

「告訴我一些關於妳故鄉的事，」我說。但是我的在場似乎驅散了她的思緒，只留下她臉上漸漸凋謝、充滿情感的表情。「牧師人在哪兒？」她問。

「在教堂，禮拜剛剛結束。」

「他答應要帶我一起去的。」

「妳必須先好起來。」

「沒人買花。」

我問為什麼要買花，但是她沒回答。伊莉莎白有一次告訴我，她在發燒的期間，同時活在不同的時間，這原本是美好的事，只是所有其他人被鎖在此時此地，無法聽懂她的話。也許瑪莉安也處在類似的狀態。「牧師有沒有提到一封信？」我問，「一封叛亂分子不久前傳來的信？」我急切想看到原本的信，很想在詹金斯的寫字櫃裡找找。

「他說，他們不明白耶穌是神也是人。」她用懇求的眼光看著我。她想握我的手，我讓她握著。「我服用了太多的鴉片了嗎？伯恩斯大夫說，我必須小心，不要上癮。」

「等妳好了之後，再來煩惱這個不遲，」我說。「牧師真的沒提到那封信？」

「在我的信裡我不會寫這個，他們不會了解。在奧克尼群島。」之前的笑容在她臉閃現，然後又消失。在床頭上方掛著裱框的《聖經》經文：我可以差遣誰呢？誰肯為我們去呢？我說：我在這裡，請差遣我！「你也會很想念冬天嗎？」她問。

「我從來沒喜歡過冬天。」

「怎麼會有人不喜歡冬天？聖誕節、壁爐裡的火、夜裡可以在床上聽見的風聲。小時候我一直以為那是渡過大海而來的鬼魂聲音。你是個奇怪的人，你沒有任何想念的東西嗎？」

「妳必須跟牧師說，夏天妳不能留在上海。這裡對妳而言太熱了。」

「當他問我要不要隨他來中國的時候，我根本不知道上海在哪裡。我真愚蠢竟然沒聽過這地名。但是我知道我得陪伴他，如果被愛，在哪兒生活都無所謂，你說對不對？」

我不知道該怎麼回答。瑪莉安的手指開始輕輕撫摸我的手指，她自己並沒有察覺。「你剛剛是不是問了什麼信？」

「牧師說叛亂分子給他寫了一封信，遺憾他不肯透露信的細節。總之他不肯對我透露。」

「一切會像他所說的那樣發生。」

「他說什麼？」

「耶穌會和天主教教徒僅僅是出於好奇而來。他們度量了天空並設置了曆法然而仍舊如異教徒死去。上帝為我們保留到了奇蹟，但是叛亂分子必須先贏得這場戰爭。」一陣咳嗽讓她無法繼續說。她的身體在被單下因抽搐而顫抖，我從床頭櫃端起水杯，但是花了一點時間她才伸手拿到水杯。在上海只有進口的礦泉水能喝。從井裡汲出的水太混濁，沒加鉀鹽連用來洗衣都不行。

聽到樓梯的腳步聲我把椅子挪離床邊。一名女僕沒敲門就進來，她愣住了。瑪莉安讓那女僕穿著和自己一樣的服裝：兜帽，圍裙，僵硬的領口。那女孩猶豫地走近，用托盤端著茶放床頭桌上，然後又離開。不久之後我聽到樓下傳來有些激動的竊竊私語聲。「我試著教她們禱告，但是她們不願意。」瑪莉安哀傷地說。「牧師禱告時，她們連雙手交疊都不會，牧師不得不打人，就算如此……」她一邊咳嗽一邊在床上坐起來，她指著小盒子。在她的睡衣底下肩膀的稜角明顯顯現，但是在她吞了藥丸之後，表情放鬆了些。「我們在廈門的斯特羅馬赫牧師家作客，」她說。「在他那兒住了一個幫他整理宣傳小冊子的助手，他教了我中文。Missus learns very quikly（太太學得很快），他總是這麼說。他是唯一一個我見過那樣表情的中國人，你明白我的意思嗎？就是瞪著我們看的蠢表情消失之後露出的燦爛目光，我想像你在南京的朋友洪哥應該就是那個模樣，」她喃喃地說，彷彿念著神祕的咒語。她撫摸我的左手臂，從肩膀到包紮開始的部位。「從他的臉上看得出來他是基督徒嗎？看得出來，對吧？他們幾乎會因此變得好看，縱使有可怕的眼睛。牧師說那些叛亂分子那麼殘酷，是因為異教徒的信仰在中國人的心底比任何其他民族都還根深柢固。他們的對手是撒旦。」

「我讓妳先好好休息，」我說，「如果妳需要什麼，我就在隔壁。」

「有時我真希望我的床就擺在所有人都看得到的地方。就在城中心。剛開始他們只會是站在那兒用呆傻的眼神盯著我看，可是之後，你知道的，他們會抓我的手，斜眼凝視我，摸摸我的額頭，然後他們漸漸明白。喔，我希望我就這樣躺在貧窮墮落的地方，一直到他們大聲祈禱我早日康復。」

「妳現在先好好睡一覺。」我輕輕地將她的手從我手臂上移開。瑪莉安閉上眼睛，但是她再次張開眼睛，像個感恩的孩子般看著我。「牧師說你根本不是傳教士。」

「我以前曾經是。」

「對，他也是這麼說。你曾經是傳教士。」她露出微笑，彷彿這是我們之間的祕密。她的呼吸平靜下來。我也曾經在伊莉莎白的床邊像這樣坐過好幾個小時，期待看到她的每個微笑中病情轉好的跡象。直到最後。有一次我從短暫的瞌睡中醒來，她的頭朝著我的方向，眼睛睜開，雙手仍然溫暖。她看起來如此安詳，我幾乎不敢哭。後來悲慟讓我在維多利亞多停留了一段時間，然後才離開，現在我開始相信，儘管發生的一切，我仍舊是幸運的。我永遠不可能成為她允許自己去愛的男人。一切都過去了。

旅程的第三天我們第一次遭受射擊。如往常一樣，當那些傳教士在船艙裡辯論時我坐在甲板上。突然槍聲一響。岸邊蘆葦叢裡的鳥兒飛起。不久前我們經過一個更大的城鎮，幾乎看不到戰爭的痕跡，只是百姓出奇的少。碼頭和市場上空無一人，但是河上車水馬龍，迎面而來盡是滿載的船隻。槍聲驚醒正在打盹的我，船艙裡的談話也安靜了下來。已經快到傍晚，我手裡握著左輪手槍，蹲躲在船舷欄杆旁細聽四周動靜。「我們受攻擊了嗎？」詹金斯牧師從船艙裡頭問道。

「有可能，」我回答。河岸建了鞏固的堤壩，遮擋了周圍的視野。只見四處枯萎的桑樹。第二槍雖在很遠的地方響起，我還是開了槍，槍聲驚飛了幾隻嘎嘎叫的鴨子。自改變我一生的突襲行動發生至今已經十個月，然而現在恰恰是使用槍讓我感覺自己已經痊癒了。當我走進艙房宣布危險已經過去了，我第一次感覺到那些傳教士因為我同行而感到高興，格里菲斯·約翰問我如何失去左手的。我和洪哥的關係似乎也突然引起眾人的興趣。詹金斯多年前在上海見過他，而且極力讚揚他，彷彿是要討好我。他說他從來沒有見過如此好學的學生，當我回答說，我當洪哥是老師時，他表情吃驚。

我們決定找定錨的地方好過夜。自離開上海之後，我們不知道，我們究竟在叛軍還是官軍的地盤上。我們很可能大部分時間穿過無人管轄之地。城市屬於交戰的某一方，但是鄉下地方就不再有秩序。有一次我們看到有幾十個人騎馬越過水稻田間的堤道，沒有制服或旗幟。我們經過市集熱絡繁忙的村莊，還有其他只有野狗在廢墟間徘徊的村莊。岸邊有棵樹上吊了五具男人的屍體，其中三具沒有腳。孩童手上拿著布袋在光禿的田裡遊蕩。那天晚上我們指示廚子做些簡單的菜，然後立刻熄滅灶火。後來我值第一輪的崗哨，我們要船夫也同樣輪流守衛，但是傳教士們拒絕了我也給船夫武器的建議。「絕對不可以給當地人槍。」英諾森先生說，彷彿是跟我分享他多年來的中國經驗精髓。

那是一個月明雲淡風輕的夜，河道在我們前面兩百碼的地方轉彎，到那之前在我眼前是開闊清晰的視野。從船艙傳來禱告聲。在船尾中國人攤開墊子，不久我就聽到此起彼落的打呼聲。在上海時我打包了一包鴉片藥丸，現在我服了一顆，雙腳放在船舷欄杆上。不時有漂浮在水上的樹枝撞擊船身，河水緩緩流淌，船身輕搖彷彿要催我入睡。我幾乎想念起廊煙的味道，漂浮在甲板上的辛辣帶苦的氣味。

不，不是幾乎，我真的想念那氣味。

為了讓傷口透氣，我解開繃帶，撫摸殘肢。有些部位我一摸會感覺痛，除此之外，手臂末端麻木沒有感覺。我曾經問過我的朋友羅伯特．布魯姆，當他和政府作對，難道不怕會讓他的妻子變成寡婦，孩子變成孤兒？當然怕，他說，而且就只這麼一句：當然怕。我突然覺得很奇怪，我竟然曾認識這一個人，不僅是因為自那時起已經過了許多年。今天我會想問他什麼問題？我凝視著夜晚，心裡思考著，一會兒之後我感覺到越來越多的木頭撞擊船身。樹枝或小的樹椿撞得船身輕輕震動。拉緊的錨鏈嘎嘎作響。當我仰頭看天，感覺船彷彿疾馳如夜空中的雲，只是往相反的方向。我想起了小時候做過的一個噩夢：我躺在床上，聽見通往樓下洗衣間的樓梯傳來的腳步聲。那是令我感到恐懼的男人腳步聲。他不停的走，雖然樓梯只有十二階，他同時不斷輕聲重複說著：此刻，此刻，此刻，此刻。就只這兩個字，同時伴隨沉重、堅定的腳步，朝我接近卻從未到達。每次我醒來時都滿頭大汗，然而我不明白這夢為何令我如此恐懼。即使只是回憶我仍舊感到不安。此刻、此刻、此刻、此刻。

當有一根特別大的樹枝撞上船身，我嚇了一大跳，環顧四周。也許我不小心打了盹兒。在船艙裡我察覺震動，船尾的中國船夫在船尾竊竊私語，我雖然聽不懂他們說什麼，但是我可以感覺到他們陷入恐慌。是什麼原因？我急忙從椅子裡站起來。「哪來的這些搖晃？」詹金斯牧師走到甲板上。他身穿長睡衣，步槍掛在肩上。英諾森先生、格里菲斯．約翰、勞先生也都醒來了。我曾聽說在南方叛軍砍伐樹林，讓木椿隨著河往下游漂蕩以阻斷敵人，但是這一帶沒有樹林。我心裡不安的走到船舷欄杆旁。河流的顏色變了，不再是黑色，而是泛著淡藍的光。那些中國人聲音嘶啞的交談。「天上的聖父啊！」當詹金斯牧師走近時脫口而出。

我眨了幾次眼，然後我也看到了。

漂流的屍體大部分頭朝前方。男人、女人、孩童。他們似乎手牽著手，直到碰到我們的船頭才分開。一些往左，有的往右。或趴或仰，胳膊微彎。眼力所及滿河盡是屍體，我們站在船舷旁，彷彿在觀看死人遊行。數百也許數千，從我們即將前往的地方而來。一具男人的屍體撞上船，卡在錨鏈上，可怕的隊伍立刻堵塞住。有的頭卡進肘窩，身體四肢糾纏在一起。詹金斯做出一個無奈的動作。我不假思索抓起船夫用來穿過激流的撐竿。英諾森先生做了禱告，格里菲斯．約翰默默的在胸前畫十。正好就是唯一一個獨臂的人，一腳蹬在船舷欄杆上，我心想。過去幾個月我肌力衰退。站在不穩的船板上要能不失去平衡將死人推回水裡是很困難的事。幾分鐘之後我筋疲力竭。我喘著氣暫停，然後抬頭看。從河流轉彎的地方漂來更多新的屍體，赤裸、從我們旁邊漂走，在下一個河流轉彎的地方消失。當明月從雲層中一露臉，水開始閃著恐怖的光，那些死人的面容變得可辨，他們黑色的眼睛彷彿瞪著船看，直到漂走。有些屍體有刀傷。如同一支無聲的叛軍先鋒部隊，他們正往上海前進。另一個方向是蘇州，在它後方的某處就是長江畔太平天國的首都南京，也就是我此次行程的目的地。

No.23768 倫敦，一八六〇年十一月三日，星期六

泰晤士報

價格：四便士

英國遠征中國

（本報特派記者托馬斯．鮑爾比）

白河岸旁新河營（Xinhe），八月二十五日

在此充滿泥濘和廢物的不毛之地，極盡眼力也找不到一株賞心悅目的植物，記者也不得不描寫此處荒涼的景象，如同我們昔日最偉大的詩人描寫絕望的瑪莉安娜面對被遺棄的莊園一般。換言之，我們的報告從中國的北方開始。英國之子踏上了直隸省的貧瘠土地，有人可能會說「到了純正的中國」，然而說到純正的意義，眼前灰色、單調的風景本身一點也不純淨。在北塘前的海灣有一些岩石像英格蘭清水鎮的懸崖，甜美的回憶短暫安撫了思鄉的心，只此而已。此報導的目的旨在讓我們的讀者更了解過去幾個月發生的事以及將繼續發生的事。

首先最重要的：我們攻占大沽砲臺了！附近再沒有武裝的韃靼人或中國人的士兵。阿姆斯壯大砲首次實地進行了測試，可說是皇家軍隊有史以來在戰爭中最具威力的武器。我們的特使額爾金伯爵正前往天津，與戰敗方迅速進行談判。此乃為沒耐心的讀者所做的總結。以下一一詳述細節！

上個月二十六日盟軍在波濤洶湧的中國海岸登陸過程順利。去年盟軍試圖直攻大沽砲臺，因掉入中國人所設的陰謀陷阱不幸失利，此次盟軍在河口北方三英里處上岸，首先攻下北塘市。因為找不到其他紮營的地方，士兵不得不將原先居住的三萬可憐中國人趕出家門。部分居民雖然在附近村莊找到住處。然而目睹母親懷中抱著啼哭的嬰兒、老人背著孩童離開，那景象仍令人心碎。偶爾還有一些不愉快的場面，當中特別是廣州苦力以及法國二等兵引人注目。然而記者仍可報告，我們軍隊的行為無可挑剔。在格蘭特將軍的命令下，少數幾名掠奪者被杖打二十四下。一名冒失的步槍隊列兵僅是想要抓住一頭四處流浪的豬便得咬牙接受懲罰。一些家庭在軍隊到達之前已經用鴉片毒死自己的女兒，以免於她們落入洋鬼子手中遭受蹂躪，即使是採取再謹慎的措施也無法阻止這樣的憾事發生。賀拉斯[11]曾寫道：戰爭是母親的夢魘（Bella detesta matribus），一點也沒錯。

盟軍花了幾天時間探索地形並計畫下一步。他們必須繞路向內陸前進，才能最終從防禦較弱的砲臺後方攻擊。天氣如中國人的喜怒無常，傾盆大雨使溫度降低，地面泥濘。然而士兵請病假的狀況僅百分之二說明部隊士氣高昂。沒有士兵願意在醫船上浪費時間。全員渴望洗刷去年的恥辱，並且以英國的戰力給予敵人教訓。

八月十二日，時候到了。由於天氣惡劣幾經推遲之後，凌晨，第十二海軍分隊協同巴

11 譯注：Horaz，奧古斯都時期的著名詩人、批評家、翻譯家，代表作有《詩藝》等。是古羅馬文學「黃金時代」的代表人之一。

夫的三個連隊加上米爾沃德船長的阿姆斯壯大砲一同進軍。大砲的運輸在接下來的幾個小時顯然是最大的挑戰。拉車的馬腿一次又一次陷入深深泥濘中，以致士兵不得不自己動手將他們精良的戰爭設備——他們親暱稱之為「薑餅」——拉通過一個比保加利亞最遙遠後方有過之無不及的地區。當所有單位在新河前各就其位，辛勞的價值立刻顯現。三具阿姆斯壯大砲形成中心，騎兵隊在右，步兵隊在左，各距中心四分之一英里。同時斯特林（Stirling）的砲兵中隊守衛通往天津的高起道路。在另一方陰險令人聞風喪膽的蒙古人增格林沁將軍已經在等待。

現在輪到阿姆斯壯大砲上場了！十一點過後的第一砲發射時，記者站在米爾沃德指揮官旁邊，砲彈射程一千二百碼，可惜太高，越過敵人的防線未造成任何損傷。「降低三度！」有經驗的船長大喊。接著第二顆砲彈不偏不倚在敵人的隊伍中間爆炸，一舉清空一打的騎兵。接下來的幾分鐘連續開火，子彈以彈無虛發的致命精準度擊倒倒楣的蒙古人。在敵人無力回擊的情況下，所有士兵可以看清整個場面，連經驗豐富的軍官都留下深刻的印象。敵人不知所措停留在原地不動，直到十分鐘之後發現腳下的地面太熱。我方勇敢剽悍的錫克教士兵立刻追擊。他們手持長槍遇到一隊突然從道路後面的窪地出現的騎兵。那些蒙古人沒有逃而是視死如歸反擊，完全不知道英屬費恩錫克教騎兵團的厲害。第一名錫克教騎兵在全速疾馳中將長矛刺進敵人的胸膛；被刺穿胸膛的敵人落地，四肢不再動彈，整個蒙古騎兵團以同樣的方式幾乎全軍覆沒，不到一個鐘頭新河已被盟軍攻下。

十天之後我們的軍隊面臨更大的挑戰：如今臭名昭彰的大沽砲臺。與此同時額爾金伯爵以書面形式進行談判，而他的文字不能冒犯傲慢又沒見過世面的滿洲官員。軍隊利用這個休戰期為戰鬥做準備。根據格蘭特將軍的估算——經過筋疲力竭的討論之後他才願意同意法國同僚的看法——五個砲臺中最北的那一座是關鍵。中國人顯然在過去幾個月快速建造了一座強大的碉堡，而且因為它位在運河交錯的半島上，所以必須建造浮橋與防衛牆才能發動攻擊。八月二十日從廣州趕來的領事巴夏禮最後一次嘗試說服滿洲指揮官棄械投降，但是遭到最粗鄙的拒絕。於是八月二十二日早晨關鍵性的一戰開始了。盟軍開火之時，山搖地動。雖然砲擊造成敵方慘重損傷，但是我方士兵們仍舊不得不克服腳下和外城牆之間的泥濘。榴彈砲、便壺與未消解的石灰不停落在士兵身上。視死如歸的防禦也動搖不了進攻者的英勇。一名勇敢的法國兵已經爬上防禦牆，與高采烈的往裡頭開火，直到長矛刺中他的眼睛，將他擊倒。其他人衝上堡壘後方的斜坡，半個小時之後，第一批盟軍往堡壘內部挺進。中國人繼續在城牆內的砲臺上抵抗，盟軍不得不在一對一的對決中將他們解決。估計敵人的損失總數至少一千五百人。當戰鬥平息，英國與法國的旗幟在城牆上飄揚時，砲臺四周的壕溝裡塞滿了死去的中國人。英國在這天損失了十七名英勇的士兵，二十二名軍官，以及一百六十一名士兵受傷。值得一提的還有：羅傑斯與伯斯勒姆少尉以及候補軍官卓別林因其英勇事蹟被提名授予維多利亞十字勳章，這無疑是他們應得的。

法國人的損失僅大約一百多人。

在其他砲臺投降之後不久，領事巴夏禮去見直隸總督，交涉達成所有敵軍無條件投降。就此結束精心策劃並且成功速戰速決的戰役，讓狡猾的敵人毫無反擊的機會。去年的恥辱已徹底洗刷，英國恢復榮譽。昨日額爾金伯爵已經乘著格拉納達號前往天津，在那兒新的一場外交斡旋即將展開。可以預見，審慎的特使將迅速成功完成談判。

此時天氣逐漸好轉，夜裡氣溫達華氏六十度，白天八十五度。士兵享受他們應得的休息。他們三五成群坐在營地中，從營地的整潔程度可看出他們已在克里米亞學到教訓。一些人啜著當地的三蒸酒，得出的結論是英國的杜松子酒味道更佳。錫克教士兵的馬在陽光下吃草踱步，廣州苦役正在為他們準備食物：一坨看來很神祕但沒有人會羨慕的伙食。英國可為其精良的武器以及英勇的士兵感到自豪。願天主保佑，但願滿清官員仍有一絲理智，《泰晤士報》將很快能報告談判結束，以及兩年前簽訂之條約的最終簽署。

十三、異鄉女神的目光

額爾金伯爵在天津，一八六〇年九月

他再次來到此地，兩年過去，他老了兩歲。這次格拉納達號載著他逆流而上，夜裡加上海河蜿蜒曲折所以船的行進緩慢，但是他寧願速度再慢些。天津，他心裡想著，然而他不知道這名字究竟對他有何意義。這次的落腳處比上次舒適，軍官不必再睡在拆下的門板上，而是能躺在真正的床上，而且所有房間裡都有玻璃窗。剛開始熱氣令人難以忍受，但是傍晚時分已經有一絲秋的涼意。不怕辛苦的馬多克斯給他找來一張掛床上的蚊帳。大約七點的時候，額爾金伯爵站在中庭，等待自己累到想睡。可是除了手上拿的那杯酒，有什麼可以令他累到想睡？

今天他收到三封信，但是與前幾封一樣他並沒有答覆。只要中國人故意拖延時間，作為特使的他無事可做。除了不理會滿清官員以及大臣寫來的信，重要的決定就給格蘭特將軍及霍普上將。多虧了阿姆斯壯出廠的新奇武器讓軍事行動幾近無懈可擊。然而很可能只有他在夜裡會夢見那些只聽到一聲刺耳的呼嘯，下一刻已經被炸成碎片的士兵。再一次，英國不是在中國開戰，而是進行了一系列可悲的大屠殺，就算《泰晤士報》的記者設法隱瞞沒有對讀者直接說謊。

額爾金伯爵嘆著氣目光徘徊。周圍鑲嵌灰色石塊的池塘在暮色中閃爍。他在池塘前的八角涼亭度過一下午。讀書、沉思、喝酒。他對帕默斯頓勳爵說五千名士兵是理想的部隊，軍事和後勤都足以應付。但是總理堅持要派一支武裝部隊才足以消他對去年遭受恥辱且與日俱增的怒氣。援兵不斷從英國及印度調來，這軍事行動每個月要花費一百萬英鎊。法國的軍隊總數是相當壯觀的七千名士兵，但是沒有馬。

馬必須到日本買，而那些馬體型嬌小看起來像賽季結束時的斯卡布羅迷你馬（Scarborrough-Pony）。砲艇是先零件運來中國，據說在土倫（Toulon）碼頭花了兩天組裝建造。但是砲艇完成兩個禮拜之後在黃海岸還遺留了各式各樣的零件，軍官搔首圍觀不知道該怎麼辦。傳說司令部中有人認為與其和法國人合作對抗中國人還不如先驅逐其中之一，然後對付另一個。在香港蒙托邦將軍嚴正要求英國船上的英國國旗尺寸必須縮小，避免搶法國的鋒頭！他與格蘭特將軍水火不容，關於無法避免的最高統帥之爭，在經過無休止的談判之後終於有了真正明智的解決之道：他們輪流。一天英國領導盟軍，隔天輪法國，而且各以自己的方式。一方設立目標並且實現，另一方則同時搜刮整個城市。在不少案例中有母親掐死自己的女兒，以免她落入洋鬼子手中。他寫信給妻子的信中寫道，這就是進步的方式。再兩個月即將進入冬天，據說這裡的冬天絕不亞於俄羅斯的。沒有人記得在克里米亞半島的大滅絕嗎？無論如何，敵人很清楚在軍事上他們毫無機會，所以他們在拖延戰術中苟延殘喘。

額爾金伯爵聽到了腳步聲，於是轉頭。他原本是在等他的祕書，但是來的是形體消瘦的格蘭特將軍，他從通道步入露臺。每晚他都會來做他所謂的報告。實際上是額爾金伯爵問一句，他才勉強答一句。「將軍，靠近一些，」額爾金伯爵大聲說，自己也驚訝自己友善的語氣。「來陪我喝一杯吧！」

「謝了，大人。」

這表示：不，謝了。額爾金伯爵還是給客人倒了一杯，然後指著空椅子。「部隊有什麼事嗎？」

「一切正常。」

「很好，將軍。我真的很……高興聽你這麼說。」他不經思考掏出口袋裡的錶來上發條。將軍是一個物理奇蹟，在他面前時間靜止。夜晚的天空已經轉成深藍，額爾金伯爵喝著香檳，差點伸手去拿桌上的一本書，那裡擺了一堆書。他很少像此次旅行一樣一路讀了那麼多書。馬賽、撒丁島、蘇伊士和無止盡的印度洋都是他第二度造訪，已經少了第一次的新鮮刺激感。在錫蘭的船難提供了一點消遣。新加坡、季風季節的香港還有發了三天的高燒，然後在上海和弟弟重逢，而且在華氏一百度的高溫下幾乎無法呼吸。據稱叛軍即將占領上海，但是弗雷德里克保證一切在掌握之中。最後他朝北方出發，等待法日騎兵，而且他始終相信如果中國人腦袋多一點理智，這一切都是可以避免的。唯有理智保持相當的平衡，驕傲才是美德。

「將軍你聽說過關於中國的女人嗎？」他轉頭，沒發現這問題令將軍有任何驚訝的表情。他空洞的雙眼還有凹陷的臉頰很容易讓人想到米德蘭鐵道蒸氣火車上的火夫。

「大人，您是說女人？」

「她們的腳，你聽過綁小腳這個習俗嗎？」

「那真是可恥，大人。」

「是，你說的沒錯。但是你看，中國人稱那雙畸形的小腳三寸金蓮。現在你看看那邊的池塘裡，你看到裡頭的植物了嗎？那就是蓮花。那葉子比我的腳還大。」

將軍的目光隨著他伸出的手。「而且更圓，大人。」

「中國人有個奇怪的方式，他們不直接用名字來稱呼東西。你不覺得嗎？」

將軍沒回答。

「你瞧，這兒沒有金蓮，名稱未表達出現實的東西。在我看來這是中國人最顯著的特徵。我們的語言描繪現實，他們的則是創造一個詩意的幻想世界。你對此有何看法？」他大可再問問格蘭特對亞里斯多德《詩學》的看法。至於問到他是否喜歡看書，將軍的回答是：《聖經》是他唯一看的書。除此之外，他每天晚上拉大提琴。早上《聖經》，晚上大提琴，中間時間他射殺蒙古騎兵，如果兩者有矛盾，額爾金伯爵很想知道該如何稱呼。義務？愛國主義？他聽到敲門聲，應了他的要求馬多克斯穿過敞開的露臺門走向前。當他看到將軍時愣住了。將軍這時仍沉迷在蓮花的祕密中，總之他沒抬頭看。「大人，將軍。」馬多克斯手裡拿著幾張紙在他們面前站住。

「很好，馬多克斯你來了。拿個酒杯，然後……喔，麻煩你去再拿一瓶來，在櫃子旁的冰塊中。」

「非常樂意，大人。」

將軍把他倒滿酒的酒杯放在桌子上然後起身。

「將軍，你請坐。馬多克斯一定有有趣消息要告訴我們，有關想來拜見我們的那個代表團。」

「政治，大人。」應該這麼說……無所謂。格蘭特自豪的拉直他掛滿勳章的制服外套。

「還有其他我必須知道的嗎？你的報告不是很詳細。」

「我們已經準備好了，大人。只要您一下令。士兵們已經迫不及待要痛宰山姆．柯林森了。」

「山姆．柯林森？」他驚訝地看著將軍。

「抱歉，大人。」格蘭特搖了搖頭。「我的士兵開的玩笑。沒人記得那名字……那中國名字。那將領叫什麼名字來著？」

「僧格林沁將軍？」

「是的，大人，士兵們說他是愛爾蘭人，從海軍叛逃，那個山姆．柯林森。」

「為什麼是愛爾蘭人？」

「開玩笑的，大人，我們知道他是中國人。」[12]

「嗯，非常有趣，將軍。感謝你的探望。晚安！」

馬多克斯和他等了一會兒，直到將軍穿過了庭院。蟬在雪松樹枝上鳴叫，但是不像他在南方聽到的蟬那樣響亮。當馬多克斯深吸一口氣時，額爾金伯爵搖了搖頭。「什麼都別說，馬多克斯。他是個有為的將軍。我推測在軍隊中某種程度的頭腦狹隘算是美德。如此容易服從。」

「僧格林沁是蒙古人，不是中國人。」

「乾杯，馬多克斯。」

「我沒聽說過由中國人統帥的騎兵，他們不擅長騎馬打仗。」

「也不擅長航海，我們乾杯，這是命令！」

他的祕書聽從了，他們一起因為取笑將軍而大笑。馬多克斯改頭換面了，他身穿合身的西裝，說話時直視對方的眼睛，不再像從前那樣結結巴巴卑躬屈膝，而是散發自信。弗雷德里克非常器重他，甚至考慮如果自己移居到北方，就提拔他成為領事。馬多克斯領事，誰會想得到。但是前提是中國人必須允許大使進駐他們的首都。「有新的信件？」額爾金伯爵問同時指著馬多克斯手中的紙。

「每天友方都有信件來，大人。」

「信裡有什麼有趣的消息嗎？」

「嗯，直隸總督寫了一封表示歡迎的信函，他視我們為他的客人，他允許我們在停留期間在他省內有占用合適住所的權利。除此之外他希望我們在此愉快，若我們有缺少什麼……，要我繼續嗎？」

額爾金伯爵嘆了口氣，打手勢要他停住。酒精已經起作用，建築物的輪廓在黑暗的天空前變得模糊，在他看來這似乎可以說是特徵，在這個國家一切沒有鮮明的輪廓，甚至是戰爭與和平，敵人與朋友，征服與拜訪之間。「我一直試圖將所有人類視為具有理性的生物，

12譯註：僧格林沁的名字在英文中拼寫為 Sankolinsin，發音近似於 Sam Collinson，而在英國人的記憶中，Sam Collinson 是一個愛爾蘭籍的叛軍軍官，他們傳言這個人逃跑後來到中國，就是僧格林沁。

不管他們的信仰是什麼。我認為這是我身為基督徒的職責，可是中國人……」他看著馬多克斯說，然後沉默不語。

「大人，還是我們明天再繼續把信看完？我還有另一……」

「不，馬多克斯你解釋給我聽。這些人在想什麼？我們盡力自我節制，但是你知道阿姆斯壯大砲造成的損害。他們手舉馬刀朝著我們衝來，我們將他們擊斃。我們像客人嗎？如果我是客人，我會帶著兩萬名士兵來嗎？我是敵人，是要讓中國屈服。那些滿洲官員相信只要給我寫幾封胡言亂語討好的信，我就會改變主意？馬多克斯告訴我，他們真的是如此相信嗎？」

「不，大人。」

「那好，以上帝之名，他們是什麼意思？我知道他們想爭取時間，要回那些信不需要半小時。那些信沒有任何作用！」再過幾天他們將繼續朝北京前進，這是施壓的唯一途徑。皇帝似乎不在乎軍隊的損失，但是想到洋鬼子就要入京令皇帝恐慌。恐慌或冷漠最後其實沒有什麼差別，兩者都會導致沒有談判。他們很可能不得不占領北京。這很可能是第二個印度的開始，可是英國是否應該每兩年就發動戰爭，只因為中國人不懂什麼是條約？

「好吧。」馬多克斯清清喉嚨說。「總督無法忽視有敵人軍隊在境內的事實，可是他沒有談判的授權。」

「罷了，馬多克斯。就讓他們維護面子。難道只有這種荒謬的裝模作樣才行？我們心知肚明他們憎惡我們。」

「大人，我們發動戰爭是為了將來成為他們的夥伴。他們以敵意邀請我們做客，情況就是如此。」沒錯，馬多克斯以非正統的觀點挑戰他，並沒有惹他生氣。可是不管怎麼說。「雙方既然已經簽了條約，就必須遵守。只要條約是目前戰爭的原因，必要時，我們只好訴諸武力確保中國人遵守。只要條約一批准，它便會成為我們兩國之間和平甚至是友好的基礎。現在唯一缺的是皇帝的簽字。」

「大人，他們可以爭辯說條約是被脅迫而訂定的，當中權利與義務未能平均分配。」

「馬多克斯，看看四周，你不覺得多一點繁榮會給這國家帶來好處嗎？為何中國人如此堅持虛構自己是世界上唯一文明的國家？他們拿著馬刀打戰，把自己女人的腳弄殘廢。該死！那是東方的專制！」

在片刻寂靜中，他意識到自己聲音大到整個莊院都聽得清楚。「馬多克斯，麻煩你再幫我倒一杯。」說著，他將杯子遞給他。「我的眼睛越來越糟，在黑暗中我幾乎看不見。」

「大人，您既然提到女人，還有一件事。」

「等等，馬多克斯，多謝。」他點點頭，接回酒杯。「你是否曾經想過，為何中國人從未到我們那兒？他們有船，他們既非不好奇，基本上也對貿易不陌生。為何他們從未想過要到歐洲呢？我思考了很久，但是找不到答案。他們為何讓我們來制定規則？」

「大人如果還記得我們關於黑格爾的談話……」

「啊！」額爾金伯爵手一揮，用力過猛使杯子裡的香檳潑出。他們談話的時間越長，馬多克斯越像過去自己那麻煩的樣子。昨天他長篇大論說了關於動物溝通的種種。根據他的說法，狗也有語言，但是僅由兩個詞，啫（rrh）和唔（wuh）構成。他的祕書是根據自己親身體驗觀察發現的。在上海他養了至少五隻狗。「所以說美好古老的世界精神不希望中國人到歐洲。好吧，有可能，可是他們自己要什麼？永遠堅持對古代的崇拜？」

「大人，人有些根深柢固的習慣，牢不可破到不可能想到其他可能性。」

「是的，我們甚至需要那些習慣，也就是所謂的習俗。可是你不認為我們有能力質疑其合理性，必要時還可以拒絕嗎？我的意思是，我們和中國人完全不同。你就承認，那我們就意見一致了。」

可是馬多克斯不願意。「我們的騎兵隊，把馬刀繫在腰帶上，」他說，至於他說這話的目的為何先不管。「但是蒙古人和韃靼人在馬鞍上有一個環，或者將馬刀塞在馬鞍下。大大減少了好幾磅的重量，大人。」

「馬多克斯，我問的是到國外旅行的興趣，你跟我談馬刀環。」

「大人，您去試試要費恩騎兵團的一名騎兵從腰間脫下馬刀，不久之前我試了。『草民』還算是他們衝著我說的最客氣的話。」

額爾金伯爵不得不忍住笑。馬多克斯以他讀書人習慣對一個作戰經驗豐富的騎兵解釋如何處理馬刀。順便一提，他認為狗只聽得懂元音，聽不懂輔音。這當然麻煩，如果牠們的語言每兩個字就有 rrh 的音。這次大自然真的犯錯。「你的意思是要我下令：即刻起將馬刀從腰帶上換到環圈裡嗎？」

「我的意思是我們跟他們一樣，大人。一模一樣，只是看似不同。」

額爾金伯爵沒有回答，而是彎身將那一疊書拉近，但是在黑暗中他花了一點時間才找到他要找的書。「這一本，馬多克斯你讀一讀，然後告訴我，中國人是否有能力寫這樣一本書。這是科學，在倫敦甚至連教會都對此書有興趣。有人認為這是對我們信仰基礎的攻擊。我說這是我們文明優越的證據。我們永遠不會滿足於我們現在所知的。我們崇拜古代同時相信上帝，但是我們不允許自已停止追求真理。你知道我的感覺嗎？我覺得這像是男子的氣概，進步不會從天上掉下來，你必須爭取。但是相反的，中國人仍舊相信他們在兩三千年前已達智慧的頂峰。從此之後與世隔絕，若有人指出他們的落後，他們便覺得被冒犯了。馬多克斯，這像女人，而他們令人厭惡的殘酷只是背面，但這阻止不了我們。不管中國人是否願意，我們將打開中國的門戶。」

額爾金伯爵身體往後靠。當他閉上眼睛，他感覺天旋地轉，他母親的臉在他的腦子裡浮現。他出發前的兩個禮拜，她在巴黎過世，但是他已經沒有時間到她墓前悼念。瑪麗路易莎不知道該先安慰誰，他或是自己，還是寧可先安慰小孩，他們的年紀已經足以知道一年有多長。在淚水中告別之後，海上的最先幾個禮拜他幾乎感到鬆了一口氣。穿越地中海雖然不特別令人興奮，但是晴朗的天氣加上《泰晤士報》的記者鮑爾比先生的陪伴，旅程可說是相當愉快。他真的非常期待途中在埃及的停留，而且一到達，他立即抓住機會參觀金字塔。鮑爾比先生是一位彬彬有禮的聰明人，他願意陪他一起去。

五月初，尼羅河三角洲天氣乾熱。南方吹來的風感覺像熔爐的熱氣，因為這緣故接待他們的東道主建議夜裡去參觀那地方。帕夏的馬車送他們到尼羅河岸，到另一岸有六英里他們必須騎驢。那天是滿月，額爾金伯爵很想命令舉火炬的僕人熄滅火炬。植物生長茂密的田野左右兩側是棕櫚樹，蟋蟀鳴叫，植物越來越稀疏，然後完全光禿。到沙漠了，他心裡想。既似遙遠，又像他伸手便可觸及，金字塔矗立入天。黑暗的三角型，其尖端觸及星星。突然間，世界奇蹟在感官上有了具體的意義。他的眼睛被眼前的景象深深吸引住，直到鮑爾比先生用手勢轉移他的注意，他才看到另一個奇蹟。

他嚇了一大跳。一個陌生的女神看著他。

蒼白的月光在她臉上閃閃發亮，她的目光凝視著他，彷彿在期待著他的到來。一路上他只想著金字塔，現在他感覺心跳加速幾乎要從嘴裡蹦出了。「這就是她，對吧，」他最後只冒出這一句話。

「非常真實，可以這麼說。」鮑爾比先生同他一樣震撼。他們脫下帽子，繼續騎到離這神祕雕像二十碼的距離。那是獅子與女人的合體，伸展的身體有一半埋在沙裡，頭抬直。當額爾金伯爵看到前肢的輪廓時，他把驢拉退了一步，彷彿他太靠近獅身人面像了。

「她朝東方看，是嗎？」他低聲問。他幾乎希望她低頭仔細看他。「她在等待日出。」

「看來是如此。」鮑爾比先生沙啞的說。

穿著長袍裹著白色圍巾的當地人聚集在金字塔前的廣場上。帕夏警告過他們要注意扒手，但是在獅身人面像附近額爾金伯爵覺得很安全。在月光下她的目光停在他們身上，諱莫高深，質疑沉穩，不可動搖。真正雄偉壯觀。

「她守著一個祕密。」鮑爾比先生說。

額爾金伯爵的目光追隨石頭上的線條，有一刻他不確定這是否是一張女人的臉。獅子的部分是雄性，頭四周的鬃毛是暗示。但是眼睛讓他想起當時在天津的那個中國女子。「她知道一個祕密，」他回答，「但是不清楚是什麼樣的祕密。否則為何這般的等待？如果是她的祕密，她樣子會不一樣。」

「也許您說得對。」鮑爾比先生用手勾勒那張臉的線條，他覺得很大膽。「或者我們都對，大人，矛盾在於她的表情。您看她的眼睛，然後再觀察她的嘴。」

「她的嘴友善多了，」他同意道，「簡直是充滿希望。」

「她的眼睛等待那奧祕顯現，她是否能夠處理這謎題，從眼神看不出來，但是從全身平靜的姿態可以看得很清楚。」鮑爾比先生因為職業關係是個優秀的觀察者。額爾金伯爵點點頭，同時伸手去拿水壺，漫長的旅途讓他喉嚨乾渴，而且現在還是華氏九十度左右。「您當然知道伯克（Burke）對於崇高的闡釋，」他說，同時在腦裡搜索那些句子。「一種令人愉悅的驚駭，一種充滿恐怖的寧靜。您不覺得眼前的景象便是如此？」

「您可以糾正我，大人，但是伯克最喜歡的例子是驚濤駭浪的大海。」

「顯然他未曾到過埃及。」

「完全正確。」記者同意他所說的。「在她面前你不得不顫慄，但是你無法轉移目光。獅子和女人的合體，埃及人究竟是怎麼想出來的？」

額爾金伯爵感覺他同伴第一次作如此空洞的評論。錯誤膚淺簡直就是荒謬。不然呢，他差點脫口而出。鮑爾比先生未曾面對女人的目光而顫抖？面對她們的心知肚明，以及從不出錯的直覺。他不知道，每個女人都守著一個祕密？她們生孩子，無緣無故哭泣，讀丈夫的表情像在讀一本書。他差點說起瑪麗路易莎突然變樣子的那些夜晚……鮑爾比先生當然知道，每個人都知道，然而這仍舊是個祕密，只要想到這裡他不寒而慄。在埃及沙漠中，他看到妻子的大腿在他面前。當中有著出乎意料的力量。當然沒有人會自找麻煩想像女人有肌肉，但是她們有。雖然較弱，但是只要她們願意，她們可以抵抗，而她們通常不會如此做，我們該做何推斷呢？瑪麗路易莎會與孩子一起做晚禱，然後才到他身邊。婚姻承諾與義務固然存在，但是他觀察他的妻子卻從未發現任何不情願的跡象。每次事後她躺在他的懷裡，她臉上的表情和眼前低頭看著他的那雕像一模一樣。驕傲、鎮定、祕密再次隱藏住。女人並不會為自己顫慄，相反的她們露出一種笑容，彷彿想像作為男人且一無所知是件有趣的事。陷在盲目的行動衝動中的男人……

鮑爾比先生清了清喉嚨。「那鼻子怎麼回事？」

「什麼？」他問，聲音之大以至他的同伴驚訝地看著他。

「大人，您身體不舒服嗎？您臉色蒼白。」

「太熱了，鮑爾比先生。您在夜裡遇過這樣的高温嗎？我們應該穿著其他服裝的，」他沒看著雕像，而是直視著同伴的臉。「您剛剛問鼻子，是嗎？」

「據說，拿破崙的士兵將它砍掉了。一七九八年的時候。法國人當然否認了。」他的手指向獅身人面像的臉，額爾金伯爵拒絕跟隨他的手勢。因為被它的目光吸引住，他沒有注意到那讓雕像面目不全的裂洞，此刻他沒有必要為了真正感受再抬頭看，而且突然間魅力消失了。他搖了搖頭，但自己也不知為何搖頭。最終在每個神祕背後是否都潛伏著淫穢？「也許我們應該騎去金字塔。您認為呢？」他說。

鮑爾比先生點了點頭，而且彈了彈舌。「這當然讓我想到一個問題：您認為和法國的合作能維持嗎？我的意思是，鑑於在薩伏依（Savoyen）發生的事件。」

「我完全信任葛羅男爵。」

「對他的皇帝您可能就不會如此說了。如果法國人突然與俄羅斯人結盟怎麼辦？」

「鮑爾比先生，您知道數目，我們的軍隊龐大，必要時就算獨自行動也沒問題。我們此刻是否可以先放下這個話題，繼續我們的遊覽？」

「當然，大人，抱歉，是我的職業病犯了。順便一提，您是否知道葛羅男爵的父親當時接受拿破崙的命令，遍遊義大利為所有藝術珍品做一份清單而且將最重要的帶回巴黎？」

「鮑爾比先生，抱歉我不知道。而且老實說，這我一點也不感興趣。」額爾金伯爵看錶時，發現已經過了午夜。他們與當地的導遊已經約好，會在金字塔旁過夜，他們好一大早爬上金字塔看日出。這原本是個好主意，但是他現在感到筋疲力竭。背部感到疼痛，他不得不下馬鞍，但是當他們接近金字塔時，一大群阿拉伯人湧向他們。他們很快就被包圍了，一張張沒有牙齒的嘴大喊要求小費，伸手拉扯他們的外套。挑夫舉著火炬擋開那些人，額爾金伯爵很高興終於殺開一條可以脫逃的小巷。鮑爾比先生沒跟上。不等他是沒禮貌的事，可是他克制不了自己，他需要獨處。

看著金字塔，讓他的心跳平穩下來。他朝著當中最大的走去，越是靠近他覺得自己在縮小。金字塔如此龐大，以致頂多只能繞著它走並用眼睛觸摸。看到金字塔後面沒有人，他鬆了一口氣。他下驢，輕拍驢的背直到牠躺下，然後他繼續步行。他喉嚨乾渴，但是他不想回頭拿水。在沙地上他的腳步變得不穩。

他幾乎是不情願地回憶起去年他從中國回家的經過。瑪麗路易莎為了迎接他，特地到巴黎。在回英格蘭之前，兩人獨處了一個週末。他們出去用餐，他的妻子讀了孩子們的信給他聽，為他拭去眼角喜悅的淚水。但是他記憶最深刻的是他們回到飯店。他們才關上房門，他的妻子迫不及待的撲上來，全身顫抖、貪婪的，在那慾望征服他之前的短暫片刻，他不得不壓制想給她一巴掌讓她冷靜的衝動。現在他找到沙中的一個窪地躺了下來，用一塊石頭當枕頭。他一閉上眼睛眼前便是那房間，寧靜中翻雲覆雨後的床。一種充滿恐怖的寧靜。瑪麗路易莎在浴室裡輕聲哼唱。他一張開眼睛，仰望的是升上天的巨大黑色表面，彷彿一個陌生的行星正向地面下降般。在入睡之際，他感覺彷彿有人在他身旁躺下。古老的埃及人是否比其他人更早了解，每個人都具有雙重性格，而且人是融合所有矛盾的生物？他身旁的人更靠近了些。他真希望那人是他的妻子，他就能夠求她原諒。他究竟怎麼了？他該如何與所知共存？他到底是什麼人？……

「大人？」

他嚇一跳張開眼睛。他一定是睡著了，垂坐在椅子上，總之馬多克斯看著他，如同大夫在尋找病人的症狀。「大人，您清醒了嗎？」

「我當然清醒，這是什麼問題？我只是沉思了一會兒，如果你不反對。」他用力坐直。院子裡油燈已燒盡，只有他身後燈光閃爍，在露臺的地上投下跳動的影子。「現在我要回房了，今天是漫長的一天。你讀讀這本書，然後告訴我你對達爾文觀點的看法。你現在幾乎不再談你自己的書了。」

「大人您記得還有另外那件事。」

「馬多克斯，你總是還有另外那件事。還真沒完沒了，你的書呢？沒有進展嗎？」

「大人，書已經差不多完成了。」

「我可以知道書名嗎？」

「大人，書名《中國心》。是嘗試……」

「不尋常的書名，幾乎讓人想到一本愛情小說。」

「心指的是中文的意義。」

「這我至少猜到了。」

「大人，心這個字的意義對中國人而言是管情感與理智的地方。您了解嗎？」

「馬多克斯我誠心的向你保證我懂你的意思。不管如何，我認為感情與理智的區別至今還是很有用的。」

「中國人不是不知道這一點，大人，良心，也帶了一個心字。似乎也可理解為連結……」

「有機會你一定要好好跟我解釋說明。」他試圖撐著從椅子站起來，但是沒辦法，他的身體越來越沉重。

「大人，這樣催逼您，我很不好意思……」

「真的嗎？你的舉止也可以有其他的解讀。」

「那位女士已經來了，大人，她正在等候。」

他原本已經半起身，現在又坐回椅子上。多固執的狗！如果在英國，馬多克斯頂多只會成為書記員，而在外交職務上他會永遠像個暴發戶。但是他的堅定不移得到了回報。老是和他作對，久了也很無聊。

「已經來了，你這是什麼意思？」

他的祕書轉頭。「在我房間裡。」

「馬多克斯，你瘋了嗎？將那女人帶進我們的營地來！」

「大人，是您同意的。」

「我是要你去負責，你該不會當真認為我是要你把她帶到這兒來吧！」

「沒人看見我們，大人，士官都在外面。再說本地的人員進進出出。」

「不是在這時候。」

他的祕書不理會他的話，而是站起來說到：「大人，我是不是該把她帶來？」

「天啊，馬多克斯，我只能希望你知道你在做什麼。」他心裡咒罵著，眼看他的祕書離開院子。等到腳步聲消失後，他也站起來。他伸伸懶腰，感覺到强烈尿意，去茅廁的路太遠，於是他站到池塘邊，對準了水裡肥大的鯉魚，無所不知的馬多克斯告訴過他，鯉魚傳統上是富貴和幸運的象徵。在中國到處有人養鯉魚，因為這裡的人熱愛象徵就如同歐洲人熱愛真理。窮人買條鯉魚，就會覺得自己很富有。中國人幾百年來讀相同的陳腔濫調，為的是科舉時對相同的問題給出相同的答案，而不是去追究這些在生存的戰鬥中有何作用。馬多克斯曾經向他解釋過，他們對理想統治者的想像：南面稱王。孔子自己也說過自己的學生「可使南面」。太厲害了！柏拉圖永遠也不會想到這一點。

奇怪得很，這時的狀況讓他邊尿邊回想起那一夜的情景。急促的尿意阻止了他去碰那中國女子的腳，他匆匆下樓去茅廁。直到解決之後他站在院子裡一會兒，突然才意識到自己忘了將衣服先穿好。夜風吹拂他裸露的上半身，腳上的靴子鞋帶沒綁。英國特使這樣的行為十分可疑，但是幸好沒人撞見。透過草簾屋頂他看到自己房間的窗子燈火通明。她坐在那兒等他，但是他決定先再去拿一瓶香檳。經過一年嚴格自律，現在他可以犒賞自己。他感覺自己彷彿穿過持續夢中的靜物寫生。院子、通道、飛檐，一切沉浸在不真實的藍色中。蝙蝠四處飛舞。極樂寺（Tempel der höchsten Glückseligkeit）聽起來像那種年華老去的處女愛看的小說書名。伯爵果斷地通過他居室的陰暗走廊，他心裡想，同時不得不壓抑住讓自己別咯咯笑。顯然他比自己認為的還醉，守在放飲料房間前的警衛朝向他走了一步，然後愣住。瞬間一片寂靜，彷彿整座寺廟屏住呼吸。其他警衛正在城牆外巡邏。

「大人。」根據聲音判斷是一名年輕的軍校生。額爾金伯爵沒有回答，只是站在他面前直視他的眼睛。一張出身鄉村的臉孔，一看就知道有閱讀困難，一個字如果超過三個音節，他可能就得用食指幫忙，但是面對中國人他覺得自己高高在上。額爾金伯爵決定不對他說什麼。這只是一個夢，填補兩天之間的空隙。那士兵的額頭冒汗。一分鐘過去了。汗珠從那可憐傢伙的臉上流下，然後他一小步一小步小心翼翼後退。他慌慌張張地擺弄房間的鎖，將鎖拉開，然後筆直地站在門旁。宜人的涼風湧出。重要的是不能撕毀罩著夢境的封套。額爾金伯爵慢慢走進房間，眼光掃過滿滿的架子，他抓了兩瓶香檳從架子上抽出。一股衝動讓他脫掉靴子，從前他曾赤腳在布魯姆霍爾的草地上奔跑，蘇格蘭的綠色草地，那綠就像在中國……

「大人，要冰塊？」

就一句話讓他回神到士兵身上，他臉靠近士兵的臉，近到鼻尖碰鼻尖。這笨蛋在想什麼！他是帝國的復仇天使，中國帝國已經存在幾千年了，但是只要他一聲令下就能讓它崩解。如果他想要想起蘇格蘭的綠色草地，任何人都不能打擾他。任何人都不行！他等到那士兵再次退回去關門，最後他饒了他，然後走回自己的房間。

那中國女子坐在原來的地方。剛才酒精造成的微醺似乎已經消失。她睜開眼睛看起來是清醒的。

「女士，」他輕快地說，「抱歉，讓您久等了。在我們的軍營，一到了晚上只能凡事自己來，沒人服務。小心，請別嚇到！」他打開第一瓶香檳的軟木塞，那女人嚇了一跳，有那麼一瞬間那女人臉上似乎閃過一絲笑容。就像小孩看到變魔術那樣。他將第二瓶放進藍色盛冰的盤裡。「很高興看到您的精神又回來了。您真的不想再嘗一口嗎？不？」她擺手拒絕——一隻手很快在小嘴前一拂——這是她第一次表現出溝通的意圖，這真的令他欣喜著迷。也許他太快否定了她的女性魅力。如貓眼的黑眼睛，瞳孔和虹膜幾乎沒有區別，但是習慣之後……她是一個女人。很年輕。他舉起酒瓶直接喝，享受喉嚨裡的清涼刺激感。她打量他的方式已經沒有先前那般恐懼。很好。

「我親愛的，進步是有可能的，」他邊說邊用手擦拭嘴角。我親愛的如此的稱呼是有些唐突，但是反正她也聽不懂。「就某種意義而言，這不僅是我們意外相識的箴言，而且終究也是我使命的座右銘。儘管如此我還是要强調，我不是進步的盲目崇拜者。我寧可稱自己是懷疑論者。根據伯克可算保守派，您不會認識伯克，但是聽我說，我知道進步是把雙刃劍。在中國如此落後的地方當然另當別論，至今為止進步與中國擦身而過。——如今我們將進步帶來，中國很容易直接迎接。道路、鐵軌、電信、煤氣燈，例子數不清。也許您的國家要成為一個現代化的國家還需要一兩百年的時間，但是相信我，我將竭盡所能啓動這一過程。對了，您坐在木架上不舒服吧？」他停住，與其說是擔心她坐得不舒適，他更無法確定自己該坐那兒。他現在半裸站在房間中央，心裡希望他們之間剛剛萌芽的親密感能再拉近彼此的距離。如果有沙發就好了，除了他放郵件的架子，房間裡只有一張椅子，以及那張床。

「聽著，」他說，「我們暫且還是保留老樣子，我來談談我的家鄉好了。今晚在天津這兒我思鄉情切，女士，若是您能到倫敦，您會發現眼前景物美不勝收目不暇給，若是您聞到倫敦的味道，您一定會摀住鼻子，但是這個我們不想談。倫敦的街道豪華富麗，公園和劇場體面壯觀。或者是愛丁堡，山丘上的城堡，波濤洶湧的大海視力可及。看著大海你可能會問，進步還能帶領這樣的國家到何處？我不是認為進步多餘，我已經跟您提過便士郵件的例子。至今我們到了將所有新事物都賦予進步之名的地步。這正是我懷疑態度所在。舉個例子，報刊雜誌。十年前普通人根本買不起日報，更不用說工人了。有營業稅、印花稅，一份報紙的價格往往是工人階層半日的工資。但是進步來了，在這例子就是煤油燈，突然間白日變長，以致人們到了晚上得考慮他們該如何打發這多餘的時間。女士，空閒是棘手的財富，我是根據自己經驗說的。但是消磨閒暇時間有什麼比閱讀更好的方式嗎？於是稅取消了，報紙就如春筍般冒出。事實只有一個，有人可能會懷疑，為何需要如此多不同的報刊來報導？但是我有自己的觀點。突然記者坐在議會的旁聽席。您也許知道譁眾取寵這成語，也聽過帕默斯頓勳爵，他就是這現代典型領域的翹楚。」他又啜了一口，因為只有木架前面鋪了一張地毯，於是他在那兒坐下。面對著包裹在彩色絲綢裡不真實的小腳。坐在女人的腳下，美事。除此之外增添了他們共處時的令人玩味的情致，她必須偶爾彎腰看看他在底下做什麼。暫且，什麼也沒做。

「您瞧，曾經有一段時間，政治家想取悅人民會被視為粗俗。為何要取悅人民？他們應該盡自己的職責，為國家做最好的貢獻。再說大家對他們的期待是他們比人民更知道如何做。但是現在有了報紙，因此一切改變了。這有點像鏡宮：彷彿真相不再只有一個，而是有多少鏡像就有多少真相——而人民可以從當中選擇。完全正確，女士：選擇真相！所以不是真相而是如柏拉圖所言，它的影像。帕默斯頓勳爵本能地明瞭這一點，我的意思那並非是他的最高本能。那些本能在他身上是金字塔的形狀，底部較寬。喔，女王鄙視他，相信我，女王的夫婿也受不了他，但是，女士，人民愛他。而他雖然不愛人民，但是他確實很愛取悅人民。您還記得唐—帕西菲科醜聞嗎？一名名不見經傳的葡萄牙猶太人，他聲稱在直布羅陀出生所以是英國公民，他在雅典的房子被毀了，帕默斯頓採取什麼樣的行動？他派了海軍去。差點就與法國及俄國打起仗來了，就為了一棟在雅典的房子！而人民竟然稱頌他。英國最強的後盾，大家喜歡這樣的措辭，報紙也是如此。您隨便問個記者，他會立刻承認：帕默斯頓很會推銷自己。可是從何時開始政治事務是銷售？您是否注意到，我們離報紙可以教育人民這個想法距離有多遠？一八四〇年有個年輕人想暗殺女王，沒成功，幸好。被捕後他被問及動機，他承認他想在報紙上看到自己的名字。這對我們應該是個警訊。」額爾金伯爵停下來，因為那個中國女子從上面看了他一眼，儘管話題嚴肅，他還是忍不住對她招手。一八四〇年女王還是個年輕女孩，那一年她新婚，至今她已經生了九個孩子，是他見過最不尋常的人。嬌小而具有無比的內在力量。他不會忘記她為了慶祝劍橋公爵（Duke of Cambridge）生日所舉行的舞會，那是一八五四年的三月。她與他共舞，喜形於色不停地說話，當音樂停下來時，她嘆了口氣說：「太可惜了，我明天必須對俄羅斯宣戰。」又是帕默斯頓借助報紙煽動起的一場戰爭。

「因為您這兒沒有報刊雜誌，」額爾金伯爵說，「我推測你們也沒有轟動（Sensation）這個字眼。一個新詞，我記得我父親用像『便士郵件』同樣鄙夷的語氣說出。如同我說『搶劫』（to loot），但是我們不僅習慣了轟動，我們還熱衷於此。當時的刺客被人認為是瘋了，而且被送往澳大利亞。若是今天處理想在報紙上出名的人都像當時那樣，英格蘭很快就沒人了。順便一提，我看您表情愉快，想來是不能理解我對這種事態發展的擔憂。但是若是我告訴您，在某種程度您的國家也是英國報刊的受害者呢？不回答？」他面帶微笑往後靠，失去平衡翻了身躺下來。那女子第一次發出短暫的笑聲。她的腳就懸在他肚子上方兩寸的地方。他心想，也許「金蓮」根本不是畸形的委婉修辭，而在鞋子裡的腳完全健康發展，只是彩色的絲綢阻止了腳的成長而已？他並不感興趣，但是關於中國的錯誤訊息有如此多的傳說，這也不無可能。

「您瞧，」他躺在地上說，「今天一個政治人物要成功，不必比其他政治人物聰明或努力，而是只要提供轟動的事蹟。帕默斯頓也明白這一點。相信我，那個人經常對他妻子不忠，您甚至可能會認為他是想以這種方式出名，但是他真正的王牌其實是另一張。戰爭，女士。我指的不是唐—帕西菲科的那場鬧劇，或派我到中國的小小探險行動——順帶再一提，今晚我第一次不覺得這行動是我的不幸——，我指的是克里米亞戰爭。女士，拜訪我的家鄉，到我的國家旅行，找一個能夠告訴您我們為何在克里米亞打仗的人。並非無人能給您答案，不是嗎，而是您一定會聽到慷慨激昂的演說！為了要護衛英國的名譽，為了英國的價值觀以及為了捍衛自由。您甚至可能聽到女王親口如此說，他的影響力已經到這種程度，帕默斯頓勳爵。女王內心深處憎惡他，但是他使大家期待戰爭，以致她最後不得不宣戰。告誡甚至不允許在俄國發行俄語《聖經》的沙皇要收斂——英國人喜歡以這種方式來確保自己國家的優越性。事實上事關誰來控制耶路撒冷的聖地，嚴格來說我們發動的是一場宗教戰爭，而且是為與君士坦丁堡同樣偉大的獨裁者，這不重要了。重要的是崇高的目標，再加上指望可以來場混戰的甜頭。遺憾軍隊沒做好準備，士兵大批死亡，但是帕默斯頓現在已經是內政大臣，因此不必承擔責任，而那些比他高貴的人不得不為此承擔後果。當他終於達到目的領導政府時，在克里米亞只剩一半的英國士兵還活著，而兩年後據說在廣州英國國旗遭褻瀆，他立刻看到另一個機會。女士，您該讀讀報紙，您會害怕的。您該慶幸他有勇氣派我來，如此一來您的國家倖免於難。還有，我發現躺著喝酒很困難。」他划動手臂試著坐起來，而且趁機用手指觸摸她的小腿。如果絲綢真的包裹兩坨化膿的肉，他應該聞得到氣味，但是他什麼也沒聞到。不，那是健全的腳，只是很小，而且可能散發荷花的香味。這些狡猾的中國人，也許是他們自己散布謠言的，好讓外國人不會有興趣想知道這迷人的小鞋子裡究竟藏了什麼。現在，他可不一樣，不管他之前說了什麼，他可是有興趣，甚至等不及。他已經整隻手抓住小腿，感覺握在他手中的肌肉，感覺那中國女子如何變僵硬，為了使她放心，他上下滑動拇指。

「女士，我一定要給您吟幾句詩。幾年前我們最偉大的在世詩人因為威靈頓（Wellington）去世所創作的詩句。滑鐵盧，紀念鋼鐵般的威靈頓公爵。所有人都感覺到一個時代的結束。偉大的丁尼生（Tennyson）寫道：儘管萬千世界圍繞著我們轉動，個個具有不同的力量以及異於我們的生活方式，我們可知比靈魂更偉大之物？然後是最後一行，更有力：在上帝及如上帝般的人身上我們築起信任。女士，這是詩嗎？我花了很長的時間才明白為何這些崇高的句子令我感到悲傷。我們可以說該恭喜這國家孕育出如此的人才，而且比任何其他國家都多。如上帝般的人——說來恐怖——如果威靈頓是最後一位怎麼辦？您瞧，不是人民促使一個人偉大，是他自己，而且只有大家允許，他才能辦到。當大家認可他的偉大。我並不是要吹噓，但是我在加拿大所做的事很特殊。女王為此說了許多感人的話，而且為我……好吧，我現在沒穿制服，當然也就沒戴勳章，但是相信我，女士，勳章具有意義。當然不能說我的功勞受到廣泛的認可。報刊認為很難解釋加拿大的局勢，因為我的貢獻在於多少以和平的方式解決了一場衝突，所以他們無戰爭與死亡可報導，少了轟動。您別誤會，我不是在抱怨。帕默斯頓可以在二十五歲就擔任戰爭大臣，是因為他從來不必賺錢。我從加拿大回來，回布魯姆霍爾而不是倫敦——直到偏偏就是帕默斯頓派我到中國。我是個天性寬容的人，我整個外交官的生涯可以證明這一點。可是在牙買加與加拿大時，我不必擔心報刊寫些什麼。但是此時呢？相信我，家鄉的報紙最希望看到的是我扯著皇帝的耳朵要他下皇位。葛羅男爵總是說，我親愛的朋友，為什麼您如此擔心報刊呢？他可以說風涼話。他的皇帝做夢都不會想到要取消印花稅，更別說廢除審查。法國人對中國發生的事知之甚少。沒有必要激起他們的熱情，因為戰爭也不需要他們的支持。所以他們的士兵可大肆掠奪，而葛羅男爵可以聲稱對付皇帝不可太嚴厲。女士，您察覺當中的諷刺了嗎？英國是一個自由國家，因此我沒有如我所願寬容處置的自由。我必須强硬，如我的人民所希望的，如首相一樣强硬。亞羅號事件發生之後，國會有一場激烈的辯論，帕默斯頓想派海軍給中國人一個教訓，但是多數人不贊成，所以表決他輸了。然後呢？他解散國會，到全國旅行，並且大罵所有投票反對他的人『非英國人』。人民為他歡呼，他再次當選，而且下一次再也沒人敢反對他。如果您相信《每日電訊報》，這首相是個偉人，但是您會稱他『如上帝般的』人嗎？丁尼生想到的可不是戰神。而且女士您看看我，告訴我，您看到是個惡霸嗎？等等，我站起來，您會看得更清楚。」

他的左腳痲了，他剛站起來後，蹣跚了片刻。那中國女子的表情變了，彷彿她開始了解他。她上唇上細小的髭毛微微顫動，因為她的氣息或心中的害怕。她眼睛注視著他，他突然有一股衝動不吐不快，他要說出一切。譬如不是水銀毀了他父親的鼻子，小時候人家是這麼告訴他的，但是神經痛不是用水銀治療。在他繼續說之前，喉嚨裡發出很奇怪的聲響，是他不自覺發出的嘶啞聲，從他的體內升起。他父親年輕時任外交官，常常獨自一人在外，到過維也納及柏林。他繼續說：「可是對男人而言，獨自一人不好。在似乎如此誘人進入的異國他鄉，如丁尼生所寫的〈異於我們的生活方式〉。較低層的本能一旦被喚醒——女士，您可別又那麼睡著了——您認為我不會想要做他人預期我會做的事？強硬而且毫無忌憚。喔，我可想了！有些時候，我自己也不清楚是什麼阻止了我。」

他穿過房間，關上窗子。當他停在鏡子前面，發現自己赤裸裸，一絲不掛。他的最後一件衣物在他腳下，他看了一眼，然後再看著那中國女子，看著眼淚從她黑色的貓眼湧出。將一個男人從愛人臂彎裡釋放，他會迷路。在途中他曾想過，海洋不僅僅是許多的水。半個凸面的世界……他自己也哭了，他抽咽的跪趴在地，因為不夠低，他全身趴在地上。他如爬行動物般朝那中國女子爬行，在地上留下一條潮溼的痕跡，他注意力集中在那雙絲綢小鞋。

命運，他想，那是命運。

「原諒我。」他低聲說。他聽到她壓抑的啜泣聲，但是他耳中的噪音越來越大聲，最後淹沒她的啜泣聲。再六英尺、五、四、三。他用最後的力氣伸手去抓鞋子。攫住他的是一種平靜的暴怒，與他以前所有經歷過的相比更美味、更可怕。他想要愛撫那雙小腳，那中國女子腳上的每一根金色、嫵媚、可愛的腳趾。它們就在他眼前不到一英寸的地方，他已經聞到蓮花的味道，如茶一般的香氣。「原諒我，親愛的，最忠誠的朋友，請多寬容。」他想要吸吮腳趾，吸取那只有在此才有的幸福甜蜜，為此你必須航行大半個地球，付出一切犧牲在所不惜。

「我的蓮花天使。」他喘息著說，同時拉住她的鞋子。

北華捷報

第十一期五二六號

價格：一年十五兩

上海，禮拜六，一八六〇年八月二十五日

叛軍

多事的一週！震撼人心的勝利！我們的軍隊在北方取得什麼樣的成果，目前為止還不清楚，但是在上海即使長年居住此地的居民，也不太記得這城市上一次陷於如此群情激動是何時，也沒有人記得曾經有過此種經過數週焦慮等待之後的如釋重負。

如預測，叛軍從蘇州開始進軍。八月十七日清晨西方天際升起濃煙，表明他們正接近。在距離我們城市兩英里的地方他們遇到一支清朝的官兵，於是以其不尋常的戰力展開一場猛烈的攻擊。韃靼人極力抵抗，但是一段時間後他們認清必須撤退的事實，而叛軍趁勢追擊，希望藉此攻入中國人市區。幸而皇家海軍上尉卡瓦納及時下令炸毀相關橋梁，挫敗敵人卑鄙的計畫。他帶領的英勇砲兵如暴風雨般猛烈迎擊進攻者。當時南邊城牆上麥金泰爾上尉的馬德拉斯山區部隊大砲猛烈的火力消滅了敵人的隊伍，若非壕溝和樹木為進攻者提供了極佳的掩護，他們可能消滅得更徹底。然而值得注意的是叛軍並未對英國陣地開火！我方卓越的火力震懾了對方。當他們下午往西南方撤退時，奧格雷迪中尉（Lieut. O'Grady）下令他部署在當地守衛的錫克兵以褐筒步槍及恩菲步槍連續開火伺候。如此一來迫使敵人寧可在所謂的嬰塔（Baby Tower）附近紮營過夜。由於我方軍官的謹慎行事，英國方面幸無損失。在黑暗掩護下，我軍派出士兵燒毀所有可能為敵人提供庇護的房屋。目擊者觀察到以下不平常的場景：我們的部隊在南門附近發現一個老太太坐在裝著她丈夫屍體的棺材上，她斷然拒絕離開家，而且要求當場將其焚燒，他們未滿足她奇怪的要求，而是乾脆將她一起放進棺材，並且像木筏一樣拖過護城河。在隨處可見叛軍屍體，不幸如中國的戰爭傳統，當中很多屍體遭到嚴重毀容。燒毀房屋的大火徹夜燃燒。

燒毀郊區兩天後值回代價：庇護被毀，返回的叛軍成為我們英勇士兵射擊練習的極佳目標。事實證明奧格雷迪中尉射擊準確，至少有二十個攻擊者犧牲在他精準的槍法下。除了當中兩個小時霍布森牧師舉行彌撒，這禮拜天一整天砲火不斷。若干叛軍激烈抵抗，奮力殺出直奔天上聖母廟（Tempel der Himmelskönigin）爬上屋頂將其旗幟升起。我們的法國盟友對此類莽撞行為通常以毫無幽默的方式對待。如熟悉當地的讀者所知，廟附近有許多糖及大豆的倉庫，一概全數遭燒毀無例外。基於記者職責所在必須在此說明，我們的盟友有時無視士兵規矩，對未參與者採取了過分嚴厲的手段。目擊者敘述有一剛生產完的年輕中國婦女，在無挑釁的情況下命喪刺刀下。至於房屋，由於其木造結構以及櫛比鱗差的建築，無法避免郊區全毀。

八月二十日禮拜一早上，叛軍奮勇做最後進攻。這次他們從賽馬場方向接近。風帆戰船獵人號（HMS Nimrod）以及派遣船先鋒號（Pioneer）已經在河上到達定位，並越過屋頂朝他們的聯合部隊射擊十三英寸迫擊砲。叛軍方面仍舊未對英軍開火，而是最終退回到他們在張家嘴的營地。禮拜二有一名信使出發到那兒傳達女王特使的信息，再次強調整個上海包括華人區，都在盟軍的保護之下。

一個令所有參與者難忘的週末就此結束。不論在此內戰中英國中立的確切意義為何，我們有充分理由為成功捍衛我們的城市感到自豪。與許多悲觀預言看法相左，那些唱衰者在過去幾週高估了叛軍的戰力，且低估了我方，事實證明採取的措施充分且有效。自願軍負責警衛工作，確保在英國社區內無論任何時間點不會爆發恐慌。勇敢的市民夜以繼日堅守崗位，他們甚至時常將履行軍事職責與交際結合。附近貼心的居民送來食物和飲料，營造了歡樂氣氛，並證明我們的市民在危機時刻也能保持開朗鎮靜。

在此報導中我們附上布魯斯大使給叛軍信息的副本。我們至今為止尚未收到可靠的回覆譯文，但是可以確定的是，回覆必定是如往常般以極冒昧與誇張的語氣。大使在回答詢問中透露，將來他不再屈尊與民間所稱的「長毛」叛亂分子接觸。

十四、在時間的地平線上

曾國藩將軍大營
祁門，一八六〇年九月初

將軍用兩隻手指抓住鼻梁，壓抑了一聲嘆息。他讓人繪製的地圖顯示了祁門及兩個東部的鄰近地區。該位置上做了黑色的記號，周圍有紅點包圍表示第二道防線。這道防線延伸過樹林茂密的山丘及無人的山谷，這是他在勘查過程中得知的。這些地形提供敵人神不知鬼不覺潛行的最佳屏障。下一個範圍是黟縣（Yixian），當中唯一的一個紅點，再往東就什麼也沒有了。所以說從那兒，他心想，然後退了一步，搔了搔背。那天清晨他爬上橋後的山丘，在那兒他叱責了幾個不是守衛而是在樹蔭下打瞌睡的士兵。在漫長的夏天結束之後，他的軍隊筋疲力竭，警覺性降低但危險升高了。逃到祁門的官兵説長毛已經快到徽州了，如果消息沒錯，他們距離此地只要再五、六天的行軍時間，地圖顯示他難以抵抗。將軍悶悶不樂轉身走到門口，要人傳喚李鴻章。越是擔心，他身上的皮癬就越發嚴重。猶如敵軍的部隊占領他的肩膀和上臂。他該如何是好？

他的門生很快出現在門口，猶如他早在門外等候。每天早上他經常是最早來的人，即使前一晚他是最晚離開的。他毫無怨言去指導志老爺子，而且將軍為了建立對他的信任每天會數次傳喚他。他曾國藩已經正式升任總督，當聖旨到達大營時眾人歡呼，但是他感覺到責任猶如胸口的大石。從今以後他是天下最有權勢的漢人，統轄戰爭最嚴重的三個省分。在北方洋鬼子已經到了天津，因此皇帝不久就會被迫召回全國的軍隊來保衛京城。然後呢？遵從皇命就意味破壞他精心策劃的戰役，若抗命就等同叛國。他很快瀏覽他的門生遞給他的草擬奏章。首先他應該請求朝廷讓他留在軍隊中，並准許他派代表到上海。在最近的事件之後黃浦這城市成了長江下游最後一個安全堡壘，儘管沒有人知道洋人為何對抗長毛捍衛這個城市。他們不想與信仰相同的弟兄結盟嗎？當他抬頭時看到李鴻章正盯著他書桌旁的圍棋棋盤。「我不知道你對圍棋有興趣，」將軍說。他强忍住不讓自己在外人面前搔癢。

「我知道規則，僅此而已。」

「你應該下下棋，可以培養你缺少的一些品性。不急著達到目標，有耐心和遠見的人才能贏棋。」他的門生渴望被派到上海，在大營是公開的祕密。

「孔子在《論語》中不是說，博弈頂多好過『飽食終日，無所用心』嗎？」

「這句子常被誤解，事實上孔夫子是建議那些沒事做的人，寧可去研究下棋。他沒說是下何種棋，所以我們不知道是否指圍棋。你該試試，」他又說了一次，同時將文稿還給他說：「我們還在等待，若是皇帝宣告情勢危急，我們還是得從長計議。」

「大人，請千萬不可將軍隊派往京城，我們不能缺一兵一卒。」

「你去告訴那些洋鬼子。他們拒絕所有的談判提議，拒絕接見大部分派去的使者。若皇帝宣告情況危急，我們派兵還是你打算叛國？」

李鴻章沒有回答，而是指著書桌後面的椅子，彷彿他才是主人。「要不要我讓人送吃的來？」

「我不餓。」

「或者一杯茶？」

他搖搖頭，讓自己像個老人由門生攙扶到他的座位。疲憊如鉛重壓在他眼皮上。他花了幾個晚上思考關稅，他了解到徵稅並不似第一眼看到那般具革命性。或許這對說服朝廷有幫助。李鴻章在報告中提到，兩千年前漢武帝就曾向所有商賈每一千兩收入徵收六十兩的稅。將軍請他的幕僚求證，果然是事實。船超高五丈長一樣要繳稅，漢武帝不是普通皇帝，他在位五十四年，比康熙之前的所有皇帝都要長！必須要預防的是不能讓地方官中飽私囊，如往常一樣，重要的是要用對人，但是事情並非完全不可行。「聽好。」他看著他的門生，突然間他不記得他們之前在討論什麼。圍棋？「你在寫奏摺時，不准用稅這個字，你可以說戰爭支付。但是不能讓人覺得我們有所隱瞞，你必須表達出商賈終於有了機會為保衛國家做出貢獻，明白嗎？」

「大人，您可以信任我。我是否可以請問恩師為何……」

「因為有必要，我們必須迅速武裝起來。我弟弟來信，他寫道他在安慶沒有看到任何恐慌的跡象。士兵築城牆挖護城河，但是居民很鎮靜，他們似乎覺得救援將至。」

「這意味我們的陷阱有效。」

「釣餌也許，問題是若是我們的軍隊必須前往京城，不久我們便不再有陷阱了。」

「若是命令真的下來，」他的門生說，「我們就先請求朝廷下確切的指示，他們需要哪些部隊以及何處？朝廷現在一片混亂，要得到回覆還需要很長的時間。」

「少荃，有時我真不了解你。官僚伎倆，若事關朝廷存亡？」

「我們的敵人是長毛。」

「我們是皇上的臣民，這意味他的敵人便是我們的敵人。」

「大人，北方的戰爭早已經失敗了，僧格林沁的騎兵根本無法對抗洋番的砲火。」李鴻章對此已經深信不疑，不久前他的報告指出，最近有一團僱傭軍在上海附近作戰，全是洋鬼子和洋兵器，只有錢是富裕的中國人出的。而且是當地首長自己促成的，因為他不再相信，還有別的方法可以戰勝長毛賊。自此之後李鴻章考慮如何利用僱傭兵來解決湘軍的當務之急。曾國藩很想知道有什麼可讓他的門生畏懼退縮的。

「告訴我他們為何對抗長毛捍衛上海？」這問題他始終揮之不去。「我以為他們信同一個神。」

「他們真正的宗教是貿易，」他的門生回答。「誰阻擾了貿易，誰就是他們的敵人。這點我們應該好好利用。他們希望在漢口開設一個港口，之後他們將所有貨物經水路運輸，而且必須穿越長毛占領的地區。如果我們清楚讓他們知道，只有由我們控制長江流域，他們的船隻才會安全，我們可以從他們那兒拿到我們現在所缺的一切，大砲、步槍及迫擊砲。」

「在他們拿同樣的武器將京城夷為平地之後！」

「恩師不久前不是才說過：棄子爭先？」說這話時，李鴻章甚至沒有放低聲音。「首先我們利用稅收募到我們需要的錢，然後我們就在上海買僱傭兵，讓洋番知道可以與我們做生意。」

片刻間陷入了緊張的寂靜。沒有，將軍心裡想，沒有任何可以讓他的門生心生畏懼而退縮的。他的門生已經明白只有不擇手段的人才能贏得這場戰爭。只是在犧牲一切之後，贏得的是什麼樣的勝利？他突然站起來，指著門。「現在就去寫關於關稅的奏章，其他的我們時候到了再來商討。」之後他站在窗前，無法理清思路。戰爭的時間持續越長，他越是覺得他的努力雖然沒有徒勞，但到最後卻和他所預期的結果不同。只是會是什麼樣的結果？下午又到了他去拜訪志老爺子的時候。為了分散自己辦公的注意力，他才開始這習慣，而現在為了讓祁門的居民安心，他必須堅持這習慣。他的一舉一動都受到關注，時間一到他已走出大營，附近閒逛的居民就會交頭接耳道：「啊，他要去老志那兒了。」轉個彎，經過無牙剃頭師的店，他聽到他對顧客說：「看，將軍正在去找老志的路上。」市集上的婦人招呼他買水果，並且問他是否要去看志老爺子。當他到了老爺子家，老人已經面露自豪的笑容在門口等他。

他一進門，迎面而來的是令人窒息的空氣。蚊子嗡嗡響，窗邊蜘蛛結了銀色的網，但是房間裡看起來比以前整潔。牆上掛了一幅書法，是李鴻章優雅的字跡：古之立大志者，不惟有超世之才，亦必有堅忍不拔之志。茶已經沏好了，志老爺子邊說話，邊嚼檳榔——他幾乎沒有牙齒了！——他把汁吐在腳邊的痰盂裡。將軍問他家族已經買賣茶葉多久，他回答：「已經十七代了。我們的茶賣到全國各個角落，甚至從廣州飄洋過海賣到國外。」他每說兩句就鞠個躬。「將軍太仁慈，大駕光臨，小的萬分榮幸。」

「這麼一戶古老受人尊敬的家庭沒有人當過官？」

「我的三伯曾經參加過鄉試，之後他說：人必須讀書，官給別人當就好。他住在附近地區，栽種新種的茶。紅茶是未來，他說。德高望重的大將軍太仁慈……」

「家人怎麼說？」

「為何種紅茶？」老先生回答，然後讓口水滴進痰盂裡。

「我是說，他不想當官。」

「俗話不是說處亂世大智若愚，大巧若拙嗎？他認為黃山附近有黏土還有石灰和硝石。我們應該開採黏土賣到製造瓷器的地方。如此才有未來，他說。一個怪人，他老是談未來。」

「沒有人聽他的？」

「那時候那批强盜來了，害他家破人亡，他的妻子在他眼前……兩個女兒自己……」志老爺子看了一眼房間裡牆後的祭壇。一時之間他的嘴唇動了動，但什麼也沒說。「長毛會回來嗎？」最後他問。「大家都說，會和上次一樣慘，甚至更慘。」

「軍事要務雖是祕密，」將軍低聲回答，「但是我可以告訴你：我們已經將防禦的範圍擴大到省邊界。祁門很安全。」

「德高望重的大將軍是……」

「老爺子，再安全不過了。」

站在外頭的鄰居裝作專注在聊他們的天。地方的氣氛隨時可能發生變化。自從有一部分的城牆坍塌，湧入的逃兵幾乎無法控制。最近市集上有人偷竊，有兩個女人在夜裡遭士兵闖入家中後於河中溺水身亡。他的士兵守衛山丘。但是他的幕僚意見分歧：有些人要求遷到長江岸，另一些人和他一樣認為，只要自己背後的山區不設防，就不可能圍攻安慶。但是事實的真相是，兩個營不可能辦太多事情。接下來幾天預定對最接近鄰省的防禦工事進行檢查。敵人會從浙江或江西入侵，只是時間遲早的問題。將軍問：「那位嘗試種植茶樹的伯父名字是？」

「志三伯。德高望重的大……」

「好了。」他示意要他不要再說，然後站起來，他只有短暫停留的時間。「授課必須暫停一段時間，李鴻章還有別的任務。我們正在檢閱省邊境的新部隊。」

志老先生也起身鞠躬。

「據說將軍祖先上溯七十代是孔子的學生曾子，是真的嗎？」

「誰說的？」

「我如此一文不值的人，何等的榮幸啊！」老人大喊。下一刻他撲倒在地，在滿是灰塵的木板上磕頭。將軍翻了個白眼。「立刻起身，老爺子！」

「將來有一天大人會是天底下最有權勢的人。在他底下，復國大業……」

他生氣地扶起老人，拍了拍他的長袍。破損的長袍上沾滿茶漬和檳榔汁。「這胡言亂語是誰告訴你的？」

「到處都有人在說。湘軍會先解救南京，然後北上進京。」

「去幫皇帝對抗洋番？」

「去驅逐他，再讓將軍登……」

「你瘋了！」他差點就克制不住賞老人一巴掌。若是這樣的謠言傳至朝廷，他會立刻被召回京城，然後斬首示眾。不理會鄰居激動的竊竊私語，將軍抓住老志的衣領。「下次你再聽到這樣的話，立刻來大營通報。散播這種謠言的人，就是我們的敵人，明白了嗎？」

「大將軍，遵命，您可以信任我。」

曾國藩一言不發離開房間，某些時刻，他覺得自己似乎無法完成使命。為了打贏這場戰爭他迫切需要錢及增援，換言之關稅及更多的士兵。然而湘軍越是強大，越會引來朝廷的懷疑。在這時候引入新稅收，不僅有行政組織上的困難也隱藏巨大的風險。他需要多少士兵來負責把關？要從哪兒找人？必須武裝嗎？地方政府會有何反應？他表情僵硬地穿過總部前的人潮，回到府邸進入書房。他是否應該上京，親自向皇帝解釋他的計畫？洋番回來引起朝廷驚慌，據說朝廷已經做好逃亡的計畫，有些官員認為護送天子到長城外避難已經無法避免，另一些擔心王朝無法倖免的顏面盡失。他一定得見聖上，發誓效忠，並且鉅細靡遺地解釋湘軍為何在攻占安慶之前，不能北上。而且他一定得在皇帝離開京城天塌下之前辦到。

一如既往他辦公到天黑。晚上他獨自一人用膳，之後總部一片寂靜。遠方暴風雨將至。躺在床上，他聽到外面夜兵巡邏互報訊息。七年的戰場經驗，足夠他一輩子做噩夢，他甚至不必閉上眼睛。不久之後雷電交加之際，他眼前是燃燒的船隻漂流在鄱陽湖上。那是半夜的襲擊。當時他已奉行皇上的命令，仍舊失去皇上對他的重視。桅杆斷裂倒塌砸碎他士兵的頭顱。他永遠不會忘記黑夜中迴盪的慘叫聲。他自己絕望的縱身投入湖中，是陳鼐將他救回來的。現在他再次感覺到死亡接近。要不就在京城的菜市口要不就在戰場上，他不害怕。他看過太多死人，以致有時他甚至希望自己也快快了結。當他想到在時間的地平線上行將發生的事，他首先感到驚恐。突然大家都在談論未來並且想知道未來會帶來什麼。他知道。他感覺未來如一艘沒有錨的船緩慢朝他漂流而來。他失眠躺在床上，睜大眼睛盯著黑暗，數著水上漂浮的屍體。

太陽還未升起，將軍帶著隨行人員出城。陳鼐認為出了祁門對他太危險，但是他想親自看看附近的情況。當他們一隊二十人騎馬過橋時，淡藍色的晨霧籠罩河上。草地上燃燒著篝火，士兵正在吃早飯，而且一定遠遠從他緊張的姿勢就認出他了。他在長沙第一次騎馬點閱新兵時，那匹馬在眾目睽睽之下將他抖下馬鞍。那是匹蒙古小馬，牠可以確切感覺到背上的人是不是在馬背上出生的。現在李鴻章騎在他身旁，展示一個訓練有素的騎手如何單手握住韁繩，另一隻手指這指那。基本上他甚至不需要馬，他的腳幾乎可以碰到地面。「志老爺子說，大人再次拜訪他了？」

「你該不會是今天早上已經去他那兒了吧？」

「我去交代他接下來幾天的功課。大人走了之後，他緊張到整個晚上睡不著，他不得不去小解了七次。」

他本想對他的門生投以責備的眼光，但是辦不到，只好不回應他的無禮。

「據說大人對他說，我現在另有所用？聽起來似乎是我不必繼續授課。」

「你認為你幫得了他？」

「我盡力了，可惜他的記憶力不比他的膀胱強。」

「你也盡力不讓他察覺你的傲慢了嗎？」

「大人，您的門生知道這無關志老爺子，而是對門生的試驗。恕門生一問……」

「若你是如此認為，」他說，「那你未通過試驗。」他們接近那座他每天從書房看到的白塔。路旁有一座半毀的廟宇，他讓所有隨從下馬去拜觀音，然後才繼續前進。山丘在晨光中閃閃發亮，空氣清新宜人，天上有猛禽盤旋。直到他們兩兩並排騎上陡峭的山路，將軍才繼續說話。「在黟縣住了一個讀書人，」他說，「那是老志的伯父，他認為那附近有硝石。我們去拜訪他，要他告訴我們在何處。我們需要所有找得到的硝石。此外為了能使用，我們必須找到一個適合製造火藥和大砲的地方。為此我們需要錢。」路的左右兩旁種植了修剪整齊的茶樹，但是茶園裡沒有人幹活。「你知道我要到年末才能舉薦你。我們無法等太久，在上海大家也都知道你是我的人。年底之前，我打算沿著最重要的貿易路線設立稅局。一旦有了足夠的錢，不是讓你把錢浪費在那些外國僱傭兵上，而是到安徽籌建一支新的軍隊。軍官必須是來自你認識的家族。搶劫者立即處死，照我們的規矩，明白了嗎？」他的門生第一次露出似敬畏的表情。「小心行事，不管你做什麼。不要冒犯人，而是對人表示尊重。你最大的敵人，少荃，不是長毛而是你的自大。」

李鴻章說：「大人可以信任我。」

「如你所見，我是信任你。你將全權負責這支軍隊。不要再次讓我失望。」

片刻之後，霧氣消散，氣溫上升。小路越過一條山脊，那圓型山勢凸起像座墳堆。遠處的景象模糊成一片金光。秋天的山巒寂靜肅穆彷彿守著祕密，他腦子裡閃過這樣的想法。經過一條小溪他們有機會讓馬喝水，但是他們才剛又騎上馬鞍，先鋒兵發出了急促的兩聲哨聲，所有人立刻跳下馬，拔出劍。三個士兵護衛將軍到岩壁下安全的地方。「一定是我們的人，」他低聲說，果然沒錯。下一個哨聲表示危險解除。那是一支五人的隊伍，徒步朝他們走來，帶頭的是一個姓劉的下士。他們正要前往祁門去報告逮獲十二名匪徒。

「何時何地抓到的？」將軍問。

「在黟縣的最後一個崗哨，大人，前天傍晚。」

「損失？」

「兩名士兵，長毛有長矛和劍，沒有砲火。」

「抓到人了？一共十二人？」

「我們想先去報告，然後……」

「有沒有套出什麼話來？」

「他們肯定是從南方來，大人，我們沒有人聽得懂他們的話。」

「他們來此地做啥？」

「正如我剛才說的，我們試了但是一無所獲。」

「好吧。」他聳聳肩。「下士，帶我過去。」

那崗哨位在高原的狹窄邊緣，四處是從地面突出的灰色岩石。當他們到達時，只剩九個人被綁在一棵高大的銀杏樹下，鼻子、嘴巴和耳朵流血。他們已經將三個死人移開。衛兵看到將軍走近來檢察犯人，立刻停止訕笑。那些匪徒衣衫襤褸，頭上的紅巾已經被拿來當綁繩。空中瀰漫的酸味來自樹的果實。只有兩個犯人穿著鞋子。「他們從哪兒來？」他問。

下士指著蒼翠森林的方向，那森林沿著東邊的山陵延伸。「離這兒大約一天行程的地方有一個隘口，當地人稱為羊棧嶺，」他說明道，「也許他們是想調查是否適合當作為軍隊的通道。恕小的斗膽進言……」他等到將軍點頭才繼續說道，「如果我們有足夠的人手，應該將防禦範圍擴大至那兒。」

「徽州在何方？」他問，看著下士的手指向更遠的南方。他們底下的山谷看起來像乾枯的湖底。「他們不可能從那兒來嗎？」

「如果他們想欺騙我們，也不無可能。」

「可有關於可能聚集在那兒的軍隊的任何消息嗎？」

「大人，我們只有十個人，要監視如此廣闊的領域是不可能的事。黟縣的居民不肯透露任何風聲，他們害怕。」

「那些抓到的人呢？我們是不是該去找個懂他們方言的人？」

「那三個死人我們已經用盡各種方法。唯一從他們嘴裡吐出的聽起來像詛咒。」

「我要再試一次，」李鴻章加入他們，然後朝樹的方向邁了一步。「從那兩個穿鞋的開始。」

「少荃，你聽到下士說的，他們是狂熱分子，他們寧死不屈。」

「我不會阻止他們尋死，但是如果有一支軍隊正在前進中，我們必須知道。即使我們擴大防禦圈——到達祁門敵人也需要四到六天的行程。」

將軍沒有阻止他的門生，他遠離了犯人幾步。他指示下士先處理其餘的七人。「除此之外他們身上沒有任何東西嗎？地圖、信件或者書面命令？」

「我們在其中一人身上搜到一本禱告書。就在那兒。」

「所有東西一起燒了。武器呢？」

「顯然是自己造的。不值一提。」

「好，下士，請你撰寫一份報告，寫上兩名陣亡士兵的名字，我會派援兵來，將這十個人移到羊棧嶺，但是要小心，長毛無所不在。」為了躲開刺眼的陽光，他蹲在衛兵陰影下，而且閉上眼睛。他突然感到筋疲力竭，彷彿徒步走到這兒。他想起小時候第一次觀看犯人被處決時的情景，當時他八九歲。一群強盜在縣城被捕，四面八方人潮蜂擁而來想要看死刑。他祖父當時是村裡耆老，允許他也跟著去。那是一段遙遠的路途，穿過田野，一路他父親背著祖父，因為他們住的地方沒有轎子。他從未見過縣城的市集如此擁擠。箱子上、賣菜推車上、堆疊的薪柴上還有窗臺上到處站滿了人，大家伸長脖子。但是因為他們和祖父一起所以其他人讓他們擠到最前面。在那兒他們才看到強盜，猥瑣的人物，糾結的頭髮，腫脹的臉。全綁在一起蹲在縣衙門前面，由手拿大刀的官兵看守著。縣長對著人群大聲列舉強盜的種種罪行，從偷竊、勒索到殺人。然後他一個手勢，每次兩名官兵押來一名強盜，強迫他跪下。犯人必須彎腰臉幾乎碰地，一個抓住他的頭髮拉直後頸，另一個砍頭。第一次行刑完，群眾一片竊竊私語。那人身體一傾，血從脖子濺出。那些犯人沒有一個開口說話，全都默默死去。他們的身體被抬走，砍下的頭堆成一堆。將軍記得他當時很失望。他原本期待的是熱鬧的場面。仇恨、害怕、尖叫。可是觀眾只是觀看，而強盜只是像排隊等湯水。那是八月一個潮溼炎熱的日子。回家的路父親再次背著祖父，他則扛著一籃市場上買的菜。

從那之後，他看過數千人喪命。他母親過世後不久，他奉命到長沙驅逐長毛。他到達時，他們已經繼續往前，但是這座毀壞的城市裡到處是挨餓的人，百姓開始造反。他原本認為死刑是維持治安最好的方法，所以他設立了舉報處，每個居民都可以提出申訴——不久之後天天有人來舉報，舉凡盜賊、流浪漢及醉漢，他的士兵一逮到人便就地正法。風吹來熟悉的聲響，那是刀刃使身首異處的聲音，之後他們將屍體扔進深谷。將軍看著銀杏，儘管秋天還沒到，葉子已經變色。在樹枝下響起壓抑的叫聲，空氣中的酸味越來越刺鼻。之後不久他的門生站起來，往灌木叢裡扔了什麼東西。「該死的禽獸！」他咒罵道。

「一字也不肯透露。」

將軍壓抑了一陣噁心想吐的感覺，他點頭道：「你那時關於祁門的警告是對的。沒有逃生的通路。」

「我們必須召回我們派往安慶的四支軍隊，若敵人來襲，此處需要他們。」

「遺憾我弟弟不能沒有那些軍隊，否則圍攻將功虧一簣。」

「想要拿下安慶，那四眼狗必須越過這山區。我們想要保護圍攻的軍隊，就必須在此地阻擋敵軍。」他的門生所說的那個人是長毛軍隊裡最有能力的將軍。他的綽號來自他額頭上的胎記，據說看起來像多了一對眼睛。因為他的家人住在安慶，所有人都預料他會指揮這次的攻擊。

「你認為他何時會到？」

「今年不會來了，」李鴻章回答，然後坐在草地上。「長江流域的戰鬥消耗太多。若大人可以說服弟弟放棄那些部隊——時間夠，但是急迫。」

「若是傳言屬實，長毛已經到了徽州呢？」

他的門生沒有回答，只是搖了搖頭。他們沉默不語看著最後兩個盜匪被拖到懸崖邊。再兩次劍起劍落，士兵將沙土撒在血泊上，然後回到馬旁。「你獨自繼續騎馬去，」將軍原地不動說，「那人叫做志三伯。詢問他硝石和徽州的情況。他家人都已慘遭不幸，他沒啥好失去了。我回祁門，然後派援軍過來。一旦這兒的局勢控制住，我就上京。」

李鴻章驚訝地看著他。「為何要如此？」

「若蠻夷來了，皇帝很可能遠避熱河。我不知道會由誰來執政，但是我們需要澄清，朝廷必須知道可以信任我們。我會去拜訪我的老師穆順，也許可以透過他達成一些目標。什麼都不用再說。」他最後補充這麼一句，因為他的門生想要警告他這一步危險。「萬一他們逮捕我，你就去與我弟弟商議，萬萬不可放棄安慶！若我平安返回，你就動身去上海收稅。我們束手無策太久，如虎添翼的時候到了。」

「大人可以信任我。」

「作為我的代表，你無權上疏皇上。若讓我知道你往京城呈奏章，我會設法將你發配到伊犁，清楚了嗎？看著我。」他說，並且等到他門生冷酷無情的大眼睛轉向他。李鴻章樣子看起來猶如「滑頭」這字眼是特別為他造的。也許未來需要的就是像他這樣的人。「我知道你心裡住想什麼。少荃，你有遠大的目標，我知道你會達成的。但是不要忘記《管子》裡寫的：斗斛滿則人概之；人滿則天概之。你明白我的意思嗎？」

「您的學生會小心謹慎。」

「昔日在湖南我以為採取最嚴厲的措施至為重要。大家追隨我，但是在我背後叫我曾剃頭、曾屠夫。大家不是尊敬我而是心存畏懼，那是我咎由自取。你必須比我做得更好，你認為你準備好了嗎？」

「我，李鴻章，不會讓我的恩師失望。」

「若是你想與蠻夷打交道，要謹慎小心。我不會禁止你雇用他們工作，但是要當心。我們還無法與他們抗衡，將來有一天會改變，但是若到那時我們也變得如同他們一般，我們仍舊是失敗了。我們與他們有所不同，我們必須設法保持。」他站起身時，片刻間眼前一片漆黑。他感覺到他的門生伸手抓住他的手臂。天邊烏雲密布，頓時涼意襲來，將軍驚嚇得打哆嗦：如同噩夢般，他看到自己在菜市口人頭落地。

科爾沁左翼後旗將　僧格林沁親王覲見皇上

咸豐十年七月二十日

皇上：有何急事，讓親王親自來見朕？

親王：叩見皇上，恭請聽臣言！

皇上：平身，說吧！

親王：如皇上所知，西夷已到了天津。臣雖盡全力抵擋，仍無法阻止他們前進。他們擁有不可思議之砲火。如天降火雨般，臣親眼目睹我們士兵被消滅，但是我們看不見敵人。

皇上：儘管如此，朕記得親王去年擊退了西夷，而且相信他們永遠被驅逐了。難道朕記錯了？

親王（想叩頭）：臣……

皇上：朕說過，平身入座！

親王：皇上說得沒錯。

皇上：如今一年之後，親王就拿他們沒轍了？在自己的土地上竟然虛弱到無法抵擋入侵者？親王在對付長毛作戰中表現傑出，並且將西夷逐出海岸。現在竟說此話？上天能忍受大清帝國向敵人棄械投降？

親王：臣無言以對。

皇上：甚至連婦孺都明白蠻夷之要求不可滿足。他們在沿海岸定居猶如四體生疾。長江乃帝國之血脈，若其染疾，則內臟亦遭殃。親王想要嗎？

親王（叩頭）：絕不！

皇上：允許蠻夷在內地開港，猶如家中養虎。親王希望朕如此做？

親王：臣誠惶誠恐，老虎已經在院中……

皇上：守衛太不小心，既然讓虎進來，而今就得設法捕殺。親王可以策略？

親王：臣無能，羞愧難當。

皇上：羞愧令親王無所用心？你真的沒有捕虎策略？

親王（再次叩頭）：唯有等牠疲憊。

皇上：帝國如此廣闊，任何禽獸皆可能在其中疲憊！繼續！

親王：若是成群，則必須驅散，單獨狩獵，並使其難以覓食。然而飢餓令其危險加倍。臣叩求聖上離開京城，直到這可怕猛獸被殺死。

皇上：親王的意思要朕逃亡？臨危逃離京城，要朕何以面對祖先？

親王：開朝以來天子一年一度回到祖先土地狩獵乃是傳統……

皇上：夠了！親王缺乏鬥志令朕惱怒。夏日已盡，三個月後，河川將結冰。蠻夷對其強行入侵的土地不熟悉，他們或許有大砲，但是士兵的數目遠不及我方。五天後，親王再來見朕，呈上你的策略。今日你可退下了。

十五、北京紅牆

前往北京，一八六〇年九月

夜裡氣溫下降，而且多雨水。額爾金伯爵每天早晨從不安中醒來，他看著牆上那些古怪的神仙人物，心裡想著中國人骨子裡到底打什麼主意。他們的信總是如他們的笑容一般令人難以理解，每次結尾總是以修辭的謙恭姿態請求他們撤回到白河口，等待新的指示。解決的方案似乎唾手可得，衝突即將結束——可是再來就沒有任何進展了！老桂良率領的代表團抵達天津，而且在所有爭議問題上表示願意妥協，結果發現這位兩年前的最高談判代表不再有任何權力做決定。他承認他奉命來談，但是新的條約必須重新獲得授權，這可能需要一些時間。他請求英國及法國軍隊是否願意在白河口等待？一而再再而三的老調重彈。九月八日額爾金伯爵受不了了，他命令軍隊繼續前進，軍隊拔營行軍，兩天之後軍隊在浦口村紮營。

各種新的問題馬上來了。印度的鐘型帳篷在炎熱的夏日中非常適合，但一下雨就開始漏水。十一日早晨衛兵來報告所有中國馬夫連同驢子及軍糧全失蹤了。騎兵隊搜尋了附近地區，沒有發現任何蹤跡。有兩天的時間他們只有沙丁魚罐頭及餅乾可充飢。格蘭特將軍的幕僚幹部火速設法從對岸運來物資。雨越來越大，在陸地上他們幾乎無法前進，因為地面泥濘，而剛收成後的小米田尖銳的禾稈直立，刺傷馬匹。十三日下午，他們抵達河西務，白河可行船的部分結束。將軍下令行軍休息十天，以儲備戰力。距離海岸已經超過九十英里，離北京不到四十英里。到入冬還剩八到十週。

額爾金伯爵在城門附近一座半倒塌的廟宇下榻。馬多克斯與從廣州召喚來的領事巴夏禮出發去會見下一個代表團，據說不是低階的官員，而是皇帝的血親。會議持續了八個小時，兩位談判代表深夜返回，果真帶回好消息：中國人同意盟軍前進到通州，他們將在那兒紮營，同時特使將帶著隨行的一千名士兵前往北京，與皇帝當面簽署條約。聽起來難以置信。額爾金伯爵不敢大意，反而問道：「你們相信嗎？」為了禦寒他披上大衣，同時喝著熱酒。這廟殘破，穿堂風吹得腐爛的木門嘎吱作響，除此之外還瀰漫霉味及煤炭味。

「大人，怡親王是皇帝的表弟，」巴夏禮自信的回答。「我們得到保證，我們可以相信他，他說的如同皇帝親自開口。」

「大人，另一個問題是：我們可否相信皇帝。」馬多克斯輕聲說，眼睛沒看他的對手。「再說清朝官員可很少勸人不要相信他們。」

自從巴夏禮到達北方，兩人就一直在較勁，想贏得長官的器重，而且利用各種機會損對方以求表現突出。馬多克斯行事較小心謹慎，但是巴夏禮狡猾多了，儘管額爾金伯爵不喜歡他，但是他還是大多採用領事的建議。他的祕書考慮太多，雖然對一切知道的更多，但是沒有成果。

「好吧，我們總得相信他們一次，」他最後說，然後對著他的酒杯吹了吹氣，「否則我們永遠無法達成協議。格蘭特將軍正在盡其所能，但是在糧倉填滿前，反正我們也走不了，就此表現點善意。而且沒有人可以指責我們沒有用盡一切外交手段。」

「大人，我建議我禮拜一再跑一趟通州，好釐清細節。」巴夏禮領事身材矮小結實，性格簡直頑強到令人難以置信。幾年前他曾向廈門總督請求允許興建新的領事館。這位官員找了藉口拖延，然後周遊視察他的轄區，但是巴夏禮緊追不捨。儘管身為外國人不准離開條約港口，他追著總督數週，直到那可憐的人最後放棄，簽署了英國已經等了三年的許可證。從此之後英國的外交人員只要碰到中國人頑固就會用「我們就派巴夏禮來」作威脅。巴夏禮是個性子急躁追求功名的傢伙，但幸好沒文化，根本不用擔心他突然開始論述德國哲學。

「好，」額爾金伯爵說。「馬多克斯先生會陪你一起去。首先，謝謝你的辛勞。你要來一杯熱酒驅寒嗎？」

「大人，多謝。下次吧。」話說巴夏禮還是個禁慾主義者。

「大人。」馬多克斯不願認輸，他往前一步。「我懷疑這可能是個詭計。僧格林沁已經令他的騎兵隊到通州，最多六萬名。我們只有不到五千，如果其他的兵還在行軍路上……」

「馬多克斯先生，」額爾金伯爵生硬打斷他道，「我知道您的憂慮。但是軍事問題是由格蘭特將軍負責。」

「我一路上注意到一些公告，大人，那些公告上禁止通州的農夫收割小米。其他地方的田地早已經光禿。」

「那些小米，確實。任何細節都逃不過您的眼睛。」

「大人，某些地方甚至高十二到十四英尺。甚至騎在馬上的騎兵藏在後面我們也無法察覺。」

巴夏禮此時往前一步，額爾金伯爵變得不耐煩。午夜早已過去大半，兩人小市民階級的頑固較勁使他更加疲憊。「大人，我們一路上只遇到過一團騎馬的部隊。看不出敵意。請允許我評估，皇親不可能讓人利用參與詭計，這有失尊嚴。」

「你認為這個建議值得信任？」

「是的，大人。」

「好，我們好好保持警戒。你們兩人禮拜一前往通州，張大眼睛，仔細觀察一切，包括小米……」

聽到巴夏禮嗤之以鼻，額爾金伯爵頓了一下。他絲毫沒忘記這人當時對爆發這場戰爭所做的貢獻。「領事，毫無疑問中國人恨不得在我們睡夢時殺了我們。但是他們知道自己的弱點。他們不會冒京城被占領的危險。」

「我完全同意您的看法，大人。」

「還有其他事嗎？先生們？已經快兩點了，明天是禮拜天，禮拜十點開始，就在這寺廟裡。」他放下手上的酒杯，然後起身。「晚安！」

禮拜一早晨天氣晴朗涼爽。雖然額爾金伯爵只是想向他的使者道別，但一起床他已經感覺到今天會是多事的一天。整個週末他不准自己對會談寄予過高的希望，會談的結果最快他到傍晚才會知道。如果這次中國人當真是認真的，那麼大部分的軍隊很快可以調到通州駐守，但是他自己先不跟去，除非那兒一切準備就緒。從現在開始，必須遵照外交禮儀。女王的代表不可再下榻臨時找到的廟宇，而且缺了體面的馬車，進京時就得臨時安排。有人告訴他，英國領事有時一行人出遊，是由當地人撐著絲綢紅傘領隊。他喜歡這主意，所以他命令巴夏禮尋找適合的物件。即使通州只有一把絲綢紅傘，這隻外交官的獗犬也會迅速叼回來給他。

當他離開廟宇時，代表團已經準備出發。二十名錫克兵已經坐在馬鞍上，背著綁在皮革上的步槍。一行總共二十六人。包括正在上馬的鮑爾比先生。「我真希望我能同您一起去，」額爾金伯爵大聲喊，同時舉手致意。「遺憾，我的職位不允許。」

「早安，大人，再次感謝您允許我陪同代表團前去。」鮑爾比先生動作暫停。自從在埃及幾天的同遊，他們之間說話口氣近乎親近，但是這一陣子記者大多和部隊在一起，他們幾乎沒有機會交談。

「我認為英國公衆有權從第一手消息得知一切。我太太非常重視您的報導，我不必再特別寫信告訴她。」

「大人，編輯向我保證，戰爭在國內會越來越受歡迎。大家對我們的行動抱持很大的興趣。」

沒有特別的理由，他們互相握手。「我希望不久我們有機會可以聊一聊，」額爾金伯爵說。「我還是不由得常想到我們探訪獅身人面像的旅程。」

「我們努力嘗試了，但還是沒解開謎題，不是嗎？」

「我想是沒解開，沒有。」

「大人，我想我在通州不會久留，也許就這幾天找個傍晚如何？」

「我的廟宇隨時歡迎您來。」額爾金伯爵拉住那匹馬，好讓鮑爾比可以騎上去。「您也許會覺得奇怪，」勳爵說，「但是還有一件事我思考了很久。如您所知，我目前正嘗試著更了解這個神祕的國家。」

「大人，我們所有人也都試著如此做。但是這似乎是畢生的功課。」

「沒錯。嗯，我在一本書上讀到有些交際方式不存在於中國。這我知道，握手是一個明顯的例子，但是根據那本書提到接吻也是。這讓我覺得奇怪，甚至傾向認為作者的訊息錯誤。您聽說過嗎？」

「大人，您是指親吻嗎？」

「完全正確。如果中國人不親吻，那他們做什麼？您在這方面當然沒有經驗，鮑爾比先生。您是紳士，但是也是記者，您沒聽說過什麼嗎？」

「大人，不是我沒……呃。」鮑爾比先生坐在馬鞍上來回滑動，彷彿覺得不舒服。「最近我的確很多時間和士兵在一起，有一些軍團駐紮香港已經很長一段時間。那裡似乎是個適合做各種實地調查的地方。」

「我正是這個意思。您聽說過什麼嗎？」

「大人，如果您和愛爾蘭步兵在一起一個禮拜，您會聽到很多事。問題是，可以相信嗎？士兵們聚在一起便互相說故事取樂，而且越稀奇越好。您了解嗎？」

「鮑爾比先生，拜託，我們都是成年人。」

「抱歉，大人。是這樣的，似乎有一些士兵，在某些情況對他們的……該稱呼伴侶嗎？他們的行為把她們嚇壞了。考慮到情況……那些一定是有相關經驗的女人。好吧我們就明說，是妓女。總之那些士兵感到驚訝。」

「您認為那本書的作者資料可能正確？」

「大人，不是不可能。」

「這是令人看不透的民族。」他仍舊牽住馬的轠繩，他的聲音很低，令鮑爾比先生不得不彎腰好聽清楚他的話。「幾乎令我懷疑這兒沒有所謂愛這樣的東西，我是指兩性之間。」

「一個相當深遠的結論。大人，我們寧可相信，有些東西是人類共通的。」

額爾金伯爵若有所思地撫摸馬的脖子，那是一匹腿上綁了繃帶的威武黑色母馬。當他轉頭，整個隊伍似乎正在等他們結束談話。「還有腳呢？」他問。

「還有……大人，我恐怕沒聽懂您說什麼。」

「我們的習慣是親吻女人的手。我聽說在中國男人對女人的腳情有獨鍾。如果真是如此，那很自然，若是……」

「大人，我不知道我是否會稱之為自然。」

「那您會如何說？」

儘管早晨寒涼，鮑爾比先生的額頭上一層薄薄的汗水。「如果您允許，大人，巴夏禮領事想出發了。」

「當然，領事很不喜歡等。」他朝巴夏禮的方向看了一眼，他意識到自己現在看起來很奇怪。「您是否認為，帶他到北方來是個錯誤？上次我有很好的理由將他留在廣州。他是個急性子。」

「一個精力充沛的人，大人，我想，這是我上次在《泰晤士報》上對他的描述。」

「精力充沛，是嗎？對我的描述是謹慎且經驗豐富。除此之外您會形容我……帶哲學氣質嗎？」

「大人，當然！您使人感覺到您和偉大思想家有相似處。」

「然而實際上您的意思是？猶豫不決？不夠精力充沛？」

鮑爾比先生驚訝地看著他。

「我們倆都清楚，鮑爾比先生，報紙說故事的原則根據的是與愛爾蘭步兵一樣的原則。但請不要忘記，一旦出問題誰會被釘在輿論的十字架上。不是您，您只是製造意見。」

「大人，我必須懇求您。我報導中絕不會有一個字讓人解讀成我對您解決這艱難衝突有任何微詞。」

「好吧，到此為止。您一定察覺到了，我有些緊張。接下來幾天我們就會知道此次的任務是否比上次運氣好。您不覺得中國人正在引誘我們深入內地嗎？好吧，祝您……我的意思是，請保重，鮑爾比先生。我們有機會再繼續。」他最後一次拍了拍馬，然後往後退了一步，然而他沒有給出發的信號，而是招馬多克斯上前，他在馬背上看起來比平常更有男子氣概。優秀的騎士，弗雷德里克已經確認過這一點。

「早安，馬多克斯先生。」自從他們在天津的爭執，他堅持必須如紳士般稱呼他。「你帶了白旗了嗎？」

「大人，只要我們一離開此地，印度兵會舉在前面。」

「很好。你會很高興聽到我無法忘記你的警告，自從你提到小米的事……你認為二十個錫克教兵就足夠了嗎？」

「大人，敵人在這附近有幾萬名的士兵。」

額爾金伯爵點點頭。「你真是令人佩服的鎮定。也許你的勇氣是我至今低估的特質之一。」他的手突然發抖，他壓抑這是他最後一次與他的祕書對話的預感。「今天早上很冷，」他接著說，藉此轉移注意力。「我想到我父親的一個原則：有備無患。您穿得夠保暖嗎，馬多克斯先生？變化總是難以預料。」

「大人，感謝您的關心。」

「我可以借你兩件衣服，如果你……不需要嗎？」

「真的沒有必要，大人，非常感謝您。」

「你還在生我的氣？」

「大人，我沒有資格生您的氣。」

「沒錯，固然如此我仍然相信你會，我甚至可以理解，但是你了解對我而言這是個棘手的情況嗎？」

「我了解，大人。」

「很好，無論如何，我仍舊很慶幸可以信任你的謹慎小心。」

「當然，大人。」

「請稍留意巴夏禮領事的行事。態度要堅持，但是語氣要保持友好。我不會向皇帝叩頭，但是我必須見他。兩年前我們恐怕是做了太多讓步。」

「大人，還有其他要交代的嗎？」

「以上帝之名，走吧！」他向巴夏禮示意並祝一行人好運，之後只能目送他們離去，同時希望他的預感是錯的。

下午氣溫上升。四點額爾金伯爵騎馬散步回來，他的首席代表傳來的第一個消息已經在等他：「關於覲見皇帝一事，清朝官員威脅要毀約。怎麼辦？」紙上字跡潦草。信差報告，通往通州的路上都是騎兵隊，有些明目張膽，有的躲在高起的河岸後面。額爾金伯爵和格蘭特將軍進行商議的同時，遠處傳來槍聲。在他們命令信差送回回覆——「此點務必堅持」——之後不到一個小時，信差復返且帶回消息，通往通州的路已經封鎖。

已經無法聯絡代表團。

「那些縫眼白痴！」將軍脫口而出。他派騎兵去探查情況，並且命令兩軍團準備好隔天早上出發。其他留在原處看守糧食。

額爾金伯爵整晚都在寫信，而且每兩分鐘就起身，因為他以為他聽到外面的馬蹄聲，但是再也沒有消息傳來。他們中了中國人的計？馬多克斯提到的六萬騎兵埋伏在黑暗中的某處？

第二天他聽到槍聲。剛開始只是槍火，但是到了大約十二點他聽到阿姆斯壯大砲沉悶的聲響，一直到天黑才停止。額爾金伯爵一直到午夜還清醒著，然後來了一名信差證實了他最擔心的情況：整個代表團被俘虜，馬多克斯、巴夏禮、鮑爾比先生、三名軍官及所有的錫克教騎兵。似乎也有法國人被俘。格蘭特將軍接著占領了張家灣並在那兒設障礙自保。信差說將軍推測在人質釋放之前不會有進一步的任何談判。額爾金伯爵確認此點，然後第二天清晨親自前往張家灣。

從遠處他已經看到濃煙漫天。這地方滿目瘡痍，所有的屋子敞開，到處是損壞的家具及碎片，遍地是百姓的屍體。一名穿著婦女服裝的士兵在怪聲大叫的戰友面前跳著舞。將軍占領了地方中央的衙門，在額爾金伯爵進門時將軍指著飛舞的紙片。「大人，真是可恥！」幾個士兵拿著大掃帚正在清掃垃圾。

「將軍，這兒發生什麼事了？」

「我們盡量在搶救我們能搶救的，但是您瞧。」

「搶劫？」

「來自鄰近村子的農民。我們已經在四周設立崗哨。」

「我剛剛看到您的一名士兵，他……」

「大人。」格蘭特將軍沒刮鬍子而且臉上有煤煙的痕跡，但是他的目光威嚴。「除了茶葉和發霉的番薯，我們抵達的時候，已經沒有其他東西了。」

因為沒有完好的家，具額爾金伯爵只好站著，他透過被砸碎的窗子望著外面。兩名英國兵搬了一張桌子，並且報告有二十幾名試圖吞鴉片自盡的婦女被安排在郊區的一棟房屋裡，但是在夜裡全失蹤了。顯然她們跛著小腳逃到田野裡了。將軍沒說什麼，而是打開一張地圖。地圖上是蜿蜒曲折的白河，沒有風景，白色的區域上標識許多奇怪的地名。反正就是中國。「您有何計畫？」額爾金伯爵問。

「五里處。」格蘭特枯瘦的食指鑽著離他們所在地不遠處。「我們在那兒集結部隊，並且設立野戰醫院。然後，」他的手指往西邊移，「我們進軍通州。」

「之後呢？」

「大人，我們稍停片刻。」將軍看起來很輕鬆，幾乎可以說是心情愉快。「我推測，那些人質已經被送往北京。若是我們現在發動攻擊，他們會活不成，這點我們必須清楚。」

「若是他們此刻還活著，有任何消息嗎？」

「沒有，但是死的人質毫無價值。他們還活著。」

「我們必須讓中國人明白，若我們的人不是毫髮無傷的回來，他們的京城會被夷為平地。」

「當然，但是大人知道這意味什麼？」

「我們必須接管整個帝國。」

「大人，您要來一杯白蘭地嗎？」

「好。」

格蘭特的隨從副官取來一瓶白蘭地及兩個酒杯，還有一個彈藥箱充當額爾金伯爵的椅子。外頭士兵正忙著清除雜物和垃圾，以便運輸重型的武器。不時還傳來驅趕野狗的槍聲。

「這兒是山姆．柯林森[13]的大本營。」格蘭特一手揮指著這房間。「倉促收拾一空，只留下一些散亂的紙張。我的幕僚士官會一點中文。顯然，敵人希望俘虜大人您。」

「我？」

「中國人以為他們可以以此方式結束戰鬥，太幼稚了，儘管如此，我還是寧可大人留在河西務。此地我無法保證大人的安全。」

「我很感激您的憂慮。但是待在河西務我無事可做。我還是留在軍隊裡。」

「您曾上過戰場嗎？」

格蘭特突然的多話，令人厭煩。軍隊高官總是不厭其煩地强調戰爭的殘酷，但是一旦戰爭終於開始，他們再高興不過。

額爾金伯爵一飲而盡，然後指著地圖。「將軍，麻煩你請將地圖掛在牆上。接下來幾個小時我需要那張桌子。我必須寫幾份報告。」

下午，來了一個助理翻譯，名叫阿德金斯（Adkins），對額爾金伯爵要他寫的內容無法勝任。總之不清楚該如何傳達訊息。中國人已經證明白旗對他們而言毫無意義，沒有人願意繼續冒被俘虜的險。騎兵偵察了通州附近，然後報告沿著連結白河到北京的一條運河有

13 參見注釋：僧格林沁。

軍隊守衛。有兩座橋通到另一側，連接的是一條鋪花崗岩的道路，之後一直到北京城牆沒有任何障礙。當將軍正在安排野戰醫院及如何運送重武器過來時，顯然敵方也預計到兩座橋上的決戰。其中一座橋是大理石造的，另一座是木造的，而附近飄揚的旗幟一天比一天多。將軍估計敵軍的數目有數萬。額爾金伯爵夜裡若睡不著躺在床上，眼前看到的便是嗜血的部隊衝進英國的軍營，他想知道他胸口感到的緊縮是否名為恐懼。有時這感覺令他想起他年輕時的高原之旅：想起登頂前的喘不過氣，以及對即將呈現在眼前前所未見的景象緊張期待。要來的就讓他們來吧，他心裡想，然後對自己的想法搖了搖頭。他何時開始傾向如此的口頭逞强？因為他現在睡在軍營帳篷裡？或者因為在戰場上不可能安靜地寫信？他該如何向瑪麗路易莎解釋這裡發生的事？發生在他身上的事。

幸好他們有阿姆斯壯大砲，他心想。

九月二十一日拂曉，格蘭特與他的屬下占領了軍營附近一個森林覆蓋的山丘。小米田和林地展現在他們下方，小河的另一岸是通州的白色寶塔高聳入天，後方有兩座橋梁拱搭於運河上。兩者之間的距離大約一英里。將軍把望遠鏡遞給他，額爾金伯爵看到來回波動起伏的士兵及旗幟聚集在那兒。在他身後，在一排雪松下，士兵搭起了一座帳篷，茶點已經準備好但是他沒興趣聯歡。關鍵的一天，他憤怒地想。敵人背對著牆，北京城的紅牆。在清晨的薄霧中，他認為自己認出那道紅牆。如海市蜃樓般它又消失在天際。八月他們占領要塞時，發現被鏈子拴在大砲上的砲兵。中國寧死不屈，他很想知道這些日子馬多克斯及其他人過得如何。

「大人，您不下馬休息一會兒嗎？」格蘭特將軍胸前佩戴勳章，手上拿著頭盔朝他走來。

「在馬鞍上我有較好的視野。下面那些人是蒙托邦將軍將軍的隨行人員？」他一邊將望遠鏡還給格蘭特。從遠處看這國家看起來空曠遼闊，但是盟軍的行軍速度緩慢，因為小米田只留了狹窄的通路。先鋒部隊距離運河還有三四英里。

「似乎是。」將軍冷漠地說。今天的戰鬥計畫是兩位將軍商議決定的，但是他們像對手而不是盟友。法國步兵形成右翼，英國步兵在米歇爾爵士（Sir Michael）的領導下形成左翼，砲兵帶著六門阿姆斯壯大砲居中。幸好有兩座橋梁要占領，沒有人有異議讓法國人負責攻大理石橋梁，那座木橋離北京較近。根據計畫，印度騎兵在東邊繞個彎到運河，一旦戰鬥開始，敵人將忙於應付猛烈的砲擊，在砲擊的掩護下步兵前進，之後印度兵從側面施壓迫使敵人撤退到橋另一頭。在這個間隙，僧格林沁的軍隊遲早會失序大亂，這時再積極緊追在後，便能逼他們往北京的道路撤退。理論到此。因為法國人只有一支短腿騎兵，而蒙托邦將軍在他的戰場上不願看到錫克教士兵，只剩往右方一條逃生路線通向空曠的土地。關鍵是阿姆斯壯大砲必須盡快移到前方。格蘭特將軍在出發時說過，一旦我們先瞄準中國人，法國人就不會再造成重大損失。

「山姆柯林森，」他現在低聲地說，並且指著大理石橋的方向。額爾金伯爵肉眼就能認出當作信號旗的彩色旗幟。那座橋似乎是朝廷軍隊的指揮中心，之前聚集了步兵，強大的騎兵隊在兩側，從街道後面的廣闊土地還有更多的軍隊正往前進。「老狐狸想要包圍我們，」格蘭特滿意地說，「用他那些武器還能有什麼把戲。大人，您聽說過蒙古人只吃生肉嗎？」

「將軍，我認為不太可能。」

「他們鄙視米飯和蔬菜。太軟弱！大人，我喜歡那些蒙古人。我受夠那些穿絲綢長袍戴孔雀羽毛的滿清官員。」格蘭特吐了口口水，他沒放下望遠鏡。從他話中判斷，戰鬥已經迫在眉睫。「要他們吃中國菜，他們寧可先吃掉自己的馬匹。」

「將軍，如我所說，我……」

「瞧！」彷彿暗中埋伏的獵人，終於看到自己渴望的獵物出現，格蘭特將軍指著在小米田後面升起的一小團硝煙。幾秒之後，他們才聽到傳來的槍聲回聲。額爾金伯爵看到敵軍的騎兵兵分兩列前進。一列正直接衝向錫克教士兵由側面發動攻擊的路線，另一列正好堵住法國步兵和英國步兵之間裂開的缺口。「法國人必須封閉行列，」格蘭特立刻大罵。「那寶貝將軍沒有望遠鏡嗎？我們早該在香港前擊沉他們的船，大人，現在就會省了很多事。」

「將軍，眼前您最好是專心在您的任務上。」

不久之後，英國的步兵隊也開始開火。彷彿火山爆發地底傳來一波震動，一會兒之後，額爾金伯爵認為自己看到中國戰線有了裂縫。大屠殺，他想。等錫克教騎兵隊抵達尚需半小時，格蘭特將軍正設法對引來攻擊他步兵隊的漏洞採取補救措施。這時帳篷已經拆下收拾好。當他們一行人騎著馬從山丘下來，戰鬥的聲音暫時變小，他們渡過那條小河，右邊是一排又一排的桃樹，草地上還沾著露水。距離他們最近的高處，此刻數名騎兵正出現的地方大約五百碼。被派往法國戰線後方的散兵部隊，以防敵人突破戰線。道路的左側升起小團煙霧。當額爾金伯爵再次往前看，看到一對精銳騎兵隊布滿下一個山丘。距離不到兩百碼，從近處看不像散兵部隊。

「該死……！」將軍脫口而出。他們一行人突然停下來。

「韃靼人！」有人大喊。

「該死的法國人！」將軍大罵。

額爾金伯爵認出他至今只在屍體上見過的藍紅色制服。一名軍官從行列中一馬當先，彷彿是他的士兵發誓進攻。一些拿著長矛，一些拿著火槍。「我們往裡面撤退，」將軍命令並且指著方向。「兩支旗幟到最前面，以免我們在戰場上遭自己人攻擊。輕騎兵保護額爾金伯爵。立刻行動！」

下一秒鐘他立刻被持槍準備好射擊的士兵圍住，他們一行人開始緩慢移動，但是他們騎不到五十碼，背後傳來瘋狂的叫聲。空中子彈呼嘯。他們疾馳越過陡峭的斜坡，轉向右方，騎進了戰場中央。額爾金伯爵低頭伏在馬背上。瑪麗路易莎的臉浮現在眼前，她兩手貼著臉頰，彷彿她剛接到他的死訊。普羅賓（Probyn's House）印度騎兵隊在馬鞍上轉向四面八方然後開槍射擊，而他甚至連轉個頭都辦不到。他看到正前方遠處的砲兵正倉促地把大砲移到適當的位置。砲管下垂到他可以直視管口。他頭正好在馬耳的上方，他看見馬的影子在地上追逐。他腦海中閃過奇怪的句子：今天陽光明媚，不是死在中國的日子。

這土地如在噩夢中般延展。他身旁有人在慘叫中落地，然後他們抵達英國戰線，就在下一刻大砲爆炸。砲管翹起並且吐出火焰。六名輕騎兵留在他身旁，其他準備好反擊。他聽到一聲尖銳的哨聲，砲彈飛來，有人被震飛。不遠的地方有一匹馬破肚四腳朝天揮動像隻甲蟲，腸子纏繞在馬蹄上。普羅賓的印度騎兵蜂擁而出，額爾金伯爵觀察其中一名騎兵追逐一名失去馬的韃靼人，那人在奔跑中丟下兵器。騎兵從背後一劍砍下他的頭，頭跳開，身體又走了兩步才跌在地上。

步兵往前時，戰場上槍林彈雨。士兵舉著刺刀從額爾金伯爵身旁經過，他感覺到自己胸膛裡的心跳以及一陣噁心，同時欣喜若狂流竄全身。每六匹馬拖著一尊大砲通過深處，苦力拖著裝子彈的箱子，他恨不得下馬一起前進。汗水溼透他的衣領。兩名印度兵抬著一名血肉模糊的陣亡同僚。斯塔維利（Staveley）准將來向他報告發生的事情。騎兵隊剛剛抵達已經重擊敵人的右翼造成巨大的混亂。他們已經離橋梁夠近，足以射擊那些舉信號旗的士兵，而且阿姆斯壯大砲再次證明是天大的福佑。簡而言之，一切按計畫進行，上帝之手保佑女王的士兵。額爾金伯爵下馬時，地面震動如行進中的火車，他不得不抓著斯塔維利的肩膀。「准將，您剛剛說上帝是嗎？」他仍然聽到蓋過所有其他聲音的哨聲。

「抱歉大人，我說什麼？」

「您不是說……」士兵從他們身旁蜂擁而過，他看見他們激動瘋狂的目光。斯塔維利迷惑的表情看起來像馬多克斯。「准將，您剛剛提到上帝，要是我沒聽錯。」

「這兒很吵，大人，那兒樹下我們安置了一些醫護人員。若是您想坐下……」

一聲巨響。彷彿地面裂開向天空吐出熔岩噴泉。一匹馬升天，繞在牠頭上的韁繩彷彿荊棘環圈。「大人，我的屬下帶您過去。」

「謝謝，我想待在這兒。」

「隨您的意思，大人。——嘿，你！」准將抓住匆忙經過的苦力的辮子，要他放下彈藥箱。額爾金伯爵坐下。接下來半個小時他只看到阿拉伯馬的馬身包圍著他猶如一道牆。如果他身體下蹲可以從馬的肚子底下看到逐漸空曠的戰地。馬多克斯蹲在那兒，膝蓋上擺著他的本子，正在做筆記——當然不是真實的，他知道就如同瑪麗路易莎手放在他的肩膀上，而且散發玫瑰香皂的味道。他到底怎麼了？他未曾寬待過自己，責任就是責任，但是有一天他終究會來到他的造物主面前，而且必須坦承一切。遠處傳來喇叭信號，他周圍一片歡呼。稍後，當太陽高掛天空，一名輕騎兵帶他騎上他的馬，然後他們騎向運河。

殘肢散布在被踐踏的草地上。兩名錫克教騎兵用長矛刺進一動不動的身體，如果有人發出叫聲，他們立刻抽取劍。苦力在搶奪那些死人的財物，無人騎的小馬在草地上來回徘徊。他感覺自己像漢尼拔。當他走近時，他認出木橋上的英國國旗。一英里外飄揚的是法國國旗，之後空曠的田野上濃煙瀰漫，那兒是之前僧格林沁軍隊駐紮的地方。

沒人注意到他，他走上橋。他仍舊感覺精神恍惚，於是手扶著欄杆站穩腳步。被遺棄的小船在運河上漂流，腐臭的水味令他屏住呼吸——然後他抬起頭看見那城市。一座四方形沒有高塔的堅實碉堡。有人告訴他距離十英里，這景象令他興奮，彷彿他看到什麼不准看的東西。一個千年文化的中心，它的命運現在在他手中。我來了，他想，並且感覺到重大轉折點就在：他來了。只是代表誰？有什麼權力？他未曾祈求，但發現自己負有成為更高必然性執行者的使命，他第一次意識到在震怒號上馬多克斯的意思。真的有世界精神，只是並非慈愛的天父，而是一股無名的力量，這股力量雖然可以使一切臣服，但它並不了解自己在做什麼。從今天起中國人也將受它擺布並且受制於絕對的規則，雖然沒有人設立那些規則。世界精神無法容忍例外。它孜孜不倦的往前，那是無所不包、無所不摧而且只知道一個方向的歷史進程。額爾金伯爵站在橋欄杆旁，看著那紅色的碉堡，他全身顫抖。他第一次了解何謂進步。

十六、寒風之都

曾國藩赴北京
一八六九年九月／十月

到了京城他才了解離末日有多近。第一眼京城似乎沒什麼改變，直到將軍到了他從前熟悉的街道，他發現到處是關門的商店及巡邏的士兵。任何想進入滿人守衛隊的地區都會被武裝的守衛攔下。通往皇宮的城門前堆滿沙包。已經沒有地方可以找到轎子。最外圍的城門如血流不止的傷口：馬車、馬匹、駱駝、背上背著老母的兒子、被肩上重物壓得發抖的挑夫，如潮流般湧向平原。即將到來的冬天阻止不了任何人。瞎子、瘸子、哭鬧的小孩、悲嘆的老人往四面八方逃散。沒有人願意留在城裡，蠻夷正在推進。

他來遲了？

兩百年前驕傲的明朝失了天下。將軍知道煤山上明朝最後一個皇帝崇禎上吊的地方，距離幾天前當今皇帝逃離的皇宮很近。咸豐帶著一群官員、顧命大臣、御廚及后妃，趁夜黑從側門沒有大張旗鼓或昭告天下便倉皇離開。

儘管如此消息還是很快就傳開，自此之後百姓開始逃亡。家境富裕的宅第留下守衛看守，其他房舍遭搶匪趁機洗劫。突然間一切正在瓦解。

他在中秋時抵達京城。馬不停蹄使他筋疲力竭，他不確定接下來該如何。帶著士兵暫且駐紮在報國寺附近，他派出密探。除了李鴻章，其他人都建議他不要走這一趟。若是他的行蹤洩露，很可能被捕，因此他只偶爾離開住處，如從前那般到琉璃廠附近的巷弄去溜達。有時書商認出他來會請他喝杯茶，然後他暫時忘記自己正身處在戰爭中。昔日他經常待在那些充滿墨水和膠味的店裡一下午，與十幾個人熱烈討論《易經》裡的卦辭。窗前掛著木籠，裡頭是色彩繽紛的鸚鵡。桌子上擺的是瓷器、毛筆以及蜜餞。那時在南方的蠻夷就已經擺出這塊土地是屬於他們的模樣。但沒人想到，他們有一天會出現在京城城門前，甚至帶領上萬士兵！

五天之後他搬進皇城東邊演樂胡同的一個老朋友宅邸，那兒四周有圍牆包圍，院子裡種了木蘭。將軍許久以來第一次有時間寫詩，他遺憾自己不是三月的時候來，三月正是北方木蘭盛開的季節。他第一次進京已經是二十幾年前的事了，當時還是懷有雄心壯志的小伙子，夢想求得一官半職。那時仍是老皇帝當政，穆順是殿試的主考官，那是他利用來提升有才華的年輕人職位之一。他是新人爭相獲得青睞的人。他並非偉大的學者，而是朝廷中一個老謀深算的幕後操縱者，他的眼簾下藏著疲憊潛伏的眼神，大家稱他為鱷魚。許多名人，譬如第一次鴉片戰爭前的朝廷代表林則徐就因他栽了跟頭。決定性的考試之後幾天，將軍第一次感覺到鱷魚的眼光落在自己身上。事實上他的成績不足以進入翰林院，但是穆順還是希望他在那兒。據說若是他願意，可令星辰運行倒轉，事實上他的長袖善舞的確延攬將軍進了內閣。如今再過不久他也將入因鱷魚栽跟頭之列？

他請求覲見但一直沒得到回覆。

晚上他和友人促膝長談。官方的文告僅有關於遠方省分發生的事件，但是關於皇帝逃逸只有寫著他正在熱河避暑狩獵。與蠻夷的談判由他的弟弟恭親王負責，儘管他已經在軍機處多年，但是關於他，大家所知甚少。將軍等他恩師回覆的時間越長，心裡越明白，與長毛的戰役在京城裡無關緊要。這裡人人在談論打敗僧格林沁軍隊的蠻夷，但是之後他們並未繼續前進。他們是在等待增援，然後給予朝廷致命的一擊？在城牆內還未見任何洋鬼子的蹤影。

他等了十天終於等到期待的召見。穆順若非卸職養病，便是回到政治舞臺上。謁見的那天早晨灰濛濛的雨無聲地下著。將軍在禁衛區的門口受到迎接，且被帶到皇橋附近的一棟宮殿裡。他的老師曾經是老皇帝的親信，而今他雖已致仕，但仍舊處在有影響力的權勢範圍內。將軍身著他最好的官服，手上一包他從祁門帶來的上好茶葉。沒人認為有必要給他打傘。

他緊張地走進陳設簡單的覲見廳堂。房間在緊閉的窗簾下光線幽暗。守衛的腳步聲漸漸消失之後，再沒有任何聲響進入他的耳朵，甚至連鳥叫聲似乎都停止了。彷彿京城的心臟突然停止跳動。

他一動不動的坐著等了半個時辰。他憶起第一次覲見老皇帝；他如何膝蓋發軟跟著宮廷侍衛穿過庭院及迴廊，他幾乎不敢呼吸。他們讓他在養心殿等候，接下來的一個時辰他如坐針氈的等候召喚。他在心裡重複了上百遍他的臺詞，直到最後，一名太監來對他說，天子因為有其他要事今日無法見他，如有必要隔天會傳喚召見。他因緊張而筋疲力竭，他趕回恩師家，急問自己是否做錯任何事。

他的老師立刻問他記得牆上掛了什麼樣的字畫。

為數不少，至於內容他記不得。

他的老師堅持要他試著專心回想。

他努力嘗試，但是印象十分模糊。穆順搖著頭喚來兩名手下，給了他們一袋銀兩派他們出門，同時要他的學生等候。一直到深夜，那兩名手下才帶著多張寫滿字的紙回來。他們賄賂了宮廷侍衛，抄下了牆上所有字畫的內容。穆順命令他牢記內容，否則不准回府。一直到黎明他才回到家中，到了午後皇帝再次傳喚他進紫禁城，他直接被帶進了覲見皇帝的殿堂。天子坐在龍椅上，問了他一個問題：昨日吾臣在養心殿等候多時，可否告訴朕那兒的字畫寫了些啥？在下一次的殿試他便以最年輕考生名列第二。從此之後，他在離開官府殿堂之前，一定將牆上的每一幅書法牢記在心。然而在穆順的府邸裡，四面牆上沒有任何字畫，滿人喜歡簡單樸素。

聽到走廊上接近的腳步聲，將軍立刻從座位站起來。在北方的涼爽氣候中，他的背比平常不癢，但是此時汗水流過他破傷的皮膚，令他感到刺痛。門開了，一個彎腰駝背的老人拖著腳步走進來，他差點沒認出他的老師。除此之外沒有其他人進入房間，有人從外面將門關上。「恩師，久違了，給您請安！」他上前兩步，深深一鞠躬。當他抬頭看時，他的老師繼續拖著步伐走到巨大的書桌後面，那張書桌猶如聖壇般主宰著房間。他瘦弱的手顫抖地指著之前將軍等候時坐的椅子。一個簡單近乎粗野的動作。「久違了，坐！」雖然還未宣布換季，穆順已經戴上他的冬天暖帽，當今的皇帝也許是出於對父皇的尊重才將他留在朝廷上，雖然鱷魚已經不再有官職，而他的名聲也逐漸消失。或者因為恭親王的崛起，情勢已經有所改變？穆順曾經也是他的老師。

「多謝恩師接見。見您身體康健，弟子甚喜。」

「彼此彼此，滌生。」滌生是將軍當初在殿試後改的號，有浴火重生之意。聽起來如冗長問候的前奏。但是老人只是清了清嗓子，然後目光停在他的學生身上。他那綽號仍舊合適。

「當然我希望我們的重逢是在更喜悅的情況下。我從未見過京城如此動盪不安，我簡直不敢想像皇上為此事件受了多大的苦。」

穆順撓了撓頭，他向來對空話及單純的客套不耐煩。「我們需要你的軍隊，而你此刻在此——而且是自己一個人。皇帝受苦不是因為敵人的邪惡，誰會對蠻夷另有期待？對他臣民的忠誠無法信任才叫他痛苦萬分。」

「我是親自來解釋我行動的原因。」

「向誰解釋？我？」

「我動身時，並不知道皇上會前往熱河。我原先以為……」

「在未受皇上的召喚之下，想見皇顏？」穆順言簡意賅淡淡地說，嘴角卻掛著一抹笑意，彷彿只是想試探他的學生。「你長途跋涉來到京城，聽說你從祁門來。」

將軍點點頭，同時將那包茶放在桌上。「一點心意。」

穆順連看都不看。「你也不奉命前往上海？」

「一旦我將京城的事情解決，立刻就派我的親信代替我前往。我暫時不能離開祁門。」

「來此地是例外。我知道那人，安徽來的毛頭小子。寫一手好字但任性且能說善道。為何派他？」

「從恩師這兒我學到最重要的一課是培養人才。至今為此我也小有所成。李鴻章是棘手，但是我信任他。」

這回答似乎討好了他的老師。「培養人才，嗯？當時皇帝派你上陣前，四處徵求意見。據說你昔日的老師唐鑒、倭仁，意見幾乎一致：資質平庸，但是善用人才。」

「我並非此意。」

「你從來就不懂說笑。」穆順笑著搖頭。儘管他擁有許多官職及頭銜，但他仍舊保持他老滿洲旗人的粗獷。「老實說，沒有人相信，你能帶兵打仗，除了我。我從一開始就觀察你的每一步。你犯了錯誤，你的傲慢阻礙了你。你總以為你可以摸老虎的屁股，因此你有太多你不知道的敵人，太少能幫你的朋友。」將軍想反駁，但是他的老師威嚴地舉起手。「不過你幾乎是憑空建立了一支軍隊。朝廷上幾乎沒有人注意到。你很聰明，在奏章中避免用湘軍這個字眼而是用湘勇。果然是我的門生。有了勝算才攤牌。顯然你認為時機已到，希望你沒看錯。」

「希望恩師沒說錯。」他回答，忽略話中的恫嚇。「遺憾我是來求援的，我們需要更多的錢，更多的士兵以及更多的武器。長毛數目遠超過我方。我們各方面短缺。」

「他們讓你們元氣大傷，是嗎？你自己不是總說，重要的不是人數，而是士兵的素質。你們的對手是帝國的敗類，南方來的土匪。在京城他們更感興趣的是你的軍隊規模。擁有兩百幕僚的將軍，很難想像他們都在做些什麼。你身邊的幕僚比一個總督還多。」

「我是三省的總督。」

「而且是個漢人。」穆順咂咂嘴唇，彷彿在品嘗一道菜，同時想知道少了什麼。「我知道你認為你不在乎所有的懷疑。但是我要提醒你，你第一次給年輕皇帝的奏章中指責在戰場上將軍無能，缺乏政治領導——而當時的你，沒有我的干涉，你永遠不會從丁憂中被召回。」

「弟子實在不願反駁恩師，但是我仍必須堅持我是……」

「你是實存好意？聽著，你當時年輕缺乏歷練，但是你從錯誤中已經得到教訓。在戰場上有些決策造成不幸，但是以一個書蠹而言，你做得很好。但是今日你似乎認為皇上的聖旨你可以不從，而且自認比誰都清楚狀況。」穆順口中的指控彷彿在判他死刑，然而他們談話越久，將軍越冷靜。鱷魚恭維奉承他的敵人，卻只對朋友與學生如眼前般嚴厲。

他沒有為自己辯護，而是反問：「當時朝廷為何要我組建軍隊？因為我當時正好在湖南守孝？」

「原因之一。那似乎是一個快速的解決方案。」

「我沒有軍事經驗，在湖南幾乎沒有盟友。長沙那些官員全與我作對。」

「我們還能派誰？再說，不是要你組建軍隊，而是團練。軍隊是你的主意，但是你未獲授權。」

「朝廷以為不過是如昔日白蓮教作亂。」

「只是一場叛亂，不是第一次，也不會是最後一次。」

「我抵達長沙時，比今日的京城還混亂。我很清楚，只是武裝十幾個民兵不夠平亂。」

「因此你掌了權，你以為那些官員會讓你為所欲為？這就是我指的傲慢。你當時表現的就猶如你已是總督。而實際上你沒有實權。」

「儘管如此我仍舊設法平定了亂局。」

「長毛早已經繼續遷往南京。據我所知，他們如今仍占領南京，而你在安徽做什麼？」

「低估了他們，所以讓他們占了便宜。帝國的敗類，南方的土匪。事實上他們擁有一支紀律嚴明的軍隊。要打敗他們，必須先有策略。」

「躲在安徽的山裡，也是策略的一部分？你奉命東征！」

將軍閉眼片刻。穆順是經驗豐富的官員，但是對軍事計畫一無所知，他只是喜歡擺樣子。「皇上是否知道目前長江流域的情況？」將軍問道。「人民啃樹皮果腹，田裡已經寸草不生。這些朝廷知道嗎？我寫的奏章沒人理？」

「你的奏章我讀了。」他的老師面露微笑。「越來越不容易看到那些奏章，但是我還是有辦法。你還是保留了你清晰優雅的寫作風格。此外我並不知道你來此多日。接到你的來信，我還以為是你對老師禮節性的拜訪。是不是該叫人送茶進來？」

他還來不及拒絕，穆順便拍了拍手，門立刻開了。滿洲人喜歡喝味道苦的茶，並且混合牛奶。將軍曾經在某處聽說洋夷也喜歡在茶裡加牛奶。噁心。

「所以這不是禮節性的拜訪。我承認這令我感動。自從我致仕之後，所有人視我如丁憂居喪的遠房叔父。昔日坐在我面前的人，額頭冒汗，今日那些人帶著茶葉或人參來拜訪。再沒有人屈尊對我畏懼。」

「在京城裡沒幾個人比我恩師更受尊崇。」

「京城裡快沒人了。我清晨出門散步，會遇到幾名守衛，僅此而已。無非是政變的好時機，我在跟誰說這話！」

將軍不受挑釁，而是以閒話家常的口氣回應。「恩師，依然是每日黎明即起？」

「還能睡到幾時？我們已經忘記不讓自己變得柔弱有多費力。我們不再遵循自己的風俗，而是適應你們的。詩詞、茗茶、書法。我們滿洲人是好戰的民族，然而今天的年輕人已經不會使用弓箭。不久他們會連馬或駱駝都分不清。偶爾我會認為，上天派西方蠻子來是要試煉我們。你是否注意到，我們對他們一無所知？你是他們多數人居住省分的總督，但是你見過他們嗎？儘管他們的大軍已經離京城只有二十里，我們卻不想理會他們？」

「據我所知，恩師昔日在廣州和他們打過交道。」

「偶爾，他們那時是不准進城的。我幾次到岸邊的辦事處。狹小的房子，我們稱它是雞棚。」

「當時就幾名商人，如今他們攜家帶眷。」

「我們視他們為不速之客。我們唯一關心的是他們何時離開。為了讓他們速速離開，我們對他們非常不友善。但是他們受不了了，並不是離開，而是開戰。因為他們並不認為自己是客人，而是主人。印度是他們的，可是他們認為夠了嗎？不，他們胃口很大，想要更多。我百思不解，他們為何一定要在北京簽定合約，而不願在其他地方。」

「為了羞辱我們。」

「不完全是。他們不願我們將他們當作是從暹羅或朝鮮來的人對待。他們想要特殊的權利。作主的權力。他們希望留一個人常駐北京，他們稱之為大使。有一次我問一個英國蠻夷，何謂大使。他回答，大使就是派到國外為祖國說謊的人。」穆順聳了聳肩。「或許是玩笑話。他們向來聲稱他們只是想做生意。但是他們發動戰爭，為了能派大使常駐北京？事實上他們是想統治我們。」

「與他們打交道，想必很難。」

「我第一次看到一個洋番時很驚訝，他走路的樣子與我們一樣。有人曾經告訴我，他們走路像鴨子，因為他們有蹼。他們在陸地上對我不會造成威脅。你是否想過，他們如何看我們？似乎沒有人在乎那些所謂的紳士如何看我們。」

「因為他們是蠻夷，不會有人知道他們心裡如何想。」

「他們是敵人，唯有知道他們如何看待你，你才能認清他們。」

門開了，僕人送茶進來。將軍瞥了一眼送到他面前的混濁茶湯。如他老師所言結果便是那些蠻夷子再也不會離開。他們來的目的是想統治中國。想要炎黃子孫在自己的土地上成為他們的奴役！「而且唯有一本書，」穆順喝了一口茶繼續說道：「我是指關於那些洋鬼子的。那書是你我共同認識的人寫的，你的老師魏源。」

「我的老師……」將軍很驚訝。「他近來可好？」

「他三年前去世了。幾個月前，有名訪客告訴我，一名日本特使想了解我們與蠻夷打交道的經驗。在江戶，他們知道即將面臨同樣的狀況。所以他們派了人來，那人特地想要一份海外國家的地圖集。因此我才得知有一本書在我府邸附近寫成。日本人竟然比我早知道。」老人猛然站起來，拖著腳步走到彩繪屏風前。將軍擔心他想就地小解。但是不久之後，他拿著一本書走回來。「你拿著吧，我年事已高，無力成為專家。」

那是一本大面幅的書，四角已經破損，封面上繪有地圖。將軍站起來，他感到疑惑，一本關於蠻夷的書如何幫助他對抗長毛。也許來京城根本是多餘的。北方打的是另一場戰爭，湘軍必須自求多福，看自己如何達到目的。他停頓片刻，思索著如何恰當的告辭。此時穆順開口道：「既然你已經來此……有件事我很早就想告訴你。但是沒有可信任的信差。你來此是想見恭親王，對吧？」他示意客人坐回椅子上。

「他是我該見的人？」

「你來的時機不對，親王事情多，不得空。」

「他正與蠻夷斡旋？」

「此刻是書信往來。親王必須了解局勢。」穆順發出聽似滿足的一聲嘆息。顯然他又回到賽局中。「脫韁太久，無人能掌握大局。皇上不想在京城裡見到蠻夷，除此之外他全不在乎。沒人告訴他真相，而且誤導他錯估情勢。劫持人質，想想看！僧格林沁的主意。蠻夷發動戰爭，而我們試圖做骯髒的交易。現在他們已經在大門口了。」

「我們劫持了人質？洋鬼子？」

「大部分是沒人關心的印度黑鬼，但是有五或六人是英國人。那恐怖的蠻夷當然要求立刻放人，否則他就攻打北京。不幸的是似乎不是所有人質都還活著。洋鬼子飲敵人的血，但是如果三天不沐浴就翹辮子了。兩名被處決，作為八里橋之戰失敗的報復。」穆順厭惡的朝他腳下的痰盂吐了一口口水。他最痛恨的便是這種輕率缺少考慮的行動。

「如今皇上避走北方。此時我們得想辦法看如何安撫那些禽獸的憤怒。若是我們失敗了，就得賠上一切。」

「他們只是在等待我們軟弱的跡象。」

「你也如此說話？若是他們至今為止未看到我們軟弱的跡象，甚好。那麼他們就是瞎子，他們遲早會互相開火。」穆順鄙夷的哼了一聲。身體前傾。「你以為我完全不懂何謂榮譽？多年來我遭辱罵，因為我當時說，別忘記我們一路何等軟弱。」他說的是二十年前的戰爭，當時穆順屬於主張避免武裝衝突那一派。「我還是同樣的主張。自以為强大是最大的弱點。」

「去年在白河口我們將他們擊敗了。」

「之後我們所有人沉醉在我們自以為是的優越感中。我們將他們扔進海裡，那些親王說大話。讓我提醒你，驕兵必敗。那幾個蠢貨以為劫持幾名人質，那恐怖的蠻夷就會命令他的士兵回船上。噗！」穆順又吐了一口口水。汗水從他的帽簷下流出。「三年前黑鬼在印度發動了叛亂，他們想將英國人趕出印度，他們劫持了婦女及孩童作為人質。有些被謀殺了，英國人如何反應？他們可曾說，此處太危險，不宜久留，趕快返鄉吧？沒有，他們派了軍隊，這還用說。所有落入他們手中的黑鬼，必死無疑。他們將他們綁在砲口上，然後炸成碎片。他們燒毀了村莊，連同婦女孩童。因為黑鬼崇拜牛，他們甚至連牛也殺了。那就是現在在城門外的洋鬼子。一兩萬名的士兵。相信我，他們不是在等待我們露出軟弱的跡象，而是希望我們愚蠢到殺了人質，所以，不要同親王一個調子！我們的騎兵在察覺敵人身影之前就已經被擊垮了！蠻夷若將他們的大砲對準京城，北京大概只會剩瓦礫與灰燼。」穆順從腰帶上取下扇子，一隻手肘撐在椅背上，同時給自己搧風。周圍的房間發出聲響，彷彿房子突然有了生氣。

「皇上作何打算？」將軍問，同時試著整理思緒。「他知道情況有多嚴重？」

「他在熱河而且被矇蔽了。那些親王不許任何人接近他。」

「情況有他們說的那般糟？」

「更糟。」

「怎說？」

「你知道怎麼回事。」他的老師幸災樂禍的看著他。「你此時心中正在想，早知道就留在祁門，不是嗎？留在那兒對付你的長毛賊，他們只有原始的武器。我還記得你第一次來拜見我，緊張同時又高傲得全身顫抖。我一眼就看出，你在北方不自在。你還下圍棋嗎？」

「有空閒的時候。」

「有何用？雖然可以走許多步，但是只有一個對手，而他就坐在對面。這般好事，在真實生活中不存在，聽我說，你必須更靈活。我讀了你的奏章，你精於策劃組織，但是遲疑不決。在戰場上你必須考慮敵人隨時可能冷不防地出現。」

「譬如？」

「別問，若你只是想要不失禮貌。我需要更多的時間才能好好教你一切。如今你是總督，在京城之外最有權勢的人。不，等等，此刻你是京城內最有權勢的人。」從老師臉上的表情，他看不出是否意在開玩笑。他冷冷一動不動彷彿緊盯獵物一般盯著將軍。「你見不到恭親王。你想清楚狀況：皇上逃難，你此時突然出現在許多人認為他會賣國給蠻夷的人面前。你的草率近乎愚蠢。你認為是湖南的衆多處決令人對你產生懷疑？你認為，此處有人在乎人稱你曾剃頭？朝廷不信任你，是因為你的軍隊。如今你是總督，要求准許徵收新稅。接下來呢？要求有自己的首都？在長沙人人逃走後你掌了權。此時人人從想逃離此地，誰來敲我的門？」

「我，曾國藩，單槍匹馬。」

「來尋找盟友？」

「此刻有人願意聽我說，我就很慶幸了。我的軍隊有個涵蓋長江流域的計畫，但是沒有人在意。若是我擅自作主行動，會引人懷疑。而且是在我與皇上的敵人打了七年苦戰之後。」他希望穆順盡快說出他想說的，而不要一再以引人懷疑的話題兜圈子。他們的會面的時間已經不尋常的久，什麼緣故？將軍想辦法轉移話題，他問道：「恭親王有能力與蠻夷交涉？他涉世未深。」

「不用擔心，有我精心調教過。他六歲時就已經是個認真用功的孩子。當時據說他的兄長寧可去韓家潭[14]也不願讀書。所有老師對此感到擔憂。我恰恰相反。哥哥越是聲名狼藉，我就越有把握調教出未來的皇帝。我對他的才能毫不懷疑。」穆順停頓片刻，直視將軍的眼睛。「聽好，若是你想從我的錯誤中汲取教訓。」

「結果事與願違。」

「老皇帝的身體每下愈況。與蠻夷的戰爭使他元氣大傷，他變得越來越孤僻。他沒有徵求我的意見便決定了由誰繼承皇位。一天他召見兩個年紀最大的兒子，他問道：『若你們坐上龍位，會如何治國？』恭親王早有準備，我們一同研讀過嘉慶年間的改革，他完全明瞭怎麼一回事。他所言完全可比軍機大臣。」片刻間只有穆順的喘氣聲及外面的雨聲。涼爽的空氣飄入房間，將軍察覺到會談的核心開始了。皇帝病危，一場權利鬥爭將展開，而其結果對他而言也決定了一切。

「那哥哥如何回答？」他問。

「一言不發。他僅是撲倒在地大哭。意思是：若是我當了皇帝，那就表示父皇已駕崩。或許他從未打算成為儲君，但是先皇已經當場做了決定。他深受兒子的孝心感動。而我一無所知。」

「恭親王如何回應？」

「如我教他的。」

14注：胡同名，八大胡同之一，當時胡同泛指有許多妓院的市區。

「但是此時，若是皇帝重病，該如何？」

「唉，事情開始緊張了。皇上只有獨生子，十六個后妃，只有一個兒子。不禁令人想知道，昔日是什麼驅使他流連八大胡同。顯然並非他的陽氣。」

「太子還是個孩子，必須有人攝政。」

「你想嗎？」穆順先是大笑幾聲，然後又回復嚴肅。「據我的評估，將有一小圈的人擔此重任。至於是哪些人，在熱河那些上面的人會自己商議。我告訴你這些來龍去脈是要你明白，在關鍵時刻出現在正確的地方至為重要。我自己錯過了，後悔至今。當前你就是那個在錯誤地方耽擱的人。」此時傳來敲門聲，他的老師對他點頭。「抱歉，我得先告退了。偶爾還是有人需要老人。」

「我想恩師已經從過往得出結論。」

穆順起身道：「我不明白，你來此的目的。你難道不明白，雖然所有的人都不信任你，但是沒有人願與你為敵？回去打你的仗吧！打贏！然後記住，驕兵必敗。」

「真的不可能覲見恭親王？」

「你真是太頑固了！你到底有沒有在聽我說什麼？」

「我可否傳信給他？」

「我考慮一下，」穆順說完，送他到門口。雨勢減小，高聳的城牆、飛檐及黃瓦的皇宮在他們眼前延伸。一個隨時可能瓦解的帝國中心。到了京城之後他察覺到他所知的世界正面臨毀滅，但是他還是不敢相信。他開口道：「我還會在京城待幾天。若是還有……」

「留在屋裡好好研讀我給你的書。我們必須決定是否想甘於受蠻夷統治或者向他們學習。這是我們的選擇，問題是我們是否有勇氣做出正確的選擇。」

說完他的老師便離開，將軍回到友人的宅邸換了衣裝。他有許多信必須寫，但是他決定稍後再動筆。他再次上街時，太陽小心翼翼的露臉，他往東邊走。嚴格禁止登上城牆的禁令已經很久沒有徹底執行。他走近一看到處有人三五成群站在城垛前比手畫腳或者一動不動凝視遠方，望著駐紮在平原上的蠻夷大軍。石頭堆砌的斜坡通往上方。

最後他猶豫了片刻。北京是寒風之都，那寒風吹過平坦土灰的平原。八月大家就已經開始穿上加襯裡的長袍，到了秋天一切都消失在沙塵暴黃色面紗之後。家鄉的景象完全不同，河川寬廣緩慢地穿過綠色的平原，山丘上的竹子長得像房子一樣高。滿洲人入侵北方時，王夫之便是隱退到那兒。他稱滿洲人為蠻夷，因為他們沒有仁心。那已經是兩百年前的事。《論語》裡提到：君子之德風，小人之德草，草上之風，必偃。上行下效，對一個生病、寧可尋求享樂，嬪妃成群不願培養自己德行的統治者而言，也是如此嗎？大清仍擁有天命，或者一場風暴正在醞釀，將掃除舊朝代為新朝代鋪路？

將軍若有所思的望著城牆。有時他感覺自己似乎跟不上自己的思緒。滿洲人不是建立了其歷史中最強大的帝國嗎？一望無際的沙漠以及西藏的皚皚白山，一切屬於大清。難道這些已經是驕必敗的開始？康熙在位六十年，生了三十四個兒子。如今他的後裔已經逃離北京而且在遠方大限將至。蠻夷大兵已在城外，他們的勢力與德無關，關鍵在武器。若是沒有辦法對付他們的大砲，不僅是王朝滅亡，天下萬物也將覆滅。之後不堪設想的事可能發生。將軍想知道為何他看著它即將發生，但是卻不相信。就好像，他要不是缺乏想像力，就是缺乏想像現實的勇氣。

少女黃淑華日記

太平天國庚申十年八月二十五日

有時我認為世上未曾有如我這般幸運的人。過去他們說了謊！他們說長毛是想要毀滅一切的禽獸。而事實上小天堂這名稱恰如其分，尤其是此時夏熱消退，夜晚漸涼之際。此地的一切新鮮且令人興奮。有生以來第一次沒有人嘲笑我的大腳。相反的！若是街上看到綁小腳的女人，大家會以憐憫的眼光看著她，有時甚至有人會急著過去攙扶她。人人感覺到天京之中偉大創新的事物正在形成。五個月前我抵達此地，當時我枯瘦如柴，早晨醒來我仍然害怕自己只是在做夢。然後我謹慎小心的環顧房間四周，這不是夢，我興奮得想尖叫。我當然不會尖叫，而是靜靜等候，寶寶進來看看姑姑是否醒來了。然後我們一同像蒙古人那樣大吼大叫，娘就會責罵我，我都已經十七歲了，若我行為舉止還是如此，永遠也找不到丈夫。她是我們之中唯一一個不認為我們住在天堂的人。

我們的巷弄離漢中門只有幾步之遙。幾乎所有住在這兒的男人都在爹的印刷部幹活（印刷部當然不是爹的，但我通常就這麼說），而且從《聖經》學堂下課若是有時間，我就會去找他。我的頭髮慢慢又長了，身體胖了。寶寶也說姑姑像從前一樣有趣。他變得有點圓胖，但是一半是我的錯，只要看到他，我總往他嘴裡塞東西。娘罵了我幾次，因為物資緊缺，而且只有城外有市集，但是如果我說我可以跟著去幫她提東西，她又不讓。不知為何。我們當然得小心不能讓假扮商販的敵人偷混進城。戰爭結束後，一切將會不一樣，小天堂會變成大天堂。

印刷部原本是東王的衙門。他是誰我已經忘了，學堂裡一切對我而言也是新的；我記得東王從前負責宣布上帝的旨意，最後他與他的整支軍隊蒙上帝召喚到天堂。總之那是一棟美麗的建築，跟從前家鄉的房屋很像。三排房間還有小院子。左側是工坊，中間是書房，右側是倉庫。若是有時間，爹會讓我看他正在印刷的東西——海報、標語，甚至天王發行的《聖經》。老師說，如果我們努力學習，有一天他會在他的金龍宮召見我們。在那之前我必須通過考試，才能受洗，之後我有可能在宮裡獲得職位——在那兒的信使及祕書都是女子。這真是不可思議，不是嗎？女子擔任文職！還有一些擔任城門的守衛並且攜帶武器！老實說，對我們而言，小天堂早就是大天堂。昨天在印刷部我問爹，為何娘不喜歡這兒。爹臉上的表情就是每次說到娘的時候的表情。她是蘇州人，她覺得這兒住了太多從南方來的人。我說，他們的穿著的確很滑稽，但是他立刻嚴厲地看著我，一隻手指放在嘴唇上。他的上司是所謂的老弟兄：他一開始就跟著天王，當時他們還住在山上而且經常挨餓。爹告誡我必須勤奮，如此從前對我關閉的門便會打開。除此之外我只要乖乖聽娘的話。

他就是這樣子。五個月前我到達這兒，一名守衛將我帶到印刷部。起初他沒有認出我是誰，然後他跪下摟住我。一想到這，我就熱淚盈眶。能與家人再團聚真的太幸運了！

我並不想哭，原本只是想寫下一些事。太興奮以致我幾乎不知從何開始。我正要回家時，一個印刷工人進來與爹商量一些事情。前一天干王派人送來一份洋文的手稿。印刷部有特殊的機器可以印刷這樣的文件，但是那機器很難操作，因為沒人看得懂洋文。這類文件完成之後會由信使偷帶到上海。爹同工人說話，我站在一旁，突然那工人說：可憐的洋鬼子。為什麼可憐的洋鬼子？我問。我聽到怎樣的答覆？派來的人是洋弟兄，而他只有一隻手。

太不可思議了！幸好我已經學會偽裝。我隨口問那洋弟兄是否經常到印刷部來。偶爾來，就像我一樣。我也不知道為何我心裡暗暗歡喜。我年紀還輕，但是已經經歷了許多事，好的壞的都有。老師說，一切都是上帝的旨意。祂知道同時也看著人世間發生的事。若是不幸事件發生，你只要經常禱告，最終還是會有好結果。在家裡我們在每頓飯前都會禱告，爹大聲說，有時我會默默補充，請保佑四妹平安無事！人人都說上帝也能聽得見，所以我們不可以有罪惡的想法，這真的很困難。祂一定知道我想要什麼，也許比我自己還清楚。我還需要說什麼？

拜託，拜託，拜託！阿們。

十七、紅毛鬼

曾國藩上訪北京
一八六〇年十月

他朋友的府邸叫偃月府。這名字來自關公的偃月刀。他的朋友之所以給府邸取了這名字，是因為與府邸所在的這條巷弄的名字發音相同，演樂。將軍坐在院子的木蘭樹下寫信告訴弟弟國荃，湘軍在圍攻安慶時，應該嘗試他在下圍棋時想出來的新戰術。一開始他注意到圍攻者扮演客人的角色固然占優勢，因為可以靈活移動，但是隨著時間的推移變成了劣勢，因為不斷移動導致疲憊不堪。若是城牆固若金湯，儲備充足，圍攻者掌握局勢的主權便會轉移到被圍攻者，綠營在南京前潰不成軍便是一例。若是城市腹地夠廣，可以開闢田地與草地，居民便不會挨餓。城外士兵睡在漏雨的帳篷裡，城內百姓安居樂業成家生子。當時南京城外市場熱絡，長毛用自製的燒酒換菸草，用年輕姑娘換武器。據說他們當中女子數目比男子多五倍。圍攻者呆望著高牆的同時，夢想著牆後面的甜蜜生活。主是山，客如同從山坡上流下的水，逐漸滲透流失。有一天長毛憑著新力量，一鼓作氣突圍而出，迅速摧毀中央綠營軍。

他思索著他的士兵該如何逃脫這樣的命運。解決之道聽起來瘋狂，但是他找不到更好的：湘軍必須用壁壘包圍自己的軍隊。他弟弟目前正在南京周圍建立第二堵牆，這麼做是暗示城裡的百姓，從此時起我們反客為主。你們可以生活在我們中間，但是你們也會死在那兒，因為當你們嚥下最後一口氣時，我們仍在這兒。一旦安慶的百姓明白他們不是一時被圍攻，而是永久被囚禁，他們便會要求增援，全省其他地方的軍隊，尤其是祁門的軍隊便會來支援。必須設法將敵軍阻擋在祁門，直到湘軍將安慶變成終將毀滅的新堡壘中心。就在將軍督促弟弟盡快採取行動的同時，京城卻越來越空蕩。蠻夷的軍隊進駐雍和宮周圍的平原，除此之外據說，他們占據了京城西北邊的圓明園。結局勢不可擋越來越近。僧格林沁將軍被免去指揮之職，但是沒有人知道他的軍隊退到何處去了。所有的跡象顯示北京即將投降。將軍放棄謁見恭親王的希望之後，決定二十五日啓程離開京城。長毛的大軍最終膽子大到在嚴冬越過安徽的山區。他必須趕回去，一天都不能拖。

二十一日早晨，演樂胡同響起喧鬧聲。鑼鼓聲與威嚇聲在牆壁間迴盪。曾國藩登上屋頂，他看到街上士兵要攤販讓開，騰出位子給一頂八人抬的大轎。那頂大轎足夠兩個人坐，轎頂飄揚著鑲邊的藍旗。更多的士兵跟隨在後，在屋牆間形成一道防護通道。將軍受到驚嚇趕緊回到房裡，藏了幾封信，然後穿上最體面的長袍。有人陷害他嗎？門外響起敲門聲，所有的僕人聚集在院子裡，一臉惶恐的看著他。屋子主人已經啓程到翰林院去了。「我，曾國藩自己開門。」一邊說，一邊拉整自己的長袍。

門外站著一名穿制服、戴著皮帽的旗人。「曾總督？」他濃重的口音洩露他是新近派駐北京的。

「何人想見我？」將軍嚴厲地問。

「大人請隨我來，」那士兵簡短回答。

胡同裡擠滿圍觀的人，而且興奮的竊竊私語。抬轎子的轎夫汗流浹背臉上冒著熱氣，儘管這天清晨天氣涼爽，而且他們只穿著薄背心。兩名士兵拉開轎子上的簾子。

「出乎意料？」穆順看著他說，他老師裝扮齊全，脖子上戴著鏈子，頭上帽子插著雙眼雀翎。將軍一上轎，轎子立刻被抬起。「再次見到恩師甚喜，」他困惑的說。「回去的日期我已做好安排。」

「你早該走了。」

士兵大聲下令，大隊人返回皇城。他的老師露出滿意的神情，但是什麼話也沒說。一會兒之後將軍感覺自己心跳平靜許多。若是要逮捕他，他們會派其他人來。「蠻夷闖進圓明園了，真的嗎？」他在寂靜中問道。「到處傳說恭親王千鈞一髮逃過一劫。」

「千鈞一髮？他們通過大門時，他正在沐浴。幸好他們眼盲，沒有仔細搜尋那區域。而今一切都成了碎片。」

「為何沒有人警告他？僧格林沁的軍隊在哪兒？」

轎子隨著轎伕的節奏搖擺。穆順的鱷魚目光猶如雕像的目光般停在他身上。「我無權與你談論這些事，」他說。

「他此刻安全嗎？我的意思是恭親王。」

「蠻夷就在安定門外，沒有人是安全的。」

「我聽說人質也在圓明園內。他們呢？」

他的老師沒有回答，而是將簾幕推到一側，往外看了一眼。他們到達寬廣的大道，轎伕的腳程變快。

「若是你以為我們此刻是在要去見恭親王的路上，那我要讓你失望了。他不在京城裡。」

「那我們究竟要去何處？」將軍問，他再次起了戒心。

「我不能忍受看到你長途跋涉到這兒，卻一無所獲。所以我想讓你見見你將來能從中受益的東西。就當是我給你上的最後一課。之後我不想在京城再見到你，除非我們召見你。」

「我們？恩師的意思是您又出山了？」

這問題似乎逗樂穆順。「七年前你返鄉為母親守孝。然後皇帝下了詔書，說朝廷需要你，於是你動身了。兩年前你父親過世，你再次回家守孝。皇帝再次下詔書，你戴著孝接受了皇上的召喚。這是我們的命運。」

「那是萬不得已。」

「活在萬不得已的時代，這是我們的命運。」

「恭親王求助於昔日的導師？」

他的鍥而不捨讓穆順莞爾一笑。「恭親王目前的處境是他不能有任何引人懷疑的舉動。但是我知道他信任我。而他知道他可以信任我。不需要有人給我任務。」

「什麼任務？」

「你記得我曾跟你說過關於圍棋的事嗎？在現實生活中，危險並非來自坐在你對面的對手，而是來自那些你不認識的人，那些你認為太弱，沒有資格成為對手的人。我說的沒錯吧？對付蠻夷是如此，對付長毛也是。」

將軍一面聽，一面朝外看——他們正往北邊走——，但是他的老師搖著頭說：「別讓人見到你坐在官轎裡。我們剛剛通過永華門。」

「我們不是要進皇宮？」

「皇宮沒人了，所有人都在熱河。有點耐心，稍微跟著用心思考一下。現在誰被低估了？需要設法避免的最大危險在何處？若是皇帝駕崩，大權不能落入壞人之手。你同意嗎？」

「落入……諸親王手裡？」將軍低聲問道。他們走的街道通往安定門。想到穆順可能將他扯入密謀當中，他感到頭暈目眩。京城東北邊沒有沒有官府，只有廟宇以及俄羅斯公使館。

「好好想想，」他的老師說。「那些親王是坐在我們對面的對手。只要皇帝年紀還小，他們有時間可以操控影響他。而要做到這一點，他們必須證明此乃受老皇帝的託付。皇上如今病危，我聽說照顧皇上的是他最寵愛的貴妃。他只接見少數訪客，而且他已經無法清楚表達，通常必須由那貴妃解釋皇上想說的話。幾乎沒有人可以單獨見到皇帝，那貴妃通常服侍在側。」

「那位貴妃是何人？」

「當然是太子的生母。」

將軍片刻間勉强壓抑住笑聲。「我沒誤會恩師的話？」

「從你的表情，你完全沒聽懂。」

「三品的貴妃！我連名字都不記得。」

「這無關緊要。若是皇帝駕崩，她會有新的封號，太后的徽號。」

「一個女人家！」

「當然，你知道過去皇帝沉迷在某些地方，也就可以看出他的性格。他不像他的先祖，他耽於玩樂。儘管他勉强才能起床，但是在熱河工人仍忙著修復戲臺。他並非不育，但是在那兒子出生之後，就再沒有子女出生。五年之久。」

「恕我直言，一個女人不會對任何人構成危險。」

「你真健忘，徒弟。順治皇帝的母親也只是一名嬪妃，但是即使她的孫子即位後，她仍舊垂簾聽政。一個女人既聰明又有權力慾的情況很少見，但是若有那麼一個，她比男人加倍危險。她的情況是，她與皇后相處融洽。這相當不尋常，她似乎很能贏得人心。據說皇帝對她完全的著迷。十五名其他的嬪妃，好色的皇帝，五年間，怎會沒有一兒半女？我說，這女人有圖謀。她將握住他的手，或著引導皇上寫下遺囑。若是她如我想的那般聰明，她會得到他的玉璽。」穆順停頓了一下。「你可以嘲笑你的老師，我拋下恭親王一次，下次我會在他需要我幫忙的地方，就算我人頭落地。」

「到熱河？」將軍不可置信地問道。

「否則還能在哪兒？為此我的頭不算什麼。對了，我們馬上就到了。」

這時將軍才注意到他們又拐了一個彎，這一次是往孔廟的方向。除了轎伕的腳步聲以及馬蹄聲沒有其他聲音傳入他耳中。不久之後，他們停下來。穆順用滿洲話與一個走到轎旁的人交談。「我們再稍等片刻，」他接著說道。

「恩師不願透露我們究竟要拜訪何人？」

「一位昔日的熟人。在此種情況下，這樣的說法是大膽了點。我們多年前在廣州認識。我不能說我們看彼此順眼，但是他是個非比尋常的人。聰明……，不，精明是更合適的字眼。就如一般蠻夷，他不懂規矩禮貌，雖然他……」將軍沒聽清楚句尾。一路上他覺得不自在，他老師費力壓抑的期待喜悅令他害怕自己落入圈套，而此時他正是這種感覺。

「要我見一個洋鬼子？」

「一位英國領事，他在廣州時惹了不少麻煩，但是與他可以溝通。不久前我才得知他是人質之一。」

外面傳來聲音，士兵們敬禮，一名軍官大聲命令。「恆祺，」穆順輕聲道。「他奉恭親王的命令來此，他必須想辦法讓這人質回去說服那恐怖的蠻夷撤回他的軍隊，他當然拒絕，我指的是領事。他是我見過最頑固的人，比你還糟。」

將軍費力整理自己的思緒。恆祺是目前還留在京城中等級最高的官員。他曾是廣州的海關督察，兩年前蠻夷逮捕了他並拘留了一段時間。透過布簾上縫隙，他看到另一頂轎子，往他們來的方向消失。他究竟要如何面對一個洋鬼子？而為何一定要？

「別怕，」穆順笑著對他說。「我要你見的不是猛虎，準備好了嗎？」

將軍沒有回答，他下了轎子。一條綠樹成蔭與城牆平行的道路。十幾名士兵看守著最近的一個門口。

其他更多的士兵圍繞府邸猶如一條鏈。這府邸的主人肯定是富有的高官或商賈。沒有圍觀的人，連玩耍的小孩都沒有。城牆聳立超過街道另一邊的屋頂之上。城牆上的守衛比平時還多。

他一邊等待一邊觀察他的老師與門口的守衛說話。漸漸的，他清楚眼前的情況：恆祺、穆順以及桂良是聚集在恭親王身邊與蠻夷進行談判的人。經驗豐富的人，而且都是滿洲人，以態度遷就蠻夷聞名。恭親王自己才二十八歲，雖然得到皇帝授命，但是在熱河的那些親王會將任何讓步視為叛國，並且一有機會就會利用它來對付恭親王。二十年來不變：誰要是滿足蠻夷的獅子大開口，就丟臉，誰要是拒絕，就冒著戰爭的風險，而誰要是敗了……沒有人知道該如何抵禦。將軍最近幾日利用朋友的書房，閱讀了一些古文，但是並沒有找到自己所希望的平靜。相反的，他感到悲哀與沮喪。他到京城的目的是為了要讓朝廷信任他對付長毛賊的策略，然而或許蠻夷是更大的威脅。他們猶如猛獸，聲稱僅只是想貿易，儘管事實上是來敲詐。他們要大量的茶葉，但是他們不願付款，而是想用鴉片交換。但是鴉片被沒收，於是他們便開火，然後强迫大清帝國簽訂合約，以補償他們的損失，而且還要求償還戰爭的費用。他們無恥的利用他們的長處，他們的貪婪無止盡，他們不在乎法律。他們想要統治而且付諸實行。

他抬頭一看，穆順已經站在他面前。門口的士兵排成緊密夾道歡迎的行列。「我們進去吧。」

「恆祺達到目的了？」他問。

「我們的人質會寫信給那恐怖的蠻夷，但是預計他們不久便會攻入京城。我們讓他明白，如此一來我們只好處決他，別無選擇。走吧，我們的時間不多。」

他跟著老師跨過大門進入第一個庭院。此時太陽出來了，一時建築物的白牆令他目眩。對一個人質而言這住所也太豪華了。「為何沒將他關在監牢裡？」他問道。

「他在那兒待了一段時間。恭親王認為還是應該將他帶到這兒比較好。」

「為什麼？」

「外交。」

他們進入的地方像省衙門。書法卷軸裝飾粉刷成白色的牆壁。一張裝飾玳瑁紋的桌子四周擺著椅子。下一刻，將軍彷彿撞到一堵看不見的牆般反彈：在珍貴的瓷盤之間擺了一罐專供皇室享用的河南茶。「恭親王的禮物，」穆順安撫道。

「那人是囚犯還是貴賓？」

「那就要看蠻夷的反應如何。到目前為止他們只是威脅。」

將軍還沒來得及回答，院子裡有了動靜。他看著他的老師從座位上站起來急忙朝門走去，守衛讓路——然後那怪物突然進入房間。一個有巨大腦袋的矮人。不僅頭上長紅髮，臉頰上也長了濃密的紅鬍，而且目露凶光，儘管他說話時低著頭，彷彿是在對穆順證明敬意。一個貨真價實的洋鬼子，將軍心裡想。確切的說是英國來的洋鬼子。眼前穆順與他正在進行激烈的討論，那鬼子揮舞著雙臂，彷彿被惡鬼抓住。他身上穿著一件髒兮兮的藍色夾克，褲管上有很多洞，他的靴子似乎是皮製的。顯然他非常生氣，至少他的聲音聽起來銳利響亮。將軍感覺到自己的背開始發癢，他忍住想逃出這房間的衝動。那鬼子發出汗臭味。即使他站著不動，仍似乎不耐煩的顫抖。他臉上沒有一絲笑意，他的一舉一動顯示他缺乏習俗禮節。彷彿一匹披著人皮的野狼。從他嘴裡發出的咕噥與咆哮非常刺耳。

一段時間之後，將軍才突然感到驚訝，穆順竟然能夠與鬼子溝通。他的老師說的是中文，有一次人質朝將軍的方向看了一眼，穆順順著目光說道：「領事大人，容我向您介紹這位是曾國藩總督大人。最近他統管長江流域三省，他在那兒對抗長毛賊。目前正走訪京城。」

那紅毛鬼做了一個動作，彷彿要撲向將軍般。從他嘴裡再次發出咕噥聲。穆順露出滿意的笑容。

「他想說什麼？」將軍問道。

「一會兒你就會習慣了。」

「習慣什麼？他的眼光？」

「他說中文，」他的老師朝著那洋鬼子的方向點了點頭，表示歉意。那鬼子抓住一把椅子，似乎是要往窗外扔，但是他沒有這麼做，他把椅子拉到身旁，然後坐下。

「我聽不懂，」將軍回答。「中文？」

「我叫人送茶進來。」穆順拍了拍手，然後將那罐茶葉交給進來的門衛。

那洋鬼子發出類似「走擴方」的音。「我停夠恨朵官玉您的四。」

將軍聽了直搖頭。「他說什麼？」

「你必須專心聽，他的發音奇怪，他們分不清四個聲調。但是仔細聽……領事很小就來過中國。我說的沒錯吧？領事。」

「妹油錯，」那鬼子嘟噥著，彷彿是同意。「喔當斯司山歲。」

「想像一下，簽訂《南京條約》時，他在場。我記得耆英曾經提到當時有個紅髮男孩陪著那英國頭子。所以早在我在南方遇到他之前，就已經聽說過這位大人。啊，茶來了。」門打開時。穆順飛快站起來。一時間將軍單獨坐在洋鬼子對面。他手指毛茸茸的，甚至最後一節，他的手腕上有繩索的勒痕。

他又嘟噥了什麼，聽起來像是一個數目字，因為他一個數字一個數字說出來，將軍認為自己聽懂了。一八、四、二。「我想他說的是一千八百四十二。」當他的老師再次坐下來倒茶的時候，將軍說道。

「或許。他們計算年份的方式不同。不是按照皇帝或天干地支，而是按照他們上帝的誕生。他們必須這麼做，因為英國鬼……好吧，英國蠻……怎麼說來著？英國人，他們的國王與法國人的或俄國人的不同。領事，是這樣對吧？很多國王，只有一個上帝。」

他點頭，但是似乎並非表示贊同，而是表示允許他如此解釋。然後鬼子拿起杯子像喝水一般喝了那御茶。

「他們的上帝一千八百四十二歲？」將軍問道。

「領事，請原諒我們的無知，我們想知道您的上帝有多大歲數？您剛剛說的那個數字……」

「上帝是庸亨的，」紅毛鬼打斷他的話。將軍沒聽懂接下來他說的話，他心思在別的地方，他太想將杯子從那臭畜生手上打掉。他自己都不敢碰那茶。

「上帝的兒子，啊，《南京條約》簽訂的時候，若是他是一千八百四十二歲，那麼他今天，等等，應該是一千八百六十歲，對吧？」穆順得意的看著鬼子，而鬼子猶如看著一個反應遲鈍的學生開竅般點頭表示讚許。

「紀年是根據兒子的生年？」將軍問道，「為何不是根據父親的？他何年何月出生的？」

「庸亨的，」鬼子嘟噥著。「聖父是庸亨的而且是天豬。」

「他剛剛說他們的上帝是豬？」

他的老師搖搖頭。「是發音的問題。也許他的意思是天主，天下的主人。」

「那何謂庸亨？」

「很難說。可能也像我們，堯舜究竟是活在何時？觀音幾歲？我們也無法……」

鬼子再次不認為有必要讓穆順把話說完。他主動的開始唱起獨角戲。將軍第一察覺到他老師臉上的一絲不耐煩。不得不與這怪物平起平坐對話是一種侮辱，或許穆順也暗暗希望看到那顆長著紅髮的人頭在地上滾。將軍想到越王句踐臥薪嘗膽的故事，忍辱負重，直到報仇之日到來。《孫子兵法》有一計是所謂的笑裡藏刀。將軍希望他老師的笑就是這種笑。

洋鬼子滔滔不絕。隨著時間將軍慢慢聽懂，是關於一個父親，他使自己的兒子被處死，因此必定更加受世人尊敬。那位父親憑著開口便創造了這個世界及萬物。

他指定什麼，便是什麼。例如白天與黑夜。年是按照兒子的歲數來計，但是兩者似乎又是同一個，除此之外還有一個靈，但是三者嚴格來説又是同一個。長毛賊在南京自認為是其弟的天王，在鬼子的瘋狂故事中並未出現，而且他的樣子似乎是將長毛賊視為敵人。鬼子稱其所作所為是「最捏」——先不管他究竟什麼意思。上帝只有一個兒子，也就是被處死的那個兒子，然而他其實還活著。所有蠻夷因他的死得救，無論他們做了什麼。而出於感激，他們還喝他的血。死人的血！不得不聽這種故事不僅僅是侮辱，簡直令人作嘔。將軍暗示他的老師他想離開。

「嗯，領事，您的故事富於教益，」穆順在聽完他的獨白之後説。「我必須承認，我從未聽説過在萬物存在之前就已經存在的神。我很想知道，當時祂在何處？無論如何，我很感激您有趣的談話。希望我們還有機會可以繼續。」

「喔歲司聽吼分府。」鬼子站起來，微微一鞠躬。「將俟大任，喔希往俟恨快大白喃方的長帽。長帽賊的成共不夫喝俟的利益，動亂坡懷了生意。」他毫無預警地伸出右手，彷彿拔出武器一般。將軍畏縮了一下，不得已靠在自己的椅背上。「他想做什麼？」他驚嚇地問道。

「握他的手，」穆順回答。

「握？那是一……」

「握一握！」

將軍迷惑不解的看著他的手，在他準備好之前，鬼子已經抓住他的手，短暫握了一下，然後又鬆開。

鬼子對穆順做了同樣的動作，穆順似乎不在意。門開了，他走出去時回頭看，鬼子已經從另一扇門跨進院子裡。他站在那兒，做了一個彷彿背痛似的動作。兩手撐在腰側，挺胸凸肚，將軍同時聽到輕聲的呻吟聲。第一次從他的嘴裡發出人聲。

隔壁的房間裡，擺了兩個銅盆以及一個裝滿水的水壺。將軍先聞了聞自己手指的味道，一股酸味沖鼻，他立即將手指浸入水裡想盡辦法搓揉乾淨。這樣的怪物怎麼能允許住在京城裡？他們想在聖上面前，講述關於殺死自己兒子的上帝？他們甚至不肯如每個臣民一樣對皇帝行叩頭禮。將軍氣憤的洗了臉。滿足他們的要求是不可能的，但是又無法拒絕，所以又會像上一次一樣。每次戰爭結束之後就是簽訂條約。訂定的條約又成了下次戰爭的理由。當他的老師從門口探頭時，他拿起一塊布將手擦乾。轎子已經在外面等候，在街道盡頭下一隊騎兵與衛兵出現。

「那兒是誰來了？」將軍問道，然後疲憊的在絲綢墊坐下。

「不知道，人人都想看看洋鬼子。」

「我們會將他處死，不是嗎？」

「我寧可放了他，以表善意。他以及還活著的其他人。」穆順拍手，轎伕抬起轎子。

「恩師的寬容令人敬佩。」

「我已經跟你說過：別忘了我們有多弱。僧格林沁想引誘他們深入內陸，一旦他們的軍隊隊伍分散，我們便可個個擊破。顯然這策略完全失敗。如今我們必須自問，我們是要滅亡還是要忍辱求生。」

「換句話說就是投降。」

「我們小心謹慎的談判，然後簽訂條約。」

「然後他們破壞條約，卻聲稱破壞條約的是我們，而且……」

「這讓我們來操心就好，你有叛軍要對付。等你戰勝那些匪徒，我們再看下一步該如何。」

他老師臉上寫著渴望行動，將軍第一次為不久即能離開京城而感到高興。在他面前的艱辛的歸途，以及山區的冬天。但是至少那兒沒有洋鬼子。「您真的相信他說的，他們的神創造了萬物？」他問。

「你親耳聽到的：高山、河流、禽獸、花草——一切。」

「祂如何辦到的？用什麼？還有在他出生前的何時？他漢朝時代才出生！」

「那是兒子出生時。順便一提，他的母親是處女。」穆順說，同時忍住了笑。「在廣州時我曾經問了一個洋人，他們的上帝是否樂見他們買賣鴉片。他回答我，當讓不，上帝討厭鴉片貿易。於是我又問，那為何你們要如此做？他回答，人的天性。我再問：但是據說你們的上帝知道一切，難道沒人害怕他的懲罰？不怕，只要承認錯誤表示懺悔就不會受懲罰。他們的上帝看得到一切，創造力萬物，但是最終祂又原諒一切，你明白嗎？祂沒有原則，就跟他們自己一樣。表面上他們强大，但是總有一天我們會是對他們發號施令的人。我們只需要更好的武器。」穆順直起身子，手一擺表示結束話題。「讓我們談談更重要的事：我即將動身前往熱河，而我還不清楚，事情會如何發展。皇上即將駕崩，你必須為之後可能發生的事做好準備。不管誰掌了大權，都會與你聯繫。若是恭親王，你就不用怕了。他會問你的計畫，並且要求你進攻南京，而不是躲藏在安徽的山區。戰爭拖得越久，他的對手就越强大。所以要快，他的耐心有限。」

「若是我能親自當著他的面説明局勢會更好。」

他的老師搖搖頭說：「若是其他的親王掌了權，有兩種可能：要嘛你升官，換句話，你將統率戰區省分的官軍。官軍的數目已經不多，但是你會看到你的地位改善。所有民間及官方的權力都會在你手上。但是別搞錯，這是交易：你得到權力，但失去所有藉口。若是你無法在兩年之內拿下南京，你將被罷黜放逐。」

「另一個可能呢？」

「他們傳喚你到京城進行磋商，然後逮捕你，再送一條絲綢進牢房。」他的老師面露微笑，但他不是在開玩笑。「你認為你是否能在兩年內拿下南京？」

「不能。」

「也許蠻夷能幫你，若是我們簽訂了條約。」

「好讓他們下次提出更離譜的要求？當初他們只要海港，如今他們想要進入內陸。下次會是什麼？」

「你的思維開始像大臣。很好，當前你必須做的是控制你的脾氣。你看著領事的眼神，彷彿你恨不得將他的頭砍下來。你的笑容到哪兒去了？難道你想讓那信口雌黃的小子一直留在上海與洋鬼子交涉嗎？回祁門去吧，打你的仗，好好研讀我給你的書。師夷長技以制夷，這是你的任務。這需要有眼光及耐心的人。你還在說句踐臥薪嘗膽的故事給你的人聽？」

「必要的時候。」

「嚴以律己我們在行。但是我們不能太天真。風不只吹動樹葉，久之亦能撼樹。你認為句踐被釋放後還是原來的句踐嗎？」

「他內心更加堅强了。」

「書呆子的說法，」穆順嘆氣說道。「聽好，你的老師年紀大了。我一輩子讀了許多年輕書蠹的文章，如你，帝國中的菁英。我知道你飽讀詩書。你也知道如何造船嗎？」

「我認識懂得造船的人，他們為替我做事。」

「你認識懂得造破船的人，他們造的是中國船隻。將來我會派年輕人到蠻夷的國家學習建造優良的船隻。你覺得他們回來時還會寫八股文嗎？」

將軍沒回答，只是點頭。孟子曾說：「吾聞用夏變夷者，未聞變於夷者也。」只有我們用華夏文化去改變蠻夷，沒有聽說過蠻夷改變我們的啊。

穆順繼續說道：「若是新稅實施了，你必須考慮用那些錢開辦一所學校。我們必須知道更多，我們不能等到和平再現。和平是强者的報酬。」

「這我需要皇上的恩准。」

「不需要，你只需要了解你的位置。」他的老師傾身向前直視他的眼睛說道。「你有一支軍隊，你還在等什麼？」

「方才恩師才說，他們會傳喚我到北京，然後賜我一條絲綢……」

「你不必遵從傳喚啊！」

外面響起了命令，轎伕放下轎子。將軍將簾子拉開，他認出偃月府那裝飾華美的大門。穆順的話中是否藏著恭親王的密信？他的老師所為是官方的命令或是個人的行動？無論如何，與紅毛番他隻字未提戰爭。因為轎子裡太狹窄無法告別，將軍下了轎然後一鞠躬。「非常感激恩師今日的一課，」他說。「希望下次重逢是在更愉悦的情況下。」

「希望固然好，採取行動會更好。」穆順簡短的回答。

「您的門生此刻知道該如何做了。請轉告親王，請他放心，他可以信任我。」

他的老師二話不說，拍了拍手。將軍一個人站在巷弄裡，目送轎子隊伍離去。「知是行之始，行是知之成。」將軍突然想起一位有名思想家的話。在他那時代他也曾與叛軍作戰。他從澳門的葡萄牙蠻夷那兒買了一種新的大砲，幫助他打勝仗。在文章中他提出人一出生便能辨善惡。如孟子他稱之為良知。

所以根據良知，還是有可能與蠻夷打交道，而不至於變得同他們一樣。

一名僕役打開大門，將軍在院子裡他最喜歡的地方坐下，品嘗新泡的茶。看著木蘭樹他心情平靜下來。人人具有上天賜予的本性，那是純正的氣，若是不修鍊，那正氣便會漸漸受汙染。若是一個人的氣到達最高境界，便能暢流無阻，稱之為「浩然之氣」：克服一切障礙，使君子能夠統治天下的道德力量。這樣的力量須要有發展的餘地，不能強迫。強迫氣的人就會像宋國那個揠苗助長的傻子。有耐心的人才能培養出孟子所謂的不動心。後來他無畏諸王及麻衣百姓，面對大軍如面對一個人般無所畏懼。「舍豈能必勝哉，能無懼而已矣。」

十八、圓明園

額爾金伯爵抵北京前
一八六〇年十月

消息傳來時他正在前往北京途中。十月初，時間緊迫再加上格蘭特將軍想藉由直接帶兵直抵城門口之一施加壓力。他選定北邊的安定門，因為那兒沒有人口稠密的市郊，只有寺廟和磚窯，然而軍隊才動身，聽說人質被扣留在圓明園外面。於是法國士兵立刻往京城西北方的丘陵前進，但是遺憾已經太遲了。蒙托邦將軍寫道：「未發現任何皇族成員。根據宮裡的人說，皇帝一行人逃到名為熱河的地方，位在長城的另外一邊。我們已經占據皇宮。幾乎無人反抗，然未見人質的蹤跡。」

那是六天前的事。

「現今呢？」額爾金伯爵雙臂交疊，站在住處的窗口，聞著刺鼻的薰香氣味，他感覺自己著涼了。又是寺廟。在主殿可以聽到僧侶單調的誦經聲，他們整天跪坐在低矮的板凳上，上半身前後搖晃，誦禱直到失去意識。有人告訴他，喇嘛教是從高原來的佛教信仰的一支，據他的判斷，喇嘛教促進一種特別狂熱形式的無腦。

每次只要吞嚥他就覺得喉嚨痛。

皇帝逃亡，接下來呢？也許在八里橋戰役之後他立刻就逃了，將談判的事丟給同父異母的弟弟恭親王。他的第一封信上要求聯軍退回到海岸，然後才能討論釋放人質。難道無法讓那些人明白現在已經到了什麼關頭？他們寧可京城被占領？有時額爾金伯爵想像，若是他的士兵在天子逃亡的路上逮到他，並且宣布他成為皇家陸軍的戰俘後果會如何？《泰晤士報》會對標題為之瘋狂，他想。而中國人會另立一個新皇帝。

西風將沙子吹過草原。離冬天還有四到六個禮拜。人質是否還活著？他們是分開來單獨囚禁，還是關押在一起可以互相做伴？迫不得已的無法行動令他心跳加速，他很想將巨大的木製神像砍碎，他就在那佛像的腳下處理信件。那高高在上溫和的微笑令他發狂！無論你往哪兒瞧，那些中國人都是從真實世界躲進昏暗的虛幻世界。兩年前，他從中國回國的途中在馬尼拉短暫停留，他非常驚訝城市裡到處是整潔白淨的小教堂。他甚至看到當地的修女。剛開始看起來很奇怪，但是現在他懷疑天主教在這點上是否錯了。先讓所有人皈依！成為基督徒，否則我撕毀你的靈魂，查理曼大帝就曾經直接對敵人宣告。聽起來很殘酷，而且沒有一定的強硬態度無法實現，但最終或許比英國寬大的使帝國外族成為二等公民人要人道多了。看看印度就知道了。異教徒實在不可能成為自己人。他在通州與俄羅斯的大使就談論過此事，因為沙皇帝國是在北京唯一設有大使館的國家。「俄羅斯之家」就是東正教神學院與外交代表的混合物。但是對於神父是否同時也從事傳教工作這個問題，伊格納提夫（Ignatiev）少將驚訝地面帶微笑回答：「大人，中國人不可能信教。」真是如此嗎？沒有人知道，再說俄羅斯人當然不能信任。少將才二十八歲已經有出色的外交生涯，這要歸功於他面帶微笑說謊的能力。面對中國人，他裝作是在交戰國之間調停，但是事實上，他試圖從中竊得土地，而作為回報他據稱在對付聯軍的戰爭中提供了武器支援。額爾金伯爵咒罵一聲，在窗邊轉過身來。喇嘛的誦經不斷。如果一整天都聽這種刺耳的誦經聲，他要如何思考？總有辦法讓恭親王明白……一陣敲門聲嚇著他。

「進來！」他大喊，彷彿有人給了他一擊。

「大人，打擾了，抱歉。」他的助手翻譯阿德金斯走進房間，他手握門沒有放開。「大人，有消息來。

有馬車將駛到安定門前。」

「什麼馬車？」

「我們不清楚，可能是人質……格蘭特將軍問大人您是否想陪他同去？」

「當然，現在立刻？」

「一刻鐘之後出發，大人。」

額爾金伯爵出來時，已經有大約四十個士兵騎在馬上，主要是輕騎兵還有費恩騎兵團的印度士兵。

「將軍，是誰傳來的信息？」他一邊問一邊上馬。此時將近中午十一點。

「上面有親王的用印，大人。」

「恭親王？」

「是的，大人。」

他忍住不問為何信不先讓他過目。自從人質被劫持，將軍把與中國人溝通視為軍事而不再是外交事務。「那封信上只提到馬車？」他問。「沒別的？」

「沒有別的，稟報大人。」

「您真的相信他們會釋放人質？」將軍看了他一眼，然後又往前看。多說何益？

到安定門只是一小段路。帶有射擊孔與窗子的巨大建築聳立在城牆之上。城垛上有士兵巡邏。城牆之前有一排廢棄的軍營，那是和平時期守衛住的地方。格蘭特將軍下令在那兒停下。沒有任何跡象顯示恭親王會遵守英國的要求，不久就會清出城門。砲管從射擊孔伸出，額爾金伯爵的目光落在與軍營相鄰那塊有圍牆圍住的土地。那是俄羅斯人的墓園。不久前伊格納提夫才順口說，他當然希望沒事，但是萬一不幸的事發生，英國至少可以將死者安葬在聖地上。那是他表達好意或是委婉的警告？告別時他送了額爾金伯爵一張北京的地圖，並且說「俄羅斯之家」的僱員勘測了整座城市，儘管此舉違反中國的律法，但是他難道不同意服從向來很少是追尋自身利益的最有效手段？少將在倫敦擔任外交武官時大家都知道他以堅決反對英國在亞洲存在出名。這張地圖是要顯示他的國家擁有大英帝國所缺的機會？地圖上標示了所有街道、寺廟和城門。被問及要使中國人成為可靠的貿易夥伴需要多長時間時，伊格納提夫毫不掩飾以屈尊的態度作出反應：一百到一百五十年，稍一停頓，然後補充說：如果你手腕高明。

額爾金伯爵顫抖著裹上大衣。少了馬多克斯與巴夏禮英國軍營裡沒有人知道韃靼人腦子裡在想什麼。如果軍隊占領了安定門會如何？居民大規模自殺？僧格林沁會帶領他的部隊進行最後一次的決死戰？陽光透過籠罩在地面上的黃色霧氣，濃霧籠罩以致馬車距離只有兩百碼時他才注意到。三輛由驢子拉的封閉車輛，沒有插任何旗幟。坐在駕駛臺上的車伕，樣子像普通的馬車伕。他們面帶恐懼的表情到達錫克教士兵阻擋住路的位置。片刻之間只有車輛轉動揚起的塵土飄動，然後有人大喊，下一瞬間有人從裡面推開車門，有六七個囚犯衝出。當印度士兵認出其中一個是自己人，爆出歡呼。四名穿法軍制服的士兵環顧四周，彷彿不知自己身在何處。巴夏禮領事從最後一輛馬車下車，額爾金伯爵一看到他馬上下馬，朝他走去。「領事！」

巴夏禮也看到他，同時點了點頭。他瘦了，眼神呆滯。當他們握手時，額爾金伯爵察覺到了他因為被綑綁過緊所致的皮膚擦傷。「恭喜重獲自由，領事，您還好嗎？」

巴夏禮身上的衣服是他被劫持那天所穿的衣服。他臉上表情看來有些錯亂。「只有三輛？」他問，這時馬車正朝城牆駛回。

「七名囚犯，如果我沒數錯，兩名印度人，四名法國人以及您。您知道其他人的下落嗎？馬多克斯，鮑爾比先生呢？」

「我原本期待他們也會在這裡。」

「遺憾，沒見到人。領事，您還好嗎？您看起來精疲力盡。」

「大人，我們必須寫信給中國人。有一個叫恆祺（Heng Qi）的是負責……」

「您也許先回營區，」額爾金伯爵打斷他的話。「很欣慰見到您，領事，我們很擔心您，您需要醫生嗎？」

「今天是幾號？六號？」

「十月八號，領事。到營區告訴我所有的經過，來！」

途中額爾金伯爵向被釋放的法國人致意並且承諾將他們送到圓明園他們同胞那兒。逐漸清楚的事情經過是一幅令人震驚的景象：至少有六名人質死在牢裡。根據印度士兵的陳述，鮑爾比先生就是其中之一。綑綁使他的手指腫脹而且裂開，蛆從傷口侵入，他在入獄的第五天死亡。印度士兵說他們將他的屍體拋到牆外餵豬和狗。兩名錫克教士兵和一名法國二等兵一樣的情況，除此之外，在雙橋戰役之後中國人將布拉巴宗（Brabazon）上尉及一名叫呂克神父（Abbé de Luc）的神職人員處死。其他人的命運未卜，顯然他們被分成幾個小組帶到不同的地方。沒有人知道馬多克斯的下落。

那天晚上額爾金伯爵與格蘭特、巴夏禮見面商討時說：「我要讓他們付出代價。」一整天他搜集信息並撰寫報告，現在已經七點，他感覺到從後腦延伸到肩膀隱隱作痛。也許他發燒了。「總之我們不能採取任何可能傷害到其餘人質的行動。領事，您的印象是：中國人知道自己在做什麼？或者他們已經完全喪失理智？」

「大人，就如同上回在廣州時一樣：他們是較弱的一方卻逞强。」巴夏禮在北京的監牢裡關了一個禮拜，然後被帶到一個舒適的宅邸，在那兒有時他們以處決威脅他，有時祈求他無論如何達成外國軍隊的撤離。整件事與其說整體配合的行動倒不如說是純粹出於絕望，但是至少英國士兵不在乎。到處是三三兩兩士兵站在一起，發誓要為死去的同志報仇。格蘭特將軍命令所有人士兵未經允許不得離開營區。這幾天有謠言盛傳法國人已經開放圓明園讓士兵掠奪，所有人都急著想分一杯羹。

十月十三日四名被釋放的錫克教士兵抵達，他們帶來更多壞消息：費恩騎兵團的司令安德森中尉在被囚禁的第九天死亡；第十七天一名印度人叫他巴克斯的法國人也死了。四名費恩騎兵團的騎兵同樣也已死亡，但是馬多克斯的命運仍然未知，他們必須繼續等待。

喇嘛持續誦經。西風帶來更多的沙石。

兩天之後額爾金伯爵正在寫信時，門口外面傳來怒吼聲。從窗子他看不清發生什麼事，但是不久阿德金斯進來報告，又有兩輛馬車抵達。他的表情洩露這次沒有人質被送回來。額爾金伯爵把書寫工具放一邊，如同要用空手接受消息。「屍體？」他問，他手握拳頭，以掩飾自己的顫抖。

「大人，恐怕是。一共六名。」

「你已經……我的意思，知道是哪些人嗎？」

「大人，他們面目全非。部分是因為受傷，部分是因為石灰，根據推測他們已經置放多時。根據階級徽章我們可以確認安德森中尉以及一名叫菲利浦的法國二等兵。三名死者頭上纏頭巾，身上是費恩騎兵團的制服。第六名，」阿德金斯補充說道同時低頭，「應該是文職人員，根據他的穿著。大人，非常遺憾。」

額爾金伯爵一言不發看著他。

「大人，除了巴夏禮領事以及鮑爾比先生，只有一名人質沒有穿著制服。」

「我知道，阿德金斯，謝謝你的通知。」

「大人，我們將棺木停放在側翼。如果您……」

「當然，我立刻到。」

有幾分鐘他一動不動坐在那兒。在神壇底座放了一封他剛要寫給妻子的信。但現在他突然明白，為何格蘭特將軍話那麼少。還能說什麼？三年來他不僅與中國人奮戰，而且設法從不愉快的事件中全身而退。結果呢？當他終於走進臨時的停屍房，他明白他輸了。角落擺了冰桶，兩排三個簡單的棺材占據了剩下的空間。後面一排的棺材上放了費恩騎兵團的旗幟，另外兩個棺材上有人用粉筆寫上安德森和菲利浦的名字。額爾金伯爵拿出手帕，示意衛兵打開第六個棺材。

馬多克斯的臉徹底被毀。石灰聚集在眼窩，嘴巴張開，儘管沒有骨頭暴露出來，但是他的下巴部位像骷髏。毫無生命、堅硬且帶褐色。雙手腫脹，血已經結成黑色的硬塊。他的頭擠壓在棺材的末端，彷彿死者試圖要從裡面用頭頂開。馬多克斯。額爾金伯爵用手帕摀住鼻和嘴看著屍體。在他出發之前不久瑪麗路易莎問他，他是否認為自己適合成為復仇天使，他還為此與她吵了一架。此刻眼淚從他臉頰滾落。這整個任務以及他那天在橋上的想法，也許從一開始就是傲慢。所謂新時代的開始。也許你根本就無法強迫一個民族違背自己意願前進。他知道自己在哭，但是除了他靈魂中那無以名狀的黑點，他什麼也感覺不到。總有一天他也會躺在棺材裡。他只能希望不是發生在中國。

十七日過中午，他啓程到圓明園。已經不可能還有活著的人質，和平達成協議的機會已經過去，而聯軍指揮部討論了該採取的報復行動。鑑於十六人喪生，衆議從拆毀紫禁城到射殺相當數量的中國人，甚至有人建議摧毀整個北京。然而城內住了多少人並不清楚，格蘭特將軍看了俄羅斯人繪製的地圖一眼，然後下令先象徵性占領首都。命令順利執行。安定門因此掌握在英國人手裡，而且至今居民沒有恐慌的跡象。在營區裡出現越來越多圓明園來的貴重物品，額爾金伯爵想親自了解狀況，將軍和巴夏禮領事於是陪同他出巡。風勢轉弱之後，接下來是幾天晴朗涼爽的天氣。石鋪的街道經過墳墓，那些墳墓在丘陵漸漸起伏且樹林繁茂的景觀中突出的樣子像巨大頂針。路上到處是負載重物的駱駝，有一次他們經過三個裝滿人頭的木箱，大概是當地罪犯，原本放在路旁用來警告百姓。額爾金伯爵包裹在他的大衣裡坐在車上，他冒著汗，悶悶不樂的盯著前方。感冒已經完全發作，他的臀部痠痛，眼睛灼熱。法國士兵背著裝滿的袋子迎面而來。為了藉英國人之力同樣也占領一城門，蒙托邦將軍遷移了他的住所，而讓圓明園任憑命運擺布。圓明園原是統治者的遊樂園，這位統治者只有五歲孩童的眼光。當他們在樹林裡遇到三名穿藍制服的士兵，格蘭特將軍髒話脱口而出，並且讓馬車停下來。「哪個軍團的？」他對著那兩名士兵咆哮。那兩人驚嚇之餘立正站好，同時丟下一部分的戰利品。其中一個身上綁著絲綢長袍，從他同伴口袋裡露出的東西，看起來像是黃金燭臺。

「第三步兵團，報告將軍大人！」他們回答。「皇家東肯特郡團（The Buffs）。」

「你們背的是什麼東西？」

「只是剩下的東西，報告大人。法國人還有苦力動作很快，東西已經剩下不多了。」

「好，你們就把這些剩下的東西交給李維斯准將（Brigadier Reeves），並且告訴他，你們軍團的人有誰還在圓明園。所有人把他們的贓物都交給准將，聽懂了嗎？」

「是的，大人！將軍大人！」

「走開！」格蘭特低吼，然後馬車繼續往前。幾分鐘之後他們遇到另一群士兵，重複了一次同樣的對話，只是這次是四十四團的二等兵，手臂挾的是捲起來的屏風和畫卷。當中一個看來已經喝醉酒，兩眼透過歐式的畫框發直。接下來的是有遠見的步兵，他們推著手推車，就可以搬運沉重的花瓶。格蘭特將軍同樣命令他們交出戰利品。但是當第四批人接近時，將軍閉上眼睛，命令車伕繼續前進。「該死無恥！」他只說了這麼一句。

「那些物品將如何處理？」額爾金伯爵問。

「登記然後拍賣。」

「你想要拍賣搶劫來的寶物？在軍隊中？」

「我們該還給誰？大人，戰爭中會發生很多事，大人，包括那些不該發生的。事情就是這樣。」

「將軍，至少你話說得中聽。」

剩下的路程他們沉默完成。當地人也參與了搶劫，到處有人拖著箱子和布袋在林子裡流竄。有些似乎帶著全家在逃難躲避法國軍隊，額爾金伯爵聽到嬰兒的哭聲，但在宮殿入口處卻瀰漫陰森的寧靜。看不到任何士兵，只有兩頭巨大的青銅獅守著大門。門後展開的是一個由宏偉老樹環繞的廣場，他們停在那兒。京城附近的花草貧瘠，以至四季幾乎沒有留下痕跡，此時額爾金伯爵下車，看見繽紛的秋葉覆蓋池塘。鳥兒鳴叫，乍看之下沒有半點戰爭的痕跡。所有看得到的建築物皆完好無損。「我想四處看看，」他對同伴說，儘管他舉步維艱。體溫升了又退，退了又升。天際飄著明亮的白雲。

「大人，您身上帶槍了嗎？」將軍不準備下車。

「當然，我們一個小時之後碰面。如果士兵來了，將他們遣回。搶劫結束了，你我意見應該一致吧？」沒有等格蘭特回答，額爾金伯爵已經走開。他首先必須找到一座小山或是高塔，才能看到全景。剛開始他沒有看到他要找的宮殿，只看到幾個放馬車及轎子的低矮棚屋。他認為自己看到飛濺在棚屋牆壁上的血跡。另外一處掛著要晾乾的衣服。一扇敞開的窗子前面草地上散落廚房的用具，但是沒見到人影。眼前的景象令人毛骨悚然。幾分鐘之後他到達一個大約一百英尺寬的大殿，大殿的柱子是木頭雕刻的。相思樹和柳樹間有條狹窄的渠道，額爾金伯爵想起他忘了帶水。才一出發他已經汗流浹背。在這望不到邊際的地方皇帝的宮殿究竟在何處？

上午他準備給鮑爾比先生的遺孀寫一封信，他自問《泰晤士報》有什麼理由不將其特派記者之死算到他這個特使的頭上。只要這樁謀殺行動的罪魁禍首坐在長城後面看戲娛樂，就得找個替死鬼讓公眾洩憤。他不就是人選嗎？額爾金伯爵走到一個湖邊，他觀察了四周的建築物，似乎沒有一棟建築是完好的。毀壞的門，門前堆著砸碎的家具。「敗壞的地方」（Ill fares the land），他腦子裡突然浮現奧利弗·哥德史密斯〈荒村〉的詩句：「掠奪加速，財富聚積與人性腐蝕之處」（to hastening ills a prey, where wealth accumulates and men decay）。這裡整體建築讓他感覺墮落，缺乏雄偉的氣息，沒有閃耀的金色或大理石，沒有展現出帝國的氣派，一切彷彿是孩童夢想的自我滿足。他走得越遠，越是懷念英國公園的嚴格對稱。這個花園既非讓大自然受制於人類的設計意圖，也非任其自由成形。在額爾金伯爵眼裡到處是無意義的歡鬧。橫跨湖上的橋曲曲折折——為何不筆直就好？——當他走上橋時發現水裡有兩具女人的屍體，她們手牽著手，彷彿一起邁出了最後一步。白色的長袍看似在漂浮，魚輕咬著裸露的腿。他感覺噁心，轉身沿著湖岸走，他看到草叢裡的酒瓶，聞到排泄物的氣味。他強忍住不把心中的沮喪大吼出來。他對帕默斯頓說五千人，派一支更大的軍隊就很難阻止格蘭特將軍所謂的事情發展。當然是中國人給自己帶來的災難，儘管如此他仍為感到羞愧，彷彿自己親手毀滅了這花園。

在湖的另一岸地面升起，額爾金伯爵循著一條蜿蜒的小徑走到一座寶塔，終於找到他可以遠眺的地方。拾級而上，最後是一淺色大理石臺地。玻璃、玉器以及瓷器的碎片散落滿地，那些士兵顯然一點也不在意在裡面將糞便到處撒在樓梯上，因此他不得不跨弓步，淺平呼吸往上爬。牆上的瓷磚被敲落，撕裂的卷軸散落四處。「該死可恥，」他喃喃自語。

上面他仍無法看到外面的景物。在一個八角形的房間裡他只能看到比寶塔高聳的樹木，於是他又走下來。他想起有一次和瑪麗路易莎漫步穿過潘希爾公園的情景。手牽手，著迷於風景如何接納同時强化他們心情。心靈的鏡子，他的妻子說，她的第六感向來比他敏銳。她總是能確切知道自己的感受，而他只能有某種感覺，然後自問那可能是什麼，可是現在他也知道是什麼：憂慮害怕。過去幾天在寺廟裡他有足夠的機會觀察螞蟻；一旦牠們形成一條路線，牠們走的是直線，但是單獨的螞蟻從不走直線，而是無方向來來回回奔波。他突然想起是因為他每到達一個彎道，下一個彎道已經出現，每爬過一座小山丘，下一個小山丘已經在等著。他氣喘吁吁。在這兒他穿越的是一個故意縮小、自我封閉的孤單世界，其目的只是想隱瞞此地的居民，這裡其實是一座監獄。巴夏禮說過，這兒所有的建物都有名字，而且總是帶蓮與玉、春與天。換句話說，這就是中國兩千年來悲苦度日的虛幻世界。不僅是沒有進步，而是沒有運轉。他們發明了指南針，但是不敢到海上；發明了火藥，但是大砲砲管在發射三次之後爆裂；發明了印刷術，但是只能一而再再而三生成空洞的格言。整個文明因缺乏遠見而自我封閉且與世隔絕。不願到遠方漫遊，只將眼光停留在眼前美麗的珍寶上。

那該死的宮殿究竟在何處？

接下來的一個小時他花在繞圈子。他的腳步越來越緩慢。當他再次走到湖岸邊，他大聲詛咒——直到他察覺到，這應該是另一個湖。湖中有一個島，而在遠方高處隱約可見的很像他剛剛爬上去的寶塔。他口渴極了，他不得不壓抑突如其來的恐慌。他身處何處？他之前脫掉大衣，將大衣夾在手臂下，但他顯然遺失大衣了。天氣似乎變了，天空不再明亮而是蒼白無力。這是一個陷阱，他心裡想。當他繼續往前，他看到有人朝他走來。

一個中國人。額爾金伯爵立刻摸索他的手槍，但是槍是在他的大衣口袋裡。那陌生人似乎是朝廷官員，身上穿著典型的絲綢長袍，頭上戴著奇怪四方帽子，上面有很多細緞帶，以及一條很寬繫在下巴的帶子。他邁著均勻的步伐走近。一直到他們幾乎擦身而過，他才看到他脖子上傷口流出的血。那人並沒有停下來，甚至沒有抬頭，而是無動於衷的繼續往前走，這使額爾金伯爵瞬間以為自己在做夢。他慢慢轉過身。那中國人身上的長袍沾滿血，下襬拖在地上，留下一道紅色的血跡。他感到噁心。他又繼續走了幾公尺之後，他聽到聲響，急忙轉頭。

那人一動不動躺在水中。

額爾金伯爵急忙往回走，那死者已經從岸邊漂出去。一隻鞋已經脫落，漂浮在水面下。湖對岸的土地沉沒在蒼白的薄霧中。繼續走，他告訴自己，繼續一直走。但是突然間湖顯得如此巨大，以致繞湖走時他感覺自己是筆直往前走。沒有水喝他還能撐多久？

繼續走了一個小時，岸邊出現一道紅牆，他走近，發現一個敞開的大門，他站在一條寬足以容納三輛馬車並行的街道，街道的另一邊由另一道紅牆隔著。當過了街道他來到歐洲。一棟洛可可式的城堡，燻黑的窗口瞪著他。

他神智不清了？

他花了點時間想到解釋。馬多克斯，除了他還有誰，有一次提到耶穌會的建築師在這兒建造了歐式的建築。內部掛了義大利的繪畫作品，藏有英國及瑞士的鐘錶，伽利略及牛頓著作的譯本，或者至少在聯軍徹底毀壞每個角落之前曾經存在。耶穌會教士對此會有何看法？大約兩百年前他們是第一批在中國迷失方向的人。根據教義，沒有受洗過的孩童會下地獄，而受洗的——即使是在受洗後立刻死亡——上天堂，於是他們致力於拯救孩童的靈魂。一旦他們聽到病危的嬰兒，就會急著去為他施洗，這在教義意義上很有效，但是在其他意義上是荒謬的。額爾金伯爵四處探看。一大塊大理石方石做的噴泉被敲成上千塊。馬多克斯曾經說，歐式的建築物是在園子的後面，但是前面在何處？他差點大聲喊他的祕書。然後他看到那迷宮。

終於找到了，他心裡想。

幾級臺階往下通往入口。額爾金伯爵的目光隨著修剪過樹籬的線條一直到中心，那兒有一個圓頂的亭子，亭中有一個空的御座。那兒皇帝一定坐過。他下決心出發。通道中到處是破碎的扇子和瓶子，浸了尿的圍巾及絲綢鞋。起初他尋找正確的路徑，但是幾次走入死巷之後，他改變策略，他像野豬般衝破籬笆，他聽到自己的外衣撕裂，他繼續往前衝，隨著步伐他越來越憤怒。所以說當鮑爾比先生被束縛的手慢慢腫脹最後破裂時，天子就在這兒找樂子。灰塵進入他的喉嚨，他吐了口水，到達目的地時他上氣不接下氣。玫瑰木製的御座，「統治吧，大不列顛尼亞！」有個英勇的英國人在座位上刻了字，甚至連標點符號也刻上了。

他喘著氣坐下，短暫片刻他感覺到某種滿足。從這地方皇帝可以俯瞰整個迷宮，宮女在此處爭著要到他面前。晚上，燈籠及七彩宮燈的閃閃微光照在她們珍貴的長袍上。年輕的女子嘻笑著走進死胡同，轉身，興奮的拍手。她們來自帝國的每個角落，應試來伺候皇帝，方式就是獻出她們的身體。她們必須出身名門，而且天生麗質。她們的腳步輕盈，笑聲如銅鈴。天子的大腿上放了一個籃子，用蜜餞來引她們過來。當他對她們隨意撒了一把，因為感激獲聖上恩寵，她們的眼睛閃爍發亮。之後只要一個暗示，太監就會將當中的一名帶到他的寢宮。當額爾金伯爵張開眼睛，馬多克斯站在迷宮的入口。他身上穿著那天他們道別時穿的西裝。他站在原地一動不動，如同那時在震怒號上他不願打擾他的上司那樣。「馬多克斯你站在那兒很久了？」他強令自己問。

「我不想打擾大人……」

「我知道了。你的考慮周到仍像從前一樣令人厭煩。我常常問自己，你是否意識到這點。」接著他的祕書微笑。他的臉不對勁，石灰讓他的表情變得模糊不清。「我盡力不打擾大人。」

「好了，不提這個。馬多克斯告訴我你怎麼死的？」

「和鮑爾比先生一樣。大人，您看過我的手了。第三天我的手指綻開，蛆立刻爬進來，六天之後一切就過去了。」

「我們會為你的死報仇，馬多克斯，相信我。我已經知道該如何做了。」

「希望您不僅只是想得到《泰晤士報》的掌聲。」他的祕書朝迷宮走了幾步，正如他之前所做的那樣，徑直穿過籬笆，只是毫不費力氣。「此外，皇帝未曾坐您現在坐的位置，他不喜歡花園的這一部分。」

「一如往常，你知道的總是比我多。馬多克斯，你是否覺得為我工作很難？有時你給我這樣的印象。」

「有時。」

「還有你安排女子到我房間就是想給我教訓嗎？」

「大人，那是您的要求。」他離越近，樣子看起來越恐怖。他空洞的眼窩蒙著陰影，促使額爾金伯爵轉身回到之前的幻想中。或許突然有人開了一槍，聚集在這兒的宮廷侍臣全驚嚇不已，皇上的表情極為不悅，看著他的太監。然後是下個槍聲。那些宮女沒有試著找到通往亭子的路，而是在恐懼中緊緊互相擁抱在一起。沒有人告訴過她們關於威脅帝國的外國軍隊，她們甚至連那些與天子作對的國家的名字都不知道。她們懇求的眼光投向御座，但是位子已經空了。天子有祕密出口通道，他的女玩伴留在樹籬間……當時就是這樣的情況？關於攻掠的情況將軍蒙托邦保持緘默。「幾乎沒有抵抗」可以有很多意涵。他的士兵是上了刺刀衝進園內的？來自諾曼第的農家子弟，沒盥洗睡在漏水的帳篷已經幾個星期。他們不介意徒手掐死狗，但是他們未曾觸摸過絲綢。除了用雙臂他們還能如何抓住幸運？那是補償幾個月鄉愁及匱乏應得的報酬——未經歷過的人不會了解一個人為此受的苦。某些影像如何烙印在腦袋裡且激發出慾望，不必是粗野人，那是……

「不可抗拒之力？」

當額爾金伯爵再次回望，馬多克斯已經站在亭子外面。半邊的臉已經腐爛，西裝上沾著白色的殘餘物，還好他將黑色腫脹的手插在口袋裡。「大人，您確定找不到更好的詞了嗎？順便一提，當法國人到達時，皇帝和他的后妃當然早就不見人影了。我希望不管如何您喜歡您的幻想。小鞋完全沒有出現在當中。」

「馬多克斯，你想從我這得到什麼？」

「什麼也不要，大人，我聽您的差遣。您可以比以往更加相信我的謹慎。」

「是你告訴我的，你給了我這點子，就如同世界精神這鬼扯。」

「要是大人不是如此容易受影響就好了。」

「馬多克斯，您該死。金蓮，那腳比你的手還難看，她只要乖乖不動就行了，可是她偏不。她朝我踢，用她的臭腳她……」

「而您不得不抱住她，大人，我說的沒錯吧？為了使她平靜下來。」

「我替那女人感到難過，對她對我而言，那是一次觸目驚心的裸露。」

「我了解，大人，我完全理解。沒有人會怪您，幾個月來關在狹小的艙房中，離家又如此遙遠。那真的是……以前您說那是命運，不是嗎？」

「我從來不知道，你內心如何想，馬多克斯，你是我們當中唯一了解這個國家的人，但是你無法解釋。總之，非常抱歉，我常對你無禮，我無法彌補，但是我會處理你的書，我保證。現在我該回去了。巴夏禮領事及將軍在等我。」他無力的從御座上撐著站起來。他的膝蓋顫抖。「再會了，好友，放心，我永遠不會忘記你。」

馬多克斯的微笑使一切變得更糟。「喔，我敢肯定，大人，甚至非常肯定，再會了！」

巴夏禮領事與將軍坐在馬車上聊天。額爾金伯爵走近時，他們抬頭看，但是樣子看起來既不驚訝他離開那麼久，也不因為他回來高興。格蘭特將雙腳擱在對面的長凳座位上，正在抽雪茄。

「大人，您看到什麼了嗎？」

「水，」他只吐出這個字。「給我水！」

兩人互相交換的嘲笑眼神，沒有逃過伯爵的目光。巴夏禮將他的戰地水壺遞給他，他喝水喝得太急，水從脖子流下來。水的味道從來未曾如此甘美。他喘著氣停下來，然後問：「你沒派人去找我？」

「大人，您說一個小時之後。」巴夏禮樣子看起來很愉快，已經看不出來他長期被挾持當人質的後果。「但是對將軍與我來說，大人離開的時間足夠我們獲得令我們感到自豪的靈感。大人，您想聽聽嗎？」

他一語不發盯著這兩個男人好一會兒。將軍抽了一口雪茄。樹上的鳥兒鳴叫，如他們到達時。他注意到太陽也只是繼續挪移了一小段。格蘭特接著說：「我們討論了，中國人需要一段時間才能面對他們的失敗。他們就是不能容忍他們半吊子的騎兵隊被擊潰。大人，如果我們在城中心開設大使館，要保證工作人員安全不是件容易的事。這兒正好相反……」拿著雪茄的手做了一個手勢，彷彿是在布施幾個乞丐。

「將軍我沒聽錯吧？我們的大使館？」

「不僅是我們的，大人，法國人已經在這兒了，而且如往常一樣簽署相同的條約。聽說俄羅斯人想要擴大勢力範圍。美國人在上海等硝煙散去，而且一旦消息傳回歐洲，大人，奧地利、普魯士，遲早所有自認有分量的國家都會派代表進駐中國。您瞧瞧四周：這地方有城牆圍住，一條鋪砌的道路通到北京城門。有馬廄有菜園，有營房給工作人員，甚至聽說某處還有劇院。歷經過去幾天的事件，有些東西可能得清理，但是這兒的設施非常理想，大人，您不覺得嗎？」

「也許吧，」他說。他發現自己手上沒有刮痕，他的大衣竟然在馬車的座位上。陽光普照，花園在他眼前靜靜伸展開。他原本應該簽訂貿易協議以及開啓外交關係。但是現在他感到厭惡，那感覺他這輩子再也無法擺脫。「將軍，明天一大早，帶一軍團過來，你願意的話，兩團或三團也行，這地方腹地遼闊，擁有數十座建築物。先派人來畫草圖，蜿蜒曲折的道路讓人容易迷路。帶上足夠的柴火、油、炸藥，所有你需要的東西。你明白我的意思嗎？」

「我猜想我明白你的意思，大人，您確定要這麼做？」

「大使館我們在城裡可以找到適合的房子。這兒是那個該為人質死亡負責的人最喜歡的地方。而且去年他親自下達命令襲擊我弟弟的代表團。將軍，我要這兒寸草不留，將軍徹底毀了這個地方！也許這麼一來中國人才會明白，我們是認真的。」

領事感動地點頭。格蘭特將軍吸了最後一口雪茄，然後丟掉。額爾金伯爵上了馬車，披上大衣，在他們離開之前，他再次轉頭。不管皇帝的宮殿位在何處，它不久就會消失了。他清清楚楚的看見眼前的火。

所有其他人會在《泰晤士報》上讀到關於此事。

國藩致沅弟之書

咸豐十年八月二十四夜

九弟左右：

因爾十八日來函須輾轉來京，故吾方才得之。據悉安慶工程於不利情勢中仍有進展，心感大慰。爾順應吾之求，特派四營前來祁門，足見爾之大度。依李鴻章之訊，安徽目前無動靜，吾確信四眼犬即將發動攻勢。祈于吾返回後。

知爾按吾之建議讀邵雍詩，甚喜。吾細思此建議，因北宋詩人適合爾，爾所欠缺須向其學習。爾文章中可見，爾思效忠皇帝與成名致富並無矛盾。吾知爾近期于家鄉多購置田產，吾不得不警告爾：如此作為易引人誤解。從爾信中吾知爾雖已讀邵雍詩，然仍未理解其意。

如韓愈、李白、杜牧詩，邵雍詩亦散發恬淡沖融之氣。其皆有豁達光明之心，與古今豪傑相連，其根源在其對金錢與名譽之豁達。莊子曰：「生而美者，若知之，若不知之；若聞之，若不文之。」或子曰「舜禹之有天下而不與焉」。文人才士，其志事不同，然而其豁達胸襟大略相同。爾須以此為規誡！

吾家族近年家道興旺，恐致禍。耕讀之家謹樸者能延五六代；商賈之家，勤儉者能延三四世代，官宦之家能慶延一二代者鮮矣。如今吾任總督之職，思及吾之高升可速致家道殞落，甚憂。然仍有解方：誠、謙、勤。偉大詩人之氣概源於履行自身之責，不求報酬，行所當行。爾當每日讀邵雍詩數行，汲取其詩之氣！

信中爾書及爾之煩躁不安，可見爾所欠缺，爾肝陽盛陰衰，因此肝火旺盛，缺少水。爾定知釋氏所謂降龍伏虎。古聖所謂窒慾，即降龍也，降龍以養水，避免肝火上身。古今多少英雄豪傑皆火氣過盛，然要在稍稍遏抑，不令過熾。儒釋之道不同，而其節制血氣，未嘗不同！故留心飲食，少食上火菜餚。有強烈慾望者，需有更強剛氣方能克制。

京城此地情況令人絕望。數日來，吾始終見圓明園上空一巨大黑煙柱。蠻夷肆無忌憚！待吾閒暇，再敘近日親身所歷。吾當速返回祁門，以免為時太晚。除蠻夷所據之安定門，每日午後城門短時暫開。吾不知接踵而來何事，須做最壞盤算。別妄想洋鬼予吾等一日安寧。待吾一抵祁門，李鴻章即往上海，設法與其接洽。吾不知成事凶吉，然現今恐須藉其兵器方可大敗長毛。

尚一事：爾信中書，爾缺士兵，遂僱貧農於安慶挖塹，然其僅得發霉飯食。慎思此舉於全軍聲譽之害！少為己求田問舍，當為此非常時期積蓄籌備。當急之務，不惜開支厚養手下。

恕兄手跡之潦草凌亂，匆促之際，明早即起動身回府，故勿再往京城寄信。此囑。

京市演樂胡同偃月府

國藩手具

漢薩德國會辯論上議院會議紀要

一八六〇年十二月十九日

格雷伯爵（Earl Grey）演講摘錄：

我可敬的議員們，幾天前英國民眾聽到在中國的戰爭已經結束的消息如釋重負。短暫效率卓越的武裝戰鬥迫使敵人批准兩年前在天津簽署的協議。《北京條約》是絕大多數議會成員的共識，它將奠定兩國關係嶄新穩固的基礎。我不敢對此有懷疑，若非我擔心這條約恰好相反，既不符合我們的利益也與我們的原則不一致。即使戰爭已勝利結束，我仍然堅持認為開啟戰爭是個錯誤。我極不想揭露令人厭惡的衝突根源，但是我不得不提醒各位議員，英國公民在中國進行大規模的鴉片走私，我們在印度的政府從中獲得實質上大部分的收入。中方長久以來試圖阻止此種貿易，無論他們採取何種方式，都無法否定他們有權在與其他國家建立貿易關係時，盡可能採取一種減少損害自身價值及其公民健康的方式。然而這樣做已經在一八三九年導致一場戰爭，中國戰敗，三年之後簽訂《南京條約》，迫使中國在沿海地區開放五個通商港口。最近的這一場戰爭——議會並未受邀來判斷它的合法性！戰爭的理由是中國政府未開放廣州市作為第五個通商港口，因而違反了《南京條約》。我無權評判是否真的如當時廣州巡撫所言，安全顧慮是關鍵，但是我還是不得不說，我方同樣違反了《南京條約》。我國同胞在中國不受司法管轄，他們似乎誤解成絕對自主權（carte blanche），可不遵守任何法律，然而該條約責成我們的領事必須確保遵守法律。當前中國的法律無疑是禁止鴉片的貿易。不幸的是我們戰爭的目的正是要使這貿易成為可能，而且甚至是擴大。因此我們當地的外交代表完全未阻止戰爭發生，而是藉由暗示如果沒有戰爭，英國在印度的政府將面臨無法承受的收入損失來催化戰爭發生。

我可敬的議員們，遠非糾正先前文件的錯誤，《北京條約》顯示的是我們在中國所走險惡道路的下一步。如同先前的條約，這個條約也對鴉片貿易問題保持沉默。如同先前的條約，這次的條約同樣要求中國政府賠償，因而也剝奪中國政府對付震撼帝國多年的可怕叛亂的資金。英國和法國對中國的要求超過五百萬鎊，額爾金伯爵在兩年前已經說過，該國正顯現國家即將破產的徵狀。由於鴉片走私中國政府少了償還債務所需的關稅收入，尤有甚者，我們強迫他們降低商人貿易貨物的通行稅。皇帝政府在此重負下崩潰似乎是確定的。至少他們對付叛亂分子的能力進一步削弱，而這一點，可敬的議員們，正是我最擔心的一點。

我們在印度的經驗是個教訓。我們應該知道推翻一個亞洲政府儘管容易，但是要取代它困難多了。我擔心中國政府國家力量的衰弱會造成我們更大的壓力去執行它已辦不到的事，亦即提供自由貿易所依賴的安全。由於一些新的條約港口位處內陸，而進出正是由叛亂分子控制。我可敬的議員們，我們的政策很可能使我們陷入兩難的窘境：要不就是讓中國陷入混亂，要不就是自己接收管理。我們的利益禁止我們選擇前者，後者即使是地球上最強大的國家也力有不逮。額爾金伯爵在他的一封信上寫得中肯：「藉由削弱政府及破壞其道德影響，所獲得的特權代價往往太高。」符合事實的論斷，然而《北京條約》沒有考慮這一點！因此我無疑得出結論，該條約如同之前的條約蘊藏未來衝突的種子。中國人或許在某些生活領域取得卓越成就，然而他們仍舊是野蠻民族，在北京他們對人質令人髮指的待遇再次表明了這一點。毀壞圓明園在我眼中是正確的，額爾金伯爵必定是萬不得已才下定決心這麼做。儘管如此，我仍舊相信野蠻人也易受人性及善良心意的感染。我們不可忘記，他們對基督教的偉大文明真理至今為止所知甚少。我們未能以守法來應對他們缺乏原則的行為，以基督教的寬容面對他們過度的殘忍，令我更加難受。各位可敬的議員們，我確信只有以此種方式才有可能實現更美好的未來，並且達成我們的目標：以互惠互利為目的的自由貿易以及中國在世界文明國家中逐步崛起。

十九、亞丁的理髮師

額爾金伯爵在上海
一八六〇年／一八六一年冬

馬多克斯擁有的東西不多。他在英國領事館的辦公室裡只有五個木箱，其中三箱是書，額爾金伯爵決定帶這三箱和自己一起上船，而不是交付給下次的部隊運輸送回英國。差幾星期時間不要緊。他本想寫信給他的家人表示慰問，但是身為特使他無法寫信給一名薩塞克斯郡的藥劑師。等他回到布魯姆霍爾再補。他預計一月四號離開。外面雨下不停，黃浦江上桅杆如林，想到再過幾天就是聖誕節他感到沮喪。

復活節，他告訴自己，復活節他會在家慶祝。

他的任務已經完成。條約內文應該已經到達倫敦了，但是他最早要到一月中旬才會在香港知道反應。在這之前他只能看看弗雷德里克幫他收集的舊《泰晤士報》。一篇文章提到八月在上海發生的戰鬥：「一個國家的人民如果分裂成兩個敵對的戰營，外國的交戰對手通常被迫必須與其中的一方結盟，然而中國的政治類似澳洲的動物學：它顛倒了適用的規則。」不管這是什麼意思，聽起來似乎家鄉的人不是特別關注這些事。也許他會像當初從加拿大回國時一樣：女王接見，胸前兩枚新的勳章，以及報紙邊欄上的大方提及。有時他相信他甚至希望返國時沒有那些熱鬧。他究竟達成了什麼？

「打開中國門戶的人，」他自言自語，同時朝窗外看。外灘是河兩岸的長步道，歐式的門面，但是基本上這座城市是建立於鴉片上，而且他覺得甚至連英國居民都有點像美國佬。從北方回來之後他每天早上都會散步到賽馬場。不久前他那兒和一位年輕人交談，他在登特公司（Dent & Co.）擔任品茶員。

他自己表示偏好「不妥協的外交政策」。他覺得英國同時和兩個交戰的陣營開戰一點也不矛盾。他認為我們英國人最想展示實力給那些位高權重的人看，按照此邏輯，就是北方的滿清官員，以及南方的太平天國諸王，所以就是要給他們一點顏色瞧瞧。就這麼簡單，只要相信人民的聲音。他是否可以由此得出結論，他這次有了帕默斯頓的支持者、鴉片貿易商以及其他強硬派做後盾？如果是，只有此處還是連家鄉也是？

乍看之下到北京簽訂條約是英國的凱旋隊伍。十六名轎夫抬著他的轎子進紫禁城，隨行的有一百名騎兵及兩個樂隊伴奏〈統治吧，大不列顛尼亞！〉以及〈天佑女王〉。他故意遲到三個小時，目的就是要最後一次向中國人展示，誰是贏家。為了防止意外事件發生，在安定門前安排了野戰砲兵部隊。因為擔心被下毒，他們拒絕了中國人設宴的邀請，但是之後一切順利進行。恭親王原來是個容易緊張的人，他才二十七歲，顯然第一次見到外國人。他身上穿著海獺和大黃貂皮製的皮草大衣，對著額爾金伯爵伸出非常精緻，簡直可比女人的手。他的拇指上戴著白色的玉環。握手他還得多練習，但是在交談時給人相當聰明的印象。

額爾金伯爵不耐煩地看著錶。十點多，巴夏禮領事帶著郵件到哪兒去了？

隔天法國人簽署相同的條約，並且獲得同樣金額的賠款。鑑於他們軍事行動上的花費少很多，這樣的要求實在說不過去，但是葛羅男爵堅持，而且不放過任何機會抨擊燒毀圓明園是野蠻的行動。也許有人會認為他的士兵大舉破壞的痕跡隨著圓明園的燒毀而被抹滅對他而言來得正是時候，然而現實卻不是如此。男爵言行不一的藝術，只有伊格納提夫少將超越他，而少將有理由自認是這次事件的最大贏家，他沒花半顆子彈，就從中國拿到阿穆爾河以北某地方三十萬平方英里的土地。大過英國六倍的土地！額爾金伯爵在北京與他會面討論設大使館這棘手的問題。他們是否該如弗雷德里克認為的立刻設立，或者如葛羅男爵的建議再等一個冬天，在這之前讓外交人員留在天津。目的是支持恭親王及改革派，可是這要如何達成？如果採取的態度過於强硬，一旦皇帝從熱河回來之後可能導致他們被指控為叛國賊——如此一來好戰分子又活躍了。如果表現得太軟弱，中國人的氣焰再次囂張，那五九年的事件很可能會重演。伊格納提夫說到重點：戰勝中國人的方式必須讓他們覺得自己是勝利者，同時防止他們自傲的以為他們真的可以擊敗你。他的建議是大使應該暫時留在天津，直到風平浪靜。額爾金伯爵接受了他的建議。現在看來，似乎少將只是想把聯軍誘出北京，好讓他完成他的大事，不用一兵一卒，只靠外交手腕。據說他已經在回聖彼得堡的路上，準備大肆慶祝並且接受獎勵。

而他自己呢？誰能向他保證接下來幾年中國人不會又出爾反爾，迫使帕默斯頓勳爵第三次派他到這兒來？條約結束衝突但並沒有解決衝突，而且完全沒有提到其根源。相互的不信任比以往任何時候都深。

額爾金伯爵還沒來得及深思，巴夏禮已經拿著一疊信進了房間。「抱歉，大人，我遲到了，但是……」

「早安，領事，」額爾金打斷巴夏禮的話。「請進來。」

「抱歉，大人，早安。」巴夏禮站住，並且自知有錯的低頭。他越來越像馬多克斯。「您睡得還好吧？」

「不好，不過這不用你操心。領事，你帶了什麼來？」

「好消息，大人，恭親王顯然不久將奏請設立一個新的部門，相當我們的外交部門，大人，多虧您果決的行動，事情現在終於有了進展。」

「你真的相信，是嗎？」他問，他沒有問巴夏禮是從哪兒獲得的消息。「在中國的進展？」

「大人，如果您相信我的評估。」

外面的雨變小，但是天邊雲層很低，顏色和河流一樣的灰。額爾金伯爵心思還停留在三十萬平方英里。伊格納提夫如影子般隨著聯軍來到北京，手中什麼也沒有，除了威脅要和聯軍一起對抗中國。也許女王應該將一個孩子嫁到俄羅斯，沙皇似乎對擴張很感興趣，而且毫不掩飾。夏天俄國軍隊占領了太平洋岸的海參崴，並且命名為符拉迪沃斯托克（Wladiwostok），意思是：統治東方。「最好是如此，」他不表贊同地說。「此外我想問關於我們回程時經過的那個小島，古茲拉夫島（Gützlaff Island），對中國小島而言很古怪的名字。有人告訴我，那命名是根據收留您的人的名字？」

「沒錯，大人，一名德國傳教士，是我表姊的丈夫。」

「但是這小島的命名不是因為他將你培養成一名紳士，對吧？」

「對，大人。」又一個與馬多克斯相似之處：如果要讓巴夏禮認出一個笑話，必須先加標籤。

「你會德語嗎，領事？在馬多克斯的箱子裡有一些我看不懂的筆記。」

「遺憾，我不會，在我表姊家，他們說英語。」

「十分值得稱讚。你說你十三歲來到中國，十四歲璞鼎查爵士簽署《南京條約》時帶著你。領事，你很有本事，總是能參與歷史性的一刻。」

「我寧可稱之為幸運。璞鼎查爵士對我非常慷慨。」

「最近有人說，帕默斯頓勳爵本人也認識你。」

「那是有一次，我很榮幸他接見我。大人，是在回家度假時。當時他還是外交大臣。」

「而你只是翻譯。他為何接見你？」

「大人，他當時已經對中國感興趣。我必須說，他已經知道很多。廣州是關鍵，他一直都很清楚。」

「廣州，喔？」他看錯了，或者巴夏禮眼神中透露一種自我滿足的光彩？自從馬多克斯死後，他的位子是毫無爭議的，他似乎也相當享受。「說老實話，領事我當時對你的做法有些不滿。你是否教帕默斯頓中國人只懂一種語言？」

「大人，我完全無權教他。總之最近的事件支持了這一論點。非常遺憾，在中國不强迫就行不通。」

「你的意思是我們在北京別無選擇？」

「大人，所有其他的手段證明無效。」

這正是他很想相信的，但是從巴夏禮嘴裡說出，卻强化他的懷疑。「讓我們往前看，領事，從此以後我們該如何對攸關中國命運的責任恰當處理？你知道的，在長江流域的叛軍。我認為我們不可避免得派一代表團溯江而上。在開通條約上的港口漢口和九江之前，我們必須和叛軍達成協議。我很願意這麼做，但是不可支援他們。」

「大人，這是明智的。我的意思是不可支援他們。」

「你曾經到過南京，恐怕你必須再走一趟。」

「隨時遵命，我的任務是？」

「霍普上將（Admiral Hope）會以科羅曼德號載你前往。我們需要了解軍事情況。叛軍被擊退出上海以外，他們打算下一步怎麼做？我們的船隻必須保證安全，但是你知道目前的窘境：我們作為中國政府的夥伴，我們無法簽訂與他們的敵人有瓜葛的合約。領事，打探所有消息，多一些收穫而且不做任何承諾——這任務合你的興趣嗎？」

「大人，感謝您的信任，」巴夏禮無動於衷地回答。「倫敦知道這個計畫嗎？我的意思是，因為根據條約港口開放的條件，如果叛軍……」

「親愛的領事：你出發之後，倫敦會聽到關於此事的消息，而回程時你會得知這一行程是否獲准。

這兒的世界就是這樣，我以為你已經很熟悉了。或者帕默斯頓勳爵當時已經允許你轟炸廣州？」他嚴肅的看著對方，但是想激怒他的願望很快就消失了。沒有像巴夏禮這樣的人，在中國他寸步難行，而且他還活著而其他人死了，這不是他的錯。只是那又是誰的錯？他的祕書不斷的奇怪出現困擾著他。造訪了圓明園之後他躺在床上發燒了好幾天，而且不停的與馬多克斯對話。現在即使在上海，夜裡他會突然醒來，感覺有人在房間裡。「我想到一個軼事，」他說，為的是擺脫記憶。「遭不幸的鮑爾比先生告訴我的，也許他也告訴過你。那是關於亞丁蘇伊士飯店的理髮師。你聽說過嗎？」

「沒有，大人，他說了什麼？」領事的表情似乎是在覺得這談話太長了。

「那理髮師是個老人，非常有經驗。他認為他藝術的最高境界——希望您不反對這種說法——是在顧客睡著時神不知鬼不覺幫他刮鬍子。顧客必須在前一天晚上預約，然後他在日出時進入房間……我知道這聽起來不可思議，但是你瞧：當鮑爾比先生敘述這個故事的時候，我才想起來這件事就發生在我自己身上過。我不久之前住在蘇伊士飯店，有一天早上我醒來，發現自己刮好鬍子了。我並沒有多想，因為前一晚我喝了一點酒，而且那時我有些心不在焉。我以為我在睡前刮了鬍子但是忘記了。直到鮑爾比先生在前往錫蘭的路上講了這個故事，那時我才意識到亞丁的理髮師幫我剃了鬍子。令人毛骨悚然，不是嗎？我無法告訴你那人長什麼樣子。我並沒有事先預約，但是西奈半島之旅後，我樣子的確有些邋遢。不管如何他一定是發現了。總之我需要剃鬍子，有人幫我剃了。有時候事情就是如此。」

巴夏禮領事沉默的看著他。鮑爾比先生一定是大笑了，夜裡在甲板上，一瓶上好的香檳助興。現在他的遺體葬在北京的俄羅斯墓園，再次回到歸咎的問題，當然是中國人犯下的謀殺罪，然而一如既往，總有所謂的大局，而這當中缺了幾個部分。某種感覺告訴他，閱讀馬多克斯的手稿，他便能看得更清楚，也許他並不想看得那麼清楚，因此他拖延閱讀的時間。「領事還有其他事嗎？」他問，因為巴夏禮始終不發一語。

「大人，有一個人很想見您。一個中國人。」

「你知道的，我的任務已經結束。請告訴那人，他可以見我弟弟，他明年到上海來的時候。」

「大人，他可以告訴您一些關於中國內戰的情況，補充我在南京得到的消息。您是否聽過湘軍？」

「領事，不要問我。直接告訴我我該知道的事。」

「那是一支在官軍系統外的軍隊，由一名漢人統領，而非韃靼人。他的士兵全都來自湖南省，但是為皇帝效力。他以前是朝廷的高官，現在朝廷認為他是平定叛軍的最後希望。自夏天以來，他擔任長江下游各省分的總督，長久以來第一位擔任這一職位的漢人。我在北京被囚禁時曾短暫見過他。」

「現在他人在此地，而且想見我？」

「大人，不是，他人在內地的戰場上。他派了一名心腹到上海來，他的名字叫李鴻章。他很想與您談談。」

「他有任何官職？」

「據說他將成為巡撫，但是還未確定。此外他曾獲得科舉功名的最高等級。」

額爾金伯爵故意明顯牽引嘴角。「一名清朝官員。」

「大人，他也是有經驗的戰地將領。很多人認為他未來將成為舉足輕重的大人物。」

「若真如此——中國的未來我感興趣。除了老桂良外，我在這兒還沒見過了不起的人物，恭親王也許有潛力，但是他在紫禁城長大，在我看來似乎還沒見過外面的世界。你聽說過他讚佩我們的制服嗎？說得更準確是口袋，這比他將扇子繫在腰帶上要實用多了。類似馬多克斯會做的觀察，不是嗎？他那時在我面前論述關於馬刀環套時，你在場吧？」

「大人，我不在。所以我可以安排時間嗎？」

「聖誕節過後，馬多克斯。我的意思是領事，抱歉！如你所見，我需要休息。除此之外，麻煩你找人將馬多克斯的箱子搬到我房間來。我想先整理一下他的東西，也許我們不必將所有的東西帶回英國。那好傢伙隨身帶了很多累贅。」

今年的聖誕節令人心情沉重。瑪麗路易莎一定已經寄了一封信，但是郵件沒有準時到達。領事館舉行了一個小小的慶祝活動，之後額爾金伯爵回到自己的住所，他强迫自己滴酒不沾。十月時他沒有時間寄聖誕郵件，現在他寫的信，收信人大概要到二月才會收到，無論如何他還是動筆了。他的弟弟羅伯特最近是威爾斯親王的家教，報告了一趟美國之旅，根據他的報告這位令王室頭痛的王子相當受美國人歡迎。正好在費城的歌劇院全場的觀衆一同唱了讚美舊殖民統治者的國歌。然而政治的前景卻黯淡，南北各州之間的衝突可能加劇，而且每個人都意識到這對南方棉花生產以及對英國的紡織工業意味著什麼。羅伯特應該已經回到布魯姆霍爾度聖誕假期，代替現正在上海打包行李的哥哥。

過年期間，氣温幾乎降到冰點，但是空氣潮溼沉重，而且窗外的景色籠罩在濃霧中。弗雷德里克從天津捎信來，他無意與南京的叛軍達成任何協議，相反的他將對中立一詞做廣泛的定義，所有對清朝的支援只要不需要用到英國士兵都屬這定義的範疇。現在是中國徹底擺脱這禍患的時候了。與我無關了，額爾金伯爵心裡想，同時盯著回程中他必須閱讀的馬多克斯的筆記——為了得知什麼？他再次達成所有目標，但是錯過最重要的？

與那中國人的會面，他讓巴夏禮安排在一月二日中午。四日他將乘坐費魯茲號到香港，好讓九龍正式成為英國之地，這也是他作為特使的最後一個官方任務。在跨年之際所感到的沮喪憂鬱他只能解釋是他有預感，這次的返鄉會比之前更加困難。鏡中一個男人凝視著他，他的樣子看起來像今年夏天即將七十歲，而不是五十。禿頭圓肚，像個逐漸老邁的地主，晚上會到酒吧喝啤酒，與其他客人開玩笑聊天。鮑爾比先生在海上告訴他的那個亞丁理髮師的故事是為了打發時間，就當作是關於東方的荒誕無稽之談，僅此而已。

在睡夢中被剃鬍鬚，他怎麼了？

一月二日早上他踏進辦公室，巴夏禮通知他，那中國人已經來了。「好，」他回答。「帶他進來，我的時間不多。」那天的天氣變好，陽光灑落在領事館被雨淋溼的花園中。下午他的行李將運上船，晚上上海商界要為他舉辦惜別晚會。一分鐘之後巴夏禮領著那中國人進來，額爾金伯爵從未見過如此高大的中國人，那人至少有六英尺高！滿清官員的典型打扮，一身絲綢，脖子上一串長項鍊，而他的額頭令人聯想到拋光的砲彈。他就是李鴻章，中國穹蒼的明日之星。他的確得抬頭看，才能回應他小眼睛裡透出的狡猾眼光。當巴夏禮向他們介紹彼此時，額爾金伯爵感覺自己受詳細的打量。那人的自信充斥整個房間如一名看不見的隨從。「首先李大人要感謝榮幸獲得英國女王特使的接見，」巴夏禮翻譯道，那巨人說話的口氣倒更像是命令。「他自稱長期以來便是在與西洋國家密切合作中看到中國未來的人之一。」

「好，請你告訴我們的客人，我過去三年的努力就是以建立此夥伴關係為目標。我們先坐下吧。」額爾金伯爵指著窗邊角落的座位，而且在剛開始的驚訝暫息之後，他決定就接續他在北京時與恭親王停止的地方。「很高興在中國見到一位有遠見的人。在我執行任務當中太常遇到態度相反的人，請您不要誤解：作為基督堂學院[15]如此具有傳統意識學術

15 譯注：Christ Church，牛津大學

機構的畢業生，我非常贊同您的同胞對自己歷史的高度尊重。任何文明都無法缺少其最睿智之人的建議，儘管我們都希望他們是同一時代的人，遺憾他們僅能通過書本與我們說話。我們傳統的偉大思想家之一，馬基維利（Machiavelli[16]），曾經聰明地指出，沒有什麼比引進事物的新秩序更難完成或涉及更大的風險。正是這一任務，恐怕是您的國家在未來幾十年所面臨……」

「抱歉，大人。」巴夏禮舉起手。「您必須給我一點時間翻譯。」

「喔，當然，領事，請。我希望我說的一切你都記住了。」聽完巴夏禮的翻譯後，客人點了點頭，但是他臉上的表情未洩露他心中的想法。他的舉止令人想到一名路過順道來查看房客是否謹慎對待住所的房東。進入房間時他瞥了一眼海特爵士畫的女王肖像，彷彿想知道由一個矮小的女人領導的國家能夠有多强大。

「值得注意的是，」額爾金伯爵繼續說道，「馬基維利的名言基本上並非針對改變情況所做的努力，而應該是提醒要小心。因為他對人類的弱點有敏銳的洞察力，在他看來，我們傾向一而再再而三在相同的任務上失敗。他知道每一項創新需要進一步的創新，因此歷史的進程永無止盡且無法控制。或許可換句話說，歷史列車永不停站，而且也無軌道。現在當然有人會問，無軌且永不停站的火車能做什麼？哼。」好問題。他顯然沒認真謹慎的措辭，現在不得不思考片刻如何繼續。「這圖像也許對您而言不合適，中國沒有鐵路。還沒有。領事我們沒有水嗎？我想喝水。」

「大人，我叫人送來。」

「您自己去拿來如何？李大人與我都不會走開。」

「當然，大人。」領事搖搖頭站起來。客人泰然點頭接受巴夏禮簡短的道歉，彷彿自己並不急於提出自己的請求。也許他根本沒有任何請求，而只是想來見見大家所說的可怕蠻夷。

「我剛剛想到，」額爾金伯爵說，「馬基維利與赫伯特．史賓塞 (Herbert Spencer) 之間有相似之處。但兩人基於各自的前提提出相反的結論。馬基維利認為：每一項創新勢必導致進一步的創新。這與史賓塞的見解非常相近，一個改變往往是更多其他改變的原因，由此他推斷出，進步乃是：相同事物無限擴展成不同的事物。一切趨於複雜。相反的馬基維利提出的結論是：沒有進步。在他看來歷史有自身的動力，當中一步決定下一步，直到整個過程似乎超過其意義，您明白嗎？一個認為這是進步不可能的原因，另一個則認為這是進步本身的原則。我覺得有趣。顯然這歸結出一個問題：變化如何獲得進步的稱譽。一位德國思想家曾說，自由的發展意識是關鍵。但是這恐怕會令馬基維利面露疲倦的微笑，說不定您也是。啊，我們的水來了。」他拿起杯子放嘴邊，他真希望巴夏禮拿來的是像樣的飲料。「告訴我們的客人，馬基維利是無神論者，因此他的觀點必須審慎對待。也許最後正是對上帝的信任使我們免於盲目陷入混亂。我的意思是，相信更高的計畫。」李鴻章似乎努力理解領事向他說明的思想。無論如何，他的詢問聽起來非常腳踏實地。「我們的客人想知道英國的人口有多少？」

「喔，只有女王的特使才能回答的問題。請告訴他，英國的人口數在過去五十年增加了一倍，這表明英國的生活條件不斷在改善，換言之，在不斷進步中。目前應該有一千八百萬左右。」

客人似乎對這數字感到驚訝。「印度呢？」巴夏禮翻譯他的下一個問題。

「印度？」

「印度不包括在內？」

16 譯注：1469—1527 年，義大利學者，哲學家、政治家、外交官，義大利文藝復興時期重要人物，被稱為近代政治學之父

「天啊，領事，這你自己也知道！告訴李大人，印度是我們的，但是它不屬於我們。如果他想知道，印度有多少人，他可以去問坎寧勳爵（Lord Canning）。我想他們根本沒計算過。」

客人開了個玩笑回答。隨著會面的時間他似乎越來越自在。巴夏禮翻譯道：「中國人顯然深信英國是個蕞爾小島，有一半人口必須送到遙遠的國外，因為土地太狹小。」

「我希望我們至少可以讓我們的客人擺脫這令人沮喪的想法。請你問他，他認為皇帝回北京之後，會如何做？他認為恭親王的地位無虞嗎？」

他的回答相當簡短：「李大人不認為皇帝會回京。」

「為何？」

「皇帝病重，時日不多了。」額爾金伯爵看不出他臉上表情的變化。他的顴骨高，使他看起來嚴厲且堅定，但是他的眼光始終保持冷漠。「如果李大人的評估證實，將會如何？據我所知，皇位繼承者還未成年。」

客人回答過渡期會有幾位親王攝政，但是他認為攝政大臣之間很有可能爆發統治地位的鬥爭。因此恭親王處於相當不穩的地位。對英國及法國的賠款清空了國庫，而要等到叛亂平定之後，貿易才有可能恢復。只要長毛賊控制了茶葉和絲綢的生產，中國就沒有可貿易的商品。最後終歸一句話：「他說為了確保地位，恭親王需要我們協助對付叛軍。至少在武器上。」

「告訴他，我們的中立立場對我們施加了一定的限制。」接著客人不悅的搖頭。「他認為如果不能速速平定叛亂，會有大災難。如此一來英國拿不到賠款，條約上的港口也無法開放。」

「有可能，但是平定中國內戰不是我們的責任。」

當巴夏禮翻譯時，額爾金伯爵注意到客人眼中閃爍著他未曾在中國官員眼中見過的光彩。自從圓明園事件之後，他們更加痛恨他。但是李鴻章是第一個徹底以冷淡態度表達仇恨的人。他的臉上露出微笑，彷彿他迫不及待加入外國人在中國開始的比賽。他顯然不諳自我懷疑。「李大人想知道四個月前在上海的戰役是否也是英國中立態度的表現。」

「那是萬不得已。那是為了保護我國同胞的財產及英國的貿易利益，」額爾金伯爵說。

「李大人問此一原則是否也適用在新的條約港口。」

「不行，只要叛軍不攻擊我們。」

李鴻章現在更是笑容滿面。

「問問他內陸地區的軍事情勢。」額爾金伯爵得到更長的回答。「李大人認為，情勢有了改變，他目前奉湘軍之命在長江下游開徵新稅。以此方式……」

「等等，領事，軍隊徵收自己的稅？我們的客人是否明白這對政府的權威會造成多大的損壞？」

「李大人說有句古老的成語：投鼠忌器。」

「很好，器皿他們多的是。這支軍隊又是對誰效忠？」

「曾國藩將軍，大人，他們的統帥。」

「他又是對誰效忠？」

「皇帝，」李鴻章回答。

「他死了之後呢？」

客人以做作的手勢抽出扇子並且打開。「李大人想知道，大人是否知道天命的概念。」

「馬多克斯提到過，你簡單兩句解釋一下。」

「大人，中國人相信，皇帝的統治天下是上天的旨意。為政者如果不守德而失道就會失去上天的支持。自然災害、戰爭此類的事便是上天收回成命。」

「叛亂也是？請你告訴李大人，他對清朝的未來似乎沒有抱太大的信心。」接下來沉默片刻。也許是個痛點，也許只是戰術。

「我們的客人覺得自己被誤解，他提到此概念，因為大人剛剛提到相信更高的計畫。」

「明白了，現在缺乏的僅只是去實踐的方法，對吧？」

「李大人認為要救清朝為時不晚。叛軍的教義不適合中國。洋人散布這些思想為的是使人民困惑，以便他們吸食鴉片尋找依靠。在這一方面他認為英國對中國目前的苦難負有很大的責任。他問，為什麼我們為了簽訂條約先是派兵，現在卻袖手旁觀，讓夥伴也不能夠履行其義務——儘管事關英國的利益。」

「我猜這又是換個說法要求武器支援。他難道不認為叛亂除了受我們的傳教士影響之外還有其他的因素？」

李鴻章搖頭。「我不認為。」

「因此武器暴力是他打算對付叛軍的唯一手段？不打到死不罷休？」

客人似乎被逗樂的同意。巴夏禮領事無法再壓抑自己的不滿。「大人要我將他驅逐嗎？他的無理簡直令人難以忍受。」

「不，領事，我覺得他的坦白令人耳目一新。中國人很少告訴我們他們心裡真正的想法。告訴他，中國的這些內政我們不干涉。但是我建議他的國家，不要將進步理解成軍事力量的增加。當一個國家擁有超越物質的願景時，國家才會強大。總之這來自我們歷史的教訓。」

「李大人認為一個國家要先有手段實踐願景，才會變得強大。他的國家非常感激我們給的這一教訓。」

「如果以如此威脅的語氣表達感激，那就有理由懷疑了。」他等到巴夏禮翻譯，但當他的客人要回答時，他搖搖頭。「李大人，如您所見，我們的主要問題就是缺少信任。英國對您的政府不信任原因是，兩年前我們簽署的條約，您那一方不願履行。至於您不信任我們的理由，我可能比您想像的更了解。然而我的任務已經完成，北京發生的一切我深感遺憾，但是在我的同胞被殺害後，我別無選擇。將來我們一定會知道，我們是否找到不同方式的相處之道。如果您求助我的弟弟，您會發現他贊成英國在您們的衝突中扮演更積極的角色。請務必見諒，我即將離開中國。我祝您及您的國家萬事如意。再會！」他站起來並伸出手。當領事翻譯時，李鴻章面帶微笑俯視他。

「我們的客人祝您一路順風。」巴夏禮說完之後送李鴻章出去。

之後額爾金伯爵站在窗口試著整理思緒。離出發的時間越近，他越是感到不安。故鄉的報紙會攻擊他，也許已經開始了。父親毀了雅典衛城，兒子燒了圓明園，哪個記者能抗拒不把這聯結在一起？有時他自己也想知道，是否真的有關聯。從今以後他該如何面對人生？如果他擔心的事真的發生，帕默斯頓勳爵不會給他內閣席位，至少不是有聲望的席位。布魯姆霍爾被債務壓得喘不過氣來，需要一個比他更能幹的人。當他看著李鴻章踏著堅定的腳步離開領事館時，他心中幾乎起了羨慕之情。到了大門口李鴻章轉身又看了領事館一眼，臉上帶著鄙視的微笑，然後在額爾金伯爵的視線中消失。一個不凡的年輕人，不僅如未經琢磨的鑽石珍貴，而且同樣堅硬。回想起來，他的每句話似乎都有雙重含義。

「天命，」他若有所思的喃喃自語。那訪客何來的必勝確信，那必勝確信似乎遠遠超出與叛軍之戰？也許認為這國家沒有任何願景是錯誤的，他只是不了解其面貌及依據。中國人的信仰是什麼？驅使他們的又是什麼？他們的夢想為何？迄今為止他的印象是中國缺少民族意識，因此似乎也少了爬升的踏板，可是現在他不再確定，但是他預知叛軍確實會失敗。它的領導人是個狂熱分子，自己遲早會犧牲。相反的像李鴻章這樣的人沉得住氣且具有長遠考量的能力，不只見到幾個月或幾年後甚至幾代之後。他散發果決自信，而額爾金伯爵越來越清楚感覺到自己的疲憊不堪。他還能在內閣做什麼？他已經筋疲力竭。兩個月的時間，他將在夜裡站在甲板上和馬多克斯談話，然後坐在布魯姆霍爾的圖書室裡，彷彿腦中有個計時沙漏：緩慢流逝的餘生。報紙愛怎麼寫就怎麼寫，他唯一害怕的是瑪麗路易莎的反應。十四年前他曾對她發誓，他將全力以赴證明對她的愛。而此刻他退後一步，强忍淚水。女人愛的方式不同於男人，少了占有者的自豪，但是眼光加倍的銳利——這是他一直以來欽佩她的地方，而現在卻是他感到恐懼的。也許他們最好從今以後分開睡。否則如何能瞞過她，他夜裡失眠，因為有一張石灰白的死人臉盯著他看？

「東方荒誕無稽之談，」他低聲自言自語。馬多克斯是唯一懂他的人？他的神祕的替身？額爾金伯爵看著玻璃窗上幽靈般蒼白的反射倒影，他第一次注意到相似之處。

漢薩德的國會辯論

會議紀要

一八六一年二月二十一日

埃倫伯勒伯爵（Earl Ellenborough）演講紀錄：

我可敬的議員們，這是本院幾個月來第二次辯論關於在中國戰爭的後續。高貴的格雷伯爵以他激昂的方式敦促我們改變政治路線，否則在地球上那不幸之地出現新的可怕衝突指日可待。他估計是我方政府政策的錯誤造成衝突的可能性增加，高貴的沃德豪斯勳爵（Lord Wodehouse）駁斥他的說法，他稱中方欺騙及刁難的行為才是主因。我承認我在此問題上同意格雷伯爵的說法。叛亂迅速蔓延唯有在某些局勢下才有可能，而導致這局勢已造成我驕傲旗幟上的一個黑點，而我們也絕不能以中國人陰險的行為為藉口來辯護我們不正當的行徑。比起半文明的國家，一個文明國家必須有更高的自我要求。儘管如此我仍要感謝沃德豪斯勳爵，他同時報告了即將進行的長江上游探勘，根據傳言此項行動已經開始，雖然根據條約必須等到該地區的戰鬥結束之後才允許進行。

沃德豪斯勳爵：高貴的伯爵所言完全正確。根據英國大使布魯斯先生的電報，雖然條約上是以戰役結束作為長江流域貿易開放的條件，但是中國政府顯然不反對現在即派遣探勘隊溯江而上。

埃倫伯勒伯爵：

我很高興聽到議員的認可。多年來我們一直在討論打開中國的貿易。儘管我們迴避明說，但是我們都知道這句話的真相：開貿易即開槍。年前額爾金伯爵溯江而上時，受到叛軍的砲擊。我們沒有理由假設下一趟情況有所不同。可敬的議員們，因此我要說：讓他們射擊！如此一來我們就有正當理由還擊，並且掃蕩所有土匪企圖阻撓我們前進造成的阻礙。因為他們與強盜無異，可敬的議員們，他們的罪行不勝枚舉，從褻瀆神明到謀殺，而唯有英國強壯的臂膀才能阻擋他們用血腥暴力席捲中國其餘地區。因此縱使我完全同意格雷伯爵的闡述，其演說令人痛心同時具啟發性，但是我仍舊建議我們必須做其他的修正：讓我們更勇敢！可敬的議員們，讓我們更有魄力！雖然我們的戰爭給中國帶來巨大的苦難，但是藉由我們的武器我們可以彌補過去所犯下的錯誤。我們草率地捲入與清朝政府的戰爭，而且使土匪橫行，現在我們有責任阻止土匪橫行。中國人過於虛弱，無力開啟通往未來的大門，但是他們將會感激為他們行動的人。

補充：沃德豪斯勳爵清楚表明：根據他目前所知，埃倫伯勒伯爵表示樂見其成的探勘任務，已經從上海出發。

二十、天京之春

南京，一八六一年春天

他經常想，差異真大。他從前不是將所有中國人分成兩個階級嗎？要不就是卑躬屈膝，永遠低頭看著地面的奴隸，要不就志得意滿，身穿絲綢頭戴繡花帽的滿清官員，他們像水蛭般吸光帝國的血。一直到了天京他才知道中國也有自由的公民。年輕的人出奇的多，他們臉上充滿新時代的驕傲。在中國其他地方他沒看過比這兒美麗的女人，她們穿著鮮豔的服裝在街上逛；她們沒有綁小腳，看見他的時候還會向他招手。自從攻占蘇州以來，流行服飾更加豐富多姿，及膝的襯裙，年輕的女孩像男人樣散髮。這兒既不乏精緻的絲綢也不缺林蔭大道讓她們展示炫耀。在自由中國沒有人會盯著他看，而是自信的向他打招呼，而且也沒有人叫他洋鬼子。他的印章上刻的是「洋務書記」。當他離開王府出門散步，小孩子會追著他要給他米糕和水果，他們喊他先生，甚至有些小孩知道他的名字。

他最喜歡清晨的時候走到城牆上，城牆猶如高起的道路在他眼前延伸，寬度足夠容納三輛馬車並行，幾乎空無一人。最後值夜的守衛站在他們的崗哨上。每當山後的太陽升起，他總為一切的命運巧合感到驚訝。東邊龍脖子山頂高聳入冰藍色的天空，在它的下方城市籠罩在蒼白的霧中。春天即將到來，但是夜裡仍舊冰冷。他一停下來，他的嘴前便形成一團霧氣。這是多年來他第一次經歷真正的冬天。寒冷而晴朗，在南方沒有這樣的冬天。他的長袍襯有棉毛絨布是量身定製的，左邊的袖子稍短而且沒有開口。他的頭髮披散在肩膀上。你來得正是時候，他剛到達時，洪仁玕對他這麼說。現在他瞥了一眼鼻子，呵了口氣，忍不住大笑，他自己也不知道為什麼。快七點了，他最後一次看著呼出的白色霧氣冉冉上升融入清晨的空氣。然後他踏上歸途，離開同濟門附近的城牆，半個小時之後抵達干王的王府。守衛招手允許他通過巨大的接待大廳，金色王座是他的朋友在重要場合的座位，旁邊的大理石碑上刻著山上寶訓中的天國八福。兩名宮中的侍從帶領他通過迷宮般的拱廊和陰涼的院子，經過祕書的書房以及一些私人住所。某處傳來中國的絲竹樂聲，除此之外一片寧靜。他緊張地進入一個除了他之外只有十幾個人准許進入的房間。窗邊的炭爐裡新添的煤塊劈啪作響，書桌上擺滿了書，架子上擺了不同的洋式鐘錶、一支望遠鏡以及幾瓶主人特地讓人從上海弄來的瓶裝混合泡菜。兩把通常掛在牆上的軍刀，此時交叉擺在地上。

隔壁房間傳來女人的笑聲。

最初的幾週他們經常坐在此處徹夜暢談到天發白。去年解放長江流域的偉大東征計畫就是在這房間裡制定的，洪仁玕也是在這兒指揮關鍵性的西方戰役。菲利普將他的紙張放在旁邊的桌子上，然後走近炭爐。他伸展了幾次冰冷的手指最後握拳。他越了解自由能如何影響一個人，就越是對以前的傳教士同僚及英國外交官感到惱怒。叛軍節節勝利，皇帝被逐出北京，而且敵人現在再虛弱不過——為何外國人不願看清未來屬於誰？其實他們害怕自己聲稱的熱切盼望真的到來？一個進步、自由而且强大的中國。

當他聽到開門聲，他轉身舉手打招呼。

「總是這麼準時。」洪仁玕心情愉快地走進來。潮溼的頭髮披散，身上的絲綢晨袍上繡著一條金魚正躍過龍門，簡言之，象徵成為皇帝。顯然他剛起床，精神不濟。「你試過用檸檬汁椰子油混合來洗頭嗎？」他問。「新加坡來的祕方，女人們趨之若鶩。」

菲利普搖搖頭。「沒聽說過。」

「你待過新加坡，不是嗎？」

「很久以前。我到現在還不知道我當初學習的是什麼語言。」

「說個句子來聽聽。」

他重複了當時每天早上顏老師上課開始前的問候。他的朋友點點頭。「閩南語，」他說，同時拉了一張椅子。「東南沿海地區的方言，福建話。你的老師郭力士應該可以告訴你的。聽說他說得非常好。」

「也許有一天我到了那地區，可以派得上用場。」

「我們正在努力。」洪仁玕如往常般很快的不再閒聊，他在炭爐前坐下，將兩隻腳懸在燒紅的炭火上。當他這姿勢坐著，可以看到他微凸的肚子。「譯文呢？據我對你的了解，應該早就完成了。」

「差不多了。」菲利普掏出一張寫了關鍵詞的紙條。「我建議我們稱之為《中國未來宣言》，」他說。畢竟洪仁玕的文章不只是戰後重建的一些想法，他不僅是對鐵路及輪船感興趣，還希望對土地進行公平分配，並且希望所有百姓可以直接上抵天聽。冬天洪仁玕接受《捷報》的採訪，報上刊登了一篇他的訪問稿，當中他提出最重要的看法，但是反應令所有人失望。即使叛亂者再有遠見，英國似乎比以往更加堅決要為苟延殘喘的清朝續命。「我們可以讓引言更簡潔，」菲利普說，「更重要的是內部的改革，並且補充一段關於自由貿易重要性的段落。我們必須繼續嘗試，就算很困難。」隔壁洗澡水潺潺流入水池。椰子與檸檬的甜美香味飄來，使他短暫分心。通常在傍晚沒事時，他才會察覺到自己在新的生活中少了很多東西。「壞消息？」他問，因為他的朋友心不在焉，沒有回答只自顧發呆。

「看來，忠王並沒回拿下祁門。」洪仁玕站起來，從書桌上拿起一份地圖，在地上展開來。「也就是說，只有等軍隊從西邊回來，我們才能進攻安慶。屆時敵人很可能在城外挖好壕溝了，我希望在此之前能消滅他們。」

菲利普點頭。西進的作戰計畫從一開始就遭受眾將軍的質疑。他們譏笑那是一個自恃去年征服長江流域之後就傾向高估自己的新貴夢想。作為天王的堂弟洪仁玕的地位不可動搖，但是因為缺乏作戰經驗，他不及那些從廣西就開始追隨的老弟兄有威信。此外想同時攻占遙遠的湖北雙子城漢口武昌的確顯露很大的野心。這樣的夾攻需要龐大的軍隊，而且行動必須精準協調。迄今為止安慶在全盤計畫中只占次要地位，但是湘軍在那兒設立路障而且挖壕溝，彷彿安慶決定戰爭的勝負。所以洪仁玕想修改他的計畫？

「雖然我不是專家，」菲利普小心翼翼地說，「但是那城市至為重要，一眼就看得出來不是嗎？誰控制它，就控制了長江下游地區。如果安慶失守……」

「不可能發生的事。儘管如此，我很想知道是否一定得從河岸控制河道。為何不能反其道而行之？你聽巴夏禮領事說過，他不在乎誰握有河岸，如有必要，所有英國商人都可讓皇家海軍護送。這正是我們缺乏的：輪船。我們必須開始建造一支天國海軍。」洪仁玕看著他，彷彿正得意將思維遊戲一步接著一步繼續向前推進，總之某些時刻洪仁玕看起來像緊追著一個目標的人。「曾國藩有海軍嗎？」他問。

「他考慮要建立一支海軍？還是他希望英國人給他派遣一支？單單安慶對他沒有太大幫助，儘管如此他還是無視清妖要他往東移的命令。對他這樣的大人物而言，這絕非小事。他似乎認為他可以為所欲為。問題是他的目的為何？」對這修辭性的問題菲利普沒有回答。他已經猜測到他的朋友從答案中得出什麼樣的結論。

「北方的戰役正合他的意，」洪仁玕說，「但是如今他時間緊迫，朝廷不再分心，而是希望看到結果。」他的眼光掃過桌子上的教科書，《防禦工事原則》以及類似的書。「我必須比計畫提前動身，我研讀夠久了。學以致用的時間到了。」

自從晉升成為政府首長之後，這位從前性情溫和的天主教外國傳教士的助手變得喜歡解決問題而且遇到阻力很快就不耐煩。因此幾週前巴夏禮領事來訪時就發生了爭執。那位外交官帶了一份要求清單，他以毫不客氣的語氣朗讀了清單，隻字未提有關太平天國的利益；他只稱其為「叛亂地區」。他認為北京與倫敦之間的條約也包含南京的政府是理所當然的，而且宣布繼續溯流前往漢口。根據新條約這座城市受英國保護，任何情況都不得受到攻擊。除此之外他要求叛軍的所有進一步行動要讓他知道，而且必須徵得他的允許。顯然他認為這是他作為英國人理所當然的權力。兩天之後，洪仁玕與他唯一意見一致的只有他們倆水火不容。漢口的問題沒有解決，但是這是整個戰役的關鍵。

「你何時出發？」菲利普問。

「十天後。」

「這麼快！要離開多久？」

「首先我必須先徵召軍隊，然後只能等，看那個卑鄙的領事搞出什麼名堂。如果英王受阻，那我們就有麻煩了。只要漢口不屬於我們，我們在北岸便缺少防衛。安慶必須從三面夾攻，但是地形相當困難。希望我一年後能回來。」

「這麼久的時間我該做什麼？」

「翻譯的工作不夠嗎？」菲利普猶豫地聳聳肩。雖然他待在南京的時間還不長，但是他知道這裡的遊戲規則。天王自己一個人分配職位，然後又收回成命。拔擢一批人，驅逐另一批人，而理由只有他自己知道。除了最親信的人誰也見不到他。沒有洪仁玕，身為外國人他很難在遍及整個天京的人際關係網絡中立足。而他的朋友則渴望曾國藩視其為真正的對手——這當然只有在沙場取得勝利才行。

隔壁的幾名女子出浴，因為門只有半掩，溫暖潮溼的熱氣使朝著花園的窗戶蒙上一層霧氣。洪仁玕臉上露出微笑，然後轉換話題，也換了語言。「你還會常常想到香港嗎？」他用客家語問。

「有時候，想到夏天時我們五個人坐在我的傳教站前的傍晚。」

「懷念？」

「那是一段美好的時光，我有兩隻手，伊莉莎白也還在……」

「當然，」他的朋友打斷他的話，他的問題似乎不是針對私人的事。「對你們而言是如此，你們是自由的。我想知道當初是否該更早就離開，不必任憑理雅各牧師驅使。」

「他對你工作的器重超出你的想像。」

「因為那些工作對他有利，至於回報他從來沒有想過。」

「我們在這兒做的事，令他感到詫異，他是一名傳教士，」菲利普說。

「再說革命不是荷李活道上的《聖經》研究。」連老朋友也未能為新中國做更多的付出令洪仁玕非常氣憤，致使他一而再重提。他的敏感是壓在他身上的重負所致，或者是他從前隱藏得好？他突然站起來，在窗前來回走。「曾國藩派人去了上海，」他憤怒的說道，「想要說服額爾金伯爵的胞弟，並且與僱傭兵取得聯繫。要是我們去年就拿下那座城市，今天，就不必擔憂了，但是英國人從中作梗。而我們的同僚保持沉默。你看過詹金斯的報告嗎？河上的幾具浮屍就把他嚇到想不起其他問題。外國人何時變得如此嬌氣？兩年前南方有一名法國兵被殺，為了報復有五十名中國人被槍殺——沒有人在乎。我們為全民的未來而戰，然而給敵人造成的一點點傷害，我們都得為自己辯白。」

菲利普嘆了一口氣。「我不喜歡詹金斯，但是他在文章中曾强調革命仍然是基督教中國的唯一希望。」

「總之他寧可我們的士兵伸出臉頰，而不是開槍。他們在上海就是這麼做，結果呢？英國大使自視甚高，甚至連忠王的信都沒打開！寧可喋血戰場。我受夠了討好他們，這只會使他們更傲慢。你的翻譯暫且先不發布。我要看看漢口屬於我們時，他們會如何做。」

「就照你的意思。但是如此一來令剛才的問題更加緊迫了：你不在時我怎麼辦？」他沒說他已經和漢中門附近的印刷廠約時間的事。那可以改期。隔壁已經安靜無聲，那些女侍已經撤退。王府其他部分恢復了生氣，倉促的步伐，走廊上人聲可聞。

「照顧好羅伯茲，」洪仁玕說。

「他越來越瘋狂了。我不知道，以他現在的狀況對我們有什麼用處。」

「我們會找到事情給他做的。」

「你問過天王是否願意放他走？」

「我們談到你，」他的朋友答非所問。「昨天晚上才剛談到。」他站在窗邊一動不動。外面一棵雪松的枝條伸向漸漸變暖和的天空。「聽到你還有一個名字叫若翰，他很驚訝。」

「為何驚訝？」

「沒有人這樣叫你。菲利普。除此之外若翰聽起來就是《聖經》上的名字，他很感興趣。」

「在家鄉大家都叫我菲利浦，新加坡的老師就這麼翻譯了。這重要嗎？如果我自稱若翰，就能早一點見天王嗎？」

洪仁玕搖搖頭說：「此外他想知道，你是否自己砍斷自己的手？」

「我是否自己……我為何要如此做？」

「倘若你一隻手叫你跌倒，就把他砍下來；你缺了肢體進入永生，强如有兩隻手落到地獄。」他如往常用英語引用《聖經》。「我認為他正在等待徵兆。」

「什麼徵兆？」

「新的顯靈，上天的指示。」洪仁玕理了理睡衣，又坐下來。「我們留在原地，還是北征？幾年前我們嘗試過一次，但是被僧格林沁的軍隊擊退。此時是更好的時機？我的堂兄認為，這樣的問題並非人可以決定，而是需要更高的決議。」

「那與我何關？」

「我跟他說，你的手……我想我是用了『犧牲』兩個字，你為了到這兒來，犧牲了你的手。他深思約瑟夫在埃及的故事，法老王的夢境，外來的釋夢者，你知道我說什麼。你的名字在名單上，所以準備好。羅伯茲暫且留在原處。試著讓他開心，我會確保我不在時，你不會遇到麻煩。信任我。」

他投以鼓勵的目光表示談話結束，菲利普收拾好帶來的東西。他的朋友喜歡不帶情緒的告別，這是未曾改變的事之一。「上戰場你自己小心。」他們對彼此點了點頭，然後干王繼續埋首他的地圖，菲利普走了出去。

兩週之後，冬天終於過去了。在早晨的散步中他穿過一片櫻花海，那些櫻花樹沿著城牆迎風搖曳。一陣風吹來，白色的花瓣彷彿遲來的雪花在風中飛舞。暖和的天氣令人心情愉快，然而他仍然覺得天京的氣氛異常的和緩；牆上的報紙沒有任何西方戰線戰勝的消息，令居民困惑。他從城牆上俯視的舊軍營區裡，晾著洗淨的衣物，將就修補好的煙囪冒著煙，但是不見人影。當地人避開這地區因為自攻占以來，到處是瓦礫廢墟。但是最近似乎各路可疑的人馬匿居此處，譬如走私販、逃兵、風水師。據說甚至有菸酒的黑市交易。這在過去無法想像，但是今年春天南京瀰漫不確定的氣氛，人人感到風雨欲來的惡兆。天王不見人，他正等待天父降兆，原本應該進行的改革延遲。菲利普除了偶爾去拜訪以利亞撒．羅伯茲之外無事可做。一年前這名瘋狂的美國人突然出現，而且到處告訴人，是天王親自邀請他來的。也許並非事實，但是有一隻手暗中保護著他，他至今還活著，這是唯一可能的原因。他公開指責太平天國的罪孽，所以現在才會被軟禁在高聳的黃色宮殿圍牆後面，菲利普每次到達大門時，都會感到膽怯。瞭望臺上經過偽裝的射擊孔高過城垛。外圍的建築物裡設有官方辦公廳，內部區域還有一道牆隔開，只有洪氏家族以及女廚師、女侍、洗衣婦、女裁縫一幫照顧萬歲的女人才允許通過。甚至連內部大門的守衛也是女人。他登記並且讓守衛檢查了他攜帶的文件。不久他拿回文件，然後穿過這個公園般的地方。相思樹的樹枝向四方伸展開，綠地上籠罩著午後宜人的寧靜。一艘鍍金裝飾巨龍的船猶如擱淺在「聖愛之門」之前，當初天王便是搭乘這艘船入天京的。羅伯茲的住所坐落在田園風光的池塘上，池塘上長滿蓮花，四周環繞著老樹。有一木板小橋通到入口，兩名女士兵在門口看守那名好爭吵的囚犯。一如往常，屋裡窗簾放下。

「有什麼新狀況？」菲利普問道，同時兩名女兵瞥了一眼他的袋子。

「他需要更多紙張畫他的藍圖，今天早上的咖啡太淡，他急切想要與美國大使談一談。這很新奇，因為他不久前自己還是大使。」兩個女人互相使了一個逗樂子的眼色。每次遇到中國女人如此自信而且不受拘束的與他交談，他總還是感到驚訝。有時他會趁機閒聊，現在他只是點點頭，等她們開門然後走進殿閣。略帶酸味的沉悶空氣迎面而來。一面屏風遮擋住通往後面囚犯睡覺房間的通道。所有的家具都被推到牆邊，到處是畫著教堂的紙張，地板上有一個地方潮溼泛光。他好不容易提高聲音呼喊羅伯茲。天王接見了他從前的老師一次，但是他堅持他必須在他面前下跪，從此以後這個男人遷怒整個帝國。菲利普聽到腳步聲，他緊張的看著屏風。「誰？」羅伯茲咆哮，儘管只有一個人會用英語叫他的名字。

「大人，您知道我是誰。又兩個禮拜過去了。」

根據聲音判斷，囚犯正朝地上吐了一口口水。

「我來給您請安，此外還想與您討論您是否想獲得一些優待。一週兩次到花園去以及無限量供應紙張。除此之外如果還有您……」羅伯茲的出現中斷他的話。一個短小結實六十出頭的男人。他的光頭就接著肩膀上，使他看起來像隨時準備戰鬥，而事實上他經常發動威脅而且投擲東西。他身上穿著破爛的黑長袍，頭上戴著一頂自製像皇冠的東西。「有人想殺了我，」他咆哮道。

「誰會想做這種事？」菲利普輕聲回答，並且指著羅伯茲額頭上的傷。「您撞傷了？」

「天王！他想除掉我！」囚犯大吼。

「冷靜點，羅伯茲先生。」幾乎每次的拜訪，這位傳教士都幻想著有人要他的性命。菲利普恨不得當面對他說他瘋了。同時他又對這曾經在廣州與肆無忌憚、全面武裝的人口販子戰鬥的人感到敬佩，除此之外他為羅伯茲感到抱歉。最好的辦法是安排他馬上搭下一艘船離開到上海，但是這必須有最高層的允許。「沒有人想傷害您。相信我。安排您暫居此處，理由很簡單……」

「他來找我，」羅伯茲打斷他的話，「到我家。他從來沒有讀過《聖經》，但是在林子裡已經聚集了數百的追隨者。紫荊山的拜上帝教徒。」

「我知道，您提過了。很動人的故事。」

「他衣衫襤褸，我收留了他，並且教了他使徒的話：要穿戴神所賜的全副武裝，就能抵擋魔鬼的詭計。當時他聲稱準備好做任何的犧牲，現在他躲在他的皇宮裡和他那些妓女尋歡作樂。」

菲利普不禁嘆了口氣搖了搖頭道：「我不是來與您談過去的事，而是要給您一個機會。若是您為我們的事業更加著力……」

「他為何不自己親自來？」那傳教士如生了根般站在人一樣高的屏風旁劍拔弩張，彷彿與天王的晤面剛剛才發生。他混亂的時間感可能是長期軟禁所致。「他害怕面對他以前的老師？他已經忘了我教他的？弟兄們，你們蒙召是要得自由，只是不可將你們自由當作是放縱情慾的機會。你明白我的意思嗎？我們的職責是將他帶回正道。」

「羅伯茲先生，天王沒有必要向我們任何人解釋他的作為。」

「我竭力使他擺脫驕傲。結果他做了什麼？寫一本新的《聖經》！其他人尊奉《聖經》，而他寧可改寫《聖經》。」他的嘴唇顫抖，唾液聚積在嘴角。「我們逐字逐句地研讀，我拿著竹籐站在他身後，而他自認知道的更多。現在他不願再奮鬥，他在他的小天堂養尊處優，什麼全副武裝，他早就不在乎他同胞的死活了。」

「您不知道最新的局勢。羅伯茲先生。有一戰役正在進行，長江中游地區將落入我們手中。如果您關心中國受苦受難的人民，請接受我的提議。」

他走到窗戶邊，拉開簾幕，往外看。太陽正下山，溫暖的光芒投在宮殿的牆壁上。即使已經過了半年，有些時刻他仍舊覺得自己如今在南京為叛軍效力似乎很不真實。而且他想知道，有一天他從前的旅伴是否會出現。因為沒法和囚犯正常交談，他也無法確定，波特與羅伯茲是否曾經相識，但是他推測應該是。他再一次開頭道：「在上海最近一支外國僱傭軍成立了。富有的中國人付了很多錢要那些外國人對付我們。他們自稱常勝軍，隊伍主要還是逃兵組成。但是我們擔心情況會改變。英國人有機會影響這場戰爭，但對外仍舊聲稱保持中立。若是這種情況發生，有一天僱傭軍便會出現在我們大門前。我了解您對您目前的情況不滿意，但是您不會樂見此事發生。目前我們最重要的任務在於阻止民兵繼續增加。您有能夠聯絡上的老戰友嗎？」

「上帝不是派我來給一個廣西來的淫蕩農夫傳播鬼話。我一到這，所有東西就被拿走了。他試圖勒索我？我？」囚犯自豪且瘋狂地看著他，下一段《聖經》經文也已經想好了。「所以要站立得穩，不要再被奴僕的軛挾制。告訴那個王八天王，即使是他的囚犯，我始終還是自由的人，而他始終還是罪惡的奴隸。」

「羅伯茲先生，只要您停止做惡意的宣傳，您的囚禁很快就能結束。我們的目標比您當時的目標更高遠。我們不只是想要解救在墨西哥銀礦中做工的苦力，而是要解救整個國家。」他指著四處的紙張。「您認為您精心設計的教堂萬一我們輸掉了還能蓋得成嗎？您不會如此天真才對。」

「為何囚禁我？為何奪走我的《聖經》？」

「您的布道不僅傷害到您自己，但是您可以補救。寫信給您在上海的同胞。在美國英國人是站在奴隸主那一邊——而正好是您在此地幫著國家對抗叛軍？您頭上戴的是什麼奇怪的東西？」

「我的荊棘王冠，」羅伯茲回答。

菲利普壓抑了一口氣。「我讓人給您送紙來。」

「首先，將《聖經》還我。作為傳教士我有權利要回。」

「先寫信，只有履行職責的人才有權利可言。告辭了，羅伯茲先生。」

他走到外面，然後深呼吸。他周圍的宮殿花園閃爍著五彩繽紛的色彩，到處掛著大紅燈籠及標有太平的旗幟，永久的和平。眼前的景象使他平靜下來，但是口中仍殘留陳腐的味道。

探訪羅伯茲是件令人沮喪的事，自從洪仁玕離開之後，那囚犯是他唯一一定期接觸的人，但這並沒有使情況變得更好。有時他為如此粗暴對待他而且給他無意義的事做感到羞愧。另一方面，親切友好並不能帶來新時代，而他很難聲稱自己不知道這一點。他仍然經常夢到那趟蘇州之行。所有人必須動手，才能使船在阻塞的河面溯流而上。隨著時間，河中的屍體發出的臭味越來越噁心。當他們到達目的地時，詹金斯牧師已經疲憊不堪，以致他在第一次見到忠王時一句話也說不出來——總之菲利普聽到的狀況是如此。因為他不屬於代表團，所以必須在宮殿的前廳等候，前廳的牆上還留著最近一次戰役的痕跡。陪他等待的士兵是從南方來的客家年輕人，臉孔粗糙，一口爛牙，身上穿著本市最昂貴的絲綢。兩腿張開坐在板凳上，當他們發現有一個外國人竟然懂他們的方言，他們大笑不已。他們的好心情具有感染力。沒過多久，他已經用身上詹金斯借他的西裝換了一件紅絲綢長袍，在掌聲中他模仿了滿清官員的呆板姿態。所有人請他喝他們裝在葫蘆裡的燒酒，並且說起即將到來的偉大西征。他想同部隊一同前往南京的願望，有人稟報了忠王，而且立刻得到允許。幾天之後他們出發。道別時詹金斯同他握手，並請他不要忘記共同的事業。叛軍不想理解三位一體的意義，此點需要傳教士的堅持。滴水可穿石。

「代我問候瑪莉安，」菲利普冷漠的回答。

在船上他是忠王的貴賓。一個四十歲左右幹勁十足的男人，樣子看起來不像對神學有興趣的人。一個上帝、兩個兒子、十誡對他而言足矣。問及會談的過程，他只聳聳肩。那些傳教士做了一些深奧的演說，他在戰爭的混亂中必須建立運行良好的政府。他們經過的蘇州郊區全是一片廢墟，但是船上的人員享受這趟航程，他們心情愉快的與其他船隻上的人聊天，不管對方是否懂他們的方言。

因為河上的交通繁忙，他們第一天只航行了二十里，第二天他們越過太湖，第三天抵達一個小村莊，他們在那兒上岸然後繼續徒步前進，由苦力拖行李，竹轎椅也為忠王及他的客人準備好了，菲利普試圖推辭這樣的禮遇，但是沒有用。他們就此種方式走了四十里，到了晚上，他的臀部痛到他吃完飯馬上就躺床上了。

第四天下午，他們經過丹陽，那兒的士兵正在拆除一座古廟。側面的牆已經倒塌，只有梁柱還支撐著覆蓋磚瓦的屋頂。見到忠王到來士兵群起歡呼沸騰。很快他們被團團圍住，並且受邀參與拆除的最後一步。四名士兵爬到屋脊，繫上牢固的繩索。兩端擠滿了人。所有的人都想拉一把。在響亮命令下士兵開始拉扯，瞬間屋頂在巨大的塵埃中墜落地面。忠王的目光似乎在說：你瞧，我們不是說著玩的。塵埃落定後，士兵搬來一尊之前已經移開的神像。一尊身上穿著鮮豔戰甲，肩上披著紅斗篷的坐像。菲利普得知那是一尊關帝像。圍攻南京的部隊，每個月兩次會來拜神求庇佑。「對他們有用嗎？」忠王洋洋得意的說，同時打量那尊幾乎還不到他腰際的雕像。「敵人的上帝是侏儒，」他大笑說道。隨行的人員當中有人遞給他一把巨劍，他將劍尖往地上一插。「我該如何處置他？」他問。所有人用力喊著：「砍頭！砍頭！」他讓眾人隨意喊了一陣子，然後威嚴的地舉起手。「今天我們當中有貴賓。他遠從香港而來就是為了協助我們建立新中國。你們瞧，他失去一隻手，但是仍然沒有放棄。我們讓他來砍掉這可笑的侏儒的頭，你們說好不好？」

歡聲雷動令菲利普別無選擇。剛開始他不知道自己是否能用一隻手舉起劍，為了減輕困難，他們將雕像平擺在地上。頭放在一塊扁平的石頭上。圍站在他四周的人安靜下來。他挺起腰桿將劍高高舉起。多年前他曾經站在路障上，揮舞一面黑紅黃色的旗幟，那感覺到至今他仍無以名之——找到自己的位置與任務的感覺。以這一擊成為他一直想成為的人。他享受了片刻的緊張，手勢向下一揮砍下關帝的頭。

從現在起，他成為其中的一分子。

No.155

代理領事亨利．巴夏禮致
女王特派大使弗雷德里克．布魯斯（四月十七日收）

英國皇家海軍科羅曼德號
一八六一年三月二十四日

閣下：

很榮幸向您報告，我兩天前有機會與叛軍領袖會談，說明英國政府的貿易利益。此次臨時決定的會談在漢口下游約五十里的黃州進行（勿與沿海的杭州混淆），在此地我遇到一支叛軍，這軍隊顯然正準備攻打杭州。領導人是一名叫陳玉成的年輕人。因為額頭上的胎記他被稱為四眼將軍。他自豪的讓我知道，他的敵人罵他是四眼狗。而他的正式頭銜是英王。

我相信我突然出現在該地引起轟動。那些大部分來自貧窮地區的叛亂分子，似乎從未見過「洋鬼子」。因此我離開船後到地方巡察時，激動的人群緊隨在後。我注意到三張貼在醒目地方的公告，應該是在占領該城市後不久張貼的：一張是邀請民眾與太平軍交易，第二張是禁止士兵掠奪，第三張綁在兩個被砍下的人頭上——用以警告觸犯第二張公告的後果。我的巡視最後在舊縣衙門前結束，我得穿過夾道列隊的長戟及旗幟，然後有人引領我到英王的寶座前。他身上穿著絲綢黃袍，頭上戴著一頂滑稽上面繡著龍的兜帽，但是給人的印象是聰明甚至充滿男子氣概。

我們交談的語調意外的友善。與我最近被迫在叛亂分子的首都天京所經歷的相比，此次頗為愉快。不像封閉且性格暴躁的干王，英王坦白地說明了他們的計畫，首先夾攻占領武昌及漢口，然後解救位在下游、被湘軍圍困的安慶（他的一部分家人居住在此地）。此乃更大計畫中的一部分，亦即叛亂分子所稱的西征，該計畫旨在將整個長江流域置於他們的掌控之下，幫助他們取得勝利。我只能讚嘆會談對手雄心勃勃的計畫，而且不得不強烈勸阻他攻打漢口。我提出警告，根據在北京新簽訂的條約，我們有權將漢口作為內陸港口使用，毫無疑問我們必定使用此權利。儘管條約中未提及武昌，我認為有必要同樣阻止叛軍占領此城市，因為武裝衝突將破壞當地的貿易。因此我說明我方視僅隔一條河的兩個城市為一體。此一合乎理性的推理似乎給對方留下非常深刻的印象。毫無疑問他不太贊同此一結論。但是我向他保證，作為中立國家我們不會企圖影響戰爭的進程，我們完全只考量商業利益。

英王宣稱他擁有十萬大軍，而只有一半抵達黃州。至於他的下一步軍事行動，我無法預測。儘管我希望能夠阻止他進攻漢口，但是據說武昌將由另一支由忠王指揮的軍隊負責，他們此時的位置我無法確定。霍普將軍最近提出的建議也許值得考慮採納，並且規定在所有的條約港口周圍半徑三十里的範圍，禁止叛軍進入。我們可以主張，這是保證我們行使條約中自由貿易權的唯一方法。如此一來便保證了上述視武昌漢口為一體的主張，因為武昌位在漢口的安全範圍之內。

此外黃州據說曾有的四萬人口似乎已經完全逃離。我所見到的房屋皆由叛軍占領居住。儘管他們的服裝荒唐古怪但是行為可算有規矩。我未觀察到士兵間常見的酒醉鬧事，所有士兵融洽相處且如兄弟般團結一致違反禁止掠奪的命令。可憐的中國！沒有任何力量足以阻止叛軍，儘管叛軍的力量足以摧毀舊秩序卻無法建立新秩序。毫無疑問西征將如數年前的北征北京一樣慘敗。中國猶如重病患者，已經不知如何自救，若是有人想擔任大夫這艱難的角色，頂多只能透過下猛藥才能使其痊癒，而且始終得冒著下手過重結束患者生命而不是挽救性命的危險。可憐的中國，確實如此。

明日我將在探訪漢口之後結束這次的考察任務，然後返回上海。若是戰況允許，我希望能在安慶作短暫停留，安慶這城市是戰爭勝負的關鍵，同時決定了亞洲病夫的命運。若是湘軍在此地取得勝利，中國或許有可能擺脫叛亂這膿瘡。然而目前看來似乎是外國人，尤其是英國商人，在供給被圍困的人民糧食，從而延遲甚至阻擾了戰爭的轉機。我們是否以及如何勸阻我同胞勿在以此種犧牲國家長期安定的方式謀取其短期利益，這或許值得考慮。

永遠忠實於您的

哈里·巴夏禮

二十一、玉皇大帝令下

曾國藩將軍在安慶前
一八六一年春／夏

夜裡他的魂魄悄悄的穿過這座封鎖的城市。那條路從河岸通到一狹窄的沙洲，那裡曾經有商販與漁夫的攤位，當市場還有東西可以買的時候，安慶的居民會到這兒來採買。而今那座七層的寶塔成了廢墟，聳立在磚砌的地基上。碼頭上瀰漫著藻類及汙泥的氣味。冷冽的月光投下稜角分明的陰影，而且四處堆滿殘瓦碎片。這座城市已經被圍困一年了，城牆周圍有密集的壁壘及瞭望臺、壕溝及專為大砲建造的木製斜坡道。湘軍猶如一條巨蛇，正在絞死獵物。而今成千上萬的男女老少只能靠水上的補給。我的傑作，將軍心裡想，同時默默的漫步在小巷中。他到處看到種植蔬菜及果樹的小院子，從敞開的窗戶傳出安穩的打呼聲。因為居民不知道他們面對的是怎麼樣的敵人，他們夢想著即將獲救。

過了一會兒他回頭，爬上寶塔。樓梯狹窄盤旋而上，將軍喘不過氣來，一如去年冬天夢裡。繼續，他對自己說，繼續前進，直到他到達頂層。他走到外面的幾乎沒有欄杆的陽臺上，他背靠著牆上，心怦怦直跳，目光望向四方。眼前河川拐了一個彎，保護著安慶西南方。北方的群山只剩一條通道。東方的湖面在月光下閃閃發亮，湖沿岸防守嚴密。他腳下的城市是為了讓軍隊處於主人的地位而建的。四眼狗的第一次攻擊，他弟弟在冬天時已經將其擊退，當時將軍還在祁門為自己的生死存亡擔憂，從那時起他知道這一戰役也是南京的干王所領導，一切都是他的手筆。利用強大的夾攻他們想先攻占長江中游的雙城漢口及武昌，然後才有辦法從西部開始征服整個長江流域，這是一個大膽的計畫，仔細觀察，可以看出關於倡議者的性格。有人急於求成，忘了做好準備。千里之行始於足下，從攔截下的信件中他們得知，四眼狗最近也見到了曾國藩在京城見到的那個蠻夷。之後他的軍隊並沒有繼續前進，而是等候新的命令，於是錯過攻打漢口的最佳時機。背靠著冰冷的石牆，將軍望著遠方，不允許自己有勝利的感覺。儘管敵人的主導權似乎正從手中溜走，但是安慶之戰勝負未分。他看到遠方下游洋人的貿易船隻，正給被圍困的城市運送來米糧。因為沒有人想要與英國蠻夷再次開戰，他的軍隊對此也無能為力。當他聞到辛辣的衡陽菸草氣味時，他知道自己不孤單。每天夜裡他徘徊在月光下無人之地，他知道自己在做夢，他小心翼翼不讓自己太早醒來。在戰爭中，夢境與現實、善與惡、生與死之間的界線變得模糊。「不會太久了，」他轉過頭說。「我跟著你到九泉之下。」

他的祖父沒有回答，而是發出不贊同的嘖嘖聲。昔日他就是這樣糾正他的兒子及孫子，無言的教導他們不要亂說話。立言，樹立正直的言論，是培養高尚品德的基礎。將軍從很小就開始習慣於一家之主的角色，因為除了他沒有其他人選。在他父親十七次應考終於中了秀才的一年之後，他曾國藩才考了兩次便中了。此刻他很想看看背後那張帶著深眼袋的臉，但又害怕自己失去平衡。要是他沒醒來，而是墜落到下面的平臺而腦殼破裂怎麼辦？況且他也知道祖父找他的原因。他從他那兒學到一切，包括持家四個基本的規矩。第一是兄友弟恭，若是兄弟不和睦，家庭如何能興旺？「我還能如何？」他問道，同時生怕被自己的聲音喚醒。

更多的耐心，這是他得到的回答。從菸斗中升起的淡藍色煙霧從他身邊飄過然後消散。家的味道。他們沒有一個人有你的天賦，國荃是唯一近乎你般野心勃勃的一個。但是他得明白，真正的實力是戰勝自己。你對你的學生很有耐心，對他卻沒有，這令他覺得委屈。

「我拿邵雍給他讀，但是他不聽我的。他向來討厭我的教誨。」

你有書生氣，你的性情是求平衡，他不一樣。他缺乏遠見，而他以他的果決來彌補。你的責任是讓他發揮他的長處。

將軍正對抗自己在高處每每發作的暈眩。不信任他人是他最大的弱點，而他已經沒有太多時間可以解決爭執。他得盡快與國荃談談，兄長對小弟的談話。當他下定決心之後，他不再聞到菸草味。東方的天際出現銅色的鑲邊，下一刻寶塔搖晃起來。他驚嚇的轉身，揮舞雙臂，失去平衡。在墜落中，他發出尖叫——他被自己的叫聲驚醒。

月光照進他的船艙，船上的木板在黑暗中嘎吱響，但是他的喘氣聲蓋過了聲響。應該是三更天，他又沒睡好做了夢。他呻吟著翻身。天還沒亮，他已經覺得筋疲力竭，被自己的職責壓得喘不過氣。雪剛化，他便離開祁門，在此地安頓新的住處，離被圍困的城市上方六十里處的一艘船上。不久之後四眼狗又回頭發動第二次攻擊。自此之後戰鬥就沒有中斷過。

敵人似乎暫時停止向西推進。武昌甚至未受攻擊。相反的，信使通報有大批軍隊在鄰近省分遊蕩。與此同時，四眼狗帶著他的軍隊向前推進，剛開始非常大膽，但是後來似乎越來越群龍無首。四月底他犯了錯，他將軍隊分散。一萬兩千名士兵留下，他帶著其餘的士兵試圖為援兵打開通道，那些援兵據說是干王親自從南京率領來增援的。湘軍隨即挺進，將他與一萬兩千名士兵隔絕，決定了他們的命運。沒有後援他們無法保住陣地。八千名土匪突然投降，國荃不知如何處置這麼多的俘虜——這就是他們爭吵的原因。將軍寫信提醒他真假慈悲的區別：一是對百姓的仁慈，另一是對敵人的寬大。安慶的守軍是否對他們寬大？自圍城開始他們不只將垃圾及死狗扔過城牆，而且還扔飢餓的老鼠，老鼠咬破帳篷，還咬掉睡夢中士兵的耳朵，傷口發炎，壕溝裡瀰漫鼠尿的惡臭，如今春末夏初，這座城市仍然攻不下來。將軍從床上坐起身，他聽到外面亡者過河的聲音。鬼魂在黎明前的撤退，但是若是你走到外面想確定他們在何處，只有黃塵撲面。大白天甚至連太陽都對世間的邪陰有反應：太陽染成紅色，猶如一條正啃食屍體的狗的眼睛。這時他坐在船艙裡寫他的信，直到筆從他指間滑落。

唯一的安慰是他學生從上海寄來的報告。一到上海李鴻章立刻尋找雇用洋人傭兵的出資者，旋即展開合作。此時他已經計畫好下一步。一旦海關收入大量增加之後，何不立即僱用英國的驅逐艦以便更快速將軍隊送到新地點？除此之外，他還勸告將軍透過恭親王催促蠻夷不要供應安慶米糧。最近京城有自己的部門專司這類的問題。根據與英國的條約軍隊有權阻止所有船隻進入敵人的港口。將軍權衡了利弊。蠻夷何時在乎過條約中限制他們貪婪的部分？最後他請求朝廷設法停止米糧的供應，並且告誡他的學生只能在條約港口附近僱用外國傭兵。「唯必要時，用之，」他寫道，「然絕不可對其信賴，記住明朝欲求洋人助其保衛江山，下場如何。」

他的弟弟國荃在天剛轉熱的一天到來。他是家中第九個小孩，所以大家都只叫他九弟。將軍特別用心教養他，國荃不負所望成為一名優秀的將領，然而他個性趨於頑固，很容易就覺得受管束。他自信的踏入竹簾遮住的船艙。首先將軍要他鉅細靡遺的報告局勢。天氣溼熱將軍的背比平常癢，而且他的眼睛疼得厲害，使他不停的瞇眼睛。

「軍事上一切都按照計畫進行，」他弟弟總結報告了情況。「米糧供應是問題。只要居民有飯吃，他們便不會投降。」

「且慢。何謂按照計畫？」

「除了集賢關的陣地，其他所有戰略要地都是我們的。從南京趕來的援兵已經被我們擊退。我們已經雙手掐住他們的咽喉，他們只是苟延殘喘。」

「其他的長毛投降了嗎？」

「為數不多。」

「多少？」

「這兒幾百人，那兒幾百人。有消息到處傳我們不留俘虜。大多數情況在我們還沒抓住他們之前，他們已經幫我們解決好了。」

儘管這些好消息，將軍不喜歡國荃說話時表現出的魯莽態度。「若依照你的意思，最近那八千名投降的匪徒如何處置？」他何機問道。

「同樣的處置。」

「但是你不願在場，對吧？你忘了如何帶兵？」他嚴厲的直視他的臉。國荃額頭堅毅的線條表露他的野心與果決，曠闊的下巴顯示出內心的剛硬。而他高傲抿起的嘴唇表明他認為沒有必要聽別人的意見。相反的，他習於多言，向來好輕率的言談。「我時常要我的屬下寫文章，你認為我為何要如此做？」將軍問道。「這很費時，但是我要求他們必須寫，因為我得確保，他們是適切的人才。從看一個人如何將思慮化為文章便可看出這人的一切。身為將軍不僅是以命令領導士兵，還得以身作則為他們立下榜樣。你已經忘記祖父的教導了？」他停下來，國荃除了咬牙切齒，沒有其他反應。他與李鴻章歲數差不多，個性在很多地方相似，但是他的學生可說志向遠大，而國荃卻受欲望驅使，那是讀書人所不齒的。「回答我！」將軍大聲要求。「你為何將任務交給別人？」

「不像翰林院，」國荃毫不掩飾心中的怒火，「軍隊完成的是現實的任務。我們的任務是在城市周圍建造新堡壘。我們才開始，我就得先派遣四個營回祁門。之後我只好僱用貧農，而我只發得起發霉的大米給他們，這又讓兄長責怪我壞了軍隊的聲譽。儘管如此，我們已經勝利在望。我們囚禁了這八千名俘虜之後，我命令我的手下，將他們每十人一隊帶出去斬首。這就是發生的事實，至於我當時人在何處，有何差別？」

「關鍵性的差別。」看到弟弟的嘴巴繃緊，他以威脅的姿態身體往前傾。「一個領導軍隊的將軍與一個將骯髒的活留給軍隊的將軍之間的差別。一支領導有方的良好軍隊尊敬他們的將軍，願意為他戰死。一支領導不佳的軍隊鄙視他們的將軍，最終也會對他棄之不顧。此時你是否看出差別了？」

「祁門發生的，」國荃諷刺的回答，「是一支領導有方的軍隊潰不成軍。怎會發生這種事呢？」

「我不像你，我知道自己的弱點。從今起，我會在幕後協調我們的戰役。身為指揮官我失敗了，這不是第一次，我深感羞恥。」他繼續直視弟弟的眼睛好一會兒，然後他背後靠。「我已向朝廷通報關於米糧供應的情況，也許可以有外交的解決方案。安慶之戰你繼續照我要求的進行。接下來數日，我期待一篇有關《左傳》中立言的文章。記住孔子所說的：三十而立。你已經快四十了，是時候了。」說完他站起身，送弟弟走出去。雖然才午後，太陽如布滿血絲的眼睛俯瞰大地。一切失去了平衡，包括萬物，白晝不明，黑夜不暗。在不斷的薄暮中，河水閃爍著惡毒的光。國荃的士官已經在碼頭上等候。

「你知道我在祁門學到什麼嗎？」臨別時，將軍以和解的口氣說道。「有時當一支軍隊自認勝利在握時是最脆弱的。當時長毛將我們包圍住。我在大營已經寫好了遺書，可是他們卻突然撤退。難道他們不知道勝利已經唾手可得？」當時他在祁門才剛過完五十歲壽辰，他已不抱能活下去的希望，然而至今他仍不明白事情為何發生變化。此刻他站在船舷邊，目送弟弟離開。五十知天命，六十耳順，七十隨心所欲，上古聖人中只有舜毫不費力的完美體現此順序。他以浩然之氣，無為而治維持了天下的平衡。而他曾國藩卻在關鍵時刻在戰場上暴露了他的老弱點：不是下達命令，而是要求情報，擺弄地圖，直到急風撕裂地圖。所謂的紙上將軍。他在祁門損失了近千名士兵，當他回到他船艙，他下定決心是他承認錯誤的時候了。若是他寫字時手抽搐，字跡便會變得難以辨認，儘管如此，他還是辦公直到深夜。他想不出更好的收信人，於是寫給兒子。

他寫道，一個人若是失敗，有兩個可能的原因。懶惰或傲慢。前者較不危險，容易察覺，但是傲慢猶如自己的睫毛，自己看不見。我的祖父從小便警告我這一點。然而要避免危險，首先必須了解一切如何息息相關。你們將活在一個與今日不同的世間，因此探索宇宙運行的不變之道更為要緊。你們知道理這個字，它最初的字義是玉的紋路，玩賞者從其內部的線條圖紋判斷其價值。萬物皆如此，各有其氣流貫脈絡猶如身上血脈。朱熹曾寫道：「所謂致知在格物者，言欲致吾之知，在即物而窮理也，」他指的是《大學》中所寫的：古之欲明明德於天下者，先治其國；欲治其國者，先齊其家；欲齊其家者，先修其身；欲修其身者，先正其心；欲正其心者，先誠其意，先致其知；致知在格物。如你們所見，宇宙的秩序是從我們自身開始，因為人心也有紋理，名稱很多，仁慈是其中之一，但是關鍵的是必須理解天下並不混亂，儘管在我們眼中似乎是如此。秩序如玉的線條已刻畫在當中，並且同樣存在我們的內心。你們是否看出關聯？研讀聖人的文章便能看出其紋理。修心者能見之。具仁慈之心者早已察覺。今日天下秩序似乎分崩離析，然而秩序仍存於我們當中，也唯獨透過我們才能重新建立。孔子曾說過舜帝「夫何為哉？恭己正南而已。」他就是如此維持天下萬物的平衡。儘管我們的才能較遜，我們仍負有天命。履行上天賦予的天命，不僅是神聖的職責：這正是人之為人的意義。

在國荃來訪後不久，氣溫達到最高峰。四眼狗將最後的儲備投入戰役中。風從河谷吹來再也不停歇的陰沉低吼。李鴻章從上海傳來消息，恭親王與英國大使會面，大使給當地的領事寫了信。此時上海的商人都知道清政府不容許供應安慶糧食，而且必要時湘軍有權沒收船上的貨物。口頭承諾，將軍心裡想，然而確實從那時起城市前的沙洲不再有船隻。米糧輸送已經斷絕，成效很快顯現。飢餓的百姓試圖衝出重圍，但是圍城者當然不會放手。主人決定誰有的吃誰沒有。國荃在信中順便提到，營地裡再沒有被老鼠咬傷的士兵。將軍拿著信走到外頭，看著破曉。他並未感到鬆了一口氣，反而是一絲的噁心。明亮的霧氣籠罩著河面，在泥濘的河岸上豐腴的黑鳥正在啄食。他一再的請求老天爺保佑，如今老天爺的回應如同一個他必須執行的判決。

「大人？」

他緩緩的轉身。陳鼐手上拿著一個頗大的信封，他臉上的表情預告來了壞消息。

「我弟弟寫來的？」

「京城來的，」他的幕僚回答。岸邊的黑鳥如接到命令般一飛沖天。

預感已經伴隨他很長一段時間，此時他內心繃緊，然後展開那封信。那並非正式的宣告，而是最高官員的內部消息：龍馭上賓。皇上乘龍升天，成為天帝之賓。將軍無力的雙膝跪地，往船板磕頭。自從他上京之後，他希望能早早攻占安慶，以慰龍心，如今為時已晚。在位十一年，從登基的第一天起便是為憂慮與困境所苦，如今天子駕崩，非因身體脆弱而是羞愧難當。他祖先所打下的江山遭長毛賊蹂躪，同時受蠻夷掠奪。將軍決定再也不吃肉，直到收復安慶。除此之外他還能做什麼？「扶我起來，」他喘著氣，並將手伸向他的幕僚。

一整天，他吐了好幾次。從城市周圍的營地不斷傳來消息；敵人在最後抵抗中陷入死戰。在許多地方屍體堆積如山，以致士兵必須爬過同袍的屍體才能越過城牆。將軍讓他的旗艦更靠近交戰的城市。將軍寫完了三十多封緊急公函，到了傍晚他已經眼冒金星。夜裡躺在床上他聽見被圍困者的哀號與呻吟，或者又是鬼魂正在過河？一旦睡著，他發現自己又站在陰暗的巷子裡，那兒的人正在搶奪幾隻被逮的老鼠。

三十日夜裡，一個巨大的火球照亮天空，那火球從城市背後的一座山丘升起，那兒是敵人最後的掩蔽所。「他們要撤退了？」那些跟著將軍趕到外面的士兵盯著突然如白晝的夜空低聲問。隔天清晨黑灰如雨下，將軍派出快使，中午他們帶著確定的消息回來，四眼狗已經放棄安慶。那巨大的火花只是障眼法，要轉移敵人注意力好讓被圍困的士兵有機會逃；城牆內湘軍只發現老百姓。將軍毫無動靜的聽完捷報。「有多少人？」他只簡短的問。

「一萬五千到兩萬人，」快使回答。「主要是婦女、孩童以及老人。」

「查清楚當中有沒有四眼狗的親戚。」他向朝廷報告，戰役勝負已分。皇帝死後，他在遺詞上必須格外小心，但是不露勝利的喜悅，對他而言一點也不難。翌日是八月初一，這一天他為軍官主持祭祀，並準備盛大的葬禮。第二天陳鼐說服他吃了一小條魚，第三天黎明時他登上舢舨過河。他弟弟邀請他參觀那座投降的城市。

對岸山丘彷彿淡墨的山水畫。夏天時群山看起來蒼白而遙遠，彷彿遙不可及，他心中閃現這樣的想法。他知道等待他的是什麼，那是一種無法擺脫的念頭，而且反而吸引來千思萬緒。最後的路程他騎馬，儘管他的皮癬已經擴散到令他坐立不安的部位。安慶城外二十英里的地方是第一支部隊駐紮的地方，但是迎接他的不是熱烈的歡呼，而是疲憊不堪的寂靜。士兵坐在他們的帳篷前，臉上沾著炭黑，喝著冷粥。沒有人認得他，那座城市直接坐落在河岸，多丘而且安靜，巷弄上空黑色的煙跡飄過。那座他在夢中登上頂層的寶塔，如今只剩廢墟。在沙洲前停泊了無數船隻。戰役結束後三天仍有女人被拖上船。華夷的區別難道僅存於太平時期？他茫然地想。雖然到處都用乾大黃葉生火，那腐爛的味道仍強烈到將軍擔心自己會昏倒。

國荃與圍繞在他身邊的軍官站在城門前迎接他。他要求國荃寫的文章幾天前他才收到，國荃毫不隱瞞他認為這任務是在浪費時間。打完招呼後，將軍不願稱讚任何人打勝仗的功勞，相反得，他問：「為何讓如此多的土匪逃跑？」他看著那些志得意滿的將領表情變僵。「我說的是幾千名。」

「在我們的陣地下面肯定有地道，」國荃回答。「太深，所以察覺不到。」

「有多少百姓留下來？」

「我們還在數，大約六千人。」

「當中沒有士兵？或是四眼狗的親戚？」

他弟弟搖搖頭。兩年來將軍無時無刻不想著征服安慶，然而直到此刻他才開始明白，為此付出了多少代價。「讓我們把事情完成，」他說，同時感覺到嘴裡有灰燼的味道。屋頂上方的陽光不再黯紅，而是發出刺眼的光芒。四處聽不到雞啼狗吠，所有的花草已經被拔光，那些飢民甚至連雜草都沒放過。他們一言未發檢視了一座死城的屍骨。督府衙門裡兩眼無神的人蹲在骯髒的角落。士兵一排一排查看，且將不再動彈的人清理出來。到處是灰塵漫天飛舞，遮蔽了老天的眼睛。當他們走過荒廢的市集時，將軍看到一個牌子上模糊的字跡，寫著三十個銅錢一斤，他知道老鼠肉老早就不夠吃了。他如想逃避那念頭似的趕緊繼續走。最近有人稱之為兩腳羊的肉，那是只有在已經沒有其他東西可以吃時人萬不得已才吃的。那些上了船的婦女應該慶幸，自己從此處被帶走。或者不？有些甚至可以帶上小孩。

門上的牌子寫著「英王府，」他們最後在門前停下來。將軍命令軍官在門外等候，他與弟弟進入王府。王府裡有好幾個內院，裡面張起多孔的席子遮陽。兩層樓的主樓與他在祁門的住所相似。早上他想起在京城時與他老師的對話，且認為他必須開始考慮戰爭之後的計畫。穆順的建議是設立學堂，或許一個火藥庫，一個造船廠。首先他要請李鴻章買一艘洋船，然後溯江而上，好讓他的手下能夠檢查。若是他們發現了如內在紋理的東西。便可延請專家逐步研究蠻夷的所有產品。他心裡想著格物致知。或許徹底瓦解之後，基於與從前相同的原則，新秩序便會產生，縱使從外觀上看起來不同。那是一項可能需要百年才能完成的任務，但是安慶是一個正確的起點。將軍指著兩個原本他搬進王府可用的破碎水缸，責問道：「你的手下怎麼回事？」他察覺到自己讀完那篇草率的文章之後一直擱在心中的怒氣。「仍舊領導無方？」

「他們在潮溼的壕溝裡蹲了一年，在老鼠屎與……」

「所以你允許他們，强拉民女？」

國荃的目光變得冷酷。不要再說了，他似乎是這麼想。

「你是不是自負到不想聽我說了？」將軍繼續問道。「任何不受懲處的違反規定都會破壞紀律。沒有紀律的軍隊是無用的。最終因為你沒有好好管教你的軍隊，致使你的士兵更多死在敵人手中。」一股熾熱的怒火從他胸中升起，他感覺如胃灼熱。「你如此沾沾自喜站在我面前，你對自己很滿意？你似乎已經認為自己是南京的救星，但是你的士兵稱你為貪婪的將軍。你如何解釋？你認為你有足夠深謀遠慮可以拿下長毛的首都？那兒城牆是這兒的兩倍高，三倍厚。當時綠營軍隊挖的地道敵人全發現了，你知道他們如何辦到的？那些土匪將陶缸埋入土裡，然後將人放入缸裡，他們必須日以繼夜細聽。誰睡著了，就處死。這就是維持紀律的方式，而不是靠夢想名利。」他們所站的院子裡，一股刺鼻尿臭味滾滾而來。下一刻他已經無法自我克制。「你怎麼會沒察覺他們的地道？」他怒吼道。「就在你們的陣營底下！你讓敵人逃跑，讓手下掠奪城市，綁架婦女。連湘軍與土匪的區別你都不知道？看著我告訴我，我將來還可以信任你！若是不行，你就收拾你的包袱回家去！一個只會讓我名譽掃地的弟弟，我該如何處置？」

國荃喘著氣站在他面前。他的下顎彷彿在磨碎石一般磨著。

「說！」將軍大吼。

「……兄長可以信任我。一如既往。」

「證明給我看！否則我派另一支軍隊前進南京。」儘管在席子下是陰涼的，他滿頭大汗。他的腿顫抖得厲害，他尋找四周的座位。每天夜裡他的魂魄在沉睡的城市中徘徊，而整座城市還不知道即將發生的事。他從一開始就知道，甚至在圍城開始之前。

「你還記得《玉曆寶鈔》嗎？」他問道，好讓自己的心跳平靜下來。「放在老爺子的書房裡。」一本破舊的書，上面描寫閻羅十殿裡發生的事：不忠的妻子被推下懸崖、說謊者在鐵磨刀石之間消失不見、通姦者綁在青銅火柱上燒。「從前他常讓我看書中的圖，然後說：這一切都是玉皇大帝的命令，他是必須維持秩序的人，判官與劊子手只是執行他要的。你明白嗎？」

國荃挑釁地提起頭，但是什麼話也沒說。

「後來我進京。他問說：我知道你很勤奮，但是你夠世故嗎？他的深思熟慮為我們家族的晉升奠定了基礎。他還不是讀書人。」他用責備的眼光看著弟弟。「你的所作所為讓他蒙羞。」

「他向來霸道，」國荃冷靜的回答。「我一直不懂，你為何如此尊敬他？」

將軍搖著頭，在一堆木柴上坐下來。他弟弟固執而且不知感恩，身為年紀倒數第二小的兒子，他無須學會承擔責任。因為他不知責任的沉重，他認為下達命令比執行命令容易。而他曾國藩比誰都清楚。否則他怎會每天夜裡躺在床上無法入睡，懷疑自己是否還是個人？「你說話就像個完全不懂世事的人，而且不必為說的話負責任。你的文章也是一個樣。」將軍說。

「當前我有更重要的事要辦。此刻該如何？要我命令手下立刻離開繼續前進？他們真的需要歇息。」

「這正合你的意。」他一旦閉上眼睛，那冷冽的月光再次瀰漫在他四周。在相似的某一夜裡他明白，那時的夢根本不是夢。當他以為自己醒來時，事實上他已沉降到死人的國度，而且只是做夢自己還繼續活著。只有鬼魂才會去做戰爭要他做的事。「我知道那是道教對地獄的臆測。」他彷彿在自言自語。「但是這不重要。安慶的百姓多年來追隨長毛。直到最後他們都還認為，四眼狗會來解救他們。他們全是共犯。」他緩緩抽出一把扇子給自己搧風。他喉嚨乾渴，他身體感覺到自己坐在堅硬的木柴上。句踐最後占領敵人的首都時沒有放過任何人。斬草必須除根。

「我知道你在想什麼，」他說。他弟弟站在他面前，似乎在等他的命令。「把你教導得更好是我的責任。沒錯，但是在戰爭中我如何好好教導家人？重寫你的文章，這次多用點心。」當他再次張開眼睛，豈料耀眼的陽光迎面照射。「去完成你已經開始的事！」

國荃一動不動。只有他臉上的肌肉微動，彷彿他壓抑了顫抖。「仍舊是為了那八千人的緣故，還是因為我斗膽反駁你？」他問道。

「因為必要。」將軍回答。「我們有任務在身，所以審慎選出適合的手下，不要再讓他們獨自承擔，做個好榜樣！若是敵人視死如歸，我們也必須如此做。」

此時他弟弟似乎才明白自己必須做什麼。他的目光第一次有了變化。「所有人？」他問道。

外頭傳來軍官興奮的竊竊私語聲，他們一字一句聽得清清楚楚。生者與死人的聲音他已經再也分不清。他想知道他嘗到的是不是膽汁。「不是所有人，」他回答。甚至他自己的聲音聽起來都很陌生——彷彿他很難說清自己真正的意思。「還長乳牙的，你可以放過。」

女王特使F・布魯斯致外交大臣羅素勳爵

北京，一八六一年十一月

閣下：

榮幸告知您過去十天震撼中國首都極重要且有利我國的事件。一切事態表明：對我方友好的（這可說是有史以來第一遭）一宮廷派系在權力鬥爭中贏得勝利。這場權力鬥爭在皇帝駕崩之後雖然祕密進行，但是顯然更加劇烈。

據我們所知：上個月初一，皇帝的遺體由盛大的隊伍送回京城，他的遺孀及五歲的年幼太子帶領隊伍。她的出身不高，但是生下唯一的皇子。恭親王則在城門口親迎。事態的進一步發展擺明兩位皇后與恭親王之間有祕密協定。當天恭親王以皇太子的名義發表了一份聲明，該聲明有皇帝御璽授權，一共有八名所謂顧命大臣遭指控叛國，尤其是被指控提供錯誤訊息，以致誤導皇帝對西方盟軍發動戰爭，並且在過程中劫持人質，導致去年秋天所發生的遺憾事件。這些事件閣下知之甚詳。

大清朝廷的宗人府認定顧命八大臣罪證確鑿，五人被撤職並發配邊疆，三人處死。判決在幾天內便執行表明判決涉及政治動機，換言之，是一場政變。此後不久再次發布新詔書，以新皇帝的名義指定由皇帝的母親及先皇帝另一遺孀共同管理朝政，而且皇帝的母親改名慈禧並與另一位先皇帝的正宮被尊為皇太后。很多人認為她是這次精心策劃且徹底執行的政變背後的主使者。一名默默無名的二十六歲女人，而且據說近乎文盲。

若閣下大人容許我從單純的報告進一步嘗試繼續對事件做評估，我則必須強調，那些事件導致在中國背景下一極不尋常的布局，而這布局是否禁得起考驗目前只能臆測。

儘管在中國歷史上出現過所謂皇后「垂簾聽政」的例子，但是朝廷禮儀實際上並不允許女人直接干預政事，而眾所皆知禮儀在這個陌生的國家是一切。因此將來權力應該是掌握在恭親王手中，這便是我一開始做出評估，認為此次權力交替有利我國的原因。恭親王雖然涉世未深，但是在與我兄長談判的過程中，證明他可靠而且比起其他中國人甚至可說是開放的夥伴。希望他的崛起意味新簽訂的條約會徹底獲得執行，而且兩國關係建立起我們多年來努力想給的堅實基礎。若允許我不顧社交禮節的說法，我要說恭親王可以是我們的人。

他所面臨的挑戰無疑是艱鉅的。雖然湘軍占領了安慶取得重要的軍事成就，有一些觀察家傾向將其視為突破。儘管如此叛軍仍然牢牢守住南京而且在沿海地區極為活躍。此外我不得不迫切向閣下大人指出一個依我之見相當程度被低估的危險：湘軍雖然是受命政府而作戰，但是越來越像國中之國，掌握其控制地區的各項官僚事務，現在甚至包括徵稅以增加他們自己的預算。政府充其量只是名義上的監督。據說圍攻南京即將開始，而肯定如最近安慶的情況一般，會帶來令人倒胃口的附隨現象。若有一天曾國藩將軍成功驅逐占領南京的叛軍，則中國大部分地區將掌握在一個軍事及財政皆遠超過中央政府的人手中。令人遺憾的，事會至此也因為我們的賠償要求雖然適當，但仍對國家財政造成相當大的負擔。此內部的失衡帶來的危險無疑是巨大的。

鑑於此情勢，我們絕對應該試著使中國政府相信，我們是可靠的合作夥伴，我們的目標雖然純粹是商業上，但我們願意在實踐目標的過程中在特殊情況下於當地做出某些讓步。一方面為了保護我們的商業利益不受非理性及狂熱勢力破壞，在京城及條約港口附近派駐軍隊看來絕對必要。在上海我們目前正在劃定一環繞城市四周半徑三十英里的安全區，如此一來可允許我們及時對付叛軍任何的進攻。這可能意味對中立立場的放寬解釋，但是我們的危險地位不允許我們死守原則而不顧自身後果。顧慮到這點，我們另一方面也考慮曾國藩派來的一位中間人李某向我們提出的要求，支持私人經營的輪船公司協助湘軍運送軍隊。此舉不僅會給營運商帶來可觀的收入，而且允許從兩個方向開始包圍南京。只要貿易的最大威脅來自叛亂分子，我們就不應該允許自己在選擇遏止其毫無忌憚進攻的手段上顯得猶豫。

永遠忠實於您的

女王特派駐中國大使，弗雷德里克．布魯斯

二十二、陌生客

一八六一年冬／一八六二年春　天京

人人心知肚明，但是沒人敢說出口：最糟事已經發生了。隨著安慶失守，太平天國失去在西邊的最後堡壘，從現在起敵人控制長江流域，征服中游城市幾乎不費吹灰之力。甚至大蛇妖死亡的消息也未能稍解籠罩天京的恐懼。漁民報告在大河上漂流成千上萬的屍塊。那是死者的大遷移，而政府對災難的輕描淡寫使一切更糟。彷彿什麼也沒發生，天王待在王宮裡寫作振奮人心的標語貼在大門外面。其中之一「辛勤者有福，因為他們協助建立新中國」。湘軍正以不可阻擋之勢接近，人們只敢掩口互相竊竊私語。凡是大聲說出的人必得面對後果。

寒冷灰暗的冬天籠罩這座城市。菲利普從在干王府發現的過期《北華捷報》中得知秋天時在北京發生的政變。關於新掌權的恭親王，據稱他支持「促使兩國之間的關係更加令人滿意」——這一說法通常是意味著清朝政府必須遵照英國的要求行事。戰爭不是報導焦點，但是情勢的發展方向很清楚。英國政府不再禁止其士兵加入常勝軍，在沿海地區很多城市有這樣的軍隊。在幕後有一名惡名昭彰的滿清官員操縱，下一步他打算租用外國船隻，將湘軍運往長江下游，如此一來也可從東邊對南京展開進攻。曾國藩如往常一般謹慎，與他的黨羽開始了《捷報》上所希望的戰役最後階段：圍攻天京。

也許還有地方有希望？菲利普在報紙上尋找一線希望，一切徒勞。夏天時美國爆發內戰，在那兒自由對抗奴役，英國依舊是忠於自己支持錯誤的一邊。有一篇文章警告不要承認南方各州是交戰國，因為這會造成與北方的貿易產生毀滅性的影響，然而得出的結論是：大英帝國必須擴大對中國的紡織品出口，或者是偏巧蘭開夏郡那些有本事的人得為那些頑固沒見過世面的滿清官員付出代價？這張報紙經過很多人的手，已經破舊不堪，以致有些段落菲利普幾乎無法看懂。他在訃告中發現愛德文．詹金斯這名字，他通知全能者已將他親愛的妻子瑪莉安召回身邊。上面寫道：「祂花園中最甜美的花。祂欣喜稍稍提早採摘。」葬禮已經是三個月前的事了。

之後當多雨的冬天終於過去，干王的官邸再次煥然一新。一年多來，王府裡人人一籌莫展，現在主人終於要回來了。每個都精神抖擻去幹自己的活。在走廊上大家都說還來得及。雖然西征慘敗，但是責任在好幾個人身上，畢竟不論英王或忠王都未完成任務。前者在與巴夏禮領事會晤之後，直接前進到安慶，而非先拿下漢口。後者在進攻祁門失敗後便撤回到海岸，並未支援安慶之役——這一令人無法理解近乎叛國的行動令洪仁玕的人馬驚慌失措，但是對外他們克制不流露，畢竟作為統帥干王同樣失敗。在敵人聯合阻擾下他連接近被包圍的城市都辦不到，而且還誤導英王將部隊分散，以便為他開路。如今再過不久前線便會與南京的城牆合而為一，逃離的居民數量越來越多。為了阻止居民逃離，他們將大部分的城門堵上，並且加強了守衛。菲利普無事可做時，就到已經半空的城市裡散步。城北已經沒有人居住，這兒的田地現在種了馬鈴薯、玉米及大豆。還有足夠力氣的人就得幹活。在其他的地區則籠罩著不祥、沮喪的寂靜。一些老太太不顧禁令偷偷賣佛祖及觀音的護身符，殘破的廟裡香火頭微微發光。牆上的海報有人引用明朝官員海瑞給皇帝的著名上疏，指責皇帝過去行德政，但如今諸多錯誤卻拒絕所有批評。海報底下署名「無名氏之見」。當春天情勢越來越嚴重時，城裡越來越常見這樣的海報。

曾國藩的弟弟人稱安慶屠夫，正帶著軍隊前進。

菲利普繼續每天早晨到城牆上散步。南門前所有敵人可能用以作為防衛或掩護的物品都已清除。他認出半里外城市這一側唯一的自然高地「雨花臺」。根據一個古老的傳說，那兒住了一名和尚，他的為人品行感動了天，於是落花如雨。如今山丘上有一座碉堡，太平軍在那兒演習。在那之後，兩萬多名敵軍聚集，目前為止還看不清。當初太平軍擊潰七萬官軍這一事實至今已再也無法安定人心。天京的城牆看起來雖然氣勢磅礴，但是今日的防禦者在九年前攻破城牆時對滿洲人所做的事，如今他們在安慶對太平軍追隨者以眼還眼以牙還牙。若是洪仁玕不盡快回來組織防衛，這座城市將成為死亡陷阱。天王是否知道？他難道不知道他的城市籠罩在恐懼之中？若是他知道，除了虔誠的日曆格言，他難道想不出其他辦法？菲利普有時非常沮喪，甚至想自己寫一份海報貼牆上。迎接新時代，創建新中國的諾言如今何在？

回來的路他經過秦淮河畔的舊風月場所。攀爬植物在茶館的外牆生長，破爛的花船在水中獨自搖曳。他在一個十字路口停了下來，他自己也不知道是什麼讓他駐足。陽光蒼白無力地照著城市。老太太拿著長掃帚掃街幹她們的活。有人在背後叫他？汗水從他臉上流下，他朝茶坊入口的幾張凳子走去。他突然想起伊莉莎白。夜裡他有時會醒來，突然聽見伊莉莎白的聲音。你是誰？她問，彷彿她不再認識他。你在這兒做什麼？此刻他的目光掃過街對面的房子，過了一會兒他發現他一直在尋找的東西。像當時在廣州那樣，一個男童站在兩棟房子入口之間的隙縫。菲利普招手，他嚇了一跳。有那麼一瞬間，彷彿是同一個男童，八九歲，頭髮短到幾乎像光頭。他猶豫地開始移動，然後在約一隻手臂長的距離停下來。問他的名字，他無言的搖了搖頭。

「我覺得你有點面熟。可能嗎？」菲利普問。

沒有反應。他用廣東話再問了一次，仍舊沒反應。

「你不想說話，還是有人不准你說話？」

男童沒回答，而是做了一個手勢，應該是跟他走的意思。菲利普感覺自己心跳加快。是他昔日的旅伴已經到了這城市，想要與他聯繫？大家都知道有一大群女人跟隨著常勝軍，為那些僱傭兵煮飯、縫補制服，當然也滿足他們其他的需求；也就是那些男人供養的整個「家庭」。雖然他們主要在沿海地區行動，但是天京不久將與外界隔絕，這消息應該傳得很快。波特想利用這最後的機會接近以利亞撒·羅伯茲？

菲利普從長袍的袖子裡抽出一張紙條。他之前嘗試想救出那被囚禁的傳教士都失敗了，最近他越來越少拜訪他。現在他在紙上匆忙寫了幾行字，然後摺疊好交給男童。「告訴那個派你來的人，我們不能讓人看見我們在一起。我想我知道在那兒可以找到他。」從男童的眼神他看不出他究竟是否聽懂他的話。他一言不發拿了紙條塞口袋裡然後跑開。那些老太太停下片刻，看著男童跑走。當中一個老太太揉了揉因痛風彎曲的手指。

接下來幾天他盡可能的探索了舊駐軍區，在解放前，騎兵及其家屬居住在這兒，更早之前是明朝皇帝的宮城，如今在廢墟之中主要隱藏著燒酒酒窖及妓院。看手相的人坐在殘垣斷壁上等顧客上門。他彷彿穿過一個太平天國律法不適用的陌生城市。他不時回頭看，他覺得自己看到一個在廢墟之間消失的黑影。但是不管是波特或男童都沒有露面。他期待再相會，還是害怕他的旅伴想要他做的事？他疲憊的回到住處，他不知道自己是否還相信一個新中國，或者正在暗地裡尋找出路。無論如何他的日子與當初在同福越來越相似，只是他不必到田裡幹活，也不必到維多利亞。想到這，他感覺自己被騙。洪仁玕當時離開前，曾暗示他有希望覲見天王，可是如今謠言滿天——天王早已歸天。否則如何解釋自占領南京以來他未曾公開露臉已九年之久！

始終未明的狀況折磨著他，並且使他對時間感覺錯亂。夜裡月光穿透他床前的鏤空雕花紅木屏風。

他分不清自己才剛醒來，還是已經醒來躺在床上好幾個小時。

若是最壞的情況成真，嗜血的大軍進占這座城市，他該往何處逃？他唯一想到的地方只有香港。除了香港，在其他任何地方他都會被指控叛亂，再說中國有一稱為凌遲的死刑。英國人稱之為「千刀萬剮之死」。罪犯只纏著腰帶，然後被綁在刑架上而且……突然他看不見的手跳動，彷彿他躺在上面。此外他聽到可疑的聲響。

瞬間他完全清醒了。

冰冷的藍光從窗戶透進來。他坐起仔細聽，再次發出聲響。起初他告訴自己那是老鼠，在宮裡有很多老鼠。但是他聽到的不是高音的老鼠叫聲而是平穩的呵氣聲。他感覺到自己的心跳。他盯著屏風上的雕花，似乎看到屏風後面有動靜。他甚至覺得房間裡的氣味也不一樣，他還來不及問自己那飄進鼻子的新鮮甜美氣味是什麼，急促的沙沙聲開始響起。黑影在房間裡閃動，彷彿有人施魔術般屏風往後退了一段距離。

「波特，是你嗎？」他驚嚇地低聲問。

房間裡的訪客保持沉默。

他彷彿著迷般盯著那屏風。過了片刻當他察覺有一隻眼睛在正透過木板上的洞在打量他時，他的呼吸停頓，那隻眼睛毫不掩飾就像當時在廣州的鴉片窟。「我原本以為你會更早出現，」他說，同時驚訝自己並未感到鬆了一口氣。那冰冷的目光動也不動凝視著他。「你想要我幫助你接近羅伯茲，是嗎？遺憾那是不可能的，只要他還被囚禁。」菲利普還是沒有得到回答，於是他鼓起勇氣掀開被子而且……

「斗膽直視朕容顏的人有禍了！」

他驚嚇到動作猛然停頓。那是一個陌生且威嚴的聲音，說的不是英語而是中文。屏風後面有個陰影站起飄到窗邊，然後緩緩沉落到放在那兒的藤椅上，黃絲綢下垂觸地。那件龍袍很長地圍繞穿著之人彷彿水圍繞著一座小島。金色的皇冠在月光下閃爍發亮。

「朕的僕人醒了嗎？」天王問。

「醒了。」他屏息回答。

「你為何不下跪？」

他目光低垂的下床，想用叩頭，但是那聲音阻止他。「夠了！作為朕選中的僕人不需要叩頭。西洋人非常驕傲，朕不想得罪你們。」

菲利普停在半蹲的姿態，汗水順著他的背流下，雖然他只穿著一件薄麻襯衫。

「你不打算道謝並且向朕問安？」

「天王萬歲萬歲萬萬歲！」他大喊。

「朕選中的僕人知道禮儀，朕很高興。你也知道星光引來天父的目光是何意義嗎？」

他喉嚨乾到幾乎說不出話來，但是不知從何處他想到答案：「意思是我們將見到天父，因為我們有天兄。」在洪仁玕給他看過的文件中有考試的內容，當中就有相同的題目。

「完全正確，上帝將祂的第一個兒子派到人間，並非要他來審判，而是要透他使世人得救。但是祂派第二個兒子帶劍來斬妖魔，並且領著祂的子民進入小天堂。朕的僕人知道這點嗎？」

「微臣知道。」

「我不就是拿著劍帶領我的子民嗎？穿越高山河流，如當時的摩西帶領他的子民，如天父交付給我的任務。祂說，你們若聽從，必吃地上的美物；你們若不聽從，反而悖逆，就必被刀劍吞滅。朕的僕人認為呢？我們是否會被刀劍吞噬？有人告訴朕，妖魔從四面八方接近，他們從海中升起，隨大河而下。

蛇妖並未死，而是再次抬起他邪惡的頭。所以說是我的子民不聽從？」天王說得如此清晰，菲利普聽懂了每個字。若是說他自己，有時他說「我」如每個中國人，而有時說「朕」，那原本是只有皇帝才能自稱的字。他似乎並不是在等回答。「朕的僕人，也是從海上來到中國的外國人。有人告訴朕，你夜裡在睡夢中會說話。朕來此，想親眼看看。」

「我……微臣不知道。」

「你剛剛說了什麼？你知道話中的意義？或者只是上帝的器皿？朕覺得你似乎十分恐懼。」

「有可能，自從我的手受傷之後……」

「自己砍掉手，痛嗎？」

「這……那是不得已的，」他支吾地說。

「朕允許你靠近些。」

他跪著往前挪步。房裡的香味越來越濃，菲利普認出那是檸檬與椰子的味道。知道天王帶著他的貼身侍衛前來菲利普安心多了。但是他不敢直視跪在屏風後的女人就如他不敢直視天王本人。「夠了！」天王命令道。此時菲利普離他的長袍下襬只有一小段距離。「給朕看看傷口。」他迅速解開綁帶，俯身向前，舉起殘廢的手臂。「看來是真的，」天王喃喃自語。「你給朕帶來何種訊息？耶路撒冷——你可知那是否是我們該前往之處？」

「微臣不知道。」

「你說的是外語，唯有從天父得到任務者能聽懂？朕乃太平天國之首必須知道。」

一時之間寂靜無聲。剛剛天王說耶路撒冷，但是不是字面意思，不是句子，而是菲利普已經很久不再讀的中文《聖經》上的翻譯，他一下子沒想起來，指的是聖地耶路撒冷。天王想離開天京但是不知該往何處去？他該如何回答？「微臣不知道自己說什麼，」他說。「也許我確實只是器皿……」

「當然，」天王友善地說。「當然。你是否知道那《使徒行傳》？」

「我知道。」

「那使徒想要前往中國，但是山太高，河太寬。於是天父託付他將任務交給隨後的人。當那使徒來到一個叫以弗所的城市，他問當地人，是否受了聖靈。他們對他說：我們從來沒聽過有聖靈。朕的僕人知道這行傳嗎？」

「我知道。」保羅訪問以弗所的故事。

「使徒問：你們受的是什麼洗？他們說：是若翰的洗。但他對他們說：你們當相信若翰之後要來的。你知道，他指的是誰嗎？」

「知道。」

「他們聽見這話，就奉主兄長耶穌的名受洗。使徒將手按在他們頭上，聖靈便降在他們身上，他們說方言又說預言。《聖經》上是這麼寫的，但是沒有寫他們究竟預言了什麼：在兄長之後弟弟來殺死妖魔並完成神聖的工作。行傳對天地人新的合一一無所知。天父便是天，是當中最高的，天兄便是地，而人子便是朕，新的聖靈。朕的僕人明白朕說的嗎？朕是靈，僕人是草，聖靈吹過，草便低頭。你明白嗎？」

「……是的。」

「朕的僕人不知道自己夜裡說了什麼，因為他並非以新的合一方式受洗。你長久以來躲藏在假名之後。你原本叫若翰，不是嗎？」

「那是……」——我的第二個名字，他還本想說，但是說不出口。「正如天王所言。」

「預言如此實現了：不只是弟跟隨兄，第二個若翰派來我們這兒了，第一個是施洗者；但第二個自己必須先受洗，才能為我們服務。天、地、人是三位一體，你明白嗎？」

「我明白。」菲利普仍舊跪在地上，從絲綢長袍擺動的聲響他知道天王站起身。在屏風後同時有了動靜。當聲音再度響起，彷彿是從遠處的上方傳來：「我的僕人是否已經準備好接受聖洗？」

「我準備好了，」他聽到自己說。

貼身女侍衛扶他站起來。一共四名，身穿樸素的藍色絲綢長袍，腰間繫著短匕首，頭髮散發檸檬椰子的氣味。當她們領著他走到外頭，他突然想起那時在湖口三妹扶著他離開房間的情景。夜裡當寂寞折磨他時，他也常想起她。天王帶頭走到垂柳圍繞到池邊。温暖的夜晚，蟬鳴聲聲入耳，他突然發現空氣中有夏的氣味。

他正處在通往新人生的門檻上？兩名女子在天王旁邊就位，並且捧著一本沉重的書及一支權杖給他，另外兩名幫菲利普脫下睡袍，然後自己寬衣與他一同走入水中。水底的地不平坦，一旦他踉蹌站不穩，她們就會扶住他。池子中央的水深超過他的膝蓋。光線照射在女子裸露的肌膚上，使肌膚看起來像乳白色。雖然温暖但是他渾身發抖。她們温柔的將手放在他肩膀上，直到他會意並跪下。然後水深到他的胸口。

「天父，」天王說並展開雙臂。「曾是天兄榜樣的若翰他的後代已經準備好接受聖洗。聽到您的召喚，他征服高山江海來為我們服務。」他一隻手放在書上，另一隻手握著權杖並垂下，直到它像劍一般指著前方。「因此以天父與祂揀選的人民訂立的新約方式接受洗禮。奉天父之名你接受洗禮……」女子用水舀起池中的水，讓水流過他的頭。「奉天兄之名……」水流過他的肩膀。「奉其弟之名，阿門。」一隻手慈愛的滑過他的胸前，彷彿在尋找心臟。「從現在起你便是三千歲王。你的稱謂是聖皿王，因為《聖經》上有關於你的記載：『我們有這寶貝放在瓦器裡，要顯明這莫大的能力是出於神，不是出於我們。』你所有的罪孽都已得到寬恕。下個月初一，你將遷入天恩閣。」說完他垂下手臂，他的語調不再那麼莊嚴。「你是否知道即使封王，你仍舊是朕的僕人？」

「微臣知道，並且會時時注意。」

「那麼你可以從水裡出來了。」

當女人扶他站起來時，他感覺到她們的身體靠近，他顫抖得非常厲害，幾乎無法站立。他不穩的走出池塘，他手臂上的傷口有些刺痛。當她們幫他再次穿上睡袍時，他很高興。兩名女子仍舊裸身，但是他不敢直視她們。他站得比之前更靠近天王，但是眼神低垂看著地上，直到天王開口。「為了表示敬重，朕允許你看著朕。」

他緩慢抬起頭。

天王的面容散發溫柔和善。土沙色的鬍鬚直到胸口，眼睛深陷在眼窩裡，發出炯炯目光。「你知道你的任務是什麼嗎？」他問，聲音聽起來幾乎是友好的。「你是天父傾注愛給祂的子民所用的器皿。祂將通過你傳達訊息給朕，即使你不理解祂的話。朕理解。剛剛你感到恐懼，因為你的心還未準備好。你剛才說『破—德』，意思是毀壞的美德。天父認為朕對朕的子民太放縱了。愛民者，必須懲罰他們的不法。」

「微臣是否該向干王報告天父所交付我的任務？」

天王的表情立刻變得嚴肅。「干王濫用了朕的信任。他的西征助長了敵人的勢力，朕不得不將他降為五千歲王。而聖皿王來自西方，不會令朕失望。」

他腦中千頭萬緒。若是洪仁玕失寵，這意味什麼？他再也不會回天京？除此之外，他想到「天恩閣」是以利亞撒·羅伯茲的住所名稱。若是他現在住進那兒，那他怎麼辦？或者是那囚犯已經搬到其他地方？

他到底還活著嗎？

「我知道你的心情。」這時天王的語氣又變了，變得體諒人。「如同我天兄請求天父將聖杯交付他時的心情。如同天父交付我那本包含真理之鑰的書時，我的心情。那是何等沉重的負擔，而我不得不肩負起。只要妖魔統治天下，百姓就生活在無知與貧窮中。現在他們與洋鬼子結盟，想要攻破小天堂的城牆，朕早知道會如此，早已在預言中提到。天空出現了一個大異兆：有一個女人，身披日頭，腳踏月亮，頭戴十二星的榮冠。她胎中懷了孕，在產痛和勞苦中，呼疼呻吟——那是我的妻子正月宮，她生下我的兒子天貴。《聖經》另外也寫著：天上又出現了另一個異兆：有一條火紅的大龍，有七頭十角，頭上戴著七個王冠。牠的尾巴勾掃下天上三分之一的星辰——那便是北方的召集士兵作戰的大蛇妖。他們降落在平原上，包圍聖徒的營地及其心愛的城市。然後焰火從天而降吞噬了他們。朕的僕人看見預言如何應驗了嗎？但是到時將有一個新天堂一個新世界，當中還有一個新城市。有人將來告知我們該城市位於何處，如同昔日有外邦人來到以至比多的統治者面前解他的夢。我自己已不再做夢，有一外邦人被派來替我做。他將告訴我，新的耶路撒冷在何處。或是新羅馬？」最後幾個字天王口氣和緩，彷彿徵求聽者同意，然而他的目光卻變得嚴苛。「你是否知道羅馬在何處？」他問。

那兩名女子仍舊扶著他的肩膀，彷彿鼓勵他開口。他注意到，另外兩名女子則像門衛站在他房間的門前。他不安的開始說道：「在使徒的時代，那是非教徒的首都。他寫了一封信到那兒去：所以情願盡我的力量，將福音也傳給你們在羅馬的人。」

「到妖魔的首都？」

他忍住。「……或許。」

「持劍傳道？」

「可能。微臣……」

「你該休息了，」天王慈善地說。「你、施洗者若翰以及釋夢者若瑟夫的名字第一個字相同。如今你已經受洗，你將做夢，並且在夢中聽到天父的聲音。祂將告訴你朕必須知道的事。不是曾經有個叫所多瑪的地方？記住，我天父創造了所有人都能從名字中看出真相的異象。所多瑪這三個字代表何意義？」

「有許多馬的地方。」

「那羅馬二字又是何意義？」

他不知所措的看著天王。馬就是馬。

「你來自西方，在我們這兒生活還不夠久。馬是十二生肖之一，你不知道？生肖數目剛好對應耶穌門徒的數目。清妖不就是騎馬的民族？他們不就是騎馬越過北方草原來統治我們的民族嗎？但是正如所多瑪的命運，因為我天父找不到五十名義人，遂令降下硫磺與火燄，我們也將遭此命運。祂不是預言，城市荒涼無人居住，房屋空閒無人。祂不是說要將人遷到遠方，直到境內還有十分之一的人，如栗樹與橡樹，雖被砍下，樹的餘幹還留存在那裡。我們將七年之久臥薪嘗膽，但是有一顆神聖的種子將留下，也就是那十分之一的人民。而我們就是那顆神聖的種子。」口水從天王口角噴出，雖然他並未提高聲音。「從前東王會向朕宣告天父的意願。自從他升天進入大天堂之後，朕內心只有一片寂靜。朕的僕人也能聽見它如何潛入皇宮驅走夢境嗎？我是說那寂靜。我聽得見，因為朕從未入睡。」然後他搖搖頭，彷彿他說了太多。他又說了一次：「你該休息了。」在他的號令下所有人回到寢室。那兒有兩名裸身的女子跪在地上，彷彿在等待命令。

天王說道：「從現在起我的貼身侍衛會守護你的睡眠。你說的每個字，她們會傳達給我。有時我會親自來聽天父交託付予你的，所以做好準備。因為我來時，將如若翰啓示錄中所記載：我來就像賊一樣。

那警醒、看守衣服，免得赤身而行，叫人見他羞恥的有福了。」

他一時全身顫抖，說道：「微臣不知會通過何種語言收到天父的信息。」

「不必擔心。她們會全天下所有語言。朕已經親自教了她們。現在跪下，好讓朕能夠離開。」

他在兩名女子之間跪下，低頭看著地上。他們一起呼喊：「天王萬歲！萬歲！」萬萬歲！接著長袍拖曳的聲響漸漸消失。門開了又關上，只有蟬鳴聲從敞開著的露臺門傳進來。女子幫他脫下潮溼的睡袍，他第一次敢正視她們。她們比他想像的還美。她們默默的為他掀開蚊帳，他溜了進去，她們跟隨他。一切如水到渠成發生，身為王慾望要得到滿足他不需要下命令。他將搬進天恩閣，任務是在夢中得到上帝的指示。一名女子跪下，他將頭靠在她的大腿上，另外一名朝他俯身，彷彿他正在低語。他是器皿，而她正喝著他唇上的話語，而他並不知道她聽到什麼。

若是他意識清醒，他應該感到害怕，但是他沒有。遙遠的銀色月光照進花園裡。他不必了解自己在做什麼，而是允許任其發生，那是他的新特權。不知何時，天王將如夜裡的賊回來。啓示錄中這麼寫，將來也會如此發生。

不知何時。不是今天。

少女黃淑華日記

天京太平天國
癸開十三年正月初十

近日一到晚上我便累得想不起任何東西可寫。我幹活回來，便會在漢中門附近排隊買米或豆腐，但是經常徒勞無功。而在家我四肢沉重，以致我在洗鍋碗瓢盆時開始顫抖。大家情況都差不多，甚至娘雙手有傷，仍舊得到外頭掃街。我哥挖隧道背沙袋，嫂子和我耙地、播種、收割，而且每晚像犯人一般被搜身，以防我們偷藏馬鈴薯回家。有次一個女人被逮到，挨了五十下重重的竹鞭。在戰爭期間必須維持紀律我明白，但是以我們現在的狀況，哪挨得了五十下？她不過是在長袍下塞了兩根紅蘿蔔，不久她死了。

儘管我精疲力盡，仍舊睡得很差。我聽到隔壁房間寶寶在抱怨我沒帶東西給他。可是我們田裡大部分的收穫都交給了軍隊。只有一次，前幾天當我們坐在空桌子前，無話可說，娘突然端了一鍋炒飯進來。裡頭有雞蛋、火腿、青椒和洋蔥。爹嚇得跳起來把簾子拉上。我們每個人驚恐的看著她，她只是默默的看著我們。直到我們想起，根據舊曆今天是除夕。我娘冒著生命危險要讓我們高興。我不知道，我們是因為餓還是怕被人發現所以狼吞虎嚥。我只注意到我們沒有像平常一樣做飯前禱告。之後我們圍在飯桌前想著以前過年的情景，放鞭砲、發紅包、還有豐盛的年夜飯。爹警告：「以後不准再這麼做。」但他的意思其實並非責備。娘不肯透露她從哪兒弄來那些東西。

爹幹的活最多。他從印刷廠回來，我通常已經睡了。昨天晚上我去那兒找他，給他送了一碗豆漿。他當然是最後一個在那兒的。在油燈的燈光中他站在印刷機前彎著身，聽到我的聲音，他嚇一大跳。他看起來非常疲倦，他拿起碗勉強想擠出笑容卻擠不出來，一時之間我們無話可說。東王是怎麼回事？最後我開口問，有一個紀念日是紀念他的。但是每次我想知道更多，其他人的反應就變得奇怪。爹點點頭。在他告訴我這故事之前，我必須保證不寫在日記中。

妳不再是小姑娘，他開始說……因為外頭有守衛，他只能低聲說話。我突然想起，從前他如何告訴我海瑞的故事，那位冒死諫皇帝的海瑞。有人引用明朝官員海瑞給皇帝的著名上疏，指責皇帝過去行德政，但如今諸多錯誤卻拒絕所有批評。過去幾個月，我累得感覺不到害怕，但是昨天我聽得越久，胸口越悶。有時真相就如同隨身背負的重擔，我知道今後我會更加疲憊。這就是天父想要的嗎？這就是他為何將人們趕出第一天堂？為了你土地受詛咒！不只是田裡的活，而是包括我們人所嘗試的一切？我從來就不明白，祂為何偏偏將那棵樹種在花園中間。那是再明顯不過的，不斷出現在眼前的果實，他們終究會吃的。若是這城裡有一棵果樹，大家也會爭先恐後不計後果……

這麼久以來，昨天我第一次想到那名獨臂的洋人。他沒有再出現在印刷廠過，但是不久前城裡貼了公告，他受冊封為王。父親說，不斷有人受冊封為王，應該已經有上千個王，但是沒有人知道他們在做什麼。我感覺到他有多不滿，我害怕他再次如昔日一般指責貪汙的巡撫！要是我能知道如何與那洋人聯繫就好。我們需要有人保護，但是因為必須幹活我也沒時間，而且無論如何我也進不了皇宮。我已經考慮過派寶寶帶信到大門口，唯一不會到處有人問腰牌就是幼童。突然間彷彿又回到那段據說長毛來了的日子。有人不願相信，有人跳井，而我夜裡躺在床上，感覺災難的來臨。現在城外大砲轟響，聽說敵人再過不久就會攻占雨花臺了——然後呢？人人都知道湘軍在安慶做了什麼，但是我們不准談論這件事。他們為何要禁止我們說出人盡皆知的事？

俗語說臨時抱佛腳，但是我已不知道我還能抱什麼？我們還沒受夠嗎？

二十三、通往彼岸的橋梁

額爾金伯爵在印度達蘭薩拉
一八六三年十一月

從床上他可以看到喜馬拉雅山。白雪皚皚的雄偉山峰聳立在藍天下，看起來如此近，彷彿一天之內就可以到達。實際上它們幾乎是在世界的另一端，總之麥克雷（Macrare）醫生曾經提到一篇文章稱印度是所謂的次大陸。步行可能要花很長的時間，也許幾個星期，因為一部分潔白閃亮的山峰位在西藏，而上帝卻選擇他在印度死去。

這應該如何理解？他等著瑪麗路易莎，但是她要下午晚些時候才會回來。在山谷有一座磚砌的小教堂，原野的聖若翰，四周由人稱喜馬拉雅雪松的優美樹木圍繞。他第一眼便喜歡上這個地方，空氣比加爾各答好太多。在那兒若是沒有男僕幫你拉布風扇，你夜裡無法入睡，但是有個男僕在房間裡他才真的睡不著。每次用餐時，在飯廳裡站在一旁的僕人是桌上客人的兩倍。而且每天早晨他不得不命令兩名準備伺候他穿衣的僕人離開。坎寧勳爵當然都不是自己穿衣——他為何現在想起這些？鴉片的作用使思考困難，但是無論如何這兒的高地氣候更適合他蘇格蘭性格。一個蘇格蘭人擔任印度總督……才剛從中國返國帕默斯頓立刻予以任命並且稱其為他外交生涯的高峰。加爾各答總督府，整個帝國最富聲譽的職位。

瑪麗路易莎哭了一個禮拜。

此刻是中午剛過。他讓僕人拉開窗簾，打開一扇窗，有片刻他想像自己走到外面陽臺上，但是他太虛弱。他絕不該過那座橋，他這年紀的男人。儘管他不老，才五十二歲，但是正如出發前艾倫伯勒勳爵所說的：您將發現在印度您是年紀最大的人。在宮殿的歡迎會上的竊竊私語沒有逃過他的耳朵。矮小、結實、朝天鼻、眼睛下有眼袋，一圈禿頭白髮，沒有給人威嚴的印象。他一再的告訴瑪麗路易莎他無法拒絕這個職位，此刻他躺在印度北端的山中避暑之地，用力睜開雙眼，因為一切太難理解。那座橋只有用繩索及樹枝編成，到了夏末幾乎無法通行，但是要過河別無他路。那條河叫作堅德拉河，若是他沒記錯。將來有一天英國工程師會建造一座更好的橋梁，他告訴他的人，暫時只有這一座，而他何時逃避過挑戰？金斯敦、蒙特婁、北京，他從未逃避！

在他旁邊的床頭桌上放著他的《聖經》。人居尊貴中不能長久，如同死亡的牲畜一樣。瑪麗路易莎在的時候，會為他朗讀詩篇。現在他伸出手，發現書太重他拿不動。這個時間莫迪默別墅（Mortimer House）裡非常安靜。他的小女兒正在花園裡玩耍。在山裡這兒她是唯一想念加爾各答的人，宮殿無盡的迴廊以及她的大象通波。涼風從窗戶吹進來，但是沒有鳥叫聲，有時他覺得自己什麼也不想。他要求麥克雷醫生盡量不要給他鴉片，而且若是時間到了，房間裡除了他的妻子不要有其他人。大多時候，他看著群山，清晰的輪廓形狀映襯著明亮的天空，不知為何令人感到安慰。他忘了問那地方名字的意義。

「達蘭薩拉（Dharamsala），」他在寂靜的房間裡自言自語。從一開始他就冥冥中有預感這將是他最後一次啓程。在鄧弗姆林（Dunfermline）為他準備的歡送告別中他幾乎無法控制自己。任期是五年，他了解熱帶氣候也知道自己的疲憊。將兒子送進寄宿學校，維克多亞歷山大（Victor Alexander）到伊頓（Eton），三個年紀較小的到格蘭納爾蒙特（Glenalmond）。瑪麗路易莎懷孕三個月，一年後會來。他搭上船艦獨自到東方。再一次，回國還不到一年。他外交生涯的高峰。

馬賽、馬耳他及蘇伊士灣。亞丁及紅海。在錫蘭時他想知道這期間是否有人找到他的薊花騎士勳章。在印度洋上，地平線消失。海天一色，宇宙變得無窮無盡。他在馬德拉斯（Madras）作了停留，最後抵達一八五七年時他乘香儂號到達的加爾各答鑽石港，並接受如英雄般的歡呼。印度救世主。這次迎接他的是坎寧勳爵。自他們上次見面他又老了十歲，而且已經喪偶。他幫助他熟悉職責。威信統治，他強調。禮儀非常重要，因為這會給東方人留下深刻印象。他得經常旅行，甚至到偏遠的省分。因為印度並非僅是一個國家，這裡不乏衝突。穆斯林和印度教徒不會放過任何機會互相挑釁。茶葉種植必須擴大，以便將來減少對麻煩的中國人的依賴，棉花生產也是必須如此，因為美國也處於戰爭。這國家需要道路、鐵道、電報路線及運河。若報紙宣稱另一場屠殺即將到來，最要緊的是保持鎮靜。六天之後，坎寧對他說了願上帝保佑便踏上歸途。從現在開始，他本人是此地的最高權威。

三月的時候熱氣還能忍受。首先他認識所有省分的名稱，然後大城市及河川的名稱，當地王公及英國省長、所有種姓、節慶以及重要的神靈。天氣越來越熱，只有日出之前及日落之後才有可能在外頭逗留。所以他四點半起床，在露臺上活動一個小時。然後十二個小時坐辦公桌前。他看報告，直到眼睛流淚，但是公文卻越疊越高。傍晚他會邀請立法會成員聚餐，以便在較小的圈子交換訊息，但是大多時候他幾乎跟不上談話。這些人在印度居住的時間越長，越少使用英語字彙。塔盧克達爾（Talukdar）是什麼意思？徵收稅收的地主，類似賈皮達（Japirdar）。差別只在他們的頭銜不是世襲的，或自第二代才世襲。可以稱之為莊園之主，但是權力更大，基本上近乎札明達爾（Zamindar）。此外他們順帶提醒他不應太相信定義，因為在印度一切都在變化中。傍晚聚餐中他已經聽過無數次以「在印度最重要的是……」為開頭的句子：絕不表現出軟弱、喝足夠的水、一個無條件支持你的妻子、保持鎮定、白蘭地、不要喝太多酒、做好妥協的準備：若是沒辦法鋪設普卡[17]街道，庫查[18]街道也行、睡飽、改善萊特們[19]艱苦的命運、出門一定要帶槍、穩定貨幣、永遠記

17 譯注：pucka，印度英語，真正的。

住他們對我們的妻兒所做的一切、保持制服的清潔、對諸如娑提[20]等的野蠻習俗採取行動等等。印度是一個民族、語言瘋狂匯集的王國。中國有漢人與滿洲人，但是這兒呢？

四月底，瑪麗路易莎寫信來告知流產。千里的之外的安慰毫無價值。炎熱令人煩悶，上床前他必須更衣三次，才能勉強進入半睡半醒，但是他無法習慣有陌生人在床邊。在軍隊中即使是二等兵，也有兩個僕人整夜為他們搧風，在印度勞力是如此廉價——這是他必須費心的問題。白天太陽在空中猶如憤怒的神祇，五月他收到自己的死訊，那是通過電報傳來的，皇宮詢問關於葬禮的事宜。結果那不幸的人是艾格林頓（Eglinton）先生，他是德里一家貿易公司的代理人。西北省省長警告在阿富汗有動亂：據稱有先知到來，使得群情激動，大屠殺可能再次發生。額爾金伯爵回信寫道，如果英國媒體停止散布謠言，或許會有所幫助。

他汗溼的皮膚上長了紅色的膿皰。

他弟弟羅伯特死訊在六月傳來，這次沒弄錯。他陪威爾斯親王前往聖地旅行，發了燒，回到英國不久便因此喪命。他原本希望，若是他自己在印度遭遇不測，羅伯特可以代替他照顧瑪麗路易莎及孩子。現在弟弟先走了，除了寫信安慰遺孀，他無能為力。溼熱遠超出他在中國所經歷的一切。加爾各答被稱之為「壕溝」（The ditch）完全名副其實。麥克雷醫生建議他到巴爾加布爾（Bhagalpur）住一陣子，那兒雖然沒有比較涼爽，但是溼氣較低，而且當額爾金伯爵在七月再度收到另一個死訊之後，他同意了。這次是坎寧勳爵，在回國後不久。至少他的前任被授予葬在西敏寺的榮譽。溫柔的坎寧，在起義期間報刊如此戲稱他，因為他試圖遏制英國人的報復行動。

他心裡想，為了自身的名聲，沒有比死更好的方式。

巴爾加布爾幾乎沒有歐洲人。從辦公桌他可以看到恆河及花園裡搖著頭嚼乾草的大象。每天有兩班火車從加爾各答到這兒，並送來文件。西北的省長寫道，若是他不希望局勢惡化，必須緊急派遣一名印度律師前往阿富汗大公國宮廷。唯一的安慰是瑪麗路易莎通知他秋天她將帶著小女兒動身前來。額爾金伯爵指示他的工作人員找到一頭可以送給七歲女孩的小象。他做了所有能做的，然而還是不夠。高燒越來越常擊倒他，工作只能擺一邊。當維克多亞歷山大從伊頓寫來的信上寫道他的拉丁文有長足進步，他流著淚倒下。

印度年紀最大的人。

額爾金伯爵感覺有人在遠方看著他。鴉片的作用使他的感官想回到現在必須通過一片沼澤。猶如季風季節的加爾各答街道，即使雙馬馬車都可能陷入動彈不得。但是他憑著巨大的毅力逼著自己前進，在窗前的床上，而且還可以欣賞窗外群山美景。「你醒了嗎？」瑪麗路易莎問，他終於認出她。她身上還穿著騎馬裝，顯然是剛回來。悲傷使她更具深沉的美，每次瞥見每次令他生畏。

「達蘭薩拉，」他脫口而出，為了不讓自己看起來像傻瓜，他問她是否問過這是什麼意思。「麥克雷醫生知道大概，或者瑟洛（Thurlow）先生。」他的祕書。我的馬多克斯，有時他會想，但是當他的妻子緊閉起雙唇時，他想起來了。「昨天妳告訴我了，對吧？」他知道自己此時的表情，他很討厭這表情。「等等……達蘭（Dharma）之家或類似的東西。只是達蘭是什麼，沒人知道。在印度每個字有上千個含義，就像在中國一樣。」

「麥克雷醫生說，可以翻譯成朝聖者之家。」

「對，朝聖者之家。我猜有更糟的地方，可以……我的意思是，妳……」有時他說不完一個句子，必須再吸一口氣才能繼續說。「妳找到地方了？」

18 譯注：kutcha，天然未加工的。
19 譯注：Ryots，佃農。
20 譯注：Sati，印度習俗，婦女在丈夫死後自焚殉夫，以表達對先夫的忠貞。

她點點頭。

「描述一下。」

她脫下手套，走到床前，撫摸他的額頭。若是他想知道上帝是否已寬恕他，只要看著他的妻子。她說：「就在小教堂旁邊。有點坡度，可以看到群山。周圍有你喜歡的樹。……你會喜歡的。」淚珠滾落她的雙頰。

「喜馬拉雅雪杉，」他低聲說。他看到樹葉下的陰影，蘇格蘭春天的鮮綠色，以及遠處莊嚴冷漠的山脈。想要將思緒保持在當下越來越困難。這世界疏鬆多孔且遼闊。觀點的界線消失。他猜測各宗教起源在此。不是在時間與空間中，而是在其後，但是要說清楚，他已經辦不到。我們可知比靈魂更偉大之物，他心裡想同時握住她的手。他想表達的是謝謝。他不想要太浮華的墳墓。

在他動身之前，他們一起去覲見了女王。一八六二年一月，正當英國灰色的冬天，阿爾伯特（Albert）親王過世後三週，甚至奧斯本莊園大門的警衛都低聲說話。裡頭所有的百葉窗都關上。他從未曾見過女王如此模樣，真的可以說化成淚水了：不再是自己，只有無盡的悲傷。她表現出的唯一幽暗意志是絕不走出憂傷。我的阿爾伯特，我親愛的阿爾伯特，她一再用德文呼喊同時手握著他的一縷捲髮如握聖人遺物般。四十二歲成寡婦，還帶著九個孩子。瑪麗路易莎試著安慰她，她們從小就認識，但是在回倫敦的途中，他的妻子崩潰了，她要他答應她免於相同的命運。現在她試著微笑，而他已經不記得，他們最後的話題。「瑟洛先生必須寫信給銀行，」他說。

「現在不是時候，」她懇求。

「羅伯特已經無法再幫忙管這些事，弗雷德里克住在北京。港口及鐵路必須出售，否則維克多亞歷山大一輩子都得背負債務。」想到這兒他很激動，以至於開始喘氣。「妳想讓他像我一樣嗎？不斷接受另一個大陸的新職位。耗費精力，親愛的，看我。」看我！但是瑪麗路易莎只是默默流淚，而他想知道，他在彼岸是否會再見到第一任妻子。還有瑪麗——在金斯敦（Kingston）死去的嬰兒——她還是嬰兒，還是已經是二十歲的女人？當呼吸越來越困難，他試著坐起，但是辦不到。麥克雷醫生說過他的心臟太虛弱，因此水積在肺及四肢，呼吸困難，思路混亂。他每天喝新鮮的檸檬汁，醫生寫信到加爾各答要人寄來毛地黃，但是這只是要讓他最後幾天減輕痛苦。「幫我起來，親愛的，」他請求。復原是再也沒希望了。

「你想吃什麼嗎？湯？」

他搖搖頭。有時一個念頭在他眼前搖晃，但是他抓不住它。「我還記得，我第一次來印度的時候，」他說。坐著，群山他看得更清楚，感覺也好多了。「正是暴動期間，妳還記得嗎？我自己有一天會住進宮殿，我做夢也想不到。」

「一八五六年你已經是考慮的人選，你說過的。」

「始終是考慮的人選，從未是第一人選。他們也寧願派其他人去中國。不是那人的兒子……」

「事後，他們知道他們沒有更好的人可以派。」

「那該死的大理石雕像，」他喘著氣說。「我不希望維克多有一天以同樣的眼光看我，妳了解嗎？他應該能夠自己做選擇。」

「不要激動，」她擔心的安撫。「你要吃藥嗎？」

他再次搖頭。對報紙而言這是求之不得的好事。《膨奇》（*Punch*）就刊登了一幅漫畫，他威風凜凜站在中國皇帝面前，一手拿著鴉片丸，另一手手指指著地面命令道：「跪下！這次不准欺騙！」上頭寫著新額爾金大理石（New Elgin Marbles），影射的是大理石及鴉片，而傳達的訊息是：有其父必有其子。

正如他預期的。他是否該更加用力的為自己辯護？機會不是沒有，皇家學院的邀請、幾次的晚宴，但是每次被問及圓明園，他始終只回答那是更人道的懲罰。帕默斯頓勳爵對任務的結果感到滿意，但是在上議會情況不同。他有時是個人的過錯，有時是錯誤政策的無力幫凶。每個人都認為自己能評論。最嚴苛的是來自一名自從嘲笑拿破崙三世是侏儒之後便居住在海峽群島的法國人。相似的情況，就如同一著名的詩人譴責他父親一樣。拜倫已死，但是維克多・雨果從根西島（Guernsey）極力反對對人類最宏偉的建築之一遭毀壞。他寫道：「我們歐洲人是文明人，而中國人對我們而言是野蠻人。好了，這就是文明對野蠻做的好事。」偏偏就是雨果，看到建築物就一定想像到廢墟的人。當初在巴黎他是他——額爾金伯爵的母親沙龍的座上客。

捏造謊言的人，他心裡想。這是〈約伯記〉裡的說法，這一段時間以來他每天都讀一段《聖經・約伯記》。一個人必須受過苦才能領會當中藏有多少智慧與美麗。黑夜期盼光明，然而光明卻不來，且不見黎明的眼簾。他注意到，朋友虔誠的論說是想使約伯放棄此一重要的體悟，但是約伯堅持：你們終究該察覺是神冤枉了我。這就是虔誠與真正信仰之別。他是最近幾個月在印度，在前往達蘭薩拉的漫長路上才明白這一點的。

二月時他們從加爾各答出發。額爾金伯爵決定自己親自察看了解西北省的局勢並且希望立法會將來也能在首都以外的地方舉行會議。不只他必須對該國各地更加了解，下一次會議將在旁遮普邦的首府拉合爾舉行，在這之前他想先看看阿格拉（Agra）及德里（Deli），然後在最熱的幾個月待在西姆拉（Simla）高原。最開始的幾段路程他們乘坐火車。他在坎普爾參加了紀念井落成典禮，三年前叛亂分子將被殺害的婦女幼童丟進了那口井裡。在沒有鐵道的地方，他與隨行人員由裝飾過的大象及馬車形成一支龐大隊伍。四周公國的使節前來向總督表示敬意。這種在巨大帳蓬中舉行的社交活動名為杜爾巴（Durbar）。他盛裝出席，坐在兩頭獅子為扶手的金色寶座上，座位鋪著紫色天鵝絨縫製的坐墊，兩腳踩在繡金的地毯上。羅伯特．布魯斯的後代，一個短小結實的年長者，英國女王的代表。他帶著萬人的護送隊伍出席在阿格拉的杜爾巴，但是齋浦爾的大君勝過他，帶了三萬人。放眼所及，他們駐紮在泰姬陵前面的平原上。他從未見過如此多的鑽石，如此荒誕、色彩繽紛的制服及頭飾就在這一天當中。財富驚人的程度不亞於他身歷其中的貧窮。皇家的禮砲轟鳴，當樂隊開始演奏〈天佑女王〉時，全體整齊起立。摩西帶領出埃及的人少多了。族長及行政長官、親王及豪紳鉅富、殺人犯及先知全來向他致敬。他的寶座放在一個由貴重木材做成的平臺上，到處閃亮發光，他在演講中突然想到一個問題，他們為何不乾脆派出大象去踐踏所有英國人。他們為何殉容華貴坐在一個負債累累到冬天必須省柴火的白人面前？他們聽得懂他說的話嗎？當他強調維多利亞女王密切關注她印度領地的命運時，沒有人笑。她的確如此。女王愛印度，只是不知道他的話在多大程度上符合事實，而仍舊脱離現實。這些深色皮膚的男人聽到倫敦一詞時想到什麼？聲稱這國家屬於那一位在奧斯本莊園悲傷憔悴的寡婦究竟有何意義？

今年三月他在安巴拉為錫克教首領舉辦了一次杜爾巴，這些人對他的尊崇多半出於他是北京的征服者而非他是印度總督。復活節禮拜天他們到達西姆拉，並停留五個月。自抵達印度以來，他第一次感到自在。妻子及女兒在身邊，他呼吸高山上的新鮮空氣，溫度計從未顯示超過華氏七十度。住處外寬廣的院子裡生長著冬青與杜鵑。他正忙著策劃拉合爾的會議。這會議將標示他任期的真正開始，一段謹慎的改革時期。他在加拿大的經驗有助於他裁減軍隊，擴建鐵路，尤其是提高工資。他第一次感到有信心，但是持續的時間不長。六月時家裡傳來一封電報：他的第三個兒子查理斯（Charles）死於腦膜炎。他才十歲，孤單單死在格蘭納爾蒙特的醫護站。

當他將這噩耗告訴瑪麗路易莎時，他在她面前跪下。他女兒當時在外面花園玩板球球棒。難道他身上背負詛咒？甚至沒有他們可以舉行的儀式。他的妻子將孩子的畫像都帶來了，查理斯的肖像繫上了黑帶，如此而已。九月大隊人馬繼續前進。他必須視察邊境沿線的茶園，並派遣一支軍隊去抵抗印度河谷的某一暴動。瑪麗路易莎不允許他與軍隊同行，而是一起騎馬及大象穿越海拔一萬三千英尺的羅唐山隘。四處有瀑布從岩石間流瀉出來，這景象使他想起蘇格蘭的高地。但是當他們再次回到海拔低的地方，他只能模糊的憶起。他一再夢見馬多克斯。他們長長的隊伍沿著堅德拉河岸行進，十月十二日他們到達那座橋。通往對岸的唯一途徑。

他立刻有一種不祥的感覺。

過橋花了整整一天的時間。首先他派遣兩名錫克兵去修補最脆弱的地方。那是一座懸索橋，是由縱切一半的竹藤編成，寬頂多四英尺。那兩名錫克兵來來回回爬了十幾趟，修補好之後又搬運了幾個箱子，然後額爾金伯爵才允許士兵抱著妻子及女兒通過。他自己在午後獨自隨後過橋。他派遣了士兵在下游兩百碼處，拿著長竹竿站在岸邊。到目前為止有兩箱餐具及一頭驢子沉入堅德拉河。

半小時之後他到達河中央。他一寸一寸移動雙腳前進，手在粗糙的材料上挪動。他試著不理會岸邊人對他的任何呼喊。他心跳加速，幾乎快爆裂開來。雙腿一顫抖，整座橋也跟著晃動。太陽無情的照在他身上。他看見馬多克斯動也不動站在激流當中，眼睛盯著他看，彷彿注視著一場賭注的結果。是他的祕書對他下了詛咒？已經長得很高的小米，他心裡想，那女僕。接下來他感覺到的是胸部痙攣，太陽爆炸，風景消失。一名錫克兵想從對岸來幫他，但是橋中間是破洞最多的地方，一分鐘之後他恢復了，他揮手要士兵退回。

之後他也不知道自己是如何過橋的。有幾天，他可以騎在馬上幾個小時，然後再一次痙攣，全身無力。他甚至再也無法坐直，而是躺在擔架上喘氣。幾段短程路途之後他被送到可以發電報的最近軍事站。瑪麗路易莎堅持要叫加爾各答的醫生來。那地方叫達蘭薩拉，他從來沒有聽過這名字，但是他喜歡那從擔架上看到的景色。那裡有座美麗的教堂，而且山上有一條通往西藏的貿易古道；他一直有回到家的感覺。他的小腿腫脹到和大腿一樣粗。所有症狀指向水腫，也許拉合爾的會議必須延期。

八天之後馬克雷醫生到達，並且為他做了檢查。

瑪麗路易莎從頭到尾都是勇敢的典範。她日夜坐在床邊，並在必要時給他餵食。但是那天晚上他老實告訴她自己的病情，她崩潰了。他無助的看著她抓頭髮，咬手指，跺腳，彷彿她病發作。「你不能死！」她大喊。他自己感覺不到的所有的絕望，全從她的眼睛裡直視他。除了一遍又一遍重複同樣的句子：「但是親愛的，我別無選擇。」他還能說什麼。

當他再次恢復意識，已經天黑。床前的桌子上一盞油燈在燃燒，倒影映在窗上。他的妻子不在房間裡，他聽到她在一樓的聲音。桌子上放了一疊他要給孩子的信，道別是他剩下唯一能做的事。只要任務落在不確定的未來，便可稱其為有尊嚴的死去。不知何時他的女兒走進房間，他突然想到，他顯然沒睡著，而是在半夢半醒中，他筋疲力竭的腦袋的節能模式。她站在床前看著陌生的父親，她至今的人生父親有一半的時間不在，另一半時間她不准打擾他，從前不行，現在不行，因為他必須工作，現在不行，因為他快死了。將來有一天她會說，她對他記憶模糊。「在印度他送了我一頭大象。」

他很想再見弗雷德里克一面，英王特派駐北京大使。自從羅伯特死後，他們通信比從前更頻繁。對抗叛軍的戰爭仍在進行，但由於英國的支持，結束只是時間的問題，南京即將被攻破。恭親王已消滅對手，並且與新皇帝的母親共同握有大權。一個女人站在權力的巔峰，兩年前誰會想得到！除此之外還有一個總理各國事務衙門，貿易提升，賠款按時繳納。這個國家正在往正確的方向發展，而且人人可以自己決定將這歸功給誰。哈里．巴夏禮是沃爾索爾（Walsall）一名鋼鐵商人的兒子，因為在被劫持為人質的期間英勇的表現被授予巴斯勳章！而馬多克斯相反的……他的書稿仍放在布魯姆霍爾的一個抽屜裡。額爾金伯爵曾想自費為他出版，但是內容太混亂無章了。雖然作者對中國知之甚多，但是無法停留在一個主題上，而且不斷糾纏在矛盾之中。有次他寫英國的頹廢，鑑於俄國與美國的崛起這是極其危險的。一次他感嘆英國人民的嗜血好戰，而且稱唱諸如〈統治吧，不列顛尼亞！〉這類的歌是半野蠻的戰舞。作為解方他推薦中國科舉模式的文明陶冶。其中有一大段篇幅專門描述有關鼻子的偏見：亞洲人的短鼻是他們自卑的生理表現。他提出「某些歐洲人」的鼻子形狀絕不符合其社會地位作為反駁。接著是舉出英國人典型的奇怪舉動，戴會隨風飄走的帽子。追著飛走的頭飾是浪費國家資源，而戴氈帽根本是自我鞭笞，因為底下的頭皮容易流汗，戴的人最後不得不脫帽通風，無可避免的就冒了得致命感冒的危險。中國人的竹製頭盔就是很好的補救辦法。透氣、穩固而且只有十六盎司——或者是十六又四分之三盎司，馬多克斯喜歡精確。在標題是「中國的日常生活」的章節中他計算早上刮鬍子浪費的時間，介於二十五歲到四十五歲之間一共是一千八百二十五個小時，若刮一次鬍子需要十五分鐘。而且是清晨，精神最好的時候！讀此書的人一定會得到英國人尚未崛起成為文明國家的印象，而且在前進的路上腳下隨時有絆腳石，只有馬多克斯銳利的眼光看得見。相反的中國已經處在下坡，所以領先了西方一步，卻仍必須努力跟上。他如何以他的名義出版這荒誕無稽之談？

「馬多克斯，」此刻在寂靜中他低語，同時回想起在天津的那個晚上——當他站起身走到池塘邊撒尿。急促的呼吸伴隨著回憶。他當時不知為何十分生氣，在撒尿時他想起了獅身人面像；活著無非就是直視謎語之眼，或類似的東西。然後氣消了，他扣好褲子的扣子，等待馬多克斯回來。軍刀應該放在馬鞍下，他之前剛告訴過他，口氣充滿自信，那是他談那些偉大的瑣事專用的語氣。進步的日常哲學。斤斤計較者的世界精神。

下一刻額爾金伯爵聽到腳步聲，於是轉身。因為她的腳，他的祕書必須攙扶著那個女人。她懷中抱著一個襁褓，低頭看著地上。儘管她身上的穿著與當時相同，在路上他肯定認不出她。「馬多克斯，馬多克斯。」他不想畏縮，但是他幾乎不敢看著她。「你能告訴我這一齣的目的嗎？」

「大人，我以為……。是這樣，我以為您也許會對此感興趣，至少一次……」他的下巴指向那個站在他身旁搖晃的女人。搖晃或是發抖。這時院子裡只剩下幾盞燈還亮著，因為喝醉他的視線已經模糊。

「馬多克斯，每次只要你講話句子不完整，我都會感覺你不知道你在說什麼。」

「抱歉，大人。」他的祕書挺直背，抬起下巴，但是臉上的表情沒有洩露他在想什麼。「如我之前已經寫的，大人，是……」

「去給這位女士拿張椅子來，」他打斷他的話。

「遵命，大人。我馬上回來。」

「慢慢來。」

馬多克斯離開之後，額爾金伯爵深呼吸了一口氣。有可能你預料會震驚，然後察覺自己沒感覺而很失望嗎？當那中國女人看著他時，他努力露出笑容。「我們又見面了，」他說，「比上次更加不尋常的情況。我很想知道，馬多克斯是如何與您保持聯繫的。但這我們暫時先不管。」他停頓了一下，但是仍舊什麼也沒有，沒有震驚，也沒有其他任何情緒，於是他繼續說道：「夫人，我一直在思考該如何措辭向您道歉，這無疑是我欠您的。您現在看到的我確確實實是無言。不是因為驕傲，而是出於混亂，請相信我。我並非想逃避，但是我無法將自己看作是那樣的男人……。好吧，您了解我的意思。那與我的為人完全相反。為何會發生，是我瘋了？」最後這一句聽起來很怪，但是他覺得沒有理由收回。是有可能。「我想請問您的看法如何？畢竟從來沒人要您相信正反互相排斥。在我所有學到關於您的文明的知識中，若要我找出最令人欽佩的見解，那便是：在我們的世界中任何事物的正反兩面同時存在。您肯定是比我理解得透徹。我不得不承認，我是相當直觀的意識到其中可能包含深刻的真理。我們西方人傳統上有不同的思考方式，但是思考原本就十分困難——況且還要理解人如何思考，那幾乎是不可能，不是嗎？」

那中國女人看著他的樣子，既無害怕也聽不懂他說的，模樣極似她當時第一次見他的時候。一切始於他講述便士郵件的故事。當他的祕書拿來椅子時，額爾金伯爵趕緊迎上前並說道：「你到書房等我，馬多克斯，我需要你的時候會叫你。」

「大人，您不需要翻譯嗎？」

「完全不需要，我們溝通無礙。」

「大人，遵命，隨時聽您吩咐。」

那中國女人感激的坐下，他自己又從露臺拿了一把椅子來。當他們面對面坐著時，他說：「或許我也可以如此表達我的窘境。一個人要如何對自己完全不感到遺憾的事道歉？就是因為透過這件事他才真正認識自己的。但願我能夠向您解釋，為何我會有這種感覺，但是我不知道。我年輕在牛津讀書時寫了一篇關於德爾菲神廟的文章，您一定知道在入口處的有名箴言。若那並非敦促而是詛咒該如何？當您的文明決定寧可不認識自己，在我看來無論如何似乎是聰明多了。只是誰能夠決定這樣的事？誰的決議使文明步入正軌，然後沿襲幾世紀之久？其實我並不是要問這個問題，而只是想說，我們的哲學需要宗教這雙胞胎作為力量來定義可思考事物的框架。您記得那禁果。若我理解正確，此種謹慎在您那兒沒有必要。直到今日您那兒的宗教與哲學仍是一體的，後者並未反抗前者的禁令，這便是為何一切看來更有機、更和諧，但是又有些靜止不變。反之我們……有一聰明人稱之為歐洲人的風車特質。相信我，永不放手是一個令人筋疲力竭的習慣。我們太常好高騖遠或者繞著自己轉圈，總之我們就是要避免停滯不動。」他微笑著聳了聳肩。其實他只是略微提及他想說的話，他發現那女人的表情中帶著嘲諷，似乎是對他喜歡沒完沒了的自言自語感到有些可笑。「這可以追溯到剛開始：當蛇引誘夏娃時，牠承諾她將能夠區別善惡。我始終覺得奇怪的是這正是萬惡之源所在。有人也許認為，要避免罪惡就必先認清罪惡。或者是無知與無辜是同一回事？我提問，因為從我們文明的角度來看，您的文明似乎是有些天真，近乎無辜。但是這肯定是錯覺，不是嗎？要是馬多克斯從未提起您的腳……」他沉默片刻，然後看著她懷裡的那襁褓。「不管如何，我很高興我們再次見面，」他說。「我甚至很想向您道謝。我從未與任何人如此坦誠說話過。您聽不懂，感覺真舒服，我真希望我們的談話能繼續，但是很遺憾這是不可能的。我們生活的世界僅片刻允許此種奇蹟。為了減輕您未來生活的負擔，金錢是我能夠提供的一切，馬多克斯一定已經向您說過了，我為我對您所做的深感抱歉。現在行行好，讓我看看……」他的聲音停住，他伸出雙手。近乎渴望，儘管內心害怕。「可以嗎？」

她不情願的將那襁褓遞給他。他小心翼翼的翻開布。

那嬰兒睜開眼睛，目不轉睛的盯著他看。是個男孩，這是剛才馬多克斯原本想說的。他的同胞稱這樣的小孩雜種，在維多利亞及上海有很多。他不得不告誡自己去面對那雙如深色鈕扣般的眼睛。要不是他已經有兒子，他現在抱的就是第九代額爾金伯爵了。半個中國人，不可思議。在明亮的窗戶上，他看見另一個坐著的半中國人，當然是在辦公桌前，而且正低頭看書。昨天馬多克斯問過他，是否希望為男孩施洗。要他該如何回答？當初他僅僅只是要求送個女傭來！

當他將孩子還給那女人時，他雙手顫抖。然後他呼叫馬多克斯，他的祕書出現在門口。「好了，你可以送這位女士回家了。」

「遵命，大人。」

「錢我已經給你了。到目前為止，非常感激你打點一切，麻煩你繼續。」

「大人，我可以再問一次關於那……」

「不行，你不要再問了。什麼都別再說了。帶這位女士出去，而且請小心。若是我得知有半點風聲走漏，天曉得，馬多克斯我會殺了你！明白了嗎？」

「您的口氣。大人，我恐怕無法允許您這樣說話。」

「你最好是畏懼我，而且你絕對有理由。現在走吧！」

如剛才進來時一樣，他的祕書扶著那女人走，在通往下個院子通道前，那女人再次回頭，額爾金伯爵揮了揮手。汗水沿著他的太陽穴流下，在他的胸口壓著看不見的重量，令他幾乎無法呼吸。從他的喉嚨發出沙啞的聲音。

他再次醒來。

瑪麗路易莎躺在他身旁睡著。在窗簾後面遠方的群山發出白色的微光。憑著鋼鐵般的意志，他設法撐起來自己喝口水，不要叫醒他的妻子。時鐘指著三點一刻。有時他意識到在他面前打開的通道，是他必須通過的最後一道大門。如同呼吸一樣費力，他心一樣沉重的跳到最後。麥克雷醫生說，心跳停止後，大腦還會繼續產生影像一段時間，然後一切慢慢消失。

一切不是匆忙發生，他喜歡。

朝聖者之家，他心裡想著。他走了一條多奇怪的路。現在除了如約伯那樣做好準備之外，他別無其他事可做。你要如勇士般束腰！上帝打發走那些假虔誠的朋友，因為他們沒有像他的僕人一樣以正義之言說他，儘管他的僕人罪過在於說上帝不公。因此只有兩種可能性：如假虔誠者般說話，或者讓自己有罪。而約伯的故事毫無疑問說明了上帝更愛何者。「我問你，你可以指示我！」全知的世界創造者如此說？祂為何種知善惡樹？無論神學家如何說，上帝需要祂的創造物才能知善惡。沒有原罪是不可能的。

額爾金伯爵將一隻手放在胸口，感覺全身冰涼。我快死了，他驚訝地想。他曾答應過妻子，如果可以的話，叫醒她。但是他辦不到。她一直對他很好，她已經等待他多年，他渴望和她在一起，但是最後的一步他必須獨自走完。群山在夜裡閃耀，彷佛要指引他道路。在英國沒有人會為他寫頌歌，名譽的光環就保留給別人，他覺得這樣很好。詩人所歌頌的完美不存在。帆船入港，帆已降下。在達蘭薩拉有何不可。

人居尊貴不能長久，如同死亡的畜類一樣。

不是西敏寺大教堂，那不是他的。他的墳墓在喜馬拉雅雪松下。

閉上眼睛，他可以看到那墳墓。

洪秀全

夜間露水降在營中，嗎哪也隨著降下。露水散去之後，沙漠中的土地上布滿如白霜的小圓物。百姓四周行走，把嗎哪收起來，或用磨推，或用臼搗，煮在鍋中，又做成餅。但是以色爾的孩童不知道那是什麼，直到摩西對他們說：這就是主給你們吃的食物。

他心想就是嗎哪，而且決定翻譯成甜露，他覺得這名稱似乎更合適。在大移居的記載中不是說那東西甜如蜜，樣子像芫荽子嗎？現在小天堂的物資已經用盡，為此他派遣使者。因為雲南、四川及湖北，甚至天京附近都有芫荽。但是這些人都沒回來。大蛇妖希望他的百姓挨餓，而不是為長征恢復體力。

他心裡想著薄餅。《聖經》中說滋味像烤的油餅，但是是什麼做的呢？自從春天到來，他讓宮女收集沾露水的葉子，加在麵團裡烤。有一些人吃了之後喪命。他究竟做了什麼而無法在主的眼中得到恩惠？所有百姓的重擔都落在他身上，一大群王為他做夢，但是沒有人用天父的聲音說話。他自己的夢是關於東王升天那一夜。天父要他自己喝甜露？

砲轟聲越小聲，他聽到的呻吟越是大聲。女人穿著潮溼的長袍臥在院子裡舔著露水。每個人按自己的分量收集。以色爾的孩童吃嗎哪吃了四十年，直到他們來到他們該居住之地：他們吃嗎哪直到迦南的邊境。迦南——他應該帶領他的子民前往之地一定在南方深處，可是誰曉得究竟在何處？應該告訴他答案的使者還未現身。

四十年，他心裡想。不是七年也不是十四年，而是四十年。將會是荒年，就如同他自己越來越瘦弱一樣，他的子民將會像摩西帶領穿越沙漠的以色爾孩子一樣發怨言。當怨言傳到主耳中，祂憤怒發作，使火燃燒，燒毀了營地的邊緣。在小天堂也會發生同樣的事嗎？干王說這兒的百姓也在抱怨，大火吞噬了城牆外的土地。他們已經忘記他作為天王昔日如何手持寶劍帶領他們了嗎？他們忘恩負義如同那群人，摩西告訴他們：到了晚上你們應該察覺是主將你們從以至比多領出，而早晨你們將看著他的榮耀。

而主的榮耀可視為燃燒的烈火。

抱怨者必須燃燒，他決定了。惡人必須用浸油的布裹起來，然後依照主的怒氣所要求的，讓火焰吞噬。而且小天堂將如大家所稱的慾望的墳墓，因為貪欲之人必須埋葬在此處。但是他必須喝下那杯甜露，因為他是天王。他必須喝甜露四十年，於是他走到外面的花園，那些女人躺在草地上。此刻是清晨，她們消瘦的身體上還穿著睡袍，但是他向她們展示了他的榮耀並且命令她們保持安靜。因為她們的悲嘆不是違背他而是違背主。

然後他與她們躺在一起，並且遵照天父的命令舔甜露。

二十四、續夢庵

將軍裸露上半身躺在床上。在祁門有人向他推薦了一種用枸杞果肉做成的藥膏，這藥膏的確減輕他背部的發癢，至少暫時。陳姑娘用一枝舊毛筆幫他塗在背上，她一邊塗，一邊輕聲哼唱〈蘇三起解〉以及其他的京劇曲子。當中他幾次打盹，她一走音，他便嚇醒。廚娘在外面的院子忙著清理碗盤。他的幕僚離開書房，隔壁想要見將軍的人，都被推遲到隔天早上。長久以來，除非有緊急的要事他不見訪客。今年春天一開始便下大雨，長江上籠罩著白霧，然而他的皮膚猶如乾涸的河床。他懶洋洋的想著天理。最近他突然失去了味覺；一如往常他早飯吃白米飯，剛開始他以為是老米或者煮太久了。但是陳鼐向他保證，那是從湖南來的新米。《孟子》一書中提到：「心之所同然者何也？謂理也，義也。聖人先得我心之所同然耳。故理義之悅我心，猶如芻豢之悅我口。」為了確定，他用茶漱口，但是仍舊只嘗到久放變味的水味，此刻他嚇了一跳，因為毛筆的毛鑽進皮膚裂開的部位。他的妾驚嚇得停住。或許他該叫個士兵來幫他塗背部。

「妳得更小心點，」他嘀咕道。他的幕僚幫他找來了陳姑娘，但事先並不知道她的病情。若是她咳得太厲害，他會要她到其他房間睡，但是最近她甚至咳出血來。他已經猜到這意味什麼。他心裡想著「人滿則天概之」。過去兩年，安慶已儼然成為帝國的祕密首都。年輕人從四面八方湧來，他根本無需召喚，他的名聲已有足夠的號召力。有些人已取得功名，想要協助編纂王夫之的著作；有些人則在南方從蠻夷那兒學到了東西，而在港口建造他們所謂的蒸汽船。洋人的船航行之所以不需要風帆，原來是他們利用煤火與氣的混合。有一個人自稱在美國一所優秀的學校畢業，而且是教育問題專家。在戰爭中您想要教育誰，將軍問，並當場要他回去：他應該多買一些產生「氣」的機器，此類機器也可以用來生產武器。

他們有大量的銀，關稅所收的銀兩如溫泉般滾滾流出，僅廣州每年就有稅收五十萬兩。當初在祁門時，他擔心付不出大營的租金，而在這兒整個城市屬於他。他的軍隊如虎添翼，統管三個省分，負責鹽與穀物的交易，購買大砲，建造船隻，是一支總共三十萬名士兵的大軍。即使他因為腿發抖，而早晨幾乎無法起床，普天之下沒有比他更有權力的人。京城的皇帝還是個小孩，皇帝的遺孀是個女人，恭親王是個對她唯命是從的懦夫。他曾國藩讓帝國不致分崩離析，問題是，還能撐多久以及必須付出多少代價。

「老爺，這樣好些了嗎？」陳姑娘低聲問。

「妳究竟知不知道妳哼的那些戲曲的故事？」他問。他不喜歡她叫他老爺，可是考慮到年紀的差距他也想不出更適合的稱呼。「妳爹沒教妳，女人家哼淫曲不像話嗎？」

「他不常在家，而且他經常得……」

「如今他已退休，除了跟著妳走無事可做了嗎？我不喜歡妳爹娘住在安慶。近日我不得不答應妳娘，萬一妳有不測，必須將妳的遺體運回家鄉。我告訴她這件事我來操心就好。她如何回答？大人不需為這種小事操心。我給她錢就行了，原來她要的是這個。」突然沉寂了片刻，陳姑娘用手摀住嘴，她要不就是想止住咳嗽，要不就是讓自己不要哭出來。她是湖北一個窮困小官的女兒。他出於羞愧才對她如此粗野？在他的家族中納妾並不常見，可是他該如何呢？孟子曰：「所以謂人皆有不忍人之心者，今人乍見孺子將入於井，皆有怵惕惻隱之心。」人與禽獸的差別在於人有惻隱之心，有羞惡之心，有辭讓之心，有是非之心。惻隱之心，仁之端也。羞惡之心，義之端也。辭讓之心，禮之端也。是非之心，智之端也。人之有是四端，猶如其有四體。將軍感覺到藥膏有一部分從側面流下，他用手擦拭。若是一個人一無所有了，會如何？若是心如他的背一樣乾透了，如他的嘴一樣麻木呢？非人也，他心裡想。然後人與禽獸之間的界線變得模糊。

「我可憐的爹娘為我擔心，」陳姑娘低聲說。

「妳咳成那樣子，也難怪了。」

「也許我該去他們那兒睡一陣子，如此一來夜裡就不會……」

「不必裝作如此體貼，」他嚴厲地說。「事實上妳只是迷信。」她最近承認她覺得住在這鬼影處處的廢棄王府很可怕。就連廚娘也是幹完了活就趕緊逃離，以免在夜裡聽到院子裡那四眼狗的哭嚎。在戰爭中陰陽兩界界線消失，人人知道，而在安慶你能逃到哪兒去？如今住在此處的人都不是本地人，這兒是座鬼城，許多房屋仍然沒人住。這兒幾乎沒有婦女了，因此他的幕僚必須前往湖北去找。「繼續，」他不耐煩地說道。「免得藥膏乾了刺得發癢。」

「老爺，藥膏用完了，要我再拌些嗎？」

他厭煩地睜開眼睛。雨季快過來，傍晚前牆上閃爍淡黃色的陽光。除了書籍之外，他沒帶任何私人的物品，王府裡原本有的他覺得足夠了。他想知道，一個人若是除了希望一切趕快結束，別無所求，還是人嗎？早晨他穿過塵土飛揚的巷弄走到港口，然後要士兵解釋他們幹的活。秋天時中國的第一艘汽船下水，從那之後，他想知道造船是否也符合朱熹所謂的格物窮理。為使宇宙井然有序並且煥發美德，是否可從擰螺釘開始？回程的路上他順道去看看謄寫人員，讓他們展示王夫之文集的進度。晚上他讀了幾行，起了某種思鄉之情，曾經屬於他的生活記憶已褪色。書房與書籍、書法與詩歌、新鮮的墨香。此時他翻身，無視膏藥弄髒了床單。

「昔日南方有位來自湖南的大儒。蠻夷入侵時，他還很年輕，正準備參加會試。他放下書本，組織了一支農民軍對抗入侵。一段時間之後，他還是放棄，返回家鄉。他這麼做並非貪生怕死。他所屬的朝代已經滅亡，他沒有理由繼續活下去。但是他還是歸隱山林，堅持著述四十年。他窮到沒錢買紙，就到酒館要舊帳本，用背面來寫。他的許多著作已經永遠遺失，如沉入海底的寶藏。」他感覺到自己眼淚差點掉出來，他沉默不語看著陳姑娘。她並不美，灰色的皮膚看起來彷彿墨水中水過多一般。此外他的思緒漂流過腦海沒有留下任何痕跡。那就像他在找東西，但是忘了在找什麼。今早信使抵達帶來消息，接下來幾天會有難應付的來客。他心想，當一個人再也無能為力時，能做什麼？王夫之寫下〈悲憤詩〉。

「我還能做什麼討老爺歡心的嗎？」陳姑娘將手輕輕放在他的肚子上。但是他只顧著繼續說。

「當明朝著名的清官海瑞死的時候，人家清點他家裡的財物，發現只剩二十錢銀子。連個像樣的葬禮都辦不成。或者拿戚繼光的例子，他可說是百年難得的大將，最後罷官回鄉，最後病倒，家貧甚至買不起藥，孤單死去而且被人遺忘，這並非僅是他個人的命運，而是一整個時代陰陽失衡……無人能阻止，妳明白嗎？漂流已變成激流。」

「也許我給您稍微按摩一下？」她問。

「妳也許認為我的情況會好許多。別如此確定，姑娘！與我們的時代相比，他們的時代幾乎可說平靜安逸。」他撫摸她的手片刻，感覺到她手指的冰涼，然後又放開。在那偉大隱士的文章中，他讀到令他一再思考的內容。朱熹從範例中找出存在於自然界以外、不變的、形式之外的法則——亦即反映在萬物中的理，如同水中映出的月亮。他寫了太多關於此的文章，以至究竟是何範例已經不再清楚。而王夫之則認為唯有存在內部的某物能從內部決定事情的走向。因此為求辨識，不能專注在細節上，而是必須審視整體，人所生活的時代有其陰陽平衡——或者沒有。在他的手稿中有一說法是將軍從前沒注意到的。勢是力量，但是王夫之用這個字表達萬物都有一發展的趨向。像是自發，但是又不完全是自發。猶如漂流。例如一個窮人有了錢，內心便起了貪婪，試圖增加財富。若一名學生崇拜老師，內心便會希望追上老師的腳步，因此會變得更好學更勤奮。趨勢、漩渦、漂流，不管如何稱之，都是人的行為結果及其原因。問題是，人是否能夠控制？更確切而言，可以做到何等程度？將軍僵硬如木板般躺在那兒，他感覺到陳姑娘的手指開始撫摸他。於是他閉上眼睛。趨勢的關鍵並非方向而是有一個再也無法逆轉的點。年輕的王夫之對抗入侵的蠻夷時，一定是明白了這一點。否則如此忠誠的人，豈會棄甲返鄉遁隱深山？一想到這兒，將軍的思緒便轉到船山山腳。就在山中某處，王夫之四十年嘗試將自己的見解寫下：一王朝失天命並非是在敵軍占領首都之時。其滅亡並非發在顯而易見時，而是循著一個趨勢，此趨勢早在之前很久就已經顯露跡象。並非河川氾濫，饑荒遍野時，而是當像海瑞這樣的人死的時候，身後只留下不到二十錢銀兩。若那時代最偉大的將軍辭世，而未載入朝廷的編年史中，那麼漂流已經到達無可逆轉的點，流勢太强大，已經不可擋而開闢新道。王夫之歸隱山林是時代允許他的最後忠誠之舉：他在著作中記錄下除了他自己無人想看到且已塵封五十年的朝代命運。將軍心裡思索著，當人再也無能為力，剩下的只有續夢庵。

當陳姑娘想用另一隻手幫忙，他搖了搖頭。他頓時感到一種穿透一切，巨大到幾乎令人愉快的聽天由命。他張開眼睛，露出了如善良老人般的微笑。「給我一杯水，」他吩咐。他大口的喝完她端來的那杯水。早上信差抵達，通報接下來幾天……他剛剛不是才想過這事？就是李鴻章想來拜訪他，這是兩年來第一次。「這小子有麻煩了，」他喃喃說道。他伸手輕拍他小妾的臉頰。「否則他為何突然來拜訪我？」

「老爺，誰有麻煩了？」

「妳別說妳什麼也沒聽說。所有的人都已經相當緊張。他這蘇州英雄想要什麼？他當然沒有交代信差任何信息。他認為他能使我措手不及，但是我太了解他了。」

「他一定是來向老爺將軍求教的。」

「老爺將軍，瞧妳怎麼叫的！」他責備的舉起手指，然後再次滑過她的臉頰。「我弟弟帶兵圍攻南京兩年，如今李鴻章想在南京淪陷時也來分一杯羹，因為他與他那些蠻夷朋友鬧翻了。到廚房去吩咐他們，晚飯只吃白米飯及青菜。那位貴客幾天之後才會到。在此之前我們還是過戰爭時該過的日子。」

「我是不是該先將背擦乾淨？」

「我自己來，給我一條溼布。」他吃力地坐起來，揮揮手要她離開房間。李鴻章已經擁有他自己的軍隊，而且是江蘇巡撫，但這些對他而言還不夠，南京是他希望獲得的獎賞。戰爭即將結束，也引起各方的覬覦。對他曾國藩而言已經太遲。他沒有一絲勝利的喜悅，他將進入敵人淪陷的首都，然後返回家鄉，但是他再也無法享受那些他原本鍾愛的豐盛辛辣美食。一切味道嘗起來只像沒有調味的清淡豆腐。當他再次躺下，他已經忘記剛剛腦子裡最後想的是什麼。即使是年輕女子也喚不起他感官的慾望。他閉上眼睛，感覺到微微的暈眩，他自言自語的道出最能形容自己目前狀況的四個字：行屍走肉。

出乎意料之外，這位貴客不是坐船來的。他到達的前一天信差來通報，江蘇巡撫的轎子正通過集賢關，顯然他是繞道先回他的家鄉合肥一趟。將軍吩咐僕人準備客人下榻的地方，並且要廚房準備比平常豐盛的飯菜。他打算絕不能答應他學生的要求，但是他也不願激怒他。在京城這有魄力的年輕人享有蠻夷通的盛譽，至少在最近一次的事件之前是如此。轎子進王府時，將軍站在窗後，觀察一切。一開始他似乎有些困惑，不是將軍本人而是由老同僚陳鼐來迎接他，但是很快他又神色自若。在院子裡拔雞毛的廚娘，停下來片刻，看著這位身材高大的客人立刻走進屋裡，彷彿他是這屋子的主人。將軍坐在書桌後面。陳姑娘因為發燒躺在隔壁房間的床上。他有些惱火沒將她送到她父母那兒一段時間。

「大人！」他學生巨大的身影已經填滿門框。

「少荃，久違了，見到你來，太好了，進來！」他坐著接受來客的問候，並指著給訪客的椅子。自從李鴻章在安徽建立了自己的軍隊，並且帶兵順江而下，他們便未曾再見過對方。如往常一般，他的前額剛剃過，長袍上沒有汙漬，沒有皺紋。他環顧四周，毫不掩飾他的沾沾自喜。他似乎在想多簡陋的屋子。自綠營慘敗之後，第一次再有巡撫駐防蘇州，他很可能對那兒的府邸徹底翻修之後才搬入。

「你看起來十分愜意，」將軍說道。「可否有忠王的消息？」自從四眼狗受千刀萬剮之後，長毛只剩一個厲害的將領。

「據說他在江南籌集新兵。若真是如此，他必須到偏遠之地才找得到人。這地區已經全毀了。南京現今的戰況如何？」一如往常他的自信讓他有話直說。但是將軍搖搖頭。

「我們是不是該先談談蘇州發生的事？我很想知道你從中得出什麼樣的結論。」

「沒有什麼特別的，」他的學生從容的回答。

「那你該給我一個解釋。到底發生了什麼事？據說剛開始你與那些洋人僱傭兵相處得不錯。」

「他們的第一位將領是個幹練的士兵，很遺憾在攻打松江時喪生。他的繼任者是個酒鬼，我立刻想裁掉他，但是英國大使堅持要由美國人來領兵。民兵不能看起來像在為英國服務……大人，他們非常虛假，而且行事衝動。那個酒鬼打了我們的一位資助者一個耳光，我不得不解僱他。他立刻就帶了幾個士官叛逃投靠長毛的陣營，此時長毛的陣營早已經陷入絕境。」李鴻章坐在他面前，露出對此不屑的冷笑，卻毫無將軍原先預期的任何悔悟。「他所謂的軍官是你想得到最墮落的傢伙。其中一個滿嘴金牙，缺錢的時候，就讓人打掉一顆。另外一個有一隻眼珠子是玻璃做的。他們叛逃正合我的意。我們拿回蘇州時，大部分被捕，有幾個逃掉了。」

「你處死了那些抓到的人？」

他的學生搖搖頭說：「我們暫時還不可以殺洋鬼子。」

「這麼說，你信上寫的衝突又是怎麼一回事？他們為何驚訝你不遵守協議——什麼協議？」房間裡十分悶熱，將軍竭力忍住想將背靠在椅背上摩擦的衝動。陳姑娘病到無法幫他治療背。而她的母親每天早晨來要買藥的錢，但是她根本沒買。聽到從隔壁傳來的咳嗽聲，他的學生挑起眉毛。「是我聽說的那個女人嗎？」

「繼續說，」將軍說。「我需要有人照顧我。」

「她似乎也需要有人照顧。」

「占領蘇州時到底發生了什麼事？」

「那個酒鬼的下任終究還是英國人。大使終於同意了。很奇怪的人，但是可信賴。名字叫戈登（Gordon）。他同意我們支付民兵的費用，而且由我決定部署在何處。蘇州被包圍，為了避免不必要的流血衝突，他和長毛談判，城裡發生了衝突，那幫匪徒不得不先殺了他們的一個將領，但是最後他們出來了。戈登向他們保證不會有事。唉。」李鴻章露出邪惡的笑容。「他們還是出事了。」

「蠻夷以為我們會放過他們？」

「大人，他們就是如此。他們喝酒嫖妓，走私鴉片，掠奪整個城市。但是當他們向匪徒許諾要他們投降時，又講什麼信用了。幸好戈登得知情況時，我已經不在那兒，否則他一定會讓我一槍斃命，據說他大發雷霆，所有蠻夷都怒不可遏。」

「我希望你學到教訓，」將軍說。「你以為你認識他們，從一開始你便認為你是唯一懂得如何與他們打交道，並利用他們達到我們的目的的人。租用他們的船。如今呢？」

「對我們而言他們起了作用，不是嗎？若不是他們的協助，忠王必定提早帶著軍隊回到南京。那將危及整個圍攻。」

「有必要在他們面前處死長毛嗎？」

「我們本可以先將他們囚禁，其餘的在無人注意時解決。」

「但是你並沒有如此謹慎。」

隔壁房間再次傳來咳嗽聲，李鴻章裝作注意力分散。他瞥了一眼門，清清嗓子，然後滿意的説道：「我就是要他們看見。朝廷不是下令要我們派他們前往南京，好讓事情快點解決？我記起恩師的話：只能在沿海地區，絕不能進內陸。蘇州是他們最後能幫助我們的地方。之後要他們遠離南京就困難了。」

將軍一時無言以對。

李鴻章繼續説道：「他們的領袖，不是大使而是他們國家的主子已經下令禁止英國人加入民兵組織。我們不再需要他們，費用太高了，已經沒有這組織。我該有什麼結論？在我看來還是值得的。」

他學生蠻橫行事的決心，將軍再清楚不過。但是他沒想到他手腕如此麻利。他搖著頭説道：「少荃，這麼多年了，我是不是還是低估了你？」

「大人，我觀察他們。他們喜歡談論榮譽，但是他們還是受貪婪驅使，而且好奇心使他們令人捉摸不透。他們不覺得對祖先和古人有義務，而是向前看。他們總是想改變一切除了自己之外的一切。在他們的國家信件已經不是由馬來運輸，而是經由地面上的鐵條。大型的鐵箱縱橫全國各地。我們仍然有很多可以從他們那兒學的東西。」

「但是我們從他們那兒學得越多，就越像他們。」

「他們逼得我們別無選擇。將來有一天我們能用來擊敗他們的武器就是他們的武器。」

將軍叫陳鼐進來，要他去叫人送茶來。這是長久以來談話第一次令他精神一振而非疲憊。他真想看到那蠻夷當時的表情，當他明白不是他説的話算，而是他中國上司的話時。「你走陸路是為了繞過南京？」當房間裡又只有他們兩人時，將軍問。「我聽說長江近日很安全。」

「長江是我們的。船隻不會再受攻擊。再說，我並不是從蘇州來，而是從京城。」李鴻章舉起手表示安撫，彷彿預期老師會生氣。「皇太后想知道蘇州發生了什麼事，至少她信上是這麼寫的。」

「為何我毫不知情？」將軍急切的俯身向前。

「我以為大人知情，但是事實並非如信上所寫，蘇州只是一個藉口。蠻夷目前在北京並非要事。」

「那什麼才是？」

他學生開口前，短暫回頭一瞥的樣子已經藏著答案：「朝廷中已經在流傳趙匡胤的對照，人人欲知何事阻止恩師成為下一位建立王朝的大將軍。」

「趙匡胤是受將士請求登基為帝。」

「今日有其他理由，不需眾人請求。皇帝還是個孩子……」

將軍用力彈舌打斷他的話。他並不感到驚訝。政變發生之後，皇帝的遺孀立即給他許多賞賜。命他為欽差大臣。而且載滿絲綢、皮草及珠寶的船抵達安慶的港口。他的幕僚還開玩笑說，他顯然會受引誘而去建立自己的王朝。但是他心裡明白，這些賞賜並非證明對他及他所帶領軍隊的尊崇。過去不少人人頭落地，並非因為他們想要推翻朝廷，而是因為他們有可能辦到。這些榮寵是要讓他清楚知道，他位高權重，一旦跌落谷底就會粉身碎骨。「你認為如何？」看他學生一語不發看著他，於是他問。「我是指關於皇帝的遺孀。」

「隔著簾幕，我很難有任何深刻的印象。」

「你和她談了很久？」

「比平常久。她直言無諱。她問：曾國藩是否忠誠？」

「你讓她安心了嗎？」

「我說我不知道。」

有片刻時間他認為他的學生想對他挑釁，但是那當然只是虛招。「你認為若是你不如此回答，她會認為我們狼狽為奸。」

「她知道，我有今天，比起我父親我更該感激誰。」

「而你相信若是你如此回答，她不會看透，你不過是避免引起她對你懷疑？」

「大人，說實話，我很驚訝。這是她問我的第一個問題，我才剛行完叩拜禮。這女人太厲害了。」

「一個有謀劃的女人，我的恩師已經跟我說過，那時她還只不過是衆多嬪妃中的一個。你見到穆順了嗎？他深知她的為人。」

「他們不讓我見到他。沒錯，她有謀劃，但是還沒有人知道究竟。總之在她兒子長大成人足以掌政之前，她絕對不會交出大權。之後也可能不會。」

將軍幾次點頭。他不畏懼死亡，但是他不想像當時的幾位親王，成為一個女人的犧牲品。「還有其他事嗎？」他問。

「僧格林沁再次受她重用。我聽說她派他防衛湖北與安徽之間的邊界。」

「防衛……防備我的軍隊？」

「我斗膽提問：攻陷南京之後恩師有何打算？」

將軍彷彿聽到外面院子有聲音從遠處傳來。在他面前王夫之的手稿上有他自己越來越潦草難辨的註解字跡。勢同時意味「權力」與「趨向」不是合理的嗎？人有越多的權力就越無法控制，人不是擁有權力，而是被權力推到一個再無可逆轉的點。「少荃，你來此地有何目的？」他問。「是她派你來的？」

「當初在祁門時恩師曾對我說：你不知道在京城有多少人以懷疑的眼光注意我們的一舉一動。如今我知道了，但是這不只是因為我們軍隊的規模。皇帝的遺孀也很想知道為何一個聲稱滿族是沒仁心的蠻族的人，其著作會在安慶付梓。」

談話使他短時間振奮，此時他再次感到疲憊，眼皮沉重。若是皇帝遺孀知道他如今的狀況，想必她會將僧格林沁的軍隊留在北方。難道沒人看出來他快沒有人樣了嗎？朝廷真的都認為他想建立新的王朝自己當皇帝？他連舉筆都有困難了！他低聲說道：「十二年前，我母親過世之後，有一位老友來祭奠。當時我剛接到詔書要我組織團練對付長毛。我想拒絕，按照習俗守喪，但是這位老友說服了我。我們在翰林院相識，昔日在第一次與洋番戰爭時期，他協助編纂至今尚未完成的王夫之文集。我們在湖南各處收集手稿，但是後來長毛來了，這位朋友不得不逃到山上。那版本的印刷版被發現而且銷毀，多年的努力付諸一炬。我們再次相逢時立下決心，只要有機會我們一定要完成這志業，作為勝利的標記，用以證明我們有那些禽獸所缺乏的。如今戰爭即將結束，再過不久所有的匪徒都會死。但是我們還有什麼？我們造船造大砲，而且毫無疑問我們需要這些東西。但是如王夫之這般人的智慧呢？」他面帶微笑喝了一口茶。「我們是否該拋棄他某些在我們看來不合時宜的見解？我們將猶如嫌棍子手杖重不想要棍子手杖的盲人。」

「可是時機對嗎？」

「要決定，必須先知道我們處在什麼樣的時代。」

「我恐怕不解恩師的意思。」

「我明白，」他說。「我們倆都不再是讀書人。我們還有功名，戰爭已經奪走我們此外的一切。聽你說到地面上的鐵條。我未曾希望自己成為戰場上的將軍，儘管如此我仍舊必須承擔重責。我未能為我父母服喪，而是招募了一支軍隊。我未能教導弟弟，而是不得不埋葬了其中兩個。而第三個在南京城下，彷彿也將不久於人世。我能做的已經不多，但是若是有人想阻止我編集那些手稿，那得先砍下我的頭。若是你想要，可以去稟告那厲害的女人，這便是我忠誠的形式。此刻我們先來談談別的，如昔日一般。」

他的門生遺憾的搖了搖頭。「我已經派遣了一名信差先行，港口有一艘船在等我。」

「你今天就離開？」

「大人，非常遺憾。我不能棄我的軍隊不顧太久。」

「隨你的意思，」他說，而且並未掩飾自己心中的失望。「我命令人為你打包路上吃的一頓飯。」

當他們到外面，太陽仍高掛在城市上方。將軍做了必要的吩咐，然後兩人坐在遮蔭下的長凳上等待。他從眼角打量他的學生，他似乎不急著談自己在南京戰役中的角色。國荃圍攻南京已經兩年，這是這場改變一切的戰爭最後的階段，只是沒有人了解這意味什麼——一切。當李鴻章抬起頭，將軍比他先開口說：「只是時間的問題。我弟弟命令人從四面八方挖地道。在他們到達太平門之前不久，同時會在其他地方發動攻擊，以分散守衛者的注意力。我們知道他們缺糧食，他們的戰鬥力已經消耗得差不多了。」

「我幾乎不再想這事了。」

「你一定想過。而且你理應一同征服南京的，可惜不行。」他將手放在他學生的肩膀上以示安慰。「當初攻占安慶之後，我與弟弟站在這兒。我指責了他的錯誤，卻未想到他有多在意。自此之後他領軍打仗，猶如想與軍隊同生共死。他們挖壕溝將自己埋在雨花臺前。忠王帶了十二萬兵來，國荃只有不到一半的人。我天天求他要不請援兵要不就撤退。直到他寫信告知我，敵人軍隊的糧食已經不足。沒錯，他的士兵也有餓死病死的，像我么弟。當你的信差抵達時，我知道你想要我做什麼，但是我希望你可以接受。國荃不會與任何人分享勝利，這是他的。」

轎夫從旁邊的一棟建築出來，準備好出發。將軍心裡想著，在這遮篷下他們原本可以坐著好好聊天，甚至下圍棋，可是他今晚恐怕得整夜聽陳姑娘咳嗽。李鴻章開口：「我一直以來便認為，攻占南京應該留給恩師與他的家人。這殊榮不屬於我。」

「少荃，我以你為傲。」他幾乎感動得說不出話來。「自從你回到祁門以來，未曾再犯任何錯誤。若是沒有你與洋番的合作，誰曉得會發生什麼。我相信朝廷會給你適當的獎賞。」

「那恩師呢？」他的學生問。「您會如何？」

「我已經奏請卸職養病，我會遣散大部分的士兵，並且歸鄉隱居。編纂印行王夫之的著作是一件事，而且我也想找到他潛心筆耕的地方。若是朝廷不召喚我，我絕不再離開湖南。」

「辭官退隱，」他的學生謹慎的說，彷彿在學一個新詞。「那地方叫什麼名字？續夢庵。」

將軍毫不遲疑的站起來。「一定在某個地方，在家鄉的某個地方。」

陳鼐來向老友道別，然後將軍抓住轎子的簾子，好讓李鴻章上轎。轎子的內部對高大的李鴻章而言幾乎太狹窄，坐在墊子中間大概不舒適。「恩師對住在自己征服的城裡內心感到滿足嗎？」他大笑，並示意轎夫起轎。轎子的木條因為重量而彎曲。將軍沒有回答，他鬆開簾子，並且跟著隊伍到大門口。他看著遠方的長江源遠流長，平靜而且寬闊，如大海。片刻間他感到悲哀，那清晰的感受甚至令他心安。他的學生當然知道，占領敵人的首都是戰爭中最棘手的部分。一座有十三個城門的城市！若是有任何一個匪徒的首領逃脫，朝廷定會追究責任，重罰負責的人。若是他們太殘酷，與太過寬容同樣會給人抓住罪責的把柄。這究竟有何差別？他心想。轎子慢慢在他的視野消失。他站在那兒，感覺淚水從臉頰滾落。安慶只不過是一具骷髏，土灰色且空蕩蕩。最糟的時刻真的還未來臨？他的學生提到地上的鐵條。蠻夷有大砲，可以在遙遠看不見的地方發射。死亡如青天霹靂般擊中一個人。這比劊子手的刀好還是糟？他以驚恐的目光注視著大河，那條大蛇來自世界昔日的盡頭。如今西方開始一個新時代。他思索著，他們與我們之間也許曾經存在過差異，但是不久將只有兩種蠻夷：飄洋過海來的洋番，以及誤認自己是中國人的蠻夷。也許他的學生就是其中之一。或者是他的弟弟。無論如何，責任都在他身上。將軍全身顫抖的站在這座城市的最高處，而且領悟到他剛從那時的夢境中醒來。

不僅是回頭路消失了，也不再有隱居處。

無名氏之見

很快他們就會來捉拿我了，幾天前祕密警察首次來印刷部，對所有人進行問訊。到目前為止沒有人吐露任何消息——或許沒有人知道——但是如果已經懷疑到我們的部門，那可能不會太久了。我不太小心，在我迷惘的內心深處希望向他們招認：是我寫的，那是我的文字，我一點也不感到可恥。然嚴格而言二者皆非，那是海瑞的文字，我將其說成是我的，當中恐怕夾雜了許多虛榮心。無論如何，最近我總是等晚上家人都睡著了才回到家。我無法面對他們的目光。

萬一我被捕了，我的家人該如何？若是湘軍占領了南京，他們會發生什麼事？因為那也是遲早的事。我以將自己的良心置於所愛之人的福祉上為榮。或者以天下為己任是自以為是？我沒有任何答案。問這些無論如何已經太遲。圍攻者從四面挖地道，在我被抓之前，也許敵軍已經將我斃命了。我寫這文章時，一再停頓傾聽四周動靜直到深夜。我們從一開始便生活在恐懼所孕育的沉默中。

不久前的一個傍晚淑華來印刷部找我，令我大吃一驚。我當時正在寫海報，她突然站在門口，為我送來一碗豆漿。我不知道她是否察覺到什麼。她問起東王的事。當我告訴她事情的真相時，我可以從她眼神看出這令她非常痛苦。她年紀輕輕，但是因我她不得不經歷如此多的苦難。知道她即將面對最悲慘的厄運，令我心傷。當初我為何不留在貪汙的巡撫身邊，默默履行我的職責就好？我的妻子不知多少次哀求我只要妥協一次就好，而我多自以為是，不願那麼做。如今我們一家都難逃一死，何故？因為我！

我無意間在印刷部倉庫發現了一本《聖經》。非天王印行的版本，而是洋人帶到中國的版本。若是不知道那些奇怪名字的意思以及那些地方在何處，很多內容很難理解。但是有些東西感動我，如同古文的質樸。讀得越久，我越明白離天兄耶穌的教導有多遙遠。我來到這兒時，寄望的是一個沒有腐敗官僚的新中國，但事與願違，並非天王一個人的錯。我們所有人都有能力擁有最高的理想，而做出最低賤的事，而且還經常利用前者來為後者辯護。海瑞因他的操行及膽識受讚揚理所當然，但是無人知曉，他的妻妾死的那一夜發生何事。總之目睹一切的老天爺未讓他留下子嗣。晚年在痛苦中他還建議朝廷剝貪官汙吏的皮以示眾。他真的認為如此一來可以阻止敗壞，提振道德？

人性本善，或者生來有罪？我不知道。我一生尋求真理，但是求之不得。此刻我孤孤單單，如老海瑞一般，憂心忡忡傾聽黑夜。

二十五、悖逆之子

南京，一八六四年夏

一夜復一夜他注視敵人的眼睛。戰鬥持續了兩年，如今天京突然沉寂下來。砲聲平息，叫罵聲停止，居民憂心忡忡的想知道接下來會發生什麼事。如蜘蛛網般的地下隧道交織在周邊地區。圍攻者沒有轟炸這城市，而是在地下無聲的準備攻陷此城。你聽到什麼了嗎？每當百姓在街上駐足便互相竊竊私語。塔樓上的守衛監視著可疑的土堆隆起，或者泛黃的草叢，那很可能就是敵人活動的痕跡。一旦發出警報，就必須火速挖掘所謂的反地道，在敵人太接近城牆之前透過這些反地道將煙或汙水灌入地道。這是危險且經常會致命的任務，因為不安全的井穴容易坍塌或者雙方坑道相會——此時交戰的雙方面對面近在咫尺，拿著釘耙及鏟子便開始互相攻擊。每天夜裡他都隨著在第一線。士兵目光中閃著嗜血的慾望，他想逃，但是全身如癱瘓，醒來之後尖叫聲還留在唇上。

一隻手放在他胸口安撫他。月光從雕花的窗子照進天恩閣。以利亞撒．羅伯茲曾經居住過的骯髒陰暗洞穴已經變成明亮的庇護所，這裡的家具是由檀香木及黑檀木製成，牆壁上掛著書法，架子上還放置著韓國瓷器。在床上女人為他擦去額頭上的汗水，那張床在後面的房間。他醒來，不敢再睡著，等待天明。聖皿王，白天大部分的時間他花在對抗自己因無功而得的特權所導致的良心不安。固定的日程安排是每十天覲見干王。八人抬的大轎子會準時到大門口來接他，他彷彿漂浮過夾道的竊竊私語聲。在很多房屋的牆上寫著口號「人人細聽妖魔惡作」。他們貼公告尋找聽覺特別敏銳的人，若是沒有足夠的盲人來報到，據說他們便抓走看得見的人毫不猶豫的將他們弄瞎。敵方密探散布的謠言為的是煽動百姓。事實上如今想走的人都可以走。但湘軍逮捕所有逃亡者，再將他們遣回，加劇饑荒。他推開窗簾，目光落在「祈則獲福，疑則毀滅」的字樣。他幾乎未曾發現過他夢境的回應，他希望洪仁玕能告訴他，他應該夢見什麼，但是他的朋友可不願冒這個險。最近他才接下教導天王之子的重任，這是他逐漸平反的先兆，他可不願因為擅自行事自毀前程。

隨你想夢什麼就夢什麼，上次他這麼說。

轎子內掛著紅色絲綢。他的目光沿街掃過，但是直到他發現那男孩，他才意識到自己一直在找他。每次那男孩都在大門口等待，然後跟蹤隊伍。但是到了干王的王府前，守衛將他攔在門外。旗手喊出他的頭銜並且行禮，然後轎子就停在大廳前。自從西征返回之後，洪仁玕根據禮儀的規定接見他，然後他們才退到後室。他打道回府時，男孩會再次出現。每次都是同一個男孩？若是，他究竟想要什麼？是波特派他來的，任務只是出現，當作無聲的提醒：只要他躲藏起來，便沒有出路？以利亞撒．羅伯茲此時被關在普通的監獄裡，若是手段高明，要接近他絕對有可能。

在王府裡僕役也壓低聲音說話。昔日的和諧同志精神消失了。在交談中洪仁玕瞇起眼睛，凝視對方，彷彿是提防對方對他有所隱瞞。比起自己的失敗，英國人的背叛令他更是苦惱，他們先是公開支持敵人，但是自蘇州大屠殺之後，再次偽裝中立。他越來越常要求中國應該獨自走自己的路，不需要言行不一的外國人幫助。「我該如何為天王效勞？」他問。厚厚的窗簾遮住陽光，使得這房間整日籠罩在半陰影中。

「少些拘謹？」他稍等片刻，但是他的朋友只是揚起眉毛，手把玩著腰帶的流蘇。「我想知道當今的情勢。除此之外我有個請求。」

「請說。」

「聽說忠王回來了，是真的嗎？」

「回來兩天了。」

「你同他會過面了？」

「我希望他會來找我。」

「但是你已經知道他是否達成任務。」

「軍事上的事不屬你管轄的範圍。」

「或許不小心我能發揮影響力。」

洪仁玕臉第一次露出微笑。最近幾乎每個禮拜有新封的王，他們雖然無事可做，卻要求權力，因此阻礙了穩定政府的建立。「你有何期望？」他滿懷怨恨的回答。「他啥也沒達成，只有犧牲了數萬名的士兵。」

「明白了。」三個月來忠王試圖在鄰近的省分招募新兵。儘管西征失敗，他仍舊被任命為天京的最高軍師，但是洪仁玕視他為叛徒。關於安慶失守他們互推責任，對當前的情況，兩人的評估也有所不同。忠王想突圍而出，到南方建立新的基地，但是洪仁玕堅持他堂兄的模糊不清戒律。堅持到底，祈求盼望主天降甘露——他是否真的相信這回事，他臉上的表情並未洩露。「這對我們而言意味什麼？」菲利普問。

「再說一次，這是軍事，不是……」

「我問的是：有何我能做的事？」

洪仁玕示威性的聳聳肩說道：「你夢到什麼了嗎？」

片刻之間兩人無言。隔壁房間已經許久不再有人沐浴更沒有笑聲。菲利普的心思已經想奔向即將到來的夜晚歡樂，但是他制止了自己。那些女人的來訪無非是自己被迫無所作為無濟於事的安慰。她們對啃噬他內心的恐懼也無能為力。這期間圍攻者已經占領龍脖子山上的堡壘，很快他們就會接近到可以直接將大砲發射過城牆。

在洪仁玕不讓他涉入更深的情況下，他過去幾週已經下了決心。或者至少仔細考慮了各種可能性。

「聽著，你告訴你堂兄有關我的事……」他說。

「請尊稱他為天王。」

「夜裡我躺在床上，他突然就出現了。我沒有要求這個王位。」

「我們沒有人要求過，我們各有自己的使命。」

「就我的而言，非常不明確的使命，更不要說毫無意義。」

「在你看來也許是如此，」他的朋友冷冷的回答道，「總之這不是你能決定的，你只須執行你的任務。」

「容我一問，為何你今天心情特別糟？」

洪仁玕搖了搖頭，之後還是回答了。

「我今天收到信件，想像一下，理雅各牧師表示能與我分享他的看法感到榮幸。」

「你們仍有聯繫？」

「每當他覺得我需要他的指導時。」他一手抽出一個信封，然後放在桌上推了過來。裡面包含理雅各牧師在傳教雜誌上發表的一篇文章的副本，主要是抗議他的政府對腐敗滿清政府的支持。

菲利普一邊瀏覽文章，一邊說：「這裡寫道：滿清的氣數已盡，就如同英格蘭的斯圖亞特或法國的波旁王朝。」

「我不知道那是什麼人，我也不在乎。說到我們，他唯一想到的是，我們不是基督徒。所附的信上說，我應該回香港，在良好的指導下，我可以重新開始擔任外國傳教士的助手。很好心，不是嗎？」

「若是你認為可以說服理雅各牧師，那是你自己的錯。再說，自從蘇州事件之後，一切都改變了。我們的問題不是英國人，而是我們無法做到……」

「我們的問題是，」洪仁玕打斷他的話，「太多的人自認有資格決定我們該如何做，而不是去履行他們自己的職責。」

「宮女每天夜裡到我的房間來，在我睡眠時，做些筆記。我的職責究竟為何？我該如何做？」

「你是否聽過東王？」他的朋友問。「我記得我們談論過他，那是在我出發之前。」

「當時你不想透露太多，他發生了什麼事？」

「有很長一段時間，我自己也只知一半的故事。他叫楊秀清，他是來自廣西的貧窮燒炭工，我沒有見過他。他不會讀書寫字，但是個軍事天才。早期在南方的戰役都由他計畫。天王從來就不是偉大的戰略家，而是對《聖經》更感興趣，軍事方面的事都交給其他人。太平天國建立之後，他被封為東王。在南方時他就已經以天父的名義說話。他會進入恍惚的狀態，所有的人必須下跪聽他的命令。回想起來非常古怪，但是我堂兄信任他，意識到他濫用職權已經為時已晚。隨著時間越來越明顯，楊秀清想要比其他王更雄偉的王府，更多的嬪妃，而且軍事決定越來越冒險。他自認不會犯錯，眾所皆知，他下令征討北京的戰役以慘敗告終，但是他將責任歸咎於別人。若有人不遵守命令，他立刻將負責的人就地正法。在天京他派駐了六千名士兵，只聽命於他。而且不管外面事態有多緊急，他堅持要他們留守。這一切是他想削弱天王權威的計畫。他指責他沉迷於享樂，據說我堂兄遭他以天父旨意之名棒打了一兩次。我知道，」他說著，舉起手作安撫的手勢。「讓我……」

「我從未提出要求。我唯一想要的是覲見天王，貢獻一己之力。」

「沒有人責怪你什麼。你就讓我說。過去我們曾經在這兒徹夜促膝長談。」

「我也沒要求過任何頭銜。」

「我知道，聽我把故事說完。」洪仁玗的表情放鬆了片刻，然後他繼續說：「一切都精心策劃好了，我堂兄最忠實的將軍都在京城外。當時楊秀清要求自己成為萬歲王，地位和天王一樣高。當然他聲稱那是上帝的旨意。那時他不再需要進入恍惚狀態，而是上帝在睡夢中傳達旨意，他命令人寫下然後宣告。我堂兄驚訝不已，但他終於明白，東王在玩什麼把戲。他請求考慮的時間，同時將各大將軍召回天京，然後他們採取了必要的行動。這是一場可能導致帝國垮臺的危機，只有採取嚴厲的手段才能挽救。」他聳了聳肩。「我想說的是：擁有權力不容易。為達目的不能不擇手段，但是有時情勢所逼。那是一座很大的王府，沒有人可以活命。包括東王的侍衛、祕書、他的家人還有宮女，單是宮女就有五百名。除此之外，問題還有他留下的六千名士兵。誰能保證他們不會群起反抗天王？所以接下來我堂兄表面上譴責了攻克王府的暴行，判處兩位將軍各五百竹鞭，並允許東王的士兵親眼目睹懲罰，但是在王府門口當然必須先交出武器……」洪仁玗故意放慢速度，端起茶杯喝了一口茶，彷彿是要顯示故事結局並未令他驚恐。「我知道從外面看來如何，但是這就是我試著向你解釋的：我們不是在外面。你不是有個請求嗎？」

「他們殺了六千名自己人？」

「老友，有時我真想知道，你是否了解我們在此處所做的事？沒有人希望流血，但是我們的企圖是三千年來無人辦到的事。若是我們在選擇手段始終遵循山上寶訓，你認為我們能成功嗎？」

「有個節日是紀念東王登入大天堂的。」

「多年來他是我堂兄最信任的戰友。對東王的死他會一輩子感到悲痛。這也就是他為何過隱居生活的原因之一。」

「不管如何，他還是為了保住自己的權力做了不該做的事。」

「此時你說話也像牧師了。你們洋人所謂的信仰不過是偽善。凡動刀的，比死在刀下，但是擁有砲艇的人無所畏懼。你們不在意我們傳什麼樣的道，但在意我們不在乎你們傳道的內容。我們在維多利亞相遇時，你與眾不同，也許只是因為你本來就不是傳教士。那時你就已經不相信你所做的事，若是你仍舊不相信，那我也不知道你到這兒想做什麼。好好享受這甜美生活，但不要忘記你的使命。對我堂兄而言，你是神聖的器皿。天父或是妖魔經由你說話。這是我唯一能告訴你的。你究竟想不想提出你的請求？」

「我要將羅伯茲帶出城。」

「為何？」

「我知道你認為他沒有性命危險，但是有人想取他性命。昔日的敵人。再說每個人都知道他瘋了。他既不能對我們造成損害，也對我們無益。有人告訴我，從北門有一條經過古老驛站通往河邊的小路。我可以想辦法弄一艘船，但是我需要通行證。若一切順利，也許我們再也不會聽到他的消息。對我們而言，這不是最好的結局嗎？對他而言更不用說。」

洪仁玕沉默看著他片刻。「若是你想走，就直說！」

「瞧，你覺得到處有人想背叛。我們認識多久了？」

「給你和羅伯茲到河邊的腰牌？」

「對，宵禁後。」

「我希望你知道你在做什麼。」

菲利普從椅子上站起來，猶豫了片刻。房間裡除了他們兩人沒有其他人。「你堅持？」他問。「即使沒有人在場？」

「牧師可能會說：當作是操練。」聽起來像笑話，但是他是認真的，所以菲利普跪下，舉起手大聲喊：「干王五千歲，五千歲，五五千歲！」

洪仁玕嘲笑道：「你還記得他對天主教徒的名言：沒有信仰的人就必須堅守儀式。保重，老友。」

他很想說點顧念友誼的話，卻什麼也想不出來。「他信上也提到我了嗎？」他問。「我是指理雅各。」

洪仁玕搖搖頭，然後又專心在文書上。

菲利普掃視了房間，然後離開。

一禮拜之後，他將以利亞撒．羅伯茲從牢房中接了出來。起初守衛拒絕放人，但是他拿出的文件上有干王的印。羅伯茲的狀態比他預期的好，雖然一如既往不修邊幅，但是他十分高興看到熟面孔。聽到菲利普打算趁黑夜帶他出城，他無動於衷。菲利普原本想好了一個故事要說服他逃亡，但是事實證明沒有必要。他們到達天恩閣時，太陽剛下山，在那兒羅伯茲必須先換裝，還有一袋路上的糧食也準備好了。

「他們對待你比對待我要好多了。」這是羅伯茲進入房間時唯一注意到的。

「我們必須等到宵禁之後。」菲利普說。「然後我們就動身。」

三天前一場猛烈的轟炸震撼了這座城市。湘軍在西南方已經非常接近城牆，且在城牆上炸出了一個洞，幸好洞太小，軍隊無法攻入。他們迅速建造了臨時的第二堵牆。政府試圖將此事件當作勝利宣傳。一如往常，百姓被召喚到鐘樓前，但是每個人已經因為服役筋疲力竭，呼喊口號出於義務不得不然，而非熱血澎湃。隨後的處決在難堪的沉默中進行。經過幾個月的搜索，寫「無名氏之見」這篇文章的人被抓到了。此時他站在臺子旁，全身包裹在用油浸透的布中。圍在他四周的土層是用來防止火勢蔓延開來。

菲利普從他的位子眼看著士兵舉著火把走上前，然後他閉上眼睛。那個人曾在漢中門的印刷部幹活，他們很可能在那兒見過面。他聽到怒罵聲持續在群眾頭上迴盪。犯人慘叫聲持續好久才漸漸平息。一陣陣急躁的風將煙霧散布到廣場上。後來他坐轎子回到王府，聞到衣服上沾滿煙燻的氣味。

整個晚上那叫聲在他腦海中迴盪。當那些女人如往常般要來服侍他時，他要她們離開，並且要她們等二更之後再來。然後他換上衣服。不像以往，此處已經沒有看守，他只要讓大門口的士兵相信，他要到城裡辦事，而且不需要隨從。經過一番的盤問，他們讓他通過。到了外面他脫下他的官服，捲好夾在手臂下。他下面穿著一件樸素的深色長袍，腰帶上繫了一把刀，以防萬一。除此之外，他什麼也沒有，甚至沒有計畫。如果他的同伴還在城裡，希望他會現身，然後呢？

他必須經過兩個崗哨，但是那兒的士兵睡得很熟。他毫不猶豫的往東走，他看到遠方龍脖子山緩緩上升的斜坡，在夜色中格外明顯。時不時可以聽到槍聲與爆炸聲。他越接近舊營區，街道越暗。一股奇怪的味道撲鼻而來：像腐臭的堆肥，也像腐爛的動物屍體，參雜刺鼻的尿騷味。太平軍衝入城門，殺死床上還在睡的人以及小巷中逃亡的人已經是十年前的事。肥滋滋的老鼠四處亂竄，他感覺到自己的心跳，於是强迫自己走慢些。他右手緊握刀柄。

他為何花了如此長的時間才清醒？在他封王之後，有一段時間每天晚上用膳有十道菜。若是他想要，還有三燒可以喝。然後躺在床上等待宮女輕盈的腳步聲到來。在黑暗中他無法辨認她們的臉，到了早晨他很想知道，在何處記憶停止而夢境開始。而如今晚餐只剩兩三道簡單的菜餚，他噩夢連連。再也沒有人相信崇高的革命目標，甚至流傳著關於干王的謠言，他很快會以在江西徵召新兵的藉口離開這城市。菲利普站在城牆的陰影中時，想起他當初如何在飽受戰爭摧殘的廣州，偷偷摸摸穿過街巷第一次與獨眼魔鬼見面。

他在漆黑的巷子裡徘徊了兩個小時。偶爾他看到燭光閃爍，有一次他以為自己聽到有人說英語，但是等到一靠近聲音又消失了。他最近再沒看到那男孩，也許他的同伴早已經從這座城市消失。菲利普走到了一個路口，瓦礫碎石擋了他的路。路上的石頭被掀起，一根長桿，也許是旗桿，壓在隔壁屋子的屋頂上。那兒從前一定是衙門，如今已經半毀而且空蕩蕩。從敞開的大門，菲利普看到月光灑在內部的庭院中，他認出院子前面有一個人影舉手致意。那人頭上戴的似乎是一頂大禮帽，但是他沒有走向前露臉，而是消失在建築物裡。菲利普跟隨他來到一個房間，那房間裡除了角落一張磚床，沒有其他家具。他聞到一股熟悉的氣味。那人動也不動坐在床邊，他的菸斗冒出的煙在黑暗中滾滾而來。痲煙，他想，同時感到與那時在船上一樣的暈眩。他突然覺得，恍如只過了幾日。令人驚訝的愉悅感。

「大人。」波特舉起帽子，然後放在旁邊。

「我經常想像我們何時何處會再見。」

「歡迎來到我的宮殿。那裡有一張椅子，就在你身後。」

他背朝著門邊的牆壁在坐下。「你過得如何？」他問。他的同伴因為他長久躲避而生他的氣？

「每場戰爭都提供了機會，這我不用對你說。」波特的聲音裡沒洩露任何情緒。

「你受僱當雇傭軍？受清朝官府委任？」

「我只能說，我試著充分發揮我卑微的才能了。」

儘管沒有可見的光源，但隨著時間的流逝，他感覺黑暗不再那麼濃密。在另一個庭院，植物長到了牆上，四處堆著瓦礫。「你在何處打了仗？」

「到處。我們第一個指揮官是個好人，叫弗雷德．沃德（Fred Ward），不幸在松江挨了一顆子彈。他的繼任者叫布爾格韋恩（Burgevine），也是個好人，但是與我們的豬眼中國上司合不來。」

「我知道你指的是何人。」

「他們想讓我們白白送死。若是我們說不，就拿不到薪餉。布爾格韋恩逼不得已將一個中國豬的眼睛打得瘀青，那豬眼中國人立刻懸賞五萬圓要他的人頭。之後我們應該成為一支受人尊敬的部隊，在一個講話大舌頭的英國軍官指揮下。」波特搖了搖頭。「我逃到上海一陣子。但是你已經離開了。然後，想像一下，布爾格韋恩、我還有其他幾個人投靠了叛軍。」

「投靠我方？」他驚訝地問。

「到蘇州。像回到過去美好的時光。規則少了，戰利品更多了。遺憾的是布爾格韋恩無法控制自己的酒癮，冬天時正好就是我們的老同志襲擊了我們。我想，我已經替別人幹了太多活，應該要管管自己的事了。」他每抽一口菸斗，餘燼的火光就會映在他的玻璃眼珠裡。「而你，」他愉快的說，「已經決定帝王般度過你最後的日子。」

「我最後的日子？」

「城外聚集了七萬士兵，正等著要剝你們的皮。我推測他們甚至知道如何剝皮。因為那可是比想像的要難。」

「你到這兒就是為了要說服我逃走？」有那麼片刻他認為，真的很簡單：北門，一條通往中繼站的小路，一艘船之後就是未來。彷彿他在旅途上，而幸運耐心等待他多年。只是，若是真如此簡單，那為何還需要人說服他？

「你的手臂還好吧？」波特問，而沒有回答他的問題。「過去的幾個禮拜，我又重複了兩次同樣的手術，但是再也沒那麼成功。」

「我該說什麼，我還活著。」

「還活著。奇怪的是：救了你的命之後，我覺得我對你有責任。或者你認為我為何會在這兒？」他大笑，然後朝門看。一個年輕的中國女人手端著盤子走進來。她什麼話也沒說將盤子放在波特旁邊，拿了兩個茶杯遞給他們。然後她又離開了。

「進城困難嗎？」他問。「不難，但是再過不久要離開就困難了。」

「你若是在找羅伯茲，他此時在一個連你都找不到的地方。」

「除非有人幫我。」

「即使我想……」

「我會再救你一次當作回報。十天後有一艘船會從上海啓航前往美國。這是我的條件，你可以好好考慮。你知道，你們的人在蘇州的下場。英國人給了他們安全的保證。但是那豬眼的中國人讓人將他們剁成碎塊。這兒他們放棄安全保證的遊戲，直接進入第二幕。」

「比起你平時的狀況，今天你非常健談。」

「這是你的回答？」

「我無法幫你犯罪。」

「你以為你一直在做什麼？你生活在香港時，可以相信那堆狗屎。——若是你問我，我會說那是你該待的地方。別怪我。你有可以進入叛軍地區的文件，而且願意付錢。在那次意外之後，你原本可以待在上海的，但是你沒有，你就是想加入。相信我，我知道你們這種人，遲早雙手都會沾血。」他將菸斗裡的菸灰敲出來，然後重新塞入。「至少一隻手。」

菲利普注意到夾在手臂下的長袍不見了。他的左臂已經作廢，只是麻木的殘肢。「美國此時也在戰爭中，」他說，同時討厭自己聲音中的沮喪。

「誰知道還會持續多久，我們得快一點。」

「羅伯茲沒有傷害我。」

「但是傷害了我。他的手下差點把我打得稀爛，而他就站在一旁用《聖經》上的經文給他們煽風點火。從此之後，我的腦袋裡就裝了這玻璃球。」

「也許你不該販賣人口。」

「喔，聽王爺教訓。那些貧窮鬼也只能選擇在家鄉翹辮子或者到海外試試。他們想出去碰運氣。我的工作是替那些不敢做決定的人做決定。」

「你總是有你的答案。」

「你沒有。裝無辜已經太遲了。從前你對君主制發表過什麼樣仇恨的言論？如今呢？什麼皿王？」

菲利普喝完杯子裡的茶，然後站起來。

「那個男孩在哪兒？」

「什麼男孩？」

「你派來跟蹤我的男孩，每次跟在我轎子後面的那一個。」

波特擺頭指隔壁。「那小姑娘和我才進城了幾天。我以為，我必須找你，但是不用，我只須等待。你清楚時間到了。要不就是你們的敵人找到羅伯茲，要不就是我找到。別傻了！你唯一還能救的人是你自己。」

菸斗裡的東西令菲利普頭暈目眩而且有攻擊性。有一會兒他感覺到有股抽出刀子衝向他同伴的衝動。「阿隆佐·波特你是魔鬼，」他說，「我實在不應該跟你有任何瓜葛。」然後他回過神來，而且明白他不能再猶豫不決了。

當他們聽到宣告宵禁開始的喊聲之後，他們動身了。他給羅伯茲泡了茶，為了以防萬一起見，他在當中滴了幾滴鴉片酊讓他更鎮定。直到那傳教士看見他將刀子繫在腰帶上，才起疑心。「以防萬一，」菲利普說。「從北門到河邊的路上很危險，而且是一英里半的路途。我們必須有萬全的準備。」

「我們應該禱告，」羅伯茲回答。

「晚一點再說。從這兒到北門還有三英里的路。」他拿起裝路上食糧的袋子，但是當羅伯茲跪下，他也就隨他了。

傳教士大聲說：「正義及勇敢的上帝，由於您的命令，我們將離開這原本可能成為新耶路撒冷的城市，這城市即將成為索多瑪。這兒的統治者自稱是您的兒子，而事實上他是《聖經》中說的那人：他的一切雕刻的偶像必被打碎，他所得的財務必被火燒。因此請您的盛怒席捲此城市，殺死其中的一切，通姦、貪婪、邪惡的慾望以及偶像崇拜。因這些事，您的憤怒必臨到悖逆之子身上，阿門。」禱告完之後他站起來。然後看著菲利普說：「我們有足夠的水嗎？」

「有，」他回答。「我們需要的東西都有了。」

城門的守衛看了一眼他們的腰牌，然後就放行了。菲利普已經記下地圖上的路線，但是放棄帶地圖在身上。月亮仍在地平線上方不遠。白天下了雨，此時烏雲漸散。龍脖子山方向的爆炸聲越來越接近，他們經過的房舍，看不到哪一戶有亮光。他們又被攔下來幾次，但是他們帶的文件沒問題。菲利普幾次轉頭看，沒發現任何人跟蹤。最後的房子已經在他們身後，他們眼前是開闊的田野以及圍起來的果園。羅伯茲呼吸困難。菲利普精心計畫了一切，但是他沒有考慮到一個在牢裡關很久的六十歲的老人身體有多虛弱。他將裝水的葫蘆遞給傳教士，他立刻貪婪的喝水。「北門應該就在前面了，」菲利普指著前方說。

「到了那兒我們就可以鬆口氣了。」他們的右邊是幾間用來放工具的棚子，菲利普很驚訝竟然沒人看守。

「誰在跟蹤我們？」羅伯茲喘著氣問。

「沒有人跟蹤我們。」

「孩子，你不停回頭看。誰在跟蹤我們？」

「事情已經有了變化，」他避開問題說道。

「想離開城市的人，就會惹人懷疑。」

「我們有文件。」

「上面有干王的印章，沒錯。自從西征之後還有其他派系。」

半個小時之後，在他們眼前出現一條黑帶，以遼闊的弧線劃定田野的界線。城牆，他心裡想，同時感覺到自己加劇的心跳。他已經四年沒離開過這座城市，此刻他重新環顧四周，他覺得自己看到跟蹤他們穿過田野的人影。是他神經太緊張，還是洪仁玕派人跟蹤？此時他仍然可以改變決定，到了城牆的另一邊就再也不行了。

北門比其他城門小，只有十幾名士兵看守。四名士兵拔劍朝他們走來。「去哪兒？」他們咆哮問。菲利普出示了他們的通行證。當他再次轉頭，他認出大約四分之一英里外的田野中站了一個人，似乎盯著他們的方向。為了以防萬一，他告訴守衛。他們派了兩名士兵去查看，羅伯茲與他趁這個機會通過了城門。

此時他的心跳不再那麼劇烈。

城外的那片土地往河邊傾斜，從前漁夫與商販在此居住，如今這兒與舊駐軍區一樣荒涼。潮溼的道路上還留著牲畜拉車通過的痕跡。有些地方有燈籠閃爍著光，到處有人圍坐在火堆旁，當有人經過時，他們便壓低說話的聲音。不見敵人的士兵，但是應該就在不遠處了。

「我的藍圖，」羅伯茲突然開口同時停下來。「您的……什麼藍圖？」

「蓋大教堂的藍圖。你說過，他們在干王的王府裡。」

「我們恐怕拿不到了，」他回答，然後再次拿出他的葫蘆。「羅伯茲先生，您喝口水，然後我們繼續走。」離河岸還有一英里，他已經可以聽到河水的濤聲，因為傳教士不動，於是他說：「一艘船在等我們，兩三天之後您就會抵達上海，在那兒您有各種的選擇。我知道有一艘船不久將啓航到美國。」鴉片酊的效用彷彿突然消失，羅伯茲醒了過來，恢復原本頑固的老樣子。「孩子，你是誰？」他怒視菲利普。

「你想做什麼？」

「我要送您到安全的地方，但是您必須跟隨我。」

「到哪去？我的任務是：動身到大城市去，傳教與其對抗，因為其惡已到了我面前。」

「先生，要麼你此刻跟我走，要麼等大城市毀滅時，您也跟著死。在美國您可以設計新的教堂，也許在那兒甚至有一天真的會建造。這兒不可能。」

「我是撒冷（Salem）的麥基洗德（Melchisedek）國王。」傳教士的目光顯露出菲利普從前見過的瘋狂表情。頭髮黏在他額頭上，臉部抽動，彷彿他能感覺到他身處的險境。

「我不在乎您是誰，這兒幾乎人人都以為自己是王侯。我們繼續走吧！」他粗魯地抓住老人的手臂，將他如囚犯般帶走。半個小時後，他發現河邊的草地上幾間半毀被廢棄的棚屋。那一定是從前驛馬的中繼站。在那後面就是長江了，如黑油般流過寬闊的河床。在河岸與河水之間的沙石地帶上躺著多艘被毀船隻的殘骸。空氣中瀰漫腐臭味。菲利普停下來片刻環顧四周。在他們後面幾百碼處是護城河，那裡幾處還有火在燃燒，於是他拉著羅伯茲往上游的方向走。河面太寬看不清楚對岸。他們在高高的蘆葦叢中跋涉，直到腳踝沒入土裡。有幾次他不得不推著他的同伴前進，以免他停下來。他不知道，是否還有人跟蹤他們，但是附近肯定有士兵巡邏。

又過了一刻鐘，他們到達河的拐彎處，那兒有幾個突入水中的碼頭。當中一個碼頭前面停了一艘破舊的中國帆船。「先生，瞧，我沒騙您。」菲利普鬆了一口氣指著前方。「您的船。」在主桅杆上掛著一個作記號的點火燈籠。

「你會操縱這樣的東西嗎？」傳教士問，聽起來他完全清醒了。

「船上應該有會的人，我們去看看。」在他們背後已經看不見天京的城牆。他們幾乎到達目的地了，已經近在眼前。但是菲利普突然覺得全身的力氣將耗盡。過去幾天他無數次衡量各種選擇，最後他發現只有一個——此刻他感到內心的恐懼升起。有一刻他無法將腳抬離地面。羅伯茲站在他身旁，看著那艘船，彷彿它隱藏著一個黑暗的祕密。「孩子，你怎麼了？」他問。「你也會被囚禁，或者你只是怕死？」

他搖搖頭，感覺自己快窒息了。猶如在噩夢中，想逃跑，卻逃不了。他摸著腰帶上的刀，手緊緊握著刀柄，到手感到痛。「先生，您先走，」他低聲說，「前面上棧橋。」

一條小路從斜坡往下通往岸邊。波濤拍打岸邊發出巨大的浪濤聲，除此之外河水一片寂靜。附近看不見有激流。「誰？」從船上傳來低沉的喊聲。

菲利普費力的瞇起眼睛。「我帶了乘客來，」他回答，儘管他害怕得幾乎說不出話來。

「歡迎他。」

羅伯茲嚇一跳。「一個外國人？」

「您的同胞。有經驗的水手。」他握著刀柄，刀刃藏在長袍的袖子裡。棧橋上到處少了木板。「多破舊的舢船，」傳教士嘟噥的說。

「喔，它還能航行。」船上的人說，同時推了一塊木板架在舷牆上。「先生，需要我幫忙嗎？」他兩腿張開站在臨時的舷梯尾端，對著羅伯茲伸出一隻手，拉著他上船。「甲板下已經準備好一張床，先生，小心，不要碰著頭。在我的監督下不能有人受傷。」菲利普不由自主的退了好幾步。天上的雲移動快速，以至於使他看了感到頭暈目眩。彷彿他一直希望能找到一條出路，但是他看不到有任何出路。那人沒有走上木板，而是一步跳上棧橋。「怎麼回事？」他低聲說。「你到底走不走？」

「為何，你需要一個目擊者嗎？」他回答。

「我想要遵守我的約定。若是你想留下來，請便。」

「你知道，你有可能弄錯。在這麼久之後，記憶有時會騙人。再說他已經是個糊塗的老人了。難道要我眼睜睜看著你如何……」

「閉嘴！」波特威脅的走向他，那隻假眼珠閃閃發亮，但是下一刻他的口氣變得近乎温和。「上船然後睡一覺。有鴉片，當你醒來，一切就過去了。」他們腳下的棧橋發出輕微的嘎吱聲。「再說，我沒打算殺他，只是想讓他嘗一嘗那滋味。以眼還眼。」

「我猜，這是你對寬厚的想法。」

「對公平。」

「你不怕我改變主意？」

「你沒有理由。」

「我自己一個人也到得了上海。」

「這我們已經見識過，」他的同伴回答，然後朝水裡吐了一口口水。「我們立刻出發。」他心中升起一股無名怒火。波特很少清楚讓他感覺他對他的不屑，而且他從未如此感到自己卑鄙與可笑：一個無信仰的傳教士，一個反對君主制但有個荒謬王位頭銜的人，一個效忠暴政的殘廢自由鬥士，以及懦夫。此時若是他只是為了救自己，將一個老人送往刀口，儘管他過去再有膽量也不算數了。當他看著河岸，他認出跟蹤他們的人，就站在斜坡的邊緣，而且儘管距離遙遠那人還是直視著他的眼睛。在月夜中她身上的白衣閃閃發亮。他舉起手揮了揮，片刻間似乎一切真的只是個噩夢，在現實生活中，他曾有妻子，有兩隻手，維多利亞灣上空露出曙光。他正要走到外面露臺上，陽光照在臉上，一天正要開始。只要再片刻，他想著。小時候他經歷過黑夜突然結束，新的生活開始……然後幻想結束了。岸邊沒有人，月光灑在一棵光禿禿的樹上，樹枝隨風搖擺。透過船側他聽到羅伯茲喃喃自語。聽起來像是禱告。

波特彎腰站在棧橋的一端，正在解開繩索。

「隨你的意，」菲利普說，然後向前邁了一步。他唯一的一隻手緊握刀柄。

《湘鄉縣志》少女黃淑華遺筆

同治三年六月十二日

他們在傍晚時分攻進來。幾天來，到處有傳言，城外的最後一座堡壘已經倒塌，敵人在太平門附近挖了一條很長的地道。然後是震耳欲聾的爆炸聲，鐘樓上響起警報，我們知道時候到了。整個下午是槍聲和尖叫聲，但是只在城東，離我們的街道還遠。天黑之後，我大哥出去查看是否還有出路，但是軍隊早已經封鎖一切。高官坐著轎子從漢中門逃走，留我們自生自滅。我們一家五口，我娘、我大哥、嫂子還有寶寶。我聽到嫂子一直哭到深夜，當她開始尖叫，我知道他們動手了。我立刻鎖上房門，好讓他們不要也拯救我——如今我希望，我當初沒鎖上門。清晨吵鬧聲越來越接近。我們緊握著手祈禱，直到有人敲門。我大哥開了門。他們一共三人，一個軍官兩個士兵。他們的胸前有「湘勇」的字樣，他們先殺了大哥，然後衝進屋子，用他們的刀砍毀所有東西。他們將我娘、嫂子還有我拖到院子裡。娘跪下，想要告訴他們爹發生了什麼事，但是她還沒開口，那軍官說「主帥令也」就一刀砍下娘的頭。士兵將我嫂子拖進屋裡，我哭求那軍官當場殺了我，省得我受折磨，然而他只是大笑搖頭。我喜歡妳，不會殺妳的，他說。妳就跟我到湖南，當我的老婆。

這是我最後的遺言。我已經無淚，我再也不禱告。有時我想起寶寶走進我的房間問姑姑是否想和他玩，但是那已經是很久以前的事，感覺像在夢中。他只活到九歲，我今年二十一，但是永生的天父不願拯救我們。兩個士兵回來後，把我帶出城。到處大火燃燒，街巷裡堆滿屍體。士兵將可以拿走的東西全拖到河邊了，家具、衣物還有貴重物品，尤其是年輕的姑娘。無數船隻在河邊等著。我與其他兩個姑娘被帶上一艘舢舨，一個姓張，一個姓金，兩人年紀都比我小，兩人兩眼無神呆看著前方。張姑娘趁著士兵忙著張帆開船時投水，之後金姑娘和我便被綁在桅杆上了。曾經是小天堂的天京籠罩在濃煙之中。我們航行了大約三十天。船上的士兵等待著衣錦還鄉，他們整天喝酒。有時那軍官會在我身旁坐下，告訴我湖南的景色有多美。我每次哀求他將我拋入河裡，但是他不肯。他說我要妳不殺也，同時骯髒卑鄙的大笑。我們在湘鄉上了岸。挑夫來將軍官搜刮的戰利品送回他的村子。在我們跟隨他們上路前，他找了一間簡陋的客棧，然後強暴了我。他嫌他家裡的兩個妻妾太老了。事後他躺在我旁邊，心滿意足的打呼。他那把殺了我娘的刀就放在床前。不可殺人，《舊約聖經》上是這麼寫的。可是我如何忍受這恥辱苟活？我又如何能天天為玷汙我的仇人祖先牌位點蠟燭？我盡可能輕手輕腳的下床，雙手奮力舉刀。當刀刃穿過他的胸膛，他睜大眼睛看著我。下地獄吧，我低聲說，你這個殺了我家人的凶手！他罪有應得。我的報應會是在地府再遇到他嗎？或者我會再與家人團圓？從前我爹常說，皇帝的官員已經忘了何謂順應天道。當他以同樣的話評判太平天國的諸王，他被逮捕並且被活活燒死在鐘樓前，自此之後我這輩子也了結了。當他們帶走他時，他告誡我：淑華，不僅是皇帝與王侯有天命，我們也有。我相信這訓誡是出於一本禁書。如今我的遺言，無人可交代。我試著做好人，然而我命短。但願世人永不忘我一家人所受的苦難。

有人在兩具屍體旁發現此遺筆。那年輕姑娘在懸梁自盡前，用自己的血寫成。我們無法贊同其作為，但是僅記於此以成全其遺願。

托馬斯．雷利牧師
致詹姆斯理雅各牧師
既維多利亞荷李活道倫敦傳教會負責人的信

南京，一八六四年十一月五日

敬愛的理雅各牧師：

經過兩個月之後，我終於能從南京將我的報告寄給您，並向維多利亞的所有兄弟致以問候，他們的祈禱伴隨我的旅程。到達之後我發燒了一段時間，無法將信件帶到港口，但我一感到狀況好轉，便馬上著手我的調查。在報告之前，我必須承認，我不認為有一天我們能確知德國兄弟的命運。南京曾經是東方首屈一指的宏偉城市，然而近日來的南京的人，只會見證它的覆滅。四個月前城牆被攻破之後確切的情況世人也許永遠不得而知，但是我見到大規模殺戮的跡象。腐爛惡臭氣味仍籠罩在廢墟瓦礫之上。天京已經變成人間煉獄。

此時負責的軍隊指揮官已經卸任返鄉。很多人認為是中國最有權勢且惡名昭彰的曾國藩將軍已經將指揮權交給其弟。兩天前我由士兵帶領進入他居住的宮殿。那兒曾經是天王的宮殿，據說他今年春天已經去世。有人說是自殺，有人說要不是餓死就是中毒死的。相反的，洪仁玕的命運很清楚。一個月前他與堂兄十幾歲的兒子在江西被捕。他們距離梅嶺關尚有一百五十英里。我推測他們是想逃到香港。遺憾他們終究死於最殘忍的酷刑。願上帝憐憫他們可憐的靈魂！

當然要我面對一個將我的朋友碎屍萬段的人是不容易的事。據說曾國藩在城市攻破之後立刻請求卸職還鄉，但是這一請求遭拒絕。他的軍隊有太多退役回到湖南定居，因此很多人相信，朝廷絕不會讓他回家鄉。當我見到他時，他疲憊的模樣像已經百年沒睡了。據說他五十出頭，但是給人印象老了許多，儘管他的長鬚未見任何白鬚。肯定是因為眼神的緣故，嚴厲同時又出奇的空洞。他說話的聲音很輕，我幾乎聽不懂，而且他目不轉睛的盯著我胸前有耶穌受難像的小十字架。「在破城時，城裡沒有外國人。」在我提出我的請求之後，他如此回答我。為了表明我不相信他的話，我問是否可與親身經歷攻占南京的人交談。不行，他回答。我猶如被告一般站在巨大的書桌前，儘管將軍直盯著我看，然而我感覺他心不在焉。山東半島又發生捻亂，據說曾國藩奉命帶領他編制已經縮小的軍隊前往鎮壓。對他而言戰爭無止息之日。迄今為止一直默默站在他身後的幕僚走向前，冷漠的聽著，最後他低聲說：「江蘇巡撫李鴻章和所有洋……人關係良好。」他將「鬼子」兩個字吞了下去。

他只告訴我這麼多。

牧師您可以想像我的失望。自從蘇州事件之後，人人知道李鴻章是個不可信任且殘酷不仁的人。遺憾我目前沒有其他線索。除此之外因為我不知道下次何時才能寫信給您，我想藉此機會提及其他我非常在意的事，我擔心您會不高興，但希望您能夠諒解。

十五年來我努力試著將上帝的話散播給中國人。四年來我在沒有妻子的支持、沒有家庭的依靠下傳教，您一定如我一樣了解其重要性。我的孩子在蘇格蘭長大。若是我此行能安然返回，我將結束在倫敦傳教會的工作。我已經盡了自己的本分，因此無愧於將任務交給其他人。然而基於對您的尊敬我有必要說出比孤獨和鄉愁更深的原因。

我記得您有一次對我坦白，您現在花在研究中文時間比花在研究《聖經》的時間多。我開玩笑回答，您對《聖經》反正已經倒背如流，但是很可能並沒有隱藏住我內心的驚訝。不是因為像其他有些上司一樣懷疑您研究的意義，而是因為我突然模糊意識到，我至今仍舊無法說清的。我年輕時來到中國，我相信是上帝召喚我並將這任務交給我。如今我感覺若是我不想失去最深的信念，就必須離開這國家。我甚至認為越快越好。我想盡快回到香港，然後從那兒返回家鄉。牧師，您了解嗎？因為我自己也不了解。

最近我偶爾會想起額爾金伯爵。如您所知，我曾有一次搭乘他的船從維多利亞到上海。當時我認為他的冷漠是貴族高傲的表現，然而也許他不願表露自己，是因為他的想法在我們大多數人眼裡似乎是危險的。他對傳教士所保持的距離，甚至遠超過與其他人的距離，儘管他未錯過任何一次彌撒，而且很明顯對其他沒來的人表現出氣憤。當時他詢問我願不願意擔任軍隊牧師隨他到北方時，我無法隱藏我的驚訝。「我原以為您對我的職業並不看重，」我說。剛開始他看來似乎不悅，然後他搖搖頭，開始談起他在牙買加的時光，他談起那些煽動種植農場主人的傳教士（理所當然，我心裡暗暗想）。很顯然他認為他們的行為是錯誤的，但是他突然一句話還沒講完就中斷，然後他說：「我們永遠不會知道我們真正在為誰效力。」他並未解釋他話中的含義，只是補充說，我應該冷靜好好考慮再回覆他。兩天之後他以冷漠無所謂的態度接受了我的拒絕。當我去年聽到他在印度去世的消息，我首先想到的就是他的話。我們永遠不會知道，我們真正在為誰效力。的確。

我們傳教士是這場戰爭的共犯嗎？我們其中的一個宣傳小冊子使洪秀全自以為是上帝選中來驅逐滿

洲人的人選。我們是否該為所產生的種種誤解負責，因為無論出於何種原因，人們還未做好準備接受我們傳播的真理？他們有時忽略某些信息，有時又太拘泥字面意義——我們該聲稱僅為撒種負責，不為它們落入的土地以及長出的果實負責？這場野蠻的戰爭是由那些相信自己是服從上帝命令的人開始的！在內心深處未感覺到上帝旨意的人可以成為基督教徒嗎？我認為當人最不祈求明白時，最能了解。然而此時我比任何時候都祈求明白然而一無所知。當我們相信我們認清上帝旨意的那一刻，同時是野蠻的開始？

等我回到維多利亞，我們要討論這個問題。在那之前我只能希望奇蹟出現，讓我知道我的朋友菲利普究竟發生了什麼事。也許他在南京淪陷前已經離開此地，然而恥於承認自己的錯誤。也許他想在沒人認識他的地方重新開始。有時我甚至深信他幾乎就在我眼前：一個不再年輕的男人，知道如何隱藏包圍著他的謎，他的目光有時投向遠方，彷彿他自己也無法解開這個謎。我甚至認為他喜歡自己是這樣的人。我希望並且祈禱他辦到了。

再會

您的兄弟　托馬斯·雷利

二十六、結局

人生如旅，俗話是這麼說的不是嗎？有起點有終點，或許甚至還有目的地。這裡稱之為「Destination，」一個和 destiny（命運）緊密相關的詞。彷彿是說我們自己無法決定我們終究往何處去。這麼多年來我連做夢都不再用的母語，稱這為人生道路（Lebensweg），也就是每個人走到嚥下最後一口氣的路途。在我看來，人生似乎不只是兩點之間的連結，最近這段日子，我不停在思索。人到了一個年紀之後，就會開始為途中累積的問題尋找答案。

「途中，」我是這麼說的。所以還是旅程？

這地方的人稱呼我尼坎普先生。一個成功的企業家，內戰老兵，沉默寡言莫測高深。大多數人路上打個招呼，不會停下來與我交談。幾個星期前我到米勒先生店裡，他的妻子告訴我，有個新來的人正在找人幫他蓋房子，於是我就去拜訪他並且自我介紹。他的口音馬上就洩漏他是從哪個國家來的。是的，那裡如今已經是一個國家了。而且沒多久他已經猜測到我是他的同胞，但是我否認了。我告訴他他弄錯了，而且我恐怕沒時間幫他蓋房子。為了萬全起見，我甚至手拍著他的肩膀補充說，如果是我，我寧願找其他地方定居。他一定是相信了我的話，幾天前我又到店裡，我聽說他把土地賣了，人已經消失得無影無蹤。不是簡單的事，不是嗎？我們總是會留下痕跡。

除非戰爭消滅了所有的蛛絲馬跡。

我安頓下來的是一個小地方，離城市的距離大約是騎馬一天的路程。一年裡我大概會去城裡三四趟，尋找肩膀寬闊手臂强壯，適合粗重工作，我可以雇用的男人。每次接近海洋我都會有奇怪的感覺。那廣闊無盡的水面，認真說來那水面並非真的無盡。有旅行經驗的人就會知道在另一邊有很多地方，大部分是貧窮悲慘之地，也是你不易擺脫的地方。然而我每次站在碼頭上我心中總會湧現這樣的念頭：再一次我就環繞世界了。完整一圈。聽起來圓滿多於結束。也許只是一個隱喻，或者隨你如何稱呼它，根本沒什麼意義。然而我們可在思考生命時，同時不相信生命將引領我們到所屬之地嗎？

我抵達這裡是時候，戰爭剛結束。否則這次我會是第一次選對邊站，而且是勝利的一方，但是只剩一隻手臂，當然我也無法參戰。無論如何，在戰後，殘廢讓我看起來像是為善而奮戰理應得到獎賞的人。為了讓形象更完善同時並拓展業務，我從當鋪弄來了一枚勳章。一個沒有外國口音的搭檔同樣很有幫助。我從小就學會木工，我想建造讓人住起來舒服的房屋，但是我的搭檔認為在美國蓋教堂可以賺更多錢。命運，對吧？正好就是教堂。

我們是令人無法想像的奇怪搭檔。起初我們駕著馬車到一個地方，我的搭檔在我們還沒停下來之前就已經開始傳教，所有人都會用懷疑的眼光看著我們。他口若懸河講述了對抗奴隸制度罪惡的戰鬥，以及他在南方的首都坐了好幾年牢，因為人們不願聽上帝的真理。從他嘴裡說出故事就像來自《舊約聖經》。然後他又說關於我的故事，有一天夜裡我到地牢裡救出他，儘管之前奴隸獵手砍下我一隻手臂。我們不得不逃亡，首先是渡河，然後飄洋過海，不斷地往前。從故事汲取的教誨總是：上帝親自引領我們到了他們美麗的小鎮，在這裡一切如此整齊漂亮，總之人們還可能期盼的是一座更美的教堂。這時通常會有人出來請我們吃飯，而在他還在咀嚼的時候，我的搭檔已經畫了一座小教堂，有高聳的塔樓以及高高的窗子。那些歐文頓（Irvington）和芒特普萊森特（Mt Pleasant）的好人家越是在草圖中看到自己美好的未來，就越是興奮。那可不是騙局，我的搭檔就是知道人們想要的是什麼，而且在這個國家所有人都願意相信上帝想賜給他們更多。

剩下的就是我的工作。我雇用了工人，分配他們任務，確保他們完成使命。大部分人喜歡我不多話的方式，而且相信我已經受盡夠多的苦難，所以寧可孤獨。在某種程度上確實如此。只有我的搭檔知道，我的妻子和兒子在城裡等我賺足夠的錢好蓋一棟自己的房子。這在這個國家很容易就可以辦到，這裡人們完全不必向國王卑躬屈膝，但是他們非常樂意臣服在一位根據他們的形象創造出的上帝的腳下：一個仁慈的全能父親。喔，何等豐富的財富，二者，上帝的智慧與知識！祂的判斷如此令人費解，祂的方式如此玄妙莫測！讀到這裡，你可能會認為，祂也不過是一個迷失在祂的創造中的可憐流浪者。

言而總之，我的搭檔在幾年前過世了。我們的公司仍然叫「尼坎普與羅伯茲」。我也還是寧可自己一個人。這裡的人也尊重這一點，他們和我做生意，但從來沒有人嘗試要和我成為朋友。我有錢而且每個星期天上教堂，這在他們眼中讓我成為高尚的市民，縱使他們心裡也猜測我的過去中有他們寧可不要知道的事。我的妻子長得不一樣，而且幾乎不會說英語。每個星期日坐在我身邊，不明白為什麼這些守法公民要崇拜一個被處決的死刑犯，而我們的孩子……多年前一個博學的人對我說「你無法看到中國人的內心，」而人們對我家人的看法大概就是如此，對我的看法就某種意義而言也是這樣，雖然我和他們一樣是白人。老羅伯茲一過世，我們的訂單跟著減少了。我開始建造工廠和辦公室。不久我的大兒子就會進入公司，我就有更多的時間思考人生的謎題。

如果你將人生看作是旅程，當然可以回溯自己的腳步。你可以留意走錯或迷了路的叉路口，可是問題是我並不認為我們是旅人。我們既不是走直線也不是繞圈子，沒有圖像可以象徵人生不確定的可怕。在我們內心裡有太多的衝動和慾望互相競爭，我們沒辦法理出優先順序。就如同我們想在無底的大海拋下錨，而無異只是將其拖在身後。當外面暴風雨肆虐，要堅持航行路線終究是不可能的，而一旦大浪向我們襲來，所謂的原則便蕩然無存。所有這些關於我們自身的崇高想法與觀念都是源自於當我們在安全的港口而大海看來如此誘人的那一刻，如同當時在鹿特丹一樣。

沒錯，我殺了阿隆佐．波特。我從背後捅了他一刀，而且將他推下水。我還告訴羅伯茲他是誰。老人謝了我，而且做了簡短的禱告，然後我們不得不讓船順流而下，在幾乎伸手不見五指的黑暗中航行。那是一趟地獄之旅，但是他幫助我轉移思緒不去想我剛才所做的事。有時候我會想，我一直還在這艘船上，而且試著全力阻止它撞上岩石。直到隔天早上，我搜查波特的東西時發現了三張船票，我才意識到我可能忽略了什麼。我的同伴不可能已經計畫好讓羅伯茲登上前往美國的船……或者有可能？那傳教士根本不是他要找的那個？一切只是一場遊戲，他用來證明我是叛徒，和其他人其實沒有兩樣？波特最後到南京難道是為了救羅伯茲和我？

我們喜歡把命運想像成一個周全的計畫，然而我們完全無法插手，我們的決定甚至早在我們知道必須下決定之前就已經注定。頂多在我們回顧時我們以為看清了計畫，但是這僅僅只是證明，真正的自由這想法多麼令人恐懼。事實上我們的人生是一個無人問過的問題的答案。

在一堆舊毯子下面我們發現了那個女人。那是前幾天晚上在舊駐軍區給波特及我泡茶的那個女人，她因為恐懼而發抖。這時候需要一個瘋子以清晰的態度來處理這個瘋狂的局面：「你殺了她的丈夫，如今你必須帶她走而且娶她。」幾天之後羅伯茲在上海宣布我們成為夫妻，再過幾天之後我們已經在海上了。開啓新的人生，人們是這麼説的，可是我當時就已經不相信我能擺脱波特。或許我根本也不想擺脱。相反的我抽菸斗，戴和他當時在廣州一樣的帽子，如果有顧客不準時付款或者有工人喝醉酒來上工，我就會扮演他的模樣，維妙維肖到我自己都嚇一跳。人有陰暗的一面是有好處的，然而有時我會自問，是我擁有陰暗的一面，還是它擁有我。或者每個人都有，甚至那些對此一無所知的老實人，而且他們認為他們希望通姦者必受永恆地獄之火的折磨，以此證明他們的正義，……舉例説。

第三張船票是給誰的？像波特那樣的人會帶一個外國女人到美國嗎？我們後來再也沒有談起那天

夜裡發生的事。她在屋子的角落設了一個小祭壇供奉她的神。我想她很感激我，因為我沒有趕走她。除此之外，她對我而言就如我對自己一樣陌生，也許也同樣的寂寞。孩子漸漸長大，也慢慢意識到我們是個奇怪的家庭。他們不停追問我。你們是怎麼認識的？我天性浪漫的女兒伊莉莎白甚至想知道我如何向她母親求婚。嗯，那是在船上，我說，我非常著迷，所以要求船長就地為我們證婚，她聽了很開心，但是我猜她壓根不相信。總之，我們的孩子長得古怪，這裡的人是這麼說的，是件好事。在街上雖然大家會打量他們，但是你必須有比一般人更銳利的眼光才能看得出來，老大長得根本不像我。

這是我的故事。有些人認為要接受今日的我，必須先忘記昔日的我。說得容易做起來難。我年紀越大，越常夜裡躺在床上睡不著，帶著不知如何形容的心情。以前稱之為鄉愁，那是我還不知道那是什麼滋味的時候。如今我有了家，我知道那感覺。可是我還渴望什麼呢？許多年前我對自己說，我們每個人都有必須堅守的界線，才不致變成另一個人。只是我當時並不知道，我將不得不屢次越過那條界線。今天若是我想記起我曾經是誰，我不知道，我究竟想的是誰。忘記從前的自己似乎和記起一樣困難，更不要說知道你今天是誰，我是認真的。充其量你可以做選擇然後堅持到底，而且試著不要讓船去撞岩石。如果你夜裡睡不著，就試著像我小時失明的時候那樣，靜靜躺在床上等待新的黎明到來。

而有一天將會是你的最後一個早晨。

英文中國郵報

二〇一二年十二月十九日　亞太地區

對抗「邪教」：中國逮捕四百多人

（北京，法新社）

中國政府加強對付所謂的「邪教」。據國家新聞社新華社報導，週末僅在中國西邊省分青海，有超過四百名所謂「全能神」的信徒遭受逮捕。此受基督教啟發的團體遭指控散布世界末日即將到來的謠言，並呼籲與「共產主義之紅龍」抗爭，根據國家電視臺央視的報導，當局查封大量印刷與數位資訊。

政府發言人證實：「四百人被捕數字正確。」同時表示「對抗『全能神』邪教組織是我們實現該地區政治穩定與經濟繁榮所做的重要努力。」青海省藏族人口眾多，而經濟上在中國屬最落後地區。

北京政府不容忍對其政權的任何挑戰，並對不屈服國家法令的所有宗教團體必定採取果斷行動。人權組織一再譴責該行動過度並且出於政治動機。

由宗教揭竿而起反對國家統治的起義在中國有長遠的歷史。最血腥的起義發生在十九世紀中葉，當時一名基督教徒建立了所謂的太平天國，目的是推翻滿清。歷史學家估計當時的戰役中多達三千萬人喪生。

……而上天對我們所有人同樣慈悲——不管是長老派教徒或是異教徒都一樣——因為我們所有人腦子莫名其妙都壞得厲害，且很悲哀地需要修補。

——梅爾維爾，《白鯨記》

"... and Heaven have mercy on us all – Presbyterians and Pagans alike – for we are all somehow dreadfully cracked about the head, and sadly need mending."

人名索引

叛軍

洪秀全	天王，太平軍領袖
洪仁玕	干王，洪秀全族弟，洪哥
李秀全	忠王，太平軍將領
陳玉成	英王，太平軍將領，人稱四眼狗
楊秀清	東王，一八五六年止為太平軍軍師

洋人

菲利普·約翰·紐坎普	先是一八四八革命的支持者，後遠走中國成為巴塞爾崇真會傳教士
伊莉莎白	香港維多利亞女嬰收養院的負責人。菲利浦所愛的女人
郭士立	普魯士傳教士成立福漢會，翻譯、外交家、騙子
阿隆佐·波特	來自美國的探險者
愛德文·詹金斯牧師	倫敦傳道會上海負責人
瑪莉安·詹金斯	詹金斯牧師的妻子
詹姆斯·理雅各牧師	倫敦傳道會香港負責人
托馬斯·雷利	倫敦傳道會職員

湘軍

曾國荃　曾國藩的弟弟，湘軍將領

曾國華　曾國藩的弟弟，一八五八年死於三河之戰

曾國葆　曾國藩的么弟，一八六三年死於斑疹傷寒

王知縣　曾國藩的好友兼盟友

清廷

恭親王　咸豐皇帝（一八五〇年—一八六一年在位）同父異母的弟弟

慈禧　咸豐皇帝的遺孀，繼位者同治皇帝的母親

僧格林沁　蒙古親王，清軍高級將領

穆順　曾國藩的恩師，道光年間（一八二〇年—一八五〇年）的朝廷要員

葉名琛　亞羅號事件發生時的兩廣總督

其他人物

海瑞　一五一四年—一五八七年，明朝高官，因批評皇帝入獄

王夫之　一六一九年—一六九二年，明朝有影響力的思想家，明朝滅亡後隱居湖南山林

趙匡胤　九二七年—九七六年，宋太祖，宋朝開國皇帝。

小說精選
野蠻人之神：太平天國

2022年10月初版　　定價：新臺幣550元

著者	施益堅
譯者	林敏雅
叢書編輯	黃榮慶
校對	吳美滿
內文排版	烏石設計
封面設計	蔡南昇

出版者	聯經出版事業股份有限公司
地址	新北市汐止區大同路一段369號1樓
叢書編輯電話	(02)86925588轉5307
台北聯經書房	台北市新生南路三段94號
電話	(02)23620308
台中辦事處	(04)22312023
台中電子信箱	e-mail：linking2@ms42.hinet.net
郵政劃撥帳戶	第0100559-3號
郵撥電話	(02)23620308
印刷者	世和印製企業有限公司
總經銷	聯合發行股份有限公司
發行所	新北市新店區寶橋路235巷6弄6號2樓
電話	(02)29178022

副總編輯	陳逸華
總編輯	涂豐恩
總經理	陳芝宇
社長	羅國俊
發行人	林載爵

行政院新聞局出版事業登記證局版臺業字第0130號

本書如有缺頁，破損，倒裝請寄回台北聯經書房更換。　ISBN 978-957-08-6486-1（平裝）
聯經網址：www.linkingbooks.com.tw
電子信箱：linking@udngroup.com

國家圖書館出版品預行編目資料

野蠻人之神：太平天國/施益堅著．林敏雅譯．初版．新北市．
聯經．2022年10月．520面．14.8×21公分（小說精選）
譯自：Gott der Barbaren
ISBN 978-957-08-6486-1（平裝）

875.57 111011332